Alex Thomas
ENGELSPAKT

Buch

Sie verfügt über eine Gabe, die die meisten Menschen in den Wahnsinn treiben würde. Doch auf ihrem Weg durch die Hölle ist genau diese Gabe ihre Macht.
Schwester Catherine Bell wird mitten in der Nacht aus dem Bett geklingelt. Kardinal Ciban, mit dem sie ein Jahr zuvor eine Mordserie aufgeklärt hat, bricht schwer verletzt auf ihrer Türschwelle zusammen. Da Catherine spürt, dass Ciban bis zum Eintreffen des Krankenwagens nicht überleben wird, nutzt sie ihre Gabe und überträgt ihm einen Teil ihrer Lebensenergie. Dabei kommt es zu einer kurzen, geistigen Verbindung, in der sie sieht, wie jemand auf Ciban schießt. Der Mann ist der Religionswissenschaftler Alan Scrimgeour, der bald darauf tot aufgefunden wird – bei ihm das Porträt eines Jungen mit einem Zitat: *Wenn du Frieden willst, rüste zum Krieg!*

Autor

Alex Thomas ist das Pseudonym eines im Westen Londons lebenden Autorenehepaares. Sie arbeitet seit über zwei Jahrzehnten im Buch- und Medienbetrieb. Er forscht und lehrt als Professor an einer Londoner Universität. Beide entdeckten ihre gemeinsame Liebe für Geschichte, Wissenschaft und das Schreiben.

Von Alex Thomas bereits erschienen:

Lux Domini
Engelspakt
Engelszorn

Alex Thomas

ENGELSPAKT

Thriller

blanvalet

Die für dieses Buch verwendeten
Papiere sind FSC®-zertifiziert.

3. Auflage
Originalausgabe August 2012 bei Blanvalet,
einem Unternehmen der Verlagsgruppe
Random House GmbH, Neumarkter Str. 28, München.
Copyright © der deutschsprachigen Ausgabe 2012
by Verlagsgruppe Random House GmbH
Umschlaggestaltung: bürosüd°, München
Umschlagmotiv: plainpicture/hasengold; Getty Images/
Universal Images Group/Photoservice Electa
Redaktion: Angela Troni
ED · Herstellung: sam / BoD
Satz: Uhl + Massopust, Aalen
Printed in Germany
ISBN: 978-3-442-37989-7

www.blanvalet.de

Für JMS

Zu der Zeit und auch später noch,
als die Gottessöhne zu den Töchtern
der Menschen eingingen
und sie ihnen Kinder gebaren,
wurden daraus die Riesen auf Erden.

MOSE 6,4 : 6,4

Prolog

Sie rang nach Luft, atmete Blut. Der ganze Krankenwagen schien in Blut zu schwimmen. In Panik glitt ihr Blick über die medizinischen Apparaturen und die getönten Scheiben. Himmelherrgott, wieso bekam sie keine Luft? Wieso konnte sie sich nicht bewegen?

Das Baby!

Sie würde das Baby verlieren! Bitte nicht noch einmal!

Wie in Zeitlupe rotierten Lichter über ihr. Aus weiter Ferne hörte sie eine Sirene.

Der Unfall, der Lastwagen mit dem Anhänger …

Wie war es zu dieser irrwitzigen Kollision gekommen? Die Straße war völlig menschenleer gewesen. Keine Menschenseele, kein Auto, erst recht kein Lastwagen weit und breit.

Wie aus dem Nichts waren plötzlich die Scheinwerfer des schlingernden Monsters mit Anhänger vor ihr aufgetaucht. Sie bremste sofort, doch ihr Mini Cooper reagierte nicht, schoss weiter auf diesen riesigen Koloss aus Stahl und Blech zu. Sekundenschnell – und trotzdem wie in Zeitlupe.

Ihre Schläfen hämmerten. In ihren Ohren rauschte das Blut. Blut … Gleich würde sie nichts weiter als das sein, ein von Metall zerquetschter, lebloser Haufen Fleisch und Blut.

Unerwartet vernahm sie eine innere Stimme. Sie hatte diese Stimme noch nie zuvor gehört. Ein völlig irrsinniger Befehl! Dennoch zögerte sie nicht, riss das Steuer herum und streifte mit dem Heck die gewaltige Zugmaschine. Blech kreischte, Funken sprühten. Sie wollte schreien, doch kein Ton kam über ihre Lippen. Das riesige Gefährt schleuderte den Mini Cooper in einem solch hohen Bogen von der Straße auf den nahe gelegenen Acker, dass der Wagen sich etliche Male überschlug, wie ein Würfel auf einem Spieltisch.

Von diesem Moment an war die Erinnerung abgerissen, bis sie im Krankenwagen erwacht war. Da war auch der Schrecken wieder zurückgekehrt.

Ihr Körper krümmte sich zusammen. Sie wurde auf der Liege festgeschnallt. Sie hatte nach der künstlichen Befruchtung schon ein Kind verloren, ein Mädchen, und nun betete sie inständig, dass sie nicht auch noch den Jungen verlor. Alan und sie hatten sogar schon einen Namen gewählt: David.

Der Rettungswagen schoss durch die Einfahrt der Klinik und hielt mit einem scharfen Bremsmanöver. Die Hecktüren wurden aufgerissen, und jemand schob ihre Liege rasend schnell durch einen grauen Flur. Die Deckenlichter zogen wie Geistererscheinungen an ihr vorbei. Irgendjemand sagte etwas von einem abrupten Abfall der Herzfrequenz des Babys. Dann tauchte ein Mann mit einer Maske vor Mund und Nase über ihr auf.

»Sarah? Sarah!«

Sie war sich nicht sicher, ob sie die Stimme wirklich hörte oder ob sie sie nur hören wollte. Eine Nadel tauchte in ihrem Blickfeld auf, kurz darauf spürte sie einen Einstich ein Stück unterhalb der Armbeuge. Ein Zugang wurde gelegt, über den man ihr bestimmte Stoffe injizieren würde. Mehrere Apparate wurden herangerollt. Auf einem Bildschirm leuchteten plötzlich grüne Linien und Zahlen auf.

Schwach fragte sie: »Was ist mit meinem Kind? Werde ich mein Kind behalten?«

»Alles wird gut«, sagte der Mann mit der Maske und nahm behutsam ihre Hand.

Doch irgendetwas tief in ihrem Inneren – ihr ungeborenes Kind? – misstraute der Sanftheit der Männerstimme und wich davor zurück. Der Eindruck war so intensiv, dass sie etwas erwidern, ja sich wehren wollte, aber sie konnte nicht. Trotz all der zielstrebigen Bewegung um sie herum, schien die Welt auf einmal stillzustehen, als wolle sie aufhören zu existieren. Dunkelheit breitete sich aus, wie schwarzer, zäher Teer, vernichtete den letzten Funken Licht in ihr.

Trotzdem spürte sie noch immer das Misstrauen des Jungen.

Er warnte sie!

Zwölf Jahre später

Londons Straßen glänzten wie Spiegel. Es nieselte schon den ganzen Tag, ein feiner, dichter Regen, der wie ein Nebelschleier in der Luft hing. Doch das Wetter interessierte Professor Alan Scrimgeour nicht. Kaum dass er den Anruf erhalten hatte, war er mit der U-Bahn vom Britischen Museum zur St. Paul's gefahren und eilte nun in fiebriger Erwartung die breite Freitreppe der Kathedrale hinauf.

Als er den gewaltigen und wunderschönen Innenraum der Kathedrale betrat, ließ er diesen für einen Augenblick auf sich wirken. Er war Katholik, allerdings hatte das seiner Bewunderung für die anglikanischen Kirchen oder andere Gotteshäuser nie einen Abbruch getan. Durch das Mittelschiff, vorbei an mächtigen Bögen und Säulen, ging er auf den Raum unter der Hauptkuppel zu. Die St.-Paul's-Kirche war häufig Schauplatz von Staatsfeierlichkeiten. Hier war Winston Churchill beigesetzt worden, an diesem Ort hatten sich Prinz Charles und Lady Diana Spencer das Jawort gegeben, und ebenso hatte hier die Trauerfeier zum Tod von Queen Mum stattgefunden.

Ein junges Paar lag im Kuppelraum rücklings auf dem Boden und blickte zur Kuppel hinauf. Scrimgeour wurde schwer ums Herz, denn die beiden erinnerten ihn an seine verstorbene Frau und ihn selbst vor vielen Jahren. Mehrmals hatten Sarah und er die Innengestaltung der zweitgrößten Kuppel der Welt auf diese Weise in Ruhe bewundert. Einzig die Kuppel vom Petersdom in Rom war größer, allerdings war es dort nicht erlaubt, sich auf den Boden zu legen. Er tastete nach dem Ehering seiner Frau, den er seit ihrem Tod stets bei sich trug, doch er widerstand der Versuchung, es dem jungen Paar gleichzutun. Widerstrebend löste er sich von der Erinnerung und sah sich nach seinem Informanten um.

Vom nördlichen Querschiff kam ein Mann in einer braunen Jeans und einem Ledermantel auf ihn zu. Die Augen hinter der Nickelbrille machten einen ermutigenden Eindruck.

»Professor Scrimgeour«, sprach der Mann ihn an und reichte ihm die Hand. »Kublicki. Wir haben miteinander telefoniert. Ich habe alle Unterlagen dabei. Ein ungewöhnlicher Treffpunkt für einen Austausch.«

»Das stimmt.« Er nickte. »Bitte kommen Sie, Mister Kublicki. Ein Freund von mir hat dafür gesorgt, dass wir in der Krypta alles ungestört abwickeln können.«

Scrimgeour führte den Mann zum Chor, von dem aus es hinab in die weitverzweigte Krypta ging, die mit ihren Grab- und Gedenkstätten den gesamten Untergrund der Kirche einnahm. Maler wie John Constable und William Turner waren darunter, außerdem der Archäologe, Schriftsteller und Geheimagent E. T. Lawrence, bekannter als Lawrence von Arabien.

»Haben Sie die Unterlagen eingesehen?«, fragte Scrimgeour vorsichtig.

Kublicki bedachte ihn mit einem nachsichtigen Blick. »Ich bin der Bote und damit das unterste Glied in der Hierarchie. Würde ich auch nur eine der mir anvertrauten Botschaften lesen, wäre mein Leben augenblicklich verwirkt.«

Scrimgeour nickte erleichtert, öffnete die Tür zu einer unterirdischen Abstellkammer und schaltete das Licht ein. »Dann lassen Sie mal sehen, Mister Kublicki.«

Sie steuerten auf einen Tisch mit zwei Stühlen zu. An den Wänden standen Regale und Schränke mit allen möglichen Utensilien darin. Scrimgeour stellte einen nagelneuen Mini-Laptop auf dem Tisch ab, dann überreichte Kublicki ihm einen versiegelten Umschlag. Der Professor brach das Siegel, entnahm dem Umschlag einen Datenträger und fütterte den Rechner damit. Kublicki ließ ihm Zeit und nahm auf einem der beiden Stühle Platz. Wie es schien, hatte der Kurier tatsächlich nicht das geringste Interesse an den Geheimnissen, die er Tag für Tag, Jahr für Jahr durch ganz Europa transportierte.

Der Professor begann die Dateien zu lesen, und plötzlich wirkte der gewaltige Raum von St. Paul's über ihm ebenso weltlich und ohne jede Magie wie die weiß gekachelten Toiletten vor dem Londoner Tower. Fünfundzwanzigtausend Pfund hatte er für diese Dateien bezahlt, und jetzt wusste er, dass die Informationen jedes Pfund wert waren. Das Blut kochte ihm in den Adern. Nun kannte er den Mörder seiner Frau.

»Wie es aussieht, sind Sie zufrieden, Herr Professor«, sagte Kublicki völlig neutral, obwohl ihm Scrimgeours zorngerötetes Gesicht nicht entgangen sein konnte.

»In der Tat.« Scrimgeour steckte den Laptop ein.

Kublicki erhob sich. »Dann bleibt mir nur noch, Sie an die Vereinbarung zu erinnern. Die Informationen dürfen nicht vor einem offiziellen Gericht verwendet werden.«

»Ihre Organisation hat mein Geld und mein Wort, Mister Kublicki«, erklärte Scrimgeour so fest, als schwöre er einen Treueeid auf die britische Verfassung. Er hatte nicht das geringste Interesse, die Sache an die große Glocke zu hängen. Vielmehr gedachte er, persönlich Rache zu nehmen. Direkt in Rom.

ABGRUND

1.

Die Luft war kühl und klar, als Schwester Catherine Bell nach einer Nacht mit schweren Träumen den prachtvollen Eingang zur Villa Borghese am Piazzale Flaminio als Ausgangspunkt für ihre morgendliche Joggingrunde wählte – ein Privileg der modernen Welt, das Ordensfrauen in früheren Zeiten so nicht zugestanden hatte. Ein Mitarbeiter aus dem Vatikanischen Archiv, der sie bei den Recherchen für ihr aktuelles Buch unterstützte, hatte ihr den Park zum Laufen empfohlen. So früh am Morgen wirkte er tatsächlich wie ein antikes Fabelland. Er gab Catherine sogar das Gefühl, ein klein wenig heimisch in Rom zu sein. Und er schien ein gutes Heilmittel gegen die wiederkehrenden Angstträume zu sein, die teils aus ihrer Kindheit, teils aus ihrer jüngsten Vergangenheit stammten.

Die Ermordung ihres Mentors und väterlichen Freundes Pater Darius gehörte zu diesen Alpträumen dazu. Nach seinem Tod war sie nicht in ihren Orden nach Chicago zurückgekehrt, sondern in Rom geblieben. Nun arbeitete sie an einem Buch über die Wahrheiten und Irrtümer der Inquisition. Ihre fortschrittlichen, kirchenkritischen Texte hatten sie populär gemacht, sie vor einem Jahr aber auch vor die Gerichtshöfe der Glaubenskongregation zitiert, der modernen Inquisition, wo sie am Ende ihrem Erzfeind Marc Kardinal Ciban gegenübergestanden hatte. Dann war Darius ermordet worden, und wie sich herausstellte, war er nicht das einzige Opfer gewesen. Die unbekannten Täter hatten sogar den Papst bedroht, der nicht wenigen Klerikern in Rom viel zu modern eingestellt war. Und so waren Catherine und Ciban – der gestrenge Präfekt der Glaubenskongregation und die rebellische Nonne – gezwungen gewesen, den Kampf gemeinsam auszufechten. Ihr Sieg über das Böse hatte Catherine schließlich ihren Nebenjob beschert. Inoffiziell arbeitete sie nun als Beraterin des Heiligen Vaters und manchmal auch für Kardinal Ciban. Vornehmlich ging es dabei um das geplante Dritte Vatikanische Konzil, einen Kongress, der die Kirche modernisieren und für die Erfordernisse des einundzwanzigsten Jahrhunderts fit machen sollte.

Catherine musste unwillkürlich schmunzeln. Wie sehr Pater Darius die Ironie dieser ganzen Geschichte gefallen hätte. Die revolutionäre, bis vor einem Jahr von der Inquisition verfolgte Ordensfrau, die nun an den Reformplänen der Kirche mitarbeitete!

Ach, wie sehr sie ihren alten Lehrer vermisste, der seit ihrem zehnten Lebensjahr ihr Ziehvater im Katholischen Institut für medial Hochbegabte gewesen war.

Als sie den Äskulaptempel auf einer kleinen Insel im See passierte, erhöhte sie das Tempo. Ihr Atemrhythmus passte sich der Laufgeschwindigkeit mühelos an – ein Indiz dafür, dass sich ihr Fitnessprogramm auszahlte. Jedenfalls fühlte sie sich nicht mehr wie ein kurzatmiges, aufgeblähtes Huhn, dem ein paar Treppenstufen schon zu schaffen machten.

Ihre Gedanken kehrten zu Darius und zum KIMH zurück. In einer der Unterrichtsstunden hatte er einmal zu ihr gesagt: »Du wirst irgendwann entdecken, dass die Macht der Gedanken die größte Macht überhaupt ist, Catherine. Alles um uns herum ist in permanenter Schwingung. Jedes Bewusstsein, das du berührst, selbst jeder scheinbar leere Raum, den du betrittst, alles ist immer und überall voller Bedeutung.«

Catherine hatte sich damals als Halbwüchsige in dem leeren Meditationsraum umgesehen. Keine Möbel, keine Bilder, weiß gestrichene Wände. Nichts, worauf sie den Blick hätte lenken können, abgesehen von den Strohmatten, auf denen sie gesessen hatten. Wo sollte in diesem Raum die Bedeutung sein?

Darius hatte so getan, als ob er ihre Verwirrung gar nicht bemerkte, und war einfach mit seinen Ausführungen fortgefahren: »Die Identität eines jeden Menschen wird von seiner Selbstwahrnehmung geprägt. Wenn dich deine Gabe, dein Instinkt alarmiert, dann vertraue dieser Warnung. Und wenn dein Instinkt dich zu einem bestimmten Menschen hinzieht, so vertraue auch diesem Gefühl. Jenseits der Materie ist der Geist eine mächtige Kraft. Du wirst schon noch sehen, wie allein der Gedanke unsere gesamte Realität erschafft. Die Dinge sind viel enger miteinander verwoben, als es scheint.«

Genau das hatte Catherine vor einem Jahr hautnah miterleben dürfen. Seit der Mordserie an den Ordensgeistlichen und den Anschlägen auf den Papst war nichts mehr so wie früher. So vieles hatte sich verändert. Manches zum Guten, manches zum Schlechten. Niemand war unberührt durch diese ganze Geschichte gegangen. Der Papst nicht. Sie nicht. Nicht einmal Kardinal Ciban.

Das alles war schrecklich verwirrend. Ihr Instinkt warnte sie vor Ciban. Doch derselbe Instinkt, der diese Warnung aussprach, sagte ihr auch, dass sie diesem Mann vertrauen durfte. Und um das Ganze noch komplizierter zu machen, war Ciban ihr alles andere als gleichgültig. Verrückterweise war der Funke schon damals während der Mordermittlungen auf sie übergesprungen, als sie Cibans beeindruckendes Büro hatte betreten müssen. An jenem Tag hatte sie zum ersten Mal hinter die kühle Fassade des imposanten Großinquisitors geblickt und dabei einen winzigen Hauch von dem Menschen Marc Ciban kennengelernt. Dennoch blieb dieser Mann für sie ein Mysterium. Sein beinahe britischer Sinn für Humor ebenso wie sein ausgezeichneter Sinn für Ästhetik oder seine energische Härte, wenn es um Fragen der Kirche ging. Manchmal spürte Catherine in seiner Gegenwart eine gewisse Gefährlichkeit, dann wiederum fühlte sie sich in seiner Nähe wohl und sicher. Was also war hier richtig und was falsch?

»Denken Sie weniger in den Kategorien Schwarz und Weiß, Schwester«, hatte Ciban erst kürzlich mit gnädig wohlwollendem Spott gemeint und sich damit auf ihr neuestes Werk über das verborgene Männliche und Weibliche im Selbst bezogen. »Ich darf Sie darauf hinweisen, dass die Welt weder schwarz noch weiß ist. Gerade Sie sollten das wissen.«

Catherine hatte dem hochgewachsenen silberhaarigen Mann mit den markanten Gesichtszügen ein joviales Lächeln geschenkt, aber tief im Innern hatte sie sich geärgert. Nicht wegen der Äußerung an sich, die war durchaus legitim, sondern wegen der unterschwelligen Arroganz, mit der Ciban diese Worte an sie gerichtet hatte.

»Mir war nicht bewusst, dass Sie sich so gut mit der Personifikation des Weiblichen im Manne auskennen, Eminenz.«

Ohne eine Miene zu verziehen hatte er geantwortet:

»Wie sonst sollte ich diese scheinbar widersprüchlichen Dispositionen in mir zum Ausgleich bringen? Wissen Sie, Catherine, ich hätte von Ihnen in Ihrem neuesten Werk mehr Fairness erwartet.«

Moment mal! Hatte Ciban sie etwa gerade als Chauvinistin bezeichnet? Catherine hatte innerlich geschluckt und zu einer Antwort ansetzen wollen, als die Tür des Aufzugs zu den päpstlichen Privaträumen aufgegangen war. Kein Geringerer als Papst Leo persönlich hatte plötzlich in seiner weißen Soutane vor ihnen gestanden, und das kaum wahrnehmbare, freche Aufblitzen in Cibans Augen hatte ihr klar gemacht, dass das Timing alles andere als ein Zufall war.

In dem anschließenden Gespräch war es um das ultrakonservative Opus Dei und das progressive Lux Domini gegangen, zwei geheimbündlerische Orden, die sich wie Feuer und Wasser, wie Mittelalter und Neuzeit gegenüberstanden und deren Gefechte aufgrund des von Papst Leo geplanten Konzils erheblich zugenommen hatten.

Catherine war aufgrund ihrer medialen Gabe bis vor wenigen Jahren selbst ein Mitglied des Lux gewesen – wenn auch höchst unfreiwillig. Nach langem Hin und Her mit dem Leiter des Lux, Stefano Kardinal Gasperetti, war es Darius schließlich gelungen, sie von dieser Verpflichtung zu entbinden. Doch nun, nach Darius' Tod, streckte der Orden erneut seine Fühler nach der hochbegabten Ordensfrau aus. Catherine hatte Kardinal Gasperettis Angebote wieder und wieder abgelehnt. Als der alte Kardinal nicht nachgeben wollte, hatte sie die Anfragen schlicht ignoriert. Was nicht ungefährlich war.

Sowohl das Lux Domini als auch das Opus Dei hatten Mitglieder in den höchsten Kleriker- sowie Laienkreisen, doch aus dem Lux Domini war in den achtziger

Jahren das Katholische Institut für medial Hochbegabte hervorgegangen, was dem Opus Dei in vielerlei Hinsicht erhebliche Nachteile eingebracht hatte. Beide Orden warben hinter den Kulissen mit Nachdruck für jene Mitglieder, die sie für ihre Angelegenheiten ins Auge gefasst hatten.

Als wären zwei derart verfeindete Orden in Rom nicht schon genug, tuschelte man hinter vatikanischen Mauern noch von einer dritten Macht, welche die beiden Orden geschickt gegeneinander ausspielte. Durch listige Manipulation waren die Köpfe einiger hochrangiger Kleriker gerollt, die nun fernab von der Macht und dem Einfluss Roms ihren Dienst an der Menschheit taten. Wer oder was auch immer diese dritte Macht war, sie schien über die geheimen Mitgliederlisten und die Netzwerke der beiden Orden bestens informiert zu sein.

Catherine hatte sich schon mal bei der Frage ertappt, ob Kardinal Ciban womöglich dahintersteckte. Nur zu gut erinnerte sie sich an das, was sie über seine Rolle im letzten Konklave gehört hatte. Waren dem hochgewachsenen silberhaarigen Kardinal einige seiner Kollegen etwa zu mächtig geworden?

Soweit Catherine wusste, unterstand das Lux Domini als Konkurrent der Jesuiten und als Hüter der medialen Geheimnisse der Kirche Cibans Glaubenskongregation. Der Kardinal hatte also durchaus ein Motiv, die Machtposition des Opus Dei zu schwächen und zugleich die des Lux zu stärken, auch wenn er selbst – wie der derzeitige Leiter des Lux, Kardinal Gasperetti – eher ein konservativer Mann war. Catherine hielt es sogar für möglich, dass Kardinal Ciban selbst ein Geschöpf des KIMH war.

Sie machte ein paar Dehnübungen und lief danach weiter, während sie über Ciban als diese dritte Macht nachdachte. Schließlich passierte sie den Äskulaptempel erneut und kehrte zu ihrem Ausgangspunkt zurück.

Als sie den Parkeingang am Piazzale Flaminio erreichte, parkte dort eine schwarze Limousine mit getönten Scheiben und römischem Kennzeichen direkt neben ihrem kleinen weißen Fiat. Es schien kein Wagen des Vatikans zu sein.

Die Tür der Limousine ging auf der Fahrerseite auf. Ein junger dunkelhaariger Mann im schwarzen Anzug trat auf sie zu und bat sie, im Fond Platz zu nehmen, weil sein Vorgesetzter mit ihr sprechen wolle.

Catherine dachte nicht daran, der Aufforderung nachzukommen, doch dann vernahm sie Kardinal Gasperettis dünne, kratzige Raucherstimme, und ihr wurde fast körperlich schlecht.

»Guten Morgen, Schwester«, sagte der Chef des Lux. »Wir haben uns lange nicht mehr gesehen. Bitte gewähren Sie einem alten Knaben wie mir doch die Gnade Ihrer Gesellschaft.«

Catherine hatte schon lange nicht mehr ein solch tiefes Unbehagen in der Magengegend gespürt.

2.

Das Zanolla-Institut war ein Ort ohne Wärme. Fenster gab es keine, dafür aber zahlreiche verriegelte Stahltüren und Wände, die so grau waren, dass die weißen Laborkittel der Wissenschaftler dagegen hervorstachen, wie es strahlende Wolken vor einem düsteren Himmel tun würden. Bisher hatte David solche Wolken jedoch nur in einigen zensierten Fernsehdokumentationen gesehen.

Früher, als David noch klein war, hatte er geglaubt, die Treppen, Korridore und Räume des Instituts seien die ganze Welt. Doch inzwischen, mit elf Jahren, wusste er, dass eine viel größere Welt das Institut umspannte.

Es gab riesige Meere und Kontinente, Länder und Städte, in denen Milliarden von Menschen lebten. Menschen wie er. Und über dieser großen Welt gab es noch etwas viel Größeres. Eine ewige schwarze Nacht, von Sternen durchsät, das All. David fragte sich, wie man sich in einer solch großen Welt zurechtfinden konnte. Ob die Menschen dort draußen Angst hatten?

David hatte Angst, jede Stunde, jeden Tag, denn das Institut war ein Ort, an dem es nur selten ein Lachen und noch seltener ein Gefühl von Wärme gab. Dennoch hatte er Glück. Er gehörte zu den wenigen Projekten im Institut, die einen echten Freund besaßen. Aaren hieß seine Freundin, und Aaren hatte während einer der Unterrichtspausen gesagt, dass die Leute dort draußen nicht so waren wie er oder sie oder einer der anderen Menschen, die das Institut nie verließen. Natürlich hatte

Aaren ihm nicht sagen können, *wie* anders die Leute dort draußen waren, aber eines stand fest: Sie waren an das Leben in der großen, weiten Welt angepasst, ebenso wie Aaren und er an das Leben hier im Institut angepasst waren.

David atmete tief durch und blickte sich in seiner kargen Welt um. Ein Schrank, ein Bett, ein Stuhl, ein kleiner Tisch, ein überquellendes Bücherregal mit unterhaltsamer und lehrreicher Literatur aus allen möglichen Bereichen, von Naturwissenschaft bis Religion. Comics von Walt Disney ruhten einträchtig neben Bertrand Russels *ABC der Relativitätstheorie*, Stephen Hawkings *Universum in der Nussschale* oder der *Göttlichen Komödie* von Dante Alighieri. In einer Ecke standen ein Zeichenbrett und eine Staffelei. An den sonst nackten Wänden hingen einige Bleistiftzeichnungen und die Ölbilder, die er wie im Fieberwahn nach den Sitzungen malte, um seine Seele zu befreien. Das war alles, was ihn umgab. Seit er denken konnte, waren diese Bilder seine Zuflucht, war diese Zelle sein Zuhause.

Auch Aaren lebte innerhalb des Instituts. Ihre Zelle lag in einem anderen Korridor, einer Ebene über jener, in der sich Davids Zimmer befand. Aaren lebte bei den Älteren, zu denen auch jene Projekte zählten, an denen die Wissenschaftler längst jedes Interesse verloren hatten. Gerüchten zufolge war das älteste Projekt siebenundzwanzig Jahre alt, doch weder Aaren noch er noch irgendjemand anders hatten es je gesehen.

Aaren und David gehörten zur höchsten Kategorie, was bedeutete, dass Doktor Zanolla ihre Fähigkeiten noch lange nicht ausgelotet hatte. Im Fall von David war das normal, schließlich war er erst elf und damit noch lange nicht erforscht, aber Aaren war mit ihren vierzehn

Jahren durchaus etwas Besonderes. Ihre Fähigkeiten hatten sich in der Pubertät noch verstärkt, und auch einige neue waren hinzugekommen. Aaren und er waren die größten Rätsel des Doktors.

»Solange du funktionierst, solange du ihre Neugierde wecken kannst, bist du sicher«, hatte Aaren einmal gesagt. »Gib also niemals zu viel von dir preis.«

David hatte genickt, aber nichts darauf erwidern können, denn der Doktor, die treibende Kraft des Instituts, hatte den Freizeitbereich betreten und Aaren für eine weitere Testreihe in der untersten Ebene abgeholt. Das war jetzt drei Tage her. Seitdem hatte er Aaren nicht mehr gesehen. Er hatte schon einige Male erlebt, dass seine Freundin für ein paar Tage verschwunden war, aber diesmal hatte er dabei ein seltsames Gefühl, fast als spürte er, dass es ihr nicht besonders gut ging.

Erst ein einziges Mal war David in der untersten Ebene des Laborbereichs gewesen, in jenen Tunneln, in denen es weder eine simulierte Nacht noch einen simulierten Tag gab, nur rotes, gedämpftes Licht und in jeder Tür ein Kontrollfenster. Das Herz hatte ihm bis zum Hals geschlagen, so laut gepocht, dass Ambrose, der Aufseher, und der Doktor es eigentlich hätten wahrnehmen müssen. Aber sie hatten es nicht gehört, sie bemerkten die Angst der Projekte nie.

Bis heute hatte David nicht die geringste Ahnung, was sie dort unten mit ihm gemacht hatten. Ambrose hatte ihn auf seine kühle, unbeteiligte Art auf eine Liege geschnallt, während der Doktor an der gegenüberliegenden Wand an irgendwelchen Geräten herumhantiert hatte. Kurz darauf war die Liege in eine weiße Röhre hineingefahren, in einen umgebauten Kernspintomografen. In dem milden, warmen Licht war David einfach eingeschlafen und erst zwei Tage später wieder aufgewacht.

Es mochte gut sein, dass Aaren in der weißen Röhre war, dass sie schlief oder dass sie wach war und Angst hatte.

David hatte Angst um Aaren.

Das elektronische Türschloss summte, und er schreckte hoch, als hätte man ihn bei seinen Gedanken ertappt. Die Tür ging nach außen auf, und ein grünes Licht flammte über ihr auf. Ambrose erschien im Durchgang, in seinem langen grauen Aufseherkittel, fast unsichtbar gegen das Grau der Wand, groß und dürr, als hätte man einen Windhund in einen Menschen verwandelt. Sein hageres Profil spiegelte sich leicht verzerrt im Sichtfenster. Vielleicht würde der Aufseher in zwanzig Jahren genau so aussehen.

»Doktor Zanolla hat eine Aufgabe für dich«, sagte Ambrose, ohne die Zelle zu betreten. Sein Blick fiel auf das Bild auf der Staffelei. Es zeigte ein menschenähnliches, versteinertes Monster voll dunkler Energie.

»Eine Aufgabe? Kein Test diesmal?«, fragte David und blickte in dunkle, nicht sonderlich intelligent erscheinende Augen. Aber der Eindruck trog. Aaren hatte ihm anvertraut, dass Ambrose sehr viel mehr begriff, als dem Doktor lieb sein konnte.

»Eine Aufgabe«, wiederholte Ambrose, während es schien, als nähme er kaum Notiz von David, dafür umso mehr von dem Monster.

David setzte seine getönte Brille auf, denn er wusste, dass vor allem seine hellen Augen den Aufseher irritierten. Mit diesen Augen sah David Dinge, die gewöhnlichen Menschen verborgen blieben, mit ihnen schuf er seine unheimlichen Bilder. Nach außen hin mochte der große, dürre Ambrose in den Augen und Bildern Davids eine unheimliche Bedrohung sehen, doch in Wahrheit faszinierte ihn Davids Kunst. Vielleicht würde es David eines Tages gelingen, den Aufseher als Freund zu gewinnen. Aaren hatte einen guten Draht zu Ambrose.

Sie gingen durch die endlosen grauen Gänge, ohne die Ebene zu verlassen, und hielten schließlich vor der Tür, die zu den dreiundzwanzig Grad warmen Isolationskammern führte. In einem Gespräch hatte David einmal gehört, dass die meisten Menschen sich nicht einmal annähernd vorstellen konnten, dass es solche Kammern gab. Die Isolationskammern dienten dazu, störende Einflüsse aus der Außenwelt fernzuhalten und die Konzentration des menschlichen Geistes zu stärken. Es war, als betrete man einen Ort, aus dem man hinaus-, aber in den man nicht hineinschauen konnte. Nur die Projekte durften diese Kammern betreten, um deren Verunreinigung zu vermeiden.

Als David die Isolationskammer F 3 betrat, vernahm er über die Sprechanlage die Stimme des Doktors. Der Wissenschaftler saß im angrenzenden Kontrollraum, von dem aus man alle drei F-Kammern gleichzeitig beobachten konnte, ohne selbst gesehen zu werden.

Doch David war Zanolla schon einige Male außerhalb der Kammer begegnet, daher konnte er vor seinem geistigen Auge fast sehen, wie der Doktor seine kleinen, wulstigen Hände über dem Bauch gefaltet hielt und ihn fixierte. Schon rein optisch war Zanolla das genaue Gegenteil von Ambrose. Er war klein und dick. Seine hervorquellenden, glasigen Augen hatten etwas Lauerndes, und seine Aura war ein einziges rotschwarz glühendes Zwielicht.

»Hallo, David. Wie geht es dir?« Er klang wie immer

freundlich. »Kommst du mit deinen Übungen gut voran?«

»Guten Tag, Doktor.« David versuchte, die Angst aus seiner Stimme herauszuhalten, während er sich vorstellte, wie der Doktor ihn durch die Wand musterte. »Es geht gut voran.«

»Das freut mich.« Ein wohlgefälliges Lächeln schwang in der Stimme des Doktors mit. »Ich brauche deine Hilfe, David.« Er war näher an das Mikrofon herangerückt. Seine Worte klangen nun intensiver. »Im Fach liegen drei Fotos für dich. Ich möchte, dass du dich auf sie konzentrierst.«

»Ja, Doktor.« David trat an die Wand, von der er wusste, dass man von der einen Seite hindurchsehen konnte. Er entnahm dem Ablagefach, das zwischen dem Kontroll- und dem Isolationsraum einer Rohrpost ähnlich hin- und hergefahren werden konnte, die Fotos. Dabei vermied er es tunlichst, die Wand anzustarren, hinter der sich der Doktor befand.

»Setz dich, mein Junge.«

David nahm auf dem einzigen Stuhl vor dem einzigen Tisch in der Kammer Platz und breitete die Fotos vor sich aus. Zwei Männer, eine Frau. Zwei seltsame Männer … Sie trugen Kleider, die David im Institut noch nie zuvor gesehen hatte, wohl aber in Büchern, Dokumentationen und während früherer Isokammer-Sitzungen, von denen er Aaren berichtet hatte.

Das mittlere Bild zeigte einen kräftigen Mann mit rundem Gesicht, der ein langes weißes Gewand und ein Käppchen trug und sehr aufrichtig wirkte. Auf den beiden Aufnahmen rechts und links davon waren ein Mann und eine Frau zu sehen, die in irgendeiner Beziehung zu dem Mann in Weiß standen.

»Wer sind diese Männer und die Frau?«, fragte David in die Stille des Raums hinein.

»Genau das möchte ich gerne von dir erfahren, David«, antwortete der Doktor. »Wer sind diese Menschen? Was denken, was fühlen sie? Was sind ihre Ziele? – Erinnerst du dich noch an den Mann mit den Narben im Gesicht?«

»Ja.« David nickte und schluckte. Nur zu gut hatte er das Foto des narbengesichtigen Tiber-Mörders noch im Gedächtnis, das er vor einigen Monaten untersucht hatte. Es war äußerst unangenehm gewesen, dem Pfad dieses Mannes zu folgen.

»Dann weißt du ja, was du zu tun hast. Beginne mit dem Mann in Weiß. Was siehst du, wenn du sein Abbild betrachtest?«

Das Licht in der Kammer wurde gedämpft, als säße David inmitten von Kerzenschein. Er starrte auf die Bilder, bereit, in sie einzutauchen, und ohne im Geringsten zu ahnen, was ihn dort erwartete.

3.

Widerstrebend nahm Catherine in Kardinal Gasperettis Wagen Platz. Der Präfekt war ein kleiner, kräftiger Mann, dessen Äußeres, abgesehen von der Hornbrille, überraschend an Agatha Christies Romanfigur Hercule Poirot erinnerte. Seit sieben Jahren leitete er den geheimsten Zweig der Kirche, das Lux Domini, und gehörte damit gewissermaßen zum verlängerten Arm der Glaubenskongregation. Selbst als Catherine als Abkömmling des KIMH noch Mitglied des Ordens gewesen war, hatte sie die verworrene Anatomie des Lux Domini nie wirklich durchschaut. Eines wusste sie jedoch genau: Darius hatte dafür gesorgt, dass sie das Lux hatte verlassen können, und Gasperetti hatte mit allen Mitteln versucht, dies zu verhindern.

Catherine hoffte inständig, dass Gasperetti weder ihr Unbehagen noch ihre Antipathie bemerkte. »Ich dachte, wir hätten einander alles gesagt«, erklärte sie. Der Kardinal musste sich während der Fahrt eine seiner starken französischen Zigaretten angesteckt haben. Der kalte Rauch lag noch in der Luft und reizte ihre Lungen.

»Es erfüllt mich schon ein wenig mit Unruhe, neben einer Frau mit Ihrer Gabe zu sitzen«, sagte Gasperetti. mit einem dünnen Lächeln auf den Lippen. »Aber wie wir beide wissen, hat alles seinen Preis.« Er machte eine kurze Pause. »Wie soll es nun weitergehen? Ihr Mentor ist seit über einem Jahr tot, und Sie haben noch immer nicht auf mein Angebot reagiert.«

»Ist Ignorieren nicht auch eine Reaktion, Eminenz?«

Gasperetti seufzte. Dann nahm er die Brille ab und beugte sich so weit zu ihr herüber, dass sie seinen Zigarettenatem wahrnehmen konnte.

»Was ist im letzten Jahr tatsächlich geschehen? Erst die unerklärliche Erkrankung Seiner Heiligkeit. Dann die Morde an etlichen Geistlichen. Was hatten Pater Darius, Kardinal Ciban, Kardinal Benelli und Sie damit zu tun?«

Catherine fasste all ihren Mut zusammen. Sie hatte Ciban schon mehrmals die Stirn geboten, sogar während jener Anhörung, in der es um ihr Werk gegangen war. Sie würde Gasperetti auf gar keinen Fall von den Hintergründen berichten. Weder davon, wie Kardinal Benelli ihr in der Ciban-Villa offenbart hatte, dass Darius ermordet worden war, noch dass es mehrere Anschläge auf den Papst gegeben hatte und nur sie allein den Heiligen Vater mit ihrer Gabe würde retten können. Niemals würde sie Gasperetti in das unfassbare Geheimnis um den Papst einweihen, in jenes Bündnis, das zwischen der Menschheit und der Apokalypse stand.

Sie blickte dem Kardinal in die Augen, wobei ihr das Herz fast bis zum Hals schlug. »Sagen wir einfach, eine Macht, die der Finsternis nicht das Feld überlassen will, hat dem Morden ein Ende bereitet.«

Gasperetti nahm ihre ausweichende Antwort überraschend gelassen hin. »Die Sache mit Darius tut mir leid«, sagte er schließlich. »Sie können mir glauben, ich hatte mit seinem Tod nicht das Geringste zu tun.«

»Ich weiß, Eminenz. Dennoch werde ich nicht zum Lux zurückkehren. Ich bin kein Mitglied mehr. Weder offiziell noch inoffiziell.«

Darius hatte nicht nur dafür gesorgt, dass sie das Lux hatte verlassen können, er hatte sie auch vor dem Vergessen bewahrt, obwohl Gasperetti darauf bestanden hatte. Die erzwungene partielle Amnesie hätte unter anderem ihre Gabe eliminieren sollen. Ein solcher Eingriff, immerhin eine neurochirurgische Operation, konnte schlimme Folgen haben. Normalerweise war das der Tribut, den man bezahlte, wenn man das Lux Domini verließ.

»Sie können es nicht wissen, Schwester«, erklärte Gasperetti, als spräche er zu einem Freund. »Aber Ihre Freiheit hatte einen hohen Preis, und Ihr toter Mentor ist nicht mehr in der Lage, diesen als Mitglied des Lux zu entrichten. In gewisser Weise erben Sie nun diese Last.«

Catherine fuhr der Schreck durch alle Glieder, aber es gelang ihr, dem Blick des Kardinals nicht auszuweichen. »Ich bin den Ambitionen gewisser Geistlicher gegenüber nicht blind, Eminenz.«

»Ich bitte Sie, Schwester, ich arbeite doch nicht für den Teufel.« Als Catherine nicht antwortete, fügte Gasperetti hinzu: »Aber es wird der Tag kommen, an dem ich Sie um einen Gefallen als Gegenleistung für Ihre Freiheit bitten muss. Und ich hoffe, Sie sind dann – in unser aller Interesse – kooperativ.«

»Wenn es so weit ist, werden wir sehen, Eminenz.«

»Wenn es so weit ist, werden wir gezwungen sein, unverzüglich zu handeln«, sagte Gasperetti ernst. Fürs Erste schien er dennoch mit dem Ergebnis des Treffens zufrieden zu sein. »Bitte verzeihen Sie mir meinen Auftritt, Schwester. Leider haben Sie mir keine andere Wahl gelassen. Ich wünsche Ihnen noch einen schönen Tag.«

Der alte Kardinal gab dem Fahrer ein Zeichen, und dieser öffnete Catherine die Tür. Der frische Wind schlug ihr wie ein nasskaltes Handtuch ins Gesicht. Als die schwarze Limousine sich gemächlich in Bewegung setzte, konzentrierte Catherine sich darauf, ihr nicht wie hypnotisiert nachzustarren.

4.

»Konzentriere dich«, sagte der Doktor.

David starrte auf die Fotos. Fast hörte er, wie der kleine, dicke Wissenschaftler auf der anderen Seite der Wand den Atem anhielt.

David konzentrierte sich zunächst auf das Foto mit dem weiß gekleideten Mann, das heißt, eigentlich entspannte er sich dabei. Mit neun Jahren hatte er bei einer Testreihe festgestellt, dass Fotos für ihn mehr waren als bloße Abbilder. Wenn er sie lange genug betrachtete, wenn er sie lange genug auf sich wirken ließ, erzählten sie ihm eine Geschichte. Diese begann meist in der Gegenwart und deutete in die Zukunft.

David blickte auf das Foto mit dem alten Mann mit dem weißen Käppchen, als spähte er aufs Meer hinaus und suchte am Horizont nach einem Orientierungspunkt. Und dann, nach einigen Minuten, geschah, was er selbst nicht verstand und der Doktor niemals begreifen würde. Das Abbild des alten Mannes begann lebendig zu werden, begann zu erzählen, von Dingen, die nicht vergessen werden konnten, ganz gleich ob sie bereits geschehen waren oder noch geschehen würden. David betrat das Bild, als wäre er hineingestoßen worden, als wäre er eine Stufe hinabgestolpert, die er zuvor nicht gesehen hatte. Nun stand er in dieser Welt, in diesem seltsamen Zimmer, das durch die Anwesenheit des Greises um einiges größer erschien als die gesamte Welt dort draußen.

Ein Kreuz hing über der Tür gegenüber dem Bett, in

dem der alte Mann mit dem Käppchen lag. Er war um Jahre älter als auf der Fotografie. Seine Haut war blass, obwohl er in einem Land voller Sonne lebte, und sie war von Falten zerfurcht, auch weil er noch vor wenigen Jahren erheblich beleibter gewesen war als jetzt. Mit weit über achtzig war er geistig noch immer vital, nur sein Körper bereitete ihm trotz der schmerzlindernden Wirkung zahlreicher Medikamente von Tag zu Tag immer mehr Pein. Zu dieser frühen Stunde hatte der alte Mann gerade über den Tod nachgedacht und sich gefragt, wie er ihn wohl erleben würde. Schnell und bis zum Ende bei vollem Bewusstsein? Oder langsam und bar jeden Verstandes?

Der Mann schlug die Decke zurück, schob die dürren Beine mühsam über die hohe Bettkante und stand langsam auf. Das Zimmer war größer als Davids Zelle, quadratisch und mit einer hohen Decke. Der Greis wirkte darin wie ein Kind in einem zugemauerten Laufstall. Er schaltete den elektronischen Wecker auf stumm, der auf dem Nachttisch zwischen den Medizindöschen und einem dicken, in Leder gebundenen Buch stand.

David kannte das Buch. Es war das Buch der Bücher. Die Bibel. Die Heilige Schrift. Er hatte es im Institut unter Anleitung eines Lehrers von der ersten bis zur letzten Seite gelesen.

Der alte Mann schlüpfte in seine Pantoffeln und schlurfte zum Fenster, dicht an David vorbei. Sein dünnes weißes Haar war ohne jede Kraft. Dicke Adern traten auf den schmalen Handrücken hervor. Sein Rücken war schwer gebeugt. Erstaunlicherweise wirkten die Augen nicht alt, sondern waren strahlend blau.

Der Mann trat hinter die Vorhänge ans Fenster und blickte über einen riesigen Platz in die Ferne. David, der die Welt teils durch seine Augen sah, hielt den Atem an. Die Sonne ging gerade auf und erhellte einen großen, runden Platz mit unzähligen Säulen und Statuen. In der Mitte stand ein hoher, schlanker und spitzer Stein. Dann war da noch ein riesiger Brunnen, dessen Fontänen hoch aufstiegen. In der Ferne erkannte David unzählige Turmspitzen und glänzende Kuppeln in der Sonne und Straßen, die in alle Himmelsrichtungen führten. Der alte Mann blickte hinaus und dachte über sein Leben nach. In dem Moment wurde David über das Bewusstsein des Greises endgültig klar, dass er nicht in die Gegenwart, sondern in eine mögliche Zukunft blickte. Dass die Gedanken des Mannes seine Gedanken waren.

Sieben Pontifikatsjahre! Sie hatten ihn als Übergangspapst gewählt, und er hatte sie alle überlebt und übertrumpft. Und dennoch schien die Institution, der er vorstand, dem Abgrund so nah wie nie zuvor.

Der Alte seufzte. War es seine Schuld?

Sicher, zum Teil. Er hatte sich weder gegen die Kurie noch gegen die dunklen Strömungen innerhalb der Kirche wirklich durchgesetzt. Dann waren da noch über eine Milliarde Katholiken, überall auf der Welt, die rein theoretisch seinen Glauben teilten, nur leider hatte er das ernüchternde Gefühl, keinen Einzigen von ihnen wirklich erreicht zu haben. Er hatte das Gefühl, versagt zu haben. Auf eine andere Art als sein Vorgänger zwar, aber er hatte, trotz all der Siege, versagt. Der Mann holte tief Luft und seufzte.

Seine Zeit war um. Sein Testament war geschrieben, alle persönlichen Aufzeichnungen und Briefe waren vernichtet. Mehr konnte er nicht tun. Er war zu schwach, um noch irgendetwas zu bewegen. Die Geschichte und Gegenwart der Kirche waren einfach zu groß für eine

Lebensspanne, erst recht für ein Pontifikat. Sein Nachfolger würde das Ruder in die Hand nehmen und gegen das Dunkle in der Kirche antreten müssen.

Bei dieser Überlegung wanderten die Gedanken des alten Mannes zu den beiden Personen, deren Fotos ebenfalls vor David auf dem Tisch in der Isolationskammer lagen. Darauf waren ein Mann in schwarzem Gewand mit rotem Saum und silbergrauem Haar und eine blonde Frau in einem schlichten schwarzen Kostüm zu sehen, das an ein Ordensgewand erinnerte. David spürte, dass zwischen dem Mann und der Frau eine ganz besondere Beziehung bestand. Der alte Mann in Weiß, der offenbar der Papst war, wusste davon, denn die beiden jüngeren Menschen standen ihm sehr nah.

David verstand nicht genau, was ein Papst war, aber er begriff über das Bewusstsein des Greises, dass der Papst eine sehr wichtige Person war. Eine Person, der eine ganze Welt unterstand. Möglicherweise die gesamte Welt dort draußen. David fragte sich, was Doktor Zanolla mit dem mächtigen alten Mann zu tun hatte, während er beobachtete, wie sich dessen Gedanken plötzlich mehr auf den Mann konzentrierten. Ohne das Foto des Greises zu verlassen, tauchte David in das Foto des Mannes in dem schwarzen, rotgesäumten Gewand ein. Das Bild des Alten, ebenso seine Gedanken und Gefühle, verblassten und traten wie eine unscharfe Aufnahme in den Hintergrund.

Straßenlärm durchdrang nun Davids Sinne, gedämpft durch dicke Wände. Jetzt befand er sich nur wenige hundert Meter entfernt in einem anderen Gebäude, in einem Büro ähnlich dem des Doktors, nur dass es viel wohnlicher war. David wusste nicht wie, aber er war über das zweite Bild in der Zeit ein Stück zurückgegangen.

Der Mann in dem schwarzen Gewand hatte dichtes silbergraues Haar und helle, durchdringende Augen. Er saß vor einem Computer und studierte die Daten auf dem Bildschirm. Über dem Schreibtisch hing ein ähnliches Kruzifix wie im Zimmer des Papstes. Mit gerunzelter Stirn las er eine E-Mail, und er wirkte dabei zutiefst besorgt. Obwohl der Mann auf David sympathisch wirkte, umgab ihn eine düstere Aura, eine Dunkelheit, die noch größer war als die des Tiber-Mörders. Das machte ihm Angst.

Zögernd trat David hinter den Mann, um herauszufinden, was ihn so in Sorge versetzte. Doch der Text war bereits zu weit heruntergescrollt, daher bekam David nur noch die Schlusszeilen zu Gesicht:

… die Kirche hat auch überlebt, weil die Menschen schnell vergessen, mein Freund. Doch diesmal ist sie einen Schritt zu weit gegangen. Die Zeit arbeitet gegen uns! Wie Sie wissen, bleibt mir nicht mehr viel Zeit. Ich erwarte Sie und C. daher in meinem privaten Archiv. Ich will Ihnen etwas zeigen, das Ihnen helfen wird, die richtige Entscheidung zu treffen. Möge Gott mit Ihnen sein.

In Christus
Ihr E.

David verstand die Botschaft nicht, aber er spürte, dass sie nichts Gutes verhieß, dass sie Feuer und Blut bringen würde. Schließlich wusste er von der Verbindung zu dem Greis und schloss daraus, dass es sich bei dem anonymen Absender um keinen Geringeren handelte als um den Papst selbst, um Leo XIV.

Der silberhaarige Mann, in dessen Foto David über

das Bewusstsein des Papstes eingetaucht war und über dessen Schultern er gerade blickte, griff nach einer Mappe, schlug sie auf und verteilte den Inhalt über den Schreibtisch. David wich entsetzt zurück, wobei er fast aus seiner tranceartigen Meditation erwacht wäre. Es waren Fotos von einer toten Frau! Aber es war nicht die blonde Frau, deren Bild vor David in der Isolationskammer auf dem Tisch lag. Aus einem unerklärlichen Grund zogen ihn die Aufnahmen von der Toten magisch an. Ungewollt drang er tiefer in den Pfad der Bilder ein und gelangte so in das Bild der toten Frau. Die Szenerie wechselte, und David befand sich in einem weißen Raum voller elektronischer Apparaturen. In dieser unheimlichen Umgebung lebte die tote Frau noch.

Ein Mann in einem grünen OP-Kittel und mit einer Maske vor Mund und Nase tauchte auf und beugte sich über sie.

»Sarah? Sarah!«

Doch die Frau reagierte nicht.

»Alles wird gut!«, erklärte der Mann mit der Maske, aber aus irgendeinem Grund glaubte David ihm nicht. Er versuchte die Frau zu warnen, wich nicht von ihrer Seite, doch dann begann er plötzlich immer heftiger zu zittern, fühlte sich bis zum Ersticken eingezwängt.

»Es ist ein Anfall«, hörte David die Stimme unter der Maske sagen, während er das Gefühl hatte, dass seine ganze Seele bis in den hintersten Winkel gemeinsam mit der Seele der Frau vibrierte. Er wusste, er kannte diese Frau, und er sollte sich erinnern, konnte es aber nicht!

Dann umgab ihn eine eisige Kälte. In Panik spannten sich seine Muskeln an. Er warf den Tisch in der Isolationskammer um und schrie.

Der Doktor schaltete das Licht in der Kammer augenblicklich wieder an.

Dreiundzwanzig Grad. David fror dennoch bis auf die Knochen.

Wie sollte er all diese Angst, all diesen Schmerz, all diese Verdammnis malen?

5.

Catherine wandte den Blick von ihrem Computer ab und legte das Diktiergerät in die Schreibtischschublade zurück. Sie nahm es stets mit zum Joggen, da ihr beim Laufen oft gute Ideen für ihre Buchprojekte kamen. Unter den wachsamen Augen Kardinal Gasperettis hatte sie den kleinen Apparat lieber nicht eingeschaltet. Selbst nach zwei Tagen machte ihr die unselige Begegnung noch zu schaffen.

Als inoffizielle Mitarbeiterin des Vatikans hatte sie in der Altstadt von Rom, gleich beim Campo de' Fiori in der Via dei Farnesi, ein Appartement angemietet. Einmal hatte ihr die Nähe zum Vatikan und zum Tiber gefallen, und dann hatten die unvergleichliche Einrichtung und Atmosphäre der Wohnung ihr Herz im Sturm erobert. Ein weitläufiger Wohnraum mit einem eingebauten Bücherregal und einem Kamin, dazu eine großzügige, mit allem Komfort ausgestattete Küche, ein geräumiges Schlafzimmer sowie ein perfektes Bad. Ebenso genoss sie es, die einzige Mieterin des Stockwerks zu sein. Auf neugierige Nachbarn, die beobachteten, wann sie kam oder ging, konnte sie verzichten.

Sie stieß einen Seufzer aus und schloss die Textdatei, an der sie den Vormittag über gearbeitet hatte. Das Gespräch mit Gasperetti hallte im Augenblick zu stark in ihrem Inneren nach. Natürlich war ihr klar gewesen, dass das Bestreben des Kardinals, sie für das Lux zurückzugewinnen, all die Monate wie ein Damoklesschwert über ihr gehangen hatte, dennoch hatte sie diese Tatsache verdrängt. Nun hatte Gasperetti sie kalt erwischt und benutzte sogar den Tod von Darius, um sie emotional zu erpressen und weiterhin an das Lux zu binden.

Darius …

Catherine hatte sich oftmals gefragt, wo sie heute stehen würde, wenn ihr Mentor nicht gewesen wäre. Er hatte ihr als Ersatzvater echte Freundschaft geschenkt, an sie und ihre mediale Gabe geglaubt, als ihre Mutter – von der sie seit einem Jahr wusste, dass sie gar nicht ihre leibliche Mutter war – sich von ihr abgewendet und sie dem KIMH überlassen hatte. Darius war der Fels in der Brandung gewesen, den sie während ihrer Kindheit und Jugend so dringend gebraucht hatte. Er war für sie so etwas wie eine Familie gewesen. Catherine hatte nicht einmal den Hauch einer Ahnung, wer ihre leiblichen Eltern waren, ob die beiden noch lebten oder sich je für sie interessiert hatten. Nur eines wusste sie: Sie war ein Findelkind, und dank einer glücklichen Fügung des Schicksals war ihr ein Leben in ständiger Existenzangst und Verwirrung erspart geblieben.

Um sich abzulenken, öffnete Catherine das E-Mail-Programm und rief die neuen Nachrichten ab. Ein Studienkollege hatte ihr geschrieben. Es ging ihm ausgezeichnet, er arbeitete sich gerade in einen neuen Job ein und polierte sein Spanisch auf. Die nächste E-Mail stammte von ihrer Schwester Oberin aus Chicago. Sie berichtete, sie habe gerade Catherines neuestes Buch gelesen. Es sei sehr interessant, doch irgendwie sei die Bedeutung der Religion darin ein klein wenig zu kurz gekommen, außerdem habe der Aspekt des weiblichen Potenzials im Menschsein relativ großes Gewicht. Catherine schluckte. Hatte Ciban etwa recht? War sie mit ihrem letzten Buch über das verborgene Männliche und Weibliche im Selbst doch zu weit gegangen?

Während sie die wichtigsten E-Mails beantwortete, klingelte das Telefon.

Catherine erhob sich und ging in den kleinen Flur, wo ein alter Telefonapparat auf einem antiken Schränkchen stand. Der Anruf kam aus dem Archiv und betraf die Recherchen an ihrem aktuellen Buchprojekt *Die Wahrheiten und die Irrtümer der Inquisition*. Der Fall Jeanne d'Arc hatte sie auf die Idee gebracht. Wie konnte es sein, dass die Kirche, die von sich behauptete, die *eine* Wahrheit zu vertreten, Johanna von Orleans erst als Ketzerin auf dem Scheiterhaufen verbrennen und ein halbes Jahrhundert später heiligsprechen ließ? Auch die Täter-Opfer-Rolle in der Inquisition interessierte Catherine sehr. Deshalb wollte sie in ihrem Buch möglichst beide Seiten zu Wort kommen lassen und nicht zuletzt der Frage »Was ist Wahrheit?« zumindest ein klein wenig auf den Grund gehen.

Papst Leo, der um Catherines kritische Schriften wusste, hatte ihr als Vertrauensbeweis Zugang zu den Vatikanischen Archiven gewährt. Natürlich war ihr klar, dass diese Erlaubnis nicht alle und schon gar nicht die geheimsten Archive einschloss. Auch Kardinal Ciban hatte ganz sicher ein Auge auf ihre Nachforschungen. Dennoch hatte sie inzwischen auf weit mehr Schriften Zugriff als noch während ihres Disziplinarverfahrens.

Bruder Anselmus, einer der vielen Mitarbeiter des Archivs, war am Apparat. »Ich bin in der Torquemada-Sache ein Stück weitergekommen und habe ein paar Dokumente ausgegraben, die für Ihre Arbeit sehr interessant sein könnten, Schwester.«

»Das freut mich, Bruder Anselmus. Wann kann ich das Material einsehen?«

Tomàs de Torquemada war von Papst Sixtus IV. zum ersten Großinquisitor des Königreiches Aragón ernannt worden und hatte für Spanien einen eigenen inquisitorischen Behördenapparat aufgebaut. Die Verwaltung hatte bis ins neunzehnte Jahrhundert als vorbildlich gegolten. Catherine wollte unbedingt mehr über diese historische Tätergestalt und ihre Arbeit erfahren.

»Wenn Sie möchten, hole ich Sie um die gleiche Zeit am Eingang zu den Archiven ab wie letztes Mal. Aber vorab schon mal ein paar Daten zur Orientierung …«

Catherine nahm Stift und Papier und machte sich ein paar Notizen. Was Anselmus berichtete, klang in der Tat vielversprechend. Die Freude über die Dokumente ließ sie für einen Moment sogar die unliebsame Begegnung mit Gasperetti vergessen. Doch als sie den Hörer auflegte, kehrten ihre Gedanken wieder zu dem alten Kardinal und seiner Beharrlichkeit zurück. Sie musste vor ihm auf der Hut sein. Vor allem jetzt, da Darius tot war und sie keinerlei Rückendeckung mehr hatte. Ganz gleich wie sehr Gasperetti sie unter Druck setzte, sie durfte auf gar keinen Fall etwas Unüberlegtes tun. Darin lag für sie die größte Gefahr.

Irgendwie musste sie sich ablenken, also packte sie ihre Aktentasche, einen kleinen Dokumentenrucksack mit Laptop-Fach. Sie würde in die Stadt gehen, in ein Café, und dort weiterschreiben. Diese Methode hatte sich schon häufiger bewährt.

6.

Nachdem Professor Alan Scrimgeour das großzügige Zimmer im Santa Chiara betreten hatte, zog er den Mantel aus, warf sein Gepäck aufs Bett und atmete erst einmal erleichtert auf. Das Hotel lag nur wenige Minuten vom Stadtzentrum entfernt direkt hinter dem Pantheon, einem Tempel aus der Antike und zugleich der ältesten katholischen Kirche Roms. Für Scrimgeours Plan war das Santa Chiara der ideale Ausgangspunkt. Zu gerne hätte er nach der anstrengenden Zugfahrt ein wenig gedöst, doch er musste noch ein paar Dinge erledigen, bevor er sich ausruhen konnte, daher bestellte er sich einen Espresso aufs Zimmer. Nachdem er den Kaffee getrunken hatte, verriegelte er die Tür und machte sich an die Arbeit.

Er nahm den Datenträger, den er von Kublicki erhalten hatte, und schob ihn zusammen mit einem vorbereiteten Brief in einen großen, gepolsterten Umschlag. Dann adressierte und versiegelte er die Sendung und sorgte dafür, dass ein privater Kurierdienst sie zu einer ganz bestimmten Stunde zustellte.

Jetzt erst öffnete er den handlichen Reisekoffer und entnahm der inneren Seitentasche eine Zeichnung mit dem Porträt eines Jungen, auf deren Rückseite ein Symbol mit einem Zitat in einer fremdartigen Schrift stand. Die Schrift konnten vermutlich gerade einmal drei oder vier Menschen auf der ganzen Welt lesen.

Einer dieser wenigen Menschen war er.

Und er fürchtete dieses Zitat.

Es bereitete ihm ein solches Unbehagen, dass er sich nicht einmal sicher war, ob er seine Mission würde vollenden können. Nicht dass es ihm an Mut und Entschlossenheit gefehlt hätte, aber sein Gegner war ein äußerst gefährlicher Mann. Aus diesem Grund verschickte Scrimgeour auch zwei Briefe. Sollte er scheitern, brauchte er einen furchtlosen und kämpferischen Zeugen, der alles daransetzen würde, um die Mission doch noch zu einem gerechten Ende zu führen. Scrimgeour war sich sicher, dieser Zeuge würde niemals scheitern.

Er steckte das Blatt mit dem Porträt des Jungen und dem Zitat vorsichtig in einen weiteren gepolsterten Umschlag, fügte ein Foto seiner Frau hinzu, schrieb eine kurze Mitteilung und adressierte die Sendung.

Entdeckt hatte er das Porträt, als er das Arbeitszimmer im hinteren Dachgeschoss seines viktorianischen Hauses renovieren wollte. Sarah hatte den alten Raum stets genutzt, wenn sie bei ihm in Cambridge gewesen war und an ihrer Dissertation gearbeitet hatte. Letzten Winter – zehn Jahre waren seit dem Tod seiner Frau vergangen – hatte sich der Regen durch das Dach geschlichen und die Wand am Fenster gleich hinter dem Schreibtisch fast in einen Schwamm verwandelt. Als hätte das Schicksal es so geplant, hatte er beim Ausräumen das Blatt Papier in Sarahs Schreibtisch gefunden.

Scrimgeour holte tief Luft, weil mit dieser Erinnerung viel verbunden war. So hatte die Familie seiner Frau nie erfahren, dass sie und Scrimgeour ein Paar gewesen waren. Nur unter einer Bedingung hatte die Römerin dem Briten das Jawort gegeben, nämlich dass die Hochzeit heimlich stattfinden müsse. Nach der Eheschließung hatte Scrimgeour sich gehütet, diese Forderung seiner Frau zu hinterfragen, aus Angst sie zu verlieren. Nicht einmal nach der zweiten Fehlgeburt hatte Sarahs Familie von ihm oder den beiden Schwangerschaften erfahren.

Die Trauung hatte daher im allerengsten Kreis stattgefunden: nur der Priester, Sarah, ein Trauzeuge von der Straße, der die dilettantischen Fotos schoss, und er. Nach der Hochzeit hatten seine Frau und er nicht einmal Eheringe getragen. Das Risiko war einfach zu groß. Im Rückblick erschien Scrimgeour das alles völlig absurd, aber damals war ihm aus Liebe alles zwingend und sinnvoll erschienen. Und nun…

Dank Kublickis Detektivarbeit kannte er jetzt die Antwort auf die Frage nach dem Warum. Ihr Ausmaß war unerträglicher als alles, was er sich je hätte ausmalen können. Ein Verbrechen gegen die natürliche Ordnung, das schließlich zum Tod seiner geliebten Frau geführt hatte!

Er verschloss den letzten Umschlag, von dem alles abhing. Dann ging er zu der Reisetasche hinüber, die neben dem Koffer stand, und nahm die Flasche Whisky heraus, die er sich gekauft hatte. Er schenkte sich einen doppelten ein und gleich noch einen. Zur Sicherheit schluckte er gleich darauf noch ein paar Beruhigungspillen, ehe er diverse Telefonate tätigte und einige wichtige Daten im Internet heraussuchte. Erst dann ließ er sich auf dem Bett neben dem Reisekoffer nieder und schloss kurz die Augen.

Im Geiste spazierte er mit seiner toten Frau durch den Petersdom. Für viele Touristen war die erhabene Pracht des Doms nichts weiter als eine Hollywood-Inszenierung, für seine Sarah hingegen war St. Peter das beeindruckendste sakrale Monument der Christenheit gewesen, von Gott inspiriert. Sie hatte ihm sogar das eine oder andere kleine Geheimnis über den Stadtstaat erzählt, unter anderem was sich hinter so mancher Tür des Doms verbarg. Die uniformierten Wächter der Schweizergarde achteten natürlich penibel darauf, dass kein Unbefugter sich in nicht öffentliche Bereiche des Vatikans verirrte.

Beim Gedanken an seine Frau atmete Scrimgeour tief durch. Seit ihrem Tod nahm er sein Leben nur noch unbewusst wahr. Er hatte keine Ahnung, wie er all die Jahre ohne sie überhaupt überstanden hatte. Der Alkohol war ihm immer öfter ein Trostspender gewesen. Scrimgeour beschloss, dem Petersdom zu Ehren seiner Frau am nächsten Tag einen Besuch abzustatten. Er hatte ohnehin mehr als genug Zeit, daher wollte er danach noch einen Streifzug über den Campo de' Fiori mit seinem vielseitigen Marktplatz und den prachtvollen Renaissance-Gebäuden machen. Dort war auch der Treffpunkt für seinen Racheakt. Eine kleine, dem Fest des Todes geweihte Kirche, die er zur Sicherheit vorher noch einmal inspizieren wollte.

Unwillkürlich glitt Scrimgeours Blick zu seinem Reisekoffer. Das Gepäckstück barg etwas, das er mit Hilfe einer stattlichen Bestechungssumme nach Italien geschmuggelt hatte, wobei er Blut und Wasser geschwitzt hatte. Es war ein Erbstück seines Großvaters.

Er öffnete das Hauptfach des Koffers, räumte mit wenigen Handgriffen die Kleidung heraus und entnahm dem Geheimfach das gut verpackte Erbstück, einen Enfield Revolver, wie ihn die britischen Streitkräfte regulär während des Zweiten Weltkriegs verwendet hatten. Nach all den Jahren funktionierte die Waffe noch immer erstaunlich gut. Er überprüfte den Revolver noch einmal, wog ihn in der Faust, zielte und drückte im Geiste ab, wobei er sich vorstellte, wie sein Gegner von der Wucht der Kugel getroffen, zurückgeschleudert und innerlich zerfetzt wurde.

Auge um Auge. Zahn um Zahn.

7.

Der Palast der Inquisition lag wie ein Unheil verkündender Wachhund im Schatten des Petersdoms. Monsignore Rinaldo saß im Vorzimmer des Präfekten der Glaubenskongregation und blickte auf den Sekundenzeiger der Uhr, die über Bischof Tardinis antikem Schreibtisch leise vor sich hin tickte.

Dreiundzwanzig Minuten!

Er seufzte innerlich. Warum beorderte Kardinal Ciban ihn hierher, wenn er ihn dann so lange warten ließ? Tardini bedeutete ihm, sich noch ein klein wenig zu gedulden, und Rinaldo nahm die Geste dankbar an. Wenn er in den letzten Jahren eines gelernt hatte, dann dass der weißhaarige, bedächtige Tardini weit mehr war als nur der erste Sekretär von Marc Kardinal Ciban.

Rinaldo hatte in Kirchenrecht promoviert und arbeitete seit einigen Jahren ohne nennenswerten Ehrgeiz für Ciban und die Glaubenskongregation. Dennoch hatte der Kardinal ihn vor drei Jahren überraschend zum Untersekretär befördert. Dabei hatte ausgerechnet Rinaldos Schwäche für Klatsch und Tratsch dafür gesorgt, dass er in den Fokus Cibans geraten war. Vor allem hatte ihn jenes Gerücht interessiert, nach dem der Kardinal nach dem Tod von Papst Innozenz als einer der vier Spitzenkandidaten für die Papstwahl gegolten hatte. Wie man munkelte, hatte Ciban seine Kandidatur jedoch zurückgezogen und unauffällig Eugenio Torre unterstützt, den derzeitigen Papst Leo, dabei war dieser ein Modernist.

Beweise gab es dafür natürlich keine. Nichts von dem,

was im Inneren der Sixtinischen Kapelle während einer Papstwahl geschah, gelangte an die Öffentlichkeit, nicht einmal an die vatikanische. Dennoch lag dieses Gerücht stetig in der Luft, atmeten die Menschen es ein, als flüsterte es ihnen ein Engel zu – oder der Teufel.

Eines Tages hatte Bischof Tardini Rinaldo beiseitegenommen und im Vertrauen zu ihm gesagt: »Sie fischen in tiefen und trüben Gewässern, mein junger Freund. Ich gebe Ihnen den guten Rat, lassen Sie die Sache auf sich beruhen. Oder gehen Sie direkt zu Seiner Eminenz, anstatt ihn zu einem Ihrer inquisitorischen Fälle zu machen. Als sein Untersekretär haben Sie sich und ihm gegenüber eine ganz besondere Verpflichtung.«

Bevor Rinaldo auch nur einen Mucks von sich geben konnte, fügte der weißhaarige Kleriker hinzu: »Und noch etwas: Lassen Sie das Verfahren gegen Schwester Catherine Bell aus dem Spiel, auch wenn Sie noch so sehr darunter leiden.«

Rinaldo staunte nicht schlecht, als Tardini das gegen Schwester Catherine laufende Disziplinarverfahren ansprach, mit dem Rinaldo beruflich in Berührung gekommen war.

Die Akte »Schwester Catherine Bell« war noch unter Papst Leos Vorgänger angelegt worden, daher hatte Rinaldo jenen Jungmitgliedern der Glaubenskongregation angehört, die man mit dem Studium der Schriften dieser rebellischen Nonne beauftragt hatte. Rinaldo hatte die Bücher gelesen und im Anschluss für seine Vorgesetzten ein erstes Gutachten geschrieben und einige Informationen zusammengestellt. Noch heute rang er deshalb mit seinem schlechten Gewissen. Doch der alte Bischof hatte recht. Das Konklave-Gerücht um Ciban allein war Sprengstoff genug. Also dachte

Rinaldo die halbe Nacht über Tardinis Ratschlag nach, Ciban von Angesicht zu Angesicht gegenüberzutreten. Immerhin konnte der Kardinal ihn mit einem Wort, einer einzigen Geste vernichten. Rinaldo hatte schon mehr als einmal miterlebt, wie er mächtigen Kurienkardinälen allein durch die Kraft seines Blickes den Boden unter den Füßen weggezogen hatte. Aber dann entschied er sich, Tardinis kühnen Rat anzunehmen und gleich am nächsten Tag mit Ciban zu sprechen.

Acht Stunden später stand er in Cibans imposantem Arbeitszimmer, sprach mit ihm das Tagesgeschäft durch und behandelte jene Angelegenheiten, die darüber hinausgingen. Nachdem die Arbeit getan und es an der Zeit war, dass Rinaldo sich in sein kleines Büro am anderen Ende des Flures zurückzog, fasste er sich ein Herz und hüstelte kurz.

»Dürfte ich Ihnen eine persönliche Frage stellen, Eminenz?«

Ciban blickte von seinem Schreibtisch auf und musterte Rinaldo mit klinischem Interesse. Seine schwarze, dunkelrot gesäumte Robe verlieh ihm etwas Sardonisches. »Das kommt auf die Frage an. Worum geht es, Monsignore?«

»Es geht um das …« Rinaldo räusperte sich. »Es geht um das Gerücht.«

»Das Gerücht?« Der Kardinal lehnte sich aufmerksam in seinem hohen Sessel zurück.

»Das letzte Konklave. Ihr Verzicht auf eine Kandidatur und die Erhebung von Kardinal Torre auf den Thron des heiligen Petrus aufgrund Ihrer Intervention.« Rinaldo holte tief Luft und suchte nach einem Anzeichen von Herablassung, Ungnade oder Zorn in Cibans Miene. Aber er entdeckte nichts dergleichen.

»Sie sind also davon überzeugt, dass dieses Gerücht gar kein Gerücht ist«, stellte Ciban schlicht fest.

»Manche Gerüchte sind mehr als Schall und Rauch, Eminenz.«

Es folgte ein langer Moment des Schweigens. Dann bedeutete der Präfekt Rinaldo, Platz zu nehmen.

Seine Lippen verzogen sich zu einem leichten, ironischen Lächeln, als er sagte: »Ich gehe einmal davon aus, Sie unterstellen mir nicht, dass ich den Konklave-Eid gebrochen habe.«

»Gott behüte, nein«, antwortete Rinaldo sofort. Fast wäre er vom Sessel aufgesprungen. Vor der Papstwahl verpflichteten sich die Kardinäle durch einen Eid, sämtliche Wahlvorschriften einzuhalten, über die Vorgänge im Konklave zu schweigen und nicht aufgrund politischer Motive abzustimmen. »Aber ich weiß, dass Sie ein Mann sind, der die Regeln des großen Spiels kennt und der weiß, was gespielt wird.« Er zögerte einen Moment, bevor er hinzufügte: »Warum haben Sie Ihre Kandidatur zurückgezogen?«

»Weil ich dort gebraucht werde, wo ich jetzt bin. Glauben Sie mir, Rinaldo, das Letzte, was unsere Kirche in diesen Tagen benötigt, ist ein Inquisitor an der Spitze.«

»Haben Sie Seine Heiligkeit Papst Leo deshalb unterstützt?«

»Nachdem ich mit einigen der Elektoren gesprochen hatte, gab ich meine Stimme ab und überließ alles Weitere dem Heiligen Geist. Der Heilige Geist hat eine weise Wahl getroffen, finden Sie nicht?«

»Ja, das hat er«, stimmte Rinaldo zu, und er dachte, dass auch Ciban als Bewahrer des Glaubens gewiss keine schlechte Wahl gewesen wäre. Rinaldo fasste sich erneut ein Herz und fragte: »Gab es noch einen anderen

Grund, warum Sie Ihre Kandidatur zurückgezogen haben, Eminenz?«

»Welches Motiv sollte man noch haben, außer seiner Kirche nach bestem Wissen und Gewissen zu dienen?«

Rinaldo wagte einen gefährlichen Ausfall. »Wir arbeiten in der Kongregation immer für die Kirche und bisweilen gegen den Papst. Warum tun wir das, Eminenz, wenn Seine Heiligkeit Papst Leo eine kluge Wahl war?«

Rinaldo wusste nur zu gut, dass die Glaubenskongregation als Verteidigerin der Kirche das mächtigste Instrument in der gesamten Organisation war. Die Reinheit der Lehre und das Erbe des alten Glaubens gingen ihr über alles, selbst über die Pläne des amtierenden Papstes, was Johannes XXIII. und Paul VI. während und nach dem Zweiten Vatikanischen Konzil unangenehm zu spüren bekommen hatten. Jetzt war es an Papst Leo, mit all diesen Frustrationen fertigzuwerden.

»Wie kommen Sie darauf, dass die Kongregation gegen Seine Heiligkeit arbeitet?«, fragte Ciban. Rinaldos Frage schien ihn weder zu schockieren noch zu verärgern.

»Schwester Catherine Bell«, erwiderte Rinaldo knapp. Er war lange genug in das Verfahren gegen Schwester Catherine eingebunden, um zu wissen, dass diese Angelegenheit dem amtierenden Papst ebenso wenig behagte wie ihm. Was das betraf, herrschte eine gewisse Spannung zwischen Papst Leo und der modernen Inquisition.

»Ah, daher weht der Wind.« Ciban musterte Rinaldo aus kühlen, unergründlichen Augen. »Und weiter?«

»Was werden Sie in ihrem Fall unternehmen?«

»Was soll ich Ihrer Meinung nach tun?«

»Sie sollten sich darüber mit Seiner Heiligkeit beraten.« Rinaldos Antwort kam zu seinem eigenen Schrecken wie aus der Pistole geschossen. Im selben Moment spürte er, wie der Präfekt ihn mit anderen Augen zu sehen begann.

Ciban ließ sich Zeit mit seiner Antwort. »Für einen Mann ohne besonderen Ehrgeiz machen Sie sich erstaunlich viele Gedanken, Monsignore. Ich gebe Ihnen mein Wort, dass unsere Kongregation alles tut, um Seine Heiligkeit zu unterstützen, auch wenn es nicht immer so erscheinen mag. Wissen Sie, was noch gefährlicher ist als eine rasante Erneuerung?«

»Ich fürchte, nein, Eminenz.«

»Eine rasante Erneuerung, die aus dem Ruder läuft. Seine Heiligkeit hat in den letzten beiden Jahren viel gewagt und dabei sogar sein Leben aufs Spiel gesetzt. Daher ist es von eminenter Wichtigkeit, die Späne, die er nach seinen Hobelaktionen zurücklässt, unter Kontrolle zu halten.«

Rinaldo spürte einen dicken Kloß im Hals. Ciban hatte recht. Papst Leos Reformpläne, um die Kirche zu modernisieren, stießen bei den Traditionalisten, zu denen auch die Mitglieder des Opus Die gehörten, nur auf wenig Gegenliebe. Leo war ihnen viel zu progressiv. Und wie es aussah – Rinaldo war in den Fall nicht involviert gewesen –, hatte man vor einem Jahr tatsächlich versucht, Papst Leo zu beseitigen.

»Ich glaube, ich verstehe.«

»Haben Sie sonst noch Fragen?«

Rinaldo schüttelte den Kopf, während er ganz tief in seinem Innern gar nicht fassen konnte, dass er noch immer lebte und unversehrt war. »Danke, Eminenz. Im Augenblick nicht.«

»Gut.« Ciban zögerte kurz und musterte ihn, bevor er

sagte: »Sie haben gerade sehr viel Mut bewiesen, Pater, und Sie sind ein integrer Mensch. Ich hätte da eine ganz besondere Aufgabe für Sie.«

Der Präfekt griff auf seinem Schreibtisch nach einem kompakten schwarzen Ordner, der mit einem Kombinationsschloss versehen war. Er schrieb den Zahlencode auf ein Stück Papier, und nachdem Rinaldo sich die Ziffernfolge eingeprägt hatte, warf er die Notiz in einen Aktenvernichter, der nichts als Staub von den ihm anvertrauten Dokumenten übrig ließ.

Rinaldo nahm den Ordner mit einer gewissen Ehrfurcht entgegen. »Was ist das, Eminenz?«

Der Präfekt sagte unumwunden: »Das ist ein Ordner aus dem Schwarzen Archiv. Einer der Gründe, die mich dazu veranlasst haben, meine Kandidatur zurückzuziehen. Der Inhalt ist nicht sehr umfangreich, und es handelt sich ausschließlich um Kopien. Die Originale sind zum Teil siebenhundert Jahre alt und, wie es aussieht, hochbrisant. Lesen Sie sich die Dokumente in Ruhe durch und teilen Sie mir anschließend Ihre Einschätzung mit.«

Rinaldo starrte den Präfekten kurz an. Noch nie hatte er von einem Schwarzen Archiv gehört. Dann verabschiedete er sich, ging auf direktem Weg in sein Büro, schloss die Tür hinter sich ab, zog die Vorhänge zu und legte den schwarzen Ordner auf seinen großen, alten Schreibtisch. Nach dem Gespräch mit dem Kardinal wirkte das Schwarz des Ordners im Halbdunkel auf dem Schreibtisch, als wäre es ein Teil des schwarzen Stoffes von Cibans Robe. Unwirklich, unheimlich, alles Licht verschlingend, nicht von dieser Welt.

Dann hatte Rinaldo ein großes Glas Wasser getrunken, das Zahlenschloss geöffnet und den mysteriösen

Inhalt des Ordners studiert. Nachdem er damit fertig war, hatte er tief Luft geholt, war aufgestanden, hatte die Vorhänge zurückgerissen und die beiden Flügel seines Fensters aufgestoßen, nur um sicherzugehen, dass die Welt dort draußen überhaupt noch existierte.

Mit einem verstohlenen Blick auf den Schreibtisch hatte er sich gefragt, inwieweit Seine Heiligkeit Papst Leo in die Existenz dieser vatikanischen X-Akte eingeweiht war. Hatte Bischof Tardini deshalb diese ungeheure Andeutung gemacht, als er zu ihm sagte, er fische in tiefen und trüben Gewässern? Hatte er damit das Schwarze Archiv gemeint? Nach einer Weile verstaute Rinaldo alles wieder in dem schwarzen Ordner, sicherte ihn mit dem Schloss und machte sich erneut auf den Weg zum Büro des Kardinals.

Ciban wirkte nicht überrascht, seinen Untersekretär so schnell wiederzusehen. Kaum hatte Rinaldo auf dem ihm angebotenen Stuhl Platz genommen, fragte er: »Was denken Sie, Monsignore?«

»Dass das unmöglich der einzige Ordner zu dieser Angelegenheit sein kann.«

Rinaldo hatte den inquisitorischen Kardinal noch nie lachen gehört, aber so unglaublich es war, Ciban lachte, und es klang so sympathisch und herzhaft, dass es dem jungen Monsignore angesichts seiner unwillkürlichen Antwort die Schamesröte ins Gesicht trieb.

»Entschuldigen Sie, wenn ich …«

Der Präfekt winkte ab. »Nein, nein, ist schon gut. Sie haben den Nagel auf den Kopf getroffen.« Er wurde wieder ernst. »Es gibt noch zwei weitere Ordner, die sich zurzeit bei Seiner Heiligkeit befinden. Die Unterlagen in dem einen befassen sich mit einem noch düstereren Aspekt dieses Falls, auch wenn es bisher nicht viel ist, was wir herausgefunden haben. Der andere Ordner beinhaltet einige weitere Daten, die sich mit Funden in Äthiopien beschäftigen. Ich muss Ihnen jedoch gestehen, dass dies nur ein Fall von vielen ist, die wir momentan bearbeiten. Kommen Sie, ich will Ihnen etwas zeigen.«

Ciban erhob sich und ging zur Tür, wohin Rinaldo ihm mit einer Mischung aus Neugier und Unbehagen folgte.

Sie tauchten in die tiefsten und hintersten Winkel des Geheimarchivs ab, in jene Bereiche, die schon Papst Johannes XXIII. vor über einem halben Jahrhundert auf der Suche nach der Wahrheit aufgesucht hatte. Damals war es, wie Ciban ihm nun erklärte, um das letzte Geheimnis der Fatima-Prophezeiung gegangen. Sie liefen durch Gänge, die Rinaldo als Untersekretär nie zuvor zu Gesicht bekommen hatte. Dann öffnete Ciban eine schwere Stahltür, und ein tresorartiger Raum tat sich vor ihnen auf. Sie passierten einen weiteren langen Gang, bogen nach rechts in einen großen Raum ab und blieben vor mehreren mächtigen verschlossenen Stahlschränken stehen. Einen davon öffnete der Kardinal nun, und Rinaldo blickte auf die Rücken etlicher pechschwarzer Ordner, optisch identisch mit jenem Exemplar, dessen Inhalt er gerade erst studiert hatte.

»Das hier sind alles Fälle aus unserer fernen, nicht immer löblichen Vergangenheit. Jeder einzelne reicht bis in die Gegenwart und könnte uns sogar noch in der Zukunft gefährlich werden.«

Ciban blickte Rinaldo nachdenklich an, als träfe er eine Entscheidung, die zugunsten des jüngeren Mannes ausfiel. »Ich habe Ihnen diesen Ort gezeigt, und noch können Sie umkehren und so weiterleben, als hätten Sie diesen Raum niemals betreten. Sollten Sie sich jedoch für die Arbeit in diesem Archiv entscheiden, dann gibt es für Sie kein Zurück. Dann gehören Sie zu uns.«

»Zu uns?«

»Zu den Eingeweihten des Schwarzen Archivs. Mehr kann ich Ihnen zu diesem Zeitpunkt nicht darüber sagen. Denken Sie also noch einmal in Ruhe darüber nach, bevor Sie Ihre Entscheidung fällen, denn, wenn Sie Ja sagen, dann gilt dieses Ja bis ans Ende Ihrer Tage. Was das bedeutet, werden Sie, wie bei so vielen Entscheidungen im Leben, allerdings erst hinterher erfahren.«

Die Strecke zurück durch das Labyrinth des geheimen Archivs erschien Rinaldo so lang, als wäre sie die Allee der gesamten Geschichte in den alten Dokumenten und den schweren, klobigen Büchern, die in Reih und Glied ihren Weg säumten. Ciban sprach kein weiteres Wort, und so brachte auch Rinaldo keinen Ton hervor. Schweigend kehrten sie zu den oberen Archivräumen und dann zum Licht der Welt zurück.

Seit diesem Tag hatte Rinaldo Dutzende der unheimlichen schwarzen Ordner mit ihren X-Akten studiert, und jeder einzelne hatte sein wohlgeordnetes Bild von der Welt grundlegend erschüttert und seine Kraft und sein Denken auf die Probe gestellt. Der Druck in seinem Magen ließ nur selten nach, erinnerte ihn regelmäßig an den Ausspruch des großen Philosophen und Mystikers Ralph Waldo Emerson: »Du kannst wählen zwischen der Wahrheit und der Ruhe, aber beides zugleich kannst du nicht haben!«

Seit diesem Tag gab es für Rinaldo keine Gewissheit mehr über die Ordnung der Welt, keine eindeutige Wahrheit. Alles, was er nun hatte, waren diese erschreckenden Dokumente, verpackt in Dutzende schwarze Ordner. Und Hunderte von diesen X-Akten des Vatikans ruhten noch ungelesen in den massiven Stahlschränken des Schwarzen Archivs.

Da war die Rede von der »Wiedererweckung der Toten«, einem inoffiziellen Forschungsprogramm in den USA. Da war die Rede von geheimen Institutionen und Orden, die seit Jahrhunderten verdeckt überlebt hatten, und von deren Mitgliederlisten von Angehörigen des Klerus, die unter dem Verdacht standen, dem einen oder anderen Bund anzugehören. Da gab es belastende Zeitungsartikel, Kongressberichte und Einzelmitteilungen.

Zu Beginn hatte Rinaldo noch gedacht, dass das Ganze reichlich paranoid klang, wie die obsessive Ausgeburt eines überspannten Gehirns. Aber dann hatte er in einigen Fällen zu ermitteln begonnen, und das, was ihm eben noch paranoid erschienen war, hatte plötzlich Gestalt angenommen, war greifbar geworden, existierte mit einem Male ebenso wie die Gewölbe des Petersdoms oder die Geschäftsordnung des letzten Konklaves. Doch so groß das Grauen auch war, ihn faszinierte diese Arbeit. Die schwarzen Ordner hatten ihre ganz eigene magische Anziehungskraft. Irgendwie überwog die Neugierde am Ende den Schrecken, sobald er eine dieser Akten aufschlug und auf Fährtensuche ging…

Das schrille Klingeln von Bischof Tardinis altem Telefon ließ Rinaldo zusammenfahren, riss ihn aus der Welt des Schwarzen Archivs und holte ihn zurück in die Gegenwart. Keine zwei Minuten waren seit seinem letzten Blick auf die Uhr vergangen, aber es erschien ihm, als säße er schon seit Stunden hier.

»Sie können jetzt hineingehen, Monsignore«, erklärte der weißhaarige Sekretär mit einem leisen Schmunzeln.

Rinaldo erhob sich und blickte auf die Tür zu Cibans Büro, als handelte es sich dabei um einen der blankpolierten Stahlschränke aus dem vatikanischen Untergrund. Welche X-Akte wartete wohl diesmal auf ihn?

8.

»Was siehst du?«

Dr. Zanolla saß am Terminal auf der anderen Seite des Spiegelglases. Seine Stimme klang freundlich, doch David konnte den fordernden, ungeduldigen Blick des Wissenschaftlers beinahe spüren.

Vor David auf dem Tisch lag wieder das Foto mit Papst Leo. Inzwischen war ihm der alte Mann vertraut. Es bereitete ihm keine Mühe mehr, die Welt Leos zu betreten und an dessen Emotionen und Überlegungen teilzuhaben, auch wenn er die Gefühls- und Gedankenwelt des Papstes nicht wirklich begriff. David war nur ein Kind, wenn auch ein über alle Maßen begabtes. Der Greis hingegen hatte ein langes, ereignis- und erfahrungsreiches Leben hinter sich. David lernte zwar unglaublich schnell, aber er konnte unmöglich den Erfahrungsschatz und die Weisheit von jemandem mit einem solch langen Leben assimilieren. Oftmals fehlten David schlicht die Worte.

Der Doktor wiederholte seine Frage. Diesmal schwang in seiner Stimme ein Hauch von Ungeduld mit. Als David in das Bild eintauchte, spürte er sofort, dass das, was er sah, erst wenige Tage zurücklag, und er war einmal mehr überwältigt von der Welt, in der Leo lebte, fühlte und dachte.

Der Papst ging durch die Korridore und Räume eines Gebäudes, das vielleicht das wichtigste, sicher aber das einzigartigste Archiv der Welt beherbergte. Unter seinen schweren Schritten hallte der Marmorfußboden.

Über achtzig Kilometer Bücherregale, über etliche tausend Kubikmeter Raum verteilt, beherbergten die unschätzbarste Quelle für die Weltgeschichte, die sich ein Mensch nur vorstellen konnte. Hier fanden sich neben den Dokumenten über die Inquisitionsverhandlungen gegen Galileo Galilei und die Aufzeichnungen über den Hexenprozess gegen die Jungfrau von Orleans auch jene über das Schweigen von Pius XII. während des Terrors des Dritten Reichs. Die Häresie der Kirche war ebenso dokumentiert wie die Häresie der außerkirchlichen Welt. Wer hier arbeitete, der zweifelte nicht mehr an Dantes Hölle, ja nicht einmal mehr an den apokalyptischen Fieberdarstellungen eines Albrecht Dürer oder Hieronymus Bosch. Das Geheimarchiv des Vatikans konzentrierte mehr Dunkel als das tiefschwarze All.

David zuckte zusammen.

Außerhalb des Archivs schlugen die Uhren zwei Stunden nach Mitternacht, als Leo den altertümlichen Lesesaal mit seinen großen schwarzen Tischen und Pulten durchquerte. Das Gehen fiel dem alten Mann nach dem harten Arbeitstag schwer. Doch zu dieser nächtlichen Stunde mochte seine heimliche Wanderung durch die Flure mit Regalen voll Hoffnung, Enttäuschung, Tränen und Blut unbemerkt bleiben.

Leo blickte über die endlosen Borde und seufzte leise. Auch sein Pontifikat würde irgendwann einmal hier enden, eingebunden zwischen dicken, unhandlichen Buchdeckeln, durchlöchert von Anmerkungen und Kommentaren der Kurie, ohne dass von dem einst in Bergamo geborenen Bauernsohn mehr als eine Abstraktion übrig bliebe. So paradox es schien: Menschen zählten nicht in der Kirche. Selbst Päpste waren kaum mehr als eine Fußnote im Strom der klerikalen Zeit.

Leo ging weiter. Sein Ziel war ein noch tiefer gelegener Teil des Archivs, von dem nur wenige Bürger des Vatikans wussten. Durch die Gedanken des Papstes erfuhr David, dass der silberhaarige Kardinal, den er schon einmal sondiert hatte, Leo bereits vor einer mächtigen, verschlossenen Eichentür erwartete.

»Heiligkeit«, grüßte der in Schwarz gekleidete Mann.

Der spontane Anruf des Papstes musste den Kardinal verblüfft haben, aber er ließ sich nichts anmerken. Er schloss die Eichentür auf und verriegelte sie sofort wieder, nachdem Leo und er den dahinter gelegenen Korridor betreten hatten. Auch von diesem Flur gingen etliche Kammern ab. In der hintersten Kammer befanden sich mehrere Panzerschränke mit Dutzenden von Stahlfächern. Einen der Schränke schloss der Kardinal nun auf. Dann zog er ein schweres Stahlfach heraus und legte es vorsichtig auf den nahen Eichentisch.

»Das Fragment, Heiligkeit.«

»Ich habe letzte Nacht etwas sehr Merkwürdiges geträumt«, sagte Leo und blickte auf die blanke Lade hinab. »Ein Kind weckte mich und führte mich in einer brennenden Welt durch ein Labyrinth auf einen hohen Berg. Dort knieten wir zu Füßen eines großen Kreuzes nieder. Das Kind sagte mir, es habe bereits Blut an den Händen und die Zerstörung der Welt gesehen. Und dann … zeigte es mir … diese Lade. Und heraus trat … das Licht.«

»Das Licht?«

Die Stimme des Kardinals verriet mit keiner Nuance, was er empfand oder dachte. Der Papst wusste lediglich, dass dieser Mann ein ganz besonderer Mensch war und dass er ihm vertrauen durfte.

»Ja, das Licht. Klarer, realer als ich es je in der Wirklichkeit gesehen habe. Ich glaube, es hat mir die Lösung gezeigt.«

Der Kardinal starrte von Leo auf die Lade und schwieg. Vielleicht dachte er für einen Moment, dass die extremen Ereignisse der letzten Monate, die grauenhaften Priestermorde und die brutale Folter eines befreundeten Klerikers seinen Herrn nun vollends den Verstand gekostet hatten. Dennoch ließ er Leo gewähren. Vielleicht weil er spürte, dass es dem Papst noch nie so ernst gewesen war.

»Wie lange befindet sich das Fragment bereits im Vatikanischen Archiv?«

»Es ist am 16. Februar 1896 aus England in einer versiegelten Schatulle hierhergelangt, Eure Heiligkeit.«

»Und bisher hat es nie ein Papst gelesen, einschließlich Pius?«

Der Kardinal schüttelte den Kopf. »Nein. Als Papst Pius darauf angesprochen wurde, versah er das Dokument mit dem Vermerk ›Geheimnis des Heiligen Offiziums‹ und verwahrte es im Tresor seines Arbeitszimmers.«

»Warum hat er das Ihrer Meinung nach getan?«

»Weil er die Wahrheit fürchtete, vielleicht. Oder weil er fürchtete, während der Schlacht zwischen Gut und Böse als Oberhaupt der Christenheit versagt zu haben. Er hatte viele Träume – und zumeist keine guten, Heiligkeit.«

Leo erinnerte sich an das schlichte, abgelegene Grab in der Krypta des Petersdoms. Pius hatte sich diese Schlichtheit und Abgelegenheit ausdrücklich gewünscht. Kaum einer, der auf sein Pontifikat zurücksah, wusste um die verzweifelte Doppelrolle, die der Papst während der faschistischen Ära gespielt hatte.

»Laut den Aufzeichnungen war Papst Johannes der Einzige, der sich das Geheimnis angesehen hat«, fügte der Kardinal hinzu.

Johannes! Der alte Haudegen!, schoss es Leo durch den Sinn. Ob er das Geheimnis hatte deuten können?

Der Kardinal setzte an, die schwere Lade zu öffnen.

»Warten Sie, Marc.«

Sofort zog der Kardinal die Hand zurück. »Soll ich das Fragment in Eure Privaträume bringen lassen?«

Leo schüttelte den mächtigen Kopf mit den sanften Gesichtszügen. »Was hier und jetzt geschieht, muss unter uns bleiben.«

Der Kardinal nickte. »Wie Eure Heiligkeit wünscht.«

»Danke … Und jetzt bitte die Lade.«

Ehrfürchtig öffnete der Kardinal die Lade. Es trat kein Licht heraus, kein mystischer Glanz. Das Fragment, das der Kardinal dem Papst schließlich überreichte, wirkte so unscheinbar, so banal, als handelte es sich um das dicke, zerfledderte Schulheft eines Kindes.

»Machen wir uns an die Arbeit«, sagte Leo. Er setzte sich mit dem Kardinal an den großen, hohen Tisch und schlug die ersten Seiten auf.

David trat neben die beiden Männer und warf mit ihnen einen Blick auf das Fragment. Über die Gedanken Leos konnte er die altertümliche Schrift lesen. Von einer uralten, geheimen Bruderschaft war darin die Rede und von der Wiederkunft Jesu Christi und davon, dass die katholische Kirche das einundzwanzigste Jahrhundert nicht überstehen würde.

Aber das Unglaublichste für David kam zum Schluss. Die letzte Seite zeigte eine schon leicht verblassende Skizze, das Gesicht eines Jungen.

Davids Spiegelbild.

9.

Kardinal Cibans Arbeitszimmer war eine Welt für sich. Nirgends sonst im Vatikan hatte Rinaldo Geschichte und Moderne als Stilmix so geschmackvoll vereint gesehen. Auf der einen Seite des Büros befand sich eine hochmoderne Medienwand, auf der anderen Seite standen robuste, antik anmutende Bücherregale, die sich bogen unter den alten Büchern und Folianten aus dem Archiv. Rinaldo hatte bemerkt, dass sich der Inhalt der Regale stetig wandelte, als handelte es sich um Cibans aktuelle Handbibliothek. Sein Blick streifte eine der Skulpturen, die ihn jedes Mal aufs Neue irritierten. Mit einem Schwert bewaffnet, blickte die Engelsfigur von einem der Regale in Deckenhöhe wie ein Wächter auf ihn herab.

Auf Cibans schwerem Schreibtisch lagen ein hochmodernes, aufgeklapptes MacBook und einer der schwarzen Ordner aus dem Archiv. Rinaldo hatte Ciban noch niemals geistig abwesend erlebt, doch in diesem Moment schien der Präfekt meilenweit vom Hier und Jetzt entfernt zu sein.

Rinaldo räusperte sich, damit der Kardinal ihn überhaupt bemerkte. Aber erst beim zweiten Räuspern drehte Ciban sich zu ihm um und bedeutete ihm, auf einem der beiden Renaissancestühle vor dem Schreibtisch Platz zu nehmen.

»Verzeihen Sie, dass ich Sie habe warten lassen, Monsignore, aber ich erhielt soeben eine Nachricht, der ich sofort nachgehen musste, bevor wir uns darüber unterhalten.«

Mit einer eleganten Bewegung drehte der Präfekt den Laptop herum, damit Rinaldo einen Blick auf den Bildschirm werfen konnte. Während er die Biografie eines gewissen Alan Scrimgeour studierte, schenkte der Kardinal ihm und sich Wasser ein.

»Ich nehme an, Sie haben noch nie etwas von Alan Scrimgeour gehört?«

»Das stimmt, Eminenz.« Rinaldo nahm das Glas Wasser nach der langen Wartezeit dankbar an und trank einen kräftigen Schluck. Abgesehen von den Zeilen, die er gerade gelesen hatte, hatte er keinen Schimmer, wer dieser Mann überhaupt war. »Was macht den Professor für die Glaubenskongregation so interessant?«

Ciban fixierte ihn mit seinen Röntgenaugen, und obwohl Rinaldo den Blick nun schon seit einigen Jahren kannte, machte er ihn noch immer nervös. Er frage sich, ob es seinen Kollegen Pater Ben Hawlett und Schwester Catherine Bell ebenso erging. Immerhin hatten die beiden im letzten Jahr sehr intensiv mit Ciban zusammengearbeitet. Pater Ben schien dabei bisweilen einem Nervenzusammenbruch nahe gewesen zu sein.

»Professor Scrimgeour zählt zu den wenigen Angelologen, die auf den Triadenmythos aufmerksam geworden sind und mehr darin sehen als eine bloße Spinnerei. Nun behauptet er, dem Orden der Triaden auf der Spur zu sein. Angeblich hat er jene Schrift entdeckt, auf der das Buch Henoch basiert.«

»Die Triadenbibel?«, entfuhr es Rinaldo ungläubig.

Der Triadenorden gehörte angeblich zu jenen Organisationen, die die Inquisition der Kirche im Geheimen überlebt hatten. Für Rinaldo war der Orden bisher nichts weiter als ein Gespenst gewesen, von dem es hieß, dass nicht einmal die Inquisition trotz zahlreicher Versuche auch nur ein einziges Triadenmitglied zu fassen bekommen hätte. Sie seien ein geheimer, gegensätzlicher Pol innerhalb der katholischen Kirche. Irgendwo hatte Rinaldo außerdem aufgeschnappt, dass sie im vierzehnten Jahrhundert nicht einmal davor Halt gemacht hatten, Papst Johannes XXII. wegen der Inquisition in Frankreich anzuklagen. Aber das alles hatte kein historisches Fundament. Kein Chronist, ganz gleich aus welcher Zeit, erwähnte sie oder bestätigte auch nur die Möglichkeit ihrer einstigen Existenz. Für die meisten gehörte der Orden nicht einmal in das Reich der Fabeln, sondern schlicht nirgendwohin, weil er ein Hirngespinst war, die Ausgeburt eines anonymen Phantasten, der die Geschichte der Kirche und damit auch die der Menschheit verwirren wollte. Umso mehr erstaunte es Rinaldo, dass ausgerechnet Ciban sich seit langem mit dieser Phantasie beschäftigte, denn selbst wenn man zwei oder mehrere Mythen miteinander verknüpfte, stieß man noch lange nicht auf die Wahrheit. Erst recht nicht, wenn für einen davon nicht einmal der Hauch einer Chance auf Authentizität bestand. Und Rinaldo hatte inzwischen einige historische Schriften gelesen.

Darüber hinaus war Rinaldo einer der wenigen Mitarbeiter des Kardinals, die von dieser speziellen Studie Kenntnis hatten. Bisher hatte Ciban nicht einmal Bischof Tardini oder Schwester Catherine Bell eingeweiht. Auch wusste Catherine Bell ganz sicher nichts von dem Schwarzen Archiv.

Ciban griff nach dem schwarzen Ordner auf dem Schreibtisch, öffnete das Kombinationsschloss, dessen Nummer er offensichtlich auswendig kannte, und breitete den Inhalt vor Rinaldo aus. Der Ordner enthielt ein paar historische Notizen, einige Aufzeichnungen und

Skizzen, kaum etwas aus der jüngsten Vergangenheit, darunter die Abbildung eines Schlaufenkreuzes sowie den knappen Verweis auf einen inquisitorischen Prozess, der sich im sechzehnten Jahrhundert in Spanien zugetragen hatte. Dafür war eigens der erste Großinquisitor Tomás de Torquemada angereist, ein Dominikanermönch und Beichtvater der Königin Isabella von Kastilien, um über den Angeklagten Gericht zu halten. Über den Prozess selbst entdeckte Rinaldo zwar keinerlei Aufzeichnungen, aber auf einem der alten, vergilbten Papiere stand, dass der Delinquent, der dem Inquisitionstribunal vorgeführt worden war, ein Anhänger des Triadenordens sei. Seine Schuld sei durch den Ring mit dem Triadensymbol bewiesen, den er angeblich getragen hatte.

Rinaldo war sich nicht sicher, was er von alldem halten sollte. Cibans Interesse an dem Orden war für ihn eher eine romantisch-nostalgische Marotte gewesen als eine laufende Untersuchung der vatikanischen Sicherheit. Als fahnde Ciban nach einem Missing Link in der Evolutionsgeschichte der katholischen Kirche. Nun musste Rinaldo feststellen, dass auch Tomás de Torquemada mehr hinter dem Phantom des Ordens vermutet hatte. Aber wie es aussah, war auch der Inquisitor dem Geheimnis des Ordens keinen Schritt näher gekommen. Oder er hatte seine Erkenntnisse mit ins Grab genommen.

»Erinnern Sie sich noch an den schwarzen Ordner, den ich Ihnen zu Beginn Ihrer Karriere in den Schwarzen Archiven ausgehändigt habe?«

»Sie meinen die Sache mit Äthiopien?« Den ersten Ordner hatte Rinaldo vor etwa zwei Jahren in Cibans Büro erhalten, den anderen, weitaus düsteren und interessanteren kurz darauf während eines Besuchs im Archiv.

Ciban nickte. »Ich habe den Inhalt um einige Akten ergänzt und möchte, dass Sie sich die Unterlagen noch einmal vornehmen.«

Rinaldo starrte den Kardinal an. Er hatte kein gutes Gefühl dabei. Die ganze Triadensache war ihm mehr als suspekt.

Cibans schlanke Finger huschten über die Tastatur, dann erhob er sich mit einer geschmeidigen Bewegung, ging zum Drucker, der am Fenster gleich neben dem Aktenvernichter stand, entnahm den Ausdruck und überreichte ihn dem jungen Pater.

Rinaldo warf einen Blick auf das oberste Blatt, auf dem das geheime Symbol der Triaden prangte: das Schlaufenkreuz. Sein ungutes Gefühl verstärkte sich.

Ciban verstaute die restlichen Unterlagen in seinem Bürosafe. »Kommen Sie«, sagte er dann. »Ich möchte Ihnen etwas zeigen.«

Eine Viertelstunde später fand Rinaldo sich in den Untiefen der in der Nähe des Vatikans gelegenen Engelsburg wieder, in denen so berühmte Gefangene wie Giordano Bruno, Cagliostro oder Beatrice Cenci während ihrer legendären Prozesse in Haft gesessen hatten. Die Engelsburg verdankte ihren Namen einer Legende, der zufolge Papst Gregor dem Großen im sechsten Jahrhundert, als die Pest die Bevölkerung restlos zu dezimieren drohte, der Erzengel Michael auf der Spitze der Burg erschienen war, um das Ende des Sterbens zu verkünden. Zum Dank und als Erinnerung hatte Gregor die Burg mit einem Engel krönen lassen.

Mit einer Taschenlampe bewaffnet, hatte Ciban Rinaldo durch einen unterirdischen Geheimgang dorthin geführt. Den offiziellen Verbindungsgang zwischen dem Vatikanischen Palast und der Engelsburg, den im dreizehnten Jahrhundert angelegten Passetto, der schon so manch historischer Papstgestalt das Leben gerettet hatte, hatte der Kardinal gemieden. Schließlich hatte ihr Weg nach einer Reihe verschlossener Eisengittertore in einem von feuchtem Modergeruch erfüllten Kerkerverlies geendet.

»Haben Sie so etwas schon einmal gesehen?« Ciban deutete an die Decke und fächerte den Lichtstrahl der Taschenlampe auf.

Rinaldo stockte und stand mit offenem Mund da, bevor er sich daran erinnerte, dass seine Mutter ihm einmal erklärt hatte, wie ausgesprochen dämlich das aussah. Voller Staunen klappte er den Mund wieder zu.

»Nein, Eminenz. Was ist das?«

Die Decke war über und über mit einem Lebensbaum verziert, einer Art Ahnentafel, allerdings ging es in dieser Tafel nicht um Menschen, sondern um die Mächte des Himmels und der Hölle. An der Wurzel des ganzen Geflechts erblickte Rinaldo das Symbol des Ordens der Triaden. Kein Mensch hätte diesen Plan ohne ein Gerüst in die Decke ritzen können, und Rinaldo bezweifelte, dass einem der Inhaftierten je ein Gerüst oder eine Leiter zur Verfügung gestellt worden war.

»Diese Abbildung zeigt die Hierarchie des Triadenordens. Sie ist mehr als fünfhundert Jahre alt«, erklärte Ciban. »An diesem Ort hat man mehrere Mitglieder des Ordens inhaftiert und verhört.«

Das erklärte zumindest, wie die unglaubliche Gravur an die Decke gelangt war. Der Künstler hatte vermutlich auf den Schultern eines Mithäftlings gestanden.

»Es ist unglaublich, dass es darüber keine Aufzeichnungen im Archiv gibt«, sagte Rinaldo so leise, als müsste er fürchten, dass die Kerkermeister nach all den Jahrhunderten noch in der Nähe waren.

Ciban fokussierte den Lichtstrahl der Taschenlampe und richtete ihn auf das Symbol in der Mitte der Darstellung, ein Schlaufenkreuz mit gewaltigen Schwingen und einem Skarabäus darin. »Es gibt keine offiziellen Dokumente, weil die Sache nicht publik werden sollte. Wie Sie sich erinnern, lag es im Interesse der Kirche, die Existenz des Ordens aus den Annalen der Geschichte zu tilgen. Ganz sicher wollte man es vermeiden, einen Mythos gleich dem der Templer oder Katharer zu erschaffen. Tot bleibt, was totgeschwiegen wird. Ich habe den Unterlagen, die Sie noch einmal durchgehen werden, eine Fotografie dieser Abbildung hier beigelegt. Um der Bedeutung willen wollte ich jedoch, dass Sie auch das Original sehen.«

Rinaldo konnte kaum fassen, dass Ciban hier unten einen historischen Beleg für die Existenz des Triadenordens entdeckt hatte. Nun wusste er auch, wo der Präfekt sich herumtrieb, wenn er mal wieder für die eine oder andere Stunde aus seinem Büro verschwunden war und Bischof Tardini ihn mit durchaus plausiblen Erklärungen deckte. Wie es aussah, hatten die Ermittlungen über die Triaden gerade eine entscheidende Wende genommen. Rinaldo fiel der britische Forscher wieder ein, von dem er in Cibans Büro erfahren hatte.

»Ich nehme an, diese Abbildung hat mit diesem Professor Scrimgeour zu tun?«

»Genau das ist der springende Punkt«, sagte Ciban und leuchtete den mittleren Bereich der in den Stein geritzten Grafik aus. »Der Professor hat einen Teil dieser Hierarchie in seinem Werk *Himmlische Heerscharen* abgebildet, was drei Schlussfolgerungen zulässt: Entweder es existiert irgendwo eine weitere Abbildung, was durchaus möglich wäre, oder aber Scrimgeour war hier in diesem Verlies, was ich ernsthaft zu bezweifeln wage.«

»Sie haben von drei Schlussfolgerungen gesprochen«, sagte Rinaldo, als Ciban kurz innehielt.

»Die dritte Möglichkeit bestünde darin, dass der werte Herr Professor die Triadenbibel tatsächlich gefunden hat.«

Rinaldo starrte den Kardinal im spärlichen Licht an. Er erinnerte sich, dass die Triadenbibel, auch Engelsbibel genannt, vermeintlich über zentrale Wendepunkte in der Vergangenheit, Gegenwart und Zukunft der Menschheit berichtete. Angeblich beantwortete sie nicht nur die Fragen nach dem Woher und Wohin, sondern auch die Frage nach dem tieferen Sinn des Lebens. Damit stand sie in direkter und gefährlicher Konkurrenz zur christlich-katholischen Bibel.

»Offen gestanden bin ich etwas irritiert, Eminenz.«

»Das kann ich mir sehr gut vorstellen«, sagte Ciban ernst. »Ich beschäftige mich schon seit Jahren mit dieser Materie, und nicht einmal ich weiß, was ich von Professor Scrimgeours Arbeit halten soll.« Der Präfekt hielt kurz inne. »Ich denke, es ist an der Zeit, diesem Mann Auge in Auge gegenüberzutreten.«

»Das klingt beinahe nach einem Duell.«

Ciban deutete zur Decke. »Entweder ist der Professor tatsächlich, wie er behauptet, der Triadenbibel auf der Spur, oder er hat auf eine andere Weise mit den Triaden zu tun. Ich muss Sie warnen, Rinaldo, selbst wenn nur ein Prozent der Andeutungen um die Triaden der Wahrheit entsprechen sollten, haben wir allen Grund zur Sorge. Mit solchen Mächten ist nicht zu spaßen.«

»Was ist mit Schwester Catherine, Eminenz? Werden Sie sie über die Gefahr informieren?« Rinaldo kannte zwar die konkreten Hintergründe nicht, doch ihm war klar, dass Catherine bei der Aufklärung der Mordserie an den Ordensgeistlichen eine wichtige Rolle gespielt hatte. Seither hatte sich auch Cibans Einstellung gegenüber der rebellischen Nonne geändert, und das obwohl die beiden nach wie vor sehr unterschiedliche Meinungen vertraten, was das Wesen der Kirche anging.

»Ich denke darüber nach. Unsere Schwester in Christo hat im letzten Jahr große Umsicht und großen Mut bewiesen. Ich möchte ihr jedoch nicht zu viel zumuten. Sie hat schon genug Probleme mit dem Lux.« Der Präfekt warf einen Blick auf seine klassische Armbanduhr und seufzte. »Es wird Zeit, dass wir in den Palast zurückkehren, bevor irgendjemand nach uns sucht.«

Nachdem sie in Cibans Büro zurückgekehrt waren und der Kardinal Rinaldo den dicken Ordner ausgehändigt hatte, klingelte das Telefon. Der Präfekt ging zum Schreibtisch, nahm den Hörer ab, meldete sich und hörte zu. Und was er da hörte, schien ihm ganz und gar nicht zu gefallen.

»Etwas Ernstes?«, fragte Rinaldo, nachdem Ciban aufgelegt hatte.

Der Kardinal nickte. »Es gibt Komplikationen mit Kardinal Gasperetti. Er will um jeden Preis herausfinden, wer oder was das Lux Domini manipuliert, und Schwester Catherine scheint ihm dafür das geeignete Instrument zu sein.«

»Aber wurde Schwester Catherine nicht aus den Diensten des Lux entlassen?«, fragte Rinaldo.

Ciban seufzte. »Genau das ist der Punkt!«

10.

Catherine hätte ihre Verabredung mit Bruder Anselmus in den Vatikanischen Archiven beinahe verschwitzt, so intensiv war sie nach dem Telefonat mit ihrem amerikanischen Verleger in ihr aktuelles Buchprojekt vertieft gewesen. Sie hatte den eigens programmierten Timer ihres Handys zwar gehört, die Bedeutung des Tonsignals jedoch zwei, drei Sekunden danach bereits wieder vergessen. Dass das Ganze nicht mit einer peinlichen Verspätung endete, lag schlichtweg daran, dass sie den Timer ausnahmsweise eine halbe Stunde früher als nötig eingestellt hatte. Einfach um sicherzustellen, dass sie sich auf dem Weg zum Vatikan nicht unnötig abhetzen musste.

Jetzt nahm sie die Abkürzung durch den Petersdom, nachdem sie den Petersplatz so eilig, wie es sich gerade noch für eine Ordensfrau geziemte, überquert hatte. Sie musste Richtung Norden am Papstaltar vorbei, um danach jene Pforten zu passieren, die an der Sixtinischen Kapelle und den Grotten vorbei zur Vatikanischen Bibliothek und den Archiven führten. Vor jeder dieser kolossalen Pforten standen Soldaten der Schweizergarde.

Sie hatte den Altar über dem Petrus-Grab fast erreicht, als sie in ihrer unmittelbaren Nähe eine Aura des Zorns, der Traurigkeit und Verletztheit spürte, deren Intensität sie sofort aufhorchen und sich umdrehen ließ. In der Nähe des Altars stand ein Mann mit kurzem, wirrem Haar in ausgebeulten Tweedhosen und einer abgetragenen Barbourjacke und blickte zur Kuppel hoch. Er sah aus, als lese er die in zwei Meter hohen Lettern verfasste Inschrift, jene Worte, die Jesus einst an Simon Petrus gerichtet hatte: »Du bist Petrus, und auf diesen Felsen werde ich meine Kirche bauen, und die Mächte der Unterwelt werden sie nicht überwältigen.«

Normalerweise waren Catherines mentale Schilde durch die Ausbildung im KIMH so stark, dass kaum etwas aus der Geistessphäre eines anderen Menschen zu ihr durchdrang. Diese über Jahrzehnte hinweg antrainierte Fähigkeit bewahrte sie zum einen davor, den Verstand zu verlieren, und schützte zum anderen die Privatsphäre der sie umgebenden Menschen. Dank ihrer Ausbildung waren die Emotions- und Gedankenströme um sie herum kaum mehr als ein weißes Rauschen. In gewisser Weise war Catherine so zu ihrem eigenen Störsender geworden. Doch diese Fertigkeit hatte auch einen gefährlichen Haken. Sollte sie ihre Schilde aus irgendeinem Grund einmal zu schnell senken müssen oder gänzlich die Kontrolle über ihre Gabe verlieren, konnte dies ihren Geist erheblich verletzen, wenn nicht gar zerstören.

Der schneidende Schmerz und die schwelende Trauer, die in diesem Moment von dem fremden Mann ausgingen, hatten das weiße Rauschen nun so unversehens durchdrungen, dass Catherine sich unwillkürlich fragte, ob er hierhergekommen war, um sich das Leben zu nehmen. Es wäre nicht der erste Selbstmord im Petersdom. Die innere Galerie der Kuppel war zwar mit einer nahezu unüberwindbaren Sicherheitsabsperrung versehen worden, doch wen konnte das schon aufhalten, wenn jemand durch einen Sturz von der Galerie seinem Leben ein Ende bereiten wollte?

Sie fasste sich ein Herz und ging auf den Mann zu.

»Verzeihen Sie, kann ich Ihnen vielleicht helfen? Geht es Ihnen nicht gut?«

Der Mann blickte sie an, blinzelte überrascht und stand wie versteinert da. Schließlich brachte er doch noch ein paar Sätze heraus. »Es geht mir gut, danke, Signorina. Machen Sie sich bitte keine Sorgen.«

Catherine registrierte, dass der Mann recht gut italienisch sprach, mit britischem Akzent. Seine Stimme klang traurig, aber aufrichtig. Dennoch ließ sie nicht so ohne weiteres von ihm ab. Sie sah ihn an und versuchte mehr über ihn zu erfahren.

»Sind Sie ganz sicher?«

Er nickte und setzte ein unbeholfenes Lächeln auf. »Meine Frau ist vor ein paar Jahren verstorben. Sie hat diesen Ort sehr gemocht. Deshalb bin ich heute hier. Um ihrer zu gedenken.« Er blickte auf seine Armbanduhr. »Es wird Zeit, dass ich mich auf den Weg mache. Ich habe noch einen Termin.« Mit einem unverbindlichen Lächeln zog der Mann sich zurück.

Catherines Blick folgte ihm. Während des kurzen Gesprächs hatte sie wahrgenommen, dass der Mann keineswegs suizidgefährdet war. Er litt und trauerte tief, aber da war auch ein unbändiger Lebenswille, ein Ziel, das ihn nicht aufgeben ließ. Wenn da bloß nicht diese befremdliche Dunkelheit gewesen wäre. Doch was hätte sie tun sollen? Den Mann wegen seiner beklemmenden Aura durch die vatikanische Polizei in Schutzhaft nehmen lassen? Man hätte sie augenblicklich für verrückt erklärt.

Sie verharrte noch einen Augenblick und beobachtete, wie der Fremde Richtung Vorhalle verschwand.

* * *

Ohne sich umzudrehen, wusste Scrimgeour, dass die hilfsbereite junge Dame ihm noch einen Moment lang nachsah, bevor sie an den Wächtern vorbei durch eine der Seitentüren trat. Vermutlich führten sie zur Sixtinischen Kapelle und den Archiven. Es war ihm ein Rätsel, wieso die junge Frau sich überhaupt zu ihm umgedreht hatte. Sah man seiner Miene etwa an, wie er sich fühlte? Er musste vorsichtiger sein.

Die junge Frau war äußerst attraktiv gewesen. Sie hatte das schulterlange blonde Haar zu einem ordentlichen, aber nicht zu strengen Pferdeschwanz zusammengebunden. Aus dem schlichten, dunklen Kostüm und ihrem leichten amerikanischen Akzent hatte er geschlossen, dass sie einem dieser modernen US-amerikanischen Orden angehörte. Wie sehr ihn die Gesichtszüge dieser jungen Nonne an seine Frau Sarah erinnerten.

Scrimgeour passierte die Kapelle des heiligen Sebastian und die Vorhalle des Doms, dann trat er auf die große Freitreppe hinaus und nahm mehrere Beruhigungstabletten. Ob er es wollte oder nicht, die Begegnung mit der Ordensfrau hatte ihn binnen eines Sekundenbruchteils in die Vergangenheit katapultiert, zu jenem Tag, als Sarah nach Rom aufgebrochen war, um mit ihrer Familie alles zu klären.

»Was auch immer geschieht, wie auch immer diese Reise ausgeht, ich liebe dich«, hatte sie mit einem seltsam prophetischen Unterton in der Stimme gesagt. Ihre blauen Augen hatten unter dem dunklen, langen Haar wie zwei Sterne geschimmert.

Scrimgeour war von ihrer Bemerkung wie vor den Kopf gestoßen und gleichzeitig völlig fasziniert gewesen, als hätte seine Frau mit ihren Worten eine höhere Wahrheit berührt.

Sarah war von dieser Reise nicht zurückgekehrt. Als ihr offiziell nicht existierender Ehemann hatte er erst zwei Tage nach der Beisetzung von ihrem Tod erfahren, unmittelbar nach einer Vorlesung über Engel in der christlichen Kirchenkunst. Und zwar über die römischen Medien, die er mit seiner Frau via Satellit ein- bis zweimal die Woche verfolgt hatte, damit sie auf dem Laufenden blieb und er sein Italienisch verbessern konnte. Sarahs Vater hatte in einem Interview von einem tragischen Unfall gesprochen. Scrimgeour hätte den Zusammenhang gar nicht erkannt, hätte der Sender nicht Sarahs Porträt für wenige Sekunden eingeblendet. Damals war ihm auch erst bewusst geworden, wie prominent die Familie Ciban tatsächlich war.

Nie würde er diesen Tag, diese Stunde vergessen.

Er hatte später lediglich noch in Erfahrung bringen können, dass es eine Feuerbestattung gegeben hatte. Bis heute wusste er nicht einmal genau, wo Sarahs Grab lag.

11.

Catherine sah dem Briten noch einen Augenblick hinterher, ehe sie ihren Weg fortsetzte. Es ärgerte sie, dass sie den trauernden Mann durch ihre spontane Sorge aus dem Dom vertrieben hatte. Das nächste Mal würde sie vorsichtiger sein, egal wie verzweifelt die Ausstrahlung einer menschlichen Aura ihr auch erschien.

Sie atmete tief durch und hielt schließlich vor einer massiven, von zwei Gardisten bewachten Bronzetür inne, wo sie jedoch nicht Bruder Anselmus, sondern ein alter, kahlköpfiger Archivar mit Hornbrille erwartete.

»Es tut mir leid, Schwester, aber Bruder Anselmus' Fähigkeiten werden an anderer Stelle benötigt. Ich bin Bruder Albert. Man hat mich über Ihre Recherchen informiert.«

»Ich hoffe, die Versetzung von Bruder Anselmus hat nichts mit mir zu tun?«, wagte Catherine sich vor.

Der alte Mönch bedachte sie mit einem undefinierbaren Lächeln. »Ach, wissen Sie, selbst wenn dem so wäre, würde ich vermutlich als Letzter davon erfahren. In diesen Dingen bin ich schon lange nicht mehr auf dem Laufenden. Aber ich bin noch immer ein guter Archivar, ohne mich selbst loben zu wollen. Wenn Sie mir jetzt bitte folgen würden.«

Albert gab den beiden Schweizergardisten ein Zeichen, die daraufhin die gewaltige Tür entriegelten. Kurz darauf schritt Catherine hinter dem Archivar durch das morbide Zwielicht der Gänge an uralten Bücherregalen vorbei. Über ihnen tauchten in regelmäßigen Abständen Lichtinseln auf, die erloschen, sobald sie diese passiert hatten. Der Mönch führte sie in einen kleinen Lesesaal mit nur zwei Stehpulten. Als sie eintraten, gingen die Leuchten über ihnen augenblicklich an. Catherine glaubte von irgendwoher ein Geräusch zu vernehmen, das nicht hierher gehörte. Diese immerwährenden rätselhaften Geräusche waren mit ein Grund, weshalb sie sich in den Archiven nicht besonders wohlfühlte. Bruder Albert verschwand für einen Moment im Labyrinth der Regale und kehrte mit einer überdimensional großen Mappe zurück, die er vor ihr auf eines der Pulte legte.

»Das ist das Material, von dem Bruder Anselmus gesprochen hat, Schwester. Da die Unterlagen das Archiv nicht verlassen dürfen, müssen Sie sie vor Ort einsehen.« Er reichte Catherine ein paar Baumwollhandschuhe. »Nehmen Sie sich alle Zeit, die Sie brauchen. Ich werde es mir am Nachbarpult mit einigen Schriften gemütlich machen.«

»Danke, Bruder Albert.« Sie zückte ihr Notizbuch, streifte die Handschuhe über, öffnete die Mappe und breitete die Unterlagen vor sich aus.

Anselmus hatte Dokumente aus mehreren Jahrhunderten für sie bereitgelegt. Wahrheit und Irrtum, die Wandlung der Wahrheit, darum ging es in diesen scheinbar fragmentarisch zusammengestellten Schriften für Catherines aktuelles Buchprojekt hauptsächlich. Die losen Blätter reichten von Täter-Opfer-Profilen über Texte von Peter Abaelard und Bernhard von Clairvaux aus dem zwölften Jahrhundert bis hin zu Aufsätzen von Hans Küng und Josef Ratzinger aus dem zwanzigsten Jahrhundert. Besonders interessierte Catherine in diesem Zusammenhang auch das offiziell nicht zugängliche Material um Jeanne d'Arc und das angeblich verloren gegangene Schriftgut um einen speziellen Fall des Dominikanermönchs Tomás de Torquemada.

Catherine hielt inne, ging die Seiten noch einmal durch und verglich die Texte mit ihren Notizen. Es bestand kein Zweifel: Das Material zu Torquemada, von dem Anselmus am Telefon gesprochen hatte, fehlte. Konnte es sein, dass Ciban anfing, ihr Buchprojekt über die Inquisition auf so offensichtliche Weise zu boykottieren? Sie kramte nach ihrem Handy, tippte eine Nummer ein und wartete. Gottlob befand sie sich nicht mehr in den unterirdischen Bereichen des Archivs. Das Tonsignal kam sofort. Kurz darauf dann die Mitteilung vom Band, dass der Empfänger zurzeit nicht erreichbar sei.

»Stimmt etwas nicht, Schwester?«, fragte Bruder Albert und blickte wie im Halbschlaf zu ihr herüber.

»Nein, nein. Es ist alles in Ordnung.« Sie hielt ihr Handy hoch und brachte ein halbwegs überzeugendes Lächeln zustande. »Das heißt, kein Durchkommen. Ich wollte mich nur rasch für das Material bedanken.« So leicht würde Ciban ihr diesmal nicht davonkommen!

»Ah ja, natürlich«, stimmte Albert wohlwollend zu.

Sie wollte das Telefon gerade einstecken, als der Klingelton sie gehörig erschreckte.

Sie blickte auf die Nummer: Ciban. Offenbar hatte er ihren Anrufversuch bemerkt.

»Schwester Catherine«, meldete sie sich.

»Ciban hier. Ich würde Sie gerne sprechen, Schwester.«

»Das trifft sich gut, denn ich habe gerade versucht, Sie in Ihrem Büro zu erreichen.«

»Ich rufe von unterwegs an. Genau genommen bin ich bereits auf dem Weg zu Ihnen.«

»Zu mir? Woher wissen Sie …?«

»Ich habe Bruder Anselmus gefragt.«

Natürlich, der Archivar.

»Also gut, ich warte hier.«

»Es wäre mir lieber, wir träfen uns dort, wo ich Ihnen vor einem Jahr mit Monsignore Ben Hawlett in den Archiven begegnet bin.«

Begegnet war gut. Catherine hatte damals zusammen mit Ben Hawlett, einem Freund und Studienkollegen, der zu Cibans engsten Mitarbeitern gehörte, in den Archiven eine heiße Spur in der Mordserie verfolgt. Leider waren sie im Zuge ihrer Ermittlungen gezwungen gewesen, eines der dort archivierten geheimen Bücher aus dem Archiv zu schleusen. Ciban hatte sie mit zwei Schweizergardisten an seiner Seite wie gemeine Strauchdiebe in einem der Lesesäle gestellt. Noch jetzt steckte Catherine der Schrecken in den Knochen, wenn sie daran zurückdachte.

»Ich bin mir allerdings nicht sicher, ob ich allein hinfinde.«

»Das werden Sie.« Er erklärte ihr kurz den Weg von ihrer Position aus. »Sagen wir in zehn Minuten?«

Sie seufzte. »In Ordnung, sofern ich nicht unterwegs verloren gehe.«

12.

David konnte sich nicht erinnern, dass Doktor Zanolla ihn für eine Sondierung je aus dem stabilisierenden Meditationsschlaf hatte wecken lassen. Er hatte gerade von Aaren geträumt, die immer noch verschwunden war, und von den unheimlichen Ebenen, auf denen sich die Labors befanden. In seinem Traum waren seine Freundin und er gerade vor dem Doktor geflüchtet und in den zwielichtigen, labyrinthischen Gängen umhergeirrt.

Dann hatte es ein Erdbeben gegeben, und das ganze Institut hatte bis in die Grundfesten vibriert. David hatte in diesem Augenblick mehr Angst gehabt als je zuvor in seinem Leben, mehr Angst, als er je geglaubt hatte, empfinden zu können. Der Boden war plötzlich unter ihnen aufgebrochen, Aaren war in die Tiefe gestürzt – und verschwunden. Er hatte nichts tun können, gar nichts, außer ihr nachzustarren, bis sie nur noch ein winziger Punkt war – und dann gar nichts mehr.

Kurz darauf hatte er seinen Namen gehört, nicht laut, aber eindringlich. Er hatte die Augen geöffnet und in das nach Rasierwasser müffelnde Hundegesicht von Ambrose gestarrt.

»Komm schon, mein Junge. Hier, zieh das an und mach keinen Lärm. Du musst zu einer Sondersitzung.«

Ambroses Aura, sonst von einem schmierigen Grauorange, war diesmal mit roten Schlieren durchsetzt.

»Und vergiss deine Brille nicht.«

David, noch halb im Schlaf, hatte sich rasch angekleidet und seine Brille aufgesetzt. Dann hatte Ambrose ihn durch ein verzwicktes Geflecht aus Fahrstühlen, Fluren und Verbindungsgängen in die Unterwelt der Isolationskammern eskortiert.

Auf dem Weg zu den Iso-Kammern hatte David an Aaren gedacht und an die Bedeutung seines Traums. Er hatte Aaren vor ihrem Verschwinden von den Kirchenmännern erzählt, die er bereits während früherer Sitzungen gesehen hatte. Außerdem von dem, was er durch ihre Abbilder und mit ihren Augen gesehen hatte, und von der Außenwelt, von Orten, die Kirchen oder Klöster genannt wurden.

Aaren hörte ihm die ganze Zeit über aufmerksam zu. Als er fertig war, zeigte sie ihm einen kleinen Anhänger, den sie unter dem Sweatshirt trug, ein schlichtes silbernes Kreuz, das ihr Dr. Peterson geschenkt hatte, einer der Wissenschaftler. Sie sprach von der symbolischen Bedeutung und von Jesus Christus, ebenso von Gut und Böse und davon, dass die Kirche früher einen großen Einfluss auf die Menschheit gehabt habe. Heute dagegen sei sie eine schlafende Macht, die ihre Kräfte sammelte und bereithielt, die nur darauf wartete, dass ihre Stunde schlug und sie ihre alte Vormachtstellung wieder einnehmen konnte.

»Vielleicht hat der Doktor dir aus genau diesem Grund die Bilder von diesen Männern gezeigt. Er muss wissen, ob sie böse sind oder gut.« Aaren ließ das Kreuz wieder unter ihrem Sweatshirt verschwinden.

David sah sie verwirrt an. »Aber wenn diese Männer für Jesus und für das Gute stehen, warum sollten sie dann Böses tun?«

Aaren zuckte mit den Achseln. »Ich weiß es nicht. Vielleicht weil sie einfach zu viel Ehrgeiz und zu viel Macht haben, und zu wenig Mitgefühl.«

Schließlich wechselte sie einfach das Thema und sagte mit einem verschwörerischen Blick: »Ich weiß, wer meine Eltern sind.« Ein seltenes Lächeln huschte über ihr Gesicht.

David starrte sie ungläubig an. Wie konnte sie wissen, wer ihre Eltern waren? Projekte hatten keine Eltern, niemals, sah man von dem Doktor und dem Pflegepersonal einmal ab.

Leise, so dass David sie kaum hören konnte, fügte Aaren hinzu: »Meine Projektunterlagen … ich habe sie eingesehen, als Doktor Peterson zu einem Notfall gerufen wurde.«

»Aber die Projektunterlagen bestehen doch nur aus Codes«, entgegnete David.

Aaren nickte. »Genau diese Codes habe ich weiterverfolgt. Ich weiß jetzt, welcher Gendatenbank ich entstamme, und ich weiß, wer die Spender sind.«

David bekam große Augen. »Du kennst ihre Namen?«

Sie lächelte ihn verschwörerisch an. »Nein, aber ich werde sie bald erfahren.«

»Und dann?«

Sie zuckte mit den Schultern. »Keine Ahnung. Vielleicht werde ich mit einem von ihnen Kontakt aufnehmen.«

»Wie denn?«

»Über das Web.«

Das Web! Natürlich. Aaren hatte so vieles heimlich aus dem Internet geholt, ohne dass die Weiß- oder Graukittel davon auch nur das Geringste ahnten. Sie war so etwas wie ein Computergenie.

»Und was dann?«, fragte David.

»Dann werde ich das Institut verlassen!«

Aaren sagte den Satz mit so fester Überzeugung, dass

es David nicht nur verblüffte, sondern regelrecht schockierte, denn kein Projekt hatte je das Institut verlassen. Es war, als gäbe es außer über das Internet keine Verbindung zur Außenwelt, als wäre das Institut ein ferner Stern in einer noch ferneren Galaxie. Trotzdem musste es einen Weg nach draußen geben.

Schließlich stellte Aaren ihm eine Frage, die ihn noch weit mehr verblüffte: »Willst du wissen, wer deine Eltern sind?«

Er schluckte, als könne er den Inhalt des Satzes überhaupt nicht fassen. Hatte Aaren etwa auch die Gencodes seiner biologischen Eltern verfolgt?

Als müsste er sich schützen, antwortete er: »Carlos hat gesagt, wir existieren für unsere genetischen Vorfahren nicht. Wir existieren einzig für das Institut. Für die Forschung. Wir sind etwas Besonderes.«

Carlos war eines der älteren Projekte. Er hatte die Hauptebene letzten Monat verlassen, weil er für den Doktor uninteressant und obendrein zu eigensinnig geworden war.

Aaren legte David einen Arm um die Schultern. »Carlos, was versteht der schon … Willst du nun wissen, wer deine Eltern sind? Willst du mit mir gehen?«

David bemühte sich, seine Gefühle unter Kontrolle zu halten, während er sich vorstellte, wie es wäre, seinen Eltern zu begegnen. Bisher hatte er nahezu jeden Gedanken in diese Richtung unterdrückt, weil ein solches Treffen außerhalb des Möglichen lag. Er hatte keine Ahnung, wer sein Vater und seine Mutter waren. Er hatte keine Ahnung, von wem er die Farbe seiner Haare und Augen geerbt hatte. Warum man ausgerechnet ihre genetische Basis ausgewählt hatte, um ihn zu erschaffen, und wem von beiden er nun seine Gabe verdankte.

»Willst du jetzt wissen, wer deine Eltern sind, oder nicht?«, hatte Aaren wiederholt. Es hatte sich angefühlt, als sperre sie eine fest verriegelte Tür in seinem Inneren auf.

Noch jetzt hallte ihre eindringliche Frage durch sein Gehirn: »Willst du jetzt wissen, wer deine Eltern sind, oder nicht? Willst du jetzt wissen, wer deine Eltern …«

Ambrose blieb vor der Schleuse zur Isolationskammer stehen, öffnete die Tür und forderte David auf hindurchzugehen. Damit holte er ihn in die Gegenwart zurück. Irgendetwas geschah, sobald David die Schleuse betrat, doch er hatte keine Ahnung, was. Der Doktor, der wie immer hinter der Wand aus undurchdringlichem Schutzglas saß, begrüßte ihn freundlich und entschuldigte sich sogar dafür, ihn geweckt zu haben. Aber David spürte, dass die Entschuldigung kaum mehr war als ein Lippenbekenntnis.

David entnahm dem Ablagefach das Foto eines Mannes mit kurzem, wirrem Haar. Im Bildhintergrund entzifferte er ein Wort: *Underground*. Es stand in dem blauen Balken eines kreisrunden rotumrandeten Schildes vor einem Treppenabgang. Doch als David wenige Minuten später in das Bild eintauchte, befand er sich an einem ganz anderen Ort. In einem mit dunklem Holz verkleideten Arbeitszimmer nahm der Mann von dem Foto gerade ein altes, dickes, in Leder gebundenes Buch aus der untersten Schreibtischschublade. Der abgewetzte Band schien so alt, als stammte er aus einer anderen Epoche. Ein Name stand darauf: Professor Charles Cutler Torrey, Universität Yale. Im nächsten Moment entdeckte David eine Jahreszahl: 1930.

Der Mann mit dem wirren Haar schlug das Buch auf und blätterte bis zu einer bestimmten Seite vor. Unwillkürlich fragte sich David, ob etwa eine Verbindung zwischen diesem Buch und jenem alten, zerfledderten Heft bestand, das Papst Leo in den Vatikanischen Archiven studiert hatte. David hatte dem Doktor von dem Heft erzählt, die Sache mit dem Porträt des Jungen, das ihm so sehr glich, hatte er hingegen für sich behalten. Er hatte nicht vergessen, dass Aaren verschwunden war, und er erinnerte sich nur zu gut an ihren Rat, niemals zu viel von sich preiszugeben.

Als David sich vorbeugte und über die Schulter des Mannes blickte, nahm er einen merkwürdigen Geruch wahr. Eine Mischung aus Alkohol und Pfefferminz. Dann erblickte er eine halb leergetrunkene Flasche Scotch, die an der Schreibtischkante stand, und eine kleine, offene Schachtel mit zwei goldenen Ringen darin. Der Mann schlug das Buch wieder zu, noch ehe David einen Blick hineinwerfen konnte. Dann schloss er das Kästchen mit den Ringen und öffnete eine andere Schublade des Schreibtischs, um ihr einen Gegenstand zu entnehmen, der in ein schwarzes Tuch gehüllt war. Als der Mann das Tuch entfernte, erblickte David einen großen Revolver.

Der Mann öffnete die Trommel, nahm eine Kugel nach der anderen heraus, bis auf die letzte, ließ die Trommel wieder einschnappen und versetzte sie in Rotation. Dann hielt er sich die Waffe an die Schläfe – und drückte ab.

Klick.

Er drückte noch einmal ab.

Klick.

Und noch einmal.

Klick.

David stand wie in Trance daneben. Was hatte dieser Verrückte mit dem Doktor zu tun?

Der Mann seufzte tief, hüllte den Revolver in das schwarze Tuch und verstaute ihn wieder in dem Schreibtisch. Dann wankte er schweren Schrittes durch einen kurzen Flur ins Bad und übergab sich. Seine Gedanken waren von Schmerz, Selbstmitleid und Alkohol so vernebelt, dass David nichts damit anfangen konnte.

Hilflos blickte er sich in dem dunklen Raum um. Worauf legte der Doktor bei dieser Sondierung wohl Wert? Dann erst entdeckte er die eingerahmte Fotografie auf dem Kaminsims. Er war unschlüssig, aber war das nicht die Frau, die der Mann mit der Maske in dem OP-Saal während einer der letzten Sondierungen Sarah genannt hatte? War das etwa die Verbindung?

Der Mann mit den wirren Haaren kam ins Arbeitszimmer zurück und blieb einen Augenblick vor dem Kamin mit der Fotografie stehen. Erst dann ging er zur Terrassentür, zog die Vorhänge zurück, öffnete sie und ließ frische Luft herein. Just in dem Moment zuckte ein gleißend heller Blitz vom Himmel herab. Dann donnerte und grollte es so gewaltig, als würde gleich die Welt untergehen. All das war dem Mann völlig egal. Er trat hinaus auf die Terrasse und stellte sich mitten in den Schauer. David blickte dem Verrückten nach, während er sich fragte, welche seiner Beobachtungen für den Doktor wohl die wichtigere war. Das alte Buch von Charles Cutler Torrey aus dem Jahre 1930 oder das Porträt der Frau auf dem Kaminsims, das ihn selbst so berührte? Er tippte auf das Buch und gedachte, die Information nicht ohne weiteres preiszugeben.

Während David beobachtete, wie der kalte Regen den Mann mit den wirren Haaren völlig durchnässte, entspannte er sich, konzentrierte sich auf die Rückkehr und trat schließlich vorsichtig aus der Wirklichkeit des Bildes heraus. Kaum war er in die Realität der Iso-Kammer zurückgekehrt, spürte er durch die Spiegelwand den Blick des Doktors auf sich ruhen.

»Was hast du gesehen, David?«, fragte Zanolla.

David blickte von der Fotografie auf dem Tisch auf und drehte sich in seine Richtung. Statt eine Antwort zu geben, fragte er: »Wo ist Aaren?«

Die darauf folgende Stille schien eine Ewigkeit anzuhalten. Dann sagte der Doktor: »Hast du … Aaren während der Sondierung gesehen?«

David spürte die Gefährlichkeit der Frage, wandte den Blick jedoch nicht von dem Spiegelglas ab. »Nein. Aber ich vermisse sie.«

»Aaren ist auf einer langen Reise, mein Junge«, erklärte der Doktor ruhig. »Es geht ihr gut. Du musst dir keine Sorgen um sie machen.«

Tief in seinem Innern wusste David, dass die Worte des Doktors nicht der Wahrheit entsprachen. Daraus zog er seine Konsequenzen, als der Doktor seine Frage wiederholte. »Was hast du gesehen, David?«

»Ich habe gesehen, wie dieser Mann im Regen stand und sich völlig betrunken mit einem Revolver das Leben nehmen wollte.«

»Wollte?«

Wenn David etwas immer weniger ausstehen konnte, dann war es dieser süßliche Singsang in der Stimme des Doktors, diese vorgetäuschte Freundlichkeit, hinter der nicht einmal ein Funke Mitgefühl steckte. »Die Waffe hat nicht funktioniert.«

Für einen quälend langen Augenblick herrschte erneut eine unheimliche Stille hinter der Spiegelwand. Kaufte der Doktor ihm die Geschichte ab? Egal, David ging aufs Ganze.

»Was hast du sonst noch gesehen, mein Junge?«

David blickte auf die Fotografie und sagte: »Zwei goldene Ringe – und nichts als Regen.«

13.

Catherine hatte ganze zwölf Minuten gebraucht, um den Treffpunkt in den Archiven zu finden. Es war eine Sache, mit Bruder Anselmus als kundigem Pfadfinder zwischen den vollen Regalfluchten zu wandeln, und eine ganze andere, allein dort umherzuirren. So gut kannte sie sich nach einem Jahr in Rom hier unten nun auch wieder nicht aus. Ciban erwartete sie natürlich bereits, und als der Blick seiner kühlen, ruhigen Augen sie traf, setzte sofort wieder dieses unmögliche Magenflattern bei ihr ein.

Der gestrenge Kardinal war Anfang fünfzig, wirkte aber etliche Jahre jünger. Meist hatte er einen eleganten Priesteranzug oder eine schlichte schwarze Soutane an, doch heute trug er einen schwarzen Talar mit purpurnen Borten und Knöpfen sowie eine rote Schärpe, wobei das purpurne Scheitelkäppchen auf dem kurzen silbergrauen Haar etwas derangiert war. Darüber hinaus bemerkte Catherine Spuren von Sand und Erde an seinen Schuhen. War Ciban etwa querfeldein durch die Vatikanischen Gärten hierher geeilt?

»Ich habe gerade ein interessantes Telefonat mit einem meiner Mitarbeiter geführt«, erklärte der Kardinal.

Längst stand der kleine Störsender, den Ciban stets bei sich trug, auf dem Stehpult, damit kein ungebetener elektronischer Lauscher mithören konnte.

»Sicher erinnern Sie sich noch an unser Gespräch mit Seiner Heiligkeit von letzter Woche, in dem es um die Auswirkungen des geplanten Konzils auf das Opus und das Lux ging – und um jene geheime Macht, die beide zu manipulieren scheint. Allem Anschein nach ist Kardinal Gasperetti fest entschlossen, dieser unbekannten Größe auf den Grund zu gehen.«

»Hat er sich konkret dazu geäußert, Eminenz?«, fragte Catherine nach einer kurzen Pause.

Ciban schüttelte den Kopf. »Wie Sie wissen, ist Gasperetti ein Geheimniskrämer. Er scheint aber einen privaten Feldzug gestartet zu haben. Und er hat Sie dabei als Werkzeug im Visier.«

Catherine bemühte sich, Ciban nicht anzustarren. Ganz offensichtlich wusste der Präfekt von ihrem Aufeinandertreffen mit Gasperetti vor der Villa Borghese.

»Sie lassen mich überwachen?«

Ciban seufzte. »Nein, Schwester. Aber ich habe ein Auge auf unseren Kollegen Stefano. Und wenn mich nicht alles täuscht, haben Sie etwas auf dem Herzen.«

Sie zögerte, denn eigentlich wollte sie ihr Anliegen bei nächster Gelegenheit an Papst Leo direkt richten und weniger an Ciban. Doch jetzt stand der Kardinal vor ihr und wartete geduldig auf eine Antwort.

»Kardinal Gasperetti versucht mich für das Lux zurückzugewinnen. Wie Sie wissen, bin ich nicht daran interessiert. Aber ich fürchte, er hat mir heute ein Versprechen abgerungen.«

»Ein Versprechen? Inwiefern?«

»Das werde ich erst erfahren, wenn es so weit ist.«

»Was, wie ich Stefano kenne, niemals geschehen wird«, sagte Ciban bestimmt. »Was immer er in die Waagschale gelegt hat, Sie sind ihm in keiner Weise verpflichtet.«

Sie blickte in Cibans unergründliche Augen. »Er sagte, mit dem Tod von Darius habe sich das geändert.«

»Behauptet er das?« Der Präfekt deutete ein grimmiges Lächeln an. »Sie können es nicht wissen, Schwester, aber Darius hat für Ihre Freiheit sehr viel riskiert. Sie kennen den Preis, den ein medialer Mensch normalerweise zu bezahlen hat, wenn er das Lux Domini verlässt?«

Catherine nickte. Allein die Vorstellung des künstlich eingeleiteten Amnesieverfahrens hatte genügt, um ihr die eine oder andere schlaflose Nacht zu bereiten.

Ciban fuhr behutsam fort: »Dass Ihnen diese Qual erspart geblieben ist, verdanken Sie nicht Gasperetti.« Er hielt kurz inne, um dann hinzuzufügen: »Ich bewundere Ihren Mut, Catherine, ebenso wie Ihr Ehrgefühl. Aber genau diese Kombination bereitet mir in Ihrem speziellen Fall auch Sorge. Geben Sie Gasperetti einen Korb.«

»Das ist leichter gesagt als getan, Eminenz.«

»Sie schulden ihm nicht das Geringste. Lehnen Sie ab. Ich kümmere mich dann um den Rest.«

»Sie wollen mir helfen?«

»Warum nicht? Wir arbeiten seit über einem Jahr erfolgreich zusammen.«

Catherine war hin- und hergerissen, starrte auf das Stehpult, genauer auf den kleinen Störsender. In jedem Fall vertraute sie Ciban seit den Ereignissen im letzten Jahr weit mehr als Gasperetti. Am Ende hatte ihr der Präfekt in der Sixtinischen Kapelle, als es zur Konfrontation mit den Mördern gekommen war, sogar das Leben gerettet. »Ich wäre wohl töricht, wenn ich Ihre Hilfe nicht annähme.«

Er überging ihr Zögern. »Bei allem Respekt, das wären Sie. Also, sind wir uns einig?«

Catherine nickte.

Ciban faltete den Störsender zusammen und steckte ihn ein. »Nehmen wir die Abkürzung?«, fragte er.

Oh nein, dachte Catherine, bitte nicht wieder die

unterirdische Transportkabine. Doch sie antwortete: »Warum nicht?«

Der kleine Aufzug, der sich sowohl senkrecht als auch waagerecht unter dem Gelände des Vatikans zu allen wichtigen Orten fortbewegen ließ, war ihr nicht geheuer. Papst Innozenz hatte den geheimen Lift im Rahmen einiger unterirdischer Bauarbeiten, die unter anderem das Lüftungs- und Kühlsystem betrafen, installieren lassen. Außerhalb des Vatikans existierte sogar eine Verbindung zur Engelsburg. Mit Sicherheit gab es noch einige weitere, von denen Catherine nichts wusste.

Der Kardinal ging mit ihr zu einem der Regale, zog einen dicken Folianten hervor und berührte einen Sensor in der Wand. Ein Teil des Regals schwang lautlos beiseite und gab eine Stahltür frei, die sich augenblicklich öffnete. Ciban ließ Catherine galant den Vortritt. Als sich die Tür hinter ihnen schloss, fing sie den Blick seiner stahlgrauen Augen auf. Darin lag etwas, das sie so bisher noch nie wahrgenommen hatte. Die kleine Kabine erschien ihr mit einem Mal noch winziger. Zu allem Überfluss spürte sie, wie ihr das Blut in die Wangen schoss. Der Aufzug setzte sich in Bewegung.

»Bitte entschuldigen Sie, Schwester. Ich wollte Sie nicht in Verlegenheit bringen.«

»Das tun Sie nicht«, erwiderte sie einen Tick zu schnell. Um ihre Verlegenheit besser in den Griff zu bekommen, verschränkte sie die Arme vor der Brust. Da Angriff nun einmal die beste Verteidigung war und ein Gespräch die Fahrt in dem Aufzug erheblich verkürzen würde, fügte sie rasch hinzu: »Würden Sie mir bitte erklären, was mit den Torquemada-Unterlagen geschehen ist, die Bruder Anselmus für mein aktuelles Buchprojekt im Archiv zusammengetragen hat?«

Zu ihrer Verblüffung öffnete Ciban eine bis dahin unsichtbare Konsole und drückte den Halteknopf. Der Lift, der sich erheblich schneller bewegte als alle anderen Aufzüge im Vatikan, blieb mit einem sanften Ruck stehen.

»Mit den Torquemada-Unterlagen?«

Die unerwartete Aktion löste in Catherine ein ziemlich heftiges Unbehagen aus. »Ja. Jene Unterlagen, die aus dem Ordner von Bruder Anselmus verschwunden sind.«

Ciban starrte sie an. »Wann ist das passiert?«

»Heute Nachmittag.«

»Was hat Bruder Anselmus dazu gemeint?«

Catherine runzelte die Stirn, während ihr eine peinliche Erkenntnis kam. »Demnach haben gar nicht *Sie* die Unterlagen beschlagnahmt?«

Ciban blieb ihr die Antwort schuldig. »Was hat Bruder Anselmus gesagt?«

»Nichts.« Sie konnte gerade noch verhindern, dass sie anfing zu stottern. »Ich habe ihn noch nicht erreicht. Bruder Albert sagte, seine Arbeitskraft werde an anderer Stelle gebraucht.«

Ciban schwieg nachdenklich. Mehrere Minuten schienen zu vergehen, ohne dass er es in Erwägung zog, den Aufzug wieder in Gang zu setzen.

Catherine lenkte sich ab, indem sie ihn unauffällig musterte, wobei sich ihr Puls leicht beschleunigte. Kardinal Benellis Bemerkung fiel ihr wieder ein, unmittelbar vor dessen Selbstmord, als er zu ihr und Ciban gesagt hatte, letztendlich stelle nicht der Verstand, sondern das Herz eine Verbindung zu seinesgleichen her. Was hatte er damit nur gemeint? Hatte er Catherines inneren Zwiespalt etwa schon damals vorausgesehen?

Was immer Benelli angedeutet hatte, es entbehrte in ihrem und Cibans Fall jeder Realität. Also versuchte sie wieder einen klaren Kopf zu bekommen, und das bedeutete auch, Ciban ins Hier und Jetzt zurückzuholen. Vor etlichen Wochen hatte er ihr angeboten, ihn privat mit seinem Vornamen anzusprechen, nun entschied Catherine, das erste Mal davon Gebrauch zu machen.

»Was ist so Besonderes an diesen Torquemada-Unterlagen, Marc?«

Cibans eben noch nach innen gerichteter Blick ruhte nun auf ihr.

»Ich bin mir nicht sicher, aber diese dritte, uns unbekannte Macht… Wie es aussieht, war Torquemada ihr bereits vor Jahrhunderten auf der Spur.«

»Daran ist Kardinal Gasperetti in Wahrheit interessiert, oder?«

Ciban nickte. »Ich fürchte, ja.«

»Wieso… fürchten?«

»Glauben Sie an Engel, Catherine?«

»Ich bin eine Ordensfrau.« Für eines ihrer früheren Bücher hatte sie das eine oder andere über die Engelmythologie und -hierarchie gelesen, trotzdem war sie weit davon entfernt, eine Expertin in Angelologie zu sein. Und nun fragte der Kardinal sie, ob sie an Engel glaubte?

Nachsichtig hob Ciban eine Braue. »*Ja* oder *nein*.«

»Ja, in gewisser Weise. Wollen Sie damit etwa andeuten, dass Gasperetti hinter«, sie stockte und starrte ihn an, »Engeln her ist?« Das war so ziemlich das Verrückteste, was sie seit einem Jahr gehört hatte.

»Im Prinzip ja.« Er betätigte den Knopf in der Konsole, ohne sie aus den Augen zu lassen. Mit einem leichten Ruck und kurzer Verzögerung setzte die Transportkabine sich wieder in Bewegung. »Er weiß es nur noch nicht. Und das macht die ganze Angelegenheit für ihn und Sie so gefährlich.«

Jetzt spürte sie erst recht, wie sich ihr Puls beschleunigte. »Was meinen Sie damit?«

»Ihre Gabe. Darius hat Sie gelehrt, diese zu kontrollieren. Gasperetti hingegen will aus Ihnen eine Jägerin machen.«

Catherine trat mit einem einzigen Schritt auf Ciban zu, streckte den rechten Arm aus und drückte den Halteknopf erneut. Dabei nahm sie den warmen, geheimnisvollen Duft seines Aftershaves wahr. Der Aufzug hielt mit einem heftigen Ruck.

»Ich denke, Sie schulden mir eine Erklärung, Eminenz!«

Ciban sah ihr in die Augen. »Ich schulde Ihnen gar nichts, Catherine. Trotzdem haben Sie natürlich eine Erklärung verdient und werden sie auch bekommen. Jedoch nicht hier und nicht jetzt.«

»Und wann, wenn ich fragen darf?«

Ciban seufzte. »In den nächsten Tagen. *Ich* bin nicht Ihr Feind.«

Die letzte Äußerung nahm zumindest ihrer Wut den Wind aus den Segeln. Ihr Freund Ben Hawlett hatte vor einem Jahr exakt den gleichen Satz im Hinblick auf Ciban gesagt, und zwar unmittelbar nach Catherines Anhörung vor der Glaubenskongregation und Benellis Tod. Damals war sie äußerst ungehalten geworden, diesmal hingegen verschlug ihr der Satz aus Cibans Mund, verbunden mit der Erinnerung, glatt die Sprache.

Ciban deutete zum Schalter. »Darf ich?«

Sie nickte, und er drückte den Knopf erneut. Diesmal sprang der Aufzug nicht sofort an. Catherine zählte in

Gedanken. Einundzwanzig … zweiundzwanzig … dreiundzwanzig …

Sie wechselten einen kurzen Blick, dann noch einen. Endlich setzte der Lift seinen Weg sanft ruckelnd fort.

Als die Aufzugstür sich schließlich öffnete, traten sie in einen dämmrigen Gang hinaus. Er grenzte an jenen hohen Flur, der sie zum legendären Damasushof hinter dem Apostolischen Palast führte. Es war Mittag, und es regnete stark. Tatsächlich war es so düster, dass es auch Abend hätte sein können. Das Kopfsteinpflaster des Hofes glänzte wie schweres, dunkles Metall.

Cibans Mobiltelefon läutete, doch er nahm das Klingeln zunächst nicht wahr, weil seine Augen für einen Moment in ihren versunken waren. Erst als Catherine den Blickkontakt unterbrach und auf seine Soutane starrte, griff er in die Innentasche und zog das Handy hervor.

»Bitte entschuldigen Sie mich kurz.« Er nahm das Gespräch an und hörte einige Sekunden lang zu.

Catherine trat unter das Vordach und spähte in den Regen, während die Gedanken nur so durch ihren Kopf wirbelten. In Chicago waren die Regengüsse wesentlich stürmischer als hier. Genau so ein Sturm tobte gerade in ihrem Inneren. Ciban war ein solch kolossales Rätsel. Ein Rätsel, das sie so magisch anzog, dass sie fast ihren Status als Ordensfrau vergessen hätte. Plötzlich wurde ihr klar, dass sie über das Stadium des hormonell bedingten Hirn- und Magenflatterns hinaus war. Das war längst keine Verliebtheit mehr, gegen die sie da ankämpfte. Was sie gerade fühlte, konnte und durfte einfach nicht sein!

»Danke«, hörte sie Ciban wie aus weiter Ferne sagen. »Nein, ich komme heute nicht mehr in den Palast zurück. Ich werde zu Hause weiterarbeiten. Eines noch: Bruder Anselmus soll sich gleich morgen früh bei mir melden.«

Der Kardinal unterbrach die Verbindung und drehte sich zu ihr um, wobei sich seine markanten Gesichtszüge zu einem überraschend jungenhaften Lächeln entspannten. »Mein Wagen steht gleich hier um die Ecke. Wenn Sie es erlauben und sofern Sie hier nichts mehr zu erledigen haben, fahre ich Sie gerne nach Hause. In allen Ehren versteht sich.«

»Danke, Eminenz. Ich würde Ihr Angebot gerne annehmen, aber ich halte es zu diesem Zeitpunkt für keine gute Idee.«

»Ich verstehe.«

Catherine bezweifelte, dass er wirklich verstand. Und sie war in diesem Moment unendlich dankbar dafür. Der Duft seines Aftershaves wehte noch immer durch ihr Bewusstsein.

»Soll ich Ihnen ein Taxi rufen?«, fragte Ciban.

»Nein, danke. Ich brauche jetzt einfach nur ein bisschen frische Luft. Ich werde zu Fuß nach Hause gehen.«

»Dann warten Sie bitte einen Moment. Ich habe einen Schirm im Wagen.«

Er verschwand und war binnen einer halben Minute mit einem großen schwarzen Regenschirm zurück. Kleine, glänzende Wassertropfen fielen aus seinem kurzen Haar auf die schwarze Robe. Er deutete in den Regen, der sich verstärkt hatte. »Sie wollen es sich nicht doch noch mal überlegen?«

Lieber nicht, dachte sie, und sagte: »Ich brauche jetzt wirklich einen klaren Kopf.«

Er reichte ihr den Schirm, wobei er sie fast berührte. »Hier. Passen Sie auf sich auf.«

Es war Catherine unerklärlich, wie dieser Mann es schaffte, all die widersprüchlichen Gefühle in ihr zu entfachen. »Danke. Sie auch.«

Sie drückte auf den Knopf am Griff, und der Schirm spannte sich zwischen ihnen auf. Dann drehte sie sich um. Nein, sie würde nicht noch einmal zu ihm zurücksehen. Ihr Herz raste, als wollte es den letzten Rest Verstand aus ihr heraushämmern. Was sie jetzt brauchte, war vor allem und in jeder Hinsicht Distanz.

So schnell sie konnte, eilte sie über den Hof und durch die vielen Unterführungen Richtung Petersplatz davon. Als sie die Kolonnaden passierte, bedauerte sie jedoch aus einem tiefen Gefühl heraus, Cibans Angebot nicht angenommen zu haben. Und als sie kurz darauf klatschnass den Campo de' Fiori überquerte, verfluchte sie zum ersten Mal in ihrem Leben aus persönlichen Gründen das Zölibat.

14.

Ciban blickte Catherine nach, bis sie im Schatten der ersten Unterführung verschwunden war, während er versuchte, das eben Geschehene zu begreifen. Beinahe hätten sich ihre Hände berührt. Catherine war der Berührung in letzter Sekunde ausgewichen, so wie er damals ihrer Sondierung während eines päpstlichen Empfangs in letzter Sekunde ausgewichen war. Er hatte es beim besten Willen nicht riskieren können, dass sie auch nur einen einzigen Blick auf seine Aura warf. Ganz gleich wie begabt sie war, sie hätte in ihm ganz sicher eine Bedrohung gesehen.

Vielleicht war er das sogar. Eine Bedrohung. Auch wenn Darius da anderer Meinung gewesen war. Es gab Momente, in denen war er von seiner Gefährlichkeit überzeugt. Denn so wie seine Mutter das Licht in der Familie verkörpert hatte, so stand sein Vater für die Dunkelheit. Ob er es wollte oder nicht, er hatte die Dunkelheit seines Vaters geerbt, jene eiserne Kraft und Autorität, die nötig waren, um ein Gebilde wie die Kirche als Präfekt der Glaubenskongregation unter Kontrolle zu halten. In seltenen Fällen ließ er diese brutale Energie an die Oberfläche treten, etwa dann, wenn er Männer wie Gasperetti in ihre Schranken verweisen musste.

Ciban trat zu seinem Wagen, blickte noch einmal in den Himmel, als hoffe er, durch den Regen endlich wach zu werden, und stieg ein. Kaum hatte er den Wagen gestartet, erklang das erste Klavierkonzert von Brahms. Er aktivierte die Scheibenwischer und schaltete den MP3-

Player aus. Sosehr er Brahms schätzte, die selbstquälerische Schwermut seiner Musik war im Augenblick so ziemlich das Letzte, wonach ihm der Sinn stand. Während der Fahrt zu seiner Wohnung dachte er unaufhörlich an Catherine und daran, dass auch sie dieses magische Licht in sich trug. Als wäre er eine Motte, fühlte er sich zu diesem Licht hingezogen, und wie eine Motte konnte er sich daran die Flügel verbrennen und zugrunde gehen. Dennoch würde er es unter keinen Umständen zulassen, dass Gasperetti oder irgendjemand anders Catherines Licht zum Erlöschen brachte.

Als er den Tiber überquerte, wusste er in etwa, wie er Catherine am besten vor Gasperettis neu entfachter Paranoia schützen konnte, ohne dabei selbst zur Zielscheibe des Lux zu werden. Rein theoretisch war er zwar seit einigen Jahren der Chef des Lux und Gasperetti somit sein Stellvertreter, doch er hatte keineswegs vor, den kleinen Kardinal mit dem Eierkopf und der Pomade im Haar zu unterschätzen und womöglich noch auf den richtigen Pfad zu lenken. Es wäre schon fatal genug, sollte Gasperetti tatsächlich hinter der Entwendung der Torquemada-Unterlagen stecken. Ciban glaubte zwar nicht, dass das Recherchematerial etwas über die Triaden enthielt, trotzdem würde der Diebstahl zeigen, wie hartnäckig Gasperetti Catherine und ihn im Auge behielt. Entweder wollte der alte Kardinal Catherine damit unter Druck setzen, oder aber er war tatsächlich Cibans Nachforschungen im Hinblick auf die Triaden auf der Spur. Beides war denkbar, und beides war denkbar unangenehm. Es war, als hätte man die Wahl zwischen Pest und Cholera.

Ciban holte tief Luft. Über kurz oder lang würde er Catherine in seine Triadenforschung einweihen müssen. Nicht zuletzt um sie zu schützen, denn man konnte sich nur dann vor einem Gegner in Acht nehmen, wenn man von ihm wusste.

Er bog in die Via del Governo Vecchio ein und fuhr in die neu angelegte Tiefgarage, die mehrere bewachte Appartementhäuser miteinander verband. Seine Wohnung lag gleich um die Ecke an der Piazza Navona, die an den Campo de' Fiori angrenzte, wo Catherine zu Hause war. Im Grunde wohnte er nur einen Steinwurf von ihr entfernt. Antiquitätengeschäfte, Handwerksläden und Restaurants sorgten neben den Renaissance-Gebäuden und den umliegenden Kirchen für eine sagenhafte Atmosphäre. Er griff nach seiner Aktentasche, verließ den Wagen und nahm den Aufzug, der ihn zu seiner Wohnung brachte.

Außerhalb von Rom besaß der Clan der Cibans eine beeindruckende Villa, aber die war seit dem Tod von Cibans Schwester vor über zehn Jahren so gut wie unbewohnt. Irgendwann hatte Kardinal Benelli die Villa angemietet, Catherine in die Mordserie an den Ordensgeistlichen verwickelt und sich schließlich in dem Anwesen das Leben genommen. Seither gedachte Ciban nicht, es noch einmal zu vermieten. Es war, als lastete ein Fluch darauf. Tatsache war, dass die Villa über mehrere Jahrhunderte hinweg der Sitz seines steinreichen Familienclans gewesen war und somit Geheimnisse barg, die noch heute das Gerücht nährten, die Cibans seien zu machtvoll, um ihnen wirklich vertrauen zu können.

Darius hatte sich nie an diesem Gerücht gestört. Er war oft zu Gast bei ihnen gewesen, hatte mit Cibans Vater Schach gespielt und dem brillanten Klavierspiel seiner Mutter gelauscht. Darius schien immer gewusst zu haben, was richtig war und was falsch, ebenso wie Cibans Mutter.

Ciban öffnete die hohe Appartementtür und stand am Fuß eines Treppenaufgangs. Seine Wohnung nahm das gesamte dritte und vierte Stockwerk ein. Den Haushalt führte ihm eine ältere Nonne, Schwester Giada, deren Diskretion er absolut vertraute. Als er die moderne Küche betrat, stand dort bereits sein Abendessen bereit. Daneben lag ein Stapel mit privater Post, den er sogleich überflog. Ein Brief ohne Absender erregte seine Aufmerksamkeit, da neben der Empfängeradresse ein abstraktes Triadensymbol abgebildet war.

Er ignorierte das köstliche Essen, schenkte sich eine Tasse Kaffee ein und nahm den Brief mit ins Wohnzimmer, wo er ihn öffnete. Ein Foto fiel ihm in die Hand. Als er es umdrehte, hätte ihm der Anblick fast einen Schlag versetzt. Das Foto zeigte seine verstorbene Schwester, als sie in Cambridge an ihrer Dissertation gearbeitet hatte. Erst jetzt wurde ihm klar, wie sehr Catherine ihn an Sarah erinnerte …

Das Licht.

Nachdem er den ersten Schock überwunden hatte, faltete er das beigelegte Blatt Papier auseinander. Es war ein handgezeichnetes Porträt, das einen Jungen zeigte, vielleicht elf oder zwölf Jahre alt. Die Zeichnung glich in verblüffender Weise jenem Porträt, das wohlgehütet in den geheimen Archiven lag und das Ciban und Papst Leo sich erst vor einigen Wochen angesehen hatten. Auf der Rückseite fand sich noch einmal das Symbol der Triaden, das schwingenbewehrte Schlaufenkreuz in Verbindung mit einem Skarabäus, flankiert von zwei Schlangen und einem Zitat in jener Schriftsprache, die nur einige wenige Menschen auf der Welt verstanden.

Ciban gehörte zu diesen Menschen. Er hatte die Sprache in seiner Kindheit gelernt, ebenso wie seine Schwester Sarah, in deren Handschrift das Zitat geschrieben war. Auch Darius hatte diese Sprache beherrscht.

Wer hatte ihm bloß diesen Brief geschickt? Einer der widerwärtigen Ex-Lakaien seines verstorbenen Vaters?

Er griff zum Telefon und rief Schwester Giada an. Doch auch sie wusste nicht, von wem der Brief stammte. Das Kuvert war an der Pforte abgegeben worden, unmittelbar bevor sie das Appartement verlassen hatte. Er bedankte sich und eilte die Treppe hinunter zum Empfang, aber auch dort konnte ihm niemand etwas über den Boten sagen. Zurück in seiner Wohnung, eilte Ciban sofort ins Arbeitszimmer, schaltete sein iPhone ein, das er neben seinem vatikanischen Handy besaß, und rief E-Mails ab.

Die elfte Nachricht war ein Treffer.

Meinen Glückwunsch, Eminenz.
wie ich vermute, haben Sie meine Botschaft mittlerweile erhalten. Ersparen Sie sich die Mühe, den Absender herausfinden zu wollen. Diese E-Mail wurde von einem der zahlreichen römischen Internetcafés verschickt. Überdies habe ich sowieso vor, Sie zu einem Glas Wein zu treffen. Üben Sie sich also bitte noch ein wenig in Geduld und unternehmen Sie nichts, was unsere Begegnung gefährden könnte.
S.

Ciban blickte auf das Sendedatum der E-Mail. Die Nachricht war gerade mal eine Stunde alt. Aus einem Impuls heraus überprüfte er noch einmal den Anrufbeantworter. Nichts. Vermutlich meldete sich der Absender bald wieder per Mail. Also legte er die Kardinalsrobe ab, duschte und zog sich frische Kleidung an. Zivil. Ein schwarzes Hemd mit Button-Down-Kragen, eine schwarze Tweedhose und eine Nubuklederjacke, in deren Innentasche ein Paradef Paralyser Platz fand. Der kleine, handliche Elektroschocker hatte ihm schon einmal bei einem überraschenden Treffen das Leben gerettet.

Schließlich nahm er das iPhone mit ins Wohnzimmer, wo er es bequem im Auge behalten konnte und sofort hörte, wenn eine Nachricht einging.

Die nächste E-Mail kam eine halbe Stunde nach Mitternacht:

Kommen Sie unverzüglich zur Kirche Santa Maria dell' Orazione e Morte, und Sie werden mehr erfahren. Hinterlassen Sie keine Nachricht. Kommen Sie allein und unbewaffnet, oder das Wissen über den Tod Ihrer Schwester ist unwiederbringlich verloren.
S.

Ciban kannte die Santa Maria dell' Orazione e Morte. Es war Sarahs Kirche. Seine Schwester hatte das Gotteshaus regelmäßig besucht, als sie noch in Rom gelebt hatte und am Tiberufer entlangspaziert war. Die Kirche lag nicht weit von seiner Wohnung entfernt.

Er las die Botschaft noch einmal. Sie machte ihn zweifelsohne neugierig. Wer immer diese E-Mail geschrieben hatte, musste Sarah gekannt haben. Offenbar wusste derjenige auch von den Triaden, wie das Porträt mit dem Symbol und der seltenen Schrift vermuten ließ.

Ciban zog die Jacke mit dem Paralyser über, verließ das Gebäude durch die Tiefgarage und schlug den kürzesten Weg Richtung Campo de' Fiori ein. Trotz der

Warnung des Unbekannten hatte er zuvor aber noch zwei SMS verschickt.

Das Unwetter vom Nachmittag braute sich gerade wieder über Rom zusammen. Diesmal mit Blitz und Donner.

15.

Rinaldo trank noch einen Schluck Wasser. Das Tagesgeschäft hatte ihn bis zum späten Abend aufgehalten, und es war fast Mitternacht, als er den Ordner mit den Äthiopien-Dokumenten öffnete. Die Recherche über die Triaden war mühsam und hatte von seiner Seite in den letzten beiden Jahren so gut wie geruht, da zu viel anderes auf seiner Agenda gestanden hatte. Natürlich hatte er stets darauf geachtet, ob der Orden in einer der anderen X-Akten wider Erwarten auftauchte. Doch das war bisher kein einziges Mal geschehen. Jetzt war Rinaldo gespannt, welche Informationen Kardinal Ciban dem Schwarzen Ordner hinzugefügt hatte.

Er breitete die einzelnen Akten vor sich aus. Wie schon vor einigen Jahren fiel ihm sogleich das Material über James Bruce ins Auge. Der schottische Forschungsreisende aus dem achtzehnten Jahrhundert hatte mehr als zwölf Jahre in Nordafrika und Äthiopien verbracht und auf einer seiner Reisen das verschollen geglaubte *Buch Henoch* entdeckt und nach England gebracht.

Einst hatte das Buch bei Juden wie Christen in hohem Ansehen gestanden, aber dann erregte es den Unwillen einiger einflussreicher Theologen und wurde wegen seiner Berichte über Menschen und gefallene Engel zu einem Ärgernis. Der Bischof von Brescia, ein Heiliger der katholischen Kirche, verdammte es im vierten Jahrhundert als Häresie. Aber schon Rabbi Schimon ben Jochai belegte im zweiten nachchristlichen Jahrhundert jeden Menschen mit einem bösen Fluch, der der Henoch-

Literatur zugeneigt war. Deshalb war das Werk nicht nur verleumdet und verflucht, sondern auch noch so lange Buch für Buch verbrannt worden, bis es über ein Jahrtausend lang als verloren gegolten hatte.

James Bruce hatte es eines Tages wie durch ein Wunder in einer äthiopischen Bibliothek wiederentdeckt. Allerdings war er damit nicht auf direktem Weg nach England zurückgekehrt, sondern zunächst in Frankreich vom Comte de Buffon empfangen worden. Der französische Naturforscher war der Herausgeber einer für damalige Verhältnisse monumentalen Naturgeschichte. Ein dem Ordner neu hinzugefügtes Schreiben aus dem neunzehnten Jahrhundert behauptete nun, dass ein Teil von Buffons offizieller siebenteiliger Naturgeschichte gestohlen worden sei, und zwar ausgerechnet das Kapitel über die Naturgeschichte der gefallenen Engel.

Rinaldo warf einen Blick auf einige Titel von Buffons Naturgeschichte: *Von der besten Art, die Naturgeschichte zu erlernen und vorzutragen. Historie und Theorie der Erde. Die Bildung der Planeten ... Von den Flüssen ... Naturgeschichte der Thiere ... Naturgeschichte des Menschen ... Natürliche Geschichte des Menschen ...* Das Werk hätte insgesamt fünfzig Bände umfassen sollen. Bis zu Buffons Tod waren sechsunddreißig davon erschienen. Editiert vom Comte de Lacépède, waren weitere acht Bände veröffentlicht worden. Bis ins neunzehnte Jahrhundert hinein war der Einfluss der Naturgeschichte wohl herausragend gewesen. Und irgendwann in dieser Zeit war die Naturgeschichte der Engel und Menschen daraus verschwunden.

Rinaldo stellte fest, dass Buffons Naturgeschichte in etliche europäische Sprachen übersetzt worden war. Sollte James Bruce dem Comte de Buffon etwa vorab eine Übersetzung der Henoch-Literatur ins Französische ermöglicht haben? Aber was hätte ein Naturforscher wie Buffon mit der Übersetzung eines religiösen Werkes anfangen sollen? Weder in die allgemeine noch in die spezielle Geschichte der Natur passte der Henoch-Stoff hinein.

Rinaldo warf noch einmal einen Blick in die Biografie von James Bruce. Der Autor hatte den Comte de Buffon im Januar 1773 besucht und war erst 1774 nach London zurückgekehrt. Die Henoch-Literatur war aber erst im Jahre 1821 von Richard Laurence, Professor für Hebräisch an der Oxford-Universität, ins Englische übersetzt und veröffentlicht worden. Warum nur war die französische Version verschwunden, während die englische Ausgabe ab 1821 frei zugänglich war? Beinhaltete jener Text, den der Comte de Buffon zu Gesicht bekommen hatte, womöglich Passagen, die der englischen Ausgabe fehlten?

Rinaldo wollte gerade die nächste Akte öffnen, als sein Handy klingelte. Er nahm das Mobiltelefon vom Tisch und blickte auf das Display. Eine SMS war eingegangen, und das kleine Wunderwerk der Technik wollte wissen, ob er diese sofort lesen wolle. Da die SMS von Ciban kam, wollte er sie nicht ignorieren:

Sollte ich morgen früh nicht wie gewohnt in meinem Büro erscheinen, setzen Sie sich bitte umgehend mit I. in Verbindung.

Rinaldo starrte auf die Nachricht. Die römische Eins war das Kürzel für Bischof Tardini, Cibans ersten Sekretär. Er fragte sich, was die Nachricht zu bedeuten hatte. War Ciban etwa einer neuen Information über die Triaden auf der Spur? Und wenn ja, wäre es dann nicht vernünftiger gewesen, wenn er den Kardinal begleitet hätte? Rinaldo stieß einen tiefen Seufzer aus und versuchte sich wieder auf die Akte zu konzentrieren.

Die nächste Biografie handelte von einem gewissen Professor Charles Cutler Torrey, einem amerikanischen Historiker und Archäologen von der Universität Yale, der sich zu Beginn des zwanzigsten Jahrhunderts intensiv mit dem Buch Henoch beschäftigt hatte. Charles Cutler Torrey hatte als Erster auf Indizien von Schriften verwiesen, die älter waren als das Alte und Neue Testament oder sogar das Buch Henoch. Ein Tagebuch Cutlers aus dem Jahre 1930 wurde erwähnt, das seine Recherchen belegte. Doch dieses Tagebuch galt ebenfalls als verschollen.

Nach einer Weile blickte Rinaldo von der Akte auf. Das Material war hochinteressant, doch Cibans SMS ging ihm nicht mehr aus dem Kopf.

Diese SMS gefiel ihm ganz und gar nicht.

16.

Ambrose wartete auf Doktor Zanolla an dessen priva-
tem Lift. Es war eine Weile her, seit der Doktor das letzte
Mal mit ihm gesprochen hatte. Zanolla gab sich nur selten mit den gewöhnlichen Angestellten des Instituts ab,
denn für ihn waren Menschen wie Ambrose minderwer-
tige Geschöpfe. Der Wärter hatte den Eindruck gewonnen, dass der Doktor nur mit dem Finger zu schnippen
brauchte, und schon erlagen unliebsame Mitarbeiter
einem Unfall, oder anstrengende Projekte verschwanden einfach so auf Nimmerwiedersehen. Genau wie das
Mädchen, mit dem David befreundet gewesen war.

Während Ambrose vor der Aufzugtür zur fünften
Untergrundebene stand, erschauerte er innerlich, denn
hinter einer der Stahltüren im noch tiefer gelegeneren
Bereich des Instituts glaubte er so etwas wie ein Krematorium entdeckt zu haben. In einem der Räume waren
Bahren aufgereiht gewesen, auf denen bedeckte Körper
gelegen hatten. Tote Körper. Ambrose hatte sie durch eines der kleinen, in die Türen eingelassenen Fenster gesehen. Das war vermutlich der Grund, weswegen der
Doktor ihn nun sprechen wollte.

Die Lifttür glitt auf, und Zanolla trat in den grauen
Gang hinaus. Er begrüßte Ambrose mit einem Lächeln,
in dem nicht ein Funke Menschlichkeit lag. Sie gingen
den Gang entlang, schritten durch eine alte Stahltür und
betraten einen Sektor, den Ambrose bisher noch nicht
hatte inspizieren können. Aber der Weg unterschied
sich in nichts von den unzähligen anderen Wegen in den

Etagen des unterirdischen Gebäudekomplexes. Das feste Schema des Grundrisses hatte Ambrose von Anfang an die Orientierung erleichtert. Lediglich der Bereich um das Krematorium wich davon ab.

Wie sehr sich doch der lichtdurchflutete oberirdische Bereich der Fruchtbarkeitsklinik von den geheimen unterirdischen, sterilen Laborarealen mit den Unterkünften für die gentechnisch herangezüchteten Versuchsobjekte unterschied. Die meisten Patientinnen suchten die Zanolla-Klinik auf, um sich künstlich befruchten zu lassen, und kehrten anschließend nach Hause zurück. Einige reisten auch, wenn es an der Zeit war, nach Rom zurück und entbanden an der medizinischen Fakultät der katholischen Universität für Gynäkologie und Geburtshilfe, nur um in der Nähe der Zanolla-Klinik zu sein. Wie Ambrose der anzüglichen Anspielung zweier Angestellter entnommen hatte, verfügte die Klinik neben dem Kontakt zu einer seriösen Samenbank für die Singles unter den Patientinnen auch über eine eigene inoffizielle Samenbank, um an besonders »ausgefallenes« DNA-Material für ihre Forschungsarbeit zu gelangen. Wie es aussah, hatten die Spender jener geheimen Samenbank keine Ahnung, dass mit ihrem Sperma mittels Gentechnik Embryonen oder gar menschenähnliche Klone geschaffen wurden. Inzwischen war Ambrose sich so gut wie sicher, dass Zanollas Projekte ausnahmslos aus dieser geheimen Samenbank hervorgegangen waren.

Beim Anblick der deprimierenden Korridore fragte sich der Wärter einmal mehr, wie man selbst als künstlicher Mensch in einer derart kargen, sensorisch reizarmen Welt überhaupt dauerhaft leben konnte. Immerhin gestatteten die Wissenschaftler einigen wenigen herausragenden Projekten ein ganz besonderes Maß an Kreativität. Das verschwundene Mädchen war so eine Ausnahme gewesen.

Ambrose war von den Kindern mehr als fasziniert. Er hatte sich sogar mit dem Mädchen angefreundet, um seine Nachforschungen voranzutreiben. Ob die Kleine deshalb verschwunden war?

Bisher hatten ihn sein professionelles Verhalten und die Tatsache, dass er sich bei Bedarf dumm stellte, vor der Aufmerksamkeit der anderen Angestellten und des Doktors bewahrt. Aber vielleicht brach ihm nun ausgerechnet das verfluchte Krematorium den Hals. Ob der Doktor gedachte, ihn einem Lügendetektortest zu unterziehen? Gerüchtehalber hatte Ambrose von solchen Verhören innerhalb des Instituts gehört.

Er bedachte Zanollas kleine, beleibte Gestalt mit einem unauffälligen Seitenblick, während er sich daran erinnerte, wie der Doktor einmal mit einer der Psychologinnen über Davids Fähigkeiten gesprochen hatte. Wahrscheinlich hatte Zanolla geglaubt, dass Ambrose nicht einmal im Ansatz verstehen würde, worum es in der Unterhaltung ging.

»Sie haben meinen Bericht gelesen?«, hatte der Doktor die Psychologin gefragt.

»Ja«, hatte die Frau geantwortet. »Er liest sich wie ein Science-Fiction-Roman.«

Darauf hatte der Doktor gesagt: »Alles, was in diesem Bericht steht, ist das Ergebnis jahrelanger Forschung. Nichts davon ist Utopie. Der Junge verfügt über Sinne, die wir uns nicht einmal vorstellen können. Er ist der lebende Beweis dafür, dass Geist und Gehirn nicht dasselbe sind.«

Ambrose rekapitulierte in Gedanken noch einmal den Bericht, in den er unmittelbar darauf einen unbeobachteten Blick hatte werfen können. Die Forschungen des Doktors reichten bis zu jener mikroskopisch subatomaren Ebene, auf der Geist erzeugt wurde, und machte sich dabei jene seltsamen Eigenschaften des Quantenuniversums auf der Ebene der Atome zunutze, wo alles mit allem verbunden war. So konnte ein Teilchen zur selben Zeit an zwei oder mehr Orten sein. Die Wissenschaftler nannten diese Fähigkeit in der Raum-Zeit-Geometrie Superposition. Es war eine fundamentale Eigenschaft der Struktur des Universums, deren Vorstellung jedem Normalsterblichen glatt den Verstand rauben konnte. Diese Erkenntnis basierte auch noch auf den allgemeinen Gesetzen der Relativität, die Einstein entdeckt hatte. Die Forschungsarbeit des Doktors war Hightech und Science-Fiction in einem. Er war anderen Labors vermutlich um dreißig, wenn nicht noch mehr Jahre voraus.

Aber Ambrose hatte inzwischen herausgefunden, dass es noch einen weiteren Grund dafür gab, warum es einigen Projekten gestattet war, kreativ zu sein. Keines der Projekte sprach auf die üblichen Psycho-Tests an. Hamburg-Wechsler, Rorschach, TAT, MMPI – nichts. Noch nie war der Doktor dabei zu einem verwertbaren Ergebnis gelangt, auch nicht über die Hirnscans. Es war, als existierte das Bewusstsein einiger Projekte auf einer anderen Ebene, als entzöge es sich einfach den gängigen Lehrmaßstäben. Deshalb die Psychologen. Deshalb ermutigten sie die Kinder zur Kreativität, um wenigstens auf diese Weise einen Blick in ihre Köpfe werfen zu können.

Ambrose dachte an Davids sensationelle Zeichnungen und Gemälde. Ob die Wesen auf diesen Bildern in einer anderen, fremdartigen Welt tatsächlich existierten? Wenn ja, dann musste dies die Hölle sein, eine Welt von permanenter Qual und Katastrophe. Eines von Davids Bildern sah aus, als zeigte es den Untergang des Universums. Aber wie dem auch war, irgendwie erinnerten ihn die Werke an die Zeichnungen schwer traumatisierter Kinder.

Zanolla blieb vor einer Tür stehen und holte Ambrose aus seinen Gedanken. Er öffnete sie und bedeutete seinem Begleiter, ihm zu folgen. Der Raum war größer als vermutet und enthielt eine einzigartige Bildergalerie. Es handelte sich um die älteren Werke Davids. Der Doktor trat näher an die Bilder heran. Ambrose war kein großer Kunstkenner, aber das, was er hier sah, war zweifelsohne außergewöhnlich und sprach ihn trotz des Schreckens unmittelbar an. Eines der Gemälde erinnerte ihn an William Turners *Shade and Darkness*, das als verschollen galt. Ein anderes an Didier Barras' *Der Brand des Tempels von Jerusalem*, aber es war nicht Jerusalem, das hier brannte, sondern eine moderne Stadt, wie Ambrose sofort erkannte. *Das Chaos des Bösen*, stand unter dem Gemälde. Ambrose war kein abergläubischer Mensch, aber dieses Bild erzeugte in ihm mehr als nur Unbehagen. Er konnte sich halbwegs ausmalen, was in den dazugehörigen Kommentaren der Psychologen stand, die in ihrer Analyse ganz sicher von übertragenen Bedeutungen sprachen, von Archetypen und vielem mehr.

»Der Junge nennt es Inferno«, erklärte der Doktor schlicht. »Er hat es unmittelbar nach seiner ersten Sondierung gemalt.«

»Aha«, wiederholte Ambrose dumpf, während er sich fragte, weshalb Zanolla einen einfachen Aufseher wie ihn hierhergeführt hatte. Drei Ebenen tiefer tobte höchstwahrscheinlich ein ganz anderes Inferno. Ambrose meinte plötzlich, das verbrannte Fleisch aus dem

Krematorium bis hierher zu riechen. Aus einem Impuls heraus fragte er: »Was ist mit den Augen auf all diesen Bildern?«

Zanolla schien sich erst vom Anblick des Infernos losreißen zu müssen, bevor er antworten konnte: »Unser Psychologenteam hat sie stets als die Augen des Jungen interpretiert. Alle Augenpaare in den Bildern sehen gleich aus. Der Junge ist sozusagen der Beobachter.«

Wie hypnotisiert starrte Ambrose auf das Bild, bis Zanolla ihm den Blick versperrte.

»Ein guter Rat, Ambrose, betrachten Sie keines der Bilder länger als zwei Minuten, wenn Sie einen schmerzhaften Psychotrip vermeiden wollen. Glauben Sie mir, wenn Sie lange genug in den Abgrund blicken, blickt der Abgrund irgendwann in Sie zurück.«

Ambrose blinzelte verwirrt, so wie es der Doktor wohl von einem einfachen Aufseher erwartete. »Und das heißt?«

»Sie könnten Ihren Verstand verlieren.«

»Warum zeigen Sie mir diese Bilder, Doktor Zanolla? Was habe ich damit zu tun? Sie wissen, ich will hier einfach nur meinen Job machen.«

Der Doktor setzte ein breites Lächeln auf. »Das weiß ich, Ambrose. Aber ich möchte Sie um einen kleinen Gefallen bitten, der Sie des Öfteren mit solchen Bildern konfrontieren wird.«

Ambrose ahnte, worauf der Doktor hinauswollte, noch ehe dieser seine Bitte laut ausgesprochen hatte. Fast hätte er einen erleichterten Seufzer ausgestoßen, weil es nicht um das Krematorium ging.

»Ich brauche einen Mittler«, sagte Zanolla beinahe freundlich. »Tun Sie mir den Gefallen und freunden Sie sich mit David an.«

FLEISCH
UND BLUT

17.

Als Kardinal Ciban die von zwei Totenschädeln flankierte Eingangspforte der Santa Maria dell' Orazione e Morte passierte, hatte er das Gefühl, eine andere Welt zu betreten. Der Innenraum der kleinen Kirche war vom diffusen Licht unsichtbarer Leuchten erhellt. Draußen hallte ein dumpfes Grollen wie abgrundtiefe Trauer durch die Nacht. Seit dem späten Nachmittag hatte es nicht aufgehört zu regnen, und jetzt blitzte und donnerte es auch noch.

Ciban schritt durch den Mittelgang, setzte seinen Weg durch das Zwielicht fort und warf einen kurzen Blick auf das organisch anmutende Geflecht der dunklen Kuppel. Hinter ihm ragte in der Höhe die wie in schwindendes Gold getauchte Kirchenorgel auf. Er kannte die Kirche seit seiner Kindheit. Die morbiden Knochensymbole der Santa Maria dell' Orazione e Morte hatten ihn und Sarah für den Rest ihres Lebens daran erinnern sollen, dass selbst der Tod ein Engel war. Zwei der Symbole waren ihm dabei in ganz besonderer Erinnerung geblieben: das vom Tod in der Gestalt eines menschlichen Skelettes bewachte Weihwasserbecken und jene kunstvolle Außentafel, die zeigte, wie der Tod in Gestalt eines Knochenmanns mit einem Stundenglas in der Hand auf den letzten Atemzug eines Dahinsiechenden wartete. Darauf die Inschrift: »Almosen für die armen Toten, die im Land gefunden wurden«. Die Inschrift war jahrhundertealt, der Einwurf für die kärgliche Spende schon mehrere Male brutal aus dem Stein herausgebrochen worden. Sarah hatte sich zum Wohlgefallen ihres Vaters auf fast magische Weise von diesem Ort angezogen gefühlt. Manchmal hatte Ciban als kleiner Junge geglaubt, es bestehe ein dunkler Pakt zwischen seiner Schwester, ihrem Vater, dieser Kirche und dem Tod.

Als er sich dem Altarbereich näherte, erblickte er davor eine einsame, in Schwarz gehüllte Gestalt. Allerdings war es nicht das Schwarz eines Priesters, sondern das eines Gelehrten. Der Körperhaltung nach zu schließen war die Gestalt ein Mann. Ein Mann, dessen rechte Hand leicht zitterte. Als der Fremde sich umdrehte, erkannte Ciban in ihm Alan Scrimgeour. Der Professor wirkte wie ein Gespenst.

»Sie sind überrascht!«, stellte er mit Genugtuung fest, und eine leichte Alkoholfahne wehte zu Ciban hinüber.

»Das kann man wohl sagen.«

»Setzen Sie sich, Eminenz. Wir haben einiges zu bereden.« In der Anrede lag ein Hauch von Verachtung.

Ciban blickte in die wässrigen Augen Scrimgeours. Etwas Lauerndes lag darin. »Danke, Professor, aber ich bleibe lieber stehen.«

Scrimgeour blickte sich im Zwielicht der Kirche um. »Ist es nicht erstaunlich, was man heutzutage alles mit Geld kaufen kann? Bei Bedarf auch eine Kirche für die Nacht …«

Und dann auch noch ausgerechnet diese Kirche, dachte Ciban.

»Doch wo bleiben meine Manieren, Eminenz? Möchten Sie ein Glas Wein?« Der Brite deutete auf den Altar, auf dem eine halb leergetrunkene Flasche mit zwei Gläsern stand. Eines davon war benutzt.

»Danke, nein. Die Fotografie meiner Schwester, die Skizze … Wo haben Sie die Sachen her?«

»Sie gestatten, dass ich mir noch einen Schluck gönne?«
Scrimgeour trat an den Altar, füllte ein Glas und trank.
Seine rechte Hand zitterte leicht. »Ich habe einige Nachforschungen angestellt und …« Er zögerte die Antwort
etwas hinaus. »Wissen Sie, Sarah und ich standen uns
sehr nahe.«

Ciban musterte den angetrunkenen Professor arg-
wöhnisch. Sarah hatte während ihrer Zeit in Cambridge
einige Vorlesungen Scrimgeours besucht, aber sie hatte
den Gelehrten, abgesehen von seiner wissenschaftlichen Brillanz, nie besonders erwähnt. Das alles lag nun
über ein Jahrzehnt zurück. Sarah und Ciban hatten sich
in dieser Zeit entfremdet, sogar aus den Augen verloren. Vor allem deshalb, weil Ciban während Sarahs Eng-
land-Aufenthalt ein aktives Mitglied des Vatikanischen
Geheimdienstes gewesen war. Sein Kontakt zur Familie und zu seiner Schwester war damals praktisch gleich
null gewesen, was er sich bis zum heutigen Tag vor-
warf.

Als Ciban nichts sagte, kramte Scrimgeour etwas aus
seinem Talar hervor und reichte es ihm. Es waren zwei
Ringe.

Zwei Eheringe.

»Ich habe Ihre Schwester geliebt.« Die Lippen des
Professors zitterten leicht. »Ich habe Ihre Schwester ge-
liebt, wie man einen Menschen nur lieben kann. Ich liebe
Sarah noch immer. Wir waren Mann und Frau.«

Es folgte Schweigen. Ciban starrte auf die beiden
Ringe, die perfekt ineinanderpassten. Sollte der kleinere
von beiden wirklich Sarah gehört haben? Hatte sie ihre
Ehe mit Scrimgeour vor der Familie, vor ihrem Vater
und besonders vor ihm tatsächlich verheimlicht?

»Erzählen Sie mir von Sarahs Beerdigung«, forderte

Scrimgeour und stellte das Glas Wein auf der Altarplatte ab.

Eine unterschwellige Warnung schwang in seiner Stimme mit, doch Ciban ignorierte es und atmete angesichts der Erinnerung tief durch. Wieder fiel sein Blick auf die beiden Ringe.

»Meine Familie hat die Beerdigung arrangiert. Ich selbst konnte leider nicht daran teilnehmen. Ich war damals mehrere tausend Kilometer von Rom entfernt.« Er erinnerte sich an sein Telefonat mit Sarah am Morgen ihres Todes, an die Dringlichkeit, die darin gelegen hatte, daran, dass er ihr versprochen hatte, so bald wie möglich nach Rom zurückzukehren. Ein unvorhergesehener Zwischenfall hatte ihn in Buenos Aires aufgehalten. Und dann war Sarah plötzlich tot gewesen.

»Sie sind ein ausgezeichneter Schauspieler, Eminenz, und ein ebenso ausgezeichneter Lügner. Eine Feuerbestattung. Wie klug von Ihnen. Damit haben Sie alle Spuren verwischt.«

Wovon sprach dieser volltrunkene Irre bloß? Aber dann dämmerte Ciban, dass Scrimgeour nicht nur einfach ein Alkoholiker war. Der Mann hatte sich Mut angetrunken.

Er hörte ein Klicken, blickte von den Eheringen auf und starrte in die Mündung einer Waffe, die Scrimgeour in der Linken hielt.

»Sarah hätte sich niemals das Leben genommen«, fuhr der Professor fort. »Aber sie hatte vor irgendetwas oder irgendjemandem Angst. Also habe ich nachgeforscht. Sie haben Ihrer Schwester das Schlimmste angetan, was man einem geliebten Menschen nur antun kann. Ich hätte nicht schlecht Lust, Ihnen den Teufel aus dem Leib zu prügeln, glauben Sie mir. Aber ich weiß, dass ich in einem Zweikampf nicht die geringste Chance gegen Sie hätte.«

Ciban gab kein Wort von sich, denn er sah den Zorn und den Alkohol in Scrimgeours Augen. Ganz gleich, was er jetzt sagte, es wäre nichts als eine Provokation.

Dann drückte Scrimgeour ab. Es lagen so viel Wut und Hass in diesem ersten Schuss, dass die Revolverkugel jedwede Energie aus der Waffe aufzusaugen schien. Ciban drehte sich blitzschnell zur Seite, um in letzter Sekunde auszuweichen. Es war nicht die Kugel, die er wie in Zeitlupe auf sich zukommen sah, sondern ein kleines Mädchen mit dunklen, glänzenden Haaren, das an der Hand seines Bruders durch die Santa Maria dell' Orazione e Morte lief, während der Tod sie in seinen gelben Augen behielt.

Von der Wucht des Treffers zurückgeschleudert, landete Ciban auf dem Rücken vor dem Altar. Die beiden Ringe flogen ihm in hohem Bogen aus der Hand und verschwanden nach einem klirrenden Aufprall in der Dunkelheit. Der Schmerz in der linken Brust war so heftig, dass er keine Luft mehr bekam. Er schmeckte Blut, während Scrimgeour auf ihn zutrat, um ein zweites Mal auf ihn zu feuern.

»Sie haben ja keine Ahnung, wie sehr Sarah gelitten hat!«

18.

Catherine hatte bis nach Mitternacht an ihrem Buch gearbeitet. Sie hatte die Notizen aus dem Archiv ausgewertet, im Internet recherchiert und noch einiges an hoffentlich brauchbarer Sekundärliteratur von verschiedenen europäischen Universitätsbibliotheken angefordert. Ihr war klar, dass sie nicht gleich so tief in dieses neue Projekt hätte einsteigen müssen, doch sie hatte die Ablenkung einfach gebraucht. Nur so hatte sie Gasperetti und erst recht Ciban halbwegs aus ihren Gedanken verbannen können.

Sie schaltete die Schreibtischlampe aus, fuhr den Laptop herunter und klappte ihn zu. Draußen blitzte und donnerte es. Ihr Verstand sagte ihr, dass sie trotz des Unwetterlärms dringend ein paar Stunden Schlaf brauchte, auch wenn das Koffein in ihrem Körper nicht daran dachte, sie ruhen zu lassen. So einfach wie den Rechner konnte sie ihr Gehirn leider nicht in den Ruhezustand schalten.

Sie ging in die Küche und machte sich einen Kamillentee. Nicht dass sie ein großer Fan davon war oder dass sie glaubte, er könne sie wirklich beruhigen, aber allein das Ritual der Zubereitung wirkte auf ihre Seele wie Meditation. Davon abgesehen hatte sie sowieso keinen anderen Tee mehr zu Hause. Ihre Gedanken begannen sich von der Arbeit zu lösen, und allmählich kehrte so etwas wie Ruhe in ihrem Inneren ein.

Nachdem sie das heiße Getränk in kleinen Schlucken genossen hatte, streifte sie ihren Hausanzug ab und ging ins Badezimmer, wo Cibans Herrenschirm zum Trocknen aufgespannt stand. Sie faltete den teuren Markenschirm zusammen und hängte ihn im Flur an die Garderobe. Dann duschte sie heiß, zog ihren dunkelblauen Lieblingspyjama an und schlüpfte ins Bett. Dank des Tees und der Dusche fühlte sie sich inzwischen relativ entspannt. Auch wusste sie, dass ihr Körper sich rascher regenerierte als der eines normalen Menschen. Die meisten spirituell befähigten Menschen mussten sich die Gabe der Regeneration über Jahrzehnte hinweg erst hart erarbeiten – wenn sie diese überhaupt je zur Vollendung brachten. Catherine dagegen war sie wie die Fähigkeit, die Aura von anderen lesen zu können, bereits in die Wiege gelegt worden. Vielleicht sogar als Ausgleich, denn das Abschirmen von fremden Bewusstseinssphären kostete enorm viel Energie.

Sie fragte sich einmal mehr, worin Cibans Gabe bestehen mochte. Der Präfekt ging diesem Thema stets sehr routiniert aus dem Weg. Ihr Freund und Studienkollege Ben Hawlett hatte einmal eine Andeutung gemacht, als er vom unermesslich materiellen Reichtum der Cibans gesprochen hatte und davon, dass diese Blutlinie nicht nur Tugend hervorgebracht habe. Catherine hatte daraufhin insgeheim ein paar Recherchen angestellt, doch ganz gleich in welche Richtung sie ihre Fühler so unauffällig wie möglich ausgestreckt hatte, die Spur hatte jedes Mal schon nach wenigen Schritten geendet. Ob sie es doch in einem günstigen Moment noch einmal wagen sollte, einen Blick auf die Aura des Präfekten zu erhaschen?

Sie schüttelte gedanklich den Kopf. Zum einen wäre der Energieaufwand bei einem Mann von Cibans Kaliber extrem hoch, zum anderen musste sie befürchten, dass der Bedeutungsraum, der Ciban ausmachte, sein Erfahrungshorizont, viel zu gewaltig und unberechenbar war, als dass sie ihn unbeschadet hätte betreten und wieder verlassen können – erst recht ungebeten. Darüber hinaus ging es bei ihrer Zusammenarbeit auch um Vertrauen. Darius hatte Catherine beigebracht, sich von der Gedankenwelt anderer Menschen abzuschirmen, und ihr schon als Kind bewusst gemacht, wie wichtig es war, die Privatsphäre anderer zu respektieren. Ihr selbst würde es schließlich auch nicht gefallen, wenn andere einfach so in ihren Gedanken herumstöberten. Und wenn sie eines ganz sicher nicht wollte, dann Cibans Vertrauen verspielen.

Das Treffen am Nachmittag fiel ihr wieder ein. War es ihr nur so erschienen, oder hatte der Kardinal ihre Nähe gesucht? Oder interpretierte sie einfach nur viel zu viel in diese Begegnung hinein?

Vielleicht.

Vielleicht aber auch nicht.

Sie schloss die Augen.

Irgendwann schlief sie trotz des über Rom tobenden Unwetters ein.

19.

Alan Scrimgeour starrte verwirrt und wütend auf die Blutlache vor dem Altar und versuchte durch den Alkoholdunst einen klaren Gedanken zu fassen. Er hatte geschossen! Seine linke Hand war durch den Rückstoß des Revolvers regelrecht hochgeschnellt, und Ciban war rücklings fortgeschleudert worden. Dann hatte er sich mit dem Revolver über den Verwundeten gebeugt, um dem verfluchten Kardinal den Rest zu geben. Doch Ciban hatte mit dem Absatz nach ihm getreten, ihn an der Hüfte erwischt und die damit gewonnenen Sekunden genutzt, um in den Schatten der Bänke zu verschwinden. Scrimgeour hatte so schnell er konnte die Waffe ein zweites und drittes Mal abgefeuert, doch die Schüsse hatten nur die unheimliche Stille der Kirche zerrissen und das Holz der Bänke splittern lassen.

Scrimgeour holte tief Luft. Sein Herz schlug wie wild, während er sich nervös mit dem Revolver in der Hand in der Kirche umsah. Sein Blick fiel auf die im Zwielicht glänzenden Blutstropfen am Boden. Vorsichtig ging er in die Hocke, fuhr mit dem Zeigefinger über einen der blutigen Flecken und zerrieb das rote Nass zwischen Zeigefinger und Daumen.

Die Hand am Abzug, folgte Scrimgeour der Blutspur und näherte sich der Kapelle mit der Darstellung von der mystischen Hochzeit der heiligen Katharina. Als er die Kapelle betrat, hörte die Blutspur abrupt auf. Der Raum war leer. Schweißperlen standen ihm auf der Stirn. Er kniff die Augen zusammen, um schärfer zu sehen. Hastig suchte er den kleinen Altarbereich und die Wände ab. Nichts. Wieso hörte die Blutspur so unerwartet auf? Er hatte Ciban getroffen und schwer verletzt. Daran bestand kein Zweifel. Der Schuss war mitten durch die Brust gegangen. Wieso zum Teufel war der Kerl nicht einfach liegen geblieben und auf der Stelle verreckt?

Scrimgeour kehrte zum Eingang der Kapelle zurück und untersuchte noch einmal die Blutspur, um sich zu vergewissern, dass ihm seine überreizten Sinne keinen Streich spielten. Irgendetwas musste er übersehen haben. Womöglich führte die Spur in Wahrheit gar nicht in die Kapelle. Womöglich war das bloß ein Trick, ein Täuschungsmanöver, und Ciban hatte sich längst auf die Straße geschleppt. Scrimgeour starrte auf die glänzenden Blutstropfen, als hinge sein Leben davon ab.

Dann geschah etwas, womit er am allerwenigsten gerechnet hatte. Ein weiterer Blutstropfen fiel am Rande seines Blickfeldes auf den Boden und erzeugte einen frischen, runden Fleck. Scrimgeour starrte wie hypnotisiert auf die Stelle, ehe er hochblickte. Ihm war klar, dass er viel zu langsam reagierte. Dennoch hob er den Revolver und schoss. Der Knall war ohrenbetäubend laut. Die Kugel peitschte durch die Luft und schlug in der gegenüberliegenden Wand ein.

Ein zweiter Blutstropfen fiel auf den Boden. Ganz dicht neben ihm.

In Scrimgeours Geist hallte der Aufprall des Blutes wie ein durchdringender Knall wider, als hätte er eine weitere Kugel abgefeuert. Der zweite Blutstropfen dampfte!

Er fasste allen Mut zusammen und blickte auf. Was er in seiner Angst sah, war ein Schatten, wie ihn seit den

Zeiten der Engel kein menschliches Auge mehr erblickt hatte. Er hatte von diesem Schatten schon einmal gehört. Er hatte von diesem Schatten sogar schon einmal gelesen. Doch er hatte bei all seinen Studien nie den richtigen Zusammenhang hergestellt. Als er den Revolver für einen weiteren Schuss anhob, fiel ein dritter Blutstropfen zu Boden.

Unendlich verlangsamt.

Wie in Zeitlupe.

Der Schatten blutete.

Die Gestalt schlug Scrimgeour den Revolver einfach aus der Hand, packte ihn am Arm und zog ihn mit einem Ruck auf die Beine. Er stöhnte unwillkürlich auf, als er den unmenschlichen Griff spürte.

Der dritte Blutstropfen hatte den Boden noch immer nicht erreicht.

Scrimgeour blickte wie unter einem magischen Zwang von dem fallenden Blut auf den Schatten, der immer größer wurde. Es war, als ob der Himmel sich verdunkelte.

Der dritte Blutstropfen traf auf den Stein auf und explodierte.

»*Was* wissen Sie über den Tod meiner Schwester?«

Scrimgeour versuchte, sich aus dem Griff des Schattens zu befreien. Vergebens. Der Schatten packte noch fester zu und schleifte ihn nach vorne zum Hauptaltar. Es war, als ob ein Halbwüchsiger gegen einen Riesen kämpfte. »Ich weiß, dass Sie Sarah getötet haben!«

»*Wer* sagt das?«

Scrimgeour rang nach Luft. Sein Arm schien in einem Schraubstock zu stecken, der mit jeder Sekunde fester zugedreht wurde.

»*Wer* ist Ihr Informant?«, beharrte der Schatten.

»Ich … ich … weiß … es … nicht.«

»Was heißt das, Sie wissen es nicht?«

Der Griff des Schattens ließ etwas nach. Vermutlich der Blutverlust, dachte Scrimgeour.

»Dass … ich … es … nicht … weiß.«

»Sie glauben jemandem, den Sie nicht kennen? Der Zorn vernebelt Ihren Verstand!«

Scrimgeour stieß ein schmerzhaftes Lachen aus. »Sie können mich nicht täuschen. Ich weiß nun, *wer* Sie sind!«

Er hatte mit dem ersten Schuss auf Cibans Herz gezielt, doch wie es aussah, hatte sich der Kardinal so schnell weggedreht, dass die Kugel in den linken Brustkorb eingedrungen war und die Lunge verletzt hatte. Bei jedem anderen hätte Scrimgeour das Herz getroffen, und der Schuss wäre auf der Stelle tödlich gewesen. Aber offenbar verfügte Ciban über ein schnelleres Reaktionsvermögen, über weit mehr Kraft und Energie als ein gewöhnlicher Mensch. Nichtsdestotrotz musste der Kardinal fürchterliche Schmerzen haben. Scrimgeour war sich sicher, dass die Zeit für ihn arbeitete. Ganz gleich wie groß Cibans Energie und Willenskraft waren, schon bald würde seine Kraft wegen des Blutverlusts und der körperlichen Anstrengung nachlassen. Das Atmen fiel ihm sichtlich schwer.

»Sie wissen gar nichts. Nicht das Geringste. Weder über meine Schwester noch über mich und schon gar nicht über die Triaden! Es ist ein Wunder, dass Sie mit Ihrem Mangel an Realitätssinn und Ihrer Trunksucht überhaupt so lange überlebt haben!« Ciban wischte sich Blut vom Mund. »Wer ist der Junge auf der Zeichnung?«

»Dreimal dürfen Sie raten!«

Ciban wankte. Er schien jeden Moment zusammenzuklappen. Doch zuvor schleuderte er Scrimgeour wie eine Puppe gegen die nächstbeste Bankreihe. Der Professor verlor augenblicklich das Bewusstsein.

20.

Ciban bekam kaum noch Luft und betastete seine blutige Brust. Der Schuss durch die Lunge war mit einem solch jähen Schmerz verbunden gewesen, dass es ihn fast das Bewusstsein gekostet hatte. Jetzt spürte er, wie die Lebenskraft nach und nach aus seinem Körper wich. Wie lange würde er noch durchhalten? Wie lange würde er sich noch auf den Beinen halten können?

Er tastete mit seiner blutverschmierten rechten Hand nach dem Handy, um den Kommandanten der Vigilanza anzurufen, denn er konnte auf gar keinen Fall eine der herkömmlichen Notrufnummern wählen. Coelho würde wissen, was zu tun war. Der Chef der Vigilanza würde sofort Hilfe schicken und – wenn nötig – den Präsidenten der römischen Kriminalpolizei informieren, damit der Fall keine Wellen in den Medien schlug. Doch gerade als Ciban das Handy aus der Innentasche seiner Jacke gezogen hatte, entglitt es ihm, fiel mit einem lauten Poltern auf den Steinboden und schlitterte ein gutes Stück entfernt unter die nächste Bank.

Er wollte schon in die Bankreihe treten und sich nach dem Telefon bücken, als er spürte, dass ihm die Zeit davonlief. Egal ob er Coelho erreichte oder nicht, die Zeit bis zum Eintreffen eines Krankenwagens, geschweige denn bis zum Transport in ein nahe gelegenes Krankenhaus würde nicht ausreichen. Er war dem Tod bereits zu nah.

Schwankend schleppte er sich an den endlos lang erscheinenden Bankreihen vorbei Richtung Pforte. Auf gar keinen Fall durfte er jetzt in Panik geraten. Er musste einen klaren Kopf bewahren. Also konzentrierte er sich darauf, den Schmerz und die schiere Erschöpfung, die nichts weiter als die Nähe des Todes war, in den Griff zu bekommen. Er war für solche Notfälle trainiert. Er war darauf programmiert, den Tod hinauszuzögern. Im Grunde war er als Kind bereits gestorben – und wieder ins Leben zurückgekehrt. Er hatte den Tod schon einmal besiegt, er würde es auch diesmal schaffen.

Unter unerträglichen Schmerzen zog er die Pforte hinter sich zu, damit niemand mitten in der Nacht auf die Idee kam, die Kirche zu betreten und nach dem Rechten zu sehen. Dann schleppte er sich auf die Straße und am Palazzo Farnese vorbei, während er spürte, wie seine Kräfte mehr und mehr nachließen.

Jetzt konnte ihm nur noch ein Mensch helfen. Und dieser Mensch wohnte glücklicherweise ganz in der Nähe.

21.

An Schlaf war nicht zu denken. David hatte noch immer nicht herausgefunden, was mit Aaren geschehen war. Niemand schien über ihr Verschwinden auch nur das Geringste zu wissen. Weder die Aufseher noch die Lehrer, die er heimlich belauschte, wann immer sich ihm die Gelegenheit dazu bot, erwähnten wenigstens einmal ihren Namen. Es war, als hätte Aaren niemals existiert.

Als er nachmittags am Lehrerzimmer vorbeigekommen war, hatte er dort eine der seltenen, alten Zeitungen herumliegen sehen und sie kurzerhand mitgehen lassen. Doch ein älterer Lehrer hatte ihn dabei ertappt, ihn zur Rede gestellt und schließlich nach einem der Aufseher gerufen.

Ambrose war auf der Bildfläche erschienen, hatte das vermeintliche Diebesgut inspiziert und den Lehrer im Handumdrehen besänftigt. Dann hatte der Aufseher David ohne ein Wort in sein Zimmer eskortiert, wo er eine weitere Überraschung hatte erleben dürfen. Ambrose hatte ihm nämlich die konfiszierte Zeitung überreicht.

»Du wirst leichtsinnig, mein Junge. Die letzten Male hast du dich nicht beim Stibitzen erwischen lassen.«

»Ich …« Das war alles, was David über die Lippen gebracht hatte. Es war einfach zu unglaublich, dass Ambrose auch von den früheren Zeitungsdiebstählen Wind bekommen hatte, ohne je etwas zu sagen.

»Du kannst von Glück sagen, dass ich gerade zur Stelle war. Sei also in Zukunft vorsichtiger.« Mit diesen Worten hatte Ambrose sich umgedreht, war den grauen

Flur hinuntergegangen und um die Ecke verschwunden.

Noch jetzt erschien David das Ganze völlig unwirklich. Natürlich hätte er Ambrose am liebsten gleich nach Aaren gefragt, aber er hatte gespürt, dass er den Bogen nicht überspannen durfte. Auch wenn der Aufseher ihm die Zeitung überlassen hatte, so erschien er nicht wirklich berechenbar.

David betätigte den Dimmer, stieg aus dem Bett, setzte sich an den Tisch und fertigte ein paar grobe Skizzen an, da er nicht schlafen konnte. Es waren nicht mehr als ein paar Strichmännchen. Dann ging er zum Schrank hinüber und zog die dahinter versteckte Zeitung hervor. Sie sah aus, als wäre sie schon etliche Male durchgeblättert und zerknittert worden. Als David die Seiten aufschlug, erinnerte ihn einer der Titel in der Inhaltsangabe an die Äußerung eines Lehrers, eines ziemlich unsympathischen Mannes mit Hasenzähnen, der einmal zu einer Kollegin gesagt hatte: »Vor uns liegt eine üble Zukunft. Erst werden uns die Konzerne unsere Würde nehmen – und dann werden die Genfreaks und die Klone kommen und uns den Rest geben.« Nur wenige Tage nach dieser Äußerung war der Lehrer spurlos verschwunden.

David blätterte weiter, neugierig, was diesmal alles über die Welt drinstand. Er las einen Artikel über den Weltmarkt, dann einen über multinationale Konzerne und noch einen über den Preis der Arbeitskraft. Alles Themen, von denen er schon mal bei einer der Sondierungen in der Isolationskammer gehört hatte, mehr aber auch nicht. Er blätterte weiter. Politik. Wirtschaft. Kultur. Forschung und Technik. Alles Themen, die er aus dem Unterricht kannte, damit er die Bilder besser sondieren und Dr. Zanolla genauer Bericht erstatten konnte.

Gentechnik! Davon wusste er nicht nur aus dem Unterricht, sondern auch dank Aarens heimlicher Computerrecherchen.

Der Mensch aus dem Genbaukasten.

David verstand zwar nicht alles, was er da las, aber doch bei Weitem mehr, als die meisten so genannten gebildeten Erwachsenen, die dort draußen lebten. Er wollte und musste wissen, was die Menschen in der Außenwelt bewegte, wenn er sie verstehen und eventuell selbst eines Tages dort draußen überleben wollte. Der Leiter eines Laboratoriums für Biochemie pries die Vorteile der Gentechnik in einer enthusiastischen Zukunftsvision: keine Krankheiten mehr, kein körperlicher Zerfall. Kein Altern im herkömmlichen Sinne, sondern alt werden und trotzdem jung bleiben durch Langlebigkeitsgene. Im Anschluss an den Artikel war ein zweieinhalbseitiges Interview mit fünf maßgeblichen Persönlichkeiten aus Wissenschaft, Politik, Gesellschaft, Philosophie und Theologie abgedruckt. Es ging um das Für und Wider. Einer der Interviewten sprach über die Züchtung von Sklavenmenschen, ein anderer über eine Zweiklassengesellschaft, in der sich die Reichen von Generation zu Generation gentechnisch optimieren ließen, während die natürlich geborenen Massen als Nutztiere auf der Strecke blieben. Ein Dritter sagte, die Würde des Menschen müsse unantastbar bleiben. Der Mensch dürfe nicht mit Hilfe von Genmontage zum Sklaven des Menschen werden. Solange die neue Technologie der Heilung diene und in Ehrfurcht vor der Schöpfung geschehe, heiße er sie gut. Mehr dürfe sie nicht sein, aber auch nicht weniger. Der dritte Interviewpartner war ein Mann der Kirche, der Chicagoer Kardinal Bear, und gehörte einem Gremium an, das sich vor allem mit den ethischen und theologischen Fragen beschäftigte, welche die neue Wissenschaft aufwarf.

David fragte sich, was dieser Kardinal Bear wohl sagen würde, wenn er wüsste, dass hier im Institut bereits Leben wie am Reißbrett entworfen wurde. Dass man hier längst nicht mehr über Spekulationen sprach, sondern über die Realität. Auch David und Aaren waren die gentechnischen Produkte einer künstlichen Befruchtung, soweit Aaren das herausgefunden hatte. David las das komplette Interview, doch leider waren keine Fotos der Interviewten abgebildet, die er hätte aufbewahren können. Er blätterte weiter. Internet. Entertainment. Medien. Reportagen. Gesellschaftliches. Wieder Politik…

Er stockte. Sah zweimal hin, dreimal. Drehte dabei das Bild hin und her.

David hatte den schwarz gekleideten, streng aussehenden Mann in dem Heft erst vor kurzem bei einer der Sitzungen gesehen. Es war der Mann mit den Bildern der toten Frau, die in David die OP-Szene wachgerufen hatte. Es war der Mann, mit dem Papst Leo die alte Schrift in den Archiven studiert hatte.

David starrte die Aufnahme an und spürte, wie sein Herz schneller schlug. Unter dem Foto stand der Name des Mannes: Marc Abott Kardinal Ciban. In dem Artikel ging es um die Auswirkungen des Dritten Vatikanischen Konzils. David hatte keine Ahnung, was ein Konzil überhaupt war, doch in dem Bericht war von Reformen und Modernisierung die Rede und davon, wie die Kongregation der Glaubenslehre darauf reagierte.

Einen Moment lang dachte David daran, das Foto zu sondieren. Er entspannte sich und stellte sich schon auf einen Wechsel der Realität ein – aber dann brach er ab. Eine Sondierung außerhalb der Isolationskammer war viel zu riskant. Was, wenn er die Kontrolle über seine Gabe verlor oder ihn ein anderes Projekt außerhalb der Iso-Kammer-Sondierung wahrnahm? Einmal mehr wünschte er, Aaren wäre hier. Sie hatte immer Rat gewusst.

Er riss den Artikel mit dem Foto aus der Zeitung heraus, faltete die Seite zusammen und versteckte sie in seinem Lehrbuch über Musiktheorie. Dort würde so schnell keiner nachsehen. Die restliche Zeitung würde er nach und nach in winzige Stück reißen und über die Toilette entsorgen, so wie er es schon einige Male zuvor getan hatte.

Seine Gedanken kehrten kurz zu Ambrose zurück. Warum hatte der Aufseher ihn nicht verraten? Warum hatte er ihm gestattet, die Zeitung zu behalten?

David ging ins Bett zurück, schloss die Augen und rief sich Aarens Gesicht in Erinnerung. Er sorgte sich um das Mädchen, doch so groß die Sorge um seine Freundin war, der Gedanke an sie beruhigte ihn auch.

Ambrose wusste etwas.

Irgendetwas musste Ambrose einfach wissen!

22.

Irgendetwas drängte Catherine, wach zu werden. Allerdings hatte sie nicht das geringste Bedürfnis, ihren so schwer errungenen Schlaf aufzugeben. Also drehte sie sich auf die Seite, zog sich die Decke über den Kopf und spürte, wie ihre diffuse Wahrnehmung zurück in die Dunkelheit glitt, zurück in die Traumwelt, an die sie im Augenblick keinerlei Erinnerung hatte.

Einige Minuten verstrichen – oder waren es doch nur Sekunden? –, als sie begriff: Was immer sie da gerade drängte, wach zu werden, dachte nicht daran aufzugeben. Erneut machte sich am Rande ihres Bewusstseins ein Gefühl breit, ein Bild, ein Flüstern, das an eine Halluzination erinnerte, an einen Wachtraum, der Realität zu werden schien.

Irgendwo in ihrem verrückten Traum klingelte inmitten von Blitz und Donner ein Telefon. Es klingelte und klingelte. Welcher Wahnsinnige rief um diese Zeit an? Und wieso sprang der Anrufbeantworter nicht an?

Der Anrufbeantworter?

Catherine besaß gar keinen, sondern nutzte lediglich die Mailbox ihres Handys. Also war das Ganze doch nur ein verrückter Traum. Sie drückte den Kopf tiefer ins Kissen, aber es läutete weiter. Schließlich erkannte sie durch den Dunst in ihrem verschlafenen Gehirn, dass es sich gar nicht um das Läuten eines Telefons handelte, sondern dass es an ihrer Wohnungstür klingelte.

Wer in Gottes Namen stand um diese Zeit vor ihrer Tür?

Das Summen der elektronischen Glocke wurde überdeutlich.

Sie öffnete die müden Augen, setzte sich halb auf und blinzelte in die Dunkelheit. Das Geräusch war tatsächlich kein Traumgebilde.

Benommen stieg sie aus dem Bett, streifte den Morgenmantel über ihren Pyjama und … war plötzlich hellwach!

Ihr Name!

Jemand hatte ihren Namen gerufen!

Und sie erkannte die Stimme!

Sie lief durch den Flur, ohne über ihr Tun nachzudenken, und riss die Wohnungstür auf.

»Marc!«

Ciban lehnte völlig geschwächt am Türrahmen, sein Gesicht war aschfahl. Catherine hatte ihn noch nie in ziviler Kleidung gesehen. Hemd und Hose waren blutverschmiert.

Der Präfekt trat in den kleinen Vorraum, dann verlor er den Halt, seine Beine knickten unter ihm weg, und er stürzte zu Boden. Catherine sprang so hastig auf ihn zu, dass sie dabei den Garderobenständer umriss. Sie packte Ciban am Arm, drehte ihn herum, riss ihm das Hemd auf und hielt den Atem an. Noch nie in ihrem Leben hatte sie eine echte Schusswunde gesehen. Sie wollte losrennen, um frische Handtücher zu holen und die Blutung zu stillen, wollte einen Notarzt rufen, als Ciban ihre linke Hand ergriff und etwas flüsterte. Die ersten Worte verstand sie nicht, dafür aber den Rest.

»Noch … eine Minute.«

Blut rann ihm aus dem Mund, und er drohte endgültig das Bewusstsein zu verlieren. Doch Catherine hatte bereits verstanden. Er hatte sich nicht zu ihr geschleppt, damit sie ihm einen Krankenwagen rief. Dafür war es vermutlich schon zu spät gewesen, als er sich auf den Weg zu ihr gemacht hatte. Was er nun zum Überleben brauchte, war ihre Gabe, ihre Lebensenergie. Kein Notarzt der Welt hätte die nötige Hilfe leisten können, schon gar nicht in der ihm verbleibenden Zeit.

Noch eine Minute nur, dann wäre er tot!

Catherine zog ihren Morgenmantel aus, heilfroh, im Winter einen Pyjama darunter zu tragen. Sie drückte den Stoff des Mantels mit der Rechten auf die Schusswunde und ergriff mit der Linken erneut Cibans blutverklebte Hand, die so kalt war, als hätte sie in eisigem Wasser gelegen.

Eine Minute.

Die Zeit war so unglaublich knapp!

Sie riss sich zusammen, saß im dämmrigen Licht der Flurlampe da, schloss die Augen und atmete mehrmals tief durch, um sich in jenen tranceartigen Zustand zu versetzen, der ihre Energie konzentrierte und fließen ließ. Sie bedauerte, dass ihr die geballte Energie fehlte, mit der Kardinal Benelli sie einst für Papst Leos Überleben ausgestattet hatte. Dabei war Ciban dem Tod inzwischen ein ganzes Stück näher, als Leo es jemals gewesen war. Wieder registrierte sie durch die beginnende Trance, wie eiskalt Cibans Finger sich anfühlten. Er musste viel Blut verloren haben. Vielleicht war der Blutverlust bereits zu hoch …

Doch dann spürte sie, dass ihre Lebensenergie wie durch ein Wunder in Ciban zu fließen begann, und während es geschah, betete sie, dass ihre Hilfe nicht zu spät kam. Dass die Chance, den Kardinal am Leben zu erhalten, nicht jenseits ihrer Kräfte lag.

Seit sie ein Jahr zuvor dank Kardinal Benelli von ihrer zweiten Gabe erfahren hatte, hatte sie angefangen, alles darüber zu lesen, was sie in die Finger hatte bekommen können, und ihre Körper- und Atemübungen perfektioniert. Es gab unendlich viele unterschiedliche Studien über den Fluss der Lebensenergie. Die Indianer sprachen vom Atem Gottes, die Inder nannten es Prana, und bei den Chinesen hieß die rätselhafte Energie, die die Schöpfung und jede einzelne Zelle aller Lebewesen durchströmte, schlicht Chi. Viele Kulturen glaubten an die unsichtbare Kraft, nur für die westliche Wissenschaft blieb sie im Großen und Ganzen ein nicht messbarer Humbug. Dabei hatte ein Nobelpreisträger wie Max Planck einen großen Teil seines Lebens und Forschens damit zugebracht, die Kraft, die alles zusammenhält, greifbar zu machen. Wie Darius ihr schon früh erklärt hatte: Die Welt war ein energetisches Netzwerk, alles war miteinander verknüpft, alles, was sich in der Welt manifestierte, war Abbild und Ausdruck dieser unsichtbaren, universellen Kraft.

Nach etwa zwei Minuten ging ein unheilvolles Zittern durch ihre Seele und danach durch ihren ganzen Körper. Irgendetwas stimmte mit dem Energiefluss nicht. Catherines Seele registrierte mit einem Mal eine unglaubliche Dunkelheit, den Vorboten und die Spannung eines herannahenden Sturms, wie sie ihn noch nie zuvor erlebt hatte. Gleichzeitig spürte sie, dass Cibans Hand nicht mehr eiskalt war, während die Verbindung ihrer Kontrolle entglitt. Schwere Sturmwolken zogen am Horizont auf, Wolken aus vielschichtigen Gefühlen, Gedanken und Bildern, durchzuckt und begleitet von mentalen Blitzen und Donner. Catherine registrierte die Zerbrechlichkeit ihrer eigenen Seele. Sie hatte ihre mentalen Schutzschilde viel zu schnell gesenkt. Mit wachsender

Furcht sandte sie Teile ihres Bewusstseins in alle möglichen Richtungen aus und suchte nach einem Halt, nach etwas, woran sie sich festklammern konnte, wenn der Sturm, wenn Cibans Agonie über sie hereinbrach.

Ihre Seele fiel, stürzte, und zum ersten Mal wurde sie sich der Realität ihres eigenen Todes bewusst. Plötzlich kämpfte sie um ihr eigenes Überleben.

Sie rappelte sich auf, blieb wie angewurzelt inmitten des mentalen Tosens stehen und blickte sich fieberhaft um.

Wenn sie Ciban losließ, starb er. Wenn sie ihn nicht losließ, starb sie.

Zum Teufel, sie dachte nicht daran, ihn loszulassen oder selbst zu sterben. Fieberhaft bemühte sie sich, positive Gefühle auszusenden.

Dann, mit einem Mal, spürte sie eine große Anziehungskraft.

Zuneigung? Liebe?

Sie klammerte sich an dieses Gefühl wie eine Ertrinkende an einen Strohhalm, kämpfte gegen den Untergang, wehrte sich gegen die vermeintliche Gewissheit, sich wie in einem surrealen Alptraum zu befinden. Nein, das war kein Traum. Das war die Wirklichkeit. Und nur sie allein konnte Ciban und sich selbst daraus befreien.

Aber dann kam alles ganz anders.

Der Sturm fegte wie der Zorn Gottes durch sie hindurch und über sie hinweg, allerdings ohne sie zu verletzen. Bereits den Bruchteil einer Sekunde später befand sie sich mitten im Zentrum des Sturms. Nach oben und unten verlor sich der Strudel in Schwärze, so dass nichts zu erkennen war. Doch alles unmittelbar um sie herum strahlte so friedvoll und still wie im Tod, während alle möglichen Eindrücke sie durchdrangen.

Da waren ein altes, hochherrschaftliches Anwesen, ein riesiger Park, weite Räume und Treppen sowie dunkle, endlos erscheinende Kellergewölbe. Da war ein kleines Mädchen, das mit seinem Vater Schach spielte. Da war das Bild eines Jungen, der in einer unheimlich anmutenden Kirche mit zwei grässlichen Totenkopfschädeln an der Eingangspforte stand und die kleine, zierliche Hand seiner Schwester festhielt. Da war eine Frau, die aussah wie ein Engel und ihre beiden Kinder mit einem glücklichen Lächeln liebkoste, während ihr Ehemann wie eine dunkle Verheißung neben ihr stand und die drei beobachtete.

Wie im Reflex atmete Catherine all diese Eindrücke im Bruchteil einer Sekunde ein, sah Szenen aus der Vergangenheit, Gegenwart und der möglichen Zukunft. Sie sah Bilder, Erinnerungen und Zukunftsvisionen, die nicht ihre eigenen sein konnten. Ja, sie sah sogar ein Abbild ihrer selbst in dieser fremden Gedankensphäre, als wäre sie ein allwissender Beobachter – nur dass sie alles andere war als das. Schließlich verschwamm die Flut der Eindrücke zu einem diffusen, milchigen Strom. Zum Schluss sah sie noch das Porträt eines Jungen und darunter ein Zitat in einer fremdartigen Schrift, deren Inhalt sie sofort begriff, obwohl sie die Schrift noch niemals zuvor gesehen hatte. Was verbarg sich nur dahinter? War es eine Warnung? Oder gar eine Drohung?

Dann waren da wieder die beiden Totenschädel rechts und links von der Eingangspforte, und sie befand sich erneut in dieser unheimlichen Kirche. Sie stand da mit Ciban und diesem fremden Mann, dessen Name kurz in ihrem Bewusstsein aufblitzte, der nach Alkohol stank und plötzlich einen Revolver in der Hand hielt – und schoss!

Die Macht der Vision und die Wucht des Schusses schleuderten Catherine physisch wie mental zurück. Sie prallte mit voller Wucht gegen die Wand. Ihre Seele und ihre Brust brannten wie Feuer. Ihr Herz raste. Jede einzelne Zelle in ihrem Körper schien wie eine offene Wunde zu glühen.

So brutal aus der Trance gerissen, kroch sie wie benommen auf allen vieren zu Ciban zurück, während noch immer alle möglichen Bilder durch ihren Geist jagten. Sie sah nach der Wunde und griff nach seiner Hand. Die Blutung war fürs Erste gestoppt, die Hand vom Energietransfer noch ganz warm. Es war ihr tatsächlich gelungen, ihre Energiekörper miteinander zu verschmelzen und ihm genug von ihrer Kraft zu geben, um ihn am Leben zu erhalten. Er war nach wie vor sehr schwach, doch wenigstens hatte er nun eine Chance.

Catherine griff nach ihrer Jacke, die an der umgestürzten Garderobe hing, zog ihr Handy heraus und wollte schon die 112 wählen, als ihr aus einem ihr unbegreiflichen Grund klar wurde, dass dies ein Fehler war. Wie von selbst tippten ihre Finger stattdessen die Nummer des Kommandanten der Vigilanza.

Nach dem dritten Klingeln war Adrian Coelho am Apparat. Er schien nie zu schlafen, ebenso unermüdlich wie Ciban. Dabei war er im Gegensatz zu dem Kardinal eine eher durchschnittliche Erscheinung. Einen Kopf kleiner als Ciban, etwa Mitte vierzig mit aschblondem Haar und braunen, stets wachsamen Augen. Und er trug fast immer einen schwarzgrauen, unauffälligen Anzug. Kein Mensch auf der Straße hätte ihm je seine Macht angesehen. Dabei hatte gerade diese Macht schon oftmals verhindert, dass gewisse interne Vorkommnisse des Vatikans in die Medien gelangten. Catherine hatte vor einem Jahr selbst erlebt, wie gut Coelho sein Handwerk verstand, vor allem das der Verschleierung.

Nichts von den Vorfällen um die Morde, geschweige denn um die Konfrontation in der Sixtinischen Kapelle war an die Öffentlichkeit gelangt. Im Prinzip hatten hier die gleichen Vertuschungsmechanismen gegriffen, die bereits Coelhos Vorgänger angewandt hatte, um die Aufklärung des Mordkandals an dem Kommandanten der Schweizergarde, Alois Estermann, und dessen Frau im Jahr 1998 zu verhindern. Ein junger Gardist hatte sich angeblich für eine verweigerte Auszeichnung gerächt. Niemand glaubte an diese Version, doch es hatte auch niemand die wahren Hintergründe ermitteln können. So blieb die Rachegeschichte die offizielle Darstellung. Selbst der Chef des Lux Domini, Kardinal Gasperetti, durchschaute Coelhos Aktionen nicht und tappte wegen der Vorfälle im letzten Jahr noch immer im Dunkeln. Ciban war neben dem Papst vermutlich der Einzige, dem Coelho als Generalinspektor der Vatikanpolizei Rede und Antwort stand.

Catherine schilderte Coelho kurz, was vorgefallen war, und ohne auch nur eine einzige Frage zu stellen, wies Coelho sie an, sich nicht von der Stelle zu rühren, und leitete alle weiteren Maßnahmen ein.

Sie hielt das Handy in Bereitschaft und eilte kurz ins Wohnzimmer, um ein Kissen und eine Decke zu holen. Als sie versuchte, es Ciban mit Hilfe des Kissens und der Decke etwas bequemer zu machen, entdeckte sie in seiner Jackentasche den Taser. Sie zog die kleine, sperrige Waffe heraus und legte sie neben den Flurschrank, in dem sie ihre Handschuhe, einige Schals und seit dem letzten Jahr auch ihren eigenen Taser aufbewahrte.

Dann wartete sie, ohne sich von der Stelle zu rühren, während sie Cibans Hand hielt, seinen Handrücken streichelte und seine Lebenszeichen im Auge behielt. Sie verlor dabei jegliches Zeitgefühl. Als es endlich an der Tür klingelte, ließ sie Cibans Hand unwillig los und öffnete. Zusammen mit Adrian Coelho betrat ein Rettungsteam das kleine Appartement. Der Notarzt begann sofort mit der präklinischen Behandlung, die er im Krankenwagen fortsetzen würde. Dann schnallten die Sanitäter Ciban auf eine Trage, um ihn umgehend in ein Krankenhaus zu transportieren.

»Er wird es schaffen«, sagte der Arzt an Coelho gewandt. »Allerdings ist es mir ein Rätsel, wie er mit so einer Wunde überhaupt überleben konnte.«

Coelho blickte den Arzt mit undurchdringlicher Miene an und deutete als Antwort nur ein Kreuz an, als handele es sich um ein religiöses Wunder. Dann sagte er: »Beeilen Sie sich, bevor sich das Blatt wendet.«

Catherine hatte sich rasch ein paar Schuhe und einen Mantel übergestreift, doch als sie dem Notfallteam und der Trage mit Ciban auf den Gang hinausfolgen wollte, schüttelte Coelho den Kopf und hielt sie behutsam zurück.

»Vorsicht, Schwester. Es könnte ein falscher Eindruck entstehen. Es ist besser, wenn Sie mir jetzt ein paar Fragen beantworten.«

23.

Kublicki verließ Santa Maria dell' Orazione e Morte durch die Hintertür der Sakristei. Die Straße lag dunkel und leer vor ihm. Der Regen und die damit verbundene Nässe hüllten die Kirche und deren Umgebung in einen beinahe mystischen Glanz.

Er zückte sein Handy und wählte eine der abgespeicherten Nummern. Am anderen Ende der Leitung wurde sofort abgehoben.

»Ja?«, sagte die Stimme, die Kublickis Auftraggeber war und ihn gut entlohnte.

»Es ist leider nicht wie geplant gelaufen.«

»Und das heißt?«

»Ciban lebt.« Kublicki schilderte, was wenige Minuten zuvor geschehen war.

Es folgte ein kurzes Schweigen, währenddessen Kublicki die Ereignisse in der Kirche noch einmal Revue passieren ließ, soweit er es von seinem Standort aus hatte verfolgen können. Wie hatte Ciban es nur geschafft, der Revolverkugel auszuweichen, die auf sein Herz gerichtet worden war?

»Was ist mit Scrimgeour?«, wollte die Stimme wissen.

»Der Narr sitzt völlig betrunken und mit Medikamenten vollgepumpt in der Kirche und heult.«

Wieder folgte ein kurzes Schweigen, während Kublicki beobachtete, wie Millionen Regentropfen vom Himmel herab auf den Kirchenplatz fielen. Wohin auch immer Ciban sich geschleppt hatte, es war unwahrscheinlich, dass es eine verwertbare Blutspur gab.

Schließlich stellte die Stimme klar: »Scrimgeour darf auf gar keinen Fall reden.«

»Was schlagen Sie vor?«, fragte Kublicki, obwohl dieser Satz nur eines bedeuten konnte.

»Beenden Sie es.«

»Und Ciban?«

»Überlassen Sie Ciban mir.«

Damit wurde die Verbindung unterbrochen. Während Kublicki das Handy in die Innentasche seiner Jacke zurücksteckte, fragte er sich, ob es klug gewesen war, den Auftrag überhaupt anzunehmen. Andererseits, womit sonst verdiente man so viel Geld auf einen Schlag?

Er drehte sich zu der düster glänzenden Kirchenfassade um, kehrte in die Sakristei zurück und schritt durch die verborgene Tür zum Hochaltar. Noch immer saß der Professor an die Bankreihe gelehnt da, gegen die Ciban ihn geschleudert hatte.

Kublicki streifte ein Paar Latexhandschuhe über, ging ohne Hast und ohne dass Scrimgeour ihn bemerkte, an der Blutlache vorbei zu dem Revolver, der noch immer zwischen den Bankreihen auf dem Boden lag, und hob diesen auf. Es war schon eine ganze Weile her, seit er das letzte Mal für Geld gemordet hatte.

Dann trat er seitlich hinter das Häuflein Elend, das einmal ein stolzer Cambridge-Professor gewesen war, und beugte sich mit der Waffe in der Hand vor.

Just in dem Moment, als der Revolver leise klickte, blickte Scrimgeour benommen auf. Doch es lag weder ein Funke Erkennen noch ein Hauch Begreifen in seinen Augen. Er schien völlig weggetreten.

»Bitte nehmen Sie es nicht persönlich«, sagte Kublicki in einem Anflug von düsterem Humor. Dann drückte er ab.

24.

Catherine schloss die Wohnungstür und versuchte das Blut auf dem Boden zu ignorieren. Dann wusch sie sich rasch die blutverschmierten Hände. Als sie das Kissen und die Decke beiseiteräumen wollte, erklärte Coelho: »Wir dürfen nichts verändern. Ein Reinigungsteam ist bereits unterwegs.«

»Danke, aber das wird nicht nötig sein.«

»Glauben Sie mir, Schwester, es wird nötig sein. Oder wollen Sie riskieren, dass man Blutspuren im Treppenhaus oder im Hausmüll findet?«

»Verzeihen Sie … ich …«

»Schon gut. Das ist schließlich meine Aufgabe.« Coelho blickte sich in der Diele um. »Zu wenig Blut, als dass Ihre Wohnung der Tatort sein könnte.« Er blickte sie an. »Seine Eminenz hat Sie gebeten, mich anzurufen. Hat er Ihnen auch gesagt, wer auf ihn geschossen hat und wo?«

»Nein. Er hatte das Bewusstsein verloren«, sagte Catherine schlicht.

Wie hätte sie Coelho auch begreiflich machen sollen, wie sie an seine geheime Telefonnummer gekommen war? Dass ihr Bewusstsein während des Todeskampfes irgendwie mit dem von Ciban verschmolzen war und sie plötzlich Erinnerungen und Gedanken in sich trug, die nicht die ihren waren? Gedächtnisbruchstücke, die sich nach und nach auflösen würden wie die Erinnerung an einen unheimlichen Traum.

Sie fühlte sich völlig ausgelaugt und wankte. Coelho reagierte sofort und stützte sie am Arm.

»Es ist nicht nötig, dass wir stehen. Kommen Sie, Schwester.«

Er brachte sie durch den offenen Durchgang ins Wohnzimmer, setzte sie auf die Couch, holte ihr ein Glas Wasser und nahm dann ihr gegenüber Platz.

»Ich weiß, es ist ein schwerer Schock, dennoch muss ich Ihnen diese Fragen stellen. Je mehr ich weiß, desto schneller werde ich den Täter finden und ihn seiner gerechten Strafe zuführen können. Bitte erzählen Sie mir noch einmal alles von Anfang an. Möglichst jedes Detail.«

Catherine stellte das Wasserglas ab. Was immer Coelho von ihr erwartete, es gab nicht viele Fakten zu berichten. Und was ihre Gabe anging, darüber konnte sie mit dem Chef der Vigilanza ebenso wenig sprechen wie über ihre Arbeit für den Papst oder Ciban oder die Interna des Lux Domini. Also erzählte sie ihm im Prinzip noch einmal die gleiche Geschichte wie am Telefon.

Coelho verbarg seine Enttäuschung nicht. Er schien überzeugt, dass sie etwas vor ihm verbarg.

»Hören Sie, Schwester, was der Vertrauensarzt da vorhin so verwundert gesagt hat … Für Dottore Falconi mag das Ganze ja ein Rätsel sein, für mich ist es das ganz gewiss nicht. Jedenfalls nicht so wie für unseren ehrenwerten Doktor.«

Catherine starrte den Kommandanten an. Hatte Ciban ihn etwa über ihre Gabe informiert? Oder hatte Coelho im letzten Jahr, als es darum ging, die Spuren des Mordkomplotts restlos zu beseitigen, etwa mehr mitbekommen, als er sollte? Arbeitete er insgeheim sogar für das Lux Domini und Kardinal Gasperetti?

Als sie keine Antwort gab, fügte Coelho hinzu: »Ich versichere Ihnen, ich weiß nichts Konkretes, aber ich habe mir natürlich meinen Reim auf die Ereignisse gemacht. Wenn Sie also noch irgendetwas wissen, das mir weiterhilft, oder falls Ihnen noch etwas einfällt, und sollte es auch nur eine Vermutung sein, zögern Sie bitte nicht, mich anzurufen. Tag und Nacht.«

Catherine holte tief Luft. »Beantworten Sie mir bitte eine Frage, Herr Kommandant. Was soll das heißen, Sie haben sich Ihren Reim auf die Ereignisse gemacht?«

Coelho hob zu einer Erwiderung an, aber just in dem Moment klingelte sein Handy. »Entschuldigen Sie mich bitte kurz.« Mit einem Griff holte er das kleine Mobiltelefon aus der Anzugjacke hervor, lauschte kurz und legte wieder auf. »Das Reinigungsteam.«

Besagte Putzkolonne entpuppte sich nicht nur als *Crime Scene Cleaners*, sondern auch als eine Art Tatortermittlergruppe. Einer der beiden Männer, die den Flur und die Diele reinigten – ein dritter kümmerte sich um den Hausgang –, entdeckte den Taser neben dem Schrank, trat ins Wohnzimmer und zeigte ihn Coelho.

»Danke, Viktor. Gehört der Ihnen, Schwester?« Der Kommandant drehte sich zu Catherine um.

Catherine schüttelte den Kopf. »Nein. Er gehört Seiner Eminenz. Trotzdem werden Sie auch meine Fingerabdrücke darauf finden.«

Selbst wenn es nur eine oder zwei Sekunden lang anhielt, entging ihr das anzügliche Grinsen auf Viktors Gesicht wegen ihrer Fingerabdrücke auf dem Elektroschocker nicht. Am liebsten wäre sie aufgestanden und hätte dem Mann für seine schmutzige Fantasie eine schallende Ohrfeige verpasst, doch sie riss sich zusammen.

Ihr noch immer zugewandt, fragte Coelho: »Ich nehme an, Sie besitzen selbst einen Taser aus dem Bestand des Vatikans?«

Catherine nickte. »Ja. Seit den Zwischenfällen im letzten Jahr.« Den Zusatz »Kardinal Ciban hat darauf bestanden« behielt sie angesichts der Situation für sich. Ebenso die Tatsache, dass Ciban sie seit knapp einem Jahr von einem Meister in den Grundlagen der Kampfkunst ausbilden ließ.

Coelho gab Viktor ein Zeichen, den Taser zu sichern und sich wieder an die Arbeit zu machen. Das blutige Kissen und die blutverschmierte Decke wurden ebenfalls in Plastiksäcken sichergestellt. Die beiden Männer arbeiteten unglaublich schnell. Schon nach wenigen Minuten sah es für Catherine als Laiin aus, als ob nie etwas in ihrer Diele geschehen wäre.

»Sie haben meine Frage wegen Ihres persönlichen Reims noch nicht beantwortet«, sagte sie schließlich.

Das Reinigungsteam war längst verschwunden, und Coelho trat noch einmal in den Flur, um diesen einer letzten Inspektion zu unterziehen.

»Ich bin ein sehr gläubiger Mensch, Schwester, und arbeite bereits seit vielen Jahren für den Vatikan hier in Rom. Daher habe ich einen sechsten Sinn für … sagen wir mal ›außergewöhnliche‹ Menschen und ihre Arbeit entwickelt.«

Er beendete die Untersuchung und blieb vor Catherine stehen.

»Ich weiß, Sie haben eine Gabe, Schwester. Und ich bin mir sicher, mit dieser Gabe haben Sie Seiner Eminenz vor wenigen Minuten das Leben gerettet, und zwar an diesem Ort hier.« Als er Catherines besorgten Blick auffing, fügte er hinzu: »Keine Sorge. Ihr Geheimnis ist bei mir sicher. Zu Ihrem eigenen Schutz muss ich Ihnen allerdings noch eine wichtige Frage stellen …«

Ohne ein Wort wartete Catherine mit vor Anstrengung rot geränderten Augen ab. Schlimmer konnte es kaum noch kommen.

»Sind Sie und Kardinal Ciban ein Paar?«

25.

Catherine stand in ihrem kleinen Flur und starrte Coelho an. Wenn der Kommandant sie mit einer Nadel gestochen hätte, hätte sie nicht geblutet. *Sind Sie und Kardinal Ciban ein Paar?* Himmel, wie kam Coelho nur darauf? Wenn er tatsächlich über eine solch gute Menschenkenntnis verfügte, wie er behauptete, musste es für ihn doch offensichtlich sein, dass dem nicht so war!

»Nein, Herr Kommandant. Aber ich denke, Seine Eminenz und ich sind auf dem besten Weg, eine gute Arbeitsbeziehung aufzubauen.«

Coelho verzog keine Miene. Doch irgendetwas tief in seinen dunklen Augen gab Catherine das Gefühl, dass er weit mehr über »gute Arbeitsbeziehungen« wusste als sie.

»Gut, Schwester«, war alles, was er darauf sagte, als sein Mobiltelefon erneut klingelte.

Als der Kommandant das Gespräch beendete, sah er Catherine an und sagte: »Dürfte ich bitte mal kurz Ihren Computer benutzen?« Mit der rechten Hand deutete er vom Flur aus auf die Schreibtischecke im Wohnraum, wo der Laptop stand.

»Natürlich«, sagte Catherine, noch immer von der Beziehungsfrage ein wenig perplex. Aber was hätte Coelho auch anderes denken sollen? Ein Kardinal in Zivil mitten in der Nacht in der Wohnung einer Nonne, die nichts weiter als einen Pyjama trug. Eine Szene, die sich ein Skandalblatt nicht besser hätte ausdenken können.

Coelho begleitete Catherine an den Schreibtisch, auf

dem etliche Bücher und Akten lagen. Sie schaltete den Laptop ein und bot dem Kommandanten ihren Stuhl an. »Bitte sehr.«

»Bleiben Sie ruhig sitzen, Schwester.«

Coelho beugte sich über die Tastatur, öffnete das Internetprogramm, ging auf die Website von Google Earth und gab dort die Daten zu Catherines Wohnung ein.

»Darf ich fragen, wonach Sie suchen?«

»Na ja, wie wir festgestellt haben, war in Ihrem Appartement relativ wenig Blut zu finden, was darauf hindeutet, dass Ihr Flur nicht der Tatort gewesen sein kann. Andererseits kann Seine Eminenz sich mit dieser schweren Verletzung nicht allzu weit fortbewegt haben.« Er blickte Catherine an. »Da wir den Wagen Seiner Eminenz nicht in der Nähe Ihres Appartements gefunden haben, sahen wir in der Tiefgarage seines Wohnhauses nach. Er ist dort abgestellt.«

»Der Tatort muss also ganz in der Nähe sein?«

Coelho nickte. »Leider hat der Regen die Blutspur verwischt. Ich bin mir aber sicher, dass der Tatort sich innerhalb dieses Radius hier befinden muss.«

Coelho zoomte das Gebiet um Catherines Wohnung bildschirmfüllend über Google Earth heran. Es war ein rechteckiger Auszug des Campo de' Fiori. Eine Luftaufnahme.

Catherine sah den Palazzo Farnese, den Palazzo Spada, die Kirche San Girolamo della Carità, die sie so oft auf ihrem Heimweg passierte. Ein Seitenfenster auf der Website zeigte in kleinen Detailfotografien die markantesten Merkmale der Paläste und Kirchen.

»Warten Sie, Herr Kommandant!«

Coelho blinzelte überrascht. Seine rechte Hand, mit der er die Maus bediente, hielt mitten in der Bewegung inne.

Catherine starrte auf die Abbildung eines Totenkopf-
schädels, den das Google-Earth-Programm in Verbindung mit der kleinen Kirche Santa Maria dell' Orazione
e Morte anzeigte. Sie hatte diesen Totenschädel erst vor
kurzem in Cibans Bewusstsein gesehen. Da war sie sich
ganz sicher.

»Ich glaube, ich weiß, wo der Tatort ist!«

26.

Gasperetti legte den Telefonhörer auf. Ciban in kritischem Zustand und in einem Krankenwagen unterwegs zur Gemelli-Klinik? Und das alles von Schwester Catherine Bells Appartementhaus aus? Zu allem Übel war auch noch der Kommandant der Vigilanza bei der Nonne, um die Ermittlungen aufzunehmen? Was zur Hölle war in dieser Nacht aus dem Ruder gelaufen?

Er sah auf die Uhr und überlegte. An Schlaf war praktisch nicht mehr zu denken, also ging er ins Bad, wusch und rasierte sich, zog im Schlafzimmer eine frische Soutane über, kämmte rasch sein eingeöltes Haar und machte sich für den Tag bereit. Der Beobachtungsposten stand noch immer vor Schwester Catherine Bells Haus und würde ihn sofort informieren, sobald sich etwas Neues ergab.

Vor Monaten schon hatte er eine Wanze in Schwester Catherines Appartement installieren lassen, um über ihr Tun und Treiben etwas genauer auf dem Laufenden zu sein, aber das winzige Abhörgerät war bereits nach zwei Tagen ausgefallen. Das legte die Vermutung nahe, dass jemand die Wanze geortet und zerstört hatte, ohne dass Schwester Catherine oder Gasperettis Agenten auch nur das Geringste davon mitbekommen hatten. Das Gleiche war mit einer Wanze geschehen, die er in Bells Tasche hatte installieren lassen. Kaum eingebaut, war die Wanze auch schon wieder deaktiviert worden. Offenbar wachte jemand sehr genau über Schwester Catherines Privatsphäre, und dieser Jemand verfügte vermutlich über exakt jene Informationen, die Gasperetti selbst brennend interessierten.

Nach diesen seltsamen Vorfällen hatte Gasperetti sich einmal mehr die Frage gestellt, ob er etwa selbst bespitzelt wurde. Also hatte er zur Sicherheit seine eigenen Räumlichkeiten noch einmal gründlich auf Wanzen abklopfen lassen, sowohl im Vatikan als auch in seinem privaten Wohnbereich. Seine Agenten hatten jedoch nicht das Geringste entdeckt, auch keine so genannten nicht aufspürbaren Abhörgeräte. Ein Umstand, der an sich schon wieder verdächtig war.

Nun hatte man ausgerechnet Kardinal Ciban schwer verletzt aus Catherine Bells Wohnhaus abtransportiert. Gasperetti konnte es nicht fassen. Was in Gottes Namen war dort mitten in der Nacht passiert? In jedem Fall war er fest entschlossen, diesmal mehr herauszufinden als bei den dubiosen Morden im Jahr zuvor.

Er trat ans Fenster seines Wohnzimmers und blickte auf die historischen Gebäude, die seinem Haus gegenüberlagen. Es war immens wichtig, dass er die Kontrolle über das Lux Domini behielt. Er hatte das Lux schon Jahre vor Cibans Ernennung zum Präfekten der Glaubenskongregation geleitet und damit lange bevor Ciban der oberste Chef der vatikanischen Sicherheit geworden war. In letzter Zeit drang der jüngere Kardinal jedoch in Bereiche vor, deren Spielregeln er nicht einmal im Ansatz begriff. Ganz zu schweigen davon, dass es ihm zweifelsohne gelungen war, Schwester Catherine für seine Zwecke einzuspannen.

Was war aber in Bells Appartement geschehen? Gasperetti hielt es für eher unwahrscheinlich, dass Ciban ein persönliches Interesse an Catherine hegte. Für freundschaftliche Beziehungen, geschweige denn eine Romanze war der Präfekt von seinem Persönlichkeitsprofil her einfach nicht geschaffen. Doch wie es aussah, nahm er mehr und mehr den Platz von Pater Darius als ihr Mentor ein. Ciban hatte gewiss vor, Catherines Fähigkeiten zu beschneiden und zu kontrollieren, am Ende würde er ihre Energie beherrschen und die wehrhafte Rebellin in ihr für immer zum Schweigen bringen. Dabei brauchte die Kirche im Kampf gegen das Dunkel gewiss kein medial begabtes Lamm, sondern eine Löwin. Eine medial verkrüppelte Catherine Bell nutzte Gasperetti gar nichts. Er musste sie Cibans Einfluss wieder entziehen, und zwar möglichst unbemerkt. So, wie die Dinge sich in den letzten Monaten entwickelt hatten – das Dunkel innerhalb der Kirche wurde immer stärker –, war Gasperetti heilfroh, dass Darius die Lobotomie an Catherine verhindert hatte. Doch was, wenn Cibans Macht inzwischen zu groß für Gasperettis Einfluss und Pläne geworden war?

Gasperetti runzelte die Stirn und betrachtete für einen Moment sein leicht verzerrtes Spiegelbild in der Fensterscheibe. Konnte es sein, dass er etwas übersehen hatte?

Er kehrte dem Fenster den Rücken zu, ging in sein Arbeitszimmer, das im hinteren Bereich der Wohnung lag, und nahm am Schreibtisch Platz. Nachdem er den Computer hochgefahren hatte, loggte er sich über etliche Sicherheitsprotokolle mit seinem Passwort in die geheime Profildatenbank des Lux Domini ein.

Das Lux beobachtete seine spirituell hochbegabten Mitglieder und Exmitglieder sehr genau, ebenso wie viele andere medial begabte Menschen, die für die Kirche gefährlich oder von Nutzen sein konnten. Letztendlich zählte nur die Gabe – und was daraus erwachsen konnte. Es gab tausende von Akten, außerdem Persönlichkeitsprofile, Lebensläufe, Arbeits- und Zeitungsberichte, Briefwechsel, ja sogar Transkriptionen unterschiedlichster Sitzungen, die im Einzelfall bis in die Kindheit der medial Begabten zurückreichten.

Gasperetti war allerdings an einer ganz bestimmten Datenbank interessiert: LUKAS. Hier waren die Profile der Menschen abgelegt, deren Talent weit über jenes der durchschnittlich hochbegabten Medien hinausging. Das Profil von Darius war hier ebenso gespeichert wie jenes von Kardinal Benelli. Aber auch Catherines und Cibans Leben waren hier bis ins kleinste Detail registriert. Im Grunde gab es vor den Augen des Lux keine Geheimnisse, sofern man einen entsprechenden Rang einnahm und über eine entsprechende Sicherheitsstufe verfügte. Selbst die sexuellen Vorlieben der medial Begabten wurden minuziös erfasst, Zölibat hin oder her.

Gasperetti öffnete Cibans Profil und ging es Schritt für Schritt durch. Kindheit, Schulzeit, Studium, beruflicher Werdegang. Der Theologe, Kirchenrechtler und Astrophysiker Marc Kardinal Ciban war das älteste von zwei Kindern. Diverse Eignungs-, Persönlichkeits- und IQ-Tests offenbarten seine enorme geistige Flexibilität. So beherrschte er etliche Sprachen und vermochte sich mit Leichtigkeit und selbstbewusst in fremden Kulturkreisen zu bewegen.

Nach Studium und Priesterweihe hatte Ciban zwei Jahre als Sekretär der Kongregation für Außerkirchliche Angelegenheiten gearbeitet, war dann ins Staatssekretariat gewechselt und anschließend fast ein Jahrzehnt im In- und Ausland für den Vatikanischen Geheimdienst unterwegs gewesen. Erst danach war er nach Rom zurückgekehrt, um seine beispiellose Karriere in der Glaubenskongregation unter Kardinal Monti, dem damaligen Großinquisitor, zu beginnen.

Ebenso glaubte Gasperetti, Cibans familiären Hintergrund ganz gut zu kennen, auch wenn er bis heute nicht herausgefunden hatte, wie das Verhältnis des Kardinals zu seiner Familie wirklich war. In jedem Fall war Ciban nicht in die unternehmerischen Fußstapfen seines Vaters getreten, sondern hatte etwas völlig anderes studiert. Anstelle von Betriebswirtschaft und Managementwesen hatte er sich erst für ein natur- und schließlich für ein geisteswissenschaftliches Studium entschieden, am Ende sogar Theologie. Das musste zwangsläufig zu Differenzen mit dem Vater geführt haben, einem steinreichen Patriarchen und einflussreichen Mann an der Börse, der als sehr egozentrisch und machtbesessen galt. Wie es hieß, hatte er in den Neunzigern nach einem Finanzskandal sogar mitgeholfen, die Gelder der Vatikanbank zu retten. Doch von den Konsequenzen einer schwierigen Vater-Sohn-Beziehung war in Cibans Profil nicht eine Silbe zu lesen.

In jedem Fall war das Profil außerordentlich und stimmte mit allem überein, was Gasperetti bereits über den Präfekten wusste und woran er sich seit dem erstmaligen Lesen dieser Informationen erinnerte. Trotzdem war sich Gasperetti sicher, dass etwas Entscheidendes fehlte.

Als Nächstes öffnete er Schwester Catherines Profil. Auch hier genau das Gleiche: Besuch einer katholischen Grundschule für Hochbegabte. Nach einem Zwischenfall in der Grundschule dann der Wechsel zu jenem Institut für medial Hochbegabte, an dem Pater Darius tätig war. Teilnahme an dem Projekt »Corona«. Anschließend Studium an der Georgetown University in Washington. Auch Catherine Bell hatte eine außerordentliche Karriere hingelegt, bis hin zu ihrer aktiven Mitgliedschaft im

Lux Domini, von dem sie sich nun distanzierte, und ihrer Karriere als populäre Sachbuchautorin.

Der Inhalt des Profils deckte sich exakt mit Gasperettis Wissen und seinem Eindruck von der Nonne, doch davon abgesehen stimmte auch bei diesem Profil irgendetwas nicht.

Beiden Profilen hafteten keinerlei Ecken und Kanten an, die Gasperetti nicht schon kannte oder erwartet hätte. Er sah nach, wer die Texte verfasst und zuletzt aktualisiert hatte. Darius!

Das letzte Update war aus der Woche, bevor Darius in Ruhestand gegangen war, also von vor zwei Jahren. Seither hatte sich niemand mehr damit befasst.

Gasperetti legte die beiden Profile nebeneinander und ging sie noch einmal Punkt für Punkt durch.

Trotz all der Daten über Ciban blieb ihm der jüngere Kardinal ein Rätsel. Einerseits sprach Darius bei Ciban von einem hohen moralischen Codex, andererseits hatte der Pater in seiner Funktion als Psychiater eine ungewöhnliche Bipolarität diagnostiziert, und zwar auch in religiöser Hinsicht. Bell hingegen schien in vielerlei Punkten das Gegenstück zu Ciban zu sein. Lag darin vielleicht der Schlüssel?

Gasperetti rief das Profil von Darius ab. Der alte Gelehrte war in jedem Fall eine Art Bindeglied zwischen den beiden, denn er hatte sowohl Catherine als auch Ciban in die Geheimnisse der geistigen Welt eingeweiht. Gasperetti war sich inzwischen mehr als sicher, dass Darius die wesentlichen Erkenntnisse, die er über seine beiden Schüler gewonnen hatte, mit ins Grab genommen hatte. Jedenfalls war nicht eine einzige Besonderheit in der LUKAS-Datenbank registriert.

Wie und warum war Darius im letzten Jahr tatsächlich gestorben? Gasperetti glaubte nicht an die offizielle Version vom Kletterunfall in den bayerischen Bergen. Noch rätselhafter erschien ihm der plötzliche Herzstillstand von Kardinal Benelli während eines festlichen Empfangs in dessen eigener Villa.

Gasperetti verglich nun alle drei Profile auf dem Großbildschirm Punkt für Punkt. Darius. Ciban. Catherine. Was stimmte damit nicht?

Dann fiel ihm etwas anderes auf. Ciban hatte eine Schwester gehabt. Sarah. Seltsamerweise wurde sie mit keiner Silbe im Profil des Kardinals erwähnt. Gespannt rief Gasperetti Sarah Cibans psychologisches und mediales Profil auf und erlebte eine echte Überraschung: Irgendjemand hatte den Eintrag aus der Lux-Datenbank gelöscht.

27.

Coelho wandte den Blick von der Luftaufnahme des Campo de' Fiori ab und musterte Catherine. Fast hätte ihm die attraktive und äußerst rätselhafte Ordensfrau den Tatort auf der Google-Earth-Ansicht gezeigt, aber im letzten Augenblick hatte sie ihre Hand zurückgezogen.

»Nehmen Sie mich zum Tatort mit?«

Coelho verneinte.

»Das dachte ich mir schon, Herr Kommandant. Deshalb werde ich Ihnen den Tatort auf der Karte auch nicht zeigen, sondern Sie hinführen.«

»Ich bedaure, Schwester. Zum einen sind Sie keine Ermittlerin, zum anderen könnte jede weitere Person den Tatort unnötig kontaminieren. Woher wollen Sie überhaupt wissen, wo er ist?«

»Sagen wir, ich hatte eine Eingebung. Ich muss die Stelle sehen.«

Coelho wandte sich noch einmal der Luftaufnahme zu, als könne er förmlich erzwingen, dass ihm das Bild doch noch preisgab, worin Catherines so wundersamer Geistesblitz lag. Dann seufzte er resigniert. »Also gut. Kennen Sie die erste Ermittlerregel vor Ort, Schwester?«

Catherine schüttelte den Kopf. Nein. Woher auch?

»Augen auf. Mund zu. Hände in die Taschen!«

»Keine Sorge. Ich werde mich mucksmäuschenstill verhalten. Ich ziehe mir nur noch rasch etwas Vernünftiges über.«

Drei Minuten später stand sie in Jeans, Turnschuhen, T-Shirt und Parka vor dem Kommandanten. Und keine fünf Minuten später erreichten sie das Portal der kleinen Kirche Santa Maria dell' Orazione e Morte, von wo die beiden unheimlichen Totenschädel auf sie herabblickten. Am Türgriff war Blut.

»Bleiben Sie dicht hinter mir«, sagte Coelho. Es war ein Befehl.

Als sie den düsteren Vorraum passierten, deutete der Kommandant auf den Boden, und Catherine holte tief Luft. Eine Blutspur lief vom Eingang in Richtung Kirchenschiff. Wie es aussah, befanden sie sich tatsächlich am Tatort.

Am Weihwasserbecken vorbei betraten sie den Mittelgang. Drinnen war es etwas heller als draußen auf der nächtlichen Straße. Dennoch kniff Catherine die Augen zusammen, um besser sehen zu können. Sie nahm die unheilvolle Atmosphäre wahr. Bisher hatte sie die Kirche noch nie betreten, trotzdem erschien sie ihr auf seltsame Weise vertraut. Catherine holte tief Luft. Dieses Gotteshaus war alles andere als ein positiver Ort.

Coelho wies sie erneut an, direkt hinter ihm zu bleiben. Vorsichtig bewegten sie sich durch das Dämmerlicht, stets darauf bedacht, durch ihre Anwesenheit möglichst nichts zu verändern.

Dann lag der metallische Geruch von Blut in der Luft, zumindest nahm Catherine ihn schlagartig wahr, und genauso schlagartig drehte sich Coelho zu ihr um und versperrte ihr die Sicht auf den Altar. Während der Kommandant sich umgewandt hatte, hatte Catherine jedoch einen flüchtigen Blick auf das Szenario erhaschen können. Nahe dem Altarbereich lag ein Körper an die vorderste Bank gelehnt. Ein paar Reihen weiter war auf dem Steinboden eine große Blutlache.

»Bitte kehren Sie zur letzten Bankreihe zurück,

Schwester, und warten Sie dort auf mich. Ich werde mir das alles etwas genauer ansehen.«

»Ich würde gerne hierbleiben. Ich gebe Ihnen mein Wort, dass ich mich nicht von der Stelle rühren werde.«

Ceoelho musterte sie skeptisch.

»Ich schaffe das schon«, fügte Catherine unbeugsam hinzu.

»Also gut. Aber kommen Sie keinen Schritt näher.«

Coelho schenkte ihr zur Sicherheit noch einmal einen mahnenden Blick, ehe er sich umdrehte und sich behutsam weiter durch das Zwielicht bewegte. Vor dem zusammengesunkenen Körper blieb er stehen, streifte sich ein paar Latexhandschuhe über und ging in die Hocke.

»Tot«, stellte er nach wenigen Sekunden fest. »Keine Papiere, kein Ausweis, kein Handy. Nichts.«

»Sind Sie sich sicher, dass der Mann tot ist?«, fragte Catherine von ihrem Platz aus.

»So sicher, wie man sich nur sicher sein kann, Schwester. Das Opfer hat kein Gesicht mehr.«

»Wie bitte?«

»Ein Revolver liegt gleich neben seiner rechten Hand.«

Catherine schluckte. »Denken Sie, er hat sich das Leben genommen, nachdem er auf Seine Eminenz geschossen hat?«

»Nur wenn er das Kunststück fertiggebracht hat, zweimal auf sich selbst zu schießen, einmal durch den Hinterkopf und ein zweites Mal mitten ins Herz – oder umgekehrt.«

Catherine starrte den Kommandanten einige Sekunden lang an.

»Ist der Tote ein Priester?«, fragte sie schließlich. Das hätte sich so gar nicht mit ihrer Vision während des Energietransfers gedeckt.

»Nein. Es sieht nicht so aus. Aber er trägt einen dunklen Anzug, der einer Priesterkluft ähnelt, und einen Gelehrtentalar.«

Coelho richtete sich vorsichtig auf und musterte die mit Blut, Gehirn- und Knochenmasse besudelte Umgebung des Toten. Dann zog er sein Handy aus der Jackentasche und erledigte mehrere Telefonate, unter anderem eines mit der Vigilanza und ein anderes mit dem Chef der römischen Polizei. Dieser würde wiederum mit dem Vertreter der italienischen Polizei im Vatikan in Kontakt treten, damit die ganze Angelegenheit weiterhin diskret behandelt wurde und keine Wellen in den Medien schlug.

Anschließend wandte er sich mit einem nachdenklichen Blick Catherine zu. »Sie haben nicht zufällig eine Ahnung, wer der Tote sein könnte, Schwester?«

»Ich bin mir nicht sicher, was den Namen angeht.«

»Nur Mut, ich höre.«

»Der Vorname könnte Ian oder Alan sein. Der Nachname«, sie überlegte, »irgendetwas mit Crim… oder Scrim… Es tut mir leid, aber an mehr erinnere ich mich nicht.« Sie hatte den Namen nur kurz in Cibans Bewusstsein aufblitzen sehen.

Ohne Catherine mit weiteren Fragen zu löchern, zückte Coelho erneut sein Handy und führte ein weiteres Telefonat, um die Bruchstücke des Namens durchzugeben. Als er das Mobiltelefon gerade wieder einstecken wollte, klingelte es.

»Ja«, meldete er sich.

Die Person am anderen Ende der Leitung schien in eine Minute eine ganze Vorlesung hineinpressen zu wollen. Obwohl der Kommandant das Gesicht nahezu ganz von Catherine abgewandt hatte, konnte sie sehen, wie sich seine Miene mit jeder Sekunde, die er zuhörte, weiter verdüsterte.

»Was ist passiert?«, fragte sie, als das Gespräch beendet war.

Coelho starrte sie an, dachte aber offensichtlich nicht daran, sie einzuweihen. Demnach musste etwas wirklich Schlimmes vorgefallen sein. War Ciban etwa … Sie wagte es nicht, den Gedanken zu Ende zu führen, und trotzdem musste sie augenblicklich erfahren, was los war.

»Geht es um Seine Eminenz?«

Coelho drehte sich um, als wollte er noch einmal nach dem Leichnam sehen, aber Catherine hielt ihn am Arm zurück. »Gütiger Himmel, jetzt sagen Sie schon!«

Es war, als überlegte der Kommandant, ob er gegen eine eiserne Regel verstoßen dürfe, doch schließlich rang er sich zu einer Antwort durch. »Der Anruf kam aus der Gemelli-Klinik. Seine Eminenz wird soeben operiert.«

»Ja?«

»Es sieht nicht gut aus.«

»Ich muss sofort in die Klinik.« Catherine ließ den Kommandanten einfach stehen und wandte sich dem Ausgang zu.

»Schwester!«

Coelhos Tonfall brachte sie dazu innezuhalten, wenn auch nur zögerlich. »Die Operation wird mindestens zwei bis drei Stunden dauern. Sie können also vorerst gar nicht zu ihm.«

»Aber ich …«

»Haben Sie Geduld und behalten Sie die Nerven. Sobald Kardinal Ciban den OP-Saal verlässt, werde ich dafür sorgen, dass Sie zu ihm können.«

»Und wenn er während der Operation stirbt?«

Darauf gab Coelho keine Antwort. Doch sie wussten beide, dass Catherine nicht einfach mit ihrer Gabe in den Operationssaal spazieren konnte. Catherine hatte getan, was sie tun konnte. Der Rest lag jetzt in Gottes Hand – und in den Händen der Ärzte.

Plötzlich hörte sie Schritte hinter sich. Coelhos Reinigungsteam betrat achtsam die Kirche, allen voran Viktor. Doch diesmal war das Team nicht allein, sondern in Begleitung eines vatikanischen und eines italienischen Polizeibeamten mit je einem Außenermittlungsteam. Coelho berichtete in wenigen Worten, was vorgefallen war, wobei er Catherines Gabe, die sie zum Tatort geführt hatte, unter den Tisch fallen ließ. Nach seiner Version hatte Catherine sich an ein paar Wortfetzen erinnert, die Ciban ihr noch hatte zuflüstern können.

Der italienische Polizist, ein Inspektor um die dreißig, der mit Coelho beiseitegetreten war, warf Catherine einen kurzen Seitenblick zu. Ansonsten ließ er sich nicht anmerken, was er über die ganze Situation dachte, die nun auch noch in einem Mord in einer Kirche gipfelte. Catherine konnte sich aber nur zu gut vorstellen, was in seinem Kopf vorging. Ganz sicher dachte der Inspektor an eine aus dem Ruder geratene Dreierkonstellation, an ein Eifersuchtsdrama à la zwei Männer, eine Frau. So etwas konnte ja nur in einer unappetitlichen Katastrophe enden.

Die Männer von der Spurensicherung in ihren Papieroveralls und Plastikstiefeln sperrten den Tatort ab und begannen mit der Untersuchung. Die Kirche war nun wegen angeblicher Renovierungsarbeiten geschlossen. Catherine bekam am Rande mit, wie einer der Beamten sich aufmachte, um mit dem Pfarrer und dem Küster zu sprechen, denn nächtliche Treffen in katholischen Kirchen, die in einem Blutbad endeten, waren nicht gerade an der Tagesordnung, schon gar nicht in Verbindung mit einem Kardinal. Wie es aussah, war in die Santa Maria dell' Orazione e Morte nicht eingebrochen worden.

Catherine rieb sich über die Schläfen, denn sie spürte einen aufkeimenden Migräneanfall. Der Schlafmangel, verbunden mit dem kräftezehrenden Energietransfer, forderte seinen Tribut, ganz zu schweigen von den seltsamen visionären Einblendungen, die sie währenddessen regelrecht überrumpelt hatten. Erneut tauchten einzelne Bilder dieser irreal anmutenden Visionen vor ihr auf, Vorspiegelungen aus Cibans Leben und Kindheit. Sie erfüllten das grelle Licht der Scheinwerfer, die die Ermittler aufgestellt hatten, mit unheimlichem Leben und schürten Catherines Kopfschmerz. Wie in Trance hörte sie, wie einer der Techniker in sein Mikrofon sprach.

»Auf dem Steinboden vor dem Altar ein Toter männlichen Geschlechts, Einschussloch in den Hinterkopf, Austrittsöffnung auf der gegenüberliegenden Seite … Gesicht zerfetzt … zweites Einschussloch in der Brust … Tatwaffe am Tatort … Spuren eines Kampfes …«

Ein anderer Spurensicherer machte Fotos, während ein dritter sich bereithielt, um dem Opfer Plastikbeutel über die Hände und den Kopf zu stülpen, damit keine Spuren verloren gingen. Catherines Blick fiel auf einen der geöffneten Koffer mit der Ausrüstung für die Spurensicherung. Einige der Gegenstände waren ihr sogar ein Begriff: Beweismitteltüten, Latexhandschuhe, Haarpinsel, Sammelgläser, Aluminiumpulver zum Sichtbarmachen von Fingerabdrücken, Klebeband, Maßband, Tonband und Lupe.

»Schwester …«

Erschrocken blickte sie auf. Um sich von der Vision und ihren Kopfschmerzen zu befreien, hatte sie sich dermaßen in den Inhalt des Koffers vertieft, dass sie nun regelrecht zusammenzuckte.

»Darf ich Ihnen Inspektor Matteo Ganzoli vorstellen, den Leiter der italienischen Polizeivertretung im Vatikan?«

Auch das noch, dachte Catherine und blickte von Coelho zu Ganzoli, der eine ziemlich große Arroganz ausstrahlte.

»Bitte berichten Sie dem Inspektor noch einmal, was Sie erlebt und beobachtet haben. Ich weiß, Sie haben es mir schon zweimal erzählt, aber es ist wichtig, dass der Inspektor es von Ihnen persönlich hört.«

Catherine seufzte innerlich, dann schilderte sie noch einmal exakt, was sie Coelho zuvor erzählt hatte, und der Inspektor hörte ihr aufmerksam zu. Anschließend stellte Inspektor Ganzoli jene Frage, auf die Catherine am ehesten hätte verzichten können.

»Wie kommt es, dass Kardinal Ciban ausgerechnet Sie mitten in der Nacht aufgesucht hat, Schwester Catherine?«

»Vermutlich war ich die erstbeste Person, die er in seiner Not um Hilfe bitten konnte, Inspektor.«

Coelho fügte hinzu: »Wir haben kein Handy bei Seiner Eminenz gefunden, mit dem er um Hilfe hätte rufen können.«

Ganzolis wässrige Augen ließen nicht von Catherine ab. Er schien jede ihrer Regungen genauestens zu beobachten. »In welcher Beziehung stehen Sie eigentlich zu Kardinal Ciban?«

»Ich arbeite seit einem Jahr für ihn.«

»Und wo, wenn ich fragen darf?«

Da Catherine zögerte, nahm Coelho ihr die Antwort ab. »In der Vatikanischen Sicherheit. Inoffiziell.«

Das schien Ganzolis Weltbild zumindest ein wenig geradezurücken, wenn auch nicht ganz. Schwer von sich eingenommen, deutete er auf den Leichnam. »Haben Sie das Opfer gekannt, Schwester?«

»Nein. Aber sollten wir hier nicht vielmehr von zwei Opfern reden?«

Ganzoli wechselte einen kurzen Blick mit Coelho. »Wie kommen Sie darauf?«

Catherine biss sich auf die Zunge. Wie konnte sie nur so dumm sein? Coelho nahm sie vor dem Inspektor in Schutz, und sie forderte Ganzolis Überheblichkeit und Neugierde geradezu heraus. Rasch schob sie hinterher: »Ich kann mir nicht vorstellen, dass Seine Eminenz zu solch einem Mord fähig ist. Sie etwa?«

Ohne die Frage zu beantworten, wandte sich Ganzoli Coelho zu und flüsterte diesem etwas ins Ohr. Erst dann sagte er zu Catherine: »Halten Sie sich für eine weitere Befragung bereit und rufen Sie mich oder meinen geschätzten Kollegen an, wenn Ihnen noch etwas einfällt, worüber Sie mit uns sprechen möchten.«

Nachdem Ganzoli zum eigentlichen Tatort zurückgekehrt war, bugsierte Coelho Catherine behutsam, aber zielstrebig außer Hörweite des Inspektors. Am Weihwasserbecken angelangt, sagte er: »Haben Sie den Verstand verloren?«

»Wieso ich? Der Inspektor hält Ciban für den Mörder.«

»Das hat er mit keiner Silbe gesagt. Außerdem haben die Ermittlungen gerade erst begonnen.«

»Es ist nur zu offensichtlich, was er denkt. Wahrscheinlich würde er die Hände Seiner Eminenz am liebsten noch während der Operation auf Schmauchspuren untersuchen!«

»Beruhigen Sie sich, Schwester. Ganzoli ist kein Dummkopf. Was auch immer hier geschehen ist, er steht auf unserer Seite.«

»Das sehe ich.«

Sie deutete auf den Inspektor, der gerade den restlichen Tatort in Augenschein nahm und dabei den Eindruck erweckte, als wüsste er längst, was sich hier abgespielt hatte.

Coelho, der ihrem Blick gefolgt war, erklärte: »Vielleicht sollten Sie wenigstens versuchen, den Fall einmal aus den Augen der italienischen Polizei zu betrachten.«

»Weshalb? Ist es nicht sonnenklar, *wer* hier das Opfer ist, Herr Kommandant?«

»Aus der Sicht von Inspektor Ganzoli hat sich Kardinal Ciban schwer verletzt zu Ihrem Appartement geschleppt. Warum sollte er also nicht auch noch die Kraft gehabt haben, im Zweikampf auf den Toten hier zu schießen?«

»Ich … ich weiß, dass es nicht so war!«

»Dann haben Sie also hieb- und stichfestes Beweismaterial?«

»Nicht direkt.« Catherine unterdrückte ein Räuspern. »Aber wir beide wissen ganz genau, dass es genügend Leute gibt, die Seine Eminenz liebend gerne tot sehen würden.«

»Schwester, wenn es bei der Aufklärung von Mordfällen darum ginge, was viele Menschen gerne sehen würden, wäre vermutlich halb Rom inhaftiert. Wenn Sie mir also irgendetwas mitteilen wollen, wenn Sie irgendetwas wissen, das entscheidend für die weiteren Ermittlungen ist, dann raus damit.«

»Ich kann Ihnen zu diesem Zeitpunkt lediglich sagen, dass ich mich bei Ihnen melden werde, sobald ich mehr weiß.« Mit diesen Worten wollte Catherine sich Richtung Ausgang drehen, um nach Hause zu gehen, doch Coelho ging sofort auf Versöhnungskurs.

»Warten Sie einen Augenblick, bitte. Ich möchte nicht, dass Sie allein durch die Nacht laufen.«

»Was sollte mir auf dieser kurzen Strecke schon geschehen?«

Coelho deutete in Richtung Altar. »Sie haben uns immerhin zum Tatort geführt. Der Mörder könnte in Ihnen eine unliebsame Zeugin sehen. Außerdem würde unser gemeinsamer Chef es mir nie verzeihen, wenn Ihnen etwas zustieße. Also warten Sie bitte noch einen Moment.«

Coelho spürte Catherines Blick im Rücken, als er auf seine Truppe zuging und Viktor zu sich heranwinkte, der gerade eine weitere Blutspur vor dem Eingang zu einer der Kapellen entdeckt hatte. Der Fall wurde immer verzwickter. Ein Toter, ein Schwerverletzter, der ausgerechnet ein bekannter Kardinal war und nun auch noch unter Tatverdacht stand, und eine medial begabte Nonne, die sich außerdem anschickte, die Ermittlungsarbeit für ihn zu einem Spießrutenlauf zu machen.

»Generalinspektor?« Viktor blickte ihn in Erwartung eines Spezialauftrages hoffnungsvoll an.

Coelho deutete mit den Augen auf Catherine. »Sorgen Sie dafür, dass Schwester Catherine wohlbehalten in ihre Wohnung zurückkehrt. Nehmen Sie sich außerdem einen Ihrer Männer und behalten Sie die Dame von nun an im Auge. Diskret, versteht sich.«

»Jawohl, Herr Generalinspektor.«

Viktor schien hin- und hergerissen zwischen Wohlgefallen und Ernüchterung. So hatte er sich seinen Spezial-auftrag nicht vorgestellt.

»Noch etwas, Viktor …«

Der junge Vatikanpolizist drehte sich mit einer unheil-vollen Vorahnung noch einmal zu Coelho um. »Herr Generalinspektor?«

»Behalten Sie Ihre Gesichtszüge zukünftig besser unter Kontrolle.«

Viktor runzelte die Stirn.

»Ich musste Ihr Gesicht nicht sehen, als wir vorhin in dem Appartement waren und Sie mir den Taser gezeigt haben. Es genügte mir voll und ganz, in Schwester Catherines Augen zu blicken.«

»Es …« Viktor schluckte. »So etwas wird nicht wieder vorkommen.«

»Das will ich hoffen. Es liegt nicht an uns, zu richten. Unsere Aufgabe ist es, die Kirche und ihre Menschen zu beschützen, vor allem die guten. Und das, falls nötig, mit unserem Leben.«

Viktor schluckte erneut. »Verstanden.«

»Gut, dann kommen Sie. Ich werde Sie Schwester Catherine etwas genauer vorstellen.«

SCHMERZ

28.

Monsignore Rinaldo hatte fast die ganze Nacht in seinem Büro gearbeitet und schließlich auf der unbequemen Notpritsche im Palast der Inquisition übernachtet. Der Vatikan war der einzige Staat der Welt, der seine Tore um Mitternacht schloss und niemanden mehr hinein- oder herausließ. Für den Fall der Fälle hatte Rinaldo ein paar frische Kleider in seinem Schrank deponiert, ebenso einen elektrischen Rasierapparat und Waschzeug. Dadurch wurden seine gelegentlichen nächtlichen Anfälle von Arbeitswut nicht zu einem offiziellen Problem, erst recht nicht zu einem offiziellen Problem der Hygiene.

Als er den Waschraum verließ, war noch keine Menschenseele im Inquisitionspalast. Selbst Bischof Tardini würde frühestens in einer halben Stunde durch die schwere Tür des Palastes treten. Rinaldo hatte also noch ein wenig Zeit, um sich seine Studien der letzten Nacht noch einmal zu vergegenwärtigen, bevor Kardinal Ciban …

Schlagartig erinnerte er sich an die kurze SMS, die der Kardinal ihm mitten in der Nacht zugesandt hatte. Sofort stellte sich das unheilvolle Gefühl in der Magengegend wieder ein, umso mehr da Rinaldo noch nicht gefrühstückt hatte. Er dachte gerade an die Kekse, die er in seinem Büro aufbewahrte, als er auch schon die nächste unangenehme Überraschung erlebte.

Bischof Tardini wartete mit besorgter Miene vor der Tür zu Rinaldos Büro. Das konnte nur eines bedeuten:

Kardinal Ciban würde nicht wie gewohnt zur Arbeit erscheinen.

»Exzellenz!« Rinaldo wollte schon fragen, was vorgefallen war, als Tardini abwinkte und ihn aufforderte zuzuhören.

»Seine Eminenz wurde heute Nacht angeschossen und liegt schwer verletzt in der Gemelli-Klinik. Coelho und Ganzoli untersuchen den Fall zur Stunde.«

»Angeschossen?« Rinaldo traute seinen Ohren nicht. »Was … ist passiert?«

»Genaueres weiß ich nicht. Aber für den Fall, dass Seine Eminenz Opfer eines Anschlags werden sollte, bin ich beauftragt worden, Ihnen diesen Umschlag hier auszuhändigen.«

Rinaldo starrte auf das Kuvert, das Tardini ihm in die Hand gedrückt hatte. Ein Bogen Papier war unzweifelhaft darin und etwas Flaches, Hartes. Etwa eine Kreditkarte?

»Ich habe keine Ahnung, was der Umschlag beinhaltet«, erklärte Tardini. »Am besten, Sie schauen gleich hinein. Ich muss in mein Büro zurück, um dort meinen Teil zur Schadensbegrenzung beizutragen.«

»Einen Moment bitte, Exzellenz.«

»Ja?«

»Wie lautet die offizielle Version?«

Tardini begriff sofort, worauf Rinaldos Frage abzielte. »Offiziell hatte Seine Eminenz einen schweren Autounfall. Es ist bereits alles für die Medien arrangiert. Ach ja, und noch etwas: Ich weiß nicht, ob Schwester Catherine ihn schon erhalten hat, aber für sie ist ebenfalls ein Umschlag bestimmt.«

»Für Schwester Catherine …?«

Tardini nickte. »Wenn Sie mich fragen, ist das ein

Wink mit dem Zaunpfahl. Seine Eminenz wünscht, dass Sie beide zusammenarbeiten. Vermutlich ergeben Ihre beiden Briefe nur zusammen einen Sinn und sollten unter keinen Umständen in fremde Hände gelangen.«

»Wir könnten auch gerne gemeinsam in den Umschlag sehen«, erklärte Rinaldo in der Hoffnung auf Unterstützung.

Tardini schüttelte den Kopf. »Was ich nicht weiß, kann ich auch nicht verraten, mein junger Freund. Nicht einmal versehentlich. Und noch etwas: Seien Sie vorsichtig. Es ist anzunehmen, dass nicht nur Sie und ich unter Beobachtung stehen, sondern auch Schwester Catherine.«

»Sie belieben zu scherzen?«

»Oh nein, ganz gewiss nicht. Seine Eminenz wurde schwer verletzt in Schwester Catherines Wohnung gefunden.«

Mit diesem Schlussakkord drehte der alte Kirchenfürst sich um und ging gemächlich in das stattliche Vorzimmer zurück, das sein Büro war.

Rinaldo, der sich in dem weiten, hohen Flur plötzlich mutterseelenallein fühlte, starrte ihm nach – und machte langsam den Mund zu.

29.

Catherine ging mit kurzen, nervösen Schritten auf dem Gang vor Cibans bewachtem Krankenzimmer auf und ab. Sie hatte die ganze Nacht kein Auge zugetan und dann auch noch erfahren müssen, dass die Operation um einiges komplizierter verlaufen war, als zunächst angenommen. Wie die Ärzte sagten, hatte vor allem Cibans starkes Herz dafür gesorgt, dass er die Operation überlebt hatte. Bei jedem anderen Menschen hätte das Herz aufgrund der Strapazen höchstwahrscheinlich versagt, und das wäre dann das sichere Aus gewesen.

Nun lag Ciban an etliche Schläuche und Geräte angeschlossen, intubiert und künstlich beatmet in dem sterilen Krankenraum, der leider nicht über eine Glasscheibe zum Flur verfügte. Einzig über die hin und wieder auf- und zugehende Tür konnte Catherine einen Blick auf den Präfekten werfen. Cibans Zustand sei kritisch, hatte man ihr gesagt. Sofern er die nächsten vierundzwanzig Stunden überlebte, habe er eine gute Chance.

Vierundzwanzig Stunden – na toll! Was konnte da nicht alles geschehen!

Catherine war nicht gerade eine große Anhängerin der klinischen Medizin, aber natürlich war auch ihr klar, dass in solch schweren Fällen sonst rein gar nichts mehr lief.

Nach einer halben Ewigkeit hatte Coelho ihr endlich Zutritt zu Cibans Zimmer verschaffen können. Zuvor war allerdings ein eindringliches Telefonat Papst Leos mit dem leitenden Arzt notwendig gewesen. Als

Cathrine sich schließlich zu Ciban gesetzt, seine Hand ergriffen und ihre Energie erneut hatte fließen lassen, hatte das EEG verrückt gespielt. Cibans Gehirn produzierte plötzlich ein Hirnwellenmuster, das selbst für einen Laien jenseits jeder Normalität lag. Die Theta- und Betawellen zeigten völlig abstruse Werte an, als würde er halluzinieren. Catherine saß zitternd da, starrte auf das Gerät und spürte, wie sie selbst mehr und mehr in dieses eigentümliche Traumwirrwarr hineingezogen wurde. Für den Bruchteil einer Sekunde kam es ihr so vor, als hätte sie eine riesige Wand mit Fotos, Texten und Verbindungslinien gesehen, doch der Zusammenhang zwischen den einzelnen Elementen blieb für sie ein Rätsel. Das mittlere Foto aber zeigte in jedem Fall ein Grab.

Unmittelbar nach diesem Flash stürmten der EEG-Techniker und der Chefarzt zusammen mit dem Chirurgen und dem Neurologen ins Zimmer. Catherine rechnete schon damit, dass die Ärzte sie von Ciban trennten, doch Dr. Asensi, ein kleiner, sympathischer Mann mit Knubbelnase, starrte nur von dem EEG zu ihr und seinem Patienten. Er beobachtete die gesamte Szenerie einschließlich der restlichen Apparaturen und tat sonst nichts. Es war, als wartete der Mediziner nur darauf, dass Ciban jeden Moment die Augen öffnete. Doch dieses Wunder blieb aus.

»Ich habe keine Ahnung, was hier gerade geschehen ist, Schwester«, sagte Asensi bedächtig. »Vor einer Viertelstunde stand mein Patient noch kurz vor dem Tod, und jetzt… Nun denn, er ist noch lange nicht über den Berg, aber seine Chancen haben sich beträchtlich verbessert.«

»Dann… wird er… also durchkommen?«

»Es sieht ganz so aus.«

Catherine hatte kurz davor gestanden, vor Erleichterung in Tränen auszubrechen. Asensi hatte einen Arm um sie gelegt und sie hinaus auf den Flur geführt, wo ausgerechnet Viktor auf sie gewartet hatte.

Das alles war jetzt eine Stunde her. Momentan befand sich das komplette Ärzteteam in Cibans Zimmer und schien über seinen Gesundheits- und Genesungszustand zu beraten.

Eine der Krankenschwestern kam auf sie zu. »Schwester Catherine?«

»Ja?«

»Ein Anruf für Sie, gleich nebenan im Büro.«

Catherine folgte der Krankenschwester, die ihr den Telefonhörer reichte und sie dann in dem geräumigen Büro allein ließ. Monsignore Massini, der Privatsekretär des Papstes, war am Apparat und stellte sie zu Papst Leo durch.

»Wie sieht es aus, Catherine?«, fragte Leo sofort.

»Er ist noch immer in einem kritischen Zustand, aber die Ärzte denken, dass er es schaffen wird, Heiligkeit.«

»Was ist mit Ihnen? Wie fühlen Sie sich?«

»Ich bin einfach nur müde, sonst fehlt mir nichts.«

»Ich werde veranlassen, dass man Sie nach Hause bringt, Catherine. Sie brauchen dringend Ruhe und Schlaf.«

»Aber …«

»Das ist keine Bitte, Catherine.«

Sie seufzte. Was konnte sie schon gegen den Willen des Papstes ausrichten? Außerdem hatte der Heilprozess sie tatsächlich erschöpft.

Eine Viertelstunde später setzte Viktor sie vor ihrem Haus ab. Wie ein Gentleman öffnete er ihr die Beifahrertür und wartete, bis sie ins Haus gegangen war, ehe er wieder anfuhr, um auf direktem Weg in die Gemelli-Klinik oder den Vatikan zurückzukehren.

Als Catherine aus dem Aufzug stieg und die Wohnungstür aufschloss, bekam sie eine Gänsehaut. Die Erlebnisse waren einfach noch zu lebendig in ihr, erst recht durch die bizarren Visionen. Sie machte einen vorsichtigen Schritt über die Schwelle, und das Herz schlug ihr bis zum Hals. Im Wohnraum brannte noch Licht. In der Eile hatte sie wohl vergessen, es auszuschalten. Auch im Schlafzimmer war die Deckenlampe noch an, und überall waren die Läden zu. Aber was spielte das schon für eine Rolle?

Angekleidet und hundemüde ließ sie sich auf das breite Bett sinken. Durch das Fenster drang die Geräuschkulisse des Viertels wie aus einer anderen Welt und lullte sie ein.

Sie schlief sofort ein und träumte. Träumte von Menschen, Orten und Begebenheiten, die ihr im Wachzustand wie ein einziger Wahnsinn erschienen wären. Dabei sagte ihr das bisschen Verstand, das ihr im hintersten Winkel ihres träumenden Selbst geblieben war, dass es kein reiner Traum war, sondern einstmals bittere Realität.

Sie sah einen Jungen, kahlgeschoren, nackt und mit blutigen Händen, eingesperrt in ein kaltes, feuchtes Verlies, in dem in einer Ecke etwas Stroh ausgestreut worden war. Sie beobachtete den Jungen. Sein Gesicht drückte Verwirrung und Unbehagen aus – und Wut.

Die Tür ging auf, und der Junge wurde über einen langen, dämmrigen Gang in ein Labor geführt, in dem ein großer roter, mit einem Stromkabel verbundener Metalltank stand, von dem mehrere Rohre in den Boden führten. Catherine spähte in den Tank hinein. Dunkelheit, vollkommene Schwärze, abgesehen von dem Licht, das durch die Luke hereinfiel. Sie hatte so etwas schon einmal im KIMH gesehen, vor vielen Jahren während ihrer Ausbildung. Die technische Vorrichtung diente zum Entzug von sensorischen Reizen, im Fachjargon sensorische Deprivation genannt. Man füllte einen speziell dafür angefertigten Tank etwa achtzig Zentimeter hoch mit einer auf 36,6 Grad Celsius erwärmten zehnprozentigen Magnesiumsulfatlösung, um einen maximalen Auftrieb zu erhalten. So schwebte ein menschlicher Körper förmlich in völliger Stille und Dunkelheit. Ohne äußere Stimuli verlor man schon bald jegliches Gefühl für Raum und Zeit und tauchte in eine unglaubliche Welt der inneren Stimuli ein. Ein geschärftes Denkvermögen, Halluzinationen sowie ein verändertes, erweitertes Bewusstsein waren die Folge. Wie Catherine später erfahren hatte, waren solche Experimente, bei denen die psychische wie physische Normalität ausgehebelt wurde, sehr wirkungsvolle Methoden zur Gehirnwäsche und Folter.

Als der Junge in den Tank stieg, bestand für sie kein Zweifel mehr. Dieser Junge sollte gefoltert und zu diesem unmenschlichen Experiment gezwungen werden, und er würde ganz gewiss schwere psychische Schäden davontragen, ohne dass es später irgendwelche äußeren Anzeichen und Beweise dafür geben würde. So genannte Experten sprachen hier von der Weißen Folter, einer brutalen Methode, die in ihrer Nutzung und direkten Wirkung zwar unsichtbar war, die Psyche eines Menschen bisweilen jedoch dauerhaft verletzen und im schlimmsten Fall sogar zerstören konnte.

Die Luke wurde geschlossen, und Catherine starrte mit großem Widerwillen von außen auf den roten Tank. Himmel! Wer führte solche verabscheuungswürdigen Versuche mit Kindern durch?

Sie wollte die Luke aufreißen und den Jungen herausholen, aber plötzlich befand sie sich selbst in der schwerelosen Dunkelheit. Sie rief nach dem Jungen, sie schrie, klopfte vor seinen Augen gegen die Wand aus Metall, doch er zeigte keinerlei Reaktion.

Dafür sah Catherine ein anderes Gesicht. Das Gesicht jenes Mannes, der wie eine dunkle Verheißung neben seiner Frau und seinen beiden Kindern gestanden hatte, während die Frau ihre Kinder liebkost hatte. In dem Moment wurde ihr bewusst, dass sie für ihre Vision einen Preis zu zahlen hatte. Niemand blickte ungestraft hinter die Kulissen des Schicksals der Welt.

Etwas Dunkles, abgrundtief Böses berührte sie in ihrem Traum und trank einen winzigen, aber spürbaren Schluck ihrer Seele, nährte sich wie eine Spinne von ihr.

Catherine schnappte nach Luft, schrak aus dem Schlaf hoch und fiel mit einem lauten Poltern aus dem Bett.

Zugleich hatte sie das Gefühl, sowohl zu ertrinken als auch zu verdursten. Sie spürte den Verlust dieses winzigen Tropfens ihres Selbst bis ins Mark.

Ihre Augen funkelten ebenso wütend wie die des Jungen.

30.

Der Unterricht war so öde und langweilig verlaufen wie jeden Tag, seit Aaren nicht mehr da war und David niemanden mehr hatte, mit dem er sich die Pausen vertreiben konnte. Die Lehrer und Lehrerinnen hatten ihr Programm wie Roboter durchgezogen, und die Schüler hatten wie Roboter zugehört. Zumindest hatte David es so empfunden und sich so sehr gelangweilt, dass er beinahe eingeschlafen wäre. Na ja, vielleicht hatte es aber auch daran gelegen, dass er die halbe Nacht kein Auge zugetan hatte, weil er ständig an Aaren und an das seltsame Verhalten von Ambrose denken musste. Und an das Foto, das er in der Zeitung entdeckt und am liebsten noch in derselben Stunde sondiert hätte, was ohne den Schutz der Isolationskammer jedoch zu gefährlich gewesen war.

Nach dem Unterricht zog David sich in sein Zimmer zurück, zu seinen Büchern, seinen Tagträumen und zu seiner Malerei. Niemand hatte ihn als Künstler ausgebildet. Die Maltechniken in Öl, Acryl, Aquarell und das Bleistiftzeichnen hatte er sich nach und nach mit Hilfe von Lehrbüchern selbst beigebracht. Aus irgendeinem Grund duldeten die Psychofuzzis und der Doktor die Ausübung dieses Talents und förderten es inzwischen sogar. Aaren hatte ihm einmal erklärt, sie hofften, dadurch irgendwann in seinen Schädel hineinsehen zu können. Keines seiner verschwundenen Bilder sei wirklich verschwunden. Es gebe im Institut einen Ort, wo sich die Psychofuzzis über den tieferen Sinn der Werke ihrer Projekte Gedanken machten. Selbst über Aarens Kompositionen, die sie mit den Klavierwerken von Chopin verglichen. Aaren hatte sich köstlich darüber amüsiert.

Sollen die Psychofuzzis ruhig weiter analysieren, dachte David. Er würde sie liebend gerne auch in Zukunft mit rätselhaftem Material versorgen. Hauptsache er blieb für den Doktor und seine Gefolgschaft interessant, zumindest so lange, bis es ihm eines Tages gelänge, aus dem Institut zu fliehen.

Um seine Angaben aus der letzten Iso-Kammer-Sitzung zu untermauern, hatte er sogar ein Bild mit dem Mann und seinem Revolver gemalt und dabei natürlich auch den starken Regen und die beiden goldenen Ringe nicht vergessen. Vielleicht konnte er während einer der nächsten Sondierungen mehr über die eingerahmte Aufnahme auf dem Kaminsims erfahren, ohne dass der Doktor es mitbekam. Inzwischen war David sich fast sicher, dass es sich bei der fotografierten Person um die Frau im Operationssaal handelte, die der Mann mit der Maske mit Sarah angesprochen hatte. Doch warum sprach ihn dieses Porträt so sehr an?

Auch musste er mehr über das alte Tagebuch von Charles Cutler Torrey aus dem Jahre 1930 erfahren. Wenn er es geschickt anstellte, konnte das Wissen um das Buch oder das Porträt sein Schlüssel in die Freiheit sein.

Wer also war die Frau? War sie mit dem Mann verheiratet, der versucht hatte, sich beim russischen Roulette das Leben zu nehmen? Und wer war dieser Torrey, für den der Mann sich so sehr interessierte? Gab es eine Verbindung zwischen Torrey, der Frau und dem Mann, oder hatte das eine mit dem anderen nicht das Geringste zu tun?

David dachte wieder an das Foto aus der Zeitung mit dem Namen darunter. Dieser Kardinal Ciban hatte über die Sondierung das erste Mal eine Verbindung zwischen David und der Frau hergestellt, und zwar über die schreckliche Fotoserie, in der die Frau tot dargestellt gewesen war. Wenn er also mehr über die Frau erfahren wollte, musste er wohl oder übel mehr über Kardinal Ciban herausfinden.

David wusste natürlich, dass die Schuldatenbank auch ein historisches sowie ein zeitgenössisches Personenlexikon umfasste, doch Aaren hatte ihm einmal erklärt, dass jeder seiner Lern- und Rechercheschritte über die Institutsdatenbank akribisch aufgezeichnet würde. Mitarbeiter und Projekte hinterließen gleichermaßen elektronische Spuren, wann immer sie sich aus offiziellen oder persönlichen Gründen ins Netz einwählten. Manche Projekte hatten dies laut Aaren durch zu viel Leichtsinn mit dem Leben bezahlt.

Ob Aaren dieser Leichtsinn am Ende selbst zum Verhängnis geworden war? Ausgerechnet ihr, dem Computergenie? David konnte nicht glauben, dass seine Freundin den Wissenschaftlern auf diese Weise auf den Leim gegangen war. Dafür war sie einfach zu clever. Andererseits … Was, wenn die Suche nach ihren Eltern in der Außenwelt sie hatte unvorsichtig werden lassen?

Um sich abzulenken, setzte sich David an das Zeichenbrett und fing eine Bleistiftskizze an, die Ouvertüre für ein Ölgemälde, das er schon seit einer Weile für den Doktor malen wollte. Eine kleine Irreführung, die den kleinwüchsigen Dicken und seine Psychofuzzis erst einmal beschäftigen würde.

Da klopfte es an die Tür, und David fuhr herum. Niemand im Institut klopfte an. Jeder benutzte seiner

Rangstufe gemäß die Sensorscanner, auch Summer genannt, dank derer sich die Türen von selbst öffneten und schlossen.

David stand auf und zog die massive Metalltür auf.

Vor ihm stand Ambrose.

31.

Rinaldo fühlte sich alles andere als wohl in seiner Haut. Bisher war er noch nie in den Fokus des Generalinspektors der Vatikanpolizei geraten, und er hatte bisher auch gut darauf verzichten können. Doch an diesem frühen, regennassen Morgen suchte ihn Adrian Coelho höchstselbst in seinem kleinen Büro am Ende des Flures auf, nachdem er sich unmittelbar zuvor Bischof Tardini vorgeknöpft hatte.

Rinaldo wusste, dass Coelho vor einem Jahr nach Abschluss der Mordermittlungen, an denen auch Ciban, Ben Hawlett und Schwester Catherine beteiligt gewesen waren, einige unschöne Verhaftungen vorgenommen hatte. Am Rande war Rinaldo selbst in die Ermittlungen involviert gewesen, wenn auch eher indirekt, da er nicht zu den Eingeweihten gehört hatte. Jetzt fragte er sich, wie Tardini wohl auf Coelhos Befragung reagiert hatte und wie viele Details der Kommandant dem Ersten Sekretär über die Vorfälle in der vergangenen Nacht anvertraut haben mochte.

Jedenfalls erwähnte Coelho mit keinem Wort den Brief, den Tardini Rinaldo eine Stunde zuvor ausgehändigt hatte, was nur bedeuten konnte, dass der alte Bischof sich darüber tatsächlich eisern in Schweigen hüllte. Daher tat auch Rinaldo so, als ob der Brief gar nicht existierte. Die Tatsache, dass der geöffnete Umschlag kaum einen Meter entfernt vor Coelho unter dem Ordner lag, der die Biografie und Forschungsarbeit von Professor Charles Cutler Torrey von der Universität Yale enthielt, bereitete Rinaldo allerdings schon ein klein wenig Unbehagen.

Wie der Kommandant ihm nun erklärte, hatte man Cibans Handy am Tatort gefunden und festgestellt, dass die letzten beiden SMS unmittelbar vor der Tat an Bischof Tardini und ihn gegangen waren. Der Inhalt der Nachrichten sei nicht abgespeichert, aber er könne Coelho ja sicher darüber aufklären.

Rinaldo kramte daraufhin mit – zugegeben unbeholfener – Lässigkeit sein Handy hervor, suchte die entsprechende SMS heraus und zeigte sie Coelho. »Das ist leider alles«, erklärte er.

Coelho blickte mit gerunzelter Stirn auf das Display.

Sollte ich morgen früh nicht wie gewohnt in meinem Büro erscheinen, setzen Sie sich bitte umgehend mit I. in Verbindung.

Als der Generalinspektor Rinaldo fragend anblickte, erklärte dieser: »Mit I. ist Bischof Tardini gemeint, der Erste Sekretär Seiner Eminenz. Wir haben in Anbetracht der Situation heute Morgen sofort einige Termine, Fristen und Begutachtungen umorganisiert oder verschoben. Aber das hat Ihnen Seine Exzellenz sicher schon selbst erklärt.«

Coelho nickte. »So ist es. Aber dessen ungeachtet klingt diese SMS alles andere als beiläufig, Pater. Wussten Sie, mit wem sich Kardinal Ciban mitten in der Nacht treffen wollte?«

»Nein, darüber hat mich Seine Eminenz nicht informiert. Ich habe erst heute Morgen erfahren, dass Kardinal Ciban in die Gemelli-Klinik eingeliefert und dort operiert worden ist. Wie geht es ihm überhaupt?«

»Sein Zustand ist kritisch.« Coelho hielt kurz inne. »Sagen Sie, hat Seine Eminenz Feinde?«

Rinaldo zuckte die Achseln. »Die üblichen Verdächtigen, wie es bei einem Mann in seiner Position nun einmal üblich ist. Aber keiner von ihnen würde so weit gehen.«

»Ihr Wort in Gottes Ohr, Pater. Dennoch, Sie und Bischof Tardini arbeiten eng mit Kardinal Ciban zusammen. Ist Ihnen irgendetwas oder irgendjemand besonders aufgefallen?«

»Soweit es mich betrifft, nein.«

Coelhos Blick verharrte einen Moment lang nachdenklich auf dem Ordner, unter dem Cibans Brief lag. Rinaldo stockte kurz der Atem.

»Es soll zu einigen Unstimmigkeiten zwischen Kardinal Ciban und Kardinal Gasperetti gekommen sein«, fuhr der Kommandant fort. »Was wissen Sie darüber?«

»Mein Gott, Unstimmigkeiten … Die beiden sind keine Freunde, aber sie sind auch ganz sicher keine Todfeinde.«

»Das mag sein. Doch wer durchschaut schon das Netz unseres Nachrichtendienstes oder das vielfältige Wirken des Lux Domini?«

Coelho griff in die Innentasche seiner Jacke und zog zwei Fotos heraus. Die erste Aufnahme zeigte ein Porträt des Ermordeten, die zweite in exzellenter Farbenpracht den Tatort.

Rinaldo spürte, wie es in seinem Magen rumorte. »Wo ist das?«, fragte er unwillkürlich, wenn auch nur, um sich abzulenken. Er hatte keine Lust, sich vor den Augen des Kommandanten zu übergeben.

»In der Santa Maria dell' Orazione e Morte. Waren Sie schon einmal dort, Pater?«

Rinaldo schüttelte den Kopf. »Nein. Ein… seltsamer Treffpunkt, so mitten in der Nacht.«

Coelho nickte mit einem versonnenen Blick auf das Tatortfoto.

»Der Mörder ist extrem brutal vorgegangen. Inzwischen haben wir festgestellt, dass es sich bei dem Ermordeten um den Cambridge-Professor Alan Scrimgeour handelt und dass die Mordwaffe höchstwahrscheinlich ihm gehört. Haben Sie den Namen des Mannes schon einmal gehört? Ich meine, in Verbindung mit Kardinal Ciban?«

Alan Scrimgeour…

Zu Rinaldos Rumoren im Magen gesellte sich ein dicker Kloß im Hals. »Seine Eminenz hat sich für einen Zweig der Forschungsarbeit des Professors interessiert.«

»Und der wäre?«

»Die Angelologie.« Er würde Coelho gewiss nichts von den Triaden erzählen.

»Engelskunde?« Der Kommandant musterte Rinaldo, als frage er sich, ob sein Gegenüber ihn auf den Arm nehmen wollte. »Wissen Sie, was mich am meisten erstaunt, Pater?«

»Nein.«

»Dass sich so gut wie keinerlei private Korrespondenz auf den Computern Seiner Eminenz findet. Jedenfalls soweit Bischof Tardini mir bisher Einblick gewährte. Also auch kein E-Mail-Verkehr oder dergleichen mit Professor Scrimgeour.«

»Kardinal Ciban bevorzugt das gute alte Telefon. Aber soweit ich weiß, standen er und der Professor auch nicht in persönlichem Kontakt.«

Rinaldo zwang sich, nicht nervös auf dem Stuhl hin und her zu rutschen. Nur zu gut erinnerte er sich an

Cibans Worte während der Exkursion durch die Verliese der Engelsburg: »Ich muss Sie warnen, Rinaldo, selbst wenn nur ein Prozent der Andeutungen um die Triaden der Wahrheit entsprechen sollten, haben wir allen Grund zur Sorge. Mit solchen Mächten ist nicht zu spaßen.« Jetzt lag Ciban schwer verletzt in der Gemelli-Klinik, und dieser Alan Scrimgeour war tot. Auch wenn es reichlich paranoid klang, wer sagte Rinaldo, dass Coelho am Ende kein Triaden-Mitglied war?

Dass der alte Tardini wie ein Löwe über Cibans Computer wachte, war nur allzu leicht nachzuvollziehen. Zu viel brisantes Material mochte sich auf dem Rechner des Chefs der Glaubenskongregation befinden. Doch was war mit dem iPhone, das Ciban hin und wieder privat benutzte? Wieso hatte Coelho lediglich das Diensthandy am Tatort gefunden? Hatte die Vigilanza auf der Suche nach Spuren die Wohnung des Kardinals etwa noch nicht durchsucht?

»Haben Sie denn außer der Mordwaffe schon eine Spur?«, frage Rinaldo in völliger Unschuld.

»Offen gestanden, ja«, antwortete Coelho, ohne näher darauf einzugehen. »Am meisten Kopfzerbrechen bereitet mir im Moment allerdings die Frage, was einen Cambridge-Professor dazu veranlasst, sich bewaffnet mitten in der Nacht mit einem Kardinal in einer Kirche zu treffen und …«

»Wie bereits gesagt, das einzige Bindeglied zwischen den beiden, das ich kenne, ist die Angelologie.«

»Und auf diesen zu schießen?«

»Scrimgeour hat auf Seine Eminenz geschossen?«

»So sieht es zumindest aus.«

»Wer hat dann den Prof…« Rinaldo riss die Augen auf, als er begriff: »Das ist unmöglich.«

»Wirklich, Pater?«

»Bestenfalls in Notwehr. Ich würde meine Hand für Seine Eminenz ins Feuer legen. Verdammt noch mal, Sie kennen ihn doch auch!«

Coelho sah Rinaldo an, als könne er das verbrannte Fleisch riechen. Dann sagte er ruhig: »Die Angelologie erscheint mir ein recht schwaches Mordmotiv, Pater. Doch sollte Ihnen noch etwas ein- oder auffallen, und sei es in Ihren Augen auch noch so unbedeutend, geben Sie mir bitte umgehend Bescheid.«

Nachdem Coelho das Büro verlassen hatte, holte Rinaldo tief Luft und widerstand der Versuchung, Cibans Brief sofort unter dem Ordner hervorzuziehen. Noch eine ganze Weile blieb er reglos sitzen und starrte auf die Tür, als könne der weltliche Chef der Vatikanpolizei jeden Augenblick zurückkehren. Rinaldo hatte aufgrund der vertrauensvollen Arbeitsbeziehung immer geglaubt, Ciban und Coelho seien befreundet, zumindest soweit Ciban überhaupt Freundschaften schloss, aber jetzt sah es aus, als stünde sein Vorgesetzter unter Mordverdacht.

Oder lag der Fall ganz anders? Wollte der Kommandant Rinaldo lediglich verunsichern oder provozieren?

Nun denn, das war Coelho gründlich gelungen!

Nachdem Rinaldos Nerven sich halbwegs beruhigt hatten, zog er den Brief langsam hervor, um ihn noch einmal zu studieren. Genau genommen war es nur ein halber Brief. Ein halber gedruckter Text sowie eine halbe gedruckte Zahlenreihe. Der Brief war in der Mitte fein säuberlich wie mit einem Lineal durchtrennt worden.

Die Zahlenreihe fing mit 41, 53, 55 an. Die restlichen Zahlen befanden sich auf der fehlenden Briefhälfte. Da es sich bei der beiliegenden Karte wahrscheinlich um eine ID-Karte handelte, mochte die Zahlenreihe ein Zutrittscode sein. Der Generalcode ließ sich vermutlich nur mit der Karte und allen Zahlen gemeinsam knacken. Rinaldo spürte, wie trotz seiner Müdigkeit erneut Adrenalin durch seine Adern schoss. Zu welcher Tür würden ihn Code und Karte führen? Und wo befand sich diese Tür?

Wie es aussah, war der Name des Ortes auf dem fehlenden Stück der Seite notiert. Ob die zweite Briefhälfte Schwester Catherine inzwischen erreicht hatte? Rinaldo griff zum Telefonhörer und legte sofort wieder auf. Zu riskant, wenn sie tatsächlich alle überwacht wurden.

Er würde mit Schwester Catherine anders in Kontakt treten müssen. Er fragte sich nur, wie und wo.

32.

Catherine trat aus der Dusche, trocknete sich ab, föhnte sich rasch die Haare und schlüpfte in ihr Lieblingssweatshirt und ihre Lieblingsjeans. Vor Erschöpfung hatte sie den Rest des Vormittags nach dem Krankenhausbesuch bei Ciban glatt verschlafen. Dann war da noch dieser irrwitzige Traum, der sich wie eine Schreckenserinnerung aus der eigenen Vergangenheit in ihr Gedächtnis eingebrannt hatte. Für einen kurzen Moment nach dem Aufstehen hatte sie die Angst verdrängen können, doch als sie das heiße Wasser in der Dusche aufgedreht hatte, waren die lähmenden Schreckensbilder augenblicklich wieder in ihr aufgestiegen.

Inzwischen dämmerte ihr, dass die Ursache für ihre Träume mit dem Energietransfer in Zusammenhang stehen musste. Seit sie mit Ciban über die subatomare Ebene in Kontakt getreten war, bestand eine geistige Verbindung zwischen ihnen. All die unheimlichen, beängstigenden Szenerien kamen allein von ihm. Catherine dachte an den EEG-Alarm im Krankenhaus, als das regelmäßige Piepsen völlig aus dem Rhythmus gekommen und zu einem durchgehenden Alarmsignal verschliffen war. Auch die anderen Geräte hatten auf die Veränderung des EEGs reagiert. Akustisch war es in Cibans Krankenzimmer für einige Minuten wie in einem Tollhaus zugegangen.

Catherine hüllte sich in die Decke auf dem Sofa und trank eine stärkende Tasse Tee, während sie versuchte, wieder Klarheit in ihre Gedanken zu bringen.

Was hatte es mit dieser Pinnwand auf sich, die ihr während des Flashs erschienen war? Was mit den Fotos, den Texten und den vielen verwirrenden Verbindungslinien? Und was waren das für seltsame Experimente gewesen? Wer zwang ein Kind in solch einen Tank? Bei Gott, der kleine Junge war Ciban gewesen, ohne jeden Zweifel.

Es klingelte an der Tür. Für einen Moment saß Catherine da wie gelähmt. Sie wollte mit niemandem reden. Nicht jetzt. Es klingelte noch einmal. Diesmal energischer. Sie seufzte, stellte die Tasse ab und ging zur Tür, um durch den Spion zu spähen: Coelho.

Sie öffnete die Tür, ließ den Kommandanten ohne ein Wort herein und deutete Richtung Wohnzimmer.

»Wie geht es Ihnen?«, fragte Coelho und nahm ihr gegenüber Platz.

»Ich habe einige Stunden geschlafen. Genug, um mich etwas zu erholen. Was ist mit Ihnen?«

»Zwei Stunden Schlaf, ansonsten Ermittlungen. Es wird Sie vermutlich freuen zu hören, dass sich Kardinal Cibans Zustand weiter stabilisiert. Dottore Asensi ist guter Dinge.«

»Danke für die guten Neuigkeiten«, antwortete Catherine halbwegs neutral. Am liebsten hätte sie vor Freude einen kleinen Luftsprung gemacht.

»Apropos Ermittlungen …« Der Kommandant griff in seine Jacke und zog eine Beweismitteltüte aus Klarsichtfolie heraus, öffnete sie und ließ zwei goldene Ringe in Catherines Hand gleiten.

»Eheringe?« Catherine sah ihn fragend an.

»Die beiden Ringe haben wir am Tatort gefunden. Ich hatte gehofft, Sie könnten mir etwas dazu sagen. Sowohl Cibans Fingerabdrücke als auch die des Ermordeten sind darauf. Bei dem Toten handelt es sich übrigens um den Cambridge-Professor Alan Scrimgeour.«

»Alan Scrimgeour…«, wiederholte Catherine. »Ist das nicht der Gelehrte, dessen manisches Steckenpferd die Angelologie ist?«

»Ich bin beeindruckt. Sie sind gut informiert.«

»Das muss ich, wenn ich meine Bücher schreiben will.« Catherine betrachtete die beiden goldenen Reife. »Ich fürchte, in dem Fall muss ich passen. Diese beiden Ringe sagen mir nichts.«

»Ich vermute, sie gehörten dem Professor, und er hat sie Seiner Eminenz gezeigt. Der größere von beiden passt an Scrimgeours rechten Ringfinger. Der andere müsste von der Größe her einer Frau gehören.«

Catherine runzelte die Stirn. »Ich kann keinerlei Gebrauchsspuren erkennen. Die Ringe sehen aus wie neu.«

Ein Ehering, ganz gleich ob aus Titan oder weicherem Gold, wurde tagtäglich mit harten Gegenständen wie Treppengeländern, Türklinken oder auch mit Büro- oder Gartenarbeit konfrontiert. Kratzer blieben da nicht aus.

Coelho nickte. »Wir versuchen gerade herauszufinden, woher sie stammen. Schauen Sie sich mal das Innere des kleineren Rings an.«

Catherine kniff die Augen zusammen. Neben der Jahreszahl war ein Symbol zu sehen. Doch sie konnte es nicht genau erkennen.

»Das ist ein Schlaufenkreuz«, erklärte Coelho, »flankiert von zwei Schlangen. Einer unserer Experten sagt, es sei erst später eingraviert worden.«

»Dann muss es für die Trägerin eine tiefere Bedeutung gehabt haben.«

»Das vermute ich auch. Nur welche?« Coelho starrte auf den Ring, dann fuhr er fort: »Haben Sie gewusst, dass auf dem Altar eine fast leere Flasche Wein und zwei Gläser standen? Allerdings war nur ein Glas benutzt. Scrimgeours Fingerabdrücke sind sowohl auf der Flasche als auch auf beiden Gläsern. Wir haben lediglich in seinem Körper Spuren von Alkohol entdeckt, und nicht zu wenig. Der Professor war wohl schon seit längerem alkohol- und tablettenabhängig, wie die Autopsie ergeben hat. Er muss ziemlich stark alkoholisiert gewesen sein, als Seine Eminenz in die Kirche kam.«

Catherine erinnerte sich daran, dass der Mann mit dem Revolver in der Hand in ihrer Vision nach Alkohol gerochen hatte. »Scrimgeour war ein Trinker?«

Coelho zuckte mit den Achseln. »Er hat mehr getrunken, als ihm guttat. Hier ist übrigens ein Foto von ihm.«

Catherine starrte die Aufnahme an, und augenblicklich wich ihr sämtliche Farbe aus dem Gesicht. Sie hatte zwar schon häufiger von Scrimgeours Arbeit gehört, jedoch noch nie ein aktuelles Bild von ihm gesehen.

»Schwester?«

»Ich bin diesem Mann erst gestern begegnet.«

»Sind Sie sicher?«

Catherine nickte. »Er war im Petersdom und hat um seine verstorbene Frau getrauert.«

»Woher wissen Sie das?«

»Er hat es mir selbst gesagt.« Catherine berichtete Coelho von der merkwürdigen Begegnung mit dem Professor, ließ jedoch unter den Tisch fallen, welche Rolle ihre Gabe dabei gespielt hatte.

Der Kommandant sah sie erstaunt an. »Interessant. Leider hat die Geschichte, die Scrimgeour Ihnen aufgetischt hat, einen kleinen Haken. Der größere der beiden Eheringe passt dem Professor zwar, doch wie unsere Nachforschungen inzwischen ergeben haben, war

Scrimgeour nie verheiratet. Er war Single, und zwar zeit seines Lebens.«

»Wie bitte?«

»Der Mann hat Sie angelogen, Schwester.«

Catherine blickte einen Moment nachdenklich drein. »Das glaube ich nicht. Ganz gleich, was Sie jetzt denken mögen, ich *weiß*, dass er die Wahrheit gesagt hat.«

»Wir haben weder eine Bestätigung für eine Eheschließung noch einen Hinweis auf eine Bestattung gefunden. Wie lange, sagten Sie, soll Scrimgeours Frau tot sein?«

»Er sagte, sie sei vor ein paar Jahren gestorben.«

»Aber er erwähnte nicht, wie oder wo?«

Catherine schüttelte den Kopf. »Nein. Er erzählte mir lediglich, dass seine Frau den Petersdom sehr geliebt habe. Deshalb sei er hier. Um ihrer zu gedenken.«

»Laut unseren Ermittlungen war der Professor Anglikaner.«

»Das mag sein. Doch soweit ich weiß, gehören etwa acht Prozent der Christen in Großbritannien der römisch-katholischen Kirche an. Seine Frau könnte also durchaus Katholikin gewesen sein.« Als Coelho Catherine skeptisch musterte, erklärte sie weiter: »Vergessen Sie nicht, die anglikanische Kirche versteht sich sowohl als reformatorische als auch katholische Kirche. Sie sieht sich bewusst unabhängig von Rom und ist stolz auf ihr weiterentwickeltes christlich-anglikanisches Erbe. Die katholische Tradition spiegelt sich in der Liturgie und im Sakramentverständnis wider, die evangelische in der Theologie.«

»Wollen Sie damit andeuten, dass Scrimgeour auch nach katholischem Ritus geheiratet haben könnte?«

»Seiner Frau zuliebe, warum nicht.«

»Das könnte erklären, warum wir bei unseren Nachforschungen keinen einzigen Hinweis auf eine Eheschließung in der anglikanischen Kirchengemeinde entdeckt haben. In jedem Fall haben die Ringe eine wichtige Rolle gespielt, sonst hätten wir sie wohl kaum am Tatort gefunden. Wir werden auf katholischer Seite weiterforschen.« Coelho hielt kurz inne. »Hier habe ich übrigens noch etwas anderes, das mir Rätsel aufgibt.« Der Kommandant zog ein Blatt Papier aus der Jacke und faltete es auseinander. »Das hier ist bloß eine Kopie. Wir haben sie bei der Durchsuchung von Scrimgeours Hotelzimmer in seinen spärlichen Unterlagen gefunden. Schauen Sie sich bitte auch die Rückseite an.«

Catherine starrte auf das Blatt, während ihr das Blut in den Adern stockte. »Ich habe das Porträt dieses Jungen schon einmal gesehen.«

»Wo?«

»In … einem Traum.« Sie drehte das Blatt um. Auf der Rückseite prangte das Symbol mit dem Schlaufenkreuz, eingerahmt von zwei Schlangen. Genau wie auf der Innenseite des Rings.

Coelho sagte keinen Ton, wartete nur gespannt.

»Ich muss Sie enttäuschen, Herr Kommandant, ich habe nicht die leiseste Ahnung, wer der Junge ist. Oder was das Symbol bedeuten könnte. Aber in dem Traum ist mir der Bedeutungsinhalt dieser fremdartigen Schriftzeichen klar geworden.«

»Das wäre immerhin etwas, Schwester. Unsere Entschlüsselungsexperten konnten bisher nichts damit anfangen. Was bedeutet dieser kurze Text?«

»Es ist ein Zitat, und Sie kennen es sicher als altes römisches Sprichwort: ›Wenn du Frieden willst, rüste zum Krieg!‹«

»Das klingt nicht gut«, dachte Coelho laut.

»Glauben Sie, in der Santa Maria dell' Orazione e Morte könnte ein Krieg begonnen haben?«

»Ich hoffe nicht. Am besten ich übermittle Ihre Übersetzung gleich an einen unserer Experten im Archiv.« Er holte sein Handy hervor, wählte eine gespeicherte Nummer und trat ans Fenster. Seine Stimme klang ein wenig müde, als er die Information durchgab, und angespannt, als er binnen einer Minute die Rückmeldung aus dem Archiv erhielt. »Laut Bruder Anselmus ist dieses Zitat weit älter als die römische Geschichte, ja es ist sogar um einiges älter als das Alte Testament.«

»Wovon redet Pater Anselmus da?«, fragte Catherine.

»Vom Zeitalter der Engel«, erklärte Coelho, als könnte er es selbst kaum glauben.

Sie starrte den Kommandanten völlig perplex an. Ciban hatte erst am Vortag noch von Engeln gesprochen und ihr später mehr darüber erklären wollen. Fast hatte es wie eine Einweihung geklungen.

»Denken Sie, das ist zu weit hergeholt?«, fragte Coelho mit einem herausfordernden Lächeln. »Obwohl ich ein gläubiger Mensch bin, gebe ich nicht viel auf dieses ganze Engelszeugs. Doch wie es aussieht, halten einige Leute – und darunter wohl leider auch ein paar echte Fanatiker – mehr davon, als uns lieb sein kann.«

»Dann sind der Professor und Seine Eminenz eventuell Opfer eines Fanatikers geworden?«

»Möglich wäre es, sofern sich die beiden nicht gegenseitig an die Gurgel gegangen sind.«

Diese Antwort gefiel Catherine ganz und gar nicht, auch wenn sie tief in ihrem Inneren zugeben musste, dass diese Möglichkeit nicht ganz von der Hand zu weisen war.

»Wie denkt eigentlich Inspektor Ganzoli darüber?«

Coelho musterte sie mit einem ernsten Blick. »Man hat Schmauchspuren an Kardinal Cibans Kleidung entdeckt. Ganzoli kann es kaum abwarten, Seine Eminenz zu verhören. Deshalb ist es auch so wichtig, dass diese Informationen vorerst unter uns bleiben, Schwester. Wir werden die Wahrheit herausfinden und den oder die Täter zur Strecke bringen, aber wir werden dabei vor allem den Ruf unserer Mutter Kirche schützen müssen. Sie haben schon mit Pater Hawlett und Kardinal Ciban zusammengearbeitet. Sie kennen die Spielregeln.«

»Anders ausgedrückt: Ganzoli weiß bisher weder von den Ringen noch von dem Zitat.«

»Er könnte vermutlich sowieso nichts damit anfangen. Also verfolgen wir diese Spur.«

»Wir?«

»Im Rahmen Ihrer Möglichkeiten zähle ich auf Ihre Mitarbeit.«

»Ich hoffe, an deren Ende steht nicht der Scheiterhaufen.«

Coelho lachte. »Vermutlich nicht.«

»Was hat es mit diesen Engeln auf sich, Herr Kommandant?«

»Darüber weiß ich vermutlich weniger als Sie, Schwester. Aber allem Anschein nach spielt die Angelologie womöglich doch eine Rolle in diesem Fall. Sie scheint neben den Eheringen ein wichtiges Bindeglied zwischen dem Professor und Seiner Eminenz zu sein. Vielleicht können Sie mein Wissen darüber ein bisschen auffrischen?«

Catherine ließ ihr Halbwissen über die Angelologie, das sie bei den Recherchen für eines ihrer früheren Bücher erworben hatte, vor ihrem geistigen Auge Revue passieren und sagte: »Gerne. Wenn ich mich außerhalb der biblischen Mythen an etwas genauer erinnere, dann sind es die Engel-Hierarchien. Dem Rang nach existieren drei Engel-Triaden. In der ersten, der Ebene der göttlichen Eigenschaften, gibt es drei Chöre: die Seraphim, die Cherubim und die Throne. Die Seraphim nennt man auch die Entflammer, weil das Licht, das diese Engel ausstrahlen, jeden Menschen augenblicklich verbrennt. Es heißt, dass sie Gottes Thron umschweben, sein Licht absorbieren und zum nächsten Chor strahlen lassen. Der zweite Chor, die Cherubim, reflektieren Gottes Wissen und Weisheit. Der dritte Engelschor hingegen, die Throne, spiegelt den Glauben an die Macht und den Ruhm Gottes wider.«

Coelho hörte aufmerksam zu, auch wenn Catherine spürte, dass er mit jedem weiteren Wort an der Wichtigkeit dieser Informationen zu zweifeln begann. Da er sie jedoch nicht unterbrach, setzte sie ihren Vortrag fort. Vielleicht war ihr Wissen am Ende ja doch für etwas gut.

»Die zweite Triade mit ihren heiligen Eigenschaften besteht aus den Chören der Herrschaften, der Mächte und der Gewalten. Die Engel der Herrschaften werden auch Lords oder in der hebräischen Überlieferung Hashmallim genannt. In eigenständiger Führerschaft regeln sie die Pflichten der nachfolgenden Chöre, in dem Bestreben, die weltlichen Tugenden zu transzendieren, ohne dabei selbst Hand anzulegen. Der Chor der Mächte ist der Hüter der Pläne der göttlichen Vorsehung. Durch ihn geschehen die irdischen Wunder, indem er die Gesetze der Natur bricht, die er ebenfalls regiert. Er ruft bei Helden die Kraft und bei Heiligen die Gnade hervor. Und der Chor der Gewalten verhindert letztendlich mit seiner dynamischen Energie und dem Verlangen, dem

Bösen zu widerstehen und Gutes zu tun, dass die Dämonen die Oberhand über die Welt gewinnen. Eine ihrer Aufgaben besteht darin, den Himmelspfad zu bewachen und verlorene Seelen auf ihn zurückzuführen.«

Coelho hörte ihr weiter zu, also ging sie zur dritten Triade und ihren vermittelnden Eigenschaften über. Ihr gehörten die Chöre der Fürstentümer, Erzengel und Engel an, also die Boten Gottes und damit die Übermittler von Erkenntnissen und Einsichten. So leitete der Chor der Fürstentümer die irdischen Führer und Gemeinschaften ebenso wie die Städte und die Nationen. Gemeinsam mit den Schutzengeln erinnerten sie an die Verantwortlichkeit des Einzelnen, um die Menschen auf den Pfad der Wahrheit zu führen, während der Chor der Erzengel als Übermittler göttlicher Botschaften fungierte. Die Erzengel zeigten sich den Menschen am häufigsten, während die Schutzengel eher im Verborgenen agierten. Am intensivsten um jeden Einzelnen bemühte sich jedoch der letzte Chor, jener der Engel, der den Menschen auch am nächsten stand. Und dazu gehörte auch der Chor der Schutzengel.

Als Catherine mit ihrer Erklärung geendet hatte, fragte sie sich selbst, ob Scrimgeour wirklich an diesen Mythos geglaubt hatte, an die himmlischen Hierarchien auf Erden, an die ersten von Gott erschaffenen Lichtwesen. Schöpfungsgeschichtlich betrachtet – zumindest aus römisch-katholischer Sicht – hatten die Engel lange vor der Erschaffung der Menschheit existiert. Sie hatten einen freien Willen, göttliche Intelligenz und waren unsterblich. Der kosmischen Ordnung der Polarität waren sie jedoch ebenfalls unterworfen, und nicht zuletzt ihre Hierarchie reflektiert diesen Kanon. Zum einen gab es die dienenden Engel, die ihren freien Willen einzig lebten, um Gottes Schöpfung zu dienen, zum anderen gab es die gefallenen, die ihren freien Willen zu ihren eigenen Gunsten lebten und sich im wahrsten Sinne des Wortes einen Teufel um das Wohl der Schöpfung scherten.

Catherine fühlte sich hin- und hergerissen. Da waren einerseits ihre religiöse Erziehung und Erfahrung, die sie schon früh mit dem christlichen Engelglauben in Berührung gebracht hatten. Sie war zwar keine Expertin der Angelologie, doch die Grundstrukturen waren ihr halbwegs vertraut. Andererseits war sie ein moderner Mensch, eine Frau des einundzwanzigsten Jahrhunderts, und als solche sah sie in den Chören der Engel, die auf ewig das Lob des Herrn sangen, eher ein Überbleibsel aus der christlichen Mythologie. Trotzdem fragte sie sich manchmal, ob all die vielen Geschichten über Engel, die mit einer konkreten Mission auf die Erde kamen und sich bei deren Erfüllung im Kampf zwischen Licht und Dunkel dermaßen im Irdischen verstrickten, dass sie den Weg in ihre himmlische Heimat nicht mehr fanden, sogar wahr waren.

Sie dachte an die Mission, auf die Kardinal Benelli sie ein Jahr zuvor geschickt hatte, an all die eigentümlichen Begebenheiten und Erlebnisse. Und sie dachte an Cibans Frage: »Glauben Sie an Engel, Catherine?«

Wenn sie ehrlich zu sich war, musste sie sich eingestehen, dass sie diese Frage nur mit Ja beantworten konnte. Irgendwo ganz tief in ihrem Innern glaubte sie an Engel, auch wenn sie keine Ahnung hatte, wie sie sich diese Wesen vorzustellen hatte.

Coelho bedankte sich für den Nachhilfeunterricht, während sie noch einmal die beiden goldenen Ringe betrachtete und schließlich sagte: »Keine Namen. Lediglich eine Jahreszahl. Und die liegt fast eineinhalb Jahrzehnte zurück.«

»Vor vierzehn Jahren hat Scrimgeour vor allem in Cambridge gelehrt«, erklärte der Kommandant. »Wir haben jemanden beauftragt, vor Ort nach dem Ursprung der Ringe zu forschen. Was eine mögliche Eheschließung angeht, werden wir unsere Ermittlung nun natürlich auch auf die katholische Gemeinde ausweiten.«

Cambridge … Catherine erinnerte sich an einen Artikel, den sie vor zwei Jahren gelesen hatte. Bis 1873 war Katholiken im protestantischen Cambridge das Studieren untersagt gewesen. Oxford, so hatte es einmal geheißen, bringe Märtyrer hervor, Cambridge verbrenne sie. Aber diese Zeiten waren lange vorbei. Heutzutage waren Anhänger aller möglichen Religionen in Cambridge vertreten. Das Angebot an Kulturvereinen und religiösen Organisationen war geradezu beeindruckend. Hindus, Sikhs oder Jansenisten traten ebenso selbstbewusst auf wie Buddhisten, Spiritualisten, Moslems, Juden oder Christen. Es existierte sogar ein Verein für Agnostiker und Atheisten.

Vermutlich gab es inzwischen auch einen für Angelologen. Es wäre nicht das erste Mal, dass Catherine von Leuten hörte, die sich für Engel in Menschengestalt hielten oder für Dämonen. Einmal hatte sie von einer Gruppe Jugendlicher in den USA erfahren, die sich die »Abkömmlinge Luzifers« nannten. Sie hatten sich als gefallene Engel bezeichnet. Hatte Luzifer bei seinem Fall aus dem göttlichen Universum nicht ein Drittel der Engel hinter sich vereint und behauptet, in seinem Namen und antigöttlichem Verlangen zu handeln, da er die Hölle nicht mehr verlassen konnte, weil Gott ihn sonst verbrannte? Zwei der Jugendlichen waren während einer mysteriösen Zeremonie in Flammen aufgegangen, was die Chicagoer Polizei auf den Plan gerufen hatte.

Catherines Blick fiel einmal mehr auf das Porträt mit dem Jungen und dem Zitat.

»Darf ich die Kopie behalten?«, fragte sie.

Der Kommandant nickte. »Natürlich. Vielleicht fällt Ihnen noch etwas dazu ein.« Sein Handy klingelte. Er nahm das Gespräch an, hörte kurz zu und steckte das zusammenklappbare Mobiltelefon sofort wieder weg. »Ich muss zurück in den Vatikan. Wie es aussieht, macht unser Inspektor Schwierigkeiten.«

Catherine begleitete den Besucher zur Tür. »Ich melde mich bei Ihnen, sollte mir noch etwas einfallen.«

Coelho nickte. »Bitte seien Sie vorsichtig, Schwester.«

Sie wusste nicht wieso, doch der Rat erinnerte sie unwillkürlich an den unheimlichen Traum, aus dem sie schweißgebadet aufgewacht war. An das Dunkel, das sie berührt und einen Schluck ihrer Seele getrunken hatte.

Im Nachhinein war sie dankbar, dass der Kommandant sie mit seinem Besuch davon abgelenkt hatte, sonst hätte sie nur dagesessen und über dieses unheimliche Etwas nachgegrübelt.

Genau das tat sie nun, nachdem Coelho gegangen war.

Engel und Dämonen …

Sie holte tief Luft. Trotz ihrer Religiosität hatte sie ihr Leben auf Logik und Vernunft aufgebaut, dennoch hatte sie Fragen im Hinblick auf die Existenz von Engeln und Dämonen nie gänzlich in den Bereich des abergläubischen Irrsinns verbannen können. Auf dem Vierten Laterankonzil Anfang des dreizehnten Jahrhunderts hatte die Kirche in einer Definition gegen die Albigenser und Katharer erklärt, dass der dreifaltige Gott der Schöpfer alles Sichtbaren und Unsichtbaren, des Geistigen wie Körperlichen sei. Ebenso dass Gott mit seiner allmächtigen Kraft von Anbeginn der Zeit an aus Nichts zugleich die geistige wie materielle Welt erschaffen hatte, nämlich die der Engel und die der Menschen – wobei die Welt des Menschen sowohl Geist als auch Körper war. Auf dem Vaticanum I. war diese Definition im neunzehnten Jahrhundert noch einmal unterstrichen worden, und auf dem Vaticanum II. hatte sich die Kirche ein Jahrhundert später noch einmal zur Existenz von Engeln bekannt. Seit Catherine durch die Mordfälle vor einem Jahr von der Existenz des Judas-Paktes wusste, hatte sich das Bild der Welt für sie sowieso um etliche Grad gedreht. All die vergangenen Jahrhunderte hatten lediglich die Päpste und ihre Großinquisitoren von diesem die Kirche schützenden Pakt gewusst.

Engel, Dämonen … Erneut fiel ihr Blick auf das Porträt des Jungen mit dem fremdsprachigen Zitat, als auch schon wieder dieses abartige, dunkle fordernde Etwas in ihren Gedanken auftauchte. Bei Gott, sie durfte jetzt nicht hysterisch werden. Sie hatte schon härtere Prüfungen im Institut überstanden und erst recht als Agentin des Lux Domini. Sie durfte die Kontrolle über sich nicht verlieren, auch wenn sie genau wusste, dass dieser Alptraum weit mehr war als ein gewöhnlicher Alptraum.

Catherine riss sich zusammen, aß eine Kleinigkeit zu Mittag und trank einen starken Instantkaffee. Dann griff sie nach dem Porträt und setzte sich an den Computer, um auf eigene Faust weiterzurecherchieren. Es klingelte an der Tür.

Sie seufzte, stand auf und ging durch den Flur. Ein kurzer Blick durch den Spion zeigt ihr das schmale, strenge Gesicht einer älteren Nonne.

Catherine öffnete.

»Schwester Catherine Bell?«, fragte die Frau mit dem weißen Habit und der schwarzen Haube. Sie war Dominikanerin und musterte Catherines legere Kleidung, wie eine Schulmeisterin die schlecht sitzende Uniform eines neuen Eleven überprüfen würde.

»Was kann ich für Sie tun, Schwester?«

»Kardinal Ciban schickt mich zu Ihnen.«

»Wie bitte?«

»Ich bin Schwester Giada, die Haushälterin Seiner Eminenz.«

33.

David konnte es noch immer nicht fassen. Ambrose hatte ihm tatsächlich Aarens silberne Kette gebracht.

»Wo … haben Sie die her, Mister Ambrose?«, fragte er völlig erstaunt und voller Hoffnung.

Der Aufseher zögerte mit der Antwort. »Aaren hat mir die Kette gegeben, wie sie es jedes Mal getan hat, wenn sie durch die Schleuse in das Labor mit dem weißen Tank trat.«

Der weiße, röhrenartige Tank sah aus wie ein Kernspintomograf, diente jedoch, wie David erfahren hatte, der Magnetstimulation des Gehirns. Dazu bewegte sich ein schwaches Magnetfeld in einem komplexen Muster über den gesamten Körper und vor allem den Kopf. David erinnerte sich, dass Aaren das Gerät einmal als geistiges Portal bezeichnet hatte. Ambrose nannte die Röhre schlicht das Teufelsgerät.

»Ich schätze«, fuhr Ambrose fort, »es ist in Aarens Sinn, wenn du die Kette bekommst. Aber sei vorsichtig, damit niemand anders sie sieht.«

Mit einem mulmigen Gefühl fragte David: »Was ist mit Aaren geschehen?«

»Ich weiß es nicht. Sie ist durch die Schleuse ins Labor gegangen. Seitdem habe ich sie nicht mehr gesehen.«

»Aber sie lebt doch noch?«

Ambrose schwieg, und David hatte plötzlich das Gefühl, in ein finsteres Loch zu fallen.

Schließlich offenbarte ihm der Aufseher: »Es gibt noch einen anderen Grund, weswegen ich hier bin, David. Ich soll dein Vertrauen gewinnen und dich ausspionieren. Der Doktor ist sich deiner nicht länger sicher.«

David versuchte, ein tapferes, undurchsichtiges Pokergesicht aufzusetzen, doch in seinen Augen stand die Angst. Es war für den Doktor ganz gewiss kein Problem, nach Aaren auch ihn zu beseitigen. Andererseits war der dicke Wissenschaftler auf seine Gabe angewiesen.

»Vielleicht könnte ich etwas über Aarens Verbleib herausfinden, wenn ich wüsste, woran sie gearbeitet hat«, bot Ambrose an.

David war misstrauisch. »Wer sagt mir, dass Sie mich nicht für den Doktor ausspionieren sollen? Sie könnten die Kette genauso gut von ihm erhalten haben.«

Ambrose nickte. »Das ist wahr. Im Augenblick kann ich dir nur eines sagen, David: Höre in dich hinein. Höre auf dein Gefühl. Höre auf deine innere Stimme. Dann entscheide dich.«

»Sie sind ein seltsamer Aufseher, Mister Ambrose.«

»Ach! Weißt du was? Und du bist ein seltsamer, kleiner Junge.«

Beide lachten leise, doch dann wurde Ambrose wieder ernst. »Das hier ist kein Ort für kleine Jungen und Mädchen.« Er deutete auf Davids Bücher, auf die Staffelei, auf den ganzen Raum, der trotz der Einrichtung einer Gefängniszelle nicht unähnlich war. »Dein Leben hier ist nicht normal, aber das kannst du nicht wissen.«

»Doch, ich weiß es.«

»Ach! Und woher? Aus deinen … Büchern? Aus dem zensierten Unterricht?«

»Wie Sie schon sagten, ich bin ein seltsamer, kleiner Junge.«

Ein Lächeln huschte über Ambroses Windhundgesicht. »Hör zu, David, wir müssen vorsichtig sein. Ich muss meine Rolle vorerst weiterspielen. Das Gleiche gilt für dich. Und so schwer es dir auch fallen mag, du musst mir vertrauen.«

»Was haben Sie vor, Mister Ambrose?«

»Es ist noch zu früh, mehr zu verraten. Aber ich brauche hier drinnen einen Verbündeten. Jemanden, der sich auskennt und auf den ich mich verlassen kann.«

»Ist Aaren etwas zugestoßen, weil sie Ihnen geholfen hat, Mister Ambrose?«

Der Aufseher schüttelte den Kopf. »Herauszufinden, was mit Aaren passiert ist, ist ein Teil meines Ziels. Ich fürchte, sie hatte das Vertrauen des Doktors verloren.« Mit diesen Worten blickte Ambrose auf seine Armbanduhr. »Ich muss jetzt gehen.«

»Wohin?«

»Zu einem anderen Schüler, der auf ein Experiment vorbereitet wird. Bitte verhalte dich ruhig, David, und sei vorsichtig.«

Ambrose verabschiedete sich von ihm, trat auf den grauen Flur hinaus und verschwand im Labyrinth der Gänge des Instituts.

David betrachtete noch einmal das silberne Kreuz. In einem seiner Bücher hatte er gelesen, dass das Kreuz den Opfertod Jesu Christi symbolisiere, dass es für die Verbundenheit des Menschen mit der Erde sowie den Mitmenschen stehe und ebenso für die Verbundenheit mit dem ewig Göttlichen. Er fragte sich, ob Aaren an diese religiöse Symbolik geglaubt hatte, und wünschte sich inständig, dass ihr nichts passiert war. Dass sie zurückkehrte und erklärte, es sei alles okay, sie sei einfach nur Zeugin eines wahnsinnig interessanten Experimentes gewesen. Ebenso wünschte sich David, Ambrose vertrauen zu können, doch er wagte es nicht. Jedenfalls noch nicht.

Hinter seiner hässlichen Fassade schien der Aufseher ein ganz passabler Mensch zu sein. Aber wie es aussah, hatte er keine Ahnung, was sich hinter den Kulissen der Labore abspielte. Das machte David noch mehr Angst. Wenn David nicht aufpasste, stürzte Ambrose sie womöglich beide ins Verderben.

Er zog die Kette mit dem Kreuz vorsichtig über den Kopf und versteckte sie im Bücherregal, damit sie bei einer der Sitzungen in der Isolationskammer nicht entdeckt wurde. Als sein Blick das Buch über Musiktheorie streifte, fiel ihm das darin versteckte Zeitungsporträt von Kardinal Ciban wieder ein. Er öffnete den Band und nahm das Foto vorsichtig heraus. Beim Blick in die strengen Augen des Mannes erinnerte er sich sofort wieder an dessen düstere Aura, die er während der ersten Sondierung in der Iso-Kammer wahrgenommen hatte. Wer immer dieser Kardinal war, er war mit Vorsicht zu genießen. Auch wenn David wusste, dass Papst Leo dem Mann bedingungslos vertraute. Hinter diesen scharfen, gebieterischen Augen verbargen sich ein tiefer Schmerz und eine noch weit größere Wut. Da war etwas, das böse Gedanken tief in jeder Seele erwecken konnte.

Diesmal legte David das Foto nicht wieder weg. Er prüfte, ob die Tür zu seinem Zimmer verschlossen war, auch wenn es unwahrscheinlich war, dass er um diese Stunde noch Besuch bekommen würde. Außerdem half es sowieso nichts. Früher oder später würde er eine Sondierung außerhalb der Isolationskammer wagen müssen, wenn er mehr über diesen Mann und das Porträt der Frau auf dem Kaminsims erfahren wollte.

David setzte sich auf sein Bett und lehnte sich mit dem

Rücken gegen die kalte Wand. Er würde die Kühle brauchen, denn sobald er das Zeitungsfoto betreten hätte, würde seine Körpertemperatur in wenigen Minuten um bis zu zwei Grad ansteigen. Und diesmal war niemand da, der seine körperliche Verfassung überwachte.

Er betrachtete das Bild noch einmal und hoffte, dass dieser Kardinal Ciban nicht der Unmensch war, den seine Aura bei der ersten Sondierung vermuten ließ.

David atmete tief durch, entspannte sich, entleerte seinen Geist und konzentrierte sich einzig und allein auf das Foto. Kurz darauf spürte er dieses unbeschreibliche Gefühl, wenn die Welt verschwamm und sich verschob, wenn man in etwas eintauchte und von etwas durchdrungen wurde, wenn man gleichzeitig von einer Gegenwart in eine andere sprang. Dieses Gefühl erfüllte jede einzelne Zelle seines Körpers. Es fühlte sich an, als wäre er nahezu völlig losgelöst von seiner eigenen Realität.

David betrat eine andere Welt. Ein eisiger Wind fegte durch sein Bewusstsein. Da war kein Ton. Nicht ein einziger Laut. Stille.

Erwartungsvoll öffnete er die Augen, nur um absolute Dunkelheit zu sehen. Da war nichts als dieser eisige Wind, als diese eisige Kälte, die sich Schluck für Schluck in sein Bewusstsein fraß. David wich entsetzt zurück. Das hieß, er versuchte es. Seine Angst wuchs, wurde zur Panik. Dann erst begriff er: Es gab keinen Ausweg aus dem Nichts.

34.

Während Rinaldo darüber nachdachte, wie und wo er Schwester Catherine am besten unauffällig kontaktieren konnte, ging er noch einmal den gesamten Inhalt der schwarzen Ordner durch. Womöglich fand er hier sogar schon eine Verbindung zu dem geteilten Brief. Seit er von Coelho erfahren hatte, dass Ciban sich mitten in der Nacht mit Alan Scrimgeour getroffen hatte, vermutete er stark, dass Cibans Triadenforschung etwas mit dem Anschlag und dem Mord zu tun hatte. Vielleicht hatte der britische Gelehrte den Kardinal sogar in eine Falle gelockt.

Vor Rinaldo lag die selbstangefertigte Skizze einer groben Zeitlinie, in die er alle Daten beginnend mit den Inquisitoren Bernard Gui, Tomás Torquemada und Marc Abott Ciban eingetragen hatte. Die Inquisitoren waren allesamt rot eingezeichnet. Dann kamen die Forscher, denen Rinaldo die Farbe Blau zugewiesen hatte. Allen voran der Schotte James Bruce, gefolgt von Georges Louis Marie Leclerc oder besser dem Comte de Buffon, den Bruce auf seiner Rückreise von Äthiopien nach England in Frankreich getroffen hatte. Charles Cutler Torrey von der Yale Universität folgte ein knappes Jahrhundert darauf, und noch mal fünfzig Jahre später tauchte Professor Alan Scrimgeour auf.

Mit grüner Farbe schrieb Rinaldo den Namen des englischen Übersetzers des Buches Henoch etwas weiter rechts schräg über die Namen von Bruce und Buffon. Bereits 1773 hatten die beiden sich mit dem Buch

Henoch befasst, doch erst 1821, fast ein halbes Jahrhundert später, hatte der Oxforder Professor Richard Laurence es übersetzt.

Am faszinierendsten war Torreys Aussage, dass ein viel älteres und umfassenderes Werk hinter dem einstmals verbannten Buch Henoch stand. Laut Ciban handelte es sich dabei um die so genannte Triadenbibel. Nüchtern betrachtet klang das alles für einen studierten Vatikanbeamten wie Rinaldo reichlich verrückt. Aber jetzt war Scrimgeour tot, und Ciban lag schwer verletzt auf der Intensivstation der Gemelli-Klinik. Diese Tatsachen warfen nun wahrlich ein neues Licht auf die ganze Geschichte rund um die Triaden.

Einen Moment lang spielte Rinaldo sogar mit dem kühnen Gedanken, noch einmal in den Untergrund der Engelsburg zu gehen, um nach dem Deckenfresko zu suchen. Doch bei erneutem Nachdenken war ihm klar geworden, dass er sich dort unten nur heillos verirren und am Ende vielleicht sogar nicht mehr zurückfinden würde. Ciban dagegen schien den Untergrund des Vatikans ebenso gut zu kennen wie die überirdischen Bereiche. Das konnte Rinaldo nun nicht gerade von sich behaupten, von gewissen Arealen in den Archiven einmal abgesehen.

Rinaldo fasste einen Entschluss, faltete die Skizze zusammen, steckte sie in seine Jacke und verwahrte die schwarzen Ordner wieder in seinem Safe. Dann machte er sich auf den Weg in die Stadt, um in einem der öffentlichen Internetcafés weitere Nachforschungen anzustellen. Er wollte lieber keine Recherchespuren auf seinem eigenen Computer hinterlassen, für den Fall dass ihn doch jemand bespitzelte.

Eine halbe Stunde später suchte er in Zivilkleidung

das kleine Internetcafé in der Via Cavour auf, holte sich einen Espresso und ließ sich an einem der Rechner im hinteren Teil des Raumes nieder. Das Internetcafé strahlte in etwa so viel Charme aus wie eine Miniatur eines ungepflegten, chaotischen Großraumbüros. Doch der Kaffee schmeckte gut, und die Tassen sowie die Tastaturen waren immer sauber.

Rinaldo faltete die Skizze auseinander und legte sie vor sich auf den Tisch. Dann gab er die Namen und Suchbegriffe in allen möglichen Kombinationen und in mehreren Sprachen in die Suchmaschine ein. Da Mehrsprachigkeit für die Mitarbeiter des Vatikans ein Muss war, sprach auch Rinaldo drei Fremdsprachen, zwei davon fließend. Allein mit den kombinierten Wörtern »Engel« und »Triaden« kam er auf fast 400 000 Ergebnisse. Die Begriffe »Engel« und »Henoch« lieferten immer noch 85 000 Treffer. Schließlich stieß Rinaldo auf eine deutsche Übersetzung aus dem Jahr 1853 und las in der allgemeinen Einleitung über Kapitel 2: *Über Inhalt, Zweck und Form der einzelnen Bestandteile des Buches.*

Der Übersetzer und Interpret war ein Deutscher, Dr. August Dillmann, außerordentlicher Professor und Bibelforscher an der Evangelisch-theologischen Fakultät in Tübingen. Wie der Verfasser in der Einleitung schrieb, zählte das Buch Henoch zu den Schriften, die nach Beilegung der Weltuntergangsprophetie in Israel an die Stelle der alten prophetischen Literatur getreten waren und welche man nun als Apokalypse oder Offenbarung bezeichnete. Allerdings wollte das Buch Henoch nicht bloß wie andere Offenbarungen über die messianische Zukunft aufklären, sondern auch über Naturgegenstände sowie Wesen und Kräfte des Himmels und der Erde, welche über die gewöhnliche menschliche Erkenntnis hinausgingen. Es wollte über die »Geheimnisse des Himmels und der Erde« berichten. Da man das Buch über Jahre hinweg zu den Offenbarungen gezählt habe, habe man von seinen eigentümlichen Zwecken und Bestrebungen noch nicht allzu viel begriffen. Dabei stellte sich der Übersetzer und Verfasser der deutschen Ausgabe vor allem eine Frage: Warum wurden gerade diese Lehren und Erkenntnisse in diesem Buch behandelt und keine anderen?

Das war in der Tat ein interessanter Aspekt. Rinaldo spürte, wie er zunehmend Feuer fing. Wie viel mehr musste diese Triadenbibel offenbaren, wenn das Buch Henoch lediglich ein Ableger davon war und die Triaden tatsächlich noch irgendwo im Geheimen existierten. Vielleicht hatte Ciban recht: Am Ende hatte Scrimgeour tatsächlich die Bibel entdeckt und für seine Entdeckung sterben müssen.

Eine Website berichtete von einer anderen Geschichte um Kain, Abel und Henoch. Darin ging es um ein schreckliches Familiendrama, mit dem Henochs Schicksal eng verknüpft war. In dieser Version war Henoch ein Sohn des Kain, der wiederum der Bruder von Abel war, den er aus purem Neid ermordet hatte. Laut dem Alten Testament war Kain der Erst-, Abel der Zweitgeborene und Set der jüngste Sohn von Adam und Eva, der Abel ersetzen sollte und in direkter Linie ein Vorfahre Noahs war. Aber mit der Ermordung des Bruders nahm das Familiendrama noch kein Ende. Nachdem Kain Abel ermordet hatte, vergewaltigte er noch in derselben Nacht eine Frau. Damit begann der ewig schicksalhafte Kreislauf des Menschen, in dem Gutes von Bösem und Böses von Gutem kommen konnte.

Aus dem Missbrauch ging Henoch hervor. Henoch,

der auch als erster Baumeister der Menschen bezeichnet wurde, beschäftigte sich fünfundsechzig Jahre lang mit dem Buch der Gerechten und dem Bau der Schöpfung und der Welt. Nach vielen Jahren des intensiven Studiums begriff er, dass das »Wort« (griechisch: logos) oder »Der wahre Name Gottes« (hebräisch: Jahwe) der Eckstein der realen und materiellen Welt war. Wer diesen Eckstein zu bewegen wusste, der war in der Lage, die Schöpfung zu zerstören.

Rinaldo hatte nicht nur über seine Geschichtsstudien, sondern auch innerhalb der Mauern des Vatikans erlebt, wozu ein Mensch fähig war, der mit dem »Wort« umzugehen verstand. Wer die Kunst der gesprochenen und geschriebenen Rede beherrschte, konnte in der Tat die Welt zerstören. Schon Luzifer hatte sich des Wortes bedient, als er die Engel zum Aufruhr gegen Gott verführte. Das Wort selbst war allerdings neutral. Erst der Mensch – oder der Engel –, der es aussprach, verlieh ihm ein gutes oder ein böses Vorzeichen. Menschen wie Gandhi oder Hitler offenbarten die zwei Seiten dieser Medaille sehr deutlich.

Während Rinaldo weiter im unermesslichen Universum des Internets recherchierte, fiel ihm ein Pseudonym auf, das immer wieder in zwei Henoch-Foren auftauchte. Der Teilnehmer schien einiges über das Buch Henoch und die Angelologie zu wissen. Bescheidenerweise nannte er sich Lazarus. Vermutlich in Anlehnung an Lazarus aus Bethanien, den Jesus nach dem Evangelium des Johannes von den Toten auferweckt hatte. Leider konnte Rinaldo keine Homepage von diesem Lazarus ausfindig machen, geschweige denn eine reale Anschrift oder eine funktionierende E-Mail-Adresse.

Obendrein drückte sich der Mann – oder die Frau –

auch noch spielend in fünf europäischen Sprachen aus: Deutsch, Englisch, Französisch, Spanisch und Italienisch. Die Kommentare zu den einzelnen Diskussionsfäden waren zwar in der Regel sehr knapp, allerdings trafen sie mit wenigen Worten stets den Kern.

Rinaldo notierte sich die URLs der Foren und das Pseudonym. Womöglich kam er ja doch noch hinter die Identität dieses Lazarus. Er selbst war zwar kein Computerhacker, doch Cibans Kontakte schlossen auch solche Spezialisten nicht aus. Zur Not würde er diesen Weg gehen. Lazarus konnte durchaus noch wichtig sein.

Nachdem Rinaldo über eine Stunde in dem Internetcafé verbracht hatte, packte er alle Unterlagen ein und machte sich auf den Rückweg zu seinem Büro.

Als er gerade am Vorzimmer von Cibans Büro vorbeilief, wo Bischof Tardini arbeitete, ging die Tür auf, und Kardinal Gasperetti trat mit hochrotem Kopf heraus. Der Kardinal schien alles andere als guter Dinge zu sein. Er rammte Rinaldo fast am Arm, ignorierte ihn geistesabwesend und eilte die Treppe hinunter. Rinaldo blickte Gasperetti verblüfft hinterher. Dann klopfte er an die Tür und betrat Tardinis Büro. Der alte Bischof saß so gelassen wie eh und je an seinem großen Schreibtisch.

»Ist irgendetwas vorgefallen, Exzellenz?«

Tardini blickte von einer Akte auf, die er gerade erst aufgeschlagen hatte. »Nicht wirklich, Pater. Seine Eminenz hat bloß versucht, mir ein paar vermeintliche Geheimnisse zu entlocken. Dabei durfte er feststellen, dass ich meinen Eid als Sekretär und mein Gelübde als Priester sehr ernst nehme. Wie sieht es mit Ihrer Arbeit aus?«

»Nicht sehr gut, um ehrlich zu sein.«

»Dann haben Sie also noch nicht mit Schwester Catherine gesprochen?«

»Sie sagten ja, dass wir beide sehr wahrscheinlich überwacht werden. Da ich kein Risiko eingehen will, dachte ich, dass ich Schwester Catherine am besten bei ihrem nächsten Besuch in den Archiven abfange.«

»Und wann wird das sein?«

Rinaldo kam sich plötzlich vor wie ein Idiot. »Das weiß ich nicht.«

Tardini tat etwas, das er recht selten tat. Er aktivierte seinen Laptop und winkte den jungen Monsignore zu sich heran.

»Was haben Sie vor?«, fragte Rinaldo neugierig.

»Schwester Catherine arbeitet für Kardinal Ciban, ergo arbeitet sie auch für mich. Ich werde unserer lieben Schwester in Christo also eine E-Mail schicken, schließlich wartet hier eine Menge organisatorische Arbeit auf sie.«

Rinaldo starrte von dem alten Sekretär auf den Text, den dieser in Windeseile tippte. Während er las, wurden seine Augen immer größer. »Das wird Schwester Catherine aber ziemlich wütend machen, Exzellenz.«

Ein feines Lächeln huschte über Tardinis Mundwinkel. »Gewiss, gewiss. Und umso schneller wird sie hier sein!«

35.

Kurz nachdem Monsignore Rinaldo das Internetcafé in der Via Cavour verlassen hatte, betrat ein schlanker Mann mit Nickelbrille und einem weiten Ledermantel das Café. Er bestellte einen großen Cappuccino und ein Croissant, bezahlte mit einem Einhundert-Euro-Schein, wobei er unauffällig auf das Rückgeld verzichtete, und nahm von dem Angestellten einen kleinen Umschlag entgegen. Dann setzte er sich an den Computer, an dem der Pater eben noch recherchiert hatte.

Kublicki hatte den Palast der Inquisition schon den ganzen Tag von einem unauffälligen Observierungspunkt aus beobachtet. Sein Auftraggeber war einerseits an Bischof Tardini interessiert, Cibans Erstem Sekretär, andererseits an diesem tölpelhaften Pater, der glaubte, seine geheimen Recherchen seien in dem Internetcafé sicherer als im Vatikan. Wie es aussah, hatte Rinaldo die ganze Nacht im Inquisitionspalast verbracht und durchgearbeitet. Ein so großer Arbeitseifer konnte kein Zufall sein, daher hatte Kublicki seinen Auftraggeber kurzerhand informiert und entschieden, den alten Tardini erst einmal links liegen zu lassen und stattdessen Rinaldos Aktivitäten auf den Grund zu gehen.

Nachdem Kublicki in aller Gemütsruhe gegessen hatte und ein wenig ziellos in den Weiten des World Wide Web herumgesurft war, öffnete er gemächlich den Umschlag und zog einen Datenträger heraus. Er schob ihn in den dafür vorgesehenen Anschluss des Rechners und sah sich sämtliche Seiten an, die Rinaldo in der letzten Stunde angeklickt hatte. Vielleicht würden diese Informationen seinen Auftraggeber nach dem Desaster in der Kirche wieder ein wenig mit ihm versöhnen.

Die Tatsache, dass Pater Rinaldo in diesem Internetcafé recherchierte und nicht in seinem Büro oder an seinem privaten Rechner, den er zweifelsohne besaß, machte Kublicki natürlich noch hellhöriger. Sogleich beschloss er, einige Stichproben zu machen und sah sich einige der Suchbegriffe genauer an, die Rinaldo so gefesselt hatten, und gab einige der Internetadressen ein. Immerhin hatte der Pater sich über eine Stunde an diesem nicht gerade heimeligen Ort aufgehalten, um nach etwas ganz Konkretem zu suchen. Kublicki fragte sich, ob Rinaldo fündig geworden war.

Hauptsächlich hatte der Monsignore nach Henoch geforscht. Weitere Recherchen machten dem nichtreligiösen und keiner Religionsgemeinschaft angehörenden Kublicki klar, dass es sich dabei um eine so genannte Apokryphe handelte, einen Text, der aus religionspolitischen oder anderen Gründen nicht in die Bibel aufgenommen worden war.

Henoch … Engel … Satan …

Unfassbar, an was für einen abergläubischen Schwachsinn viele Menschen selbst heute noch glaubten.

Eine Sache jedoch hielt Kublickis Neugierde weiterhin am Brennen. Warum interessierte Pater Rinaldo sich ausgerechnet so sehr für die Posts eines gewissen Lazarus? Ob er diese ganze Engelssache am Ende vielleicht doch unterschätzte?

Er zog seine Lederjacke aus und hängte sie über den Stuhl. Dann bestellte er sich einen zweiten Cappuccino und ging die Posts von Lazarus in aller Ruhe durch. Dieser selbsternannte Experte behauptet doch glatt, dass das Böse mit den gefallenen Engeln in die Welt gekommen sei und dass die Gefallenen noch heute unter den Menschen lebten und diese manipulierten. Manche der Gefallenen manipulierten im Guten, andere im Bösen. In jedem Fall gehe der Krieg zwischen den gottestreuen und den verräterischen Engeln bis auf den heutigen Tag weiter, wie im Himmel so auf Erden.

Kublicki hielt das alles für ausgemachten Blödsinn. Trotzdem beschloss er, seinen Auftraggeber über seine Entdeckung zu informieren und diesem Lazarus ein bisschen genauer auf den Zahn zu fühlen.

36.

Schwester Giada nahm Catherine gegenüber an dem geräumigen Wohnzimmertisch Platz und lehnte den angebotenen Instantkaffee höflich ab. Als die alte Nonne das Wohnzimmer betreten hatte, war ihr Blick wie beiläufig durch den Raum geschweift, doch Catherine war sich sicher, dass sie alles registriert hatte, was ihr auch nur im Ansatz wichtig war. Den Schreibtisch mit dem Computer am Fenster ebenso wie die religiös-abstrakten Bilder an den Wänden oder den orangefarbenen Hochflorteppich vor dem modernen Wandkamin. Schwester Giada schien sich jedoch nicht zu fragen, wieso eine einfache Nonne wie Catherine sich so etwas leisten konnte. Daher mutmaßte Catherine, dass die Dominikanerin wohl von ihrem ketzerischen Treiben als erfolgreiche Sachbuchautorin wusste.

Tatsächlich sagte die alte Nonne zwei Sekunden darauf: »Ich habe übrigens Ihr aktuelles Buch gelesen.«

Ach? Catherine harrte der Dinge, die da auf sie zukommen würden, und besann sich auf das alte Sprichwort »In der Ruhe liegt die Kraft«.

»Etwas zu einseitig für meinen Geschmack …«

Wer hätte das gedacht!

»Nichtsdestotrotz sehe ich die Notwendigkeit, die Sie veranlasst hat, so zu schreiben, wie Sie es getan haben.«

Catherine schluckte ihre Verblüffung herunter wie ein zu großes Stück Quarkstrudel, das sich einem im Hals querstellt.

»Doch weswegen ich zu Ihnen gekommen bin …«

Giada rückte ihre hagere Gestalt in dem für sie viel zu großen Sessel zurecht, kramte in ihrem Habit und zauberte schließlich einen weißen Umschlag hervor. »Der Generalinspektor hat mich heute Vormittag darüber informiert, dass Seine Eminenz in der Nacht Opfer eines Anschlages geworden ist und nun im Krankenhaus liegt…« Die Nonne brach kurz ab, fing sich aber sofort wieder. »Nun denn, seit dem ersten Anschlag vor dreizehn Jahren hat Kardinal Ciban einige Sicherheitsvorkehrungen getroffen, und da Sie inzwischen zu seinen engsten Mitarbeitern gehören, habe ich den Auftrag, Ihnen im Falle eines Falles diesen Umschlag zu überreichen.«

Catherine starrte von dem Brief auf die ältere Nonne. »Seit dem … ersten Anschlag?«

»Ich dachte, Sie wüssten davon.«

Catherine schüttelte den Kopf. »Es steht nichts davon in Kardinal Cibans offizieller Biografie.«

»Natürlich nicht. Dennoch hätte ich erwartet, dass Sie darüber informiert sind. Nun ja, andererseits liegt der Vorfall nun schon einige Jahre zurück. Damals war Seine Eminenz noch ein aktives Mitglied des Vatikanischen Geheimdienstes und Roms Verbindungsmann zur ISA.« Als Schwester Giada Catherines fragenden Blick auffing, erklärte sie: »Die International Security Agency ist eine Organisation, der inzwischen zahlreiche Weltregierungen angehören. Natürlich ist mir über die Tätigkeit Seiner Eminenz für die ISA nichts bekannt, und ich will Ihnen jetzt auch nicht mehr über diesen ersten Anschlag erzählen. Das soll Seine Eminenz gefälligst selbst tun. Wichtig für Sie ist nur zu begreifen, dass dies hier kein Spiel ist, sondern voller Ernst. Haben Sie schon einmal von Monsignore John Neirynck gehört?«

Catherine antwortete völlig verwirrt. »Selbstverständlich. Er hat eine brillante Arbeit über die Strukturen des Guten und des Bösen geschrieben und sich kurz darauf unerklärlicherweise aus dem öffentlichen Leben zurückgezogen.«

»Ganz so unerklärlich ist sein Rückzug nicht«, erklärte Schwester Giada trocken. »Pater Neirynck ist tot. Im Gegensatz zu Kardinal Ciban hat er den Anschlag nicht überlebt. Aber zurück zu dem Brief hier.« Die Nonne überreichte der völlig perplexen Catherine den Umschlag mit einer bedeutungsvollen Geste, und schon folgte die nächste Wechseldusche. »Ich habe keine Ahnung, was dieser Umschlag enthält. Und um es gleich vorwegzunehmen, ich darf es auch gar nicht wissen.«

Catherine, die gerade angesetzt hatte, das Kuvert zu öffnen, hielt inne. »Aber wäre es nicht sinnvoller …«

»Nein. Je weniger ich weiß, desto besser für Sie und Seine Eminenz. Alles, was Sie betrifft, steht in diesem Brief. So, jetzt muss ich gehen, bevor meine Abwesenheit im Kloster auffällt, denn ich habe nicht den Ehrgeiz, im wahrsten Sinne des Wortes schon vorzeitig eine Schwester der Erlösung zu werden.« Als Catherine die Dominikanerin daraufhin verwirrt anblickte, fügte diese rasch hinzu: »Na ja, Sie wissen schon, losgelöst vom irdischen Dasein.«

Die alte Nonne erhob sich mit erstaunlicher Behändigkeit, weshalb Catherine vermutete, dass sie in ihrer Freizeit Sport trieb. Die Hausarbeit allein konnte diesen Schwung in den Knochen und Gelenken kaum erklären.

»Vergessen Sie den Brief nicht, meine Liebe.«

Das imaginäre Stück Quarkstrudel hing noch immer auf halber Strecke in Catherines Hals und drückte sich nun wieder hoch. »Wie sollte ich«, brachte sie gerade noch so hervor.

Giada nickte zufrieden und betrat, von Catherine gefolgt, den kleinen Flur, als sie abrupt stehenblieb. Ihr Blick hing wie gebannt an der Garderobe, und plötzlich fiel es Catherine wie Schuppen von den Augen.

Cibans Schirm!

Schwester Giada drehte sich schließlich zu ihr um, berührte sie am Arm und dirigierte sie mit Nachdruck ins Wohnzimmer zurück.

»Wissen Sie, Catherine, ich denke, es ist doch besser, wenn wir den Brief gemeinsam lesen. Das erhöht womöglich Ihre Überlebenschance.«

37.

Doktor Zanolla musterte Ambrose, als wäge er ab, ob der Aufseher einfach nur blöd oder saublöd war. Neben Ambrose stand Davids Tutorin, die ebenfalls Psychologin war, geschminkt wie zum Karneval. Auch sie bedachte der Doktor mit einem Blick, als hätte er soeben realisiert, dass seine Mitarbeiter nichts weiter als ein Haufen schwachsinniger Vollidioten waren.

»Der Junge liegt im Koma«, sagte Zanolla dennoch vollkommen ruhig. »Wie konnte das passieren?«

»Wir wissen es nicht«, erklärte die Psychologin unterwürfig. »Aber wir werden es sicher bald herausfinden.«

Der Doktor konzentrierte sich erneut auf Ambrose.

Der stand aufgrund von Davids Anblick noch immer unter einem gewissen Schock, doch er wusste auch, dass er dem Doktor auf gar keinen Fall einen Anlass liefern durfte, ihm noch mehr auf die Pelle zu rücken. Er hatte den Jungen im Zustand der Bewusstlosigkeit vorgefunden, als er ihn noch vor dem Nachmittagsunterricht zu einer Iso-Kammer-Sitzung hatte bringen sollen. David hatte das Zeitungsfoto eines Mannes in den verkrampften Fingern gehalten. Er musste es aus der Zeitung gerissen haben, die Ambrose ihm überlassen hatte. Ambrose wusste nicht wieso, aber das Foto hatte irgendetwas mit Davids momentanem Zustand zu tun. Also hatte er die Fotografie vorsichtig entfernt und in seine Uniform gesteckt, ehe er die Wissenschaftler alarmiert hatte.

Inzwischen war eine Blut- und eine Röntgenuntersuchung bei David gemacht worden. Des Weiteren hatte der Doktor ein CT angeordnet für den Fall, dass der Junge einen Schlaganfall oder Hirnblutungen erlitten hätte. Doch alle Befunde, selbst das Ergebnis der Lumbalpunktion, bei der die Nervenflüssigkeit untersucht worden war, waren negativ ausgefallen. Organisch war der Junge offenbar vollkommen gesund. Trotzdem lag er im Koma.

Einer der Wissenschaftler hatte sogar bestürzt von einem Alpha-Koma gesprochen, aus dem nur wenige Patienten wieder erwachten. Ein Alpha-Koma bedeutete, dass der Patient so gut wie tot war.

Für einen Moment fragte sich Ambrose, ob es vielleicht doch besser war, die Sache mit dem Foto zu gestehen. Andererseits, was nützte dieses Wissen den Wissenschaftlern schon? Auf mögliche Nachwirkungen der Sitzungen in der Isolationskammer war der Junge ohnehin längst untersucht worden.

»Sie haben den Jungen gefunden«, wandte sich Zanolla nun an ihn. »Ist Ihnen dabei wirklich nichts aufgefallen?«

»Nein«, beantwortete Ambrose die Frage des Doktors. Seine raue Stimme klang dabei ruhig und aufrichtig. »Es war alles wie immer, außer dass der Junge bewusstlos auf dem Bett lag und die Decke anstarrte.«

Ein junger, ehrgeiziger Mediziner, der neben der Tutorin stand und bisher den Mund nicht aufbekommen hatte, räusperte sich und sprach den Doktor zu Ambroses Überraschung mehr oder weniger direkt an.

»Vielleicht sollten Sie die Rate der Iso-Kammer-Sitzungen generell drastisch herabsetzen. Die psychische wie physische Belastung ist immens. Außerdem wissen wir nicht, was der Junge wirklich alles in diesen Zuständen der Parallelexistenz in den Fotos sieht.«

Die durchdringenden wasserblauen Schweinsaugen des Doktors ruhten mit erbarmungsloser Härte auf dem Mediziner. Offensichtlich hatte der junge Arzt nicht nur recht, sondern er hatte in Ambroses Gegenwart auch noch eindeutig zu viel verraten.

Ambrose gab sich völlig unbeeindruckt, als wäre er definitiv zu unterbelichtet, um auch nur annähernd die Bedeutung des eben Gesagten zu verstehen. Er war Aufseher. Er behielt die Objekte im Auge und brachte sie von einem Ort zum nächsten. Ihn interessierte nicht, was hinter den Türen geschah. Das war der Eindruck, den der Doktor von ihm gewinnen sollte, und wie es aussah, funktionierte es. Doktor Zanolla entspannte sich wieder.

»Nun gut. Wir werden sowieso abwarten müssen, was mit dem Jungen geschieht. Lassen Sie ihn von nun an nicht mal eine einzige Sekunde aus den Augen!«

»Gewiss«, beeilte sich der Mediziner, mit leicht zitternder Stimme zu versichern. »David wird rund um die Uhr beobachtet.«

»Das wäre dann erst einmal alles«, erklärte der Doktor und gab durch ein Zeichen zu verstehen, dass sich seine drei Lakaien wieder an die Arbeit machen durften.

Als Ambrose mit der Tutorin und dem Arzt auf den Gang hinaustrat, kostete es ihn alle Selbstbeherrschung, das zerknitterte Zeitungsfoto in seiner Jacke nicht zu berühren.

Die Worte des Mediziners hallten in seinen Gedanken wider: »Wir wissen nicht, was der Junge wirklich alles in diesen Zuständen der Parallelexistenz in den Fotos sieht.«

Wie sollte Ambrose das verstehen? Was geschah in diesen Isolationskammern wirklich? Versetzten die

Kammern David etwa in die Lage, in diese Fotos einzutauchen? Ambrose schüttelte innerlich den Kopf, trat in den Aufzug und drückte die Taste für sein Stockwerk, ebenso wie die Tutorin und der junge Arzt es taten. Es fiel kein Wort. Es gab keinen Blickkontakt.

Iso-Kammern, Fotos, Parallelexistenzen … Das klang doch alles völlig absurd. Und trotzdem … die Isolationskammern existierten. Genau wie die Fotos existierten.

Lag David etwa im Koma, weil er im Alleingang außerhalb einer Kammer versucht hatte, in das Foto hineinzusehen? Und warum ausgerechnet diese Aufnahme? Ambrose musste herausfinden, wer der abgelichtete Mann war. Vielleicht half ihm das ja, die eine oder andere Antwort zu bekommen.

Plötzlich schlug der Pager des Mediziners Alarm. Der junge Arzt blickte auf das kleine Gerät und wurde kreidebleich.

»Verdammt! Der Junge … er stirbt!«

38.

Catherine starrte mit Schwester Giada auf den geöffneten Umschlag und dessen Inhalt. Ein halber Brief, genauer ein halber gedruckter Text und die rechte Hälfte einer Zahlenreihe: 12, 28, 23. Der Rest des Inhaltes musste sich auf der anderen Briefhälfte befinden, die Gott weiß wo war.

»Das ist auf keinen Fall ein Bibelvers«, stellte Schwester Giada fest.

Catherine nickte. »Mal sehen, ob wir nicht doch noch etwas über das Textfragment herausfinden können.«

Sie holte ihren Laptop vom Schreibtisch, legte ein neues Dokument an und tippte die vorhandenen Zeilen ab. Danach öffnete sie das Internetprogramm, gab die Stichworte »Engel«, »Ort«, »Schwarz«, »Tag«, »Stunde«, »verdammt«, »Tore« und »Sterben« in die aufgerufene Suchmaschine ein und drückte auf Return.

Eine Sekunde später verwies die Suchmaschine auf 200 000 Ergebnisse. Zuoberst fand sich der Link zu einem Film mit dem Titel *The Prophecy*, in dem es um den uralten Krieg zwischen abtrünnigen und gottestreuen Engeln ging. Auf den Film folgte Friedrich Schillers *Die Räuber*, genauer die zweite Szene des fünften Aktes. Beide Ergebnisse waren interessant, nur leider nicht das, was Catherine und Schwester Giada suchten. Die Textpassagen der Links deckten sich in keiner Weise mit dem Fragment aus Cibans Brief. Der dritte Link verwies auf einen Fan-Roman. Auch hier keinerlei Übereinstimmung, von den Suchbegriffen einmal abgesehen.

Der vierte Link verwies auf Shakespeares *Othello* und so fort.

Catherine recherchierte weiter, doch keine einzige Suche führte zu dem gewünschten Ergebnis. Das Textfragment mit den drei Zahlen blieb ein Rätsel. Woher auch immer der Text kam, wer auch immer ihn verfasst oder entdeckt hatte, er hatte ihn nicht ins Internet gestellt.

»Haben Sie noch eine andere Idee, Schwester?«, fragte Catherine Giada.

»Ich dachte spontan an Johannes Trithemius.«

»Den Abt und Hexentheoretiker aus dem fünfzehnten Jahrhundert?«

»Ich meinte vielmehr den gelehrten Humanisten und sein Buch über die Engel. Es könnte jedoch auch das Werk eines anderen sein.«

Catherine blickte die alte Nonne erstaunt an. Den gelehrten Humanisten? Sie war keine Trithemius-Expertin, aber wenn sie etwas mit dem an der Mosel geborenen Gelehrten in Verbindung brachte, von Theologie und Ordensreformen abgesehen, dann waren es Astrologie, schwarze Magie, Kryptographie, Hexen und Zauberer. Vor allem aber dachte sie an sein Werk *Antipalus Maleficiorum*, *Gegner der Hexereien*, eine Hetzschrift, die selbst das von den Dominikanern verfasste *Malleus Maleficarum*, den allseits bekannten *Hexenhammer*, an Menschenverachtung übertraf. Einige der Werke von Trithemius hatten über Jahrhunderte hinweg auf dem Index der katholischen Kirche gestanden.

Überhaupt war die Liste an vermeintlich magischen Schriften, an Grimoires, magischen Manuskripten und Papyri in der Geschichte der Menschheit gewaltig und reichte vom Vorchristentum bis ins achtzehnte oder sogar neunzehnte Jahrhundert. Sollte Cibans Textpassage tatsächlich aus einem dieser Werke stammen, war es für Catherine schier unmöglich, die Passage zu finden, da die meisten Werke nicht digitalisiert waren. Damit blieb ihr nur, einen Experten zu befragen. Scrimgeour hätte ihr vermutlich weiterhelfen können, aber der Professor war tot. Catherine bezweifelte, dass es in Cibans Sinn war, wenn sie eine fremde Person in dieser Angelegenheit hinzuzog.

Blieb die Frage, wer die linke Hälfte des Briefes hatte. Vermutlich stand deren Besitzer genauso vor einem Rätsel wie sie.

»Ich fürchte, wir müssen abwarten«, sagte Schwester Giada, als hätte sie ihre Gedanken gelesen. »Ohne den kompletten Text sind wir machtlos.«

Machtlos? Was für ein seltsames Wort in diesem Zusammenhang.

Die alte Nonne erhob sich, griff in ihr Habit und zog eine schwarze Visitenkarte hervor.

»Unter dieser Nummer können Sie mich jederzeit erreichen, Catherine, Tag und Nacht. Sollte ich nicht sofort antworten können, werde ich schnellstmöglich zurückrufen. Ich muss jetzt leider gehen, bevor man sich im Kloster meinetwegen unnötig Gedanken macht.«

Schwester Giada ging in Catherines Begleitung durch den Flur, jedoch nicht ohne im Vorbeigehen noch einmal einen Blick auf Cibans Schirm zu werfen. Catherine musste sich unglaublich beherrschen, um sie nicht sofort aufzuklären. Aber vermutlich hätte genau das die Sache nur noch schlimmer gemacht. Die Menschen glaubten ohnehin, was sie glauben wollten. Na ja, vielleicht dachte Schwester Giada am Ende ja auch gar nicht in diese Richtung, und dann hätte sie sich erst recht vor der Älteren blamiert.

Nachdem die Nonne gegangen war, lief Catherine ins Wohnzimmer zurück, entzündete den Wandkamin, nahm den Laptop, setzte sich an den Schreibtisch und starrte die ungewöhnliche Karte an. Noch nie hatte ihr jemand eine pechschwarze Visitenkarte in die Hand gedrückt. Aber ihre Hoffnung, etwas mehr über Schwester Giada zu erfahren, wurde leider enttäuscht.

Es stand nämlich lediglich eine Handynummer in feiner silberner Schrift darauf. Weder der Name des Klosters noch der Name der Ordensfrau, die Ciban vermutlich schon seit Jahren den Haushalt führte. Catherine drehte die Karte um und hielt sie gegen das Licht. Auch auf der anderen Seite war keine E-Mail-oder Internetadresse zu sehen. Nichts. Die Karte enthielt tatsächlich nur die Nummer und die Andeutung eines schlichten, wunderschönen Kreuzes, dort wo das Schwarz nicht ganz so schwarz war.

Catherine steckte die Karte zusammen mit dem Brief und dem Porträt des Jungen, das sie von Coelho erhalten hatte, in das verschließbare Seitenfach ihrer Allroundtasche, die zugleich ein schicker Rucksack war. Dann öffnete sie das E-Mail-Programm, um nach ihrer Post zu schauen. Womöglich erfuhr sie ja sogar per Mail, wer die zweite Briefhälfte besaß.

Tatsächlich entdeckte sie eine E-Mail von Bischof Tardini im Posteingangsfach. Tardini? Cibans Sekretär hatte ihr noch nie gemailt. Das konnte also durchaus etwas Wichtiges sein.

Sie öffnete die Nachricht und las. Während ihre Augen neugierig über die wenigen Zeilen huschten, spürte sie, wie ihr das Blut ins Gesicht schoss. Das war nun wirklich unerhört!

Nur wenige Augenblicke später schlüpfte sie in ihre

Straßenschuhe, zog ihre Jacke über, schnappte sich ihre Tasche und machte sich unverzüglich auf den Weg zum Palast der Inquisition.

39.

Dr. Robert Martini erhob sich mühsam von seinem Lesetisch im ausgebauten Dachstuhl seines Hauses, trat an die alten, bis zur Decke reichenden Bücherregale seiner umfangreichen Privatbibliothek und hielt nach einem Folianten Ausschau. Der gesuchte Band war so wertvoll, dass er genauso gut in den Vatikanischen Geheimarchiven hätte stehen können, und zwar am besten im legendären Turm der Winde.

Die meisten der uralten Bücher in seinem Besitz gehörten den Apokryphen, vorchristlichen oder gänzlich unchristlichen Schulen an. Von den wichtigsten gab es selbstverständlich digitale Kopien, die er ebenfalls in Rom, allerdings außerhalb seines Hauses aufbewahrte. Martinis Computerdaten waren so gut verschlüsselt, dass nicht einmal das FBI, die CIA oder die ISA sie hätten knacken können, geschweige denn die Computerspezialisten des Vatikans.

Dennoch war Martini vor dem Präfekten der Glaubenskongregation auf der Hut. Kardinal Ciban war ein Mann, dessen Aufmerksamkeit man lieber nicht erregte, wenn man seinen vermeintlich häretischen Forschungsstudien in Ruhe nachgehen und nicht exkommuniziert werden wollte.

Martini war schon zu lange ein Teil der Kirche, um auf seine alten Tage noch exkommuniziert zu werden, auch wenn die Kirche sich kaum noch an ihren einst so hochgelobten Gelehrten der katholischen Orthodoxie zu erinnern schien. Nun denn, die konservative katholische

Orthodoxie entsprach ohnehin schon lange nicht mehr Martinis Weltanschauung.

»Vergessen Sie Ihren Krankengymnastik-Termin nicht, Doktor«, vernahm er zwischen den Regalen die Stimme seiner Haushälterin von der Wendeltreppe her. »Sie wissen, Ihr Rücken hat es verdammt nötig, sonst werden Sie Ihre geliebten Bücher alsbald nicht mehr aus den Regalen heben können. Und einen Assistenten dulden Sie ja nicht.«

Martini seufzte. Es war erstaunlich, wie Mariella ihn mit ihren nüchternen Kundgebungen und Feststellungen schlagartig aus seiner Hochstimmung als Forscher in die schnöde Gegenwart zurückholen konnte. Aber sie hatte natürlich recht. Sein Befinden hing seit gut einem Jahr sehr stark davon ab, ob er seine Leibesübungen regelmäßig machte. Hielt er sich an den Trainingsplan, kam er ganz gut mit seinen müden Knochen und Gelenken zurecht, vergaß er die Stunden, sah er sich schon nach zwei, drei Wochen außerstande, die knarrende, steile Holzwendeltreppe zu seiner Dachbibliothek auch nur im Ansatz zu bewältigen.

»Wie spät ist es, Mariella?«, rief er quer durch den großen Raum, wobei ihm die hohen Deckenregale den Blick auf die Wendeltreppe mit dem Spiralgeländer versperrten.

»Zeit, dass Sie sich aus Ihrem Elfenbeinturm zurück in die Welt begeben und in Ihren innig geliebten Jogginganzug schlüpfen. Ihr persönlicher Trainer holt Sie in genau dreißig Minuten ab.«

Martini setzte ein schiefes Lächeln auf und schob den gerade entdeckten Folianten wieder ins Regal zurück. Manchmal klang Mariellas bissiger Humor ganz schön schadenfroh. Andererseits war sie mit ihren einundsiebzig Jahren kaum jünger als er und noch immer flink wie ein Wiesel. Selbst die Wendeltreppe nahm sie mit Leichtigkeit, wenn sie ihn wie jetzt an einen seiner Termine erinnerte. Martini musste sich eingestehen, dass es sich nun rächte, dass er viel zu viel Lebenszeit an irgendwelchen Schreibtischen und Stehpulten verbracht hatte. Dabei hatte es gerade in den letzten Jahren Phasen in seinem Leben gegeben, in denen er viel gereist und auch sehr agil gewesen war. Regelmäßige Bewegung und hier und da ein Stück Zucker weniger hätten ihm die lästige Seniorengymnastik vermutlich erspart.

Er tastete sich entlang der schmalen Bücherregalwände voran und gelangte irgendwie die Treppe zum Erdgeschoss hinab, ohne sich dabei den Hals zu brechen.

Unten erwartete Mariella ihn bereits und erklärte: »Ihre Post von dieser Woche liegt noch immer auf dem Küchentisch, gleich neben dem frischgepressten Orangensaft.« Ihre Stimme klang rau, so als hätte sie an diesem Tag bereits eine Grundschulklasse zur Räson gebracht. »Sie wollten Ihre Post zur Sicherheit noch durchsehen, *bevor* Sie Ihrer Einladung nachkommen, Doktor.«

Martini erstarrte. Einladung? Was für eine Einladung?

»Den Kaffee zum Wachbleiben habe ich Ihnen in die Thermoskanne gegossen. So, ich muss jetzt los. Meine Enkel warten schon auf mich. Wir wollten gemeinsam ins Kino gehen. Aber keine Sorge, ich werde ganz sicher vor Ihnen zurück sein.« Als Martini, ein wenig überwältigt von Mariellas Arie, vor ihr stand, fügte sie rasch hinzu: »Sie wissen schon, das Treffen mit Seiner Eminenz Antonio Mercatis. Seine Geburtstagsfeier zum Fünfundsiebzigsten im kleinen Kreis im Matricianella.

Ihr Anzug liegt bereits im Ankleidezimmer. Aber zuerst der Sport!«

Ach, du dickes Ei! Martini hatte Antonios Geburtstag völlig vergessen, obwohl er in den letzten Wochen immer wieder mal daran gedacht hatte. Wie schnell doch die Zeit verging, wenn man den Kopf ausschließlich in dicke Folianten steckte und mehr Staub einatmete als frische Luft. Dabei verdankte er dem alten Weggefährten und ehemaligen Kardinalbibliothekar unglaublich viel. Antonio hatte ihn vor allem vor Marc Kardinal Ciban gewarnt.

»Danke, Mariella«, rief Martini seiner Haushälterin noch hinterher und hörte schon die Haustür zufallen.

Manchmal fragte er sich, was er ohne diese tüchtige Frau tun würde. Selten hatte er einen so gut organisierten und klar denkenden Menschen erlebt wie Mariella. Ohne ihren Hinweis hätte er nicht nur die Post, sondern auch Antonios Geburtstagsfeier vergessen.

Martini ging in die Küche, trank einen Schluck Orangensaft und schenkte sich eine Tasse von dem frischen, heißen Kaffee ein. Erst dann ging er den Stapel mit den Briefen durch, die Mariella für ihn bereitgelegt hatte. Da er in Eile war, studierte er lediglich die Absender, weil er im Grunde nur auf eine ganz bestimmte Sendung wartete.

Es war das Übliche: unnötige Werbung, Infobriefe von diversen wissenschaftlichen Instituten und zwei Privatkorrespondenzen, darunter ein Brief von seinem alten Studienkollegen Alan Scrimgeour. Nichts Wichtiges. Das alles hatte auch noch bis zum Wochenende Zeit. Alles Dringliche kam heutzutage sowieso übers Internet oder vielmehr per E-Mail. Die Postsendung, auf die er wartete, war leider auch heute nicht dabei. Martini legte den Stapel so auf die Seite, dass Mariella sofort erkennen konnte, dass er ihn auch durchgesehen hatte.

Im Schlafzimmer zog er einen von den schwarzen, schicken Jogginganzügen mit den Längsstreifen und die neuen Walking-Schuhe an. Sein persönlicher Trainer würde ihn gleich zum Nordic Walking abholen. Martini stellte sich mental auf die sportliche Übung ein. Mentale Übungen waren ihm am liebsten.

40.

Irgendwo am Rande seines Bewusstseins spürte David die Wiederbelebungsversuche des Ärzteteams. Erst war es zum Atemstillstand gekommen, dann hatte sein Herz ausgesetzt, und als schließlich alle klassischen Wiederbelebungsversuche – Atemhübe sowie Herzdruckmassage – nicht geholfen hatten, hatte einer der Ärzte zwei Elektroden an Davids Brust angebracht. Nachdem er einen Knopf an einem aktenkoffergroßen Gerät gedrückt hatte, war der erste Elektroschock durch Davids Körper gejagt.

Der zweite Elektroschock hatte sein Herz wieder schlagen lassen. Aber seine Seele befand sich noch immer in einer wie in Zeitlupe ablaufenden Vision. Aus dem Nichts, in dem er zunächst gefangen gewesen war, hatte sich ein großer weißgekachelter Saal herausgebildet, wie in einer lebensechten Computeranimation. Dann hatten sich unter blutigen Laken leblose Körper zuhauf an den Wänden entlang aufgereiht. Körper, die zuvor auf eine unaussprechliche Weise behandelt worden waren.

David versuchte dieses Wissen aus seinem Bewusstsein zu verdrängen, doch es gelang ihm nicht. Das Foto aus der Zeitung, dieser Kardinal Ciban, hatte ihn direkt in die Hölle geführt. Der Schock darüber hatte erst Davids Atem und dann sein Herz stillstehen lassen.

Jetzt, da sein Herz wieder schlug, hatte sich der weißgekachelte Raum verwandelt. David befand sich in einer anderen Zeit, irgendwo in der Vergangenheit, und er folgte zwei flüchtenden Kindern, einem Mädchen und einem etwas älteren Jungen durch die Nacht. Der Morgen brach allmählich an, als die Kinder auf ein altes, noch weit entferntes Gebäude zuliefen, das in den Gedanken des Jungen den Namen Old Church trug.

Obwohl der Junge und das Mädchen stark waren, hatten sie das Portal kaum aufbekommen. Die rostigen Scharniere hatten geächzt, als verursachte ihnen die Bewegung der Pforte großen Schmerz. Früher war die alte Kirche sicher einmal ein prachtvoller Ort gewesen, besucht von einer wohlhabenden Gemeinde, doch jetzt waren die Fassadenmosaiken abgeblättert, der Glockenturm leer, die Skulpturen, die Wandmalereien, der Altar und die Sakristei zerstört, und die hohen, bunten Bogenfenster von Steinen und Wind zerschlagen.

Durch den Wind klang es, als hörte David von fern die Gebete einer Messe, die gedämpfte Stimme eines Priesters, dessen Worte er allerdings nicht verstand. Aber so geisterhaft die zerfallene Kirche auch erschien, David erfuhr durch die Gedanken des Jungen, dass sie noch immer ein heiliger Ort war, der Trost spenden und vor allem Kraft geben konnte. Deshalb war der Junge mit seiner jüngeren Schwester auch hier. Selbst das Gurren und Flattern der Tauben hinter den Ruinenfenstern schien von dieser einzigartigen Magie erfüllt.

»Ich habe Angst«, sagte die Kleine. Sie mochte vielleicht neun Jahre alt sein und hielt die Hand ihres Bruders ganz fest. »*Mamma* hat gesagt, wir sollen das Haus nicht verlassen.«

Der Junge streichelte ihr über den Kopf. »*Mamma* ist aber nicht hier, Sarah. Papa hat ein Problem, und deshalb musste sie zurück nach Rom.«

»Mir ist kalt«, sagte Sarah zitternd. Der Junge zog seine Jacke aus und hüllte die Kleine darin ein. »Was für ein Problem hat Papa denn?«

»Er versucht uns zu beschützen.«

»Hat er *Mamma* und uns deshalb nach England geschickt? Ich mag England nicht. Dort ist es kalt und nass.«

»Bis heute war England aber wenigstens sicher.«

»Ich weiß nicht.« Die Kleine blickte sich in der alten Kirche um. »Wer war der Mann, der in unser Haus eingebrochen ist?«

Als Antwort küsste der Junge seine kleine Schwester auf die Stirn. David sah, wie er sie zum Altarbereich führte, auf die Altarplatte hob und ihr dann befahl, sich nicht von der Stelle zu rühren.

»Bete, Sarah, bete!«

Das Mädchen befolgte den Befehl sofort und wählte das einzige und zugleich bekannteste Gebet, das Jesus von Nazareth seine Jünger selbst gelehrt hatte:

Vater unser, der Du bist im Himmel,
geheiligt werde Dein Name;
zu uns komme Dein Reich;
Dein Wille geschehe,
wie im Himmel, also auch auf Erden!
Unser tägliches Brot gib uns heute;
und vergib uns unsre Schuld,
wie auch wir vergeben unsren Schuldigern;
und führe uns nicht in Versuchung,
sondern erlöse uns von dem Übel.
Amen.

Während die Kleine das Vaterunser betete, ging der Junge nach Osten, zog einen breiten Schutzkreis im Uhrzeigersinn, der wieder im Osten endete. Dann sprach er eine Beschwörungsformel in einer Sprache, die David noch nie gehört hatte. Durch den Geist des Knaben erfuhr er, dass die Bemächtigung dieses Rituals im Einklang mit dem Gebet und der Formel eine geistige Wirklichkeit erschuf, die alles Böse aus dem Kreis fernhalten würde. So weit zumindest die Theorie. Der Junge hatte diese religiöse Metaphysik noch nie zuvor heraufbeschworen, daher wiederholte er die Prozedur und zog einen zweiten Kreis. Danach verneigte er sich vor dem gewaltigen Kreuz, das über allem schwebte, und betrat gerade den Altarbereich, als David ächzende Geräusche vom anderen Ende der Kirche vernahm. Auch der Junge hörte es und behielt den breiten Mittelgang im Auge.

Die große, mächtige Eichentür des Portals knarrte wie unter einer Tonnenlast. Irgendjemand war den Kindern in die alte Kirche gefolgt. Schwere Schritte kamen näher, eindeutig die Schritte eines Erwachsenen. Für den Bruchteil einer Sekunde wurde die Dunkelheit um David herum gleißend weiß wie die Angst. David hörte den Jungen etwas flüstern und mit einem beruhigenden Blick zu der kleinen Sarah hinaufsehen.

Ein großer, stämmiger Mann in einem schwarzen Anzug mit Priesterkragen passierte die letzte Reihe der verrotteten Kirchenbänke und kam auf den Altarbereich zu. Die Aura des Fremden loderte in tiefem Rot und tiefem Schwarz, wie Kohle, die Feuer gefangen hatte. In ihrem Kern pulsierte sie sogar wie ein schlagendes Herz.

»Es ist nicht rechtens, dass du deine Schwester hierhergebracht hast, mein Junge«, sagte der Mann, und seine Stimme klang so verführerisch, dass die Wut und der Hass darin beinahe verhüllt waren. »Sie ist eine Missgeburt, ein tiefer Abgrund, eine Abnormität, die schlimmer ist als jeder Moloch.«

»Hör nicht hin, Sarah. Verschließe deinen Geist. Bete weiter«, sagte der Junge und stellte sich vor seine Schwester und den Altar.

Die Stimme der Kleinen wurde wieder etwas fester. Sie beendete das Gebet und fing nahtlos wieder von vorne an, ohne ihren Bruder und den Fremden aus den Augen zu lassen.

Das spärliche Morgenlicht, das in milchigen Kegeln durch die zertrümmerten Bogenfenster fiel, verlor sich in der Schwärze und dem düsteren Grau des Gemäuers. Der Fremde verharrte vor dem Altar. Er wagte es jedoch nicht, den Bannkreis zu durchbrechen. Sarahs Vaterunser war zwar kaum mehr als ein Wispern, aber es verlieh, wie David erkannte, dem Schutzkreis und dem Jungen Rückendeckung.

Nach einer Weile blickte der Mann im Priesteranzug auf den Boden und ging aufmerksam um den Altarbereich herum. David beobachtete ihn dabei. Der Fremde suchte nach einem Schwachpunkt in dem Kreis, aber der Junge hatte ihn mit einigem Abstand sogar zweimal um sich und seine Schwester gezogen. Damit war es gar kein Kreis mehr, sondern eine dreidimensionale Kugel, die die Kinder umhüllte wie eine energetische Sphäre.

»Du kannst hier nicht ewig herumstehen«, sagte der Fremde schließlich. »Und deine Schwester kann hier nicht ewig beten. Du weißt, wie krank sie ist.«

»Meine Schwester ist auf dem Weg der Besserung, solange Ihr die Finger von ihrer Seele lasst. *Ihr* solltet gar nicht hier sein, an diesem Ort. Ihr seid längst tot!«

»Tot?«, fragte der Mann leise, nur um mit jedem weiteren Wort immer lauter zu werden. »Du weißt ja gar nicht, was *tot* bedeutet, mein Junge. Denkst du, nur weil du all diese Echos und Schatten bei deinen Zwischenweltreisen gesehen hast, wüsstest du etwas über den Tod? Gar nichts weißt du über das Leben danach!«

Der Junge blieb ruhig, ließ sich nicht einschüchtern. »Ich weiß, dass Ihr nicht hier sein solltet, und ich weiß, dass Ihr dafür bezahlen werdet.«

Der Mann musterte erst den Schutzkreis und dann den Jungen neugierig. »Deine Verbindung zur Quelle ist stark, wirklich stark. Und deine kleine Schwester wird um ein Vielfaches stärker sein als du. Aber davor hat mich dein Vater bereits gewarnt. Dein Vater und deine Mutter … das hätte niemals … *niemals!* … geschehen dürfen! Aber weißt du, was?« Der Fremde hielt kurz inne, blickte sich in dem gewaltigen Gemäuer um und spuckte demonstrativ auf den Steinboden. »Ich hasse es, hier zu sein, und aus diesem Grund will ich meine Seele an diesem Tag mit der Hilfe deiner kleinen Schwester reinwaschen.«

»*Er* wird Euer Opfer nicht annehmen. Das wisst Ihr genau. Auf Euch wartet nichts weiter als eine Ewigkeit in der Dunkelheit.«

»Der Junge hat recht«, kam eine kraftvolle Stimme vom anderen Ende der alten Kirche.

David sah, wie der Junge innerlich aufatmete, während der Fremde sich verärgert umdrehte.

»Du weißt, es kann niemand Mittler zwischen Himmel und Hölle sein, der nicht selbst im Himmel und in der Hölle war. Ich will dir einen guten Rat geben, Turael. Geh, solange du noch kannst.« Der zweite Mann schritt mit überraschender Schnelligkeit auf den Altar zu.

Turael zuckte mit den Schultern. »Diese Kinder dürfen nicht frei unter den Menschen leben. Ihr werdet damit nicht durchkommen, Darius. *Er* hat die Sintflut geschickt, um diese bösartige Brut zu vernichten, und jetzt setzt Ihr und Euer verfluchter Orden sie wieder in die Welt!«

Durch den Nebel gedämpft hallte Turaels Stimme auf unheimliche Weise entstellt von dem alten, dicken Mauerwerk wider. Doch die Aura von Darius glühte vor Entschlossenheit.

»Ihr habt es schon immer erstaunlich gut verstanden, die Wahrheit zu verdrehen, Turael. Darin seid Ihr beinahe so gut wie der Verderber.«

»Diese Kinder sind eine große Gefahr, deshalb müssen sie sterben. Ist es der Friede, so wie wir ihn kennen, denn nicht wert?«

»Wer will schon in eurer Hölle leben!«

Turaels Augen brannten dunkel und bedrohlich. »Ich werde nicht zulassen, dass diese beiden verfluchten Kreaturen alles zunichtemachen.«

Darius blieb etwa zwei Meter vor Turael stehen. David glaubte fast so etwas wie Mitleid in seinen Augen zu lesen.

»Sieh dir die Welt dort draußen doch an, Turael. Von Geschlecht zu Geschlecht nimmt die Dunkelheit zu, und das Licht verliert an Kraft. Es ist kaum noch jemand hier, der die Menschen das Licht lehren kann, der ihnen zeigt, dass es auch anders geht. Diese Kinder sind unsere einzige Chance. Wovor hast du also Angst?«

»Das weißt du ganz genau! Dass es wieder geschieht! Dass wir nach all den Jahren erneut *seine* Gunst verspielen, jetzt wo wir so nahe daran sind zurückzukehren.«

»Wir können die Menschen nicht im Stich lassen. Das

haben wir schon einmal getan. Ein zweites Mal wird *Er* uns das nicht verzeihen.«

»*Er* hat uns noch immer verziehen.«

»Ach ja? Weshalb bist du dann hier? Weshalb bedrohst du dann dieses Mädchen und den Jungen?«

»Das fragst du noch?«, spie Turael aus. »Sie sind das Böse aus Fleisch und Blut!«

»Auch wenn es lange her ist, wir haben einen Eid geleistet, Leben zu schützen und zu bewahren. *Er* allein darf Leben geben und nehmen, wie es ihm beliebt.« Darius deutete auf einen der verrotteten Beichtstühle. »Vielleicht möchtest du dein Gewissen erleichtern?«

»Wozu? *Er* kennt meine Taten. Und er kennt meine Reue.« Turael blickte Darius an, als wäre dieser ein Vollidiot. Dann horchte er in die Höhe des gewölbten Raumes hinein, als brauten sich dort oben irgendwelche gegen ihn gerichtete Kräfte zusammen, um die Kinder zu schützen. Aber diese Kräfte hatten keine direkte Macht in dieser Welt. Turael konzentrierte all seine mentale Energie auf das riesige Kreuz über dem Altar.

David war es, als verdichtete sich das neblige, trübe Licht, als huschten gespenstische Schatten über die Kirchenwände. Er hatte das sichere Gefühl, dass sie nicht mehr allein waren.

Plötzlich flatterten die Tauben in der Höhe erschrocken auf, und das gewaltige Kreuz geriet wie durch Zauberhand ins Wanken. Zuerst knarrte es kurz und laut, dann gefährlich leise, dann gab es einen harten Ruck, ein ächzendes Reißen, und das Kreuz, konstruiert für eine kleine menschliche Ewigkeit, krachte wie ein riesiges Schwert auf den Altar. David sah, wie der Junge losschnellte, seine kleine Schwester packte und sie mit sich nach hinten riss. Kraft seines Willens war es Turael mit Hilfe des Kreuzes gelungen, den Bannkreis zu zerschlagen.

Turael verlor keine Zeit. Wie ein Tiger setzte er den Kindern nach, die hinter den Altar gestürzt waren, gefolgt von Darius. Doch als Turael den Jungen wegstoßen und das Mädchen mit seinen mächtigen Pranken ergreifen wollte, erstarrte er plötzlich in der Bewegung und wurde selbst über den Altar hinweggeschleudert, ohne dass ihn auch nur der Finger eines Menschen berührt hätte.

Vor Turael tauchte der Junge auf. Seine Aura bildete riesige, dunkle Schwingen, glühend schwarz, glühend rot, unbeschreiblich höllisch. Der Junge schritt auf Turael zu, und als David in die Augen des Jungen sah, entdeckte er dort die Quelle, aus welcher dieser seine finstere Kraft bezog…

»Marc, nein!«

Darius sprang zwischen Turael und den Jungen und schirmte den ursprünglichen Angreifer ab.

»Wenn du das tust, wirst du die Verbindung zur Finsternis nie wieder lösen können.«

Es kümmerte den Jungen nicht. Er ging weiter wie unter Hypnose auf Darius und Turael zu.

»Marc!«, brüllte Darius erneut.

Es kam David vor, als würde der Schrei mit einem hundertfachen Echo von den steinernen Wänden der alten Kirche zurückgeworfen, und dennoch hatte er auf den Jungen keinerlei Wirkung. Er blieb kurz vor Darius stehen und fegte den Pater mit einer knappen Handbewegung beiseite.

Die neblige Dunkelheit nahm zu, so dass David selbst mit seinen psionischen Augen kaum noch etwas sehen konnte. Dann ging alles ganz schnell. Viel zu schnell, um in dem diffusen Licht noch etwas Konkretes erkennen zu können.

Ein Geräusch, als kreuzten sich Klingen.

Ein Echo, als tobte inmitten der alten Kirche vor dem Altar eine Schlacht. Die Tauben flatterten unter dem Dach wie von Sinnen umher, als lauerte dort unten eine Gefahr, der sie nicht entrinnen konnten. David sah sie nicht, er hörte sie nur. Und was er hörte, machte ihm große Angst.

Dann drang wie aus dem Nichts ein anderes Geräusch. Irgendwo vor ihm, irgendwo weit über ihm, überall in der zwielichtigen Finsternis. Ein seltsames, verlangsamtes Echo, wie das schleichende Rauschen unzähliger Flügel. Das Rauschen verdichtete die Luft noch mehr. Und schließlich konnte David es sehen.

Ein riesiger Schatten. Größer als das mächtige Kreuz, das wie Excalibur schräg im Altarbereich steckte. Größer als die gewaltigen Bogenfenster rings um die Galerie. Turael schrie und streckte die Arme aus, als wollte er dem mächtigen Schatten abwehrend die Hände entgegenstrecken.

Die Explosion war gewaltig, ein wildes Krachen, das sowohl aus den Höhen wie den Tiefen der alten Kirche zu kommen schien, und sie zertrümmerte das letzte Fensterglas, erschütterte Raum und Zeit. Für einen Moment verlor David die Orientierung, er spürte einen Schmerz, als würden die Scherben und das schwarze Feuer der Explosion durch seine Kleider und sein Fleisch bis auf die Knochen dringen. Aber es war nicht sein Schmerz, den er da spürte. Es war der von Turael.

Im nächsten Moment konnte David wieder etwas sehen.

Darius war irgendwie bis zu dem Jungen vorgedrungen, packte ihn an den Schultern und schüttelte ihn.

»Marc! Hör auf!«

Der Junge reagierte nicht, wirkte völlig abwesend.

»Marc, aufhören! Dreh dich um!«

Darius versetzte dem Jungen eine schallende Ohrfeige. Und als das nicht half, eine zweite.

»Dreh dich gefälligst um!«

Wie in Trance wandte der Junge sich dem Altar zu und ließ von dem ohnmächtigen Turael ab. Seine Augen füllten sich mit Tränen. Sarah stand noch immer vor dem mächtigen Kreuz, das unversehrt geblieben war, und ihre Aura strahlte wie die Sonne. Sarah liebte ihren Bruder, und als ihr Licht seine Augen traf, erlosch der abgrundtiefe Wahnsinn des Hasses in ihm, den er aus der Quelle bezogen hatte. Auch Sarahs Augen füllten sich mit Tränen, die ihr aber nicht über die Wangen rollten. Darius ging vor dem Jungen in die Hocke, hielt ihn an den Schultern und blickte ihm in die Augen.

»Alles in Ordnung, Marc?«

Der Junge nickte langsam. Es gab keinen Zweifel, er erkannte Darius, und er schämte sich für das, was er getan hatte.

Der Alte streichelte ihm über den Kopf. »Schon gut, mein Junge. Es wird alles wieder gut.«

Der Pater ging zu dem Mädchen hinüber, mitten durch David hindurch, hob sie vom Altar, brachte sie zu ihrem Bruder und umarmte die beiden, als wären sie seine eigenen Kinder. Zum ersten Mal in seinem Leben spürte David bedingungslose Liebe. Er konnte sich gar nicht daran sattsehen.

Dann spürte er plötzlich eine seltsame Kälte im Rücken, und sein Blick glitt zu der Stelle, wo eben noch der bewusstlose Turael gelegen hatte. Sie war leer.

Just in diesem Augenblick erhob sich Turael hinter

Darius und den Kindern, als hätte er nur auf diesen Moment gewartet. Er umklammerte etwas. Einen Splitter des herabgefallenen Kreuzes. Sein Gesicht war zu einer Grimasse verzerrt, und er holte mit der improvisierten Waffe aus, um sie in Sarahs kleinen Körper zu rammen.

David dachte nicht nach, sondern reagierte nur. Er war in dieser Sekunde der Einzige, der die Gefahr rechtzeitig bemerkte, und er kochte vor Wut.

David wusste nicht wie, aber er formte daraus eine unglaubliche Energie, und Turael bekam seine geballte Wut zu spüren. Er wurde gegen das Kreuz auf dem Altar geschleudert und davon durchbohrt, mitten durchs Herz. Das Geräusch, das dabei entstand, war fast furchtbarer als die Tat selbst.

Darius kniete zitternd auf dem Boden, die Kinder so fest gegen seinen Körper gedrückt, dass sie den gepfählten Leichnam und das daraus hervorquellende Blut nicht sehen konnten.

Totenstille lag über der Kirche. Nicht einmal die Tauben rührten sich mehr.

David erfuhr durch die schmerzlichen Gedanken des Mannes, dass er den Jungen für den Täter hielt. Unendliche Trauer erfüllte ihn, als wäre alles verloren, was er sich für die Zukunft erhofft hatte. Davids Herz wurde schwer, auch wenn er sich sicher war, das Richtige getan zu haben. Letztendlich war seine Tat kaum mehr gewesen als ein verzweifelter Reflex. Und was war wichtiger, als dass diese drei Menschen lebten?

Er blickte zu dem Leichnam hinüber, der seelenlos an dem Kreuz hing, wie eine Marionette, aus der man die Fäden mit einem Ruck herausgerissen hatte. Was immer dieser Turael gedacht hatte, er hatte sich geirrt.

David drehte sich wieder zu dem Mann und den beiden Kindern um. Er sah ihre Umarmung, ihren gegenseitigen Respekt, ihre Liebe … Dann erstarrte er. Die eisblauen Augen des Jungen waren auf ihn gerichtet! Sein Atem stockte.

Im selben Moment wurde er aus der Vision hinausgeschleudert, und sein Herz blieb erneut stehen.

41.

Dr. Asensi starrte auf den Monitor des EEGs und stand vor einem Rätsel. Eine solche Anzeige von Theta- und Betawellen hatte er in seiner ganzen beruflichen Praxis noch nicht gesehen. Halluzinierte der Patient etwa im künstlichen Koma?

Der Mediziner seufzte und verordnete einen MRT-Scan von Cibans Gehirn, und zwar so schnell wie möglich. Nur eine Magnetresonanztomografie konnte ihm jetzt noch offenbaren, was mit dem Gehirn des Kardinals nicht stimmte, was in dessen unberechenbaren grauen Zellen tatsächlich vorging. Konnte ein Stammhirntumor die Ursache für dieses abstruse EEG sein?

»Wir haben ihn zur Sicherheit am Bett fixiert«, erklärte die junge Krankenschwester, die neben Asensi stand und ebenfalls wie hypnotisiert auf den Monitor blickte.

»Danke, es ist besser so. Er könnte sich sonst selbst verletzen, und das wäre nicht gerade das beste Aushängeschild für die Klinik der Päpste.«

Ganz sicher nicht, dachte die Krankenschwester und fragte deshalb: »Soll ich Schwester Catherine informieren, Doktor?« Sie hatte die Nonne am Vortag in das Büro auf der Station gebracht, damit sie in Ruhe mit jemandem aus dem Vatikan telefonieren konnte.

Dr. Asensi überlegte einen Moment. Der Ausbruch der Beta- und Thetawellen zog sich nun schon mehrere Minuten hin. Er war sich auf einmal nicht mehr sicher, ob die katholische Nonne das Chaos am Vortag vielleicht sogar selbst verursacht hatte. Nichtsdestotrotz hatte sie den Anfall auch wieder in den Griff bekommen, zumindest hatte es für ihn so ausgesehen. Was hatte er schon zu verlieren?

»Ja, rufen Sie Schwester Catherine an. Sie soll so schnell wie möglich herkommen. Mal sehen, ob sie uns weiterhelfen kann.«

Die Krankenschwester nickte und ging hinaus. Nach einigen ewig erscheinenden Minuten kehrte sie von ihrem Telefonat zurück. Asensi hatte während der ganzen Zeit unverwandt den Patienten und dessen EEG angestarrt, als könnte er Kraft seines Willens die Anzeigen normalisieren oder zumindest verhindern, dass der Patient vor seinen Augen am Ende doch noch starb.

»Es tut mir leid, Doktor, aber ich konnte Schwester Catherine nicht erreichen. Weder zu Hause noch im Vatikan. Ich habe ihr eine Nachricht auf der Mailbox hinterlassen.«

»Gut«, sagte Asensi und dachte im selben Augenblick, dass es alles andere als gut war.

Dann klatschte er noch einmal neben Cibans Ohr in die Hände. Keine Reaktion. Er nahm eine sterilisierte Nadel und pikste den Kardinal in die linke Hand. Weder der Körper noch der Geist seines Patienten zeigte auch nur den geringsten Reflex. Da war einfach gar nichts.

»Doktor …« Die Krankenschwester wich plötzlich erschrocken einen Schritt zurück. »Um Gottes willen!«

Jetzt spürte auch Asensi es. Die Luft im Krankenzimmer wurde schlagartig kälter. Der Arzt konnte auf einmal sogar seinen Atem sehen. Aber das war nicht alles. Der Raum, nein, die Geräte auf den Tischen vibrierten wie unter einem leichten Beben.

Einige Sekunden darauf war alles vorbei. Die Raumtemperatur stieg wieder an, und das EEG zeigte mit einem Mal Werte, die unter den gegebenen Umständen als nahezu normal zu interpretieren waren. Ganz so, als wäre rein gar nichts geschehen. Keine EEG-Absurdität. Keine Eiseskälte. Kein Beben. Nichts.

»Total verrückt«, sagte die Krankenschwester kreidebleich.

42.

»Ich glaube, sie kommt zu sich, Exzellenz.«

Catherine, noch völlig benommen, spürte etwas Nasses, um nicht zu sagen Klatschnasses in ihrem Gesicht.

»Hat sie diese … Anfälle öfter?«

Das klatschnasse Etwas betupfte ihre Wangen.

»Ich weiß es nicht genau. Aber ich glaube, hin und wieder kommt so etwas bei Schwester Catherine vor.«

Nun betupfte das klatschnasse Etwas ihre Stirn. Wie von fern spürte sie, dass ihr eiskalte Wassertropfen den Hals hinunterliefen.

»Gütiger Himmel, sie hätte die ganze Treppe hinunterfallen und sich das Genick brechen können. Ganz davon zu schweigen, wenn ihr so etwas am Steuer eines Wagens passiert wäre.«

Die eiskalten Wassertropfen sammelten sich in ihrem Nacken.

»Schwester Catherine fährt bloß einen Fiat 500. Das ist eigentlich kein richtiger Wagen.«

»Ach? Denken Sie, sie ist sich dessen bewusst?«

Catherine hörte keine Antwort. Dafür kam sie immer mehr zu sich und spürte nun jeden einzelnen Knochen und Muskel in ihrem Leib. Sie war auf der Treppe gestürzt?

Sie öffnete die Augen und blickte in zwei Gesichter. Das ältere blickte besorgt, vor das jüngere schob sich ein triefend nasses Handtuch.

»Wie fühlen Sie sich, Schwester?«, fragte Bischof Tardini und beugte sich ein klein wenig vor.

»Ich …« Als sie sich leicht aufsetzte, spürte sie, wie der Schwindel erneut von ihr Besitz ergriff. »Nass. Hätten Sie vielleicht ein trockenes Handtuch für mich?«

Monsignore Rinaldo verschwand mit dem nassen Tuch in einem Badezimmer und kehrte mit einem frischen, trockenen zurück. Catherine, die sich trotz der leichten Übelkeit inzwischen ganz aufgesetzt hatte, nahm es entgegen und trocknete sich Gesicht und Hals damit ab.

»Wo bin ich?« Sie wagte es wegen ihres Brummschädels nicht, sich umzusehen.

»In Kardinal Cibans Büro. Wir … Nun ja, wie soll ich sagen, wir haben Sie auf der Treppe gefunden, nachdem wir von dort ein unerklärliches Poltern gehört haben.«

»Die Büste von Alfredo Kardinal Ottaviani ist jedenfalls hin«, fügte Rinaldo erklärend hinzu. »Totalschaden sozusagen oder besser Totaltreppensturz.«

»Das war dann wohl ich.«

Catherine fuhr sich an die Stirn und befühlte die anschwellende Beule. Wie sie wusste, war der extrem konservative Kardinal Ottaviani von 1965 bis 1968 Präfekt des Heiligen Offiziums oder vielmehr der Inquisition gewesen. Irgendwie musste sie die umstrittene Büste, wahrlich ein scheußliches Teil, bei ihrem Sturz unglücklich erwischt haben. Nun denn, damit war die Diskussion wohl ein für alle Mal beendet.

»Hier, noch etwas Eis. Damit die Beule nicht ganz so dick wird.«

Rinaldo reichte ihr das andere Handtuch, in das er zuvor etwas Eis eingewickelt hatte. Eis, das offenbar recht schnell geschmolzen war.

»Danke, Pater. Wie lange liege ich schon hier?«

Tardini und Rinaldo wechselten einen kurzen Blick,

dann erklärte der alte Bischof: »Fünf Minuten etwa. Aber keine Sorge, Sie haben sich nichts gebrochen. Sie sind noch einmal mit dem Schrecken und ein paar blauen Flecken davongekommen. Ich dachte erst, meine Nachricht hätte Sie dermaßen aus der Fassung gebracht, aber dann …«

Catherine setzte sich nun ganz auf und lehnte sich mit dem Rücken gegen die Couch. Ihr Schädel brummte wie ein Bienenstock. »Aber dann, Exzellenz?«

»Sie haben während Ihrer Bewusstlosigkeit einige seltsame Dinge gemurmelt.«

Catherine blickte die beiden Männer verwirrt an.

Rinaldo erklärte: »Sie haben Darius erwähnt und einen gewissen Turael, außerdem Kardinal Ciban.«

Schlagartig war die Erinnerung an die Vision wieder da, die Catherine vom obersten Treppenabsatz gefegt hatte. Sie war eigentlich eher ein Sammelsurium aus verschiedensten Flashs gewesen. Da war auch wieder diese Wand mit den Fotos, den Texten und all den rätselhaften Verbindungslinien gewesen, außerdem das Foto mit dem Grab und dann etwas völlig Neues und Überwältigendes. Diese verfallene Kirche mit dem zerborstenen Altar und dem gewaltigen Kreuz, die Kinder, der fremde Angreifer namens Turael … Darius!

Rinaldo öffnete eine von Cibans Heilwasserflaschen und schenkte Catherine ein Glas voll.

»Hier, Schwester. Sie sehen aus, als könnten Sie es dringend brauchen.«

Catherine trank einen kleinen Schluck und lehnte sich vorsichtig zurück. Innerlich seufzte sie bei der Erkenntnis, dass es wieder losging, wie damals bei Benelli, als er eine geistige Verbindung zu ihr hergestellt hatte. Vor einem Jahr hatte sie mit einem Mal Dinge gesehen, die kein Normalsterblicher je in seinem Leben zu Gesicht bekommen würde, und sie hatte dabei fast den Verstand verloren. Dabei hatte sie durch das Institut und das Lux Domini eine gewisse Schulung im Umgang mit Grenzbereichen erfahren.

Was die überwältigende Vision von vor wenigen Minuten anging... Für einen Moment hatte sie in die Vergangenheit geblickt, in Cibans Vergangenheit, und dann war da dieser sonderbare Junge gewesen, der dort eigentlich gar nicht hätte sein dürfen. Aber sie hatte ihn eindeutig durch Cibans Augen gesehen und dabei gespürt, dass auch Ciban von der Anwesenheit und dem Tun des Jungen völlig überrumpelt worden war.

Der Junge hatte Turael getötet! Damit hatte er Ciban, Sarah und Darius das Leben gerettet. Aber wo war der seltsame Junge hergekommen? Aus dem sprichwörtlichen Nichts?

Tardini und Rinaldo schauten Catherine erwartungsvoll und ein wenig befremdet an. Aber was sollte sie ihnen sagen? Dass sie Ciban nach dem Anschlag mit ihrer Lebensenergie am Leben erhalten hatte und nun eine geistige Verbindung zwischen ihnen bestand? Dass ihr diese ungewollt herbeigeführte Verbindung Visionen bescherte, die sie eigentlich gar nichts angingen, die genau genommen sogar Cibans Privatsphäre verletzten? Oder wollte der Kardinal ihr am Ende etwas mit dieser Episode mitteilen? Danach hatte es für Catherine nun wahrlich nicht ausgesehen. Vielmehr hatte sie den Eindruck gewonnen, dass Ciban von dieser Rückblende ebenso überrascht worden war wie sie. Wer oder was hatte diese Vision dann initiiert? Etwa dieser seltsame Junge, der überhaupt nicht in dieser vergangenen Episode aus Cibans Leben hätte sein dürfen? Was mindestens genauso wichtig war: Wo hatte sie den Jungen schon einmal gesehen? Ganz zu schweigen von der Frage, wer dieser Turael war. Catherine hatte ganz deutlich die Schwärze seiner Seele gespürt. Sie schloss kurz die Augen, öffnete sie wieder und sah Tardini und Rinaldo an.

»Vielleicht können Sie mir weiterhelfen. Würden Sie mir bitte meine Tasche reichen?«

Rinaldo hob die Tasche vom Boden auf und reichte sie ihr. Catherine öffnete eines der Innenfächer und nahm die Kopie vom Porträt des Jungen heraus, die Coelho ihr überlassen hatte. Tatsächlich, das war der Junge aus ihrer Vision!

»Ich muss wissen, wer dieser Junge hier ist.«

Die beiden Männer betrachteten das Bild und schüttelten den Kopf, doch dann stockte Rinaldo und sagte: »Ich habe dieses Zitat hier schon einmal gelesen.«

»Dann wissen Sie vermutlich auch, was es bedeutet?«, fragte Catherine.

»Nein. Aber das ist ein Bestandteil meiner derzeitigen Recherchen.«

Tardini musterte Catherine. »Sie wissen, was diese Worte bedeuten, nicht wahr?«

»Ich kenne die Übersetzung.«

»Sie können diese Schrift lesen?«

Catherine schüttelte den Kopf. »Nein. Mehr möchte ich dazu allerdings nicht sagen.«

Tardini bedachte sie mit väterlicher Nachsicht. »Hören Sie, Catherine, Kardinal Ciban steht, gelinde gesagt, unter Mordverdacht. Wenn uns Ihr Wissen helfen könnte, seine Unschuld zu beweisen, sollten Sie es auf gar keinen Fall zurückhalten. Sie sind hier unter Freunden.« Der alte Kirchenfürst hielt kurz inne. »Von wem haben Sie eigentlich dieses Kinderporträt?«

Catherine musste zugeben, dass Tardini vollkommen recht hatte. Wenn sie Ciban helfen wollten, mussten sie zusammenarbeiten und nicht gegeneinander.

»Der Generalinspektor hat es mir zusammen mit dem Zitat überlassen. Sie kennen es sicher als altes römisches Sprichwort: Wenn du Frieden willst, rüste zum Krieg!«

Weder Tardini noch Rinaldo schien über den gängigen Bezug hinaus etwas mit den Worten anfangen zu können, daher fuhr Catherine fort: »Laut Pater Anselmus ist dieser Ausspruch weit älter als die römische Geschichte, ja sogar älter als das Alte Testament. Er sprach vom Zeitalter der Engel.«

Tardini und Rinaldo starrten sie an, bis Rinaldo schließlich leise murmelte: »Die Triaden …«

»Die Triaden?«, fragten Tardini und Catherine wie aus einem Mund.

»Eigentlich ist es mir nicht erlaubt, darüber zu sprechen, aber Kardinal Ciban und Professor Scrimgeour waren beide sehr am Triadenmythos interessiert. Ein alter Orden, der aus jenen Tagen stammen soll, als die Engel auf die Erde kamen, um Gottes neue Schöpfung zu unterrichten: die Menschen. Nun denn, es gibt keinen Beweis dafür, dass dieser Orden jemals existiert hat, und wenn dem tatsächlich so war, dann ist die Geschichte vermutlich nicht gut ausgegangen. Ob die Triaden hinter dem Mord und dem Anschlag stecken?«

»Sagten Sie nicht gerade, dass dieser Orden vermutlich niemals existiert hat?«, hakte Tardini nach.

»Kardinal Ciban ist im Archiv auf einige interessante Indizien gestoßen und wollte mit dem Professor deshalb ein Treffen ausmachen.« Rinaldo wandte sich Catherine zu. »Wissen Sie, Schwester, es gibt einen Grund, weshalb wir Sie so rüde hierherzitiert haben.«

Tardini ließ Rinaldo mit einer knappen Geste wissen, dass er noch einen Augenblick warten solle. »Ich muss zurück ins Vorzimmer, bevor jemand Verdacht schöpft. Sie werden das Briefrätsel auch ohne meine Hilfe lösen können.«

Nachdem der alte Bischof die Tür hinter sich geschlossen hatte, zog Rinaldo einen Umschlag aus seiner Jacke, öffnete ihn und holte ein in der Mitte geteiltes Blatt Papier heraus. Er faltete es auseinander und reichte es Catherine.

»Unserem Wissensstand nach sollten Sie das Gegenstück hierzu besitzen, Schwester. Ich hoffe inständig, dass dem auch so ist.«

Catherine griff nach ihrer Tasche und zog die andere Briefhälfte heraus. Rinaldo schien ein ganzes Felsmassiv vom Herzen zu fallen. Er legte die beiden Hälften sorgfältig nebeneinander.

»Dann lassen Sie uns mal sehen, was Seine Eminenz uns hier mitzuteilen gedenkt.«

Sie beugten sich beide vor.

Es gibt einen Ort, den selbst die Engel fürchten.
Dieser Ort ist schrecklich.
Kein Licht fällt dorthin.
Nie hat ein Gedanke diesen Ort berührt.
Selbst das Feuer ist schwarz.
Es ist der letzte Ort,
den der Herr am sechsten Tag
am Ende der letzten Stunde erschuf.
Dieser Ort ist verdammt,
sein Gestank unerträglich.
Was immer dort
hinter den letzten Toren

verborgen ist,
soll dort auf ewig gefangen sein
und dort auf ewig sterben.

(Die verborgenen Mysterien:
Wenn du Frieden willst,
rüste zum Krieg!
41, 53, 55, 12, 28, 23)

Irritiert blickte Catherine von den beiden Blättern auf. Nicht eben erhellend und obendrein eine katastrophale Übersetzung. Sie las den Text noch einmal und danach noch einmal.

Rinaldo räusperte sich. »Das bringt uns jetzt nicht wirklich weiter, oder?«

Catherine dachte einen Moment nach und versuchte den Vers mit dem in Einklang zu bringen, was Coehlo und sie bisher herausgefunden hatten. Wie es aussah, mussten sie wohl oder übel dieser verflixten Engelspur nachgehen.

Sie griff nach ihrem Handy und Schwester Giadas Visitenkarte.

»Wir werden sehen, Monsignore. Möglicherweise doch.«

Schwester Giada würde nicht schlecht darüber staunen, dass Catherine knapp eine Stunde nach ihrem Besuch schon Gebrauch von ihrer Handynummer machte.

43.

Adrian Coelho fühlte sich in der Gegenwart von Kardinal Gasperetti nicht sonderlich wohl. Es war eines jener Treffen, auf die er gut und gerne hätte verzichten können, doch es gab keinen Ausweg. Gasperetti war nach Ciban der Leiter des Lux Domini, und das Lux Domini war in den letzten Jahren zu einer Geheimmacht innerhalb der Kirche herangereift. Zumindest hatte Coelho diesen Eindruck gewonnen. Nun wollte Gasperetti von ihm wissen, was mit Ciban geschehen war und wie die Ermittlungen liefen.

Also versorgte Coelho den Kardinal mit einigen mehr oder weniger offensichtlichen Fakten, die da lauteten: Scrimgeour tot, Ciban schwer verletzt, Täter und Motiv unbekannt, Ermittlungen im Gange.

Aber so schnell ließ Gasperetti den Generalinspektor und Kommandanten der Vigilanza natürlich nicht vom Haken.

»Sagen Sie, Herr Kommandant, welche Verbindung besteht zwischen diesem Professor Scrimgeour und Kardinal Ciban?«

»Noch haben wir keine plausible Verbindung gefunden, die zu diesem Anschlag hätte führen können.«

»Was ist mit den unplausiblen? Sie sind doch gewiss von Kardinal Cibans Unschuld überzeugt. Wer würde einen Auftragskiller anheuern, der sowohl Scrimgeour als auch Ciban ermordet?«

»Möglicherweise könnte Professor Scrimgeours Steckenpferd damit zu tun haben. Die Angelologie.«

Gasperetti straffte sich augenblicklich. Mit seinen glatt gekämmten, öligen Haaren wirkte er auf Coelho wie eine Gestalt aus dem vorletzten Jahrhundert, eine penetrante, ungeduldige Figur.

»Aha, die Angelologie. Sehr amüsant. Sagen Sie, Herr Kommandant, das ist nicht Ihr Ernst, oder?«

»Natürlich nicht, Eminenz. Sie werden nun gewiss verstehen, weshalb ich mich nur sehr ungern in Spekulationen ergehe.«

Gasperetti setzte ein säuerliches Lächeln auf, hielt sich ansonsten aber zurück. Coelho war klar, dass der Kardinal einiges mehr wusste, als er ihm gegenüber zugeben durfte. Dass er jedoch von den Ringen und dem Porträt erfahren hatte, war eher unwahrscheinlich. Umso wahrscheinlicher war es hingegen, dass er von Schwester Catherine und Ciban wusste, und davon, dass Ciban nach dem Anschlag und der Ermordung Scrimgeours ausgerechnet in Catherines Wohnung gefunden worden war. Coelho entdeckte in dieser Betrachtung einen gewissen inneren Frieden, denn selbst wenn Gasperetti vor Neugierde platzte, konnte er den Kommandanten unmöglich direkt fragen. Und Coelho würde auf eine nicht gestellte Frage auch keine Antwort geben, egal wie deutlich diese Frage im Raum schwebte.

»War das alles, Eminenz?«

»Noch nicht ganz, Herr Kommandant. Was ist mit der Mordwaffe?«

»Alan Scrimgeour wurde mit seinem eigenen Revolver erschossen und Kardinal Ciban mit derselben Waffe angeschossen.«

»Sie haben den Tatort untersucht. Gibt es inzwischen irgendeine Theorie, was den Tathergang betrifft? Befand sich womöglich eine dritte Person am Tatort?«

»Dafür haben wir bisher keinerlei Beweise, aber wir gehen davon aus und ermitteln deshalb auch bereits in diese Richtung. Wenn Sie mich nun bitte entschuldigen wollen. Ich habe noch einen Termin in der Gerichtsmedizin.«

»Natürlich.« Gasperetti nickte zögerlich. »Aber halten Sie mich über Ihre Ermittlungen unbedingt auf dem Laufenden, damit ich Seiner Heiligkeit jederzeit Bericht erstatten kann.«

»Selbstverständlich, Eminenz«, sagte Coelho und fügte in Gedanken hinzu: Wir werden sehen.

Er verließ das Büro des Kardinals durch eine mit Goldverzierungen versehene Doppeltür, die zu einem hohen, gewölbten Gang mit einer bemalten Decke führte. Beim Laufen ließ er die Begegnung mit Gasperetti noch einmal vor seinem geistigen Auge Revue passieren, und ihm wurde klar, dass die Befragung auch ein Loyalitätstest gewesen sein konnte. Womöglich versuchte Gasperetti nicht nur herauszufinden, was mit Ciban geschehen war, sondern auch zu ermitteln, inwieweit er den Kommandanten auf seine Seite und damit auf die Seite des Lux Domini zu ziehen vermochte. Das konnte ein ziemlich gefährliches Spiel werden, denn unter dieser Voraussetzung stünde Gasperetti wohl kaum auf der Seite Cibans.

Als Coelho einige Minuten später die Zentrale der Vigilanza betrat, erreichte ihn der so dringend erwartete Anruf aus London. Er nahm das Gespräch in seinem Büro entgegen und hörte dem britischen Vatikanagenten aufmerksam zu.

Die Kollegen hatten Alan Scrimgeours Haus vom Keller bis zum Dach unter die Lupe genommen und waren bis auf zwei sehr interessante Details bisher nicht fündig geworden. Der Professor war tatsächlich verheiratet gewesen. Es existierte sogar ein Dokument, eine Urkunde über die Trauung durch Vikar James Ruffle in der unscheinbaren St. Peters Italian Catholic Church in London. Coelho ließ sich das Hochzeitsjahr durchgeben, das mit dem Datum auf den Ringen übereinstimmte, die sie in der Kirche gefunden hatten. Noch besser war jedoch, dass diese Urkunde Teil eines alten Fotoalbums war, in dem eine Handvoll Bilder der schlichten Hochzeit sowie etliche andere Fotos eingeklebt waren, einschließlich eines Artikels und eines Fotos der bekannten Londoner Brenda-Thornton-Fruchtbarkeitsklinik. Coelho sollte die verschlüsselten Kopien des Materials bereits in den nächsten Sekunden via Internet erhalten.

Er bedankte sich, legte auf und aktivierte seinen Computer, dann wartete er kurz und rief die aktuellen E-Mails ab. Der britische Agent hatte nicht zu viel versprochen, denn das Material über Scrimgeour war tatsächlich bereits da.

Als Coelho die Hochzeitsurkunde auf dem Bildschirm betrachtete, wurde er kreidebleich. Die von Vikar James Ruffle durchgeführte Trauung dokumentierte die Eheschließung zwischen Professor Alan Scrimgeour und Doktor Sarah Maria Ciban!

Kardinal Cibans Schwester war Scrimgeours Frau gewesen? War das etwa die Verbindung, nach der er in diesem unsäglichen Fall bisher vergeblich gesucht hatte?

Tausend Dinge gingen Coelho gleichzeitig durch den Kopf, von einem möglichen Mordmotiv bis hin zu einer hundsgemeinen Intrige. Hatte Ciban etwa nichts von der Heirat seiner Schwester gewusst? War das Treffen zwischen ihm und Scrimgeour in Santa Maria dell' Orazione e Morte deshalb wie im Wahn eskaliert?

Plötzlich passten die Ringe auf verblüffende Weise perfekt in dieses ganze verflixte Puzzle!

Coelho griff zum Telefon, nutzte noch einmal seine Kontakte und hoffte, dass sie ihm bei der weiteren Aufklärung ebenfalls halfen.

Außerdem brauchte er einen Verbündeten außerhalb des vatikanischen Polizeiapparates. Und er wusste auch schon, wer dieser Verbündete sein würde.

Da klopfte es zweimal kurz an die Tür. Einer von Coelhos Mitarbeitern trat ein und teilte ihm mit, dass Inspektor Ganzoli ihn sprechen wolle.

Auch das noch! Coelho versetzte seinen Rechner in den Ruhezustand und bat den Inspektor herein.

44.

Catherine hörte auf, sich in Schwester Giadas schlichtem, aber äußerst effizient eingerichtetem Büro umzusehen. Sie beugte sich vor und trank einen Schluck Wasser von der Marke, die Ciban bevorzugte und die Giada nun auch ihr und Rinaldo angeboten hatte.

Die alte Nonne saß neben ihr und dem Monsignore auf einem Klappstuhl und dachte über den Text und die Zahlen auf dem Blatt Papier nach. Unterdessen saß eine Novizin mit ihrem Laptop an Giadas Schreibtisch und versuchte mit Hilfe komplexer Computerprogramme ebenfalls einen Sinn hinter den Zahlen und Worten zu entdecken.

Catherine hatte ihren Augen und Ohren nicht getraut, als Giada ihnen die blutjunge Rebekah König aus Deutschland als Hackerin und Computerexpertin vorgestellt hatte. Die kaum einen Meter sechzig große Rebekah sah in ihrem Ordensgewand mit ihren nussbraunen Augen, der pfiffigen Hornbrille und den Sommersprossen absolut herzig aus. Catherine beobachtete schmunzelnd, wie die Deutsche in Monsignore Rinaldo augenblicklich den männlichen Beschützerinstinkt weckte.

Aber dann hatte Rebekah Catherine und Rinaldo ebenso herzig über ihre vielfältigen Aufgaben im Orden und die Philosophie der Hacker aufgeklärt, die sich deutlich von den Crackern distanzierten. Hackern ging es um Informationen, Crackern ging es darum, zu zerstören.

Überdies war Rebekah, zusammen mit einigen anderen Junghackern und Junghackerinnen, von der Vatikanischen Sicherheit damit beauftragt worden, das Computersystem des Vatikans zu untersuchen, um etwaige Schwachstellen aufzuspüren. Nach diesen Ausführungen dämmerte selbst Rinaldo, dass dieses halbe Kind, das da so vermeintlich hilflos und unschuldig vor ihnen stand, in Wahrheit mit allen Wassern – einschließlich Weihwasser – gewaschen war. Offenbar bestand Cibans Mitarbeiterstab aus weitaus kurioseren Menschen, als Catherine und Rinaldo es sich je hätten vorstellen können, und dabei hatten sie noch nicht einmal die Spitze des Eisberges gesehen.

Catherine beugte sich vor und stellte das Wasserglas vorsichtig auf den Korkuntersetzer auf dem antiken Beistelltischchen. Sie wollte weder Giada noch Rebekah in ihrer Konzentration stören und erst recht nicht den armen Rinaldo, der nach einer fast schlaflosen Nacht vor einer Viertelstunde fast eingenickt war.

Während Catherine beobachtete, wie Rebekahs Finger geschwind über die Tastatur huschten und sich immer flotter neue Fenster auf dem Bildschirm öffneten und schlossen, dachte sie noch einmal an das Gespräch mit Dr. Asensi zurück, den sie mehr oder weniger abrupt hatte abwürgen müssen.

Als Catherine vor zwei Stunden, kurz nach ihrem durch die Vision hervorgerufenen Treppensturz, ihr Handy in Cibans Büro eingeschaltet hatte, hatte sie natürlich auch die SMS aus der Klinik gelesen. Sofort war ihr der Schrecken in alle Glieder gefahren. Ciban! Etwas Schlimmes musste passiert sein! Aber hätte sie es nicht über die Verbindung spüren müssen, wenn Ciban etwas zugestoßen wäre?

Sie hatte sofort in der Klinik angerufen, doch Dr. Asensi hatte sie beruhigen können. Mit Ciban sei so weit alles in Ordnung, er habe allem Anschein nach keinerlei Schaden genommen, werde zur Sicherheit aber noch einmal genauer untersucht. Dann lauschte Catherine dem Bericht über die ungewöhnlichen Ereignisse in Cibans Krankenzimmer, und natürlich stellte Asensi am Ende die Frage aller Fragen: »Sagen Sie, Schwester, haben Sie für all das womöglich eine Erklärung?«

Catherine konnte dem Arzt unmöglich Rede und Antwort stehen, aber eine Lüge kam für sie genauso wenig in Frage. Also antwortete sie mit einer Gegenfrage. »Sind Sie ein gläubiger Mensch, Doktor?«

Daraufhin war erst einmal kurz Funkstille in der Leitung, dann folgte ein leicht geniertes »Nein, wieso?«

»Weil meine Erklärung mit dem Glauben zu tun haben würde und Sie sie mir deshalb nicht abnehmen würden, *Dottore*.«

»Das mag durchaus sein, Schwester, allerdings bin ich gestern Zeuge Ihres kleinen Wunders auf meiner Krankenstation geworden, und deshalb bin ich geneigt, Ihnen zuzuhören.«

»Das Beste wird sein, Sie sprechen nach der Genesung mit Kardinal Ciban selbst. Ich bin mir sicher, Seine Eminenz wird auf all Ihre Fragen eine präzise Antwort haben. Eine Antwort, die Sie auch als Wissenschaftler zufriedenstellen wird.«

»Wenn Sie meinen …«

Diesen Augenblick nutzte Catherine, um das Gespräch zu beenden.

»Keine Ursache, Doktor. Wenn noch etwas sein sollte, melden Sie sich. Sie haben ja meine Nummer.« Mit gemischten Gefühlen legte sie auf. Zumindest hatte sie ein wenig Zeit und damit Ruhe gewonnen, und wie sie Asensi einschätzte, wollte der Mediziner ohnehin mit

Ciban über die phantastischen Geschichten sprechen, die sich unmittelbar vor seinen Augen ereignet hatten. Ciban würde ihm gewiss die richtigen Antworten geben.

»Und? Alles in Ordnung in der Klinik?«, hatte Rinaldo gefragt, der mit den beiden Briefhälften in Cibans Büro auf sie gewartet hatte.

»Ja, Gott sei Dank. Nun sollten wir aber auf dem schnellsten Weg zu Schwester Giada fahren.«

»Gerne. Nur, was hat Schwester Giada mit dem Hinterausgang gemeint?«

»Dass wir den Vatikan auf keinen Fall durch den Haupteingang des Palastes der Inquisition oder durch das St.-Anna-Tor verlassen dürfen.«

»Welchen Umweg schlagen Sie vor, Schwester?«

Catherine hatte kurz überlegt. »Wir nehmen ein Taxi am Eingang zu den Vatikanischen Museen. Damit dürften wir aus dem Schneider sein.«

Dann waren sie losgeeilt, sofern Eile auf dem Gelände des Vatikans gestattet war. Sie waren quer durch den Petersdom und den Apostolischen Palast gelaufen, um schließlich wie zwei Schatten in die geheimen Seitengänge der Vatikanischen Museen einzutauchen und wie geplant vor dem Museum ein Taxi anzuheuern.

Nun saßen sie hier, in Schwester Giadas Büro, das so gar nicht zu einer einfachen Haushaltsnonne passen wollte, und warteten gespannt darauf, dass die Novizin Rebekah alles aus ihrer Entschlüsselungssoftware herausholte, was die Programme und der geteilte Brief hergaben. Catherine wurde langsam kribbelig, als liefe ihnen die Zeit davon.

»Na, schon etwas entdeckt?«, fragte sie hellhörig, als Google Earth etwas länger als nur ein paar Sekunden auf dem Flachbildschirm von Rebekahs Rechner erschien.

»Vielleicht. Ich habe über Ihre Anregung nachgedacht, nachdem unsere Engelrecherche in Zusammenhang mit dem Brief nichts erbracht hat, und das Wort ›Ort‹ aus dem Vers diesmal wörtlich genommen.«

Catherine erhob sich. Giada blickte von dem Brief auf, und Rinaldo erwachte aus seinem Halbschlaf. Alle drei reihten sich hinter Rebekahs Bürostuhl auf und starrten wie gebannt auf den Bildschirm.

»Ich weiß natürlich nicht, was das für ein schrecklicher Ort sein soll, von dem hier die Rede ist, und wahrscheinlich ist der Text sowieso im übertragenen Sinne gemeint und zu allem Übel auch noch viel zu schlecht übersetzt, um …«

Catherine hörte, wie Giada sich räusperte. Ein gutmütiges Warnsignal, weil die alte Dominikanerin wohl befürchtete, dass Rebekahs Vortrag ebenso ausufern würde wie jener über die vatikanischen Computersysteme und die Hackerphilosophie.

Die Novizin verstand den Wink, rückte ihre Brille zurecht und kam mehr oder weniger zum Punkt.

»Ich habe mir Folgendes überlegt: Wenn es um einen Ort geht, könnte die einfachste Lösung die beste sein, will heißen, die Zahlen könnten genauso gut Kartenkoordinaten sein.« Sie machte sich eine Notiz und zeigte ihnen das Ergebnis.

$$41° \, 53' \, 55'' \, N$$
$$12° \, 28' \, 23'' \, O.$$

»Wenn ich diese Koordinaten nun noch ein wenig umrechne«, Rebekah wechselte zu einer anderen Webseite, auf der sie die Koordinaten in die entsprechenden Felder eintippte, »und einfach mal oben links bei Google Earth in das Feld ›Fly to‹ eingebe, sollte das Programm uns automatisch den entsprechenden Kartenausschnitt anzeigen.«

Noch während die junge Frau ihre Vorgehensweise so anschaulich erklärte, beobachtete Catherine, wie sich der virtuelle Globus von Google Earth wie aus dem Weltall betrachtet drehte und drehte, bis er über Italien stehenblieb. Dann zoomte das Programm in das Land in der Form eines Stiefels hinein, nahm Kurs auf Rom und stellte die Stadt immer größer und detaillierter dar. Der Bildausschnitt zeigte schließlich den Stadtteil Piazza Navona, der an den Campo de' Fiori grenzte, wo Catherine wohnte. Hm, das konnte schon mal kein Zufall sein.

»Sagen Ihnen diese Koordinaten etwas?«, fragte Rebekah blinzelnd in den Raum.

»In Verbindung mit dem übersetzten Text, nein«, musste Catherine eingestehen. Auch Giada und Rinaldo schienen keinerlei Erleuchtung zu haben. Himmel, was versuchte Ciban ihnen mit diesem seltsamen Text und den Zahlen nur zu sagen?

»Ich kann den Zoomfaktor weiter erhöhen«, erklärte Rebekah, »damit Sie die Piazza Navona noch ein bisschen besser in Augenschein nehmen können.«

Alle nickten wie auf ein unsichtbares Kommando.

Rebekah zoomte noch tiefer in den Stadtteil hinein.

»Eine noch genauere Navigation ist über Google leider nicht möglich«, erklärte die Novizin und rückte ihre Brille einmal mehr zurecht. Sie aktivierte eine zusätzliche Programmeinstellung, woraufhin die Namen der Straßen und Sehenswürdigkeiten und einiges mehr sichtbar wurden.

Plötzlich hielt Giada, die direkt neben Catherine stand, den Atem an. »Ich denke, das wird auch gar nicht nötig sein.«

45.

»Ich habe Schwester Catherine verloren, Generalinspektor«, bekannte Viktor. »Dennoch bin ich mir ganz sicher, dass sie mich nicht bemerkt hat.«

Coelho sah seinem Mitarbeiter an, dass dieser lieber im Erdboden versunken wäre, als dieses Geständnis abgeben zu müssen.

»Wo genau haben Sie sie … verloren?«

»Im Palast der Inquisition. Sie ist vor zweieinhalb Stunden hineingegangen und nicht wieder herausgekommen.«

Coelho seufzte. »Vermutlich hat Bischof Tardini ihr einen Wink gegeben, nicht die üblichen Wege zu nehmen. Das ist relativ einfach, schließlich ist der gesamte Untergrund des Vatikans mehr oder weniger vernetzt.«

»Was, wenn sie entführt worden ist?«

Coelho schüttelte den Kopf. »Das glaube ich nicht. Es muss einen Grund dafür gegeben haben, dass sie ausgerechnet heute im Palast war, und ich gehe jede Wette ein, dass Seine Exzellenz Bischof Tardini dahintersteckt.«

»Wir könnten den Bischof fragen.«

»Nein, auf gar keinen Fall, Viktor. Je weniger Cibans Sekretär weiß, desto besser. Tardini ist in jeder Hinsicht ein alter Fuchs und, was erschwerend hinzukommt, nicht gerade ein Freund der Vigilanza. Ich werde auch so herausfinden, wo Schwester Catherine sich zurzeit aufhält. Sie und Bariello ruhen sich jetzt erst einmal aus. Aber halten Sie sich beide für eine weitere Schutzobservierung bereit.«

Viktor nickte. Ihm schien ein Stein vom Herzen zu fallen. Abgesehen von seinen Manieren, die bisweilen zu wünschen übrig ließen, hatte der junge Vatikanpolizist einen enormen Ehrgeiz und bis zu diesem Tag noch nie versagt. Und von dem alten Tardini hereingelegt zu werden war schon eher eine Ehre als ein Versagen. Coelho wusste ein Lied davon zu singen.

Nachdem Viktor gegangen war, um seinen Kollegen über die neue Anweisung zu informieren, fuhr Coelho seinen Rechner hoch und schaute sich noch einmal die Beweisstücke aus London an. Die Urkunde, die Fotos und den Artikel über die Brenda-Thornton-Fruchtbarkeitsklinik.

Er konnte noch immer kaum fassen, dass Sarah Maria Ciban Scrimgeours Frau gewesen war. Wie es aussah, hatten Sarah Ciban und Alan Scrimgeour sogar mit dem Gedanken gespielt, die Dienste der Klinik in Anspruch zu nehmen. Oder hatte das Paar in der Klinik etwa tatsächlich eine künstliche Befruchtung durchführen lassen? Der Londoner Agent hatte sich gewiss seinen Teil gedacht, hatte aber nichts von Kindern gesagt, die aus der Ehe hervorgegangen waren. Auch das Fotoalbum schien keinerlei Hinweis darauf enthalten zu haben.

Soweit Coelho wusste, war Cibans Schwester vor gut einem Jahrzehnt bei einem Unfall ums Leben gekommen. Die Familie hatte sie in Rom bestattet und in der Familiengruft beigesetzt. Das machte die Frage umso heikler, warum Scrimgeour plötzlich nach über zehn langen Jahren in Rom aufgetaucht und Ciban die Eheringe gezeigt hatte. Irgendwie ergab das alles keinen rechten Sinn. Oder hatte der Kardinal tatsächlich nichts von der Eheschließung seiner Schwester mit dem britischen Gelehrten gewusst? War es bei Sarah Cibans Bestattung vor all den Jahren am Ende um mehr als nur um eine Familientradition gegangen? Warum war Sarah in Rom und nicht in Cambridge oder London beigesetzt worden?

Coelho überflog noch einmal den dreizehn Jahre alten Artikel über die Klinik. Es musste schon einen besonderen Grund dafür geben, dass der Zeitungsartikel in dem Fotoalbum so lange überlebt hatte. Er fragte sich, wer das Album angelegt hatte, Scrimgeour oder seine Frau? Oder beide zusammen? Leider gab es unter den Bildern keinen Text, der einen direkten Schluss zugelassen hätte.

Er öffnete das Internetprogramm und kopierte den Namen der Klinik in die Suchmaschine, nur um kurz darauf festzustellen, dass die Brenda-Thornton-Klinik vor neun Jahren bis auf die Grundmauern niedergebrannt war. Selbstverständlich mit sämtlichen Patientenunterlagen.

Coelho atmete tief durch. Er fraß einen Besen, wenn das ein Zufall war. Als Nächstes suchte er nach weiteren Artikeln über die Klinik und fand schließlich heraus, dass ein gewisser Dr. Eric Scelpa damals der Star des Unternehmens war. Nicht nur diverse Fachblätter, sondern auch die Boulevardpresse hatte sich damals für den Fruchtbarkeitsgott und später auch für einen gewissen Dr. Zanolla, Scelpas größten Kritiker, und seine medizinische Arbeit interessiert.

Von diesem Zanolla existierte kein einziges Foto im Netz. Die Aufnahmen von Scelpa aus jener Zeit zeigten zu Coelhos Überraschung keinen gut aussehenden Adonis im Arztkittel, sondern einen mittelgroßen, untersetzten, nicht gerade sympathisch wirkenden Mann von etwa Mitte dreißig mit dunklem, klassisch geschnittenem Haar und kleinen, eng stehenden Augen. Es war schon erstaunlich, wem die Menschen Vertrauen entgegenbrachten, wenn sie sich auf der Welt nichts sehnlicher wünschten als ein Kind. Coelho forschte weiter nach Scelpa, nur um herauszufinden, dass der Mediziner sowie etliche Klinikmitarbeiter und Patienten bei dem Klinikbrand ums Leben gekommen waren.

Nach einer Weile rieb er sich die müden Augen. Dann öffnete er die mittlere Schublade seines Schreibtischs und holte die beiden goldenen Eheringe hervor. Sie spielten irgendeine Schlüsselrolle. Da war er sich ganz sicher. Scrimgeour hatte sie all die Jahre nach dem Tod seiner Frau aufbewahrt, und das konnte nur eines bedeuten: Er hatte Sarah Ciban über den Tod hinaus geliebt.

Warum um alles in der Welt hatte der Gelehrte Ciban in der vergangenen Nacht mit den Ringen konfrontiert?

Und warum der teure Wein und die Gläser? Hatte Scrimgeour etwa mit Ciban anstoßen wollen? Doch nur der Professor hatte von dem Wein getrunken. Und dann der Revolver. Für Coelho sah es so aus, als habe Scrimgeour von Anfang an geplant, den Kardinal in der Kirche vom Diesseits ins Jenseits zu befördern. Nur weshalb? Was war das Motiv? Rache? Und wenn ja, wofür? Was hatte sich in der letzten Nacht wirklich in der Santa Maria dell' Orazione e Morte abgespielt? Und wie passte der Tod von Sarah Ciban dazu?

Mit Hilfe der Suchmaschine begann, Coelho über Sarah und ihren Tod zu recherchieren. Außer einem kurzen Hinweis, der aus zwei Anzeigen bestand, fand er jedoch nichts. Sarah Ciban hätte genauso gut nie existiert haben können. Andererseits hatte das Internet damals auch noch nicht den gleichen Stellenwert für Privatpersonen wie heute. Ja, nicht einmal über die Brenda-

Thornton-Klinik und den Brand gab es übermäßig viele Berichte.

Als Nächstes tippte Coelho Cibans Namen einmal ohne und einmal mit dem Titel »Kardinal« ein und erzielte bei Letzterem über 80 000 Treffer, zuoberst ein Eintrag bei Wikipedia. Gab er den Namen Ciban jedoch in Verbindung mit dem Namen Scrimgeour ein, war die Trefferzahl gleich null. Über Alan Scrimgeour existierten etwa 6000 Einträge im Internet. Doch auch hier war in Kombination mit dem Namen Sarah Ciban nichts zu finden.

Was war, wenn er die Namen jeweils in Verbindung mit Scelpa eingab? Die Suchmaschine zeigte ihm schon nach weniger als einer Sekunde jeweils das Ergebnis: null.

Coelho sah ein, dass ihm das Internet in diesem Fall nicht von großer Hilfe sein würde. Er musste also an anderer Stelle weiterrecherchieren. Verbindungen hatte er zum Glück genug. Allerdings musste er dabei vorsichtig sein, damit sich seine und Ganzolis Wege nicht über Gebühr kreuzten.

46.

Ambrose beobachtete, wie die Psychologin, die auch Davids Tutorin war, Stück für Stück das Zimmer des Jungen unter die Lupe nahm. Selbst unter der Matratze schaute sie nach, bis sie schließlich in einem der Bücherregale das silberne Kreuz entdeckte, das einmal Aaren gehört hatte. Allerdings konnte sie nichts damit anfangen.

Natürlich hatte die Frau Ambrose, der sie zu Davids Zimmer begleitet hatte, nicht über den Zustand des Jungen aufgeklärt. Auch für sie war der Aufseher im grauen Kittel lediglich ein kleiner Angestellter der Sicherheitsabteilung, der gerade ausreichend viel Hirn besaß, um die Objekte zu beaufsichtigen und dafür zu sorgen, dass kein Unbefugter diesen Bereich des Instituts betrat.

Ambrose beschloss, das Risiko einzugehen und die Frau nach David zu fragen. Immerhin hatte er den Jungen als Aufseher mit betreut, weshalb es für die Lehrerin und Psychologin sicher nachvollziehbar war, wenn er sich nach dem Kind erkundigte. Möglicherweise war es sogar verdächtiger, wenn er sich gar nicht dafür interessierte.

»Wird der Junge durchkommen?«

Dr. Weiss betrachtete gerade eines von Davids Bildern und blickte nicht einmal auf, um Ambrose zu antworten. »Das hoffe ich doch, ansonsten wäre unsere ganze Arbeit mit ihm umsonst.« Dann wandte sie sich Ambrose doch noch zu. »Und Sie haben wirklich nichts bei dem Jungen entdeckt, als Sie ihn in diesem abwesenden Zustand aufgefunden haben?«

»Nein. Er lag einfach nur auf dem Bett und starrte die Decke an. Ich kann mir absolut keinen Reim darauf machen, Doktor Weiss.«

Die Psychologin gab sich anscheinend mit der Antwort zufrieden. Wahrscheinlich dachte sie, dass es besser so war, denn hätte Ambrose etwas Merkwürdiges entdeckt, wäre es für ihn nicht unbedingt von Vorteil gewesen. Wenn die feige, eingebildete Kuh jedoch auch nur geahnt hätte, dass Ambrose das Zeitungsfoto, das David in seinen verkrampften Fingern gehalten hatte, noch immer bei sich trug …

»Was haben wir denn da?«

Dr. Weiss zog ein Stück Papier aus einem der Lehrbücher hervor. Ambrose spürte ein leichtes Unwohlsein in sich aufsteigen, als die Psychologin das Papier auseinanderfaltete. Es war der Rest eines Zeitungsartikels, aus dem ein kleines Rechteck herausgeschnitten worden war. Am unteren Rand standen noch der Titel, die Nummer, der Jahrgang und die Seitenzahl.

Es war ein Artikel aus jener Zeitung, die Ambrose dem Jungen überlassen hatte!

Seinem ursprünglichen Plan nach hatte er sofort im Anschluss an seine Schicht, also sobald er in seinem Appartement in Rom angekommen war, klären wollen, wer der Mann auf dem Foto war. Dann hätte er die International Security Agency, die ihn als Single ohne familiären Anhang in die Klinik eingeschleust hatte, umgehend über die neuesten Entwicklungen im Institut informiert. Doch nun wurde ihm diese Arbeit erleichtert.

Dr. Weiss überflog den Artikel, faltete das Papier wieder zusammen und bedachte Ambrose mit einem forschenden Blick. Doch der hatte längst wieder seinen gewohnt stupiden Gesichtsausdruck aufgesetzt.

47.

Catherine starrte Giada an.

»Diesen Weg hier«, Giada deutete auf die dreidimensional wirkende Karte, »lege ich, mit Ausnahme der Wochenenden, jeden Morgen zurück, und er führt mich genau hierhin!«

Alle hörten ihr gebannt zu, als sie auf ein ganz bestimmtes hohes und großes Gebäude deutete, aber keiner verstand, worauf die alte Nonne hinauswollte.

»Hier«, sie tippte mit dem Finger auf den modernen Flachbildschirm, was Rebekah ganz und gar nicht zu behagen schien. »Genau hier liegt das Appartement Seiner Eminenz.«

Dort war Cibans Wohnung? Catherine hielt kurz den Atem an. Sie hatte nicht den Hauch einer Ahnung gehabt, dass sie so unglaublich nahe bei Ciban wohnte. Kein Wunder, dass Coelho und Giada auf den unsinnigen Gedanken verfallen waren, zwischen ihm und ihr könne mehr als nur kollegiale Freundschaft bestehen. Ihre Wangen färbten sich leicht rot, als hätte jemand sie auf frischer Tat ertappt. Was, wenn man ihr ihre Gefühle für den Kardinal auch noch ansah? Himmel, wie naiv sie bisweilen in diesen Dingen war!

»Dann ist Kardinal Cibans Wohnung also unser nächstes Ziel?«, hörte sie Rinaldo fragen.

Zu Catherines Erleichterung schien keiner der Anwesenden ihre peinliche Verlegenheit zu bemerken. Alle starrten wie gebannt auf den Bildschirm.

»So sieht es aus«, bestätigte Giada. »Sehr gut gemacht,

Rebekah.« Dann wandte sie sich an Catherine. »Sie hatten mit Ihrer Ahnung recht, Schwester. Die Zahlen sollten uns zu dem Ort führen. Der Text wird uns nun zu dem leiten, was wir dort finden sollen. Und sollte es nicht ganz so einfach sein … Rebekah, du bleibst hier und versuchst den Text weiter zu entschlüsseln.«

Die Novizin nickte eifrig. Sie schien kein bisschen darüber enttäuscht zu sein, nicht an der Außenmission teilnehmen zu dürfen. Ihr Jagdrevier war ganz und gar der virtuelle Raum.

Catherine fragte: »Und wie sollen wir unbemerkt in die Wohnung Seiner Eminenz gelangen? Sie wird sicher überwacht, und wenn wir dort einfach so zu dritt auftauchen und hineinspazieren …«

»Lassen Sie das ruhig meine Sorge sein«, erwiderte Giada. »Erstens habe ich einen Schlüssel, und zweitens nehmen wir natürlich den Schleichweg.«

In diesem Moment ertönte lautstark ein klassischer Telefonklingelton und ließ alle zusammenzucken. Catherine griff in die Handytasche ihres Parkas und zog das kleine Mobiltelefon heraus. Die Nummer des Anrufers war unterdrückt. Dennoch entschied sie, das Gespräch anzunehmen.

»Ja?«, meldete sie sich vorsichtshalber ohne Namen.

»Coelho hier, Schwester. Erinnern Sie sich noch an die beiden goldenen Ringe, die ich Ihnen vor ein paar Stunden gezeigt habe?«

»Wie könnte ich die vergessen.«

»Ich muss dringend mit Ihnen reden. Ich habe da eine Spur.«

Catherine zögerte, aber dann entschied sie, dass für Zögerlichkeiten keine Zeit war. »Gut. Am besten, ich komme in den Vatikan.«

»Nein. Das ist im Augenblick zu gefährlich. Ich hatte ein Gespräch mit Inspektor Ganzoli. Es wird langsam eng für Seine Eminenz. Die Indizien lassen sich leider hervorragend gegen ihn verwenden.«

»Das klingt nicht gut.«

»Nein. Das tut es ganz und gar nicht.«

»Welchen Treffpunkt schlagen Sie also vor?«

»Kardinal Cibans Wohnung. Ich werde Schwester Giada bitten, uns hineinzulassen.«

Es gelang Catherine, ihre Verblüffung unter Kontrolle zu halten. Fast hätte sie hysterisch aufgelacht. Was für eine Ironie des Schicksals. Alle Wege führten nach Rom oder vielmehr zu Cibans Appartement. »Sie denken, das ist ein *geeigneter* Treffpunkt?«

»Ich hoffe, dort etwas zu finden, das mir bei meiner Spurensuche weiterhilft, Schwester. Wir dürfen keine Zeit verlieren. Können Sie in einer halben Stunde vor Ort sein?«

»Das müsste zu schaffen sein. Aber ich werde nicht allein kommen.«

»Das heißt?«

»Auch wir verfolgen gerade eine Spur.«

»Wir?« Coelho zögerte. »Wer ist *wir*, Schwester?«

»Sparen Sie sich Ihr Telefonat mit Schwester Giada und lassen Sie sich einfach überraschen.«

»Sie machen wohl einen Scherz?«

»Oh nein. Wir sehen uns in einer halben Stunde.« Catherine beendete das Gespräch und spürte die perplexen Blicke der anderen auf sich ruhen.

»Keine Sorge, wir erhalten Verstärkung. Es gibt eine weitere Spur.«

»Ich hoffe, Ihr Gesprächspartner war nicht Kardinal Gasperetti, Schwester«, sagte Giada leicht beunruhigt.

»Was in dem Brief Seiner Eminenz steht, ist ausschließlich für Sie und Monsignore Rinaldo bestimmt. Einzig die prekäre Situation, in der Kardinal Ciban sich befindet, hat mich dazu veranlasst, meine Deckung aufzugeben und mich gelinde gesagt in Ihre Angelegenheiten einzumischen. Das darf aber nicht heißen, dass wir leichtsinnig werden und von jetzt an Hinz und Kunz vertrauen dürfen.«

»Das tun wir nicht«, erklärte Catherine fest.

»Wer war dann in der Leitung?«, schaltete Rinaldo sich vorsichtig ein.

»Der Generalinspektor. Signor Coelho wird uns in einer halben Stunde in Kardinal Cibans Wohnung erwarten. Er verfolgt ebenfalls eine Spur.« Sie wandte sich an Giada. »Sie wollte er als Nächstes anrufen.«

Giada schwieg einige Sekunden. Rinaldo blickte skeptisch drein.

Schließlich sagte die alte Nonne: »Wie es aussieht, vertrauen Sie Coelho.«

»Ich vertraue ihm mehr als den meisten Menschen im Vatikan. Und ich weiß, dass Kardinal Ciban ihm ebenfalls vertraut.«

Für einen Moment herrschte Stille.

Schließlich atmete die alte Nonne tief durch. »Also gut. Dann sollten wir uns jetzt sputen. Der Schleichweg ist nicht ohne, und ich bin nicht mehr die Jüngste.«

48.

Kardinal Gasperetti verharrte eine Weile am Fenster seines luxuriösen Arbeitszimmers und blickte auf die grüne Stille der Vatikanischen Gärten hinaus. Dann kehrte er zu seinem prächtigen Schreibtisch zurück und öffnete die Akte mit dem Material aus dem Geheimarchiv, die ihm einer seiner Getreuen nicht ganz rechtmäßig besorgt hatte.

Schon seit Längerem hatte der Kardinal ein wachsames Auge auf Bruder Anselmus geworfen, der für Ciban arbeitete und Schwester Catherine bei ihren Recherchen unterstützte. Mehrmals hatte Gasperetti versucht, den jungen Ordensmann unauffällig auf seine Seite zu ziehen, um endlich in Erfahrung zu bringen, wonach Ciban eigentlich forschte. Doch Anselmus war stur und durch nichts zu beeindrucken, außer durch die Schätze des Archivs. Daher hatte Gasperetti den Ordensbruder austricksen müssen, um herauszufinden, ob Schwester Catherine am Ende nicht sogar für Ciban arbeitete und womöglich in seine gegenwärtige Arbeit eingeweiht war.

Seit den todbringenden Ereignissen vor einem Jahr, über die Schwester Catherine sich beharrlich weigerte zu sprechen, hatte sich hinter den Kulissen des Vatikans mehr gewandelt, als nach außen hin sichtbar war. Die Ankündigung des Dritten Vatikanischen Konzils zeigte lediglich die Oberfläche dieser Veränderungen. Auch fiel es Gasperetti zunehmend schwer, den jüngeren Ciban einzuschätzen. Auf wessen Seite stand der

Präfekt? Marc Ciban schien sogar hinter seinem Rücken Einfluss auf die Operationen des Lux Domini zu nehmen.

Dann hatte einer von Gasperettis getreuen Mitarbeitern im Archiv erfahren, dass Ciban sich verstärkt für den Großinquisitor Tomás de Torquemada interessierte. Nicht, dass Gasperetti ein persönliches Interesse an der Geschichte des mittelalterlichen Hexenjägers gehabt hätte, aber als Schwester Catherine gleichermaßen über diese historische Figur zu recherchieren begann, erschien es ihm durchaus angeraten, einen Blick auf das Material zu werfen.

Dummerweise hatte Gasperettis Spion keine Zeit gehabt, die von Bruder Anselmus zusammengestellten Unterlagen zu kopieren, und sich deshalb kurzerhand dafür entschieden, die Originale aus dem für Schwester Catherine bestimmten Ordner an sich zu nehmen. Originale, die das Archiv offiziell nicht hätten verlassen dürfen. Doch was bedeutete schon das Wort »offiziell«, wenn man sich in Gasparettis Position befand?

Der alte Kardinal holte tief Luft, fuhr sich müde und abgespannt mit der linken Hand über das schwarz gefärbte Haar und ging das Material zur Sicherheit noch ein letztes Mal durch.

Bei den ersten beiden Sichtungen der Unterlagen war ihm nicht das Geringste aufgefallen. Darüber hinaus war ihm die Biografie Torquemadas in groben Zügen bereits vertraut. Dass der Inquisitor einen großen politischen Einfluss als Berater und Beichtvater auf die spanische Monarchie gehabt hatte, wusste nun wirklich jeder auch nur halbwegs gebildete Kirchenmann. Warum also hatte Schwester Catherine sich dieses so gewöhnliche Material in den Archiven zusammenstellen lassen, wo eine kurze Recherche im Internet sie erheblich schneller zum Ziel geführt hätte?

Gasperetti fragte sich, ob er womöglich aus lauter unerfüllter Erwartung am Ende doch etwas Wesentliches übersah.

Sein Blick streifte beiläufig eine Passage, die ihn schließlich stutzen ließ, da deren Bedeutung und Düsternis für ihn völlig in Vergessenheit geraten war. Es ging um das Gesetz »zur Reinheit des Blutes«, das die katholischen Könige Isabella I. und Ferdinand II. nach der Eroberung Granadas eingeführt hatten. Der spanische Dominikaner Torquemada hatte dieses Prinzip von der »Reinheit des Blutes« auch in die Statuten des von ihm gegründeten Konvents Santa Tomás zu Ávila aufgenommen. Dieses Gesetz schloss alle Ungläubigen aus, ja verdammte sie sogar. Wie Gasperetti sich erinnerte, waren zunächst die Mauren in Spanien von der Inquisition verfolgt worden, dann die Juden und schließlich die so genannten Conversos. Die Andersgläubigen waren zum Christentum übergetreten, um ihre spanische Heimat nicht verlassen zu müssen, aber genau aus diesem Grund vertraute man ihnen nicht mehr.

Wie Gasperetti nun wieder einfiel, hatte er einmal einer Randnotiz von Bruder Anselmus entnommen, dass Torquemada in seinem Wahn nicht nur auf Mauren, Juden und Conversos Jagd gemacht hatte, sondern auch auf eine Gemeinschaft, von der Gasperetti bis dahin lediglich aus irgendwelchen Ammenmärchen gehört hatte. Leider konnte er sich nicht einmal mehr an den Namen der Gemeinschaft erinnern. Sie gehörte allerdings zu jenen religiösen Gruppierungen, die den Zugriff der Inquisition nicht überlebt hatten. Ob da die Verbindung zwischen Cibans und Catherines Recherchen lag?

Gasperetti holte tief Luft und schlug die Mappe mit den Torquemada-Dokumenten zu. Im Augenblick bereitete ihm etwas anderes mehr Sorge. Die Anspannung innerhalb der Kurie, die seit Cibans »Unfall« herrschte, war zunehmend spürbar. Nicht dass der Ältere irgendwelche Sympathien für Ciban hegte, doch der Jüngere sorgte zumindest für ein gewisses Gleichgewicht unter den Kardinälen. Viele Kirchenfürsten fürchteten ihn und dachten im Traum nicht daran, ihm oder Papst Leo in die Quere zu kommen. Sollte Ciban jedoch aufgrund seiner Verletzungen nicht in sein Amt zurückkehren, würden sich etliche Stimmen wieder erheben, die er – auch zu Gasperettis Vorteil – zum Schweigen gebracht hatte. Chaos konnte hinter den Mauern des Kirchenstadtstaates entstehen, denn dann waren die Machtpositionen im Vatikan neu zu verteilen, und Gasperetti bezweifelte, dass der Papst damit allein fertigwurde.

Müde blickte der alte Kardinal auf die entwendete Dokumentenmappe und legte sie in eine verschließbare Schublade. Sein Mitarbeiter würde die alten Schriften später heimlich im Archiv deponieren, ganz so, als ob nichts geschehen wäre. Wie es aussah, hatte Catherine Bells Arbeit nichts mit dem Geheimnis um Ciban und dem Papst zu tun, geschweige denn mit den politischen Veränderungen, die seit letztem Jahr in Gang gekommen waren. Trotzdem war er davon überzeugt, dass Catherine Bell der Schlüssel zur Lösung war.

Das Telefon klingelte.

Der Kardinal griff zum Hörer und meldete sich ganz offiziell. Natürlich war es einer seiner Getreuen. Der Agent hatte Schwester Catherine auf dem Gelände des Vatikans aus den Augen verloren und konnte nicht sagen, wo die Nonne abgeblieben war. Irgendwo zwischen dem Palast der Inquisition und dem Apostolischen Palast hatte sie sich in Luft aufgelöst.

Gasperetti wusste nicht, wieso, denn eigentlich war ihm alles andere als wohl zumute, doch er musste unwillkürlich lächeln.

49.

Catherine staunte noch immer darüber, mit welcher Geschwindigkeit und Geschicklichkeit Schwester Giada sie und Rinaldo über einen Seiteneingang am Empfang vorbei in Cibans Wohnung geschleust hatte. Sich selbst hatte sie ganz nebenbei beim Pförtner angemeldet, damit sie keine Überraschung erlebten, sollte die Polizei unvermittelt eintreffen. Nun würde der Pförtner jeden Besuch bei Giada zuerst einmal anmelden. Gütiger Gott, die alte Nonne dachte tatsächlich wie eine Agentin!

Nun standen Rinaldo und Catherine im Eingangsbereich einer Wohnung, die wie ein ganzes Haus anmutete.

Wie es aussah, ging sie über mindestens zwei große Stockwerke. Catherine hatte solche unglaublichen Appartements zwar schon mal in Städten wie Chicago oder New York gesehen, hätte einen solchen Luxus aber niemals in einem alten Gebäude an der Piazza Navona in Rom für möglich gehalten. Allein beim Anblick der großen Treppe verschlug es ihr die Sprache, ganz zu schweigen von den kostbaren Teppichen auf edlem Parkett, den Gemälden und Zeichnungen und der riesigen, mit einem Schwert bewaffneten Engelsskulptur, die so lebensecht aussah, als hätte man Fleisch und Blut direkt in Stein gegossen. Ähnliche Skulpturen standen in deutlich kleinerem Format auch in Cibans Arbeitszimmer im Inquisitionspalast. Sie waren Catherine gleich beim Hereinkommen aufgefallen, als sie sein Büro im letzten Jahr das erste Mal betreten hatte.

Rinaldo starrte und staunte ebenso.

Vermutlich stammten die Gemälde und die Skulptur aus der Ciban'schen Familienvilla. Eines der Bilder faszinierte Catherine ganz besonders: eine Druckgrafik, die sie vom Stil her an einen Künstler aus dem fünfzehnten oder sechzehnten Jahrhundert erinnerte. Im Vordergrund war ein Engel abgebildet, der einen Schlüssel in der Rechten und eine schwere Kette in der Linken hielt. Im Hintergrund war zusammen mit einem Menschen ein weiterer Engel zu sehen, der auf eine nahe Stadt deutete.

»›Und er zeigte mir den Strom des Wassers des Lebens, klar wie ein Kristall, der am Thron Gottes und des Lammes entspringt‹«, zitierte Giada, die neben Catherine getreten war. »Die Offenbarung des Johannes 22,1. ›Der Engel mit dem Schlüssel zum Abgrund‹, so lautet der Titel der Grafik. Satan wird in dem Abgrund gefangen gehalten, und Johannes sieht das himmlische Jerusalem. Dieses Meisterwerk machte Albrecht Dürer 1498 nahezu über Nacht in ganz Europa berühmt. Sie finden es auch in Dürers Buch *Apocalipsis cum figuris, Die heimliche Offenbarung des Johannes*.«

»Ein … Original?«, fragte Catherine beeindruckt.

Giada schüttelte den Kopf. »Oh nein. Das hier ist nur eine erstklassige Kopie. Das Original hängt in der Kunsthalle zu Kiel.« Sie blickte auf ihre Armbanduhr. »Coelho sollte jeden Moment eintreffen. Ich werde dem Pförtner Bescheid sagen, damit es keine Probleme gibt.« Sie griff zum Telefon und erteilte dem Pförtner die Anweisung, den Inspektor durchzulassen.

Unterdessen telefonierte Catherine noch einmal kurz mit Rebekah, die nach wie vor an der Entschlüsselung arbeitete, aber mit der Botschaft noch keinen Schritt weitergekommen war.

»Na, dann wollen wir mal anfangen«, sagte Giada und trat mit ihren Begleitern in das eindrucksvolle Wohnzimmer.

Catherine nahm den geschmackvollen Stilmix aus antiken und modernen Möbeln anerkennend zur Kenntnis. Die edle schwarze Ledergarnitur, die nahezu schlicht wirkte, kostete vermutlich allein zigmal mehr als Catherines komplette Wohnungseinrichtung. Darüber hinaus fragte sie sich, wo um alles in der Welt sie in den vielen Zimmern anfangen sollten zu suchen, zumal noch nicht einmal klar war, wonach sie überhaupt Ausschau hielten. Vielleicht erkannten sie das Objekt ihrer Suche auch erst dann, wenn sie praktisch darüber fielen.

Am ehesten kam wohl Cibans privates Arbeitszimmer für die Nachforschungen in Frage. Catherine war sich sicher, dass ein solch großes Appartement auch ein Arbeitszimmer beherbergte. Manchmal bewahrten Menschen wichtige Unterlagen aber auch in ihrem Schlafzimmer auf, unter der Matratze, zwischen der Bettwäsche oder in geheimen Safes hinter Bildern. Nun ja, Safes konnten hier überall sein, selbst im Bad, Catherine bezweifelte jedoch, dass Ciban irgendwelche Dinge zwischen seinen Hemden, Socken oder der Unterwäsche aufbewahrte.

Unterwäsche? Prompt errötete sie. So gut es ging, schob sie den Gedanken beiseite, holte Cibans Nachricht hervor, faltete die beiden von Rebekah zusammengeklebten Briefhälften auseinander und legte sie auf den Tisch mit der schweren schwarzen Granitplatte.

Forsch sagte sie: »Lassen Sie uns noch mal einen Blick darauf werfen!«

Rinaldo und Giada setzten sich augenblicklich rechts und links neben sie und beugten sich wie zwei strebsame Schüler nach vorn.

Es gibt einen Ort, den selbst die Engel fürchten.
Dieser Ort ist schrecklich.
Kein Licht fällt dorthin.
Nie hat ein Gedanke diesen Ort berührt.
Selbst das Feuer ist schwarz.
Es ist der letzte Ort,
den der Herr am sechsten Tag
am Ende der letzten Stunde erschuf.
Dieser Ort ist verdammt,
sein Gestank unerträglich.
Was immer dort
hinter den letzten Toren
verborgen ist,
soll dort auf ewig gefangen sein
und dort auf ewig sterben.

(Die verborgenen Mysterien:
Wenn du Frieden willst,
rüste zum Krieg!
41, 53, 55, 12, 28, 23)

Catherine fühlte sich nach dem Lesen genauso schlau wie beim ersten, zweiten und dritten Mal. Wo sollte es in dieser Wohnung schrecklich sein? Auch bezweifelte sie, dass es irgendwo in diesen Räumen unerträglich stank. Vermutlich verrottete hier auch nichts hinter irgendeiner Tür, es sei denn der Mülleimer wäre seit Wochen nicht mehr ausgeleert worden. Doch das hätten sie sicher gleich beim Betreten des Flurs bemerkt.

Lass die blöden Scherze, maßregelte sie sich selbst.

Die Situation war zu ernst, um sich durch kindische Übersprunghandlungen ablenken zu lassen. Andererseits hatte sie sehr wohl das Gefühl, etwas Verbotenes zu tun. Sie befand sich in Cibans römischem Appartement, ohne eingeladen worden zu sein, auch wenn der an sie und Rinaldo adressierte Brief durchaus so etwas wie eine Aufforderung war, seine privaten Räume zu betreten.

»Wo sollen wir Ihrer Meinung nach am ehesten mit der Suche beginnen, Schwester?«, fragte sie Giada, um sich abzulenken.

»Am besten fangen wir mit dem Arbeitszimmer an«, erklärte die alte Nonne zielstrebig.

»Gut«, stimmte Catherine zu. »Aber zuvor sollten wir uns anhören, was der Generalinspektor zu sagen hat. Möglicherweise hilft uns das weiter.«

Just in dem Moment klingelte es zweimal an der Tür. Catherine hatte noch nie einen derart edlen und gleichzeitig bestimmten Klingelton gehört.

»Pünktlich auf die Minute«, stellte Giada fest, erhob sich und eilte auf den Gang hinaus.

Eine halbe Minute darauf kehrte sie in Begleitung des Generalinspektors in das Wohnzimmer zurück. Es war offensichtlich, dass Coelho nicht wirklich wusste, was er von der ganzen Situation halten sollte. Aber jetzt waren sie nun einmal alle hier, und sie verfolgten mehr als nur eine Spur.

Coelho grüßte, legte eine schmale schwarze Akte auf den Granittisch und nahm gegenüber von Catherine in einem Sessel Platz. Sein Blick fiel auf den zusammengeklebten Brief.

»Ihre Spur?«

Catherine nickte. »Vielleicht erkennen Sie mehr darin als wir. Wir stehen im wahrsten Sinne des Wortes vor einem Rätsel. Aber immerhin hat uns das Rätsel hierhergeführt.«

Coelho nahm das Blatt und studierte es. »Die Zahlen sind sehr wahrscheinlich Koordinaten.«

»Danke, Herr Kommandant, wir haben für diese Erkenntnis nur knapp zwei Stunden gebraucht.«

Coelho setzte ein Schmunzeln auf. »Das ist kein Kunststück, Schwester. Eines meiner Steckenpferde ist die Kartografie. Bei solchen Zahlenkombinationen denke ich sofort an Koordinatensysteme und Kartenprojektion. Was jedoch diesen Vers angeht, da muss ich erst einmal passen.«

»Dann werden wir die Wohnung Seiner Eminenz wohl auf den Kopf stellen müssen«, meinte Rinaldo.

»Nur über meine Leiche«, konterte Giada sofort. »Ich bin mir sicher, das wird gar nicht nötig sein.«

»Was ist mit Ihrer Spur?«, fragte Catherine Coelho.

Coelho zögerte.

»Wenn die Lage wirklich so brenzlig ist, wie Sie am Telefon sagten, sollten wir keine Zeit verlieren. Was hier geredet wird, bleibt selbstverständlich unter uns.«

Coelho wandte sich an Rinaldo und Giada. »Bitte nehmen Sie es nicht persönlich, aber ich muss Schwester Catherine zunächst unter vier Augen sprechen.«

Giada wechselte einen kurzen Blick mit Rinaldo und Catherine, dann nickte sie. »Einverstanden. Kommen Sie, Pater. Wir beide gehen in die Küche und sorgen für frischen Kaffee. Den werden wir brauchen, wenn die Suche losgeht.«

Nachdem Giada und Rinaldo die zweiflügelige Wohnzimmertür hinter sich geschlossen hatten, griff Coelho nach der Akte, die er mitgebracht hatte, schlug sie auf und reichte den Inhalt Catherine.

»Die Spur in London hat zu einem erstaunlichen Ergebnis geführt, Schwester. Wie Sie wissen, wollte ich es nicht glauben, aber der Professor hat Ihnen im Petersdom tatsächlich die Wahrheit gesagt.«

Catherine schaute auf den obersten Computerausdruck und blickte sofort wieder auf. »Kardinal Cibans Schwester war Scrimgeours Frau?«

Der Kommandant nickte. »Ich musste es auch zweimal lesen. Die Eheleute haben jedoch beide ihre Geburtsnamen behalten. Übrigens stimmt das Datum auf der Heiratsurkunde mit der Jahreszahl auf den Ringen überein. Unser Agent hat aber noch einige andere interessante Hinweise entdeckt. Blättern Sie bitte um.«

Catherine sah die Unterlagen weiter durch. Dabei fiel ihr Blick erst auf die Kopie einiger Hochzeitsbilder und dann auf einen Zeitungsartikel über eine gewisse Brenda-Thornton-Klinik. Sie erinnerte sich an ein Gespräch mit Kardinal Benelli von vor etwa einem Jahr, in dem es darum gegangen war, dass die Ursache für Sarah Cibans Tod nie aufgeklärt worden war.

Wie lange war Sarah inzwischen tot? Wenn sie sich recht erinnerte, zehn oder elf Jahre.

Ob Catherine es wollte oder nicht, die Frage, ob Sarah Cibans Tod womöglich der Grund für die blutige und tödliche Auseinandersetzung zwischen Ciban und Scrimgeour war, stieg unwillkürlich in ihr auf. Ganz sicher war sie auch Coelho beim Sichten dieser Unterlagen sofort in den Sinn gekommen. Kein Wunder, dass er sie erst einmal unter vier Augen hatte sprechen wollen.

Sie überflog den Rest des Artikels. Ein wahrer Lobgesang auf die damaligen Möglichkeiten der künstlichen Befruchtung. Der führende Mediziner war ein gewisser Dr. Eric Scelpa gewesen. Catherine hatte noch nie von diesem Mann gelesen oder gehört. Aber diese Thematik gehörte nun auch nicht gerade zu ihren bevorzugten Interessengebieten.

»Die Klinik existiert heute nicht mehr«, hörte sie Coelho sagen. »Wenige Jahre nach dem Erscheinen dieses Artikels ist sie bis auf die Grundmauern niedergebrannt. Scelpa, der damalige Haus- und Hofarzt der Klinik, und dreiundvierzig weitere Menschen sind bei dem Brand ums Leben gekommen.«

»War Sarah Ciban eines der Opfer?«

»Nein. Das habe ich bereits überprüft. Aber wie ich inzwischen weiß, hat Sarah Ciban einige Jahre in Cambridge studiert. Genau genommen eröffnen uns unsere beiden Spuren nun drei Möglichkeiten.«

»Wie meinen Sie das?«

»Entweder sind beide Spuren ein Irrläufer, oder beide Spuren führen zum Ziel. Oder eine davon ist falsch.«

Catherine seufzte. »Leider werden wir das erst wissen, wenn wir ihnen allen nachgegangen sind. Ich werde aus alldem irgendwie nicht schlau. Aber egal, reihen wir einfach mal aneinander, was wir bereits haben. Kardinal Ciban und Professor Scrimgeour interessieren sich beide für Angelologie. Demnach wäre es denkbar, dass Sarah dem Professor über ihren Bruder begegnet ist. Oder Kardinal Ciban hat Scrimgeour über seine Schwester kennengelernt.«

Coelho schüttelte den Kopf. »Soweit meine Männer herausgefunden haben, bestand zwischen Seiner Eminenz und dem Professor bis zu dem tragischen Zusammentreffen in Santa Maria dell' Orazione e Morte nie ein persönlicher Kontakt.«

Catherine starrte den Generalinspektor mit großen Augen an. »Soll das heißen, Kardinal Ciban wusste gar nichts von Sarahs Ehe?«

»Es sieht ganz danach aus. Schauen Sie sich bitte die Hochzeitsfotos noch einmal an. Ziemlich dilettantisch, aber besser als nichts. Niemand aus Cibans oder Scrimgeours Familie scheint eingeladen gewesen zu sein.«

Catherine blätterte zurück. Das Paar. Ein Priester. Ein Trauzeuge. Die Personen im Hintergrund hatten, wie es nun aussah, tatsächlich nichts mit der Hochzeit zu tun.

Coelho fuhr fort: »Fest steht, dass Kardinal Ciban und der Professor nicht zufällig letzte Nacht zusammengetroffen sind. Erinnern Sie sich an den Wein und die Gläser? Ganz zu schweigen von dem Revolver? Wenn Sie mich fragen, war dieses Treffen von Seiten des Professors geplant. Scrimgeour muss Seine Eminenz irgendwie kontaktiert haben. Per Brief, per SMS, per E-Mail, per Handy… Noch fehlt mir der Beweis, aber ich bin mir sicher, dass es so gewesen sein muss und dass wir hier in diesen Räumen zumindest ein Indiz dafür finden werden.«

»So, wie Sie die Sache schildern, klingt es verdächtig nach einem Racheakt. Denken Sie, die Cibans haben sich geweigert, die Ehe anzuerkennen?«

Coelho schüttelte den Kopf. »Ich verwette ein komplettes Monatsgehalt darauf, dass die Familie gar nichts davon gewusst hat.«

Catherine starrte den Generalinspektor überrascht an, doch der schien sich sicher zu sein. »Soweit ich weiß, ist Sarah Ciban in Rom gestorben, während eines Besuchs bei ihrer Familie. Offen gesagt, was Sie mir da erzählen, gefällt mir ganz und gar nicht.«

»Mir geht es ganz genauso. Aber ich will erst Beweise, bevor ich irgendwelche voreiligen Schlüsse ziehe. Dummerweise ist es lediglich eine Frage der Zeit, bis Inspektor Ganzoli die gleiche Spur entdecken wird.«

Catherine holte tief Luft. Da war was Wahres dran. »Lassen Sie uns schauen, was wir sonst noch haben. Da wäre zum Beispiel noch das Porträt mit dem Jungen und das Zitat… Da fällt mir ein, gibt es eine Schätzung, wie alt das Original ist?«

»Leider nein. Das Blatt, das Scrimgeour mit sich geführt hat, war lediglich eine Kopie. Und die ist knapp vierzig Jahre alt. Offen gesagt, könnte das Ganze auch einfach nur ein Witz sein.«

»Es ist kein Witz, glauben Sie mir.«

Coelho sah sie neugierig an. »Ihre weibliche Intuition oder Ihre Gabe?«

Inzwischen vertraute Catherine dem Generalinspektor zwar, doch sie konnte ihm unmöglich von ihrer letzten Vision erzählen. Was hätte sie ihm auch sagen sollen? Dass sie Ciban und Sarah als Kinder erlebt hatte und dass der Junge auf dem Porträt ein Teil dieser Vision gewesen war, einschließlich Darius und diesem bösartigen Turael, der von einem Kreuz aufgespießt worden war?

»Ich kann Ihnen zu diesem Zeitpunkt nicht mehr dazu sagen, aber wir sollten die Sache mit dem Jungen im Auge behalten. Unbedingt.« Sie wandte sich erneut Cibans Nachricht zu. »Zurück zu unserem Brief.« Sie hob das zusammengeklebte Blatt auf und reichte es Coelho.

Der Kommandant studierte den Text, doch mit jeder Zeile wurde seine Miene düsterer. »Wissen Sie, ich war im Interpretieren von Versen noch nie eine Leuchte. Was ist mit Ihnen?«

»Dito.«

»Woher haben Sie diesen Brief eigentlich?«, fragte Coelho stirnrunzelnd.

»Kardinal Ciban hat Monsignore Rinaldo und mir die beiden Hälften getrennt zukommen lassen. Sozusagen als Rückversicherung, falls ihm einmal etwas zustößt. Fragen Sie nicht, denn ich weiß nicht mehr. Dieser Brief hat uns jedenfalls hierhergeführt.« Catherine machte eine kurze Pause. »Ist Ihnen der lebensgroße Engel im Eingangsbereich aufgefallen?«

»Er ist schwerlich zu übersehen.«

»Egal wie wir es drehen und wenden, egal wie diese ganzen Fragmente, die wir bis jetzt haben, zusammenhängen mögen, immer wieder tauchen Engel auf. Haben Sie schon einmal etwas vom Orden der Triaden gehört?«

»Triaden?« Coelho runzelte die Stirn. »Nein. Was soll das für ein Orden sein?«

»Monsignore Rinaldo meinte bei der Entschlüsselung des Zitats, dass sowohl Kardinal Ciban als auch Alan Scrimgeour am Triadenorden interessiert gewesen seien. Seine Eminenz wollte den Professor deswegen sogar treffen. Am besten, Rinaldo erklärt uns dazu noch einmal, was er weiß. Im Augenblick scheint es mir am wichtigsten, dass wir herausfinden, wo der in diesem Brief erwähnte Ort ist. Dort laufen womöglich alle unsere Fäden zusammen.«

»Das könnte durchaus sein. Jetzt, da ich weiß, von wem Sie diesen Brief haben, halte ich es sogar für sehr wahrscheinlich.«

»Da wäre noch etwas.«

»Ja?«

»Wir sollten Monsignore Rinaldo und Schwester Giada einweihen. Wenn wir einander nicht vertrauen, wenn wir nicht wirklich zusammenarbeiten, riskieren wir es zu scheitern.«

Coelho zögerte. »Im Fall von Sarah Ciban handelt es sich um eine sehr persönliche Familienangelegenheit, Schwester.«

»Das ist mir durchaus klar. Doch wie Sie schon sagten, früher oder später wird auch Inspektor Ganzoli auf diese Spur stoßen, und wer weiß, was dann passiert. Noch haben wir einen recht komfortablen Vorsprung.«

Schweren Herzens gab Coelho nach. »Sie haben recht.«

Catherine rang sich ein kleines Lächeln ab, steckte sämtliche Unterlagen in die Mappe zurück und übergab sie dem Kommandanten. »Dann sollten wir Schwester Giada und Monsignore Rinaldo in der Küche Gesellschaft leisten und unser weiteres Vorgehen festlegen. Es würde mich wundern, wenn wir nicht weiterkämen.«

Als sie aus dem Wohnzimmer in den großen Eingangsbereich hinaustraten, erfüllte bereits der Duft von frischgemahlenen Kaffeebohnen die Luft. Catherine hatte ganz vergessen, wie hungrig und durstig sie war. Sie brauchte dringend Energie gegen die Müdigkeit, die sie in den letzten Stunden immer wieder überkam.

Als Catherine mit Coelho die Küche erreichte, kam sie einmal mehr aus dem Staunen kaum heraus. Das Küchendesign war ein Traum: Ebenholz mit Edelstahl und Gold kombiniert.

Auf die geräumige Küchentheke hatte Schwester Giada neben dem Kaffee bereits einen Korb mit Weißbrot, eine Käseplatte sowie eine Schale mit Weintrauben und eine mit Oliven gestellt. Daneben standen eine Flasche Quellwasser und vier schlanke Gläser bereit und für den Süßhunger eine große Schachtel mit italienischem Gebäck.

Giada deutete auf die hohen Küchenhocker. »Nehmen

Sie Platz und greifen Sie ordentlich zu. Mit leerem Magen lässt es sich nicht gut denken.«

Das ließ sich Catherine nicht zweimal sagen. Auch Coelho und Rinaldo setzten sich hin und folgten ihrem Beispiel.

50.

Ambrose hatte die vorletzte Sicherheitstür innerhalb des Gebäudekomplexes des Instituts so gut wie passiert und war auf dem Weg, um der Agency Bericht zu erstatten. Da nahm einer der vier Sicherheitsleute an der Rezeption das klingelnde Telefon ab, hörte kurz zu, zögerte einen Moment und warf Ambrose dann einen achselzuckenden, aber durchaus noch freundlichen Blick zu.

»Es tut mir leid, Mister Ambrose. Wie es aussieht, müssen Sie Ihren Feierabend noch ein klein wenig verschieben. Ich habe den Auftrag, Sie umgehend zu Doktor Zanolla zu begleiten. Er wartet in seinem Büro.«

Ambrose gab sich ein wenig enttäuscht, blieb aber locker. »Das fällt dem Doktor ausgerechnet jetzt ein. Na schön. Dann muss der Fußball eben warten.«

Der Sicherheitsmann nickte nur und begleitete Ambrose den gesamten Weg bis zum Kern der Anlage zurück.

Als Ambrose das Büro betrat, stellte er fest, dass Doktor Zanolla nicht allein war. Die Tutorin und Psychologin Dr. Weiss stand stramm wie ein Soldat vor dem mächtigen Schreibtisch des Institutsleiters, was angesichts ihres clownhaften Make-ups unfreiwillig komisch wirkte.

Ambrose hatte auf dem ganzen Weg hierher ein ungutes Gefühl gehabt, aber was hätte er anderes tun sollen, als der Aufforderung Folge zu leisten? Niemals wäre es ihm ohne die Erlaubnis der Sicherheitsleute gelungen, die beiden noch vor ihm liegenden Panzerglastüren zu passieren. Jetzt stand er hier mit dem Doktor und dieser aufgetakelten Grundschullehrerin und hatte noch immer Davids zerknittertes Zeitungsfoto in der Jackentasche.

»Ah, Ambrose. Danke, dass Sie noch einmal zurückgekehrt sind. Wie es aussieht, hat es in unserem Untersuchungsfall doch noch eine kleine Wendung gegeben. Doktor Weiss, würden Sie die digitale Aufzeichnung bitte noch einmal starten?«

Die Stimme Zanollas klang so süßlich, dass Ambrose es geradezu als widerlich empfand.

Der große Plasmabildschirm ging an – und was er wenige Sekunden später zeigte, ließ Ambrose' Herzfrequenz sprunghaft steigen. Es war eine Aufzeichnung aus dem Lehrerzimmer. Ambrose sah erst, wie der ältere Lehrer David wegen der stibitzten Zeitung maßregelte, dann den völlig verängstigten David und schließlich sich selbst. Er betrat das Lehrerzimmer, beruhigte den Lehrer, steckte die Zeitung ein und verließ mit David den Raum. Die ganze Aktion hatte keine zwei Minuten gedauert, doch in diesem Augenblick kam es Ambrose wie eine halbe Ewigkeit vor.

Aus dem Augenwinkel nahm er wahr, wie der Doktor einen Zeitungsartikel vom Schreibtisch aufhob. Verdammt! Es war jener Ausschnitt, den Dr. Weiss in Davids Zimmer gefunden hatte. Das leere Rechteck im Papier, wo der Junge die Fotografie ausgeschnitten hatte, war nicht zu übersehen.

Zum ersten Mal drohte Ambrose' vorgetäuschte innere Ruhe ihn zu verlassen.

»Warum haben Sie uns nicht von diesem Vorfall unterrichtet?«, wollte der Doktor wissen. Der süßliche Tonfall hatte mit einem Mal etwas Lauerndes und überaus Gefährliches.

Ambrose warf der Psychologin einen kurzen Seitenblick zu, den nur Zanolla wahrnehmen konnte. »Kleine Geschenke erhalten bekanntlich die Freundschaft. Der Junge hat die Zeitung gestohlen, und ich habe ihm aus der Sache herausgeholfen. Ich wüsste nicht, was daran verwerflich sein soll.«

Freier konnte er in der Gegenwart der Frau nun wirklich nicht sprechen, ohne dass sie von Zanollas Bitte erfuhr, Ambrose möge Freundschaft mit dem Jungen schließen.

Die kleinen Augen des Doktors schienen mit einem Mal zu glühen, während sich auf dem Gesicht der Psychologin der Anflug eines Lächelns zeigte. Zanolla hielt den Zeitungsausschnitt wie eine messerscharfe Drohung hoch.

»Keine aktuellen Zeitungen für die Projekte, so lautet die Anordnung, die Sie mit Ihrem Arbeitsvertrag unterschrieben haben. Was ist daran nicht zu verstehen?«

Ambrose schwieg.

Der Doktor fuhr fort: »Sie haben den Jungen gefunden. Und Sie wollen nach wie vor nichts Ungewöhnliches entdeckt haben? Gar nichts?«

Zanolla musterte Ambrose, als ahnte er, was zu Davids Zustand geführt hatte. Ging es etwa um das verfluchte Foto aus der Zeitung, das er dummerweise noch bei sich trug? Verdammt, wie konnte ein Foto aus einer Zeitung einem Jungen das Bewusstsein, geschweige denn den Verstand rauben?

Doktor Zanolla berührte einen der Sensoren seiner Schreibtischkonsole. Sofort kamen zwei Sicherheitsleute herein und postierten sich rechts und links von Ambrose.

»Wir werden gleich sehen, ob Sie uns die Wahrheit erzählen … Mister Ambrose.« Der Doktor erhob sich und trat vor den Schreibtisch. An die Sicherheitsleute gewandt fügte er hinzu: »Durchsuchen Sie ihn.«

51.

Rinaldo und Giada hatten Catherine und Coelho beim Essen aufmerksam zugehört. Als sie von der Spur um Sarah Ciban erfuhren, hatte Catherine die Sorge in Giadas Augen bemerkt. Bisher hatte sie immer geglaubt, einzig Kardinal Benelli habe gewusst, dass Ciban niemals aufgehört hatte, nach der Ursache für den Tod seiner Schwester zu suchen. Nun war ihr klar, dass auch Giada mehr oder weniger davon Kenntnis hatte.

»Wir müssen also erst einmal diesen Ort in dem Vers ausfindig machen«, fasste Rinaldo die Fakten noch einmal zusammen. Seine Lebensgeister waren nach zwei Tassen Kaffee und etlichen Keksen offenbar zurückgekehrt. Er blickte auf den Brief und studierte den Text noch einmal, wobei Catherine den Eindruck gewann, der Monsignore brauche den Text nur noch ein- oder zweimal zu lesen, um sich mental zu übergeben.

Catherine nickte. »Es gibt also eine Verbindung zwischen dem Porträt des Jungen, dem Ehepaar Scrimgeour, Seiner Eminenz und diesem Schlaufenkreuzsymbol. Diese Verbindung werden wir hier in diesen Räumen finden.« Sie wandte sich Schwester Giada zu. »Sagen Sie, Schwester, gibt es hier vielleicht eine große Tafel? Etwas, worauf wir unsere Gedanken übersichtlich festhalten können?«

»Und ob!«, erklärte die Dominikanerin sofort, als hoffte sie darauf, dass endlich frischer Wind in die Segel kam. »Am besten gehen wir gleich ins Arbeitszimmer Seiner Eminenz und nutzen dort das große Flipchart.«

Catherine war nicht gerade zum Mindmapping geboren, denn ihrer Erfahrung nach kostete diese kognitive Technik eher unnötig Zeit, als dass sie ihr Assoziationsvermögen beflügelte. Doch hin und wieder hatte sie erlebt, dass ein gemeinsames Mindmapping durchaus zu überraschenden Ergebnissen führen konnte. Möglicherweise war dies heute der Fall.

Keine Minute später hatte Catherine mit den anderen eine breite, holzvertäfelte Tür passiert und stand in Cibans Arbeitszimmer. Sie hatte schon viele Arbeitszimmer gesehen, doch dieses war mit Abstand das überraschendste, denn es erinnerte eher an das Büro eines Archäologen als an das eines Kardinals, und das trotz des Kruzifixes über dem modernen Schreibtisch.

Die hintere Wand nahm eine umfassende Bibliothek mit alten und neuen Büchern ein. Als Catherine den Blick schweifen ließ, entdeckte sie darunter auch ihre eigenen gesammelten Werke. Zuoberst lag sogar ihre aktuelle Neuerscheinung, der Band über das verborgene Männliche und Weibliche im Selbst. Sie wäre fast errötet. Dann fiel ihr ein, dass Ciban ihre Bücher schon in früheren Jahren zumindest überflogen haben musste, sonst hätte sie vor einem Jahr nicht das zweifelhafte Vergnügen gehabt, ihm und einem inquisitorischen Tribunal Rede und Antwort zu stehen. In der Regalwand gegenüber standen alle möglichen Kunstgegenstände, von einer Maya-Figur bis hin zu antiken Gefäßen und Alltagsgegenständen aus dem Fernen und Nahen Osten oder dem alten Europa. Eine weitere Schrank- und Regalwand voll mit Büchern, DVDs und CDs ragte von der dem Schreibtisch gegenüberliegenden Wand in den Raum.

Nachdem Catherine den Raum inspiziert hatte, stand

sie plötzlich vor einem großen weißen, unlinierten Bogen Papier, der von einem an der Decke montierten Metallgerüst herabhing. Auf der Ablage des Flipcharts lagen etliche farbige, dicke Stifte. Auf den ersten Blick sah das Flipchart aus, als hätte noch nie ein Mensch damit gearbeitet. Der Papierblock war sichtlich unberührt. Giada hatte wohl irgendeine der Tasten der Schreibtischkonsole betätigt, um das Gestell auszufahren.

Catherine nahm einen der Stifte in die Hand und zog die Schutzkappe ab: »Also los. Fangen wir an. Was geht uns bei dem Stichwort ›Engel‹ durch den Kopf?«

Sie trat an das Flipchart heran, malte in die Mitte des unberührten Papiers einen Kreis und schrieb in Großbuchstaben das Wort Engel hinein. Dann notierte sie drumherum einige ihrer Assoziationen und die der anderen. Bote, Abgesandter, Geistwesen, geflügelte Wesen, gefallene Engel, Märchen und Sagen, das Alte und das Neue Testament …

»Seine Eminenz wollte wissen, ob Sie an Engel glauben?«, fragte Coelho schließlich erstaunt.

»Ja. Und es war keine rhetorische Frage, wie ich nun sicher weiß.« Sie wandte sich Rinaldo zu. »Nun sind Sie dran, Pater. Was können Sie uns über den ominösen Triadenorden sagen.«

Sie schrieb das Wort Triaden ebenfalls in Großbuchstaben auf das Papier und verband es durch eine Linie mit dem Wort Engel. Das Erste, was den meisten Menschen bei dem Wort Triade oder Triaden in den Sinn kam, war vermutlich die chinesische Mafia. Ein Therapeut hätte wohl in Richtung Vater-Mutter-Kind-System gedacht, ein Mediziner an die Übermittlung von Nervensignalen in Muskelzellen. Catherine kam aufgrund ihrer Ausbildung spontan die aus dem Mittelalter stammende christliche Hierarchielehre der Engel in den Sinn. Doch Rinaldo hatte in Gegenwart Bischof Tardinis in Cibans Büro vor knapp zwei Stunden noch eine ganz andere Möglichkeit erwähnt.

Alle Augen waren nun auf den jungen Pater gerichtet. Der Monsignore bat Catherine leicht verunsichert um den Stift und malte ein Schlaufenkreuz mit Schwingen und einem Käfer neben das Wort Triaden.

»Das Schlaufenkreuz mit dem Skarabäus«, erklärte er. »Soweit ich weiß, ist es zusammen mit den Schwingen das Triadensymbol schlechthin.«

»Dann ist der Sinngehalt des Ankh-Kreuzes also geklärt worden?«, fragte Giada neugierig.

Rinaldo schüttelte den Kopf. »Nicht direkt. Aber laut einer Theorie vereinigt das Ankh das männliche Symbol von Osiris mit dem weiblichen Symbol von Isis.« Er malte ein T-Kreuz und ein Oval darüber, so dass beides zusammen ein Schlaufenkreuz ergab, ein Ankh. »Einst symbolisierte es die Einheit von Himmel und Erde. Man glaubte, das Ankh könne wegen seiner Schlüsselform die Pforten zum Reich des Todes aufschließen. Koptische Christen haben es deshalb als Symbol für das Leben nach dem Tod übernommen.«

»Demnach sind diese Triaden, von denen wir hier sprechen, aus den koptischen Christen hervorgegangen?«, überlegte Catherine.

»Meines Wissens hat der Orden der Triaden lange vor allen anderen Orden existiert.«

»Was soll das heißen ›lange vor allen anderen Orden‹?«, hakte Giada stirnrunzelnd nach.

»Angeblich stammt er aus der Zeit, als die Engel auf Gottes Geheiß auf die Erde kamen, um die Menschen zu unterrichten.«

»Ich habe noch nie von diesem Orden gehört«, sagte die Dominikanerin. »Und Sie können mir glauben, ich bin ziemlich belesen in diesen Dingen.«

Rinaldo räusperte sich. »Es gibt zurzeit auch keinen Beweis dafür, dass der Triadenorden jemals existiert hat, andererseits sprechen mittlerweile einige Indizien dafür.«

Coelho musterte Rinaldo, als stünde ein schlecht vorbereiteter Prüfungskandidat vor ihm. »Dann ist den Triaden wohl ein ähnliches Schicksal widerfahren wie den Templern?«

Rinaldo blickte stur auf das Flipchart. »Wer weiß. Selbst die Legenden um den Orden sind nahezu restlos aus den Annalen der Geschichte getilgt worden. Kardinal Ciban äußerte kürzlich die Vermutung, dass Professor Scrimgeour den Triaden auf die Spur gekommen sein könnte.«

Coelho starrte das Triadensymbol auf dem weißen Papier an, als handele es sich bei der Zeichnung um einen Dummejungenstreich. »So viel Wind um eine historische Spur, die lediglich auf einer Legende beruht?«

Rinaldo zuckte die Achseln. »Entschuldigen Sie, aber nach allem, was ich bisher über den Orden erfahren habe, klingt es für mich eher so, als wären die Triaden wieder aus dem Vergessen aufgetaucht und nicht nur für unsere Mutter Kirche eine Bedrohung.«

Es folgte ein kurzes Schweigen.

»Was wollen Sie uns damit sagen, Pater?«, hakte Catherine nach.

»Dass Kardinal Ciban den Orden für eine äußerst ernstzunehmende Gefahr hält.«

Catherine stutzte. »Weshalb sollten die Triaden gefährlicher sein als ein Opus Dei oder ein Lux Domini?«

Rinaldo holte tief Luft. »Seine Eminenz vermutet, dass der Professor die Bibel der Triaden entdeckt hat. Ein Werk, das in direkter und gefährlicher Konkurrenz zur christlich-katholischen Bibel stünde.«

Catherine runzelte die Stirn und ließ den Pater nicht aus dem Blick. »Aber das tun der Talmud und der Koran zu einem gewisse Grad auch.«

»Nun ja, wie soll ich sagen …« Rinaldo räusperte sich. »Diese Triadenbibel wird in so genannten eingeweihten Kreisen auch Engelsbibel genannt und soll nicht nur die Frage nach dem tieferen Sinn des Lebens, sondern auch die Frage nach dem Woher und Wohin beantworten.«

»Auch das ist nichts Neues«, erwiderte Catherine prompt. »Das tun die christlichen Bibeln und viele andere Heilige Schriften ebenso.«

Der Monsignore schien plötzlich alle Kraft zusammenzunehmen, um die Katze endlich aus dem Sack zu lassen. »Die Engelsbibel soll über zentrale Wendepunkte in der Vergangenheit, Gegenwart und Zukunft der Menschheit berichten. Und das so konkret, dass sie als Waffe missbraucht werden könnte.«

Jetzt starrten ihn alle an, als hätte er durch den Stress und den Schlafentzug der letzten Stunden komplett den Verstand verloren.

Catherine fasst sich als Erste wieder. »Diese fremde Schrift unter dem Porträt des Jungen«, sagte sie, »könnte das die geheime Schrift des Ordens sein?«

»Ich weiß es nicht«, gestand Rinaldo. »Aber diese Triaden sind die einzige Verbindung, von der ich zwischen Seiner Eminenz und dem Professor weiß. Und jetzt ist der Professor tot, und Kardinal Ciban liegt schwer verletzt in der Klinik.«

»So phantastisch es klingt, da ist etwas dran«, murmelte Coelho nachdenklich. »Und dann wäre da noch Sarah Maria Ciban als ein weiteres Element in diesem Puzzle.«

Catherine glaubte zu wissen, was dem Generalinspektor in diesem Moment durch den Kopf ging. Er dachte ganz gewiss weniger an das Schlaufenkreuzsymbol in Sarah Cibans Ring, vielmehr regte sich gegen seinen Willen ein uralter Instinkt in ihm. Ciban würde niemals für eine historische Spur wie die Triaden einen Mord begehen. Für seine kleine Schwester hingegen …

Sie holte tief Luft. Eines durfte auch sie auf keinen Fall vergessen. Alan Scrimgeour hatte Santa Maria dell' Orazione e Morte mit einer Waffe in der Hand betreten, nicht Ciban. Der springende Punkt war also die Frage, weshalb Scrimgeour überhaupt eine Waffe mit sich geführt hatte. Vielleicht hatte der Professor sich von ganz anderer Seite bedroht gefühlt. In ihrem visionären Gedankenblitz hatte es zwar so ausgesehen, als richtete Scrimgeour den Revolver auf Ciban, aber vielleicht war an der ganzen dubiosen Triadengeschichte doch mehr dran, als sie alle dachten. Vielleicht hatte Scrimgeour Ciban und sich selbst mit der Waffe lediglich beschützen wollen.

»Also gut«, sagte Catherine. »Gehen wir davon aus, dass die Engelspur wichtiger ist, als wir bisher angenommen haben. Wo würde Seine Eminenz wichtiges Material zu diesem Thema aufbewahren? Zum Treffen mit Scrimgeour hatte er nichts dergleichen dabei.«

»In seinem Büro im Inquisitionspalast und im Vatikanischen Archiv«, erklärte Rinaldo.

»Sind Sie sicher?« Catherine war skeptisch. »Wenn ihn das Thema so sehr beschäftigt hat, wie Sie behaupten, wird er seine Recherchen wohl kaum nach dem Verlassen des Vatikans unterbrochen haben.«

Rinaldo starrte nachdenklich auf das Flipchart. »Ich wüsste da jemanden, der uns in dieser Engelssache vielleicht weiterhelfen könnte.«

»Dann mal raus mit der Sprache«, entfuhr es Catherine.

»Ich möchte Ihnen zunächst etwas zeigen. Dürfte ich bitte kurz den Computer Seiner Eminenz benutzen?«

»Selbstverständlich«, erklärte Giada mit leicht ironischem Unterton. »Es gibt da nur ein kleines Problem. Alle Zugänge und Daten sind durch einen 2048-Bit-Schlüssel geschützt. Glauben Sie mir, Pater, wir bekämen nicht einmal das Passwort für den Internetzugang heraus.«

»Rebekah?«, fragte Rinaldo.

Giada nickte. »Aber Sie können gerne meinen Rechner benutzen. Ich verfüge im Erdgeschoss der Wohnung über eine kleine Kammer.«

»Danke. Wenn ich es mir genau überlege, dürfte ein Telefonat mit Schwester Rebekah voll und ganz genügen.«

Giada griff zum Telefon, tippte eine Nummer ein, meldete sich und überreichte Rinaldo den Hörer. »Bitte, Pater. Tun Sie sich keinen Zwang an.«

Auf seine etwas unbeholfene Art hatte Rinaldo inzwischen einen kleinen Block aus dem Innern seiner Soutane hervorgekramt und diesen aufgeschlagen.

»Hallo, Schwester… Ja, ich bin es, Pater Rinaldo. Könnten Sie bitte rasch etwas für uns herausfinden… Ja? Gut! Hier die Daten…«

Catherine hörte, wie Rinaldo der Novizin zwei Internetadressen und den Namen Lazarus durchgab. Dann sagte er: »Würden Sie bitte für uns herausfinden, wer sich hinter diesem Pseudonym verbirgt?« Rebekahs

Antwort schien ihn zufriedenzustellen, denn er lächelte. »Gut, danke. Dann erwarten wir Ihre Antwort.« Er legte den Hörer wieder auf.

»Sie denken, dass uns dieser Lazarus wirklich weiterhelfen kann?«, fragte Giada.

»Ich weiß es natürlich nicht einhundertprozentig, Schwester. Aber eines ist sicher: Dieser Mensch weiß mehr über die Angelologie als wir alle zusammen. Vielleicht habe ich da ja noch etwas, das uns bei der Suche weiterhilft …« Rinaldo zog eine elektronische Karte aus seiner Jacke und legte sie auf die Küchentheke. »Diese Karte war ebenfalls in meiner Briefhälfte. Ich habe keine Ahnung, was es damit auf sich hat, aber vielleicht öffnet sie uns einen Safe oder eine geheime Tür.«

»Darauf können Sie jede Wette eingehen«, erklärte Coelho und ergriff die Karte. »Das ist eine ID-Karte für ein elektronisches Türschloss. Wenn wir Glück haben, sind die Koordinaten, die uns hierhergeführt haben, zugleich der Zugriffscode. Sagen Sie, Schwester Giada, wo gibt es in diesem Appartement so etwas wie einen Kartenscanner?«

»Meines Wissens nirgendwo.«

»Es muss hier aber irgendwo ein Gerät geben, durch das man diese Karte ziehen kann.«

»Nicht, dass ich wüsste. Ich arbeite nun schon seit fast einem Jahrzehnt für Seine Eminenz. Eine solche Sicherheitsvorrichtung wäre mir aufgefallen.«

»Was ist mit Rebekah?«, fragte Catherine. »Womöglich weiß sie etwas. Immerhin ist sie für die Computersicherheit dieser Wohnung verantwortlich.«

»Gute Idee!« Giada griff erneut zum Telefon, doch gerade als sie den Hörer abheben wollte, um Rebekah anzurufen, klingelte es. Verdutzt blickte sie auf das Display.

»Es ist der Empfang.« Sie nahm das Gespräch entgegen und meldete sich. Dann hörte sie einen Moment lang zu, wobei nicht nur Catherine den Eindruck gewann, dass sie etwas blass um die Nase wurde. Schließlich sagte sie: »Danke. Nein, kein Problem, Signore. Ich werde meine Arbeit unterbrechen. Schicken Sie den Inspektor bitte herauf.«

Den Inspektor? Alle starrten Giada an.

Catherine hatte das Gefühl, als steckte ihr ein kompletter Quarkstrudel quer im Hals.

»Inspektor Ganzoli«, erklärte Giada. Sie schien ihre Fassung wiedergewonnen zu haben. »Er hat ein paar Fragen an mich im Hinblick auf Seine Eminenz.«

»Das hat uns gerade noch gefehlt«, rutschte es Rinaldo raus.

Giada drückte eine der Tasten auf der Schreibtischkonsole, und das Flipchart verschwand wieder in der Decke. »Sie gehen am besten alle zusammen in die Küche und rühren sich nicht von der Stelle.«

»Halten Sie die Küche wirklich für ein geeignetes Versteck?«, fragte Coelho.

»Ich werde dem Inspektor ganz sicher keinen Kaffee anbieten.«

»Was ist mit dem Hinterausgang?«, fragte Catherine.

Giada bedachte sie mit einem nachsichtigen Blick. »Dafür reicht die Zeit nicht.«

52.

David starrte auf die Weißkittel und die Apparaturen unter ihm. Er lag auf einem Behandlungsbett, trug eine Elektrodenkappe und hatte das Gefühl, jeden Augenblick durch die Wände und die Decke davonzuschweben, wenn da nicht dieses unsichtbare Etwas gewesen wäre, das ihn vor dem endgültigen Abdriften in andere Regionen bewahrte.

»Wenn Sie mich fragen«, sagte einer der beiden Weißkittel, die vor seinem Bett standen, »hätte Doktor Zanolla ihn nicht reanimieren lassen sollen. Es ist hoffnungslos.«

»Für diese Art der Diagnostik werden weder Sie noch ich bezahlt«, antwortete der andere stoisch.

»Dann glauben Sie also an Wunder?«

»Wir haben in diesen Mauern schon das eine oder andere Wunder erlebt, oder etwa nicht? Solange die Maschinen den Jungen weiteratmen lassen, wird er leben.«

David holte tief Luft und begriff im selben Moment, dass er sich gar nicht mehr in seinem materiellen Körper befand. Die ganze Welt schien aus den Fugen geraten zu sein. In der einen Sekunde war er noch in der alten Kathedrale mit den Kindern und diesem Darius gewesen, wo er den finsteren Turael vernichtet hatte, und in der nächsten hatte sein Herz erneut aufgehört zu schlagen. Plötzlich hatte er sich in einem völlig fremden, hochmodernen Krankenzimmer wiedergefunden, in dem genau jener Mann bewusstlos auf einem Bett gelegen hatte, den er mit Hilfe des Zeitungsfotos hatte sondieren wollen: Kardinal Ciban.

Ein Arzt und eine Krankenschwester waren ebenfalls im Raum gewesen. Beide hatten den Bewusstlosen und die Apparaturen beobachtet und dabei einen sehr besorgten Eindruck gemacht.

Im nächsten Augenblick tat sich vor Davids Augen eine Art Fenster auf, ja die komplette vordere Wand des Krankenraums löste sich vor seinen Augen auf und gab ein grässliches Schlachtfeld mit einem alles durchdringenden, furchteinflößenden Dröhnen preis. Schreckerfüllt musste er mit ansehen, wie der gesamte Horizont in Flammen stand, wie das gesamte Gebiet um den Petersdom brannte und Papst Leo von einem tödlichen Schuss ins Herz getroffen worden war, während er die Flammen zu bekämpfen versuchte. Am Ende der Schlacht stieg ein großer, verhüllter Schatten aus dem rötlichen Flammenmeer auf und trug das weiße, blutbefleckte Gewand des Papstes wie eine Trophäe vor sich her.

An der ganzen Seele zitternd, sah David bestürzt zu dem Arzt und der Krankenschwester hinüber, doch die beiden schienen weder das nebelhornartige Dröhnen und die brennende Welt noch das große Abschlachten oder den tödlich getroffenen Papst wahrzunehmen. Es war, als spielte sich das alles ausschließlich in Davids Fantasie ab.

Dann fingen irgendwelche Apparaturen ohrenbetäubend laut an zu piepsen. Apparaturen, die David jedoch nicht mit sich selbst in Verbindung brachte, sondern mit dem bewusstlosen Mann auf dem Bett. Der Arzt und die Krankenschwester wirkten auf einmal noch besorgter. Beide besprachen sich, und dann verließ die Krankenschwester den Raum, um Hilfe zu holen, während der Arzt bei dem Bewusstlosen blieb.

David spähte voller Angst vom brennenden Horizont zu dem bewusstlosen Kardinal hinüber und erkannte mit einem Mal, dass der Mann ihn ansah, obwohl seine Augen geschlossen waren. Der Kardinal wusste um die Schlacht und um den flammenden Horizont dort draußen. Er wusste um das brennende Rom und um das vergossene Blut Papst Leos.

»Fürchte dich nicht«, hörte David die Stimme des Mannes plötzlich sagen. Im selben Moment fand er sich an einem ganz anderen Ort wieder, einem Ort, der so unglaublich weiß war, dass es keinerlei Ablenkung, keinerlei Orientierung gab, bis auf den Mann, der unversehens vor David stand.

»Was du da gesehen und gehört hast, war die Zukunft. Aber es ist noch nicht alles vorbei.«

»Was ist noch nicht vorbei?« Nach wie vor dröhnte das Nebelhorn in Davids Geist, ließ ihn erzittern.

»Der Kampf gegen die Kräfte der Finsternis. Was dich durchdrungen hat, war die Ankündigung des Jüngsten Gerichts. Die Schallwellen von Gabriels Horn.«

Während der Mann dies sagte, erhaschte David über das unendliche Weiß hinweg einen Blick auf seine Aura. Für gewöhnlich waren Auren grauorange mit roten oder grauen Schlieren, typisch menschlich und emotional eben. Diese Aura hingegen war völlig anders. Nie zuvor hatte David etwas Vergleichbares gesehen, jedenfalls nicht in der Realität oder während einer Sondierung. Es war, als brannte die Luft um diesen Mann, als stünde Kardinal Ciban in einer blauweißen Sonnenflut, als wären die Flammen seiner Aura hinter seinem Rücken gekreuzt wie zwei glühende Schwerter. Am Rand der Aura pulsierten diffuse schwarze Schatten, die ein unheimliches Eigenleben zu führen schienen.

»Wer sind Sie?«

»Ich bin der Junge aus deiner Vision.«

David starrte den Mann an. Wenn nicht dieses strahlende Weiß in Verbindung mit diesem strahlenden Blau gewesen wäre, und dazu diese strahlenden Augen … Es ging eine tiefe Dunkelheit vom Wesen dieses Mannes aus, wie ein fernes Echo.

»Wenn Sie der Junge aus meiner Vision sind, wo bin ich dann? Und warum bin ich hier?«

»Du bist in meinem Geist, und ich bin in deinem Geist. Der telepathische Alphawellenzustand, in dem sich unsere Gehirne befinden, macht diese Begegnung möglich.«

»Dann sind wir … tot?«

»Wir befinden uns in einem todesähnlichen Zustand. Was du siehst, ist der Schleier des Todes, die Transzendenz, die alles vereint und durchdringt.«

David blickte sich in dem Raum um. »Wir sind die Einzigen hier.«

»Weil dieser Augenblick, dieses Band, nur zwischen uns existiert.«

Der Mann deutete zwischen sich und David, und dabei sah David die silberne Kordel, die ihre beiden Geistkörper miteinander verband.

»Was bedeutet das?«

»Dass es aus irgendeinem mir unbekannten Grund eine Verbindung zwischen uns gibt. *Du* hast mich hierhergeholt. Nicht ich dich. Wie ist dein Name?«

»David.«

»Und wie lautet dein Nachname?«

»Einfach nur David.«

Kardinal Ciban hatte ihn nachdenklich angeschaut, so dass David sich gefragt hatte, ob der Kardinal über die Kordel vielleicht doch mehr sah, als er zugab.

»Also, warum bin ich hier, mein Junge?«

Just in diesem Moment erklang ein durchgehender, penetranter Piepton. Der weiße Schleier wurde transparent, und David verfolgte, wie die beiden Weißkittel über drei Minuten lang versuchten, ihn wiederzubeleben.

»Lassen wir es gut sein«, sagte einer der beiden schließlich. »Es ist vorbei.« Der Mann schloss Davids Augen, nahm das weiße Laken und zog es über sein ausdrucksloses Gesicht.

David konnte es nicht fassen. Er war tot. Und dennoch lebte er.

»Was soll ich jetzt tun?«, fragte er den Mann an seiner Seite.

»Abwarten. Es ist noch nicht vorbei.«

Die Tür ging auf. Ein kleiner, dicker Mann kam herein und riss das Laken mit einem Ruck von Davids Körper. »Sind Sie wahnsinnig?«, fuhr er die beiden völlig perplex dastehenden Weißkittel an. »Sofort in den White Room mit ihm!«

»Der Doktor«, erklärte David, während er spürte, wie sich die Aura des Kardinals verdunkelte, wie das Schwarz an den Rändern zu knistern begann und immer intensiver wurde. »Sie mögen ihn wohl nicht.«

Zanolla folgte den beiden Weißkitteln, die das Bett eilig aus dem Zimmer schoben.

»Was trägt dein Doktor da in der linken Hand?«, fragte der Kardinal.

David blickte genauer hin und erstarrte. »Es ist das Foto, durch das ich Sie gefunden habe.«

Die Wände um David wurden transparent, daher konnten er und der Kardinal auf einmal durch die Mauern des Instituts hindurchblicken. Sie folgten mit ihren Blicken dem Bett, bis es schließlich in den Raum mit der weißen Röhre geschoben wurde.

»Sie versuchen uns zurückzuholen«, sagte der Kardinal.

»Uns?«

»Du und ich… wir sind miteinander verbunden. Wenn du stirbst, werde auch ich nicht mehr erwachen. Wenn du ins Leben zurückkehrst, so kehre auch ich zurück.«

»Aber…« David stutzte, doch dann erinnerte er sich an das Band, von dem Ciban gesprochen hatte, an den telepathischen Alphawellenzustand, der sie einte.

»Hör mir zu, David. Du musst über eine ganz besondere Gabe verfügen, wenn du es geschafft hast, mich hierherzuholen. Sobald wir uns in der materiellen Welt wiedersehen, musst du mich an unsere Begegnung erinnern.«

»Erinnern? Wieso?«

»Sobald ich aus diesem Zustand erwache, werde ich mich an nichts mehr erinnern. Ich werde nur noch spüren, dass du von zwei gleich starken gegensätzlichen Kräften beherrscht wirst. Ich werde nicht mehr wissen, ob das Gute oder das Böse am Ende in dir triumphiert.«

Der Kardinal hielt inne, und für den Bruchteil eines Augenblicks hatte David wieder das brennende Rom vor sich.

»Was meinen Sie?«, fragte er vorsichtig.

»Ich will dir nichts antun, mein Junge.«

Kardinal Ciban trat auf David zu – und David wich zurück.

»Hab keine Furcht. Ich werde dir jetzt etwas geben, das dir bei der Aufgabe helfen wird, mich an unsere Begegnung zu erinnern.«

Der Kardinal trat erneut auf David zu, berührte seine Stirn und ließ einen winzigen Tropfen seiner Seele in ihn fließen. David verkrampfte sich vor unerwartetem Schmerz – und vor Staunen. Der Schluck Seele lief wie heißes, flüssiges Metall durch jede Zelle seines Geistkörpers und schien dabei alles zu versengen, was er berührte. Trotzdem war dieser Schmerz mit keinem Schmerz in der materiellen Welt zu vergleichen. Er war unerträglich und wohlig zugleich.

Er war gewaltig, dieser winzige Seelentropfen. So klein er auch war, barg er doch die gesamte Erinnerung an diese Begegnung – und mehr. Beinahe wie das Teilstück eines Hologramms, das stets wieder das ganze Hologramm enthielt. David spürte in seinem Innern eine Veränderung, ohne zu wissen, wie er sie deuten sollte. Das erfüllte ihn mit Furcht.

»Was muss ich tun? Was, wenn es mir nicht gelingt, Sie daran zu erinnern?«

Die Antwort kam nicht von Kardinal Ciban, jedenfalls nicht direkt, sondern aus dem nun mit David verschmolzenen Seelentropfen. Während David der Antwort lauschte, sah er, wie die beiden Weißkittel seinen Körper in die weiße Röhre schoben, und die Vision von der brennenden Stadt und von Ciban verschwand.

53.

»Sie haben gelogen, Ambrose.«

Ambrose würde das Gesicht des Doktors im Leben nicht mehr vergessen, als sie das fehlende Foto aus der Zeitung in seiner Aufseheruniform gefunden hatten. Der Sicherheitsdienst hatte ihm sofort Handfesseln angelegt, ihn über drei Aufzüge und etliche Gänge in die niedersten Niederungen des Instituts verfrachtet und ihn dann in diese kleine Kammer gesperrt, in der es nur eine nackte Energiesparlampe, eine Pritsche und eine Toilette gab.

Vor der Kammer war einer der beiden Sicherheitsleute postiert, die ihn hergebracht hatten. Der andere durchsuchte gerade seinen Spind, und sicher war längst ein Team zu seiner kleinen Wohnung auf dem Monte Mario unterwegs.

Der Spind war sauber. Dort würden sie außer der Zivilkleidung und seinem mit Schokoriegeln vollgestopften Rucksack nichts finden. Es sei denn, sie kamen auf die Idee, die Schokoriegel in der handelsüblichen Verpackung eines bekannten Lebensmittelherstellers zu analysieren, denn diese Sorte Kraftriegel gab es in keinem normalen Sortiment.

Seine Wohnung sollte ebenfalls kein Problem darstellen, sofern Doktor Zanollas Sicherheitsleute nicht auf das Aufspüren von doppelten Wänden hinter Toilettenarmaturen spezialisiert waren.

Ambrose war klar, dass der Doktor nach dem Verhör nicht davor zurückschrecken würde, einen alleinstehenden Aufseher, nach dem kein Hahn krähen würde, stillschweigend beseitigen zu lassen. Doch was war, wenn Zanolla herausfand, dass Ambrose ein Agent war? Würde der Doktor es auch wagen, einen Beamten der ISA zu beseitigen?

Ambrose hoffte, es möge kein Zeichen sein, aber auf dem Weg zu dieser verfluchten Kammer mit dem Metallklo und der eiskalten Liege hatten die beiden Sicherheitsleute ihn an der Tür zum Krematorium vorbeigeführt. Er hatte geglaubt, das Inferno der Brennkammern mit den zischenden, sich aufrichtenden, zersplitternden und brodelnden Körpern förmlich durch die Glasscheibe der Stahltüre riechen zu können, was natürlich Unsinn war. Sollte der Doktor ihn tatsächlich beseitigen wollen, wäre das ganz ohne Zweifel die optimale Lösung. Nichts als Asche und ein paar Knochensplitter würden von seinem Leichnam in der Auskühlzone übrig bleiben. Am Ende mochte die einzige Gnade Zanollas darin bestehen, dass sie ihn nicht bei lebendigem Leib, sondern bereits tot in die Tiefe der Brennkammer stießen.

Als Ambrose seine Chancen zu fliehen oder überhaupt zu überleben abwog, erschien ihm die Wahrscheinlichkeit, im Lotto zu gewinnen, deutlich höher.

Ohne Leiche kein Mord.

Ohne Mord keine Morduntersuchung.

Zumindest nicht offiziell.

Ganz gleich wie Ambrose die Sache auch drehte und wendete, wenn ihm bis zum Verhör nicht noch ein brillanter Schachzug einfiel, irgendetwas, das eigentlich menschenunmöglich war, kam für ihn jede Hilfe zu spät.

Dann würde er brennen – bei über eintausend Grad.

54.

Es war mucksmäuschenstill in der Küche. Catherine schmunzelte innerlich, denn Rinaldo wagte es nicht einmal, nach einem seiner geliebten Kekse zu greifen. Unterdessen beäugte Coelho die ID-Karte in seiner Hand, als könne er dem darauf befindlichen Magnetstreifen allein kraft seines Willens sein Geheimnis entreißen.

Schwester Giada befand sich nun schon seit einer gefühlten Ewigkeit im Gespräch mit Inspektor Ganzoli. Die Fragen des Inspektors schienen kein Ende nehmen zu wollen. Tatsächlich war es allerdings erst knapp eine Viertelstunde her, dass der Störenfried die Wohnung betreten hatte.

In Gedanken ging Catherine noch einmal Rinaldos und ihre Notizen auf dem Flipchart durch. Alan Scrimgeour, Sarah Maria Ciban, die Triaden… Es steckte erheblich mehr hinter der ganzen Sache, als sie alle bisher angenommen hatten. Ganz sicher war der porträtierte Junge ein Teil der Lösung, auch wenn Catherine vermutete, dass er seit langer Zeit nicht mehr lebte. Immerhin war die Kopie des Porträts um die vierzig Jahre alt – das hatte zumindest Coelho behauptet. Später hatte er noch hinzugefügt, dass das Original aufgrund der gerade noch so erkennbaren Struktur durchaus aus dem vorletzten Jahrhundert stammen könnte. Jedenfalls hatte einer von seinen Leuten diesen Verdacht geäußert. Für eine genauere Untersuchung und Datierung fehlte natürlich das Original.

Draußen vor der Küchentür hörte Catherine plötzlich

ein Geräusch. Es folgten Schritte und Stimmen. Rinaldo hörte auf, die Kekse anzustarren, und Coelho blickte abrupt von der elektronischen Karte auf. Für einen Moment klang es so, als kämen die Schritte und Stimmen näher, doch dann entfernten sie sich. Die schwere Appartementtür fiel mit einem satten Ton ins Schloss, und es herrschte für einige Sekunden Stille.

Catherine, Rinaldo und Coelho wechselten einen kurzen Blick.

»Es sieht ganz danach aus, als wäre Inspektor Ganzolis Fragestunde beendet«, flüsterte sie.

Jetzt kamen die Schritte eindeutig auf die Küche zu. Schwester Giadas Schritte. Als die Tür endlich aufging, betrat sie mit äußerst gemischten Gefühlen, die sich in ihrer Miene spiegelten, die Küche. Rinaldo schenkte der alten Nonne fürsorglich einen Kaffee ein.

»Was ist passiert, Schwester?«, fragte Catherine.

Nachdem Giada auf einem der Hocker Platz genommen und einen Schluck getrunken hatte, schaute sie von einem zum anderen. »Eine Menge mehr, als uns lieb sein kann. Dieser Inspektor Ganzoli ist ein gewitzter Kerl. Und er ist felsenfest davon überzeugt, dass Kardinal Ciban der Mörder von Alan Scrimgeour ist.«

Obwohl die Nachricht für Catherine nicht gerade brandaktuell war, spürte sie, wie sich ihr Magen augenblicklich zusammenzog.

»Welche Fragen hat er gestellt?«, fragte sie.

»Er wollte wissen, ob mir an dem Tag, als der Professor ermordet wurde, irgendetwas Besonderes an Seiner Eminenz aufgefallen sei. Ob er sich irgendwie anders verhalten habe. Oder ob sich an diesem Tag generell etwas Seltsames oder Außergewöhnliches ereignet habe.«

»Und?«

»Ich habe Seine Eminenz an dem Tag gar nicht gesehen, aber ich erinnere mich an diesen seltsamen Brief. Jemand hatte ihn an der Pforte für ihn abgegeben, und ich legte ihn zusammen mit der übrigen Post für ihn bereit, kurz bevor ich ins Kloster zurückkehrte. Ich bin mir sicher, dass kein Absender darauf stand. Seine Eminenz rief mich jedenfalls an diesem Abend an und fragte, von wem der Brief stammte. Doch ich konnte ihm die Frage nicht beantworten. Seltsam, dass ich mich erst jetzt wieder daran erinnere.«

»Das muss das Bindeglied sein, nach dem ich suche«, sagte Coelho. »Dieser Brief könnte von Alan Scrimgeour stammen.«

»Da Sie das Schreiben nicht bei Seiner Eminenz gefunden haben, muss es noch irgendwo hier sein«, stellte Catherine fest. Sie ersparte es sich und den anderen, noch einmal darauf hinzuweisen, dass der Kommandant und sein Team Ciban in ihrem Appartement angetroffen hatten. An Giada gewandt fügte sie hinzu: »Bei allem Respekt, wir sollten das Arbeitszimmer genauer unter die Lupe nehmen.«

Giada nickte. »Das sollten wir tatsächlich. Aber ich habe noch eine weitere Neuigkeit, und die wird Ihnen dreien ganz und gar nicht gefallen.« Sie setzte die Espressotasse auf der Küchentheke ab. »Unser Inspektor hat mich auch nach Sarah Maria Ciban gefragt.«

Catherine ließ sich mit weichen Knien auf einen der Hocker sinken. »Sie denken, er weiß über Sarah Ciban und den Professor Bescheid?«

»Es wäre zumindest möglich. In jedem Fall ist unser Vorsprung nicht ganz so groß, wie wir dachten.«

»Wo genau bewahrt Seine Eminenz die gelesene Tageskorrespondenz auf?«, fragte Catherine.

»Das weiß ich nicht. Da es mich nichts angeht, habe ich nie darauf geachtet. Aber es gibt ein kleines Aktenzimmer gleich neben seinem Büro, das ich noch nie betreten habe.«

»Worauf warten wir dann noch?« Catherine erhob sich.

»Erinnern Sie sich, was ich vorhin über den Computer Seiner Eminenz gesagt habe?«

»Ja, natürlich.«

»Das Gleiche gilt für diese kleine Kammer. Denken Sie bitte nicht, Sie könnten sich durch eine der Wände zu diesem Raum durcharbeiten. Die gesamte Kammer ist ein Safe.«

Coelho, der noch immer die elektronische Karte in der Hand hielt, seufzte und sagte mit ironischem Unterton: »Das klingt doch äußerst vielversprechend, Schwester.«

55.

Das Ristorante Matriacianella lag in einer der kleineren Seitenstraßen zwischen der Spanischen Treppe und der Via Borghese. Die karierten Tischdecken und die bequemen Holzstühle waren zu so etwas wie einem Markenzeichen des Lokals geworden. Die traditionelle römische Küche war bodenständig und sehr gut. Das Angebot an nationalen und internationalen Weinen mehr als ausreichend für den täglichen und auch den etwas anspruchsvolleren Bedarf.

Wie Robert Martini wusste, kam Antonio Kardinal Mercatis seit vielen Jahren regelmäßig zum Essen hierher. In den letzten fünf Jahren hatte Mercatis angefangen, auch seine Geburtstage im Matriacianella zu feiern. Im engsten Freundeskreis in einem kleinen, gemütlichen Nebenraum.

Wie Martini war Mercatis von Natur aus eher ein Eigenbrötler. Daher hatte der alte, frisch pensionierte Kirchenfürst die Arbeit als Kardinalbibliothekar geliebt, dabei jedoch immer bedauert, keine Zeit mehr für die Archive zu haben.

Martini kam der Gedanke, in welch heftigem Gegensatz die schlichte Feier von Mercatis zu den pompösen Empfängen stand, die der verstorbene Kardinal Benelli einst in seiner Villa gegeben hatte. Als Martini einmal mit Mercatis und Benelli während einer dieser üppigen Feiern über das Sterben und den Tod gesprochen hatte, hatte Mercatis den mehr oder weniger bescheidenen Wunsch geäußert, am liebsten im eigenen Bett im Schlaf zu sterben. Benelli hatte sich darüber in amüsiertes Schweigen gehüllt – nur um wenige Wochen darauf auf einem seiner pompösen Empfänge einen ebenso pompösen Abgang hinzulegen. Mitten beim Feiern, während eines guten Gesprächs und mit einem Glas Wein in der Hand war der alte Benelli aus dem Leben geschieden. Diese Geschichte hatte zumindest in Vatikankreisen die Runde gemacht.

Martini hatte daraufhin einmal mehr ein Bild seines eigenen Sterbens entworfen und sich ausgemalt, wie sein Kopf eines Tages am Pult auf einen der großen Folianten sinken würde, während er mehr oder weniger sanft entschlief. Sein schlimmster Alptraum war, lebendig begraben zu werden. Dabei war diese Angst nicht nur eine Phobie, sondern hatte durchaus einen berechtigten Hintergrund. Einzig seine kluge Haushälterin wusste, was zu tun war, wenn es einmal so weit war. Mariella war der einzige Mensch auf der Welt, mit dem Martini sein kleines Geheimnis teilte. Nicht einmal der alte Antonio, der sein Leben nun schon seit einigen Jahrzehnten begleitete, hatte auch nur den Hauch einer Ahnung davon.

»Robert, altes Haus. Ich dachte schon, du kommst nicht mehr.«

Mercatis schritt leicht angeheitert auf ihn zu. Offensichtlich hatte er den Wein schon geraume Zeit vor dem Essen auftischen lassen. Sobald der Jubilar ein paar Schlucke intus hatte, zog er Martini liebend gern mit seinem englischen Vornamen auf. Zumal Martini tatsächlich zur Hälfte Brite war und noch dazu einige Jahre in England und Neuengland als Dozent gelebt hatte.

»Antonio, alter Freund. Herzlichen Glückwunsch. Wie könnte ich je auch nur einen deiner Geburtstage vergessen!«

Sie umarmten sich auf die herzlich-römische Art, an die Martini sich in all den Jahren nie wirklich hatte gewöhnen können. Nur bei einem guten Freund wie Antonio konnte er diese Art von körperlicher Nähe überhaupt ertragen.

Antonio führte ihn zum Tisch, wo Martini den Stuhl gleich neben seinem Freund zugewiesen bekam. Der frisch pensionierte Kardinalbibliothekar schien seinem Arbeitsleben keine Träne nachzuweinen, doch Martini wusste, dass genau das Gegenteil der Fall war.

Der Kellner bot Martini sogleich einen der Weine an, ließ ihn kosten und schenkte ihm, nachdem er seine Zustimmung eingeholt hatte, schließlich ein. Martini blickte in die Runde. Wie es aussah, hatten auch die übrigen Geburtstagsgäste bereits mehr als ein Glas Wein getrunken. Zum ersten Mal erlebte Martini auf einer Feier seines Freundes Antonio die Gäste schon so zeitig angeheitert. Als hätten Antonios Freunde auf seinen fünfundsiebzigsten Geburtstag und seine Pensionierung gleich doppelt angestoßen.

»Hast du schon das Neueste gehört?«, flüsterte Antonio ihm zu.

»Wie sollte ich? In dieser Stadt passiert ständig etwas Neues, so dass selbst das Neueste nach zehn Sekunden schon wieder veraltet ist. Außerdem war ich auf dem Weg zu dir.«

»Du solltest hin und wieder auch mal etwas anderes studieren als deine alten Bücher, Robert. Dein Freund Ciban hatte heute Nacht einen schweren Autounfall und liegt in der Gemelli-Klinik.«

Das war in der Tat eine Nachricht, die nicht so schnell veralten würde. »Dann feiern deine Gäste also Cibans Autounfall?«

Antonio winkte mit einem säuerlichen Grinsen ab. »Ach, wo denkst du hin.«

»Wie schwer ist er verletzt?«

»Ziemlich schwer. Aber er wird durchkommen.«

»Wie hast du davon erfahren?«

»Durch Zufall. Doktor Asensi ist mein Arzt. Ich war heute früh im Krankenhaus, als er zu einem Notfall gerufen wurde. Der Notfall war Ciban.«

Martini biss sich auf die Lippen. »Wenn er stirbt…«

»Er wird nicht sterben. Jedenfalls nicht jetzt.«

»Glaubst du an den… Autounfall?«

Antonio schüttelte den Kopf. »Nicht mit dem neuen Wagen, den Ciban seit einigen Wochen besitzt. Er fährt einen gepanzerten Audi mit schusssicheren Autoreifen. Weder Handgranaten noch Sprengsätze könnten diesem Wagen oder seinen Insassen etwas anhaben. Du kannst dir sicher vorstellen, wer die Unfallgeschichte in die Welt gesetzt und die Wahrheit dahinter vertuscht hat.«

Martini erwiderte nichts. Es war klar, dass der Vatikan einen möglichen Anschlag auf den Präfekten der Glaubenskongregation nicht an die große Glocke hängen würde. Erst recht würde der Vatikan den wahren Grund verschleiern, sollte etwas anderes als ein gewöhnlicher Autounfall hinter Cibans Krankenhausaufenthalt stecken.

»Was denkst du, Antonio?«

»Denken? Ich denke gar nichts, Robert. Ich bin vom heutigen Tag an in Pension. Aber du«, Antonio deutete mit dem Blick hinaus auf das nie schlafende Rom, »solltest Augen und Ohren offen halten. Die meisten halten dich zwar für einen alten Spinner, aber es gibt auch Leute wie Gasperetti, die jetzt umso mehr ein Auge auf dich haben werden. Sosehr Ciban deine Arbeit auch behindert hat, indem er dir den Zugang zu den Archiven verwehrte, so hat er dir dennoch, wenn auch unfreiwillig, als Schutz vor Schnüfflern wie Gasperetti gedient.«

Martini starrte das Weinglas vor sich an, als wäre der Inhalt gerade vergiftet worden. Antonio hatte recht. Während Cibans Abwesenheit konnte so einiges aus den Fugen geraten. Warum drehte sich die Geschichte in Sachen Macht und Ohnmacht auch immerzu im Kreis?

Noch leiser fügte Antonio hinzu: »Ich habe übrigens noch jemanden in der Klinik gesehen, der sehr besorgt um das Leben des Kardinals war.«

Martini blickte von seinem Weinglas auf. Antonio hatte es noch jedes Mal verstanden, auf seine Neuigkeiten noch eins draufzusetzen.

»Schwester Catherine Bell.«

Martini starrte seinen Freund ohne ein Wort an. Er hatte Catherine Bells Wirken von Anfang an verfolgt. Gewissermaßen waren er und sie Leidensgenossen. Aber was hatte die junge Ordensfrau mit Cibans Unfallgeschichte zu tun?

56.

Catherine ließ sich müde auf Cibans Schreibtischsessel sinken und blickte abgekämpft auf die zweigeteilte Regalwand mit den DVDs, die in den Raum hineinragte. Unter Giadas wachsamen Augen hatten sie, Coelho und Rinaldo jeden Winkel des Appartements durchsucht und abgeklopft, einschließlich des Arbeitszimmers, in das sie jetzt nach über drei Stunden vergeblicher Suche zurückgekehrt waren.

Selbst der Aktenraum, den sie mit Rebekahs Hilfe hatten öffnen können und der tatsächlich ein Safe war, hatte sich als Niete entpuppt, denn außer drei leeren Metallregalen und einigen Flaschen mit hochkarätigem Wein hatte er nichts weiter enthalten als ein paar Aktenordner mit diversen Rechnungen für den Haushalt und das Büro. Es war zum Mäusemelken.

Catherine hörte auf, die Regalwand anzustarren, und breitete die Hinweise, die Ciban ihr und Rinaldo hatte zukommen lassen, noch einmal vor sich auf dem Schreibtisch aus. Dann legte sie das Porträt des Jungen mit dem Zitat neben den Brief und die elektronische ID-Karte und bat Giada, das Flipchart noch einmal auszufahren.

Warum sollten Cibans Hinweise sie und Rinaldo in seine Wohnung führen, wenn es hier nichts zu finden gab? Hatten sie die Zahlen womöglich falsch interpretiert?

Sie mussten irgendetwas übersehen haben.

Eines war Catherine während der stundenlangen Suche mehr als seltsam erschienen. Im gesamten Appartement hatte sie kein einziges Bild oder Foto von Cibans Familie erblickt. Weder von den Eltern noch von Sarah, geschweige denn von der übrigen Verwandtschaft.

Catherine hielt sich selbst für nicht sonderlich sentimental, doch ein Foto von Pater Darius und ihrem Studienkollegen und Freund Ben Hawlett, die für sie wie ihre Familie waren, stand schon auf der kleinen Vitrine in ihrem Wohnzimmer. Außerdem besaß sie neben den elektronischen Fotos in ihrer Mediathek einige ältere Alben, zu denen weitere Aufnahmen von Darius und Ben sowie einigen engeren Freunden gehörten. Konnte es sein, dass Ciban nicht einmal ein Fotoalbum seiner Familie und seiner engsten Freunde besaß? Ein weiteres Mysterium seiner Persönlichkeit. Irgendwo war das für sie unvorstellbar.

Schließlich fiel ihr die Villa der Cibans wieder ein. Mit Sicherheit bewahrte er persönliche Dinge auf dem Familienanwesen auf, und sie hatten deshalb hier kein einziges Bild von seinen Angehörigen entdeckt. Nach dem Tod von Kardinal Benelli hatte Ciban die Villa wieder übernommen und sie ihrem Wissen nach nicht weitervermietet. Zumindest war Ciban im letzten Jahr an einigen Tagen dort gewesen, um sich heimlich mit Papst Leo und Catherine in der Bibliothek für ein paar wichtige vertrauliche Gespräche zu treffen. Die Anlässe waren stets so gewählt gewesen, dass sie bei Dritten keinen Argwohn erweckten. Ob Ciban sich darüber hinaus auf dem Familienanwesen aufhielt, wusste Catherine nicht.

Sinnloses Abschweifen, ermahnte sie sich. Viel zu oft war sie mit ihren Gedanken bei dem Kardinal. Das brachte jedoch weder sie noch die anderen weiter. Erst recht nicht Ciban. Iss noch einen Keks, sagte sie sich, trink noch einen Kaffee und reiß dich zusammen!

Sie versuchte, sich auf die vor ihr liegenden Beweisstücke zu konzentrieren, blickte auf den zusammengeklebten Brief mit dem Vers und las die Zeilen erneut.

Es gibt einen Ort, den selbst die Engel fürchten.
Dieser Ort ist schrecklich.
Kein Licht fällt dorthin.
Nie hat ein Gedanke diesen Ort berührt.
Selbst das Feuer ist schwarz.
Es ist der letzte Ort,
den der Herr am sechsten Tag
am Ende der letzten Stunde erschuf.
Dieser Ort ist verdammt,
sein Gestank unerträglich.
Was immer dort
hinter den letzten Toren
verborgen ist,
soll dort auf ewig gefangen sein
und dort auf ewig sterben.

(Die verborgenen Mysterien:
Wenn du Frieden willst,
rüste zum Krieg!
41, 53, 55, 12, 28, 23)

Dann studierte sie das Porträt des Jungen mit dem Zitat. Die einzige Übereinstimmung der beiden Papiere bestand in den Worten »Wenn du Frieden willst, rüste zum Krieg!«. Noch dazu war der Satz unter dem Porträt in einer völlig fremden Schrift verfasst. Solche Zeichen hatte Catherine noch nie zuvor gesehen. Irgendwie erinnerte die elegante Schrift allerdings entfernt an Notenschlüssel.

Ansonsten … Engel, die einen schrecklichen Ort fürchten. Feuer, das schwarz war. Etwas, das auf ewig gefangen bleiben und auf ewig sterben sollte.

Plötzlich bemerkte sie etwas, das einem auf den ersten Blick gar nicht auffiel, weil es gar nicht da war. Außer der beeindruckenden, mit einem Schwert bewaffneten Engelsstatue im Eingangsbereich und Dürers Meisterwerk *Der Engel mit dem Schlüssel zum Abgrund* aus *Die heimliche Offenbarung des Johannes* hatte sie im gesamten Appartement nichts Engelbezogenes mehr gesehen. Das war mehr als seltsam, da Ciban sich so sehr für die Angelologie interessierte, dass er sogar in seinem vatikanischen Büro mehrere beeindruckende Engelsstatuen aufgestellt hatte.

Catherine erhob sich vom Schreibtisch. Ohne ein Wort ging sie hinüber in den Eingangsbereich und musterte die Statue ausgiebig. Das mächtige Schwert des Engels deutete genau auf den Dürer, während in dem Bild der Engel, der Johannes das himmlische Jerusalem zeigte, gleichzeitig Richtung Treppe deutete.

Sie trat näher an die Grafik heran. Der Engel mit dem Schlüssel zum Abgrund, der Satan in die Hölle stürzte, zog sie geradezu magisch an. Konnte das der schreckliche Ort sein, von dem in dem Vers die Rede war? Irgendetwas stimmte nicht mit dem Bild, obwohl es eine exakte Kopie des Originals zu sein schien. Warum hatte Ciban ausgerechnet diese Druckgrafik ausgewählt? In der historischen Kunstwelt wimmelte es schließlich nur so von apokalyptischen Engelsbildern.

»Wir sollten für heute Feierabend machen, Schwester.« Rinaldo war mit Giada und Coelho neben sie getreten. »Morgen werden wir klarer sehen.«

»Ihr Wort in Gottes Ohr, Pater.« Catherine wandte den

Blick nicht ab. »Was, wenn Inspektor Ganzoli morgen früh mit einem Durchsuchungsbefehl vor der Tür steht?«

»Was das angeht, kann ich Sie beruhigen«, sagte Giada. »Wir befinden uns hier nämlich auf vatikanischem Boden. Der gesamte Gebäudekomplex gehört zum Gelände des Vatikans und gilt somit für unseren Inspektor als ausländisches Territorium.«

»Na, wenigstens eine gute Nachricht.«

»Was ist? Haben Sie etwas entdeckt?«, fragte Coelho neugierig und trat seinerseits näher an das Bild heran.

Während der Durchsuchung der Wohnung hatten sie auch die Dürer-Grafik abgenommen, die Wand abgeklopft und den Rahmen des Bildes untersucht. Doch sie hatten nichts Verdächtiges gefunden.

»Ich weiß nicht, aber irgendetwas irritiert mich an dem Bild. Gibt es in der Bibliothek vielleicht einen Bildband mit Dürers Druckgrafiken?«

Giada verschwand für einen Moment, um mit einem Bildband zurückzukehren, und schlug die entsprechende Seite auf.

Alle starrten von dem Bildband auf die Grafik, und jeder hatte mehr oder weniger denselben Aha-Effekt.

»Es ist spiegelverkehrt«, stellte Rinaldo fest.

Catherine trat zur Wand unter der Treppe und klopfte daran. Es klang wie massiver Stein. »Ich könnte mir sogar vorstellen, weshalb.«

»Ein Geheimraum?« Giada schlug das schwere Buch zu.

»Ich wette, der Engel in der Grafik deutet nicht nur auf das himmlische Jerusalem. Gibt es einen Grundriss von der Wohnung?«

»Nicht hier«, antwortete Giada. »Aber den könnte ich uns gleich morgen früh als Erstes besorgen.«

»So viel Zeit haben wir nicht.« Catherine klopfte die Wand unter dem hohen Treppenaufgang weiter ab. Das war niemals nur der Hohlraum unter einer Treppe. »Einen Augenblick.« Sie kehrte zum Eingang des Arbeitszimmers zurück, blieb auf der Türschwelle stehen und warf von dort aus abwechselnd einen Blick auf die Innen- und Außenseite der Wand.

Coelho trat zu ihr und tat es ihr nach, während Giada und Rinaldo sie gespannt beobachteten.

»Sehr interessant«, sagte der Kommandant. »Diese DVD-Regalwand reicht tiefer in das Arbeitszimmer hinein, als es notwendig wäre. Und was sehr wahrscheinlich nicht nur eine innenarchitektonische Raffinesse ist: Die rechte Hälfte ist doppelt so tief wie die linke.«

»Dafür scheint die DVD-Wand mit dem Raum unter dem Treppenaufgang identisch zu sein«, fügte Catherine hinzu. »Wie ein umgekehrter Erker.«

Jetzt klopfte sogar Giada an die massive Wand. »Ich habe Seine Eminenz nie unter der Treppe verschwinden sehen, aber das könnte natürlich auch daran liegen, dass sich der Zugang in seinem Arbeitszimmer befindet.«

»Davon bin ich überzeugt«, sagte Catherine und fügte an Rinaldo gewandt hinzu: »Wie es aussieht, kommt jetzt Ihre elektronische Karte zum Einsatz, Pater.«

Zwei Sekunden später standen sie alle vier vor der DVD-Regalwand, die neben wissenschaftlichen Dokumentationen und Filmklassikern auch einige aktuelle Filme enthielt. Ciban schien an Fiction und Non-Fiction ebenso interessiert wie an Historischem und Futuristischem.

»Räumen wir den Schrank aus«, sagte Catherine.

»Warten Sie«, überlegte Coelho. »Es muss einen unauffälligen und schnellen Zugriff auf den Durchgang geben, so angelegt, dass man ihn nicht zufällig beim Staubwischen oder Stöbern in den DVDs entdeckt.«

Catherine blickte zum Schreibtisch hinüber. »Die Konsole!«

Sie ging darauf zu, konnte auf der Tastatur jedoch auf den ersten Blick nichts entdecken.

Coelho trat neben sie. »Sie gestatten, Schwester?«

Er tastete den unteren Bereich, die Innenseiten sowie die Schubladen des Schreibtischs ab und schüttelte den Kopf. »Wie es aussieht, müssen wir die Regalwand doch etwas näher inspizieren.«

Sie leerten jeden einzelnen Regalboden und legten die DVDs dabei so aneinandergereiht auf das Parkett, dass sie sie später wieder exakt in der gleichen Reihenfolge einräumen konnten. Coelho klopfte sowohl die Rückwand als auch jedes Brett ab, aber sie fanden weder einen Knopf noch einen Sensor noch so etwas wie ein integriertes Kartenlesegerät.

»Warum können die Leute auch nie einen klaren Hinweis hinterlassen«, seufzte Giada halb im Ernst. Dann ließ sie sich auf den Schreibtischsessel sinken und legte die Arme auf die bequemen Lehnen.

»Der Sessel!«, entfuhr es Catherine.

»Wie bitte?«

»Der Sessel … die Armlehnen!«

Catherine trat an den Sessel heran, bat Giada, die Arme anzuheben, und fummelte an den Lehnen herum. Prompt klappte die rechte Armlehne auf und offenbarte einen Sensor, den sie nun betätigte.

Von einer Sekunde auf die andere setzte sich die linke Regalwandhälfte geräuschlos in Bewegung und verschwand nahtlos in der rechten, so dass die Öffnung vom Eingang her nicht zu erblicken war. Eine automatische Leuchte schaltete sich ein und erhellte den Raum dahinter, der um einiges größer war, als es von außen den Anschein hatte.

Catherine trat näher – und blieb auf der Schwelle wie angewurzelt stehen.

Was sie da erblickte, kannte sie bereits von neulich, als Ciban sie im Krankenhaus in dieses verrückte Traum-wirrwarr hineingesogen hatte.

Sie betrachtete die riesige, chaotisch anmutende Pinn-wand aus Worten, Fotos und Texten mit den unzähligen roten und schwarzen Verbindungslinien.

In der Mitte der Wand prangte das Foto von dem Grab.

Während die anderen respektvoll warteten, gab sie sich einen Ruck und betrat den Raum.

Das Foto von dem Grab hatte eine geradezu hypnoti-sche Anziehungskraft. Es wirkte wie der Endpunkt des Schicksals eines Menschen, der zu Unrecht vor seiner Zeit gestorben war. Die Grabplatte war tiefschwarz und schlicht. Auf dem Hintergrund des Steins war nur die Andeutung eines Kreuzes zu sehen.

Catherine las den Namen, das Geburtsdatum und den Todestag. Sie spürte, wie ihr Herz schneller schlug.

Die Aufnahme zeigte das Grab von Sarah Maria Ciban.

57.

Alle starrten wie gebannt auf die Pinnwand. Jeder schien für sich etwas Rätselhaftes oder Vertrautes in den Fotos, den Worten oder den Texten zu sehen. Catherine verband jedoch weit mehr mit dieser Wand. Sie hatte all die Pins mehrmals in ihren Visionen gesehen. Jedes einzelne Element war für sie an ein ganz besonderes Empfinden gekoppelt.

Das Foto von Sarah Cibans Grab war der Dreh- und Angelpunkt mit dem eindringlichsten Gefühl. Alle Linien und Empfindungen gingen von dieser Aufnahme aus oder führten zu ihr hin, ganz gleich wie abstrus die Impressionen auf den ersten Blick erscheinen mochten. Catherine machte sich klar, dass die assoziativen Ahnungen, die sie bei dem Anblick durchfluteten, nicht ihre eigenen Gefühle widerspiegelten. Es waren vor allem Cibans Eindrücke und Instinkte.

Unbewusst warf sie einen kurzen Blick zum vermeintlichen Ausgang zurück, als suchte sie einen Weg aus ihrer Verwirrung. Drei beleuchtete Stufen hatten sie, Coelho, Rinaldo und Giada nach unten in den Raum geführt. Als sie kaum eine Minute darin gewesen waren, war etwas geschehen, mit dem niemand gerechnet hatte, nicht einmal Coelho. Die Regalwand war so rasch zugefahren, dass nicht einmal mehr der Kommandant, der dem Ausgang von allen am nächsten gestanden hatte, hatte entwischen können.

Mit der geschlossenen Regalwand hatte Catherine über ihre Sensitivität sofort die besondere Atmosphäre und Akustik des Raums gespürt, dabei hatte sich im selben Moment ein kaum wahrnehmbares Belüftungssystem eingeschaltet.

Eine ähnliche Atmosphäre hatte sie inzwischen zweimal während ihrer Visionen erlebt, trotz des Lichts und der Schwerkraft, die sie in diesem Raum nun umgaben. Zum einen in dem roten Metalltank mit der auf 36,6 Grad Celsius erwärmten Magnesiumsulfatlösung und zum Zweiten in der alten Kathedrale innerhalb des Schutzkreises. Beide Male war es ein seltsam widersprüchliches Empfinden gewesen. Eine Atmosphäre sowohl des Friedens als auch der Ausweglosigkeit, deprimierend und befreiend zugleich. Es war einfach unbeschreiblich. Bei der Erinnerung bekam sie noch jetzt eine Gänsehaut.

Reiß dich zusammen!, schalt sie sich.

Sie schätzte den tiefer gelegenen Raum auf zwölf Quadratmeter. Es schien ein Panikraum zu sein, mit Überwachungsmonitoren, eigenem Telefonanschluss, einem kleinen Lebensmittelvorrat und sogar einem Toilettenraum. Wenn sie hier nicht mehr herauskamen, mussten sie wenigstens nicht gleich ersticken, verhungern oder verdursten. Über das Telefon konnten sie vermutlich sogar Inspektor Ganzoli um Hilfe bitten.

Ganzoli? Lass die dummen Witze, Catherine!

Sie musterte die Pinnwand weiter, und diesmal gelang es ihr, die auf sie einstürmenden Emotionen im Griff zu behalten. Es war eindeutig: Ciban hatte nie aufgehört, im Todesfall seiner Schwester zu recherchieren. Allerdings schienen seine Ermittlungen weit darüber hinauszugehen. Sie versuchte sich auf das Unmittelbare, das Naheliegende auf der Wand zu beschränken, jene Verbindungen, die in unmittelbarem Kontakt zu Sarah standen und die mit ihren eigenen bisherigen Ermittlungen übereinstimmten. Die fremden Gefühle durften ihr Denken dabei nicht leiten.

»Unglaublich«, meinte Rinaldo, nachdem er den ersten Schock überwunden hatte. Er wirkte regelrecht ergriffen. Giada war ebenso überwältigt und stand mucksmäuschenstill neben ihm.

Die Pinnwand bot in der Tat einen unglaublichen Anblick voller Unberechenbarkeit, voller Mysterium und führte sie damit in ein Dilemma. Catherine blickte in die rechte obere Ecke. Was hatte zum Beispiel das Foto mit dem Deckenfresko und dem Triadensymbol mit Sarahs Tod zu tun? Und wieso faszinierte es Pater Rinaldo so sehr? Der Monsignore starrte darauf, als käme ihm das Foto oder das Fresko irgendwie bekannt vor, als hätten sie beim Betreten dieses Raums die Büchse der Pandora geöffnet.

»Ich habe dieses Deckenfresko auf dem Foto am Tag des Anschlags auf Seine Eminenz gesehen«, erklärte Rinaldo endlich.

»Gesehen? Wo?«, fragte Catherine voller Neugier.

»In einem der zahlreichen ehemaligen Verliese der Engelsburg. Ich muss zugeben, dass ich die ganze Triadenangelegenheit bis dahin nicht allzu ernst genommen habe. Ein jahrtausendealter Orden, von dem noch nie jemand etwas Konkretes gehört oder gesehen hatte … Aber dann zeigte mir Kardinal Ciban einige Dokumente und Spuren – und dieses Fresko, das er bei seinen detektivischen Nachforschungen entdeckt hatte, und ich kam ins Grübeln. Wie es aussah, hatte auch der Professor von einem solchen Fresko erfahren und einen Teil der dargestellten Triadenhierarchie in seinem Werk *Himmlische Heerscharen* abgebildet. Dafür hatte Seine Eminenz drei mögliche Erklärungen: Entweder Scrimgeour war auf eine weitere Abbildung gestoßen, oder aber er war in dem Verlies in der Engelsburg gewesen, was eher unwahrscheinlich war. Oder«, Rinaldo machte eine bedeutungsvolle Pause, und Catherine gönnte ihm diesen Moment, »der Professor hatte die Bibel der Triaden entdeckt.«

Diesmal sah keiner der Anwesenden Rinaldo an, als hätte er den Verstand verloren. Alle blickten vielmehr auf das Foto mit dem Fresko.

Catherine erinnerte sich dabei an Cibans verschmutzte Schuhe, als er sie im Archiv getroffen hatte. Sie hatte angenommen, er sei durch die Vatikanischen Gärten geeilt, tatsächlich aber war er an diesem Tag tief im Untergrund der Verliese der Engelsburg gewesen.

»Das Ganze geht weit über das hinaus, was wir vermutet haben«, sagte Coelho, der noch immer auf die Fotowand starrte.

Catherine seufzte. »Allerdings. Wir sollten uns daher zunächst auf das Wesentliche konzentrieren.«

Das waren nun einmal die Ereignisse in unmittelbarer Nähe des Grabfotos. Unter anderem hing da auch eine Ansichtskarte aus Cambridge. War die Karte etwa von Sarah?

Sie nahm die Postkarte kurzerhand ab, ignorierte das damit verbundene Gefühl von Wehmut und Trauer und betrachtete sie näher.

Die Karte zeigte die Mathematikbrücke im Queen's College von Cambridge, die die ältere Hälfte des Colleges mit der neueren verband. Einem Mythos zufolge hatte Sir Isaac Newton die Brücke so entworfen, dass sie ohne Schrauben und Muttern hatte gebaut werden können. Tatsächlich besaß die Brücke mehr Schrauben und Muttern, als man freiwillig zu zählen gewillt war.

Catherine drehte die Karte um und blickte auf das Adressfeld. Der Poststempel war über fünfzehn Jahre alt, aber noch gut lesbar. Der Empfänger war Marcus Ciban, und die Empfängeradresse stimmte exakt mit dem Appartement überein, in dem Catherine sich in diesem Moment befand.

Marcus. Bisher hatte sie sich keine großen Gedanken um den vollen Vornamen Kardinal Cibans gemacht, doch jetzt dämmerte ihr, dass der aus dem Lateinischen stammende Vorname »der dem Mars Geweihte« bedeutete. Männliche Kinder mit diesem Namen hatte man in der Antike dem Kriegsgott Mars geweiht.

Wie es aussah, hatte Cibans Vater sich bei der Namenswahl seines Sohnes etwas gedacht. Auch beim Namen seiner Tochter hatte er sich nicht lumpen lassen, bedeutete Sarah doch »Fürstin« oder »Herrin«.

Catherine blickte auf die linke Seite der Kartenrückseite und las den Text:

Lieber Marc,
hier zu studieren ist ein Gottesgeschenk. Ich weiß, Vater hätte mich am liebsten in Rom gesehen, aber die Atmosphäre dort hätte mich nur erdrückt. Nochmals vielen Dank, dass du mir Cambridge ermöglicht hast.
Bis Ostern.
Alles Liebe (auch an Mama und Darius)
Sarah

Ciban hatte seiner Schwester das Studium in Cambridge ermöglicht? Hatte das etwa eine Konfrontation mit dem Vater nach sich gezogen? Interessant, wenn auch nicht gerade erhellend für den Fall. Oder etwa doch? Aus irgendeinem Grund hatte Ciban die fünfzehn Jahre alte

Karte seiner Schwester jedenfalls an die Pinnwand gehängt. Als Erinnerung? Als Mahnung? Die Gefühle, die Ciban mit der Karte verband, schienen in diese Richtung zu gehen.

Sie suchte weiter die Pinnwand ab, begutachtete alles, was sich halbwegs in der Nähe des Grabfotos befand. Mit den meisten Aufnahmen, Zitaten und Texten konnte sie nichts anfangen. Nur bei einem der Fotos überkam sie plötzlich ein ungutes Gefühl, wobei sie wusste, dass diese Emotion eines der Erinnerungsfragmente von Ciban war. Sie beugte sich etwas vor, um besser sehen zu können. Zu ihrem Leidwesen handelte es sich um einen ausgesprochen schlechten Computerausdruck. Darunter stand in kleinen Druckbuchstaben …

»Doktor Zanolla«, sagte Coelho neben ihr.

Catherine blickte den Kommandanten verblüfft an. »Sie kennen den Mann?«

»Im Rahmen meiner Internetrecherchen nach der Brenda-Thornton-Klinik bin ich darauf gestoßen, dass Doktor Zanolla ein kritischer Kollege von Doktor Scelpa war.«

Neben dem Porträt hing tatsächlich ein Zeitungsausschnitt über die Furchtbarkeitsklinik. Als Catherine ihn aufklappte, um ihn genauer studieren zu können, erkannte sie sofort den Londoner Zeitungsartikel wieder, den Coelho ihr erst vor kurzem gezeigt hatte. Es durchfuhr sie wie ein Stromschlag, und auch Coelho stand da wie elektrisiert. Dann entdeckte sie etwas auf der Tischplatte unterhalb der Pinnwand, das ihre Neugierde weckte.

»Was ist denn das hier?«

Catherine griff nach einem Brief, der falsch herum dalag und mit einem iPhone beschwert worden war. Im

Absenderfeld war statt einer Adresse die Skizze eines Schlaufenkreuzes zu sehen. Sie spürte augenblicklich, wie sich ihr Magen zusammenzog. Zwar hatte sie den Brief nicht in ihren Flashs gesehen, doch ihr Unterbewusstsein hatte so viel mehr während des energetischen Kontaktes mit Ciban aufgenommen. Noch jetzt spürte sie den Nachhall der schweren Sturmwolken aus vielschichtigen Gefühlen, Gedanken und Bildern, die sie und Ciban beinahe vernichtet hätten. Spürte sie all die Szenen aus der Vergangenheit, der Gegenwart und der möglichen Zukunft, ebenso Erinnerungen und Prognosen, die nicht ihre eigenen gewesen waren.

»Das ist der Brief, der am Empfang für Seine Eminenz abgegeben worden ist«, erklärte Giada sofort.

Catherine öffnete den nicht mehr zugeklebten Umschlag und breitete den Inhalt auf der Tischplatte für alle sichtbar aus.

Ein Foto von Sarah während ihrer Zeit in Cambridge. Was für eine attraktive junge Frau sie doch gewesen war. Dunkles, langes Haar, unter dem hellblaue Augen in einem schmalen, edlen Gesicht erstrahlten. Die Augen besaßen eine beeindruckende Tiefe. Sie trug Jeans, ein legeres schwarzes Sweatshirt und bequeme Sportschuhe, während sie auf der Mathematikbrücke stand und das Victory-Zeichen machte. Es war durchaus möglich, dass Scrimgeour das Foto geschossen hatte. Vielleicht hatte an jenem Frühlingstag die Beziehung der beiden ihren Anfang genommen.

Als Nächstes entfaltete Catherine ein Blatt Papier, das ebenfalls in dem Brief gewesen war. Obwohl sie bereits ahnte, was nun kam, staunte sie nicht schlecht, denn es war ein weiteres handgezeichnetes Porträt des Jungen.

Auf der Rückseite war das Triadensymbol noch einmal zu sehen, das schwingenbewehrte Schlaufenkreuz mit dem Skarabäus, den beiden Schlangen am Rand und dem Zitat in der fremdartigen Schriftsprache. Diesmal handelte es sich allerdings um eine Originalzeichnung, und zwar erstaunlicherweise auf modernem Papier. Catherine erinnerte sich sofort wieder an das Symbol auf der Innenseite des kleineren Eherings.

Sie las das Zitat in der fremden Schrift, wobei sie eigentlich mehr die in ihrem Gedächtnis gespeicherten Zeichen mit dem neuen Schriftstück verglich. Der Text schien identisch zu sein, nur die Handschrift war eine andere als auf der Kopie, die Coelho ihr gezeigt hatte. Dummerweise lag der Zettel draußen auf Cibans Schreibtisch, zusammen mit dem ganzen anderen Material. Sie runzelte die Stirn. Konnte es sein…?

Catherine blickte von dem Postkartentext auf das Zitat unter dem Jungenporträt. Bildete sie es sich nur ein, oder war das die gleiche Ausprägung in der Schrift? Das große I, die kleingeschriebenen t, das große L, das scharf geschriebene A oder das anmutige große C…

Giada sprach aus, was Catherine dachte. »Bei Gott. Das könnte die gleiche Handschrift sein.«

Catherine wandte sich Coelho zu. »Sie sagten, die Kopie, die Sie bei dem Professor gefunden haben, sei etwa vierzig Jahre alt?«

Der Kommandant nickte. »Das dazugehörige Original ist vermutlich viel älter.«

Rinaldo runzelte die Stirn. »Scrimgeour hat Sarah die Kopie gezeigt, und sie hat das Bild abgemalt? Weshalb? Es gibt doch Kopierer!«

»Eventuell als Gedächtnisstütze«, überlegte Catherine. »Vielleicht konnte oder durfte sie keine Kopie davon machen.«

Coelhos Blick streifte sie kurz, und sie wusste sofort, was der Kommandant ihr sagen, aber nicht laut aussprechen wollte: Was, wenn Sarah die Kopie nie gesehen hat? Denken Sie nur an Ihre eigene Gabe, Schwester! Coelhos Gedanke war in der Tat gar nicht mal so abwegig, nach allem, was sie in ihren bisherigen Visionen erlebt hatte.

Doch dann zog sie etwas anderes magisch an. Seltsam gemischte Gefühle gingen von diesem Objekt aus. Sie verspürte Beklemmung bei seinem Anblick, gleichzeitig entfachte es aber auch ihren Jagdinstinkt.

»Was ist mit dem iPhone?«, fragte sie, hob das handliche, elegante Gerät auf und erhielt ohne jedwede Verschlüsselung über das Display sofort Zugriff auf die Daten. Wie es aussah, hatte Ciban tatsächlich gewollt, dass sie diesen Raum mit seinen Geheimnissen entdeckten.

Sie rief die E-Mails ab und landete zwei Volltreffer. Die erste Mail lautete:

Meinen Glückwunsch, Eminenz,
wie ich vermute, haben Sie meine Botschaft mittlerweile
erhalten. Ersparen Sie sich die Mühe, den Absender
herausfinden zu wollen. Diese E-Mail wurde von einem
der zahlreichen römischen Internetcafés verschickt.
Überdies habe ich sowieso vor, Sie zu einem Glas Wein
zu treffen. Üben Sie sich also bitte noch ein wenig in
Geduld und unternehmen Sie nichts, was unsere Begegnung gefährden könnte.
S.

S? Stand dieser Buchstabe etwa für Scrimgeour? Nach allem, was Catherine bis jetzt wusste, ergab das durchaus Sinn.

Die zweite Mail, die einige Stunden später eingetroffen war, ließ nicht nur sie zusammenzucken.

Kommen Sie unverzüglich zur Kirche Santa Maria
dell' Orazione e Morte, und Sie werden mehr erfahren.
Hinterlassen Sie keine Nachricht. Kommen Sie allein
und unbewaffnet, oder das Wissen über den Tod Ihrer
Schwester ist unwiederbringlich verloren.
S.

Unmittelbar nach Erhalt dieser E-Mail musste Ciban hier im Panikraum alles arrangiert haben. Vermutlich hatte er zur Sicherheit den Elektroschocker eingesteckt und sich auf den Weg zu diesem unglückseligen Treffen gemacht, in der Hoffnung, etwas über den wahren Hintergrund des Todes seiner Schwester zu erfahren. Wie die Sache ausgegangen war, wussten alle Anwesenden hier in diesem Raum nur zu genau.

»Das dürfte das andere Verbindungsstück sein, nach dem Sie gesucht haben, Generalinspektor«, sagte Catherine. »Ein unwiderstehlicher Köder.«

Coelho schien nicht besonders glücklich über den Fund zu sein. Er hatte lediglich eine Bekräftigung für etwas erhalten, das er auch so schon vermutet hatte. Sehr viel weiter brachte dieser Hinweis die Ermittlungen nicht …

Oder etwa doch?

Catherines Blick glitt zurück zu dem Porträt von dem Jungen. *Wer* war dieses sonderbare Kind?

Sie hatte den Jungen in der schrecklichen Vision in der alten Kathedrale gesehen, an einem Ort und in einer Zeit, in die er eigentlich gar nicht hineingehört hatte. Wie aus dem Nichts war er aufgetaucht. Wer also war er? In welcher Verbindung stand er zu den Geschwistern Ciban und Darius? Hatte Sarah ihn etwa auch damals in der Kathedrale gesehen? Hatte sie ihn deshalb nach all den Jahren gezeichnet?

Catherine musste unbedingt mehr über diesen Jungen herausfinden. Sie spürte, dass er ein wichtiger Schlüssel in dem Ganzen war. Nur wie sollte sie das anstellen?

Ihre Augen blieben erneut an dem Foto von Zanolla hängen, das dieses ungute Gefühl in ihr auslöste. Der Doktor war die heißeste Spur, die sie im Augenblick hatten.

Wenn Ciban ein Foto von Zanolla neben dem Artikel über die Brenda-Thornton-Klinik aufbewahrt hatte, gab es ganz gewiss einen triftigen Grund dafür. Wenn dieser Zanolla ein Kollege Dr. Scelpas gewesen war, hatte er vielleicht sogar Sarah Ciban und Scrimgeour gekannt. Falls er die beiden tatsächlich gekannt hatte, konnte er Catherine womöglich darüber aufklären, weshalb das Paar sich vor all den Jahren mit der Brenda-Thornton-Klinik befasst hatte. Am naheliegendsten war natürlich der Wunsch nach einem Kind.

Aus dem Augenwinkel bemerkte sie, dass auch Coelho auf das Foto starrte, doch er wirkte eher irritiert.

»Ist irgendetwas?«

Der Kommandant überlegte kurz, so als versuchte er einen Gedanken zu fassen, der sich einfach nicht festhalten ließ. Dann schüttelte er den Kopf. »Nein, nein. Ich weiß nicht. Jedenfalls komme ich nicht darauf. Aber es wird mir sicher noch einfallen.«

Catherine nahm das Foto von Zanolla samt der Adresse der Klinik bei Rom von der Wand. Dabei stellte sie fest, dass zwischen dem Foto und der Adresse noch etwas hing. Sie faltete das Blatt auseinander und starrte verblüfft darauf. Ciban hatte von dem Porträt des Jungen eine verkleinerte Kopie gemacht und sie dazugepinnt.

Sie wechselte einen kurzen Blick mit Coelho und sagte dann: »Es scheint, dass ich mit dem Doktor dringend ein paar Worte reden muss.«

Damit drehte sie sich zum Ausgang um, als ihr dämmerte, dass da noch ein kleines Problem bestand. »Apropos, hat schon jemand eine Ahnung, wie wir hier wieder herauskommen?«

Rinaldo deutete auf den einzigen Stuhl im Raum und sagte fast keck: »Vielleicht die Armlehne?«

Catherine begutachtete die Armlehnen eingehend. Nein, diesmal keine Armlehne.

Coelho entdeckte schließlich einen Sensor gleich rechts neben dem Eingang. Ein leichter Druck, und die Regalwand fuhr fast lautlos auf. Jetzt war ihnen auch klar, weshalb die Wand bis auf die letzte Lücke mit DVDs und CDs vollgestellt war. So konnte weder etwas herunterfallen noch verrutschen.

»Wann wollen Sie Doktor Zanolla aufsuchen?«, fragte Coelho.

»Ich denke, das hängt von den Fähigkeiten einer unserer im Vatikan beschäftigten Computerexpertinnen ab. Am besten gleich morgen.«

Sie blickte auf die Uhr. Erstaunt stellte sie fest, wie spät es schon war.

»Ich würde Sie gerne zur Klinik begleiten, doch ich fürchte, das würde Inspektor Ganzoli ziemlich misstrauisch machen.«

»Kein Problem. Ich habe bereits einen Begleiter.«

Rinaldo schien etwas zu ahnen, denn seine Augen

wurden schlagartig groß. Sofort winkte er ab. »Oh nein, Schwester …«

»Oh doch! Mit einer guten Verkleidung bekommen Sie das locker hin. Also dann bis morgen!«

Nachdem Coelho und Rinaldo sich verabschiedet hatten und auch Catherine sich auf den Weg zu ihrer Wohnung machen wollte, hielt Giada sie zurück.

»Warten Sie bitte noch einen Moment, Schwester!«, sagte sie und drückte ihr einen Wohnungsschlüssel mit einem kunstvollen Anhänger in die Hand. Als die alte Nonne Catherines gemischte Gefühle bemerkte, erklärte sie: »Sollten Sie noch einmal an Ihr Pinnwand-Puzzle müssen, würde es nur unnötig Zeit kosten, wenn Sie zuerst mich informieren müssten. Ich sage dem Pförtner, dass Sie heute als meine Vertretung eingearbeitet worden sind.«

Catherine starrte von dem Schlüssel mit dem edlen Kreuzanhänger auf Giada und nickte. »Sobald die Sache erledigt ist, gebe ich Ihnen den Schlüssel zurück.«

»Das will ich schwer hoffen. Kommen Sie, ich stelle Sie dem Pförtner zur Sicherheit gleich persönlich vor.«

58.

Kublicki mochte die kalte Morgenluft nicht. Nicht einmal der heiße Kaffee, den er in einer Thermoskanne dabeihatte, schaffte es, seine Stimmung zu heben. Seit Stunden beobachtete er das alte, gepflegte Haus, das in der Nähe des Forum Romanum lag. Hier lebte Robert Martini, der sich in diversen Angelologie-Internetforen unter dem Pseudonym Lazarus einen Namen gemacht hatte.

Gar nicht mal so übel, dachte Kublicki und stellte den leeren Kaffeebecher neben sich auf den Boden. Wie es aussah, wusste der alte Martini aus seinem Gelehrtendasein ordentlich Kapital zu schlagen.

Einen Augenblick lang hatte Kublicki überlegt, ob er einfach klingeln, sich als neuer Nachbar vorstellen und sich so ein zweites Mal Zutritt zu dem Haus verschaffen sollte. Doch während er das Haus mit seinen Insassen die halbe Nacht beobachtet hatte, war ihm klar geworden, dass die Hauswirtschafterin, die bis auf ein paar Stunden am frühen Morgen nicht zu schlafen schien, alles andere als eine einfältige Person war. Keine Sekunde würde sie ihn in dem Haus aus dem Auge lassen, sofern sie ihn überhaupt hereinbat.

Nach Rücksprache mit seinem Auftraggeber hatte Kublicki weitere Nachforschungen angestellt und herausgefunden, dass dieser verflixte Scrimgeour nicht nur einen Brief an Ciban, sondern über denselben Postservice auch noch einen an diese Adresse hier geschickt hatte. Dieser zweite Brief war zudem größer gewesen als der an Ciban. Seine Aufgabe bestand nun darin, sich um diesen Brief und seinen Empfänger zu kümmern. Die Krönung des Ganzen war jedoch: Kublicki hatte am Ende mit ehrlicher Verblüffung feststellen dürfen, dass hier ausgerechnet der merkwürdige Lazarus aus dem Internetforum wohnte und arbeitete.

Wie hatte ein kluger Mann irgendwann einmal gesagt: Viele Wege führen nach Rom. Und innerhalb Roms ist die Zahl der Wege schier unendlich.

Wie dem auch sei, Kublicki war seinen Weg gegangen und hatte die Zielperson sogar in doppelter Hinsicht gefunden.

Glück hatte er dabei auch noch gehabt, denn das Anwesen verfügte über keine nennenswerte Alarmanlage, geschweige denn eine Videoüberwachung. Also hatte er die frühen Morgenstunden genutzt, um Martinis Haus einen heimlichen Besuch abzustatten und nach dem Brief zu suchen. Genauso gut hätte er jedoch nach der sprichwörtlichen Nadel im Heuhaufen suchen können. Martinis Arbeitszimmer war dermaßen mit Büchern und Briefen vollgepackt, dass Kublicki sich den Weg glatt mit einer Machete hätte bahnen müssen.

Ein wenig frustriert war er vor einer knappen halben Stunde zu seinem Beobachtungsposten zurückgekehrt, nachdem er zwei Wanzen im Haus deponiert hatte. Eine im Arbeitszimmer und eine im Wohnbereich. Als zusätzliche kleine Vorsichtsmaßnahme versteckte er schließlich noch eine im ebenfalls mit alten Zeitungen und Büchern restlos überfüllten Keller des Hauses.

Warum in Gottes Namen sammelte Martini Zeitungen, die einhundertfünfzig Jahre alt waren?

Kublicki hasste es, mit Feuer zu arbeiten, doch sollte der Brief nicht bald auftauchen, blieb ihm keine andere

Wahl. Dann würde der Brief mit dem Haus verbrennen. Wie damals in London, als die Ermordeten zusammen mit den Beweismitteln in der Brenda-Thornton-Klinik in Flammen aufgegangen waren. Wenigstens boten die Unmengen an Papier eine gute Grundlage.

Nicht zuletzt ließ sich Martinis Anwesen von der leerstehenden Wohnung im obersten Stock des alten Hauses gegenüber mit einem entspiegelten Fernglas problemlos beobachten. Kublicki konnte gut die Hälfte des Wohnzimmers und einen Teil der Erdgeschossbibliothek einsehen. Auch ob jemand das Haus betrat oder verließ, entging ihm nicht. Das war immer noch besser als gar nichts.

Der alte Martini war spät am Abend zu dem Anwesen zurückgekehrt, etwa zwei Stunden nachdem Kublicki seinen Posten in der leerstehenden Wohnung bezogen hatte. Die Hauswirtschafterin war eineinhalb Stunden vor dem Hausherrn mit einem Taxi vorgefahren.

Ob der Gelehrte Scrimgeours Brief schon gelesen und den Inhalt weitergegeben hatte? Martini hatte jedenfalls nicht den Eindruck gemacht, als ob er von einer Besprechung zurückgekommen wäre. Er wirkte sehr ruhig und gelassen, fast sogar angeheitert und ganz sicher nicht wie jemand, der vor kurzem von einem Kollegen erfahren hatte, dass der leibhaftige Teufel nur wenige Kilometer von seinem Haus entfernt im Vatikan residierte und man dringend etwas dagegen unternehmen müsste.

Kublicki seufzte.

Der alte Hirnakrobat hätte ihm und seinem Auftraggeber eine Menge Arbeit ersparen können, wenn er den Brief in seinem Arbeitszimmer auf den Schreibtisch gelegt hätte. Dann hätte Kublicki das Schreiben nur noch einstecken müssen.

59.

David erwachte, aber es war diesmal anders als nach einer gewöhnlichen Bewusstlosigkeit. Es gab weder einen Zeitriss, noch hatte er Gedächtnislücken. Er erinnerte sich sogar, wie er aus der Nichtdunkelheit aufgetaucht war. Er hatte Rom brennen und Papst Leo sterben sehen. Noch jetzt roch er das verkohlte Fleisch der Toten und die verbrannte Erde, als wandelte er selbst inmitten der verwüsteten Metropole mit Leos blutbesudeltem Gewand als Fanal.

Für einen Moment hatte er geglaubt, er selbst sei das Ungeheuer. Doch das war nicht die ganze Wahrheit, es war nicht wirklich sein Selbst. Er sondierte sogar jetzt noch in der Erinnerung. Er beobachtete alles, was er zu fassen bekam, obwohl er längst aus der Vision mit Kardinal Ciban und Papst Leo erwacht war. Lediglich die Verbindung mit Ciban, das Band, existierte nicht mehr.

Allerdings war da dieser Tropfen aus blauweißem Licht, dieser Tropfen voller Erinnerung, voller Wohlwollen, der durch Davids Bewusstsein zirkulierte. Ein Tropfen mit dem Potenzial für ein neues Selbstbewusstsein. David war zwischen Angst und Verzückung hin- und hergerissen. Der Tropfen hatte inzwischen jedes einzelne Molekül seines Selbst durchdrungen.

David spürte die Veränderung, ahnte etwas. Nur was?

Da ging die Tür auf, und der Doktor betrat das Zimmer.

Für einen Moment mochte David sich glatt übergeben. Selbst der blauweiße Tropfen in ihm war um einiges menschlicher als dieses weißgewandete Subjekt. Dieser Mann war nichts weiter als ein widerwärtiges Ungeziefer. Das Ungeziefer kam nun schnurstracks auf ihn zu.

»Wie geht es dir, David? Fast hätten wir dich wegen deines kleinen Abenteuers verloren.«

Ohne eine Antwort abzuwarten, legte der Doktor das Zeitungsfoto von Kardinal Ciban auf das Bett. Es war ihm völlig gleich, wie David sich fühlte. Einzig dass David noch lebte, zählte für ihn. Jetzt wollte er wissen, warum der Junge das hohe Risiko einer Sondierung außerhalb der Isolationskammer überhaupt eingegangen war und vor allem, was er dabei herausgefunden hatte.

»Ich bin hundemüde.« David schloss halb die Lider.

»Deine Vitalwerte sehen aber gut aus.« Der Doktor fixierte ihn wie eine Katze die Maus. »Ich werde mich kurzfassen. Warum hast du das Bild aus der Zeitung herausgerissen und den Mann sondiert?«

Den Bruchteil einer Sekunde zuvor hatte David noch nicht gewusst, was er darauf antworten sollte, doch nun sagte er: »Ich habe den Mann in der Zeitung wiedererkannt. Sie wissen schon, er war auf dem Foto, das Sie mir neulich in der Iso-Kammer gegeben haben. Da es bei der ersten Sondierung nicht so richtig geklappt hat, dachte ich, es wäre einen Versuch wert.«

Die aalglatten Gesichtszüge des Doktors ließen nicht erkennen, ob er ihm diese Erklärung abkaufte, doch David spürte, wie sich in seinem eigenen Inneren angesichts der widerwärtigen Gegenwart Zanollas etwas zu verändern begann.

Es knisterte förmlich in seinem Innern.

Und das Knistern war gegen den Doktor gerichtet.

»Wie sieht's aus?«, fragte Zanolla. Immerhin war seine Neugierde geweckt. »Hat es diesmal funktioniert?«

David schüttelte den Kopf und schaffte es sogar, dem Doktor aufrichtig in die Augen zu blicken. »Nein, nicht wirklich. Ich war an einem dunklen Ort. Ich glaube, ich war tot.«

Der Doktor nickte, enttäuscht und erleichtert zugleich.

»In der Tat. Das warst du.« Dann hielt er inne und deutete mit gewichtiger Miene auf das Foto. »Das ist ein sehr gefährlicher Mann, David. Wenn er dich findet, sind wir alle verloren. Du weißt, dass die Isolationskammern nicht nur deinem, sondern auch unserem Schutz dienen. Du hast viel riskiert. Für nichts.«

»Ich weiß. Ich habe einen Fehler gemacht. Es wird nicht wieder vorkommen. Versprochen.«

»Du könntest tot sein … für immer. Ist dir das klar?«

»Ich denke schon.«

»Ich habe da so meine Zweifel.« Der Doktor musterte David. Dann erhob er sich und steckte das Foto von Ciban wieder ein. »Ruh dich jetzt aus, damit du zu Kräften kommst. Es warten große Aufgaben auf uns.«

Als Doktor Zanolla die Tür erreicht hatte, drehte er sich noch einmal um. »Ach ja, welche Rolle hat eigentlich Mister Ambrose bei deinem Experiment gespielt?«

»Mister Ambrose?«

David hätte das Herz in die Hose rutschen müssen, aber zu seiner eigenen Verblüffung blieb er ganz ruhig.

»Er hat dir doch die Zeitung gegeben, oder etwa nicht?«

David machte ein schuldbewusstes Gesicht. »Ich glaube, er hatte Mitleid mit mir.«

»Leider wird dieses Mitleid Mister Ambrose seine Stelle kosten«, erklärte Zanolla, als würde er einen Trumpf ausspielen.

»Sie wollen ihn … entlassen? Aber er ist unschuldig!«

»Das hättest du dir früher überlegen müssen. Wie du weißt, darf es keine Ausnahmen geben.«

David wollte noch etwas hinzufügen, doch der Doktor kam ihm auf seine schleimige Art zuvor. »Bei dir werde ich eventuell trotzdem eine Ausnahme machen. Wir werden sehen.«

Mit diesen Worten drehte Zanolla sich um und verließ den Raum.

Das Knistern in Davids Innerem nahm zu.

Irgendetwas stimmte hier nicht. Der Doktor sagte die Wahrheit und log zugleich. Wie konnte das sein?

Und da war noch etwas. Doktor Zanolla wusste weit mehr über Kardinal Ciban, als David für möglich gehalten hätte. Nur warum hatte er vor dem Kardinal so große Angst?

David schloss die Lider und versuchte sich zu entspannen, bevor das Knistern überhandnahm.

Vor seinem geistigen Auge tauchte eine Idee für ein Gemälde auf, ein Gemälde, das Zanolla als Hauptdarsteller überhaupt nicht gefallen würde. David hatte auch schon einen Titel dafür.

Er sah den Titel in einer Schrift vor sich, die er eigentlich gar nicht kennen sollte.

INFERNO

60.

»Das heißt, ich habe keine Wahl«, sagte Ambrose.

Er wusste, dass sein Leben, so wie er es bisher gelebt hatte, keinen Pfifferling mehr wert war. Zanollas Sicherheitsleute hatten seine Wohnung in Rom dem Erdboden gleichgemacht und waren dabei auch auf das ausgeklügelte Versteck hinter den Toilettenarmaturen gestoßen. Damit war er endgültig enttarnt.

Nun wusste der Doktor, dass die International Security Agency Ambrose in das Institut eingeschleust hatte. Mit Sicherheit war Zanolla klar, dass solche Maßnahmen nur dann eingeleitet wurden, wenn bereits erhebliche Verdachtsmomente gegen eine Person oder eine Organisation vorlagen.

Seltsamerweise schien es ihn aber nicht zu interessieren, wer die ISA auf seine Spur gebracht hatte. Vielleicht hatte Zanolla erkannt, dass Ambrose als kleiner Agent darüber gar nicht informiert worden war. Oder aber die Wahrheitsdroge, die sie ihm vor einigen Stunden injiziert hatten, hatte ihre Wirkung getan und die Frage längst geklärt. Die Fäden hielten jedenfalls andere in der Hierarchie der ISA in der Hand. Zanolla gedachte vermutlich nun, auf diese Verbindung so unauffällig wie möglich Einfluss zu nehmen.

»Sie werden nicht das Geringste spüren«, erklärte der Doktor mit einem breiten Grinsen. »Nach dem Eingriff werden Sie sogar ein wesentlich ruhigeres Leben führen …«

Klar, dachte Ambrose. Wie nach einer Kastration.

»Ihre Persönlichkeit wird vollständig erhalten bleiben. Wir filtern lediglich ein paar unliebsame Erinnerungen aus Ihrem Bewusstsein heraus. Kurz und gut«, der unausstehliche Widerling setzte ein breites Grinsen auf, »Sie haben die Wahl zwischen *der* Röhre oder *der* Röhre.«

Sehr witzig, dachte Ambrose. Ein richtiger Komiker. Wahrscheinlich passte der kleine Dicke in keine der beiden Röhren hinein.

Genau genommen hatte Ambrose die Wahl zwischen Pest und Cholera, zwischen dem Krematorium und diesem verfluchten weißen Irgendwas-Tomografen, in dem vor einigen Tagen der Körper der kleinen Aaren verschwunden war. So sah es aus. Doch wer garantierte Ambrose, dass Zanolla ihn in der weißen Röhre nicht einfach wie in einer Mikrowelle bei lebendigem Leib garte?

Als er schwieg, fuhr der Doktor mehr oder weniger wohlwollend fort:

»Sie verstehen sicher, dass ich Sie nicht einfach so davonkommen lassen darf, Ambrose. Natürlich könnte ich Sie sang- und klanglos verschwinden lassen, doch wir wissen alle beide, dass dies nur eine vorübergehende Lösung wäre. Lieber würde ich Sie als Vertreter der ISA in meinen Diensten behalten.«

Na klar, was sonst?, dachte Ambrose. Damit er als hirnloses Nichts Zanollas Strategie der Desinformation vorantreiben konnte.

»Vergessen Sie's!«

Innerlich seufzte Ambrose jedoch. Wie es schien, hatte Zanolla mittels der Wahrheitsdroge bereits herausgefunden, dass er über die geheimen Forschungen des Instituts kaum informiert war. Noch tappte die ISA in ziemlich tiefer Dunkelheit. Allein diesem Umstand hatte Ambrose es höchstwahrscheinlich zu verdanken, dass seine Asche bisher nicht ein paar Kammern weiter zu einem Haufen zusammengekehrt worden war.

»Wir werden sehen«, sagte Zanolla zuversichtlich und gab den beiden Sicherheitsleuten ein Zeichen. »Begleiten wir Mister Ambrose doch hinüber, bevor er eine endgültige Entscheidung fällt.«

Keine fünf Minuten später passierte Ambrose, wie ein Schwerverbrecher an Händen und Füßen gefesselt, im Gewahrsam der beiden Sicherheitsmänner gemeinsam mit Dr. Zanolla die vorderste Schleusentür zum Krematorium. Sofort schlug ihm die Kälte entgegen, verbunden mit einem penetranten Gestank. An einer Wand standen drei Bahren mit nackten, leblosen Körpern darauf. Das war aber noch gar nicht das eigentliche Krematorium, wie er begriff. Es war vielmehr die Vorkammer zur Hölle.

Sie passierten eine weitere Stahltür, und der Lärm eines gewaltigen Feuers dröhnte augenblicklich in seinen Ohren. Gleichzeitig schlug ihm eine Hitzewelle entgegen, als betrete er die Sahara zur heißesten Tageszeit.

»Wir nennen unser kleines Prachtstück hier HELIOS«, erklärte Zanolla so stolz wie ein frischgebackener Vater. »Hier herrschen weit über dreitausend Grad. In weniger als zwanzig Minuten ist selbst von den schwersten Knochen nur noch ein Häuflein Asche übrig.«

Die beiden Sicherheitsleute sorgten dafür, dass Ambrose noch ein gutes Stück näher an HELIOS herantrat.

Der ISA-Agent schluckte. Er durfte jetzt nicht in Panik geraten. Die höllische Hitze schlug ihm entgegen, während er wie hypnotisiert auf die Brennkammer starrte. So genau hatte er es nun auch wieder nicht wissen wollen.

»Keine Sorge, Ambrose, sollten Sie sich für HELIOS entscheiden, werden wir Sie selbstverständlich nicht am Stück verbrennen. Wir haben Größeres mit Ihnen vor.«

Ambrose wandte sich von der Brennkammer ab und musterte Zanolla. Was in Gottes Namen sollte das schon wieder heißen?

»Sie sollten den Wert Ihrer Organe nicht unterschätzen«, erklärte Zanolla mit einem breiten Lächeln.

Plötzlich klingelte mitten in der Hitze und dem Dröhnen ein Handy. Für einen Moment wirkte der Doktor leicht irritiert, aber dann begriff er, dass da gerade sein eigenes Mobiltelefon läutete.

Du solltest lieber drangehen, dachte Ambrose. Da er HELIOS am nächsten stand, hielt er die Hitze kaum noch aus. Möglicherweise ist dein Boss dran. Der Teufel.

Zanolla nahm das Gespräch an, hörte kurz zu und legte auf.

»Bitte entschuldigen Sie mich, Mister Ambrose. Die Pflicht ruft. Aber ich denke, wir haben uns auch so verstanden, nicht wahr?«

Ambrose ließ sich das Gefühl der Ohnmacht nicht anmerken.

61.

Obwohl Catherine es durchaus schon einige Male erlebt hatte, überraschte es sie jedes Mal, wenn sie Rom über die Autobahn verließ. Eine unsichtbare Wand schien zwischen der Millionenstadt und ihrem malerischen Umland zu verlaufen. Nichts von der Hektik der Weltmetropole drang zu den mittelalterlichen Städtchen, den beschaulichen Dörfern und den magischen Kastanienwäldern durch.

In diesen hügeligen und weiter nördlich auch gebirgigen Regionen blieben die Menschen von den extrem heißen römischen Sommern verschont, die über vierzig Grad erreichen konnten. Darüber hinaus zog Rom so viele Touristen an, dass die abwechslungsreiche Landschaft um die Metropole herum ihre jahrtausendealte Ursprünglichkeit hatte bewahren können.

Das Umland mit seinen Palästen, Kirchen und geheimnisvollen Abteien war nicht nur traumhaft schön, sondern steckte auch voller Legenden und Mythen.

Catherine bedachte Rinaldo mit einem unauffälligen Seitenblick.

Der Pater war ein versierter Autofahrer, obwohl er vermutlich nur relativ selten Gelegenheit hatte, eine derart luxuriöse Limousine zu fahren. Wie es aussah, genoss Rinaldo die Autofahrt, auch wenn er wegen ihrer anstehenden Mission ein wenig besorgt war. Am meisten jedoch schien ihm die ungewohnte zivile Kleidung zu schaffen zu machen. Dabei sah er mit den schwarzen Baumwollhosen, dem schicken Hemd, dem klassisch designten schwarzen Lederblouson und dem feschen Kurzhaarschnitt richtig gut aus.

»Schon mal daran gedacht, Model zu werden?«, fragte Catherine mit einem vorsichtigen Lächeln.

Sie selbst trug einen eleganten schnörkellosen Hosenanzug aus hochwertigem Leinen, hatte ihre Frisur ebenfalls etwas aufgepeppt und sogar Schmuck angelegt. Dezent, versteht sich. Als Rinaldo sie am frühen Morgen so gesehen hatte, hatte er sie angestarrt, als hätte er noch nie in seinem Leben eine Frau zu Gesicht bekommen.

Ein Lächeln huschte über Rinaldos Gesicht, und er hob die rechte Hand vom Steuer. »Ich könnte als Handmodel für Eheringe gehen. Wird man damit reich?«

»Nun ja, reich vielleicht nicht gerade, aber Sie könnten gewiss Ihr Taschengeld damit aufstocken.«

»Dann will ich den Job nicht haben.«

Catherine schmunzelte. Sie war froh, mit Rinaldo einen Menschen kennengelernt zu haben, der auch unter Anspannung seinen Sinn für Humor nicht verlor. Ein Wesenszug, den er mit Pater Darius teilte, was Catherine wiederum daran erinnerte, wie sehr sie ihren alten Mentor vermisste.

Über ein Jahr war seit der Ermordung von Darius vergangen, dennoch kam es ihr so vor, als wäre es erst letzten Monat passiert. Inzwischen arbeitete sie mit ihrem einstigen Erzfeind, dem Präfekten der Glaubenskongregation, zusammen und versuchte sogar, Cibans Unschuld in einem Mordfall zu beweisen. Hätte ihr jemand diesen beruflichen Werdegang vor einem Jahr vorhergesagt, geschweige denn, dass sie Ciban einmal dermaßen wertschätzen, ja lieben würde – sie hätte die Männer mit den weißen Gurtjacken für den Propheten bestellt.

Himmel! In was waren Ciban und seine Schwester da

bloß hineingeraten? Hoffentlich hatten Rinaldo und sie mit ihrer Mission in der Klinik von Doktor Zanolla Erfolg. Erneut kam ihr Cibans irrwitzige Pinnwand in den Sinn, ebenso die Erinnerung an Rinaldos Bericht über das Foto mit dem Deckenfresko und Cibans und Scrimgeours detektivische Triadenrecherche. Sie dachte auch an die Bibel, die so mächtig an Wissen sein sollte, dass man sie als Waffe missbrauchen konnte.

Catherine sprach Rinaldo erneut darauf an, und sie redeten noch einmal darüber. Die grüne, idyllische Hügellandschaft, die an ihnen vorbeizog, die alten, knorrigen Bäume, die kleinen, verträumten Dörfer in der Ferne, das alles wirkte auf einmal wie eine geheimnisvolle Malerei und nicht mehr real.

»Ich weiß, es klingt ziemlich verrückt«, fügte Rinaldo hinzu, »doch es scheint einiges an der Sache dran zu sein. Wie es aussieht, haben sogar Bernard Gui und Torquemada nach der Triadenbibel geforscht …«

Torquemada?

Hätte Catherine den Wagen selbst gefahren, hätte sie bei der Erwähnung dieses Namens vermutlich das Bremspedal bis zum Anschlag durchgetreten. Waren die Unterlagen über Torquemada etwa deshalb aus der Mappe von Anselmus verschwunden?

Sie dachte an die Fahrstuhlfahrt im Papstpalast zurück, an das hitzige Gespräch mit Ciban, in dem sie erfahren hatte, dass nicht er die Unterlagen unterschlagen hatte. Das alles war noch so unglaublich präsent, als wäre es gerade erst vor wenigen Stunden passiert. Sie holte tief Luft, versuchte, sich auf den Fall, auf das Hier und Jetzt zu konzentrieren und nicht auf das, was Cibans Nähe in dem Aufzug in ihr ausgelöst hatte. Sie errötete leicht.

»…die erste Spur überhaupt geht von dem Propheten Henoch aus«, hörte sie Rinaldo wie von fern sagen. »Sie führt von Gui und Torquemada über einen gewissen James Bruce, einen Äthiopien-Forscher aus dem achtzehnten Jahrhundert bis zu Charles Cutler Torrey, einem Historiker des zwanzigsten Jahrhunderts von der Universität Yale, und endet schließlich in Cambridge bei unserem toten Professor Scrimgeour.«

»Und ausgerechnet Sarah Maria Ciban war Alan Scrimgeours Ehefrau.«

»Verrückt, nicht wahr?«

Catherine hatte den Eindruck, dass ein Windstoß das Landschaftsgemälde um sie herum erzittern ließ.

»Wissen Sie, was mir gerade klar wird?«

Rinaldo warf ihr einen kurzen, fragenden Blick zu. »Nein.«

»Wir haben nicht ein einziges Foto von unserem Professor an Kardinal Cibans Pinnwand entdeckt.«

»Was bestätigen würde, dass Seine Eminenz tatsächlich nichts von der Verbindung Scrimgeours zu seiner Schwester gewusst hat, oder?«

»Stimmt. Aber es muss auch eine Verbindung zwischen Sarah Ciban und Ihrem Deckenfresko geben, Rinaldo, sonst würden diese Puzzleteile nicht an derselben Pinnwand hängen. Ebenso existiert eine Verbindung zu diesem seltsamen Jungen auf dem Porträt und Doktor Zanolla. Seine Eminenz hat das Porträt des Jungen sogar genau hinter das Foto von Zanolla gehängt. Das irritiert mich.«

»Worauf wollen Sie hinaus?«

»Vielleicht untersuchen wir mehr als nur einen Mord und einen Mordanschlag. Wenn mich nicht alles täuscht, haben wir es hier mit zwei Toten und einem fast Toten zu tun: Sarah Ciban, Alan Scrimgeour und Marc Ciban. Möglicherweise sind das nur die Fälle, von denen wir wissen.«

Sie passierten eine kleine Lichtung, unter ihnen lag das Tal im kühlen Vormittagslicht. Noch immer schien alles außerhalb der neutralen vatikanischen Limousine nicht real zu sein.

»So, wie Sie das sagen, klingt das geradezu bösartig«, sagte Rinaldo.

»Ich hoffe inständig, dass ich mich irre. Aber ich fürchte, dem ist nicht so. Ich habe ein ungutes Gefühl bei der Sache.« Sie blickte auf die Uhr. »Wir sind gleich da. Haben Sie Ihren Text gelernt?«

»Ich dachte, mein Part besteht vor allem darin, den Mund zu halten? Sind Sie nicht Sarah Scrimgeours ehemalige Studienkollegin?«

Catherine bedachte Rinaldo mit einem nachsichtigen Schmunzeln.

»Wollen wir mal hoffen, dass Doktor Zanolla mit den Scrimgeours zu tun hatte und sich nach all den Jahren auch noch an die beiden erinnern kann.«

Sie war froh, dass die Ermordung des Professors nicht schon durch die Medien gegeistert war. Das hätte Zanollas Gesprächsbereitschaft von vornherein im Keim ersticken können. Ganz zu schweigen davon, dass Catherines und Rinaldos Besuch ihm dann ganz gewiss nicht mehr unverdächtig erschienen wäre. Es war auch schon so schwierig genug.

Sie ließen die letzte Straßenwindung hinter sich, das letzte zusammenhängende Stück Wald, das die Straße säumte. Das Klinikanwesen ragte wie eine mächtige Trutzburg über den Baumwipfeln auf. Fast war es, als führe man den Papstpalast von Castel Gandolfo in den

Albaner Bergen an, nur dass die Klinik nicht südöstlich, sondern nördlich von Rom lag. Außerdem strahlte Castel Gandolfo Helligkeit aus. Licht. Das tat diese Klinikburg ganz und gar nicht. Völlig allein stand sie da auf dem Hügelplateau, und obwohl der Baumbestand um sie herum gelichtet worden war, fühlte es sich für Catherine an, als läge selbst am helllichten Tag eine unbestimmbare Dunkelheit über dem Klinikkomplex.

»Sehr vertrauenerweckend«, sagte Rinaldo.

»Höre ich da etwa einen sarkastischen Unterton heraus?«

»Nennen Sie es ruhig meine männliche Intuition.«

Rinaldo parkte den Wagen auf dem weitläufigen Parkplatz, für den etliche Bäume ihr Leben hatten lassen müssen. Kurz darauf stiegen sie die breite Steintreppe zum Haupteingang hoch. Als sie die Sicherheitspforte passierten, glaubten sie sich auf einen Schlag in einer völlig anderen Welt.

Das Innere des Gebäudekomplexes mutete wie die Kulisse eines Science-Fiction-Films an. Dunkler, düsterer Stein draußen, Hightech, Glas und Stahl im Inneren.

Sie gingen auf den Empfangsbereich zu, wo zwei Sicherheitsleute Dienst taten. Catherine konnte jetzt nur noch hoffen, dass Rebekah wirklich gute Arbeit geleistet hatte. In einer Nachtschicht hatte die junge Nonne Rinaldo und ihr eine neue Identität als wohlhabende Geschäftsleute kreiert.

Sie ließ Rinaldo als Ehemann den Vortritt.

»Guten Tag. Mein Name ist Leonardo Sciutto. Meine Frau und ich haben um elf Uhr einen Termin bei Doktor Zanolla.«

»Guten Tag, Signor Sciutto. Einen Augenblick, bitte.«

Catherine und Rinaldo beobachteten, wie der Sicherheitsmann die Daten in seinem Computer überprüfte. Seine Augen glitten die Besucherliste hinab.

»Ah ja, die Signori Sciutto. Warten Sie bitten einen Moment, ich werde jemanden rufen, der Sie in den Wartebereich führt. Nehmen Sie doch ruhig so lange Platz.« Er deutete auf eine bequeme Sitzgarnitur am Fenster.

»Danke.«

Bei der Sitzgarnitur angekommen, flüsterte Rinaldo: »Vielleicht wäre es besser gewesen, auf die Maskerade zu verzichten, Schw…«

»Pst!«

Catherine schnappte sich eines der Hefte, vorwiegend Frauenzeitschriften, die auf dem Tisch lagen, warf dem Sicherheitsmann ein bezauberndes Lächeln zu und fing an, darin zu blättern.

»Wäre ich hier als Nonne aufgekreuzt«, flüsterte sie, »hätte Zanolla am Ende noch Lunte gerochen und sich auf seine ärztliche Schweigepflicht berufen. Aber als potenzielle millionenschwere Kundin … Ich bin mir sicher, dass wir auf diese Weise erheblich weiterkommen.«

Fast hätte Rinaldo dem Sicherheitsmann seinerseits ein bezauberndes Lächeln zur Ablenkung geschenkt, als er sich in letzter Sekunde fing. Ein wenig verlegen zupfte er an dem ungewohnten Hemdkragen herum und fragte: »Wie soll unser künftiges Kind noch mal heißen?«

Die Frage kam so unvorbereitet, dass Catherine beinahe gelacht hätte. Familienoberhaupt hin oder her. Noch so ein Scherz und sie würde Rinaldo mit der Zeitung eins überbraten.

Sie mussten fast zwanzig Minuten warten, ehe eine Frau in einem schicken Kostüm aus einem der Aufzüge trat und schnurstracks auf sie zuhielt.

»Die Signori Sciutto?« Es war eine rein rhetorische Frage. »Herzlich willkommen. Mein Name ist Valentina Rotolo, Doktor Zanollas Sekretärin. Bitte verzeihen Sie, dass Sie so lange warten mussten. Aber jetzt steht Doktor Zanolla voll und ganz zu Ihrer Verfügung.«

Der Aufzug hatte die Größe eines Vorzimmers, gleichzeitig erinnerte er an ein Spiegelkabinett. Catherine spürte nichts, als er sich in Bewegung setzte, doch als die Tür aufglitt, blickte sie in einen großen Vorraum mit dicken Teppichen, einem eleganten Mehrsitzer und einem überwältigenden Panoramablick.

»Noch einen kleinen Moment, bitte«, erklärte Valentina Rotolo und verschwand hinter einer breiten Eichentür.

Kurz darauf ging die Tür wieder auf, und Rinaldo und Catherine wurden hineingebeten.

Ein Mann Ende vierzig in einem weißen Arztkittel kam auf sie zu. Dem Foto nach war es Zanolla, nur dass er inzwischen erheblich kleiner und fülliger war, als Catherine es erwartet hatte. Nur seine Aura … Catherines Nackenhaare richteten sich auf, und ein Schauder lief durch ihren Körper. Die Aura dieses Mannes drang zum Teil durch ihren schützenden mentalen Schild.

Als der Mediziner ihr mit einem jovialen Lächeln die Hand reichte, schnappte sie unwillkürlich nach Luft. Für einen Augenblick hatte sie das Gefühl zu ersticken, in völliger Dunkelheit zu stehen. Nicht dass sie irgendwelche Gedanken oder Gefühle von Zanolla empfangen hätte, vielmehr ging überhaupt nichts außer einer erschreckend beklemmenden Dunkelheit von dem Mann aus.

»Ist Ihnen nicht gut, Signora Sciutto?«

Zanolla kam Rinaldo zuvor, stützte Catherine und

führte sie zu einem der bequemen Sessel, die seinem Schreibtisch gegenüberstanden. »Valentina, bitte ein Glas Wasser für unseren Gast. Und bringen Sie auch gleich Kaffee und Tee herein.«

Catherine wünschte sich nur eines, und zwar dass Zanolla augenblicklich ihren Arm losließ, da seine ölige Berührung ihr wie eine Bedrohung erschien. Doch sie musste sich beherrschen.

»Danke, alles halb so wild. Nur ein leichter Schwindel. Ein Glas Wasser wird mir ganz sicher helfen.«

Im Grunde war ihre Fast-Ohnmacht gar nicht mal so verkehrt. Eine verwöhnte Amerikanerin und Millionärserbin mit leichten Schwindelanfällen, die sich und ihren italienischen Mann zu diesem Ort geschleppt hatte, weil sie ein Kind wollte … Sollten Zanolla während des Gesprächs irgendwelche Zweifel kommen, würde dieser Auftritt sicher dazu beitragen, diese leichter wieder zu zerstreuen.

Rinaldo nahm von Valentina ein Glas kühles Wasser entgegen und reichte es seiner vermeintlichen Frau. Dabei wechselten die beiden einen unauffälligen Blick.

Catherine trank vorsichtig mehrere Schlucke. »Danke, es geht schon wieder.« Sie stellte das Glas vor sich auf den Tisch. »Ich habe unendlich viele Fragen an Sie und kann es kaum erwarten, eine Antwort darauf zu erhalten.«

»Gut.«

Zanolla nahm hinter seinem protzigen Schreibtisch Platz, nachdem auch Rinaldo sich hingesetzt hatte. Sein Lächeln war falsch. Vor ihm lag eine Klarsichthülle mit einem Computerausdruck, den er nun genauer in Augenschein nahm.

»Mein Mann und ich«, begann Catherine – und sie

wusste schon jetzt, dass die Wiedergutmachung für diesen Schwindel erheblich sein würde –, »wünschen uns seit Jahren ein Kind. Ich war mehrmals schwanger, aber die Schwangerschaft hat sich niemals normal entwickelt.«

»Wie ich sehe«, Zanolla fasste Rinaldo ins Auge, »haben Sie auf Anraten des Arztes Ihrer Frau eine Hodenbiopsie durchführen lassen, wobei sich herausstellte, dass ein Großteil der Samenzellen genetisch defekt ist. Das macht es in der Tat unwahrscheinlich, dass Sie beide auf normalem Wege ein gesundes Kind bekommen werden.«

»Aus diesem Grund möchten wir uns über die Chancen einer In-vitro-Fertilisation informieren. Wir haben von Ihrem erweiterten Verfahren zur Spermieninjektion gehört und der damit verbundenen höheren Wahrscheinlichkeit für eine erfolgreiche Schwangerschaft und Entbindung.«

»Sechsundsechzig Prozent höher gegenüber der Standardmethode«, fügte Rinaldo beeindruckt hinzu.

Zanolla nickte. »Wir haben eine Methode entwickelt, um das Fruchtbarkeitspotenzial einzelner Spermien zu bestimmen. Das macht unsere In-vitro-Methode im Vergleich zu anderen äußerst effektiv.«

Mit einer gewissen Ehrfurcht sagte Catherine: »Wie mein Mann und ich festgestellt haben, arbeiteten Sie früher erfolgreich mit Doktor Eric Scelpa in der Brenda-Thornton-Klinik zusammen. Eine Freundin von mir war damals eine der Patientinnen Ihres Kollegen. Vielleicht erinnern Sie sich ja noch an sie. Ihr Name ist Sarah Scrimgeour.«

Catherine konnte sich nicht sicher sein, unter welchem Namen Sarah sich in der Klinik angemeldet hatte, aber ihr Instinkt sagte ihr, dass es der gemeinsame Ehename gewesen sein musste. Zum einen stand der Name Scrimgeour in der Heiratsurkunde, auch wenn beide offiziell ihre Geburtsnamen beibehalten hatten, zum anderen bezweifelte Catherine, dass Sarah sich trotz des Geheimhaltungskodex der Klinik unter ihrem Geburtsnamen eingetragen hätte. Immerhin sollte alles vor ihrer Familie im Geheimen bleiben.

Zanolla legte die Stirn in Falten und überlegte. »Scrimgeour … Scrimgeour …«

Valentina kam herein, brachte Kaffee und Tee und italienisches Gebäck.

Nachdem sie wieder gegangen war, sagte Zanolla: »Es tut mir leid, aber nach all den Jahren kann ich mich gerade noch halbwegs an meine eigenen Patientinnen erinnern. Doktor Scelpa und ich waren lediglich Fachkollegen und leider …« Er hielt inne und holte tief Luft.

Catherine spürte mit jeder Faser ihres Selbst, dass er log und dass er ihnen gleich ein Märchen auftischen würde, um das Thema Scelpa ein für alle Mal zu beenden.

»Vielleicht haben Sie von dem Klinikbrand bei London gehört? Doktor Scelpa ist dabei ums Leben gekommen. Mit ein Grund, weswegen ich kurz darauf nach Italien zurückgekehrt bin.« Zanolla stieß ein tiefes Seufzen aus, das fast aufrichtig klang. »Ich hoffe, es geht Ihrer Freundin gut, und wir waren damals erfolgreich.«

»Das waren Sie und Ihre Klinik.« Catherine nickte lächelnd. Eine schauspielerische Meisterleistung angesichts der Situation. Sie griff in ihre Handtasche, zog ein Blatt Papier und damit ihr Ass im Ärmel hervor, entfaltete es und reichte es Zanolla. Aus dem Augenwinkel bemerkte sie, wie Rinaldo den Atem kurz anhielt.

»Sarah hat mir sogar ein selbstgezeichnetes Porträt ihres Jungen geschickt.«

Jetzt kam der eigentliche Clou. Womöglich erfuhr Catherine nun, wieso Ciban das Porträt an der Pinnwand direkt hinter Zanollas Foto platziert hatte.

Dem Doktor, der eben noch so freundlich und lebendig gewirkt hatte, stockte der Atem. Wie versteinert starrte er auf die Skizze, ohne das Blatt umzudrehen. Seine Augen klebten förmlich an dem Porträt. Auch wenn er sich ansonsten im Griff hatte und seine Fassung rasch wiedererlangte, war diese Reaktion für Catherine und Rinaldo eindeutig genug. Es gab definitiv eine Verbindung zwischen ihm und dem Kind!

Dann geschah etwas völlig Unerwartetes. In Catherines Bewusstsein blitzte die Momentaufnahme eines halbdunklen Raumes auf. Darin saß der Junge aus der Skizze, drei Fotos vor ihm auf einem Tisch. Eine der Aufnahmen konnte Catherine sogar erkennen. Sie zeigte Marc Ciban!

Zanollas Reaktion war heftiger, als Catherine erwartet hatte. Sie spürte regelrecht den emotionalen Ausschlag in seinem Inneren, der die Bilder hervorgespült hatte, trotzdem ließ sie sich nicht anmerken, dass seine Reaktion überhaupt für sie von Bedeutung war.

Möglichst beiläufig fügte sie daher hinzu: »Leider haben Sarah und ich uns vor Jahren aus den Augen verloren. Aber so ist das nun mal im Leben. Heute hoffen mein Mann und ich, dass Sie uns weiterhelfen können.«

Zanolla löste seinen Blick von der Skizze und reichte sie Catherine mit einem höflichen Lächeln zurück. »Eine wahre Künstlerin, Ihre Freundin. Was Ihren Kinderwunsch angeht, bin ich übrigens äußerst zuversichtlich, Signora Sciutto. Und Sie beide sollten es auch sein. Kommen Sie, ich zeige Ihnen unsere Klinik und erkläre Ihnen dabei alles Weitere.«

»Das klingt gut«, sagte Rinaldo und setzte an Catherine gewandt hinzu: »Fühlst du dich wieder fit, Liebes?«

»Ich bin bestimmt nicht den weiten Weg hierhergereist, um mich von einer leichten Übelkeit aufhalten zu lassen.«

Zanolla lächelte anerkennend und geleitete sie zur Tür.

62.

»Sobald Schwester Catherine aus der Klinik zurückgekehrt ist, behalten Sie sie wieder diskret im Auge, Viktor. Bitte vergessen Sie dabei eines nicht: Sie sind ihr unsichtbarer Beschützer, nicht mehr.«

»Ja, Herr Kommandant.« Viktor zögerte einen Moment. »Rechnen Sie mit einem Anschlag auf Schwester Catherine?«

»Sie gehört zu Kardinal Cibans Mitarbeiterstab. Nach allem, was geschehen ist, wäre es durchaus denkbar. Seien Sie also auf der Hut. Aber lassen Sie sich nicht erwischen.«

»Was ist mit Monsignore Rinaldo?«, hakte Viktor nach. »Was, wenn sich die Wege von Schwester Catherine und dem Pater trennen?«

»In dem Fall wird sich Bariello um ihn kümmern. Ich verlasse mich auf Sie beide. Sie sind ein gutes Team.«

Viktor nickte, klärte noch ein paar letzte Details und machte sich auf den Weg, um seinen Teamkollegen über die neue Situation zu informieren.

Coelho warf einen Blick auf die Uhr, die seinem Schreibtisch gegenüber hing. Sein Schädel brummte vor Kopfschmerz, doch er ignorierte es. Wenn er sich nicht täuschte, mussten Schwester Catherine und Pater Rinaldo die Klinik inzwischen erreicht haben und saßen längst bei ihrem Gesprächstermin. Er war äußerst gespannt, ob Catherines Plan aufgehen würde und mit welchen Neuigkeiten die beiden zurückkehren würden. Dieser Zanolla …

Irgendetwas irritierte Coelho an dem Foto.

Er öffnete die mittlere Schreibtischschublade des rechten Unterschranks und holte die Akte mit den London-Unterlagen heraus. Mit Schwung schlug er sie auf und blätterte noch einmal alles durch.

Nein, kein Irrtum, die Akte enthielt kein Foto von Doktor Zanolla.

Also bemühte Coelho noch einmal das Internet. Doch auch hier blieb die Suche nach einer Aufnahme des Arztes ergebnislos, dabei war er immerhin die Nummer zwei der Brenda-Thornton-Klinik gewesen. Es war wie mit der Mondlandung. Alle Welt erinnerte sich an Neil Armstrong, den ersten Menschen auf dem Mond, doch niemand kannte den Namen des zweiten Astronauten.

Coelho klickte die Klinik-Homepage an, aber darauf war lediglich jenes Foto abgebildet, das Coelho bereits in Cibans Geheimkammer an der Pinnwand gesehen hatte und das Schwester Catherine sich sogleich unter den Nagel gerissen hatte. Zanolla schien auf Webauftritte keinen besonderen Wert zu legen, und auch die Medien schienen ihn trotz seiner fortschrittlichen Fertilisationstechnik völlig zu ignorieren.

Coelho berührte seine Stirn, massierte die Schläfen. Diese verdammten Kopfschmerzen. Er musste dringend etwas dagegen tun. Seit dem Anschlag hatte er so gut wie nicht mehr geschlafen, und jetzt präsentierte sein Körper ihm die Quittung dafür.

Er öffnete die oberste Schublade des Schreibtischs, kramte darin herum, bis er die Schachtel mit dem Aspirin gefunden hatte, und spülte gleich zwei Tabletten mit einem großen Glas Wasser herunter.

Während er darauf wartete, dass das Schmerzmittel

seine Wirkung entfaltete, fixierte er Zanollas Foto auf der Klinik-Website erneut.

Er druckte das Bild stark vergrößert aus, aber die Auflösung war zu schlecht, um mehr darauf zu erkennen als ein verpixeltes Gesicht.

Was stimmte daran bloß nicht?

63.

Als Catherine das Klinikgelände endlich hinter sich lassen konnte, war es, als falle ihr eine Tonnenlast von den Schultern. Einem Mann wie Zanolla war sie noch nie in ihrem ganzen Leben begegnet. Selbst der Serientäter, den sie in ihrer Kindheit entlarvt hatte, hatte in seiner Schlechtigkeit noch etwas Menschliches offenbart. Zanolla hingegen hatte die Aura eines Reptils. Selbst seinem Bösen fehlte jeglicher Aspekt, der einen Menschen menschlich macht. Nein, Zanolla war kein Mensch, Zanolla war … Catherine suchte nach dem passenden Wort, und obwohl sie den Begriff ganz und gar nicht mochte, fiel ihr nichts Besseres ein als Dämon.

Während der gesamten Besichtigung hatte sie gespürt, wie Zanolla sie stets beiläufig beobachtet hatte, und zwar eine ungeheure Stunde lang. Nachdem die Besichtigung und das Informationsgespräch beendet waren, war ihr der Abschied wie eine Flucht erschienen. Nach außen hin hatte sie natürlich die souveräne, etwas oberflächliche Amerikanerin gespielt, die nichts anderes im Sinn hatte, als endlich ein Kind zur Welt zu bringen, und dafür jede Summe zu zahlen bereit war. Aber hinter dieser Fassade hatte sie sich wie eine Maus in der Falle gefühlt.

Rinaldo hatte sich tapfer geschlagen. Instinktiv hatte er sich immer dann zurückgehalten, wenn er allzu leicht einen Schnitzer hätte verursachen können. Nicht zuletzt deshalb hatte Zanolla sich nicht sonderlich für ihn interessiert.

Catherine spürte, wie es in Rinaldo arbeitete, wie er versuchte, sich aus den bisherigen Ermittlungsergebnissen in Verbindung mit der Begegnung einen Reim zu machen. Als sie schon fast den halben Weg nach Rom zurückgelegt hatten, versuchte Catherine erneut, Coelho per Handy zu erreichen. Jedoch vergebens.

»Was haben Sie eigentlich gesehen, als Sie Zanolla die Hand gereicht haben?«, fragte Rinaldo schließlich.

Catherine holte tief Luft. Auch wenn der Monsignore bisweilen ziemlich unsicher und naiv wirkte, war er doch alles andere als einfältig. Ganz sicher wusste er von ihrem Dilemma mit dem Lux Domini und dass man nur ein Teil des Lux wurde, wenn man über gewisse Fähigkeiten verfügte. Ihr Blick glitt über die vorüberziehenden Bäume hinweg, durch deren Zweige die Mittagssonne schien. Das schrille Licht-und-Schatten-Spiel erinnerte sie an zerfetzte Gedanken, die einfach kein Ganzes ergeben wollten.

»Kommen Sie schon, Schwester«, sagte er sanft. »Was hat Sie in Zanollas Büro förmlich vom Hocker gehauen?«

»Dunkelheit«, antwortete sie. »Tiefste Dunkelheit und das Fehlen jeglichen Mitgefühls. Ich hätte nie gedacht, dass es Menschen gibt, die in Wahrheit nichts weiter sind als Kreaturen.«

Rinaldo verlangsamte das Tempo und sah sie eindringlich an. »Zanolla … eine Kreatur?«

Catherine nickte. »Fragen Sie mich jetzt bitte nicht, was für eine. Ich habe nämlich nicht die geringste Ahnung. Ich weiß nur, dass es keine von den harmlosen ist.«

Es folgte eine minutenlange Stille, während das römische Umland wie eine Bühnenkulisse an ihnen vorüberzog.

»Das würde erklären, weshalb das Foto von Zanolla an der Pinnwand Seiner Eminenz hing«, sagte Rinaldo. »Wissen Sie, was Kardinal Ciban mir über die Triaden gesagt hat?« Er beantwortete die Frage sogleich, indem er aus dem Gedächtnis zitierte: »›Selbst wenn nur ein Prozent der Andeutungen über die Triaden der Wahrheit entsprechen sollten, haben wir allen Grund zur Sorge. Mit diesen Mächten ist nicht zu spaßen.‹«

Es dauerte ein paar Sekunden, bis Catherine die Bedeutung der Worte erfasste. »Sie denken, Zanolla könnte ein Mitglied des Triadenordens sein?«

Rinaldo zuckte die Achseln. »Für mich klang es jedenfalls so, als seien die Triaden die dunkelste Macht, die die Schöpfung jemals hervorgebracht hat. Eines ist klar: Das Foto hing nicht zufällig an der Pinnwand. Ganz zu schweigen von Zanollas Reaktion auf die Skizze. Für einen Moment dachte ich, sein Weltbild gerät gleich komplett aus den Fugen. Was, wenn die Klinik der schreckliche Ort aus dem Vers ist?«

Sie wechselten einen kurzen Blick.

»Ich habe übrigens noch etwas gesehen«, gab Catherine zu.

Rinaldo war ganz Ohr.

»Ich habe diesen Jungen durch Zanollas Bewusstsein wahrgenommen. Er saß in einem abgedunkelten Raum und betrachtete einige Fotos.«

»Sie haben den … Jungen gesehen?«

»Ja. Ich bin mir ganz sicher, dass er noch lebt.«

»Aber die Skizze …« Rinaldo stutzte. »War die Kopie nicht um die vierzig Jahre alt?«

»Das stimmt. Dennoch weiß ich, dass der Junge lebt. Und ich konnte noch etwas erkennen. Eines der Fotos zeigte Kardinal Ciban.«

»Das ist nicht Ihr Ernst!«

»Oh doch. Glauben Sie mir.«

»Aber warum sollte ein Junge in einem abgedunkelten Raum sitzen und ein Foto Seiner Eminenz betrachten?«

»Ich schätze, das ist die Eine-Million-Euro-Frage. Aber wenn Zanolla den Jungen kennt …«

Rinaldos Augen wurden groß. »Dann befindet er sich vielleicht in der Klinik!«

Catherine wollte gerade zu einer Erwiderung ansetzen, als ihr Handy klingelte. Das klassische Läuten war praktisch nicht zu überhören. Ungeduldig blickte sie auf das Display.

»Schwester Giada.« Sie nahm das Gespräch an und hörte eine Weile aufmerksam zu, während sie spürte, wie Rinaldos innere Unruhe wuchs. Nachdem das Gespräch beendet war, erklärte sie: »Rebekah hat herausgefunden, wer sich hinter dem Tarnnamen Lazarus verbirgt.«

Sie zückte ein kleines Notizbuch, schlug es auf und schrieb eilig etwas hinein. Rinaldo warf ihr einen neugierigen Blick zu.

Schließlich sagte sie: »Jetzt, da wir den Namen und die Adresse haben, werden wir hoffentlich mehr über Ihren alten Triadenorden und das Deckenfresko erfahren. Aber zuvor schlüpfen wir wieder in unsere normale Arbeitskleidung, denn in diesem amerikanisch-italienischen Millionärs-Ehepaar-Aufzug würde Doktor Martini uns vermutlich nicht sehr ernst nehmen.«

»Doktor Robert Martini?«

»Sie kennen ihn?«

»Nicht persönlich. Allerdings sollten wir vorsichtig sein. Er ist auf die Glaubenskongregation, genauer auf Kardinal Ciban, nicht gut zu sprechen.«

Catherine seufzte. »Die Reihe seiner Feinde würde den Autobahnring um Rom vermutlich komplett ausfüllen.«

»Das mag sein, aber ich schätze, Martini hat allen Grund, sauer zu sein. Seit Jahren verweigert man ihm den Zugang zu den Archiven.«

»Ist seine Arbeit denn so … bedrohlich?«

Rinaldo zuckte mit den Achseln. »Einzig der Wechsel an der Führungsspitze unserer Kirche seit dem letzten Konklave hat ihn vor der Exkommunikation bewahrt. Angeblich fand ein sehr hitziges Vieraugengespräch zwischen Martini und Seiner Heiligkeit Papst Innozenz statt. Zu jener Zeit habe ich allerdings noch nicht für die Glaubenskongregation gearbeitet.«

Innozenz! Catherine atmete tief durch. Das verstorbene Kirchenoberhaupt, Papst Leos unmittelbarer Vorgänger, hatte fast ein Vierteljahrhundert lang wie ein absolutistischer Monarch über die Kirche geherrscht, unterstützt von seinem damaligen Großinquisitor Sergio Monti. Unter Innozenz und Monti war auch das Verfahren gegen Catherine eingeleitet worden. Vor einem Jahr war sie drauf und dran gewesen, die Kirche als Ordensfrau zu verlassen.

»Was schlagen Sie vor?«, fragte sie Rinaldo, da er Dr. Martini sicher besser einschätzen konnte als sie.

»Wie Sie schon sagten, erst einmal müssen wir uns dieser Verkleidung hier entledigen.«

»Und dann?«

»Dann werden wir Bischof Tardini einen Besuch abstatten. Seine Exzellenz kennt Doktor Martini noch von früher.«

64.

»Signora Rotolo, bitte sorgen Sie dafür, dass ich in den nächsten fünfzehn Minuten nicht gestört werde.«

»Wie Sie wünschen, Herr Doktor«, kam die routinierte Antwort der Sekretärin über die Freisprechanlage.

Zanolla nippte an seinem Kaffee und legte die DVD, die die Sicherheitsabteilung für ihn mit Ausschnitten von der Videoüberwachung zusammengestellt hatte, in das Laufwerk seines Computers ein.

Die darauf gespeicherten Bilder zeigten ausnahmslos das seltsame amerikanisch-italienische Ehepaar. Die Sciuttos auf dem Parkplatz, wie sie aus der Limousine stiegen und auf den Eingangsbereich zugingen, dann in der Vorhalle an der Rezeption, im Wartebereich, im Aufzug, im Foyer und schließlich auf dem Rundgang durch die relevanten Areale der Klinik.

Vor allem an Signora Sciutto war Zanolla interessiert.

Er war sich sicher, das Gesicht dieser Frau irgendwo schon einmal gesehen zu haben. In anderer Kleidung, in einer anderen Umgebung, in einem völlig anderen Kontext. Es ärgerte ihn, dass er zwar über ein hervorragendes Gedächtnis für wissenschaftliche Fakten verfügte, sich Gesichter und Namen jedoch nur schwer merken konnte.

Wie war diese Frau bloß an das gezeichnete Porträt mit dem Jungen gekommen? Und warum hatte sie es ihm gezeigt?

Zanolla glich die Fotos aus dem Sicherheitsvideo mit Hilfe des Gesichtsererkennungsprogramms mit der Personendatenbank ab, über die der geheime Bereich seines Instituts verfügte. Darunter waren auch jene Fotos, die für die Sondierung durch David vorgesehen waren.

Keine neunzig Sekunden vergingen, und das Programm landete einen Treffer.

Zanolla beugte sich vor und hätte dabei fast seinen Kaffee verschüttet. Allerdings nicht aus Angst oder Sorge, sondern vielmehr aus Überraschung.

Schwester Catherine Bell!

Zanolla hatte die Fotos für die Sondierungsdatenbank vor Monaten persönlich ausgewählt, um sie durch David ausspionieren zu lassen. Unter dieser Maskerade hatte er die rebellische Nonne, deren Bücher regelmäßig in der katholischen Welt für Aufsehen sorgten, jedoch nicht wiedererkannt.

Erst vor kurzem hatte der Junge ein Foto der Ordensfrau für Zanolla sondieren sollen. Im Grunde war es dabei in erster Linie darum gegangen, Cibans Umfeld und bei der Gelegenheit auch gleich den Papst zu erkunden. Aber dann hatte sich die Sondierung von Papst Leo als weit schwieriger herausgestellt als gedacht, und die Sondierung von Ciban war am Ende völlig aus dem Ruder gelaufen. Darüber hatte Zanolla die verflixte Ordensfrau erst einmal völlig aus dem Blick verloren.

Ausgerechnet heute hatte sie ihn nun in der Verkleidung einer amerikanischen Millionärserbin mit der Skizze des Jungen konfrontiert. Kaum zwei Tage nach dem Anschlag auf Ciban. Wie es aussah, wusste Catherine Bell mehr über Scrimgeour und die Cibans, als gut für sie war.

Zanolla schloss die unterste Schublade seines Schreibtischs auf und holte ein abhörsicheres Handy heraus.

Er zog eines der besseren Fotos von Schwester Catherine auf das Mobiltelefon und fügte noch schnell ein Foto des Ehepaares Sciutto hinzu. Dann schrieb er eine kurze SMS, wählte eine Nummer und verschickte die Daten.

Nachdem Zanolla die Daten gelöscht und das Telefon wieder im Schreibtisch verwahrt hatte, griff er frohen Mutes zu seinem regulären Telefon.

Es war an der Zeit, einmal wieder mit seinem Freund Dr. Asensi aus der Gemelli-Klinik zu plaudern. Schließlich war Asensi stets am aktuellen Stand von Zanollas gentechnischer Forschungsarbeit interessiert.

65.

Coelho hatte das Vibrieren seines Handys gespürt, doch in der gegenwärtigen Situation hatte er lieber darauf verzichtet, nachzuschauen, wer der Anrufer war. Er musste sich voll und ganz auf sein Gegenüber konzentrieren.

Hier spielte jetzt die Musik.

Inspektor Ganzoli stand ihm an dem Besprechungstisch gegenüber, öffnete einen Umschlag und breitete den Inhalt langsam vor ihm aus. Coelho konzentrierte sich darauf, durch nichts zu verraten, dass ihm das, was er da sah, längst durch seine eigenen Ermittlungen bekannt war.

Während Ganzoli die Unterlagen über den ganzen Tisch verteilte, strahlte er jene Arroganz aus, die Vatikanpolizisten das Gefühl geben sollte, kaum mehr zu sein als die Hilfspolizei. Eigentlich hatte Coelho dem Inspektor dieses Überlegenheitsgefühl schon einige Male ausgetrieben, doch leider kehrte es wie ein lästiges Magengeschwür immer wieder zurück.

Diesmal hatte Ganzoli ausgerechnet auch noch einen Treffer gelandet.

»Es sieht nicht gut aus«, erklärte der Inspektor, nachdem er den Umschlag vollkommen geleert hatte.

Direkt vor Coelho lag eine Kopie der Heiratsurkunde von Sarah Ciban und Alan Scrimgeour. Des Weiteren erblickte er einige Kopien aus dem Fotoalbum der beiden, aus dem ihm auch schon sein eigener Agent reichlich Material geliefert hatte. Außerdem eine Informationsbroschüre der Brenda-Thornton-Klinik. Das Einzige, was diese Sammlung nicht enthielt, war das Porträt von dem Jungen sowie die beiden goldenen Eheringe.

»Würden Sie sich bitte etwas klarer ausdrücken, Inspektor?«

Mit großer Gebärde griff Ganzoli nach der Heiratsurkunde und reichte sie Coelho.

»Meine Leute haben den Beleg für die heimliche Eheschließung zwischen dem Anglikaner Alan Scrimgeour und der Katholikin Sarah Maria Ciban entdeckt. Die Ehe blieb kinderlos, trotz des Besuches einer Londoner Fruchtbarkeitsklinik. Die Ehefrau starb schließlich bei einem Unfall. Etwa ein Jahrzehnt danach wird ihr Ehemann mitten in der Nacht in einer Kirche in Rom ermordet. Zufälligerweise ist der Bruder der Toten zu dieser nächtlichen Stunde die einzige andere Person am Tatort. Wenn da kein Zusammenhang besteht, dann weiß ich es auch nicht.« Ganzoli legte die Heiratsurkunde auf den Tisch, gleich neben das schlichte Hochzeitsbild von Alan und Sarah Scrimgeour. »Und jetzt sagen Sie mir nicht, Sie haben davon nichts gewusst!«

»Ihre vermeintliche Spur ist keinen Pfifferling wert, Inspektor. Es wurden lediglich Schmauchspuren an Kardinal Cibans Kleidung entdeckt, nicht an seinen Händen. Auch gibt es keine Fingerabdrücke von ihm auf der Waffe. Professor Scrimgeour hingegen hat mehrere Schüsse aus der Pistole abgefeuert und Seine Eminenz dabei lebensgefährlich verletzt. Am Ende wurde der Professor schließlich mit seiner eigenen Waffe umgebracht, jedenfalls ist er nicht durch seine eigene Hand gestorben. Hätte Kardinal Ciban Rache für den Mord an seiner Schwester nehmen wollen, dann wäre er Scrimgeour ganz sicher nicht unbewaffnet gegenübergetreten.

Was, wenn Scrimgeour den Revolver bei sich getragen hat, um sich und Ciban zu schützen?«

Ganzoli musterte ihn. »Sonst noch eine Theorie?«

Coelho atmete tief ein. »Wir sollten uns in erster Linie folgende Frage stellen: Wer war die dritte Person am Tatort?«

66.

Kaum waren Catherine und Rinaldo von ihrem vatikanischen Treffpunkt aus losgefahren, setzte ein von heftigen Windböen begleiteter Regen ein. Doch in der Vatikan-Limousine fühlte Catherine sich so sicher wie in Abrahams Schoß. Es machte durchaus einen Unterschied, ob man im hektischen römischen Straßenverkehr mit einem Fiat 500 oder mit einem Mercedes unterwegs war. Dafür fand Catherine mit ihrem Miniwagen jederzeit einen Parkplatz, und wenn es nur eine Lücke zwischen zwei Mülltonnen war.

Das Haus von Lazarus lag oberhalb des westlichen Teils des Forum Romanum. Wie Rinaldo während der restlichen Fahrt von der Klinik berichtet hatte, wussten nur wenige Leute von dem Wohnsitz. Der Kleriker hatte schon immer sehr zurückgezogen gelebt. Vor allem seit der Konfrontation mit Papst Innozenz hatte er das kirchliche Leben mehr und mehr aus der Distanz über wenige Freunde und die Medien verfolgt. Für alle anderen Verbindungen zur Außenwelt war seine Hauswirtschafterin die Mittelsperson. Gleichzeitig schien sie auch die Sekretärin des alten Mannes zu sein.

»Er ist ein ziemlich schräger Vogel«, hatte Tardini sie am Telefon gewarnt. »Wundern Sie sich am besten über gar nichts. Auch nicht über seine resolute Hauswirtschafterin.«

Wer sich den Spitznamen Lazarus verpasste, musste in der Tat ein ziemlich schräger Vogel sein. Viel mehr als das hatte Catherine jedoch erstaunt, dass Tardini mit keiner Silbe Cibans angespanntes Verhältnis zu Lazarus alias Dr. Robert Martini erwähnt hatte. Ob er es nicht für wichtig genug hielt? Rinaldo hingegen hielt es für sehr wichtig. Daher hatte er sie, was Kardinal Ciban betraf, vor allzu viel Offenherzigkeit gewarnt.

Also gut, Catherine würde den Zwischenfall mit Kardinal Ciban zunächst einmal außen vor lassen. Vielleicht brauchten Rinaldo und sie den Anschlag ja auch gar nicht zu erwähnen, um mehr über die Triaden zu erfahren. Womöglich würden sie sogar eine Verbindung zu Zanolla und dem Jungen herstellen können. Sie dachte dabei an Cibans Pinnwand, an der all die verrückten, scheinbar zusammenhanglosen Puzzleteile hingen. Sarah Cibans Grab, das Deckenfresko mit dem Triadensymbol, das Porträt des Jungen, die Fruchtbarkeitsklinik, Zanolla …

Der Junge und der Doktor spukten ihr seit dem Klinikbesuch ohnehin permanent im Hinterkopf herum, ganz zu schweigen von den eindringlichen Impressionen, die der Kontakt mit Cibans Bewusstsein ihr seit zwei Tagen bescherte. Die Eindrücke waren derart massiv, dass sie bisweilen fürchtete, sich nicht mehr auf die Gegenwart konzentrieren zu können.

»Hier ist es«, sagte Rinaldo und holte Catherine aus ihren Gedanken.

Er hielt den Wagen vor einem gepflegten zweistöckigen Herrenhaus an, dessen Grundstein, wie Catherine vermutete, vor gut einhundert Jahren gelegt worden war. Auch die Häuser im unmittelbaren Umfeld machten einen sehr gepflegten Eindruck, wobei die Lage des Anwesens einen beeindruckenden Blick auf das Forum Romanum versprach.

»Er erwartet uns also?«, fragte Catherine ein klein

wenig skeptisch. Sie hatten sich so überstürzt bei Lazarus angekündigt, dass es schon an ein Wunder grenzte, wenn er sie tatsächlich empfing, denn diesmal winkten Rinaldo und sie nicht mit Millionen.

»Wenn Seine Exzellenz Bischof Tardini einen Termin für uns ausmacht, dürfen wir davon ausgehen, dass wir nicht versetzt werden.«

»Es wundert mich, dass dieser Lazarus uns trotz der Disharmonie mit Kardinal Ciban sprechen will. Ihm muss doch bewusst sein, dass Bischof Tardini der Erste Sekretär Seiner Eminenz ist.«

»Tardini ist ein alter Fuchs, Schwester. Er hat Doktor Martinis Neugierde geweckt.«

»Ach ja? Und wie?«

»Indem er Ihren Namen fallen ließ.«

Catherine starrte ihn an.

Rinaldo zuckte die Achseln. »Es gibt eine Menge Menschen, die sehr neugierig auf Sie sind. Doktor Martini ist einer von ihnen. Sie sind eine Rebellin. Schon vergessen?«

»Vielleicht erhofft er sich durch mich einfach nur Zugang zu den Archiven.«

»Gut möglich. Dass Sie Pater Darius so gut gekannt haben, dürfte auch nicht ganz unerheblich sein.« Rinaldo machte eine kurze Pause. »Ich muss Ihnen allerdings noch etwas sagen.«

»Ja?«

»Die Einladung gilt nur für Sie.«

»Das soll wohl ein Witz sein?«

»Oh nein, ganz und gar nicht. Natürlich werde ich Sie später wieder abholen.« Rinaldo deutete auf sein Handy. »Geben Sie mir einfach Bescheid. Und jetzt viel Glück!«

Catherine seufzte. »Danke, Pater, es wäre mir jedoch lieber …«

»Es ist, wie es ist, Schwester. Mit Männern wie Doktor Martini diskutiert man über solche Punkte nicht.«

»Also gut.«

Sie stieg aus, eilte durch den Regen über den nassen, gepflasterten Zugang und erklomm die beiden Stufen bis zur Eingangstür. Da sie keine Klingel fand, betätigte sie den altmodischen Türklopfer.

Erst einmal geschah gar nichts. Dann öffnete ihr zu ihrer Überraschung der Hausherr persönlich die Tür. Lazarus – Catherine konnte nicht anders, als ihn weiterhin so zu nennen – trug einen weißen Anzug und dazu bequeme schwarze Turnschuhe, so als brauchte er innerhalb des Hauses unbedingt festes Schuhwerk mit einer beweglichen Sohle.

Lazarus begrüßte sie mit einem freundlichen Lächeln. »Ah, da sind Sie ja, Schwester.«

Catherine entging nicht, dass er dabei einen kurzen Blick über ihre Schulter warf, als wollte er sich vergewissern, dass sich zwischen den Büschen und Autos keine ungebetenen Gäste herumdrückten.

Der Mercedes setzte sich in Bewegung und fuhr davon.

»Kommen Sie doch bitte herein.« Er schloss die Tür hinter ihr.

»Es ist sehr freundlich von Ihnen, mich so kurzfristig zu empfangen, Doktor Martini. Ich werde Ihre Zeit gewiss nicht länger als nötig in Anspruch nehmen.«

Der Gelehrte winkte ab. »Machen Sie sich darüber mal keine Sorgen, Schwester. Ich bin ein alter Mann mit wenig Abwechslung und viel zu viel Zeit. Es ist ganz gut, wenn ich hin und wieder etwas anderes sehe als meine tyrannische Haushälterin und meine Bücher.«

Das Innere des Hauses mit seinen zahlreichen antiken

Ausstellungsstücken erinnerte Catherine an eine Mischung aus einem Museumsgebäude und einem Geisterhaus. Schon der Eingangsbereich mit den altägyptischen, römischen und mittelalterlichen Skulpturen und Wandbildern – alles Nachbildungen, wie Lazarus beiläufig versicherte – führte Catherine in eine Umgebung, die nicht von dieser Welt zu stammen schien.

Auch Lazarus selbst schien nicht von dieser Welt zu stammen. Catherine schätzte ihn auf Anfang, Mitte siebzig. Er war groß und dünn, und er trug einen weißen Anzug, der vermutlich einmal Ende der fünfziger oder Anfang der sechziger Jahre des vergangenen Jahrhunderts modern gewesen war. Seine Augen schimmerten unter dem dichten weißen Haar wie blaues Eis und hatten in ihrem Ausdruck sowohl etwas Vergeistigtes als auch etwas Militärisches. Für sein Alter bewegte Lazarus sich mit einer erstaunlichen Behändigkeit, auch wenn er ihr versicherte, wegen der vielen Schreibtischarbeit längst nicht mehr so beweglich wie früher zu sein.

Der alte Gelehrte öffnete eine Tür, und sie betraten das Wohnzimmer, elegant eingerichtet mit einer Mischung aus italienischen und britischen Stilmöbeln im Charme des neunzehnten Jahrhunderts. Eibe, Mahagoni, Kirschholz und weißes Leder.

Kuchen und eine dampfende Espressokanne standen auf dem ovalen Tisch bereit, von der Hauswirtschafterin fehlte allerdings jede Spur. Vielleicht hatte Lazarus ihr freigegeben, um ungestört mit Catherine reden zu können.

Er deutete auf die Couchgarnitur. »Bitte nehmen Sie doch Platz und bedienen Sie sich. Meine Haushälterin Mariella hat den Kuchen selbst gebacken. Ich versichere Ihnen, es gibt keinen besseren auf dieser Welt.«

Der Kuchen sah in der Tat sehr lecker aus, außerdem wäre es unhöflich gewesen, die Einladung abzulehnen. Also nahm Catherine die Teller und schnitt Lazarus und sich selbst je ein Stück ab, während er fragte, wie sie den Kaffee wünschte.

Der Kuchen sah nicht nur lecker aus, er schmeckte auch so.

Kaum dass die Tassen geleert waren, griff Lazarus erneut nach der Kanne und füllte nach.

»Weswegen ich hier bin, Doktor Martini …«, begann Catherine behutsam.

»Sie können mich ruhig Lazarus nennen, wie es Darius früher getan hat«, erklärte der alte Gelehrte mit seiner rauen Stimme. »Er hat mir viel von Ihnen erzählt. Ihr Ziehvater und ich haben in Chicago und später hier in Rom gemeinsam an einem Projekt gearbeitet. Sie erinnern sich vielleicht noch: Corona. Ich habe Sie damals als Kind zwei- oder dreimal ganz kurz gesehen. Zugegeben, ich saß meist hinter der Glasscheibe.«

Corona!

Und ob Catherine sich daran erinnerte. Nie würde sie die Galerie mit den unzähligen Fotografien vergessen, die sie in ihrer Kindheit gesehen hatte, damals, als sie das Katholische Institut für medial Hochbegabte in Chicago zum ersten Mal betreten hatte. Die Fotografien hatten Menschen, Tiere und Pflanzen gezeigt, allerdings nicht die abgelichteten Gegenstände selbst, sondern deren Wesen, die Auren. An Lazarus erinnerte sie sich dagegen nicht. Auch hatte Darius den Kollegen nie erwähnt.

»Wir haben damals mitgeholfen, die Zweigstelle des römischen KIMH aufzubauen«, fuhr der alte Gelehrte fort. »Das waren noch Zeiten!« Dann hielt er kurz inne.

»Darius' Tod … ich kann mir vorstellen, dass es nicht leicht für Sie ist.« Sein Bedauern klang aufrichtig.

Catherine spürte, dass er ebenfalls um einen alten Freund trauerte. Doch um gemeinsam zu trauern war sie nicht hier. Sie musste die Hintergründe aufdecken, die zu dem blutigen Konflikt zwischen Scrimgeour und Ciban geführt hatten und vielleicht sogar zu Sarah Cibans Tod. Deshalb war sie hier. Lazarus war Angelologe und, wie es aussah, einer der wenigen Menschen auf der Welt, die ihr etwas über die Triaden sagen konnten. Also näherte sie sich dem eigentlichen Grund ihres Besuchs.

»Weswegen ich hier bin, Lazarus … Ehrlich gesagt weiß ich gar nicht, wo ich anfangen soll.«

Der Gelehrte blickte sie ruhig an. »Ich nehme an, es geht um den *Autounfall* Seiner Eminenz.«

Catherine konnte die Anführungszeichen um das Wort Autounfall förmlich hören.

67.

Kublicki drückte den winzigen Kopfhörer der Abhöranlage fester ins Ohr. Nachdem er das Foto der Sciuttos auf dem Handy gesehen hatte und die beiden vor Robert Martinis Haus vorgefahren waren, wollte er seinen Auftraggeber sofort informieren. Dann aber war es ihm klüger erschienen, erst einmal abzuwarten, was die katholische Nonne, die dieser Pater Rinaldo alias Signor Sciutto gerade hier abgeliefert hatte, überhaupt von dem alten Gelehrten wollte.

So bald hatte Kublicki den Pater und die Nonne nicht hier an diesem Ort erwartet. Waren die beiden, wie er selbst, etwa der Spur der Briefe gefolgt? Oder hatte dieser Rinaldo lediglich herausgefunden, wer sich hinter Lazarus verbarg, und die Nonne nun damit beauftragt, dem Alten ein bisschen auf den Zahn zu fühlen?

Möglicherweise konnte der Besuch der Nonne bei dem alten Gelehrtenknochen für ihn von Nutzen sein. Kublicki prüfte noch einmal die Abhöranlage. Alles war im grünen Bereich.

»Sie können mich ruhig Lazarus nennen, wie es Darius früher getan hat«, hörte Kublicki den Greis sagen.

Dann schwafelte der Alte etwas von Chicago und Rom und einem Projekt namens Corona. Wussten die Geier, was sich dahinter verbarg. Wer war bloß dieser Darius, der längst tot war? Worauf wollte der alte Knacker hinaus? Vermutlich konnte sein Auftraggeber etwas damit anfangen. Das alles klang jedenfalls interessant genug, um aufgezeichnet zu werden.

Zwischen dem Klappern von Kuchentellern und Kaffeelöffeln sagte Lazarus schließlich etwas, das Kublicki äußerst hellhörig werden ließ.

»Ich nehme an, es geht um den Autounfall Seiner Eminenz.«

»Woher wissen Sie von dem Unfall?«, fragte die Nonne sofort.

»Ach, wissen Sie, Catherine, letztendlich sitzen wir Institutsehemalige alle im selben Boot. Ich mag mich zwar aus dem öffentlichen Leben zurückgezogen haben, trotzdem verfüge ich noch immer über einige Quellen. Die meisten vatikanischen Bürger werden den Unfall gewiss nicht anzweifeln, aber ich habe da zugegebenermaßen meine Zweifel.«

Es entstand eine Pause, bis der alte Gelehrte schließlich hinzufügte: »Ein Freund von mir hat Sie in der Klinik gesehen.«

»Verstehe«, hörte Kublicki die Nonne sagen. Vermutlich dachte sie jetzt, dass ein Klinikangestellter den Mund nicht hatte halten können.

»Nein, Sie verstehen nicht. Bevor Sie jetzt falsche Schlüsse ziehen: Bei dem Freund handelt es sich um einen Patienten, nicht um jemanden vom Klinikpersonal.«

Es folgten etwa zehn Sekunden Stille.

»Ich muss Ihnen etwas zeigen, Lazarus«, sagte die Nonne schließlich, »und brauche dringend Ihre Meinung dazu.«

»Ich helfe Ihnen gerne, aber ich bin Forscher, kein Kriminalist. Ich hoffe, das ist Ihnen klar.«

»Es geht um Ihr Expertenwissen. Alles, was Sie uns über das, was ich Ihnen gleich zeigen werde, sagen können.«

Der alte Mann hüstelte, als beschliche ihn eine Ahnung.

»Wir haben da einige Puzzlestücke«, erklärte sie, »sehen uns aber außerstande, ein größeres Ganzes darin zu erkennen.«

In der Hoffnung, erkennen zu können, was die Nonne dem Gelehrten da zeigen wollte, griff Kublicki zum Fernglas und spähte hindurch. Aber die Ordensfrau zögerte.

Der Alte legte die Stirn in Falten und sagte schließlich: »Ihre Puzzlestücke haben nicht zufällig mit meinem geheimen Steckenpferd zu tun, dem Triadenorden?«

Triaden? Oh nein! Bitte nicht schon wieder diese Engelssache …

Die Nonne räusperte sich. »Wäre das denn schlimm?«

»Sollte der Unfall von Kardinal Ciban damit zusammenhängen … «

Kublicki sah, wie der Alte seine Kaffeetasse abstellte und das Ja der Antwort im Raum hängen ließ. Die Nonne saß da und rührte sich nicht. Wie es aussah, versuchte sie die Antwort erst einmal zu verdauen. Wie Kublickis Auftraggeber schon prophezeit hatte, vertuschte der Vatikan den Mordfall in der Kirche, so gut es ging.

»Wissen Sie, was«, sagte der Kleriker. »Lassen Sie mich Ihre Puzzlestücke doch einfach mal begutachten … «

Die Nonne griff nach einem Rucksack und holte einen großen Umschlag hervor.

Jetzt wurde es interessant.

Sie breitete die angeblichen Puzzlestücke vor Lazarus aus. Dummerweise setzte der alte Knacker sich genau so an den Tisch, dass er Kublicki den Blick auf die Unterlagen komplett verstellte.

Eine geschlagene Minute lang fiel kein einziges Wort. Nicht einmal ein Kaffeelöffel klirrte.

Dann sammelte Lazarus die Papiere wieder ein und schob sie in den Umschlag zurück. »Kommen Sie, Catherine. Ich will Ihnen etwas zeigen.«

Die Nonne steckte den Umschlag in den Rucksack und folgte dem Alten aus dem Wohnzimmer.

Nach über einer Minute Stille begriff Kublicki, dass sich die beiden sonst wo im Haus befanden, jedoch ganz sicher nicht in dem verwanzten Arbeitszimmer des Klerikers.

Verdammt!

Ihm blieb nichts anderes übrig, als zu warten, in der Hoffnung, dass die beiden in nächster Zeit in eines der beiden verkabelten Zimmer zurückkehrten. Wenigstens sah es nicht danach aus, als hätten sie das Haus verlassen.

Kublicki übte sich in Geduld und hörte sich noch einmal an, was er gerade mitgeschnitten hatte. Dann studierte er die beiden Fotos auf dem Handy noch einmal ganz genau. Die Nonne sah in Zivil gar nicht mal so übel aus.

Schließlich drückte er die Kurzwahltaste und hielt sich das Handy ans Ohr. Ein Zwischenbericht würde jetzt ganz sicher nicht schaden.

68.

Der Weg zur Bibliothek führte erst durch einen schmalen Seitengang und dann über eine enge, steile Wendeltreppe nach oben. Womit klar war, weshalb Lazarus sportliches Schuhwerk bevorzugte.

Vor dem Seitengang blieb Catherine kurz stehen, um einen großen schwarzen Stein zu bewundern. Der Stein von Rosette! Das Ding wog gut und gerne eine halbe Tonne, wenn nicht mehr. Allerdings handelte es sich um eine leichtere Eins-zu-eins-Kopie, wie Lazarus ihr versicherte. Eine wirklich gute Kopie stehe in der Erdgeschossgalerie des Britischen Museums in London, fügte er noch hinzu.

Dem Original des Rosette-Steins verdankte die Menschheit die Entschlüsselung der ägyptischen Hieroglyphen, weil derselbe Text gleich in drei Schriften darin eingemeißelt worden war: Hieroglyphisch, Demotisch und Griechisch. Diese drei Schriften hatten dem genialen französischen Linguisten Jean-François Champollion im neunzehnten Jahrhundert den entscheidenden Hinweis gegeben.

Sie stiegen die schmale Wendeltreppe am Ende des Seitengangs hinauf, was eine ziemlich wackelige Angelegenheit war. Auf halber Strecke stieg Catherine schon der Geruch von alten Büchern in die Nase, was sie mit einem kräftigen Niesen quittierte. Wie sie unmittelbar darauf feststellte, war die Bibliothek ein dämmriger Ort mit langen, schmalen Gängen, die aus endlosen Regalreihen bestanden. Den Regalen fehlte jede Markierung, und sie standen so eng beieinander, dass ein korpulenter Mensch ernsthafte Schwierigkeiten gehabt hätte, sich hindurchzuzwängen. Catherine hatte genug Probleme, nirgendwo mit dem Rucksack anzuecken, als sie dem gertenschlanken Lazarus auf dem Fuße zu folgen versuchte.

In der Mitte der Bibliothek, sofern es die Mitte war, wartete eine Überraschung auf Catherine: ein regalloser Raum von vielleicht fünfzehn Quadratmetern, in dem ein großer, mit Büchern und Akten beladener Tisch, zwei Stühle und eine Computerkonsole standen. Wie es aussah, arbeitete Lazarus hier oben und empfing ab und zu den einen oder anderen Gast. So wie an diesem Nachmittag.

»Das sieht nach ganz schön viel Arbeit aus«, sagte sie.

»Ora et labora – bete und arbeite«, antwortete Lazarus trocken, drehte sich um und bedeutete ihr, am Tisch Platz zu nehmen. »Hierher ziehe ich mich zurück, wenn ich von der Welt da draußen genug habe. Darius hat an diesem Ort in den letzten Jahren so manche Stunde verbracht und in den alten Büchern geblättert.« Er ließ sich Catherine gegenüber auf dem Stuhl nieder. »Aber nun raus mit der Sprache. Was ist Kardinal Ciban wirklich widerfahren?«

Für einen Moment wurde es so still, dass Catherine zu hören glaubte, wie sich die Bücherwürmer durch die vielen alten, vergilbten Seiten in den Regalen fraßen. Durfte sie diesem Mann vertrauen? Was besagte es schon, dass er am Institut geforscht und Darius gekannt hatte?

Lazarus bemerkte ihr Zögern. »Sagen Sie mir wenigstens eines: Wird er überleben?«

»Die ersten vierundzwanzig Stunden waren sehr kritisch, aber inzwischen stehen die Chancen gut.«

Lazarus wirkte beruhigt, obwohl Ciban – nach allem, was Catherine wusste – eher ein Feind als ein Freund war.

»Nun vermuten Sie aufgrund Ihrer Puzzlestücke, dass die Triaden hinter dem Unfall Seiner Eminenz stehen.«

»Wir wissen es nicht, aber es ist eine Spur, der wir nachgehen müssen. Die Triaden tauchen immer wieder auf.«

Catherine öffnete ihren Rucksack und holte den Umschlag erneut hervor. Sie legte das Porträt von dem Jungen, mit dem Zitat und dem Symbol auf den Tisch. Daneben drapierte sie das Foto des kleineren Eherings mit dem Ankh-Symbol, das Coelho ihr überlassen hatte, sowie die Fotografie des Deckenfreskos und den Brief mit dem seltsamen Vers.

Während Lazarus die Puzzlestücke im Wohnzimmer begutachtet hatte, war er zwar ruhig geblieben, aber Catherine war das Funkeln in seinen Augen nicht entgangen. Wie ein Schatzsucher hatte er auf die Bruchstücke gestarrt. Vor allem war ihr nicht entgangen, dass den Gelehrten das Foto mit dem Ring am meisten zu faszinieren schien.

»Was können Sie mir über das Porträt, den Vers und die Fotografien sagen, Lazarus?«

»Soweit ich weiß, ist der Triadenorden weit älter als die katholische Kirche, ja sogar noch älter als das alte Ägypten. Über die ursprüngliche Bedeutung dieser Schleife«, er deutete auf das Ankh-Symbol, »sind sich die Ägyptologen bis heute nicht einig. Als Hieroglyphe bedeutet die Schleife Leben, als Symbol hingegen weist sie auf das göttliche ewige Leben hin. Sehen Sie diese Wendeln rechts und links des Ankhs?«

Wendeln? Catherine runzelte die Stirn.

»Das sind DNA-Stränge.«

Wie bitte?

Catherine nahm das Foto in die Hand. Sie hatte die Ketten, oder was auch immer sie darstellen mochten, für Schlangen gehalten, aber beim genaueren Hinsehen erkannte sie, dass es genauso gut DNA-Stränge sein konnten.

Lazarus griff nach einer der Mappen, die auf dem großen Tisch lagen, zog ein Foto heraus und legte es vor Catherine hin. Die zweigeteilte Aufnahme zeigte einen Kardinalsring. Auf der oberen Hälfte war die Außenseite und damit das Siegel des Rings zu erkennen, auf der unteren die Innenseite des Rings mit einem Symbol. Ein Ankh mit einem Skarabäus und zwei Wendeln.

»Das hier ist ein Generationenring«, erklärte Lazarus. »Der Kleriker, dem dieses Schmuckstück einst gehörte, war von Geburt an ein Mitglied des Ordens. Was die DNA-Stränge angeht: Wissenschaft und Religion schlossen sich für die Triaden niemals aus, sondern waren vielmehr die zwei Seiten ein und derselben Medaille.«

»Ein Mann, der gleichzeitig Kardinal und Triade war?« Catherine erinnerte sich an das Deckenfresko der sinnbildlichen Darstellung der Wissenschaft und des Glaubens in der Ciban'schen Villa, genauer in Cibans dortiger Bibliothek.

»So haben die Triaden überlebt, mitten im Herzen ihres Feindes, in der katholischen Kirche. Ein Triade verfügt über die Fähigkeit, sich für seine Umgebung unsichtbar zu machen, zu tarnen. *Umbra sumus!* Deshalb haben Eingeweihte die Triaden auch ›Die Schatten‹ genannt.«

Umbra sumus! – Wir sind ein Schatten! Catherine musste spontan an einen Ausspruch des römischen Dichters Horaz denken: *Pulvis et umbra sumus* – Staub und Schatten sind wir.

»Können Sie mir sagen, wem dieser Ring gehört hat?«

»Einem Mann, der im siebzehnten Jahrhundert einen beträchtlichen Einfluss auf das französische Königshaus hatte. Maria de Medici war ein echter Fan von ihm, auch wenn sich ihre politischen Wege am Ende trennten.«

Es gab nur einen Namen, den Catherine mit diesen Daten in Verbindung brachte: Armand-Jean du Plessis, Duc de Richelieu, vor allem bekannt als …

»Kardinal Richelieu«, sagte sie laut. Das Aufblitzen in den Augen von Lazarus ließ sie vermuten, dass sie mitten ins Schwarze getroffen hatte.

»Lesen Sie noch ab und zu in der Bibel, Catherine?«

Verwirrt über den abrupten Themenwechsel starrte sie den alten Mann an. Was für eine Frage! Sie war Nonne! Sie arbeitete sogar im Vatikan! Dann räusperte sie sich: »Im Augenblick fehlt mir dafür die Zeit. Warum?«

»Ganz einfach: Die Menschen suchen den Schlüssel für die Rückkehr ins Paradies, nur sind sie Dilettanten. Kreativ ja. Aber sie sind keine Schöpfer. Sie spielen Gott, doch sie sind es nicht. Sie spielen mit Dingen, die sie nicht wirklich verstehen, und am Ende werden sie sich und diese Dinge dadurch zerstören.« Als Catherine Lazarus daraufhin nur fragend ansah, fügte er hinzu: »Ich spreche von der Endzeit, Catherine. Von der Apokalypse. Der Offenbarung des Johannes, Kapitel neun, Vers sechs: ›In jenen Tagen werden die Menschen den Tod suchen, ohne ihn zu finden, und werden zu sterben verlangen, doch der Tod flieht vor ihnen.‹«

»Wollen Sie damit sagen, dass der Unfall von Kardinal Ciban mit der Apokalypse in Verbindung steht?« Gütiger Gott, welches Kraut nahm dieser Mann?

»Einen Augenblick, bitte. Ich bin gleich wieder da.«

Lazarus verschwand wie ein lichtscheuer Vampir hinter den Regalwänden, während es Catherine kurz in den Sinn kam, dass sie aus diesem Labyrinth aus Gängen und Büchern wohl niemals allein wieder herausfinden würde. Es sei denn mit viel Glück – oder mit Gewalt. Als der Gelehrte zurückkehrte, trug er mehrere alte, in Leder gebundene Bücher mit goldener Schrift und goldenen Schriftsymbolen auf den Armen. Als er die Bücher ablegte, erkannte Catherine in der Mitte eines Buchdeckels jenes Symbol, das ihr, Rinaldo und Coelho in den letzten zwei Tagen so viel Kopfzerbrechen bereitet hatte: das Ankh.

»Die Triaden«, erklärte Lazarus, »nennen sich auch die Nachfahren der Wächter des Herrn, die vom Himmel herabgestiegen sind, um die Menschheit Gerechtigkeit und Aufrichtigkeit zu lehren.«

»Dann haben die Wächter des Herrn wohl keine gute Arbeit geleistet, denn von Gerechtigkeit und Aufrichtigkeit kann in weiten Teilen der Welt wohl kaum die Rede sein. Vielmehr von Gier und einem gewissen Größenwahn.«

Der Kleriker lächelte amüsiert. »So einfach ist das nicht. Aber Sie haben natürlich recht, wenn Sie denken, dass die Grenze zwischen Genie und Wahnsinn fließend ist.« Er schlug ein Symbollexikon auf und deutete auf das Foto von dem Kardinalsring mit dem Ankh-Symbol. »Der Eigentümer dieses Rings hatte im Orden einen sehr hohen Rang. Er gehörte der oberen Kaste an.«

Was sollte man von einem Richelieu auch anderes erwarten? »Woran erkennen Sie das?«, fragte sie trotzdem.

»An dem Skarabäus in der Schleife, dem Wächtersymbol in Verbindung mit dem Ankh, auch Engelssymbol genannt.« Lazarus ergriff ein weiteres der alten Bücher, öffnete es und legte es vor Catherine hin. Auf der Doppelseite war die Fotografie eines alten Textes auf Papyrus abgedruckt.

Catherine runzelte die Stirn. Die Zeichen glichen jenen unter dem Porträt des Jungen. Aber das war auch schon alles.

»Was sind das für Schriftzeichen?«

»Die Triaden haben ihre eigene Sprache. Das hier ist ihre Schrift. Sie ist dem Hebräischen optisch ein klein wenig ähnlich, mehr aber auch nicht. Tatsächlich gleicht sie in ihrem Aufbau weit mehr einer modernen Alphabetschrift. Angeblich ist diese Schrift so alt wie die Welt.«

Catherine beugte sich vor, um die Abbildung besser betrachten zu können. Zwischen den Zeilen des fremdartigen Textes erblickte sie in einem nahezu mikroskopischen Schriftbild eine Übersetzung der Kopie.

»Das ist ein Auszug aus der Genesis«, erklärte Lazarus. »Ein Fragment aus der heiligen Triadenschrift.«

Catherine blickte den alten Geistlichen skeptisch an. Was hatte die Genesis in solch einer Schrift zu suchen?

»Das ist ihre Bibel«, fügte er hinzu. »Ihr erstes und einziges Testament.«

Catherine musterte seine Augen, sein Gesicht. Der Alte schien es tatsächlich ernst zu meinen.

Lazarus fuhr fort: »Das hier ist die Schöpfungsgeschichte aus ihrer Sicht. Leider ist der Text nur bruchstückhaft erhalten. Es gibt keine vollständige Ausgabe, jedenfalls nicht außerhalb der geheimen Archive des Vatikans, und vermutlich nicht einmal dort.« Als Catherine schwieg, sagte er: »Wie Sie wissen, hat die katholische Kirche nicht alle Schriften in den Kanon der

Heiligen Schrift aufgenommen. Bekanntlich gelten nicht alle Schriften als von Gott inspiriert. Deshalb gibt es die Apokryphen, die geheimen Bücher der Bibel. Ohne sie hätten wir zum Beispiel nie die Namen der Heiligen Drei Könige erfahren.«

»Dann ist diese Triadenbibel Ihrer Meinung nach ein weiteres Apokryph?«

»Oh nein. Sie ist viel mehr als das. Sie ist ein eigenständiges Werk. Sie ist die Heilige Schrift aus einer völlig anderen Perspektive – und im Übrigen wesentlich älter.«

Catherine starrte Lazarus an. Dass er in diesem Moment mit einer Mitarbeiterin des Präfekten der Glaubenskongregation über diese Dinge sprach, schien ihn nicht im Geringsten zu beunruhigen. Nun ja, warum auch? Catherine hatte selbst genügend Leichen im Keller.

»Wissen Sie, Schwester Catherine, mit der Bibel der Menschen ist es so eine Sache, und die hängt mit dem freien Willen der Menschen zusammen. Die Menschen sehen nur das, was sie sehen wollen. Die Menschen hören nur das, was sie hören wollen. Und sie schreiben auch nur das, was sie schreiben wollen. Die Bibel der Menschen, die Bibel jener Zeit, in der sie geschrieben wurde, ist nicht gerade wahrhaftig zu nennen. Sie ist vielmehr von ganz persönlichen menschlichen Zielen und Motivationen geprägt. Oh, nicht dass die Menschen es böse meinen. Ihre Fantasie geht einfach nur hin und wieder mit ihnen durch, in dem Bestreben, ihre Mitmenschen für ihre Ansichten zu begeistern.«

Catherine war nun völlig klar, weswegen man Lazarus jedweden Zugang zu den Archiven verwehrte, weshalb man ihn regelrecht verbannt hatte. Sie selbst galt schon als gefährliche Rebellin, doch neben diesem Mann stand sie da wie ein Waisenkind. Lediglich ihre Erlebnisse von vor einem Jahr, ihr erworbenes Wissen um die wahre Apostelgeschichte und ihr Kontakt mit Kardinal Benelli verhinderten, dass sie in dem alten Gelehrten nicht einfach nur einen Narren sah, den man am besten ignorierte.

Nicht zuletzt war seit dem Inquisitor Torquemada auch Kardinal Ciban an dieser ganzen Triadensache brennend interessiert.

»Das klingt, als ob diese Triaden gar keine Menschen wären«, entgegnete sie. »Als wäre allein ihre Bibel wahrhaftig.«

»Damals war es auch so, als die ersten Gottessöhne auf die Erde kamen, um die Menschen zu lehren. Beispielsweise berichtet die Triadenbibel über die Evolution der Engel und der Menschen und über ihre Vermischung, woraus die bösartigen Nephilim hervorgingen – und der Orden der Triaden. Wie der Gelehrte Lord Acton schon sagte: ›Macht korrumpiert.‹ Und glauben Sie mir, Catherine, absolute Macht korrumpiert selbst Engel.«

»Demnach sind die Triaden gefallene Engel«, stellte Catherine nüchtern fest.

»Das behaupten sie jedenfalls von sich. Aber es kommt noch besser. Die Triadenbibel ist ein kosmisches Historien- und Zukunftsannal mit festen Eckpunkten in der Zeit. Es gibt allerdings Grauzonen, auf denen ein ehrgeiziger Mensch seine Autorität aufbauen kann. Alexander der Große soll im Besitz einer der letzten Triadenbibeln gewesen sein. Sein Nachfolger vermachte die Schrift der Bibliothek von Alexandria, wo sie in einem alexandrinischen Verzeichnis erwähnt wird. Seit dem

Brand bei der Invasion von Caesar fehlt von der Bibel leider jede Spur.«

Er ergriff das Buch mit dem Ankh-Symbol und rückte seinen Stuhl neben den von Catherine.

»Das hier ist eine bruchstückhafte, vielleicht zwanzig Prozent des Originalinhalts umfassende Kopie. Sie ist Ende des neunzehnten Jahrhunderts in einem kleinen französischen Dorf aufgetaucht, bei Renovierungsarbeiten in der Dorfkirche. Es heißt, das Original sei selbst eine Kopie aus dem vierzehnten Jahrhundert und liege seit vielen Jahren tief im Innern des vatikanischen Geheimarchivs in einem modernen Safe aus Glas und Stahl. Offiziell existiert diese rudimentäre Kopie hingegen überhaupt nicht. Nicht einmal der Papst weiß von ihrer Existenz.« Lazarus machte eine kurze Pause. »Aber Kardinal Cibans Vater wusste davon.«

Catherine starrte auf das Buch. Das erklärte zumindest all die Puzzlestücke um die Triaden, die Catherine in Cibans geheimem Raum gesichtet hatte. Er suchte nach einem vollständigen Exemplar der Triadenbibel, und irgendwo in diesem ganzen Wirrwarr bestand zudem auch noch diese unselige Verbindung zu seiner Schwester und dem Ehering. War Sarahs Eheschließung mit Alan Scrimgeour etwa gar kein Zufall gewesen?

Behutsam blätterte Lazarus die alten Seiten des Buches um, wobei ein modriger Hauch den Tisch einhüllte. Furchtbare Bilder wurden sichtbar: Streifen aus Fleisch, die den Gemarterten bei lebendigem Leib aus dem Körper geschnitten wurden, außerdem entzweigerrissene, gehängte, viergeteilte oder brennende Leiber. Bilder, die an Hexenwahn und Dämonismus erinnerten, blutige Darstellungen von Folter und Tod.

Eines der Bilder zeigte ein Gebilde, das so ähnlich

aussah wie jener Tank, den Catherine in ihrer Vision mit Ciban als kleinem Jungen gesehen hatte. Eine Reihe von gut gekleideten Erwachsenen stand um den Tank herum, während ein Kind von vielleicht acht oder neun Jahren sich anschickte, unter der Anleitung eines Mannes in das überdimensionale Gefäß zu kriechen. Catherine wurde auf der Stelle speiübel, doch sie beherrschte sich.

»Die Triaden sind nicht zimperlich. Ihre Triebe sind ebenso wie ihr Intellekt deutlich ausgeprägter als beim Menschen. Ihre Seele ist somit zwischen zwei extreme Pole gespannt.« Lazarus blätterte weiter. »Sie behandeln ihren Nachwuchs kaum freundlicher als ihre Feinde. Ihre Erziehungsmethoden, ihre körperlichen und geistigen Übungen könnten den Beschreibungen aus einer mittelalterlichen Folteranleitung entnommen sein. Im Vergleich zu den Triaden waren die für ihre extrem strenge Erziehung berüchtigten Spartaner geradezu zartbesaitete Eltern.«

Catherine zuckte zusammen, als ein weiteres schauriges Monumentalbild auftauchte.

»Was stellt diese Abbildung hier dar?«, fragte sie schockiert.

Lazarus hörte auf zu blättern. Das Bild zeigte einen Gekreuzigten vor einem riesigen Ankh-Symbol.

»Triaden ist es nicht erlaubt, eine eheliche Verbindung mit Nichttriaden einzugehen. Verstößt ein Mitglied gegen diese Regel, ist dies der zu zahlende Preis.«

Catherine starrte von der Kreuzigungsszene auf die Fotografie mit dem Ehering, der vermutlich Sarah Ciban gehört hatte. Ihr wurde erneut übel bei dem Gedanken, dass dies Sarahs Schicksal gewesen sein könnte. »Woher wissen Sie das alles?«

Für einen Augenblick verdüsterte sich der Blick des alten Klerikers. »Fragen Sie mich bitte nicht. Nur so viel: Auch Darius hatte darüber Kenntnis.« Er blätterte zur ersten Seite zurück. »Schauen Sie. Das hier ist ebenfalls sehr interessant. Im Gegensatz zu den von Menschen verfassten Schriften scheint es kein Vorwort zu geben, keinerlei einleitende Erklärung. Diese Bibel schildert lediglich die Ereignisse seit der Genesis, und zwar unkommentiert. Es liegt ihr fern, ihre Leser zu manipulieren.«

Er schlug das Inhaltsregister auf, und Catherine beugte sich vor.

»Sehen Sie nur. Keine Lehrbücher. Keinerlei Prophezeiungen. Nie ist die Rede davon, dass der Geist Gottes durch den Geist der Propheten und der heiligen Schriftsteller spricht. Auch gibt es keine Evangelien, wie wir sie kennen. Nur ein einziger Text der Triadenbibel, so sagte man mir, ist nahezu identisch mit unserer Heiligen Schrift: die Offenbarung des Johannes.«

Natürlich. Die Offenbarung des Johannes. Was sonst!

»Und wieso?«, fragte Catherine wie eine artige Schülerin.

»Da scheiden sich die Geister. Apokalyptische Visionen gibt es, seit es Menschen gibt. Von Gilgamesch über Mohammed bis …« Lazarus unterbrach sich.

»Bis?«, hakte Catherine nach.

»Nicht so wichtig. Ich wollte Ihnen eigentlich etwas anderes zeigen.« Lazarus deutete wieder auf das Buch. »Diese Übereinstimmung der beiden Schriften könnte bedeuten, dass sie aus ein und derselben Feder stammen. Es könnte bedeuten, dass zumindest dieser Teil der menschlichen Bibel wahrhaftig ist. Sie kennen den Schluss.« Lazarus schlug die letzte Seite der Offenbarung auf und legte sie vor Catherine hin. »Lesen Sie ruhig noch einmal nach, zur Erinnerung.«

Catherine las: »SICHERUNG DES INHALTES DES BUCHES. Ich bezeuge jedem, der die prophetischen Worte dieses Buches hört: Wenn einer ihnen etwas hinzufügt, über den wird Gott all die Plagen bringen, von denen geschrieben ist in diesem Buch. Und wenn einer etwas wegnimmt von den Worten dieses prophetischen Buches, dem wird Gott seinen Anteil wegnehmen am Baum des Lebens und an der Heiligen Stadt, wovon geschrieben ist in diesem Buch.

Der dies bezeugt, spricht: ›Ja, ich komme bald! Amen! Komm, Herr Jesus!‹ Die Gnade des Herrn Jesus Christus sei mit allen! (Amen!)«

Catherine blickte auf. »Ehrlich gesagt, begreife ich noch immer nicht, worauf Sie hinauswollen.«

»Wirklich nicht? Das Alte und das Neue Testament… Jesus Christus…«

Catherine schüttelte den Kopf. »Tut mir leid.«

»Dieser Orden hat Jesus Christus von Anfang an als den Messias anerkannt. Doch nicht nur das. Dieser Orden ist ein Verfechter der Lehre von der Parusie.«

Der Lehre von der Wiederkunft Jesu Christi?

Catherine atmete tief durch und rieb sich die mittlerweile pochenden Schläfen. »Vielleicht habe ich heute einfach nur einen schlechten Tag. Worauf genau wollen Sie hinaus?«

Der Kleriker schlug das Buch vorsichtig zu. »Wie schon der berühmteste Detektiv der Welt meinte: ›Wenn man alles Unwahrscheinliche aus einem Fall eliminiert hat…‹«

»›…so beinhaltet das, was übrig bleibt, so unwahrscheinlich es auch sein mag, die Wahrheit‹«, beendete

Catherine das Zitat von Sir Arthur Conan Doyles Sherlock Holmes ungeduldig. »Jetzt sagen Sie schon, was bleibt dann übrig?«

»Die Träger dieser Ringe hier«, er deutete sowohl auf das Foto mit dem Ehering als auch auf das von dem Kardinalsring, »wussten beide um das letzte Geheimnis.«

Catherine starrte ihn an. Der wiedergeborene Jesus Christus? Das war doch vollkommen absurd!

Aber Lazarus hatte schon eine andere Stelle in dem Buch aufgeschlagen, griff nach dem von Catherine mitgebrachten Porträt von dem Jungen und legte beides nebeneinander auf den Tisch.

Catherines Herz setzte für einen Schlag aus. Das Fragment der Triadenbibel enthielt exakt das gleiche Porträt mit dem Zitat.

»Leider hört das Fragment mit dieser Abbildung auf. Die letzten Seiten dieses Kapitels sind entfernt worden.«

Als Catherine genauer hinsah, erkannte sie die ausgefranste Stelle zwischen den Buchseiten. Wer immer die Seiten herausgerissen hatte, war nichtsdestotrotz ziemlich behutsam vorgegangen.

»Wollen Sie mir jetzt etwa sagen, dass dieser Junge der wiederkehrende Messias ist?«

Nach christlichem Glauben bedeutete die Wiederkehr Jesu Christi die Auferstehung aller Toten. Die Apokalypse. Das Jüngste Gericht.

»Das wäre durchaus möglich. Dummerweise fehlen uns aber wie gesagt der restliche Text und das zweite Porträt dieses Kapitels. Sie ahnen sicher, wessen Gegenwart ebenfalls in der Triadenbibel angekündigt wird?«

Catherine runzelte die Stirn und starrte von dem unschuldigen Gesicht des Jungen auf die ausgefranste Buchmitte.

Dann kam ihr die Erkenntnis, und sie spürte, wie sich ihr Magen bei dem Gedanken zusammenzog, denn entweder zeigte das herausgerissene Porträt den Messias – oder den Antichrist.

DAS BÖSE

69.

Kublicki unterbrach die Verbindung.

Nach seinen Ausführungen und der Übertragung des belauschten Gesprächs hatte er weitere Instruktionen erhalten. Zanolla mochte recht haben. Womöglich zeigte dieser Tattergreis just in diesem Moment der Nonne Scrimgeours Brief. Das würde die Sache nun noch mehr verkomplizieren.

Schleierhaft war Kublicki bloß, warum der Alte und die Nonne nicht ins Arbeitszimmer gegangen waren. Schämte dieser Lazarus sich etwa wegen des Tohuwabohus, das dort herrschte? Es ergab jedenfalls keinen Sinn, dass der Brief irgendwo anders lag als dort.

Er griff einmal mehr zum Fernglas und suchte das Wohn- und Arbeitszimmer ab. Noch waren die beiden nicht zurückgekehrt. Wo konnten sie nur sein?

Auf seinem kurzen nächtlichen Streifzug durchs Haus war ihm lediglich noch die kleine Bibliothek neben dem Arbeitszimmer aufgefallen. Aber dort hatte ein noch schlimmeres Chaos geherrscht. Und irgendwelche Briefe hatte er dort auf die Schnelle schon gar nicht entdeckt. Nur weitere alte Bücher und Zeitungen, als lebte dieser Mensch ganz und gar in der Vergangenheit.

Im ersten Stock befanden sich die Schlafräume und ein Gästezimmer sowie die beiden Badezimmer. Auf der Etage hatte er natürlich nicht genauer nachschauen können. Kublicki war sich verdammt sicher, dass der alte Kleriker und die Nonne sich auf gar keinen Fall dort oben aufhielten.

Damit blieben nur noch der Keller und der Dachboden.

Im Keller hatte Kublicki für den Fall der Fälle ein wenig Brandbeschleuniger verteilt und zwei unauffällige Zünder mit kleinen Sprengsätzen platziert. Spätestens nach der zweiten Explosion würden die alten Zeitungen und Bücher Feuer fangen und ihr Übriges tun. Erst vor einer Woche hatte es in der Nähe einen üblen Wohnhausbrand gegeben, bei dem ein älteres Ehepaar ums Leben gekommen war. Die regionalen Medien hatten kurz darüber berichtet. Hausbrände waren in Rom keine Seltenheit. Und kaum in einem Haus hatte Kublicki je so viel Papier gesehen wie in diesem. Die Bude würde brennen wie Zunder. Die Flammen würden den Brief und alle übrigen Spuren restlos vernichten.

Doch zuvor mussten der Alte und die Nonne dran glauben. Es war ziemlich wahrscheinlich, dass sie inzwischen beide den Briefinhalt kannten. Sicher war sicher.

Kublicki überprüfte die Timer der beiden Fernzünder. Ihm würde genügend Zeit bleiben, um die beiden zu erledigen und das Haus zu verlassen, bevor es gänzlich in Flammen aufging. Dann griff er zu seiner Pistole und schraubte den Schalldämpfer auf den Lauf.

70.

Diesmal verstaute Zanolla das Handy nicht in seinem Schreibtisch, sondern steckte es in die Jacke, die er unter seinem Arztkittel trug. Es war wichtig, dass er im Notfall für Kublicki erreichbar war. Zu viel stand auf dem Spiel.

Ciban wäre seinem Geheimnis über kurz oder lang sicher so nahe gekommen wie noch nie jemand zuvor. Nicht einmal dieser Trottel von einem ISA-Agenten war ihm wirklich auf der Spur.

Mit raschen Schritten durchmaß Zanolla den Seitenflur zu seinem Büro und nahm den verborgenen Aufzug, der ihn zu den geheimen Laboratorien bringen würde. In den Tiefen des Berges, auf dem die Zanolla-Klinik mit ihren auf eine glückliche Elternschaft hoffenden Kunden thronte, spielten sich ganz andere Szenarien und Dramen ab.

Zanolla betrat das Hauptlabor und begrüßte die Mitarbeiter, von denen die Kollegen in den mittleren und oberen Etagen keinen blassen Schimmer hatten. Im öffentlich zugänglichen Bereich der Klinik ging es um das Geschäft mit der Fruchtbarkeit. Im mittleren Bereich, der sich bereits etliche Meter unter der Erdoberfläche befand, lagen die Räumlichkeiten für die Projekte und das dazugehörige Forschungs- und Schulungspersonal. Im tiefsten Untergrund schließlich waren jene Labore, in denen die Projekte entwickelt und herangezüchtet wurden.

Zanolla schritt an den Arbeitsplätzen vorbei, während sein Blick über die zahlreichen Computerbildschirme mit ihren unterschiedlichen Datenmustern wanderte. Um die genetischen Daten zu bewerten, die hier analysiert und ausgewertet wurden, hatte es Jahre gebraucht. Ebenso wie viel Zeit nötig gewesen war, um an so manche interessant erscheinende DNA inoffiziell heranzukommen. Zanollas geheimes Gentechnik-Subunternehmen – er hatte es noch als Angestellter der Brenda-Thornton-Klinik gegründet – hatte sich beständig vergrößert. Dennoch war er noch lange nicht so reich, frei und unabhängig, wie er es gerne gewesen wäre. Tatsächlich hatte das Zanolla-Unternehmen von Anfang an im Schatten eines weit größeren Unternehmens operiert. Einem Weltkonzern, der der geläufigen Forschung auch dank Scelpas Arbeit um wenigstens dreißig Jahre voraus war. Doch nicht einmal der zarteste Hauch einer Spur würde jemals zu dem Medo-Konzern Re-Source führen. Offiziell agierte die Zanolla-Klinik für sich allein.

Zanolla war in dieser Partnerschaft sozusagen der Entdecker, der kreative Geist, das machthungrige Forschergenie. Re-Source war nach dem Fiasko in London der edle, geheime Sponsor.

Fast hätte Zanolla seine Seele an Re-Source verkauft, aber nur fast. Nach und nach hatte er die Spitzel des Konzerns still und leise ausgeschaltet, indem er sie durch die Röhre gejagt hatte. Und zwar einen nach dem anderen, genauso wie er es nun mit diesem Agententrottel Ambrose tun würde. Er hatte sie alle ausgetrickst. Jeden einzelnen dieser unwissenden Wichtigtuer. Selbst Kardinal Ciban!

Vor einem mannshohen gläsernen Transportzylinder mit klarer Nährflüssigkeit blieb Zanolla stehen. In der künstlichen Gebärmutter schwebte ein Mädchen, fast schon eine junge Frau, in der Haltung eines Fötus. Die Daten auf dem winzigen Bildschirm im vorderen Blickfeld zeigten an, dass alles im grünen Bereich war. Rein optisch war schon nicht zu übersehen, dass die verabreichten Wachstumsbeschleuniger hervorragend angeschlagen hatten. Das künstlich geschaffene Wesen in der Gebärmutterflüssigkeit war gerade mal zwei Jahre alt, aber sein Körper sagte etwas völlig anderes.

»Es ist alles für den Transport vorbereitet«, erklärte einer der Wissenschaftler eilfertig. Der Mann hatte keine Ahnung, dass der Empfänger des Transportzylinders Re-Source war und dass in Wahrheit der Weltkonzern sein Gehalt bezahlte.

»Danke.«

Zanolla wandte sich erneut dem Objekt zu und fragte sich, wie es wohl dieses Mal um dessen geistige Beschaffenheit bestellt sein würde. Das letzte transgenetisch verbesserte Duplikat hatten sie bereits nach siebzehn Stunden an HELIOS übergeben müssen. Der zutage getretene Wahnsinn hatte selbst ihn zutiefst schockiert. An dem Wesen war nichts Menschliches gewesen. Also hatte er das Produkt eliminiert, bevor es zu stark werden konnte und sie womöglich alle vernichtet hätte. Noch jetzt lief Zanolla bei der Erinnerung ein Schauer über den Rücken.

Das Projekt David war bisher die Krönung seiner Arbeit. Der Junge hatte äußerlich sehr viel Ähnlichkeit mit seiner Mutter, während seine inneren Anlagen mehr denen seines Vaters zu ähneln schienen. Das konnte eines Tages zu einem gewaltigen Problem werden, wenn der Junge erst einmal durch die Pubertät ging. Kein Mensch konnte dann noch vorhersagen, in welche Richtung

David sich entwickeln würde. Nur eins war klar: Seine Fähigkeiten würden sich vervielfachen, und er würde sich Lichtjahre vom Bewusstsein eines Normalsterblichen entfernen.

Dennoch war Zanolla bereit, jedes Risiko mit David einzugehen. Er würde sich seinen einzigartigen Erfolg weder von dieser verfluchten Nonne noch von diesem senilen Dr. Martini noch von Ciban kaputtmachen lassen.

Unbewusst tastete er nach dem Zeitungsfoto in der Tasche seines Arztkittels. Ob der Junge spürte, dass ihn mit Ciban mehr verband? War er deshalb das Risiko einer außerplanmäßigen Sondierung eingegangen? Zanolla wollte sich die Konsequenzen lieber nicht weiter ausmalen, doch es war unsinnig, etwas zu leugnen, das all seine Arbeit in Frage stellen und zu Fall bringen konnte.

Sein Blick wanderte zum EEG des Objekts hinüber, das vor ihm in dem gläsernen Zylinder schwamm.

Das Wesen träumte.

Träume waren gut, solange es keine Alpträume waren.

Zanolla holte tief Luft. Er setzte eine Menge Hoffnung in das neue Testobjekt. Sollte das Projekt David scheitern, konnte das Projekt Sarah die neue Hoffnung sein.

Ein junger Wissenschaftler kam auf ihn zu, eines der ausschließlich klinikintern zu nutzenden Telefone in der Hand. »Für Sie, Herr Doktor.«

Zanolla runzelte die Stirn und nahm den Apparat widerstrebend entgegen. Gerade jetzt konnte er keine Störungen gebrauchen.

Es war Davids Tutorin, Dr. Weiss, und ihre Stimme klang äußerst aufgeregt. Sie hatte den Jungen gerade auf der Krankenstation besuchen und mit ihm reden wollen. Doch es gab da ein Problem.

»Welches Problem denn?«, fragte er mit erzwungener Geduld. Konnte diese Frau denn nie zum Punkt kommen?

Dann hörte er eine Antwort, auf die er liebend gerne verzichtet hätte.

»David ist fort!«

71.

Catherine starrte nach wie vor auf das Buch. Der Mythos um die Triaden nahm immer bizarrere Formen an.

»Es kommt noch besser«, sagte Lazarus, blätterte eine andere Buchseite auf und legte Cibans Vers daneben.

Die Übersetzung der Kopie war identisch, lediglich die Zahlenreihe am Ende war eine andere.

(Die verborgenen Mysterien:
Wenn du Frieden willst,
rüste zum Krieg!
11, 21, 0, 142, 12, 0)

»Was haben diese Koordinaten zu bedeuten?«, fragte sie.

Der Gelehrte schaltete den Computer ein und drehte den Bildschirm so, dass auch Catherine draufschauen konnte. Dann rief er eine Website zur Umrechnung von Koordinatenformaten auf und gab die Zahlen ein: 11° 21' 0'' N, 142° 12' 0'' O. Das Ergebnis kopierte er in Google Earth: 11,21 N, 142,12 O.

Catherine beobachtete, wie der virtuelle Globus sich drehte und schließlich am tiefsten Punkt der Erde innehielt. Der Marianengraben war über elf Kilometer tief und damit um einiges tiefer, als der Mount Everest hoch war. Der Druck in dieser Meerestiefe war so unglaublich hoch, dass bisher lediglich zwei Menschen jemals im Marianengraben gewesen waren. Ganze zwölf Menschen hatten hingegen schon mal den Mond betreten.

Vor wenigen Jahren hatte ein Forschungsteam ein unbemanntes Roboter-U-Boot knapp elftausend Meter ins Challenger-Tief geschickt, um im westlichen Pazifischen Ozean auf die Suche nach unbekannten Lebensformen, neuen Ökowelten und potenziellen Rohstoffvorkommen zu gehen. Der Marianengraben blieb eine Welt für sich und im Großen und Ganzen unerschlossen. Doch der Mensch hatte bereits erste Spuren in ihm hinterlassen, und das war für die Natur selten gut.

Lazarus zuckte die Achseln. »Vermutlich werden wir nie erfahren, was dort unten verborgen liegt. Wahrscheinlich ist das auch ganz gut so.«

Davon gehe ich aus, dachte Catherine. Einmal mehr fiel ihr Blick auf die Fotos mit den Ringen, auf die Symbole. »Sind Sie je einem Triadenmitglied begegnet?«

»Nicht direkt. Allerdings geben sich die Mitglieder auch selten als solche zu erkennen.« Er legte die beiden Ringfotos nebeneinander. Dem Ehering fehlte lediglich der Skarabäus. »Theoretisch kann jeder Ring, den Sie an der Hand eines Menschen sehen, ein Triadensymbol enthalten. Wie Sie hier erkennen können, tut es selbst der Ring eines Kardinals.«

Angesichts der brutalen Folter-, Straf- und Ritualabbildungen, die Catherine in dem Buch mit dem Ankh-Symbol gesehen hatte, durchlief sie ein Schaudern bei dem Gedanken, dass ein Kardinal ebenso ein Triade sein konnte. Unvorstellbar, wenn so viel Macht in solch einer Position vereint war. Der Kardinalsring war ein Symbol für die bedingungslose Loyalität der Kirche gegenüber, der absoluten Treue zur Braut Christi! Hatte Lazarus ihr den Ring Richelieus etwa aus einem ganz bestimmten Grund gezeigt? Ging es ihm in Wahrheit um Ciban?

Sie beschloss, den Gedanken fürs Erste beiseitezuschieben, doch dann fragte der Kleriker: »Wollen Sie mir nun etwas mehr über den Unfall Seiner Eminenz erzählen?«

Sie seufzte. Der alte Gelehrte war ganz schön hartnäckig. »Tut mir leid.«

»Also gut«, sagte er. »Dann lassen Sie mich ein wenig spekulieren. Kardinal Ciban ist nicht mit seinem Wagen verunglückt, sondern das Opfer eines Mordanschlags geworden. Er forschte nach den Triaden, folgte einer heißen Spur – und jetzt liegt er halb tot in der Gemelli-Klinik.« Lazarus hielt inne und blickte ihr direkt in die Augen. »Ich muss Ihnen diese Frage stellen, Catherine. Wovor versuchen Sie Seine Eminenz zu schützen? Warum sind Sie wirklich hier?«

Unwillkürlich richtete Catherine sich in ihrer Sitzposition auf und starrte den alten Mann an. In der einen Sekunde wollte sie am liebsten aufstehen und das Gespräch abbrechen, in der nächsten Sekunde fiel ihr ein alter Rat von Darius ein: Die Identität und die äußere Erscheinung eines jeden Menschen werden von seiner Selbstwahrnehmung geprägt. Wenn dich deine Gabe, also dein Instinkt warnt, dann vertraue diesem Hinweis. Wenn dein Instinkt dich zu einem bestimmten Menschen hinzieht, vertraue auch diesem Gefühl. Catherine wurde klar, dass sie Lazarus rein von ihrem Instinkt her vertraute, obwohl sie ihn gerade erst kennengelernt hatte und er ein von der Kirche Geächteter war. Dieser Mann würde ihr Vertrauen niemals missbrauchen. Und bei Gott – ohne seine Hilfe würde sie mit den Ermittlungen keinen Schritt weiterkommen.

Sie atmete tief durch. »Kardinal Ciban steht unter Mordverdacht.«

Es folgten fünf Sekunden absoluter Stille. Lazarus rührte sich nicht, blieb vollkommen ruhig.

»Und… wen soll er… ermordet haben?«, fragte er dann.

»Einen britischen Gelehrten, Professor Alan Scrimgeour. Ein Triadenexperte, genau wie Sie.«

»Scrimgeour ist… tot?« Lazarus starrte sie an, als hätte sie ihm gerade eine schallende Ohrfeige verpasst.

»Sie haben den Professor gekannt?«

»Die Welt der Triadenforscher ist klein. Selbstverständlich habe ich Alan gekannt. Wir haben uns zwar seit Jahren nicht mehr gesehen, aber…« Mitten im Satz brach er ab. »Warten Sie… die Post! Ich habe gestern einen Brief von ihm bekommen, ihn jedoch noch nicht geöffnet. Gütiger Gott, ich hatte diesen Brief schon wieder völlig vergessen… Kommen Sie!«

Catherine schnappte ihren Rucksack und eilte, so gut es ging, hinter Lazarus her. Als sie die Wendeltreppe hinabstürzten, quietschte das alte Teil so laut, dass Catherine schon befürchtete, das Metall würde unter ihrer Last und Eile auseinanderbrechen. Selten hatte sie einen über Siebzigjährigen so viel Tempo vorlegen sehen.

Sie hasteten durch den schmalen Gang an der Kopie des Rosette-Steins vorbei und schnurstracks durch eine schmale Seitentür in einen Raum, der sich als die Küche entpuppte. Der Kleriker blieb vor der Anrichte mit dem Toaster, dem Brotschrank und einer großen Tüte Mehl stehen, griff hinein und zog ein Bündel mit Briefen hervor. Die kleinformatigen Schreiben legte er rasch zur Seite. Dann sortierte er die großen Umschläge so lange durch, bis er auf Scrimgeours Brief stieß.

»Da wollen wir doch mal schauen, was der gute Alan mir geschickt hat.«

Er zog das Aufschnittmesser aus dem Messerblock und schlitzte den Umschlag vorsichtig auf.

»Danke, aber das reicht«, sagte eine hohe männliche Stimme vom Haupteingang her.

Catherine und Lazarus fuhren zur Tür herum. Der mittelgroße Mann mit der Nickelbrille, der dort stand, zielte mit einer schallgedämpften Pistole auf sie. Ein zufriedenes Lächeln lag auf seinem Gesicht.

»Legen Sie das Messer vorsichtig auf den Boden, und schieben Sie das Papier über die Anrichte zu mir herüber. Wenn Sie tun, was ich sage, wird Ihnen nichts geschehen.«

Natürlich, schoss es Catherine durch den Sinn. So wie Scrimgeour und Ciban in der Santa Maria dell' Orazione e Morte nichts geschehen ist. Nur dass der Professor jetzt tot war und Ciban auf der Intensivstation lag. Der Fremde mit der Waffe hatte sich nicht einmal die Mühe gemacht, eine Maske überzuziehen, demnach würde er sie nach der Übergabe des Briefes beide umbringen. Sie durften ebenso wenig wie Scrimgeour und Ciban auf Rettung hoffen.

Catherines Blick fiel auf die Tüte mit dem Mehl, die vom Kuchenbacken stehen geblieben sein musste. Sie war oben nur leicht zusammengefaltet, und der Mann konnte sie nicht sehen. Lieber hätte sie nach dem handlichen Elektroschocker gegriffen, den Ciban ihr besorgt hatte, aber die Waffe lag in ihrer Wohnung und war damit unerreichbar.

Lazarus legte das Messer behutsam auf den Boden und stieß es von sich fort. Dabei wirkte er so gebrechlich, wie man es von einem alten Gelehrten erwartete. Selbst die kleinste Bewegung schien ihm Schmerzen zu bereiten. Einzig der entschlossene und nur für Catherine kurz sichtbare Blick signalisierte ihr, dass sie sich für was auch immer bereithalten sollte.

»Und jetzt den Brief … bitte!«, sagte der Mann.

Spielten Catherines Nerven ihr einen Streich, oder roch es vom Kücheneingang her, als ob im Haus etwas qualmte?

Erneut streifte der Blick des Gelehrten den von Catherine. Scheinbar belanglos für den Fremden. Doch Catherine erschauerte innerlich, denn für den Bruchteil einer Sekunde nahm sie die überaus komplexe Aura des Klerikers wahr. Ihre feine Textur glich einem alten Ölgemälde, das schon zigmal übermalt worden war und somit aus vielen Bildern und Leben bestand, umgeben von mehreren Schichten aus Licht und Finsternis.

72.

Viktor ließ das uralte Haus nicht aus den Augen. Dummerweise versperrte ihm irgend so ein buschartiges Gewächs den direkten Blick auf die Eingangstür.

Monsignore Rinaldo war mit der Vatikan-Limousine vor über einer halben Stunde abgefahren. Seither hatte Schwester Catherine das Haus von diesem Dr. Martini nicht wieder verlassen, jedenfalls nicht durch den Vordereingang.

Dafür war kurz darauf dieser seltsame Bankertyp mit der Nickelbrille aufgetaucht und auf dem Grundstück verschwunden. Der Mann hatte Viktor aus einem nicht greifbaren Grund sofort stutzig gemacht. Irgendetwas stimmte nicht mit dem Kerl. Er hatte sich einen Tick zu unauffällig umgesehen.

Also hatte Viktor sich näher an das alte Haus herangepirscht, auch wenn das Risiko ziemlich hoch war, um das Haus von diesem komischen stacheligen Busch aus zu beobachten. Warum mussten die Leute auch so ein Gestrüpp in ihrem Vorgarten anpflanzen?

Seit mehreren Minuten verharrte er nun schon reglos, behielt die Fenster sowie die Eingangstür im Auge und dachte über diesen mehr als seltsamen Fall nach.

Konnte Marc Abott Kardinal Ciban diesen Professor Scrimgeour wirklich ermordet haben?

Viktor versuchte sich einen Reim auf das Ganze zu machen, aber im Gegensatz zu Coelho verfügte er über weit weniger Informationen, um ein Gesamtbild erstellen zu können.

Fest stand für ihn nur, dass Kardinal Ciban kein Mörder war. Das war einfach nicht sein Stil.

Plötzlich rührte sich Viktors sechster Sinn. Irgendetwas stimmte hier nicht. Sein Blick glitt über die Fenster und die Tür bis hinunter zum Keller. Hinter den alten Kellerfenstern waberte etwas. Nebelschwaden?

Verdammter Mist, das war Rauch!

73.

Lazarus legte den großen Brief vorsichtig auf die Anrichte und versetzte ihm mit ein klein wenig Schwung einen Stoß, damit er wie ein Glas Whisky in einem Western auf den Mann zuglitt.

»Danke«, sagte dieser mit breitem Lächeln, als der Umschlag exakt am Ende der versiegelten Holzplatte liegen blieb. »Dann wollen wir mal nachsehen, ob das auch der richtige Wisch ist.«

Mit der Pistole gab er Lazarus und Catherine zu verstehen, dass sie gefälligst von der Anrichte wegtreten sollten. Die Tüte mit Mehl wurde damit ebenso unerreichbar wie der Taser. Dann fiel Catherines Blick auf den Messerblock. Das Fleischmesser fehlte!

»Schön zurücktreten«, sagte der Mann und näherte sich dem Papier, die Pistole nach wie vor auf sie und Lazarus gerichtet. Der alte Gelehrte nutzte just jenen Moment, in dem der Fremde nach dem Umschlag griff, um hineinzusehen, und dabei die Waffe kurz sinken ließ.

Das Messer flog mit einer unglaublichen Geschwindigkeit durch die Luft und blieb in der Brust des Gegenübers stecken, als hätte es genau gewusst, wo die eine Rippe aufhörte und die nächste begann.

Japsend torkelte der Mann zurück, ließ den Brief fallen und krampfte die linke Hand um den Metallgriff des Messers. Doch die Pistole behielt er nach wie vor in der Hand.

Ein Schuss löste sich, und eine Kugel pfiff ganz dicht

an Catherine vorbei in Richtung Kühlschrank. Lazarus packte den Brief und warf ihn ihr zu, während er gleichzeitig nach der Pistole trat, diese aber verfehlte.

»Verschwinden Sie!«, rief der alte Gelehrte Catherine zu.

Ein zweiter Schuss löste sich, traf den alten Mann in die Brust und fegte ihn zu Boden.

Catherine packte den massiven Messerblock und schleuderte ihn dem Angreifer mit so viel Energie und Wut an den Kopf, dass er den Mann wie ein Fausthieb traf. Wie nach einem K. o. im Boxring blieb der Mann mit dem Messer in der Brust und einer Platzwunde an der Schläfe auf dem Laminat liegen.

»Lazarus!«

Sie kniete sich neben den alten Mann und hob seinen Kopf an, damit er leichter atmen konnte. Lazarus packte sie so fest am Arm, dass sie sicherlich blaue Flecken davontragen würde. »Haben … Sie … den Brief?«

Catherine schüttelte den Kopf. Den Brief? Himmel, dieser Wisch war ihr doch jetzt völlig egal. Lazarus war schwer verletzt. Alles war voller Blut! Der Mann konnte jede Minute sterben! Sie berührte seine Stirn, um ihre Energie fließen zu lassen, aber er wehrte sie mit letzter Kraft ab. »Sinnlos. Zu spät. Außerdem werden Sie Ihre Energie noch brauchen. Stecken Sie … den … Umschlag ein.«

Sie dachte nicht daran. Vielmehr konzentrierte sie sich, um in den tranceartigen Zustand zu gelangen, der den Transfer einleiten würde. Sie musste es zumindest versuchen. Doch der Kleriker gab nicht nach.

»Holen Sie den … Brief … Catherine … jetzt … SOFORT!«

Seine Stimme, seine Bitte waren so eindringlich, dass

Catherine schließlich gehorchte. Dieses bescheuerte Stück Papier!

Rasch rutschte sie auf den Knien zu dem Umschlag hin, steckte ihn unter ihre Jacke und wollte gerade zu dem Verletzten zurückkehren, als eine Detonation unter ihr durch das Haus dröhnte. Rauch waberte in Bodenhöhe vom Eingang herein und fing an, den bewusstlosen Fremden und Lazarus einzuhüllen. Der Qualmgeruch vermischte sich mit dem Geruch von Blut. Catherine hätte sich fast übergeben.

Sie versuchte dem Gelehrten aufzuhelfen. »Kommen Sie!« Aber der alte Mann reagierte nicht, hing da wie ein lebloser Kleidersack.

»Lazarus!«

Sie richtete ihn auf, drehte ihn etwas zu sich – und bemerkte durch den Rauch den leeren Blick in seinen Augen. Da war nichts mehr. Kein Funke von Leben, keine Seele mehr. Eben hatte sie noch mit ihm gesprochen, protestierend seinen Befehl ausgeführt, und nun war er tot.

Catherine saß da wie betäubt und starrte den Toten an, während um sie herum das totale Chaos auszubrechen schien. Der Rauch nahm zu, stieg höher, doch sie ignorierte das beginnende Brennen in ihren Lungen, als sie plötzlich Wasser fließen hörte und ihr jemand ein klatschnasses Handtuch vor Mund und Nase hielt. Sie wollte schon nach dem Unbekannten treten, als dieser rief: »Kommen Sie, Schwester. Wir müssen hier raus. Der ganze Keller brennt.«

Es war Viktor! Er packte sie, zog sie auf die Beine und schob sie Richtung Ausgang. Die Rauchschwaden waberten durch den Flur und erschwerten die Sicht. Dann sah sie es. Der Qualm kam tatsächlich aus dem Keller!

Der Vatikanpolizist ließ sie erst außerhalb des Hauses auf der anderen Straßenseite wieder los und dirigierte sie in ein Auto mit einem Fahrer. »Immer mit der Ruhe, Schwester. Die Feuerwehr ist alarmiert, Hilfe unterwegs. Gott sei Dank waren Sie nicht länger da drin, sonst hätten Sie eine Rauchvergiftung erlitten. Ich kümmere mich um die beiden anderen. Bariello fährt Sie zur Sicherheit ins nächste Krankenhaus …«

»Warten Sie!« Catherine hätte fast geschrien. »Der Mann in der Küche hat eine Pistole! Er wollte uns töten!«

Viktor nickte dankend für die Information, zog die Atemmaske vors Gesicht, die sein Kollege ihm reichte, drehte sich um und war auch schon wieder im qualmenden Eingangsbereich verschwunden.

74.

Bariello fuhr augenblicklich los. Immerhin konnte Catherine ihn davon überzeugen, sie nicht ins Krankenhaus zu fahren, sondern nach Hause in ihr Appartement. Ein Krankenhausaufenthalt hätte ihr gerade noch gefehlt. Womöglich mit einer Zwangsjacke ans Bett gefesselt, weil sie es dort garantiert keine Sekunde ausgehalten hätte.

Dann stellte sie sich trotz des Schocks die Frage aller Fragen: Was hatte Viktor in Dr. Robert Martinis Haus gemacht? Spionierte Coelho ihr etwa nach? Traute er ihr etwa nicht?

Sie blickte aus dem Fenster, ohne die Straßen und Häuser auch nur im Geringsten wahrzunehmen. Nun hatte die Welt zwei Triadenforscher weniger. Wie es aussah, war Scrimgeour einer Sache auf die Spur gekommen, die nun auch seinem Freund Lazarus den Tod gebracht hatte. Himmel! Sie hatte gerade erst angefangen, den alten Gelehrten mit seinem spitzbübischen Blick und seiner schrulligen Art zu mögen, und jetzt war er tot!

Kurz bevor er starb, hatte sie noch einen Blick auf seine Aura werfen können. Sie war absolut unglaublich… Noch nie zuvor hatte Catherine solch eine Aura gesehen. Sie war nicht einmal im Ansatz mit den komplexen Auren von Darius oder Benelli vergleichbar. Es war, als hätte die Aura des Toten aus mehreren Dutzend Entwicklungsschichten bestanden, wie die Ringe eines alten Baumes, die eine ganze Geschichte erzählen konnten. Catherine hatte keinerlei Erklärung dafür. Erst recht nicht, da Lazarus nun tot war und sein Wissen mit sich genommen hatte. Und all das nur wegen dieses dämlichen Briefes und dieses verrückten Fremden!

Einige Sekunden später schlich sich ein völlig anderer Gedanke in Catherines Überlegungen. Ob sie am Ende am Tod von Lazarus die Schuld trug? Hatten sie und Rinaldo den Mann erst zu dem Gelehrten geführt?

Dann besann sie sich wieder auf den Brief. Der Eindringling war vor allem an dem Brief interessiert gewesen. Konnte es sein, dass er Scrimgeours Mörder war? War er der Spur des Briefes von Sarah Cibans Mann gefolgt? Wenn ja, was war sein Motiv?

Sie unterdrückte ein Gähnen. Müdigkeit überkam sie. Müdigkeit und eine unendliche Schwermut. Sie riss sich zusammen. Für Trauern und Jammern war jetzt keine Zeit. Sie musste sich konzentrieren. Im Augenblick drehte sich alles um diesen verflixten Brief.

Reflexartig ging ihre Hand zur Brust. Der Umschlag war nach wie vor unter dem Jackett ihres Hosenanzugs verborgen, und so wie er sich anfühlte, beinhaltete er mehr als nur ein paar lose Blätter. Dieser Brief war Lazarus wichtiger als sein Leben gewesen.

»Alles in Ordnung?« Bariello warf ihr einen kurzen Blick zu, ohne den Straßenverkehr aus den Augen zu lassen.

Sie nickte. »Mir ist nur etwas übel, mehr nicht.«

»Dann sollte ich Sie doch lieber ins Krankenhaus fahren, Schwester.«

»Danke, aber ich kann mich viel besser in meinen eigenen vier Wänden erholen als in einer Klinik. Glauben Sie mir.«

»Wie Sie wünschen. Wir sind auch gleich da.«

Bariello parkte den Wagen direkt vor ihrem Haus. Er

half ihr beim Aussteigen und wartete, bis sie durch die Tür gegangen war. Erst dann hörte sie, wie der Wagen wieder anfuhr. Ganz sicher würde der Vatikanpolizist zu Viktor und Martinis Haus zurückkehren.

Sie seufzte. Für Lazarus kam jede Hilfe zu spät.

Catherine betrat ihr Appartement und schloss die Tür hinter sich. In diesem Moment erschien es ihr wie der sicherste Ort auf der ganzen weiten Welt. Schnurstracks eilte sie ins Wohnzimmer, ließ sich erschöpft auf die Couch fallen und zog den Briefumschlag unter der Jacke hervor.

Das Gefühl der Sicherheit verschwand im Nu.

75.

Mit vor Unglauben zitternden Händen wandte sich Zanolla von dem Computerterminal ab.

Der Junge war ein Segen und ein Fluch zugleich. Davids Gabe der Sondierung, des Ausspionierens einflussreicher Persönlichkeiten sowie sein Wissen um deren Geheimnisse und geheimen Verbindungen zu einflussreichen Leuten hatten Zanolla Macht und einen soliden Reichtum beschert. Doch jetzt wagte es der Junge, sich mit seiner Gabe gegen ihn zu stellen, und das durfte Zanolla auf gar keinen Fall dulden.

Nahezu das komplette Sicherheitspersonal auf der mittleren und unteren Institutsebene suchte derzeit nach dem Jungen. Auf der obersten Ebene musste Zanolla jedoch um einiges behutsamer vorgehen, auch wenn ihm klar war, dass diese Ebene Davids Ziel sein musste.

Während Zanolla mit Kublicki wegen Catherine Bell und Lazarus telefoniert hatte, war David in den Zentralrechner eingedrungen und hatte seine Projektunterlagen eingesehen. Vermutlich hatte das Projekt Aaren ihm diesen Trick beigebracht und ihn mit den entsprechenden Codes versorgt. Jedenfalls wusste der Junge nun, welcher Gendatenbank er entstammte und wer die Spender waren.

Zanolla schüttelte den Kopf. Viel zu spät hatte er das Aaren-Projekt eliminiert, nachdem die weiße Röhre auf sie ohne jeden Einfluss geblieben war. Aarens Einfluss auf den Jungen war viel zu groß geworden – und er hatte dies viel zu spät erkannt.

Zanolla schloss kurz die Augen, um wieder zu seiner gewohnten kühlen Gelassenheit zurückzufinden. Keiner seiner Angestellten sollte ihn in dieser Verfassung zu Gesicht bekommen. Seit dem Zwischenfall in London in der Brenda-Thornton-Klinik hatte er sich nur noch einmal so elend gefühlt. Und zwar an jenem Tag, als er zu einer Privataudienz bei Papst Leo geladen worden war und er im Apostolischen Palast plötzlich Kardinal Ciban gegenübergestanden hatte. Durch den unwillkürlichen Schrecken hatte er die Aufmerksamkeit des Kardinals auf sich gezogen, obwohl er sich sicher war, dass sonst niemand sein Entsetzen bemerkt hatte. Jedenfalls war irgendein Funke auf Ciban übergesprungen, und der Kardinal hatte angefangen, über Zanolla und dessen Umfeld zu recherchieren. Der Doktor war kein schicksalsgläubiger Mensch, doch er wusste sehr wohl, wann Gefahr in Verzug war. Daher hatte er noch am selben Tag einen Plan ausgearbeitet, Kublicki kontaktiert und begonnen, David auf die Sondierung des Kardinals vorzubereiten.

Zanolla blickte auf seine protzige Armbanduhr, die sogar für die Raumfahrt geeignet schien. Allmählich sollte Kublicki sich bei ihm melden, um ihm weiter Bericht zu erstatten, aber vermutlich hatte der Mann momentan mehr als genug zu tun.

Er atmete tief durch und schaltete den Computer aus. David hatte bei seiner Recherche im Zentralrechner Spuren hinterlassen, daher wusste Zanolla immerhin, was der Junge herausgefunden hatte und wo sein Fluchtweg lag. Wie es das Schicksal so wollte, lag es in Zanollas Macht, den Jungen abzufangen und seine Flucht zu vereiteln.

Nie wieder würde er David unterschätzen.

76.

Coelho eilte auf das brennende Haus zu, als eine weitere Detonation im Erdgeschoss das Glas eines Fensters bersten und ihn zurücktaumeln ließ. Eine Scherbe streifte ihn an der Wange und zerschnitt ihm die Haut. Einer der Polizeibeamten vor Ort sprach von einer explosionsartigen Entzündung von Rauchgasen. Coelho hatte von dem Phänomen schon mal gehört und wusste, dass es immer dann dazu kam, wenn ein Brand in einem geschlossenen Raum mangels Sauerstoff bis hin zum Schwelbrand versiegte, während er gleichzeitig noch brennbare Dämpfe und Gase enthielt. Kam dann frischer Sauerstoff hinzu, sei es durch eine geöffnete Tür oder ein geöffnetes Fenster, wurde die Luft schlagartig durch die Öffnung angesaugt, woraufhin das Rauch-Gas-Gemisch sofort in einer Flammenwalze explodierte. Dies zählte zu den gefürchtetsten Szenarien bei der Feuerwehr, weshalb die Männer im Einsatz Türen, hinter denen die Gefahr einer solchen Rauchgasexplosion lauern konnte, nur aus einer sicheren Deckung heraus öffneten.

Die benachbarten Häuser waren bereits evakuiert, und die Polizei hatte die Schaulustigen in eine sichere Entfernung zurückgedrängt. Wenn Coelho etwas nicht ausstehen konnte, dann waren es Gaffer, die nichts Besseres zu tun hatten, als an Katastrophenorten aufzutauchen und die Arbeit der Feuerwehr, der Ärzte und der Polizei zu behindern. Wie in allen Großstädten gab es auch in Rom zu viele davon.

Coelhos Blick glitt über zwei Leichensäcke. Schon auf

dem Weg hierher hatte er von Viktor am Telefon erfahren, dass es sich bei den Toten um Dr. Robert Martini und einen Unbekannten handelte. Viktor hatte die beiden zusammen mit einem Helfer gerade aus dem Haus geschafft, als das Inferno im Erdgeschoss so richtig losgegangen war. Zu diesem Zeitpunkt hatte der Unbekannte jedoch nur noch wenige Minuten zu leben gehabt.

Coelho wischte sich das Blut aus dem Gesicht und war beruhigt, dass Viktor Catherine hatte in Sicherheit bringen können. Sobald hier vor Ort alles erledigt war, wollte er sie in ihrer Wohnung aufsuchen, um zu erfahren, was tatsächlich vorgefallen war. Die Ermittlungsarbeiten entwickelten sich zu einem wahren Alptraum.

Er holte tief Luft, wobei sein Blick über das Dach des alten Hauses glitt, das nunmehr ein einziges Flammenmeer war. Er konnte nicht einmal erahnen, welche Schätze aus Dr. Martinis privater Sammlung sich hier in Rauch auflösten. Aus dem Augenwinkel sah er Inspektor Ganzoli mit einem seiner Assistenten auf sich zukommen. Mit großspuriger Gebärde wie immer. Der Wichtigtuer hatte ihm gerade noch gefehlt.

»Hat sich die Heilige Römische Inquisition nun doch noch einem ihrer verirrten Schäfchen angenommen«, sagte der Idiot.

Coelho ignorierte die Bemerkung und deutete auf die beiden Leichensäcke. »In einem von beiden steckt womöglich unser dritter Mann!«

Ganzoli folgte seinem Blick und blinzelte. »Was Sie nicht sagen!«

Coelho drehte sich zu dem Gebäude um, das Dr. Martinis Haus gegenüberstand. Ein gepflegter Altbau, der über einhundert Jahre auf dem Buckel hatte. Als der verletzte Fremde im Sterben lag, hatte seine Aufmerksamkeit allein diesem Haus gegolten, und Viktor waren die letzten Blicke des Sterbenden nicht entgangen, während er selbst nach Atem gerungen hatte. Coelhos Männer hatten dort oben inzwischen jeden Zentimeter untersucht. Wie es aussah, hatte der Mann Martinis Haus seit mindestens vierundzwanzig Stunden observiert. Er hatte dabei eine leere Wasserflasche als Toilette benutzt und mehrere Dosen Coca-Cola gelehrt. Catherine hatte hier wohl tatsächlich eine heiße Spur verfolgt.

»Da fällt mir ein«, erklärte er wie beiläufig, »wir haben etwas entdeckt, das Sie und Ihre Leute interessieren dürfte.«

»Ach ja?« Ganzoli starrte nun ebenfalls auf das gegenüberliegende Haus, wenn auch mit skeptischer Miene.

»Oh ja. Die Wohnung im Obergeschoss dürfte für Ihre Spurensicherung eine wahre Fundgrube sein.«

77.

Catherine starrte auf die schwarze Metallklemmmappe im DIN-A4-Format, die sie aus dem Umschlag gezogen hatte. Zuoberst lag ein mehrseitiger Brief, der aussah wie ein handgeschriebenes Testament und an Dr. Robert Martini gerichtet war.

Die restlichen Unterlagen waren Kopien, mit denen Catherine auf Anhieb nichts anfangen konnte, darunter der anonymisierte Computerausdruck eines genetischen Fingerabdrucks mit dem klassischen Bandenmuster, wie er seit vielen Jahren in der Kriminalistik und bei der Verwandtschaftsanalyse Anwendung fand.

Ein zweiter Computerausdruck hob, wie es aussah, das genetische Profil einer ganz bestimmten Person hervor, das wiederum in Relation zum Profil des ersten Computerausdrucks zu stehen schien. Catherine hatte nicht die geringste Ahnung von DNA-Identifikation, aber vermutlich bestand zwischen den Profilen irgendeine Verbindung – und Scrimgeour hatte diese Verbindung entdeckt.

Soweit sie sich erinnerte, wurden solche Testergebnisse aus Blut, Sekretspuren, Haarwurzeln, Körpergewebe, Knochen, Sperma oder Vaginalzellen gewonnen. Sie hatte erst kürzlich eine medizinische Dokumentation darüber gesehen. Die berechnete Wahrscheinlichkeit, dass zwei Menschen zufällig ein komplett übereinstimmendes genetisches Profil besaßen, lag bei weniger als 1:100.000.000.000. Die komplette DNA-Analyse basierte dabei auf nur etwa fünf Prozent der gesamten menschlichen DNA, jenem Teil der Erbsubstanz, der einen jeden Menschen zu einem Individuum machte.

Es half nichts. Catherine musste zuerst den Brief lesen, wenn sie erfahren wollte, was sich hinter den streifencodeähnlichen Mustern der genetischen Fingerabdrücke verbarg. Aber zuvor stärkte sie sich mit einer Tasse Tee und zog die Jalousien vor den Fenstern herunter, als befürchte sie, jemand Böses könne ihr über die Schulter schauen, während sie den Brief las.

Der Regen hatte wieder eingesetzt. Entsprechend menschenleer war es auf der Straße. Sie fror, entzündete den Kamin und kehrte mit einem mulmigen Gefühl zur Couch zurück. Jetzt oder nie. Vorsichtig nahm sie Scrimgeours handgeschriebenen Brief aus der Klemmmappe und begann, seine letzte Nachricht an Robert Martini zu lesen.

Lieber Robert,

vermutlich befremdet dich dieser sehr persönliche Brief, nachdem du die letzten Jahre nichts von mir gehört hast. Oft denke ich an unsere Forschungsreisen nach Ägypten, Israel oder Mittelamerika zurück. Gemeinsam haben wir viele Schwierigkeiten überwunden, was unsere Freundschaft nur noch vertieft hat. Ich bin mir sicher, bisher keinem vertrauenswürdigeren Mann begegnet zu sein als dir.

Ich versichere dir, für meinen Rückzug gab es einen sehr guten Grund. Nun bist du – nach all den Jahren – der einzige Mensch, dem ich die Wahrheit darüber anvertrauen kann.

Sollte ich noch leben, wenn du diese Zeilen liest, haben die Dinge bereits ihren Lauf genommen. Dann tritt bitte nicht mit mir in Kontakt, sondern bewahre diese Beweise als eigene Rückversicherung auf.

Sollte ich tot sein, wenn dich dieser Brief erreicht, bitte übergib die Beweise rückhaltlos der Presse, aber keinesfalls den italienischen Behörden oder dem Vatikan. Meine Bemühungen um Gerechtigkeit wären dann für immer verspielt, und du, mein lieber Freund, wärst mit Sicherheit bald tot. Ebenso wie ich und meine Frau.

Meine Frau? Ich kann dein Stirnrunzeln förmlich sehen. Es ist wahr. Ich habe geheiratet, vor vielen Jahren, und ich habe dich nicht in dieses Geheimnis eingeweiht, weil ich meiner Frau mein Wort darauf gegeben habe. Doch da Sarah seit langem tot ist und ich nun die schreckliche Wahrheit über die Hintergründe erfahren habe, fühle ich mich nicht mehr länger an mein Versprechen gebunden. Ich werde nicht von dieser Welt scheiden, ohne dass der Mann, der ihr all diese fürchterlichen Dinge angetan hat, dafür bezahlt!

Ich könnte zerspringen vor Zorn, aber alles der Reihe nach, damit du den Ereignissen in ihrer ganzen Tragweite folgen kannst.

Meine Frau Sarah wurde bei einem Autounfall schwer verletzt. Als ich die Nachricht erhielt, war ich gerade in einem Supermarkt und schob einen Einkaufswagen vor mir her. Die Stimme am anderen Ende der Leitung klang professionell und sachlich, aber die Worte, die nur langsam in mein Gehirn sickerten, kamen mir vor wie der helle Irrsinn: Ihre Frau ... Autounfall ... schwere Verletzungen ... Operation ... Komplikationen ...

Sarah war damals im achten Monate schwanger!

Keine Viertelstunde später stand ich im Krankenhaus, im Wartebereich für werdende Väter. Du kannst dir gar nicht vorstellen, wie heftig ich gegen den Drang ankämpfen musste, in den Operationssaal zu stürmen, um Sarah ganz nah zu sein. Dieses Übelkeit erregende

Gefühl der Hilflosigkeit, der Ohnmacht, die Angst sie zu verlieren … Es ist einfach unbeschreiblich.

Wir hatten damals das unglaubliche Glück, dass die Brenda-Thornton-Klinik mehr war als nur eine Fruchtbarkeitsklinik. Auch die Notaufnahme der Klinik genoss einen hervorragenden Ruf, somit hatten Sarah und das Kind wenigstens eine Chance. Glaub mir, Robert, ich konnte es kaum fassen, wie nahe meine Frau dem Tod war.

Nach einer halben Ewigkeit öffnete schließlich jemand eine der Türen zum Wartebereich. Ein Moment, den ich ebenso herbeigesehnt wie gefürchtet hatte. Ich starrte auf den Mediziner im grünen OP-Kittel, als wäre er ein Gespenst. Dr. Scelpa, Sarahs Arzt, sah mich traurig und gefasst an. Ich kann mich noch ganz genau daran erinnern, wie mein Herz schlug, als ich ihn nach Sarah fragte. Es war, als würde es mir jede Sekunde vor Qual aus der Brust springen.

Scelpa erklärte mir, dass Sarah den Eingriff überleben werde und es ihr den Umständen entsprechend gehe, aber …

Das »aber« hörte ich schon gar nicht mehr. Ich stand einfach nur da wie eine lebendige Statue und war unglaublich erleichtert darüber, dass meine Frau überleben würde. Irgendwann drang dann auch das »aber« zu mir durch. Hatte es etwa mit Sarah zu tun?

Scelpa erklärte, die Verletzungen des Kindes seien einfach zu schwer gewesen. Sie hätten alles getan, trotzdem sei es bei dem Eingriff gestorben.

Robert, ich habe den Arzt einfach nur angestarrt. Auf der Taxifahrt zur Klinik hatte ich noch befürchtet, sie alle beide zu verlieren, Sarah und das Kind. Und nun … Die Nachricht vom Verlust unseres Kindes berührte mich kaum mehr, als wäre es eine Meldung aus dem Fernsehen.

Ich durfte Sarah sehen, wenn auch nur kurz. Sie schlief.
Tief und fest. Sie brauchte diesen Schlaf für ihre Genesung.
Ich war unglaublich glücklich. Meine Frau würde über-
leben, sie würde gesund werden, und sie würde zu mir
zurückkehren. Trotzdem … Irgendetwas fühlte sich falsch
an. Falsch und verloren, nur wusste ich beim besten Willen
nicht, was. Es nagte an mir und ließ mir einfach keine
Ruhe. Vielleicht war der Verlust des Kindes doch zu groß?

Catherine blätterte mit zittriger Hand zur nächsten Seite
um. Sarah und Alan Scrimgeour hatten also tatsächlich
ein Kind gehabt. Und dieses Kind war in Folge des Ver-
kehrsunfalls in der Klinik gestorben.

Obwohl Catherine eine Frau war, konnte sie sich
kaum vorstellen, was für ein schreckliches Gefühl es
sein musste, sein eigenes Kind zu verlieren. Bei Gott,
Sarahs Familie hatte von alldem nicht einmal das Geringste gewusst. Sie atmete tief durch und las weiter.

Nach dem Unfall und der Fehlgeburt änderte sich für
meine Frau und mich alles, Robert. Sarah kam einfach
nicht über den Tod unseres Kindes hinweg. Sie entwi-
ckelte regelrechte Wahnvorstellungen und behauptete,
der Junge sei noch am Leben, und Dr. Scelpa habe ihn
entführt. Doch Scelpa war ein guter und verständ-
nisvoller Arzt. Er ließ sich von Sarahs Anschuldi-
gungen nicht aus der Ruhe bringen und half uns mit
wahrer Engelsgeduld über die schwierigsten Tage und
Wochen hinweg. Selten habe ich einen so hilfsbereiten
und selbstlosen Mann erlebt. Kurz vor dem endgül-
tigen geistigen Zusammenbruch und einer Einweisung
in eine Nervenheilanstalt kam Sarah endlich wieder zur
Vernunft.

Es grenzte an ein Wunder, Robert, an ein echtes Wunder.
Noch heute kann ich es kaum fassen, denn ich stand selbst
am Abgrund und war trotz meines Versprechens nach all
den Qualen nahe daran, Sarahs Familie einzuweihen.

Allmählich veränderte sich die Handschrift. Die Buchstaben wurden größer, unharmonischer, holprig, zerhackt, und die Zeilen gingen über den vorgegebenen rechten Rand hinaus. Das war nicht mehr die kleine, präzise Handschrift des Wissenschaftlers, sondern die eines Menschen, der zutiefst emotional aufgewühlt war.

Natürlich weihte ich die Cibans nicht ein. So
verbrachten Sarah und ich nach all der Dunkelheit
einige glückliche Wochen, die unbeschwertesten seit
langem. Dann fuhr Sarah nach Rom, um mit ihrer
Familie zu reden und einige für unsere Ehe wichtige
Dinge zu klären. Doch so oft sie auch in den letzten
Jahren von ihren Romreisen zurückgekehrt war –
von dieser Reise sollte sie nicht wiederkommen.

Die Handschrift verschlechterte sich von Wort zu Wort. Die Zeilen fielen weiter ab, wurden noch unkontrollierter, die Wortabstände unregelmäßig.

Angeblich ist sie bei einem Autounfall in den Albaner
Bergen ums Leben gekommen. Die Cibans hatten sie
bereits beerdigt, als ich über die römischen Medien, die
Sarah und ich in London via Satellit empfingen, davon
erfuhr. Ich hatte nicht einmal Zugang zu ihrem Grab,
das irgendwo auf dem Gelände des Familienanwesens
liegt.

Wieder eine Unterbrechung, diesmal mitten auf dem Papier. Auf der unteren Hälfte Flecken. Scrimgeour hatte beim Schreiben vermutlich Alkohol getrunken. Dann fing ein neues Blatt an.

Als ich von Sarahs Tod erfuhr, brach meine Welt endgültig zusammen. Ich gab meine offizielle Arbeit auf, fing wieder zu trinken an und versuchte meine Trauer und mein Selbstmitleid in Fässern von Alkohol zu ertränken.
Bis zu dem Tag, an dem ich die Zeichnung in dem alten Arbeitszimmer fand. Sarahs Zeichnung! Du wirst nicht glauben, wen sie da gezeichnet hat!

Catherine versuchte, sich von Scrimgeours Aufgewühltheit nicht mitreißen zu lassen. Sie griff nach dem nächsten Blatt Papier – und blickte auf die Kopie der Zeichnung mit dem Jungen und dem Zitat, mitten in dem von zittriger Hand geschriebenen Brief. Es kostete sie alle Selbstbeherrschung, nicht aufzuspringen und wie von Sinnen in ihrem Wohnzimmer hin und her zu laufen. Gleichzeitig spürte sie, dass ihr Unterbewusstsein über Cibans Reminiszenzen in Windeseile Verbindungen herstellte, die ihr noch verborgen blieben. Die Zeichnung war ebenfalls von Flecken übersät. Catherine legte sie mit leicht bebender Hand beiseite und konzentrierte sich auf den Rest des Briefs.

Jetzt bist du sicher sprachlos, Robert. Glaub mir, ich habe Sarah niemals die Kopie des Fragments deiner Triadenbibel gezeigt, die du mir freundlicherweise überlassen hast. Dennoch zeichnete sie genau jenen Jungen, von dem wir beide nicht wissen, ob er der wiederkeh-

rende Messias ist oder der Antichrist. Sie nannte den
Jungen David. David! So hätte unser gemeinsames
Kind heißen sollen, wenn es ein Junge geworden wäre!
Wenn du genau hinsiehst, kannst du den Namen gerade
noch in der unteren rechten Ecke als verwischten Blei-
stiftstrich erkennen. Nimm dir eine Lupe und schau
genau hin …

78.

Catherine sprang vom Sofa auf, als hätte sie eine Sprungfeder in den Gelenken, eilte zu ihrem Arbeitsplatz und kramte die alte Einschlaglupe mit Dreifachvergrößerung aus einer der drei Schubladen des Schreibtischs hervor. Seit Ewigkeiten hatte sie die Lupe nicht mehr benutzt. Fast schon grenzte es an ein Wunder, dass sie das alte Ding überhaupt noch besaß.

Dann griff sie zu ihrer Tasche und zog jene Kopie des Porträts hervor, die Coelho ihr überlassen hatte. Mit dem Lupenglas vor dem rechten Auge, sah sie sich bei beiden Kopien die untere rechte Ecke genau an. Die beiden Zeichnungen waren tatsächlich identisch, von den Flecken einmal abgesehen. Auf beiden war ganz schwach der Name David zu erkennen, wenn man wusste, wo man zu suchen hatte.

Sie legte die Lupe beiseite und starrte einen Moment auf das lodernde Kaminfeuer. Alan und Sarahs Kind sollte der Messias oder gar der Antichrist sein? Sie erinnerte sich an das Porträt, das sie bei Lazarus in dem Fragment der Triadenbibel gesehen hatte. Was für ein Irrwitz!

Ockhams Rasiermesser!, schoss es ihr durch den Sinn. Das Sparsamkeitsprinzip! Der mittelalterliche Theologe und Philosoph Wilhelm von Ockham hatte diese Methode explizit in all seinen Schriften verwendet. Aus diesem Grund war sein methodischer Grundsatz, der besagte, dass die einfachste Erklärung die beste sei, im neunzehnten Jahrhundert auch nach ihm benannt worden. Worin lag also die Lösung, wenn die einfachste von allen am ehesten die richtige war?

Catherine überlegte, dass es nach dieser Regel viel wahrscheinlicher war, dass Sarah aufgrund einer Gabe, von der ihr Mann nichts wusste, eine Vision von dem Jungen gehabt und diese nachträglich gezeichnet hatte. Womöglich hatte sie den Jungen sogar in einer Vision in der alten Kirchenruine gesehen oder als Messias oder Antichrist auf dieser Buchseite in der Triadenbibel. Schließlich beschäftigte Scrimgeour sich sehr intensiv mit dem Thema. Vielleicht hatte Sarah das Bild aber auch einfach nur auf Scrimgeours Arbeitstisch entdeckt. Catherine seufzte und runzelte die Stirn. Nur warum hätte Sarah das Porträt nachzeichnen sollen? Warum hatte ihr der Junge auf dem Bild so viel bedeutet? Zeigte das Porträt am Ende etwa doch ihr eigenes Kind?

Catherine zwang sich zurück auf die Couch, griff nach dem Brief und las weiter. Gleich würde sie wissen, was Scrimgeour sonst noch zu berichten hatte. Er schien jedenfalls sehr überzeugt davon, dass Sarah ihr eigenes Kind und damit den Messias oder Antichristen gezeichnet hatte.

Na, Robert? Was sagst du, nachdem du es gesehen hast?

Messias oder Antichrist hin oder her, ich war und bin davon überzeugt, dass Sarah unseren Jungen gemalt hat. Deshalb fing ich vorsichtig an zu recherchieren und in die Vergangenheit zurückzukehren, nur um festzustellen, dass die Brenda-Thornton-Klinik gar nicht mehr existierte und Dr. Scelpa bei dem Klinikbrand ums Leben gekommen war.

Nach einigem Suchen konnte ich dann einen Kollegen

*von Scelpa ausfindig machen. Sarah und ich hatten mit
dem Mann nie direkt zu tun gehabt, aber man weiß ja nie,
daher nahm ich kurzerhand telefonisch mit ihm Verbindung auf.
Tatsächlich konnte er mir nicht unmittelbar weiterhelfen,
da er mit unserem Fall nicht betraut gewesen war und fast
alle Unterlagen aus der damaligen Zeit bei dem Klinikbrand vernichtet worden waren. Aber der Mann hatte
eine ausgezeichnete Idee und empfahl mir einen Privatermittler, der mir bei meinen weiteren Recherchen von
großem Nutzen sein konnte.
Ich überlegte nicht lange, schließlich wollte ich Resultate
sehen. Also ließ ich mir die Kontaktdaten geben, trat mit
dem Privatermittler in Verbindung und engagierte ihn.
Solltest du jemals einen Privatermittler brauchen, Robert,
kann ich dir diesen Mann wärmstens empfehlen. Schon
nach drei Wochen lieferte er mir die ersten brauchbaren
Ergebnisse. Ergebnisse, die ich mir nicht einmal in meiner
kühnsten Fantasie hätte ausmalen können.*

Die Handschrift wurde schlagartig wieder ruhiger, kleiner, präziser. So als hätte Scrimgeour eine etwas längere
Pause gemacht und hätte danach zu seiner alten Form
zurückgefunden.

*Sieh dir nun bitte mal Sarahs Genprofil an, Robert.
Nicht das bandenartige Zeug, das ich separat beige-
legt habe, sondern das Profil am Ende dieses Briefes.
Das Blatt mit der Chromosomenanalyse. Aber ich will
es noch kürzer machen, denn mir fehlt im Moment jede
Geduld.
Du erinnerst dich an den Ein-Prozent-Genunterschied-
Mythos zwischen Affe und Mensch, den die Medien 1975*

so hochgespielt haben? Zumindest die Fachleute wussten schon damals, dass der Unterschied weit mehr als ein Prozent beträgt und dass genregulatorische Prozesse aus dem so genannten Genmüll ebenso für den Unterschied zwischen Mensch und Affe verantwortlich sind wie die bekannten codierten Gensequenzabschnitte.

Scrimgeour erklärte seinem Freund ausführlich, worin nach neuesten Forschungserkenntnissen der Unterschied zwischen dem Menschen und seinem engsten noch lebenden Verwandten, dem Schimpansen, bestand. Er verglich das Genom von Affe und Mensch mit zwei Büchern derselben Sprache, die jedes für sich aus Kapiteln und Wörtern bestanden. Aus Wörtern mit der gleichen Bedeutung. Jedes Gen war in seinem Beispiel ein Wort in der Sprache der Erbinformation. Doch in beiden Büchern kamen die einzelnen Worte in unterschiedlicher Anzahl vor. Vor allem jene Genworte, die die Funktion des Gehirns managten, kamen beim Menschen sehr viel häufiger vor. Daher spielte also nicht nur die Bedeutung des Wortes an sich eine Rolle, sondern vor allem dessen Häufigkeit.

Rein genetisch, also von den Genworten her, lag der Unterschied zwischen Schimpanse und Mensch bei etwas mehr als einem Prozent, sah man jedoch genauer in beide Bücher hinein, betrug der Unterschied allein durch die unterschiedliche Häufigkeit der Worte in puncto Hirnfunktion über siebzig Prozent.

Am Ende der Erläuterung stand für Scrimgeour eine Forschungserkenntnis, die Catherine regelrecht den Atem verschlug. Sarah Cibans Genprofil war von einem normalen Menschen, was die Worthäufigkeit anging, etwa ein Viertel so weit entfernt wie das normale menschliche Genprofil von einem Schimpansen. Scrimgeour sprach von seiner Frau plötzlich als einem Übermenschen.

Jedenfalls war Scrimgeour fest davon überzeugt, dass die vielen von Scelpa durchgeführten Fruchtwasser- und Genanalysen, bei denen es angeblich um die Gesundheit des Kindes ging, kein Zufall waren. Vielmehr hatte der Mediziner das Wissen um Sarahs Andersartigkeit, wie die von dem Privatdetektiv beschafften Unterlagen zeigten, für gentechnische Zwecke genutzt. Und nun waren Sarah und das Kind tot, und auch Scelpa lebte nicht mehr. Scrimgeour konnte ihn also noch nicht einmal zur Rede stellen und persönlich zur Hölle schicken. Dafür hatte der Privatermittler kurz darauf noch etwas anderes herausgefunden. Etwas, das Scrimgeours Weltsicht dermaßen erschüttert und seinen Zorn – sofern dies überhaupt noch möglich war – so sehr auf die Spitze getrieben hatte, dass er ohne Rücksicht auf Verluste sofort nach Rom aufgebrochen war.

Catherine las gebannt weiter.

Du kannst dir nicht vorstellen, wie wütend ich war und es noch immer bin. Allem Anschein nach hat Sarah heimlich selbst einen Gentest an sich und dem ungeborenen Kind durchführen lassen – und das Ergebnis war der wahre und einzige Grund für ihre überstürzte Abreise nach Rom.
Verflucht! Ich war so naiv. So blind. So unglaublich dumm. Ich war gar nicht der Vater meines Kindes!
Sieh dir bitte mal die beiliegenden Tabellen mit den genetischen Fingerabdrücken an!

Selbst völlig aufgewühlt, las Catherine Zeile für Zeile weiter. Scrimgeours Schrift wurde dabei wieder erheblich schlechter, unregelmäßiger, die Zeilen brachen immer wieder mittendrin ab oder liefen einfach über den Rand hinaus. Hinzu kam ihre eigene Müdigkeit. Ein Heer von Ameisen schien durch ihr Gehirn zu krabbeln und jeden klaren Gedanken im Keim zu ersticken. Dennoch griff sie zu den Tabellen mit den Bandenmustern und betrachtete sie genauer.

Vier Bandenmuster verliefen von oben nach unten über das kopierte Blatt Papier. V1, V2, M und K. V1 und V2 standen für Vater 1 und Vater 2, M stand für die Mutter und K für das Kind. Sarah Ciban hatte einen Vaterschaftstest machen lassen. Offenbar war sie Scelpa gegenüber misstrauisch geworden.

Catherine las weiter und spähte dabei immer wieder zu der Abbildung mit den genetischen Fingerabdrücken hinüber. Nach einer Weile hatte sie genug gelesen, um zu begreifen, dass ein Vergleich der Bandenmuster die Vaterschaft von V1 ausschloss. Mit einer Wahrscheinlichkeit von 99,9 Prozent konnte hingegen bei V2 auf die leibliche Vaterschaft geschlossen werden. Die Übereinstimmung der mütterlichen und väterlichen Linie mit dem Kind war eindeutig zu erkennen. Catherine schnappte nach Luft.

Hatte Scelpa bei der künstlichen Befruchtung etwa sein eigenes Sperma verwendet? War er deshalb so scharf auf das Kind gewesen? Wollte er der Vater eines genetisch veranlagten Übermenschen sein?

Rasch schenkte sie sich von dem Tee nach und trank eine ganze Tasse in einem Zug, um die Ameisenplage in ihrem Hirn und ihre chaotischen Gedanken zu beruhigen.

Ockhams Rasiermesser: Das musste die Lösung sein!

Scelpa hatte die Scrimgeours hintergangen, sein eigenes Baby kreiert und Sarah Ciban eingepflanzt. Der behandelnde Arzt war der Vater des Babys.

Catherine wollte weiterlesen, doch der Brief brach mittendrin ab. Also ging sie die Seiten noch einmal bis zu dieser Stelle durch, an der es um den Vaterschaftstest ging, um ja nichts zu überlesen. Sie hatte nichts übersehen. Der Brief hörte auch diesmal mittendrin auf, aber das konnte unmöglich sein. Scrimgeour würde nie einen Brief an Lazarus schicken, dem das Ende und damit die Auflösung fehlte. Niemals!

Da war sie sich ganz sicher. Die Sache war Scrimgeour viel zu wichtig gewesen. Dafür war er eigens nach Rom gereist, ungeachtet der Konsequenzen. Selbst Lazarus hatte er mit diesem Brief auf den Fall angesetzt. Alles für seine Rache …

V1 und V2: Scrimgeour und Scelpa.

Catherine runzelte die Stirn, ignorierte die Ameisen in ihrem übernächtigten Gehirn. Ockhams Rasiermesser: Scelpa … Ergab das Sinn? Der Arzt war bei dem Brand ums Leben gekommen. Warum sollte Scrimgeour einem Toten mit so viel Zorn hinterherjagen? Irgendetwas musste sie übersehen haben. Sie ging den Brief noch einmal durch, und diesmal drehte sie sogar die Kopien und die Blätter mit den Persönlichkeitsprofilen eines nach dem anderen um. Auf der Rückseite des Porträts von dem Jungen entdeckte sie schließlich den Rest von Scrimgeours unglaublichem Text. Wie es aussah, war er zu diesem Zeitpunkt so sehr in Rage gewesen, dass er sich das nächstbeste Stück Papier geschnappt und darauf weitergeschrieben hatte. V1 war tatsächlich Scrimgeour. V2 dagegen … Catherine schluckte. V2 stand für Marc Abott Ciban!

79.

Zanolla stand in Ambroses Zelle und konnte nicht fassen, wie geschickt ihn der Junge hereingelegt hatte.

Davids Ziel war gar nicht die oberste Ebene der Klinik gewesen, sondern die unterste. Zanolla hatte sein weitläufiges Büro kaum betreten, als auch schon die neueste Meldung des Sicherheitsdienstes eintraf und die Bombe platzte: Ambrose war ebenfalls verschwunden!

Nun durchsuchte das Sicherheitsteam die komplette untere Ebene, einschließlich des Bereichs von HELIOS. Irgendwo dort unten mussten der Junge und der Agent sein. Fast noch mehr als die Nachricht von Ambroses Flucht hatte Zanolla aber die Zeichnung getroffen, die der Junge ihm als Überraschung und Mahnung in Ambroses Zelle hinterlassen hatte: ein düsteres Bild, das Zanolla selbst zeigte, mit leeren, blutigen Augenhöhlen, kopfüber am Kreuz. Im Hintergrund zwei Gestalten vor einer Kirchenruine, die zu weit entfernt waren, als dass Zanolla sie anhand der Zeichnung hätte identifizieren können. Trotzdem wusste er nur zu genau, wer diese beiden Personen waren: Sarah und Marc Ciban. David versuchte ihm allen Ernstes zu drohen.

»Sobald Sie den Jungen haben«, erklärte er dem Wachmann, »sperren Sie ihn in diese Zelle hier ein.« Er heftete die Zeichnung gut sichtbar an die Wand.

»Was ist mit Ambrose?«, hakte der Wachmann nach, der keine unnötigen Fragen stellte, da er Zanolla bereits ein kleines Vermögen verdankte.

»Sperren Sie ihn in die Zelle gleich neben HELIOS.

Aber krümmen Sie ihm kein einziges Haar. Es reicht, wenn er geläutert wird. Und jetzt finden Sie die beiden, verdammt!«

Auf dem Weg zurück in sein Büro wurde Zanolla schlagartig bewusst, dass Kublicki sich noch immer nicht gemeldet hatte.

»Irgendetwas Neues?«, fragte er seine Sekretärin, als er das Vorzimmer durchquerte und sah, dass im Fernseher eine Nachrichtensendung lief.

»Nichts, was Ihre Arbeit betrifft, Herr Doktor. Nur ein Hausbrand in Rom, in der Nähe des Forum Romanum.«

Zanolla hielt inne und starrte gemeinsam mit seiner Sekretärin auf den Fernsehschirm. Es war einer dieser neuartigen, geschmacklosen Reality-TV-Sender, die Zanolla nicht ausstehen konnte, aber die Erwähnung des Forum Romanum hatte ihn hellhörig gemacht.

Plötzlich war Dr. Robert Martinis Gesicht zu sehen. Es war kein aktuelles Foto, sondern zeigte den Kleriker gut zehn Jahre jünger mit nicht ganz so ergrautem Haar. Im nächsten Moment wurden das brennende Haus und im Hintergrund ein Krankenwagen, die Feuerwehr, die Polizei und – zwei Leichensäcke eingeblendet.

Zanolla atmete erleichtert auf. Kublicki hatte offenbar ganze Arbeit geleistet! Martini und die vorwitzige Nonne waren tot und alle Spuren ganz gewiss verwischt. Aber dann sprach der Reporter mit düsterer Stimme von zwei toten Männern und ergänzte, dass die Identität des einen noch völlig ungeklärt sei. Weitere Tote habe man bisher nicht entdecken können, was jedoch nicht ausschloss, dass es noch andere Opfer gab.

Zanolla fühlte sich, als hätte ihm jemand in die Magengrube geschlagen. Das alles konnte nur eines bedeuten: Kublicki war tot. Und so sicher wie das Amen in der

Kirche hatte diese verflixte Nonne überlebt und sich mit dem Brief aus dem Staub gemacht!

»Schlimme Sache«, sagte Zanolla so beiläufig, als hätten die Toten und das brennende Haus nicht das Geringste mit ihm zu tun.

Die Lage spitzte sich zu. Bei der Suche nach dem Jungen und Ambrose konnte er nicht allzu viel ausrichten. Da musste er sich auf seine hoch bezahlten und gut ausgebildeten Sicherheitsleute verlassen, ob es ihm passte oder nicht. Aber er konnte seine eigenen Pläne ändern. Für den Notfall hatte er schon vor langem einige Vorkehrungen getroffen, wie damals in London, als er ebenfalls untergetaucht war. Neue Papiere für den Fall der Fälle besaß er bereits, und sobald er in Südamerika war, würde eine kosmetische Operation auf ihn warten. Anschließend würde er in einem der dortigen Labors von Re-Source seine geheime Arbeit wieder aufnehmen. Auf einigen Auslandskonten hatte Zanolla außerdem Geld für den Notfall deponiert.

Er verschwand in seinem Büro und gab seinen Männern eine weitere Anweisung, was Ambrose und den Jungen anging. Sobald sie die beiden gefunden hätten, sollten sie sie an die Übergangsadresse ausliefern, zu der auch der Tank mit dem genetisch verbesserten Klon ging. Doch vor seiner Abreise musste Zanolla noch dem schwer verletzten Marc Ciban den Todesstoß versetzen und die vorwitzige Nonne stoppen. Die Frau ermittelte so eifrig für ihren Vorgesetzten, dass weit mehr dahinterstecken musste als nur schierer Arbeitseifer. Ciban war ohne Zweifel ihr Schwachpunkt, und damit war diese Catherine Bell erpressbar!

Zur Sicherheit führte Zanolla ein kurzes Gespräch mit seinem alten Bekannten Dr. Asensi. Dann zog er das Prepaid-Handy hervor und wählte Kublickis Nummer, um ganz sicherzugehen. Das Ergebnis versetzte ihm einen weiteren schweren Schock, bekräftigte ihn aber zugleich darin, den hiesigen Standort aufzugeben. Keine fünf Minuten später war Zanolla auf dem Weg nach Rom.

80.

Coelho bedachte den Kamerawagen des privaten TV-Senders mit einem düsteren Blick. Wieder eine von diesen Dreckschleudern, die nun auch die Schaulustigen in den Wohnzimmern mit reißerischen Nachrichten versorgen würde. Er hielt sich abseits, um nicht mit dem Fall in Verbindung gebracht zu werden.

Ganzoli war mit seinen Leuten inzwischen in dem alten Haus gegenüber zugange, wo der unbekannte Tote sein Basislager aufgeschlagen hatte. Coelho war sich sicher, dass es sich bei dem Mann auch um den Mörder von Alan Scrimgeour handelte.

Aus dem Augenwinkel beobachtete er, wie Viktor auf ihn zukam. »Ist Inspektor Ganzoli fort?«, fragte der Ermittler leise.

Coelho nickte, in dem Wissen, dass hinter der Frage mehr steckte als nur bloße Antipathie.

»Ich habe das hier bei dem unbekannten Toten entdeckt.« Viktor überreichte ihm unauffällig ein Prepaid-Handy. »Der Speicher ist leer. Vermutlich hat er die Karte gerade erst gewechselt.«

Das war sehr wahrscheinlich. Solche zwielichtigen Typen kauften oftmals Prepaidhandys und wechselten die Nummer zwei- bis dreimal die Woche. Kaum möglich, sie zurückzuverfolgen. Vermutlich war die gesamte dahinterstehende Identität ebenfalls ein kompletter Schwindel.

Dennoch sagte Coelho: »Wir sollten die Nummer so schnell wie möglich ermitteln.«

Viktor nickte, als das Handy plötzlich klingelte. Coelho zögerte einen Moment. Beim dritten Klingeln nahm er das Gespräch schließlich an. Es wäre ohnehin unklug gewesen, sofort ranzugehen.

»Ja?«

Sekundenlange Stille. Keinerlei Reaktion auf der anderen Seite der Leitung. Coelho war sich jedoch ziemlich sicher, dass der Anrufer die Hintergrundgeräusche am Tatort von den Krankenwagen, der Polizei, Feuerwehr, Presse und den Schaulustigen hören konnte. Dann ein kurzes Klicken. Wer auch immer angerufen hatte, hatte wieder aufgelegt. Dieser jemand wusste nun, dass der einstige Eigentümer das Handy nicht mehr besaß.

»Haben wir die Nummer?«, fragte Viktor.

Coelho schüttelte den Kopf. Sie war unterdrückt. Natürlich würden seine Leute der Sache nachgehen und den Anruf zurückverfolgen, doch er versprach sich nicht wirklich viel davon. Schon gar nicht in allernächster Zeit. Er gab Viktor das Handy zurück.

»Kümmern Sie sich bitte darum.«

Dann drehte er sich um und verschwand unauffällig in dem gegenüberliegenden Haus, um nachzusehen, was Ganzoli und seine Männer dort anstellten. Noch hatten die Medienvertreter keinen Wind von einem Mörder oder dessen Unterschlupf bekommen. Und das sollte auch so bleiben.

Nachdem er Ganzoli einen Besuch abgestattet hatte, würde er mit Schwester Catherine reden.

81.

Catherine starrte noch immer vollkommen sprachlos auf das Ergebnis des Vaterschaftstests, den Sarah angeblich hatte durchführen lassen. Ciban sollte der leibliche Vater des Kindes sein? Sie las weiter, überschlug sich förmlich dabei, trotz Scrimgeours zittriger, wirrer Schrift.

Dieser scheinheilige Mistkerl hat seine eigene Schwester missbraucht. Über Jahre! Das war Sarahs Geheimnis. Das war ihr Problem! Das war der Grund für ihre Angst. Deshalb war sie nach England geflüchtet, weit weg von ihm. Deshalb hatte ihre Familie nichts von unserer Eheschließung erfahren dürfen, denn dann hätte auch er *es bald gewusst!*
Plötzlich ergibt alles einen Sinn! Du kannst mir glauben, Robert, ich bin so was von wütend.
Er wird mir ganz sicher nicht einfach so davonkommen, dieser Weihwasser predigende und Wein trinkende Bastard. Glaub mir, ich werde ihn mir schnappen. Dann werde ich ihn in Stücke schießen und dann …

Ciban sollte seine eigene Schwester missbraucht haben? Das war einfach unmöglich! Der Alkohol musste Scrimgeours Urteilsvermögen wohl restlos vernebelt haben.

Catherines Schläfen hämmerten vor Kopfschmerz, erst recht nach diesen Worten. Sie stand auf, eilte in die Küche und öffnete die Schublade mit den Medikamenten.

Als sie auf dem Weg dorthin den Flur passierte, überlappten die Ereignisse von vor zwei Tagen für einige Sekunden nahezu komplett ihre Gegenwart. Ciban, der aschfahl und blutverschmiert in ihrem Türrahmen gestanden hatte und dann in ihrem Flur zusammengebrochen war. Als würde Catherine über der Szene schweben, sah sie, wie sie ihn gepackt und umgedreht, wie sie sein Hemd aufgerissen und die lebensgefährliche Schusswunde erblickt hatte. Einen Sekundenbruchteil darauf teilte sie in diesem Flashback ihre Lebensenergie mit Ciban, betrat seinen Geist und wurde allein durch die Erinnerung an den Widerhall seiner Gedanken und die Wucht des Revolverschusses brutal aus der Reminiszenz gerissen.

Catherine atmete tief durch, griff nach einem Glas, füllte es mit Leitungswasser und schluckte zwei Kopfschmerztabletten. Sie durfte jetzt auf gar keinen Fall schlappmachen. Vor allem musste sie die Nerven bewahren.

Das Testergebnis wirkte überzeugend, das musste sie zugeben. Und Scrimgeours wütende Abschlussworte hätten vermutlich jeden Menschen überzeugt, der Marc Ciban nicht persönlich kannte. Doch Catherine kannte den Kardinal. Sie hatte sogar in seine Seele gesehen, vor zwei Tagen erst, als er in ihrem Appartement im Sterben gelegen hatte, und dann noch einmal in der Klinik. Wenn Catherine eines wusste, dann das: Niemand verstellte im Sterben seine Seele.

Müde lehnte sie sich an die Spüle und trank einen weiteren Schluck, in Gedanken teils bei Scrimgeours Brief, teils bei den Ereignissen von vor zwei Tagen und teils bei den finsteren, mitleidlosen Geheimnissen, die Lazarus ihr aus dem Fragment der Engelsbibel über den Triadenorden und seine Mitglieder offenbart hatte. Sie musste sich eingestehen, dass sie dieses unfassbare

Dunkel während des Energietransfers auf Cibans Seite durchaus gespürt hatte. Diese unheimlichen Schatten während des aufkommenden Todeskampfes, als Cibans Agonie Catherine ihre eigene Sterblichkeit bewusst gemacht hatte und sie beide fast ins Jenseits gerissen hätte. In ihrem ganzen Leben würde sie diesen schrecklichen Moment nicht vergessen.

Dennoch… nichts von dem, was Scrimgeours Unterlagen angeblich bewiesen, deckte sich auch nur annähernd mit dem Bild, das sie sich in den letzten Monaten, ganz zu schweigen von den letzten Tagen, von Ciban hatte machen können.

Natürlich war da dieses Dunkel, aber in gleichem Maße war da auch ein unglaubliches Licht. Waren da Vertrauen, Harmonie, Zuneigung, Liebe!

Jener Marc Ciban, den Catherine kennengelernt und während des Energietransfers gespürt hatte, hatte seine kleine Schwester immer beschützt. Deshalb hatte er ja auch nach Sarahs Tod weiterrecherchiert. Deshalb hatte er herausfinden wollen, wer Sarahs Mörder war. Catherine setzte das Glas abrupt ab. Er hatte es herausgefunden! Er war dem Mörder auf die Spur gekommen!

Sie wirbelte herum und eilte ins Wohnzimmer zurück. Da musste noch etwas in Scrimgeours Brief sein. Etwas, das sie ebenso wie der britische Professor übersehen hatte. Etwas, das er in seiner blinden, medikamenten- und alkoholdurchtränkten Wut gar nicht mehr hatte wahrnehmen können.

Sie griff nach dem Schreiben, sah es Wort für Wort, Seite für Seite und Bild für Bild durch und versuchte sich parallel dazu noch einmal Cibans Pinnwand in dem Schutzraum in Erinnerung zu rufen. Immer wieder ging es um künstliche Befruchtung und um Genetik.

Catherine hielt kurz inne, starrte auf das Feuer im Kamin und versuchte nachzudenken. Wer würde von Sarahs, Scrimgeours, Martinis und Cibans Tod überhaupt profitieren? Wie dem Brief zu entnehmen war, wohl nur dieser Dr. Scelpa, sofern er tatsächlich aus Sarahs DNA Kapitel geschlagen hatte. Aber der Mediziner war lange tot.

Wer außer Scelpa käme noch in Frage? Zanolla?

War Zanolla etwa doch in Scelpas Forschung involviert gewesen? Hatte er Scelpa beseitigt und dessen geheime Forschungen an sich gerissen? Zanolla kannte den Jungen. So viel war Catherine klar. Sie hatte ihn im Bewusstsein des Doktors klar und deutlich gesehen. Vermutlich hatte er gelogen, als er behauptete, Sarah Ciban nicht zu kennen. Darüber hinaus hatte Catherine Zanollas finsteren Charakter in der Klinik deutlicher gespürt, als ihr lieb gewesen war. Er war in der Tat eine dunkle Kreatur. Und dann war da noch das Foto Zanollas an Cibans Pinnwand. Erst diese Aufnahme in Kombination mit dem Zeitungsartikel und dem Porträt des Jungen hatte sie überhaupt auf Zanollas Spur geführt. Doch Ciban hatte nichts von Scrimgeour gewusst. Wie war er überhaupt auf Zanolla gekommen? Was hatte er herausgefunden?

Sie legte den Brief in ihren Schreibtisch, zog ihre Jacke über und schnappte ihre Tasche mit den Recherchefragmenten, die sie Lazarus gezeigt hatte. Dann tastete sie nach dem Schlüssel mit dem Kreuzanhänger, den Giada ihr anvertraut hatte. Sie musste herausfinden, welche Verbindung zwischen Zanolla und Sarah Ciban bestand. Sie musste noch einmal zurück in Cibans Appartement. In diesen schrecklichen Sicherheitsraum.

82.

Der Pförtner erkannte Catherine als Schwester Giadas Vertretung sofort wieder, grüßte höflich und widmete sich dann weiter seiner Zeitung.

Catherine nahm den Aufzug. Eine halbe Minute später schloss sie die Tür zu Cibans Appartement auf. Draußen war es noch so hell, dass das Licht, das durch die große Fensterfront im Wohnzimmer hereinfiel, den gesamten Eingangsbereich vor der Treppe erhellte. Die große Engelsstatue mit dem Schwert wirkte auf einmal unheimlich lebendig. Catherine fühlte sich alles andere als wohl bei dem Gedanken, allein in Cibans privaten Räumen zu sein. Aber sie musste diese schreckliche Pinnwand noch einmal studieren, und die war nun einmal hier.

Schnurstracks eilte sie zum Arbeitszimmer, zog den Schreibtischstuhl vom Tisch zurück, öffnete die Konsole und betätigte den Sensor. Der geheime Zugang zum Sicherheitsraum fuhr augenblicklich auf. Diesmal stellte sie den Hebel am Eingang allerdings so, dass sich die Tür nicht automatisch hinter ihr schloss. Sie hatte absolut kein Verlangen danach, allein in einem dermaßen abgeriegelten Raum zu sein. Es erinnerte sie zu sehr an Cibans furchtbare Kindheitserlebnisse in dem Tank.

Als sie vor der Pinnwand stand, atmete sie erst einmal tief durch. Die unheilvollen Bilder blieben nicht ohne Wirkung auf sie. Erst recht nicht, weil sie all die unterschwelligen Reminiszenzen von Ciban in sich trug. Jedes Element war an ein ganz bestimmtes Gefühl gekoppelt, an Emotionen, die wie ein heilloser Strom in ihrem Inneren zusammenliefen, ein Durcheinander, das sie weder zu lesen noch zu deuten verstand.

Trotzdem war sie davon überzeugt, dass eines oder mehrere der Elemente genau jenen emotionalen Trigger enthielt, den sie brauchte, um im Hinblick auf Zanolla Gewissheit zu erlangen. Doch die Pinnwand war nicht vollständig. Catherine griff in ihre Tasche und holte jene Elemente heraus, die sie der Wand für ihre Ermittlungen entnommen hatte. Das Bild von Zanolla, den Zeitungsartikel über die Brenda-Thornton-Klinik sowie das Porträt des Jungen. Nun sah die Wand wieder so aus wie zu jener Stunde, als sie den Raum das erste Mal betreten hatte.

Sie startete ihr Experiment. Wie ein Adler auf der Suche nach einem Hasen ließ sie ihren Geist über die Wand gleiten. Hoffte, dass eines der Elemente schon bald die richtige Erinnerung Cibans in ihr Bewusstsein spülen mochte. Bild für Bild, Wort für Wort lauschte sie auf jede einzelne ihrer inneren Regungen, auf das leiseste Echo, auf irgendetwas, das ihr die unwiderlegbare Richtung wies. Doch nichts geschah.

Sie brach ab, verspürte eine überraschende innere Leere, als saugte die Pinnwand jede Energie aus ihr heraus. So ein Mist! Warum wollte das Verfahren nicht funktionieren? Sie zermarterte sich das Gehirn. Wo lag der Fehler?

Schließlich fielen ihr die Worte von Darius wieder ein: »Du wirst entdecken, dass die Macht der Gedanken die größte Macht überhaupt ist, Catherine. Alles um uns herum befindet sich in permanenter Schwingung. Jedes Bewusstsein, das du berührst, selbst jeder scheinbar leere Raum, den du betrittst, ist immer und überall voller Bedeutung.«

Sie blickte sich um. Dieser Raum war ganz gewiss voller Bedeutung. Noch einmal ließ sie den Blick schweifen und blieb an der offenen Tür hängen. Sie seufzte. Das war es! Der Raum war unvollständig. Er musste verriegelt sein. Ein geschlossenes System. Es führte kein Weg daran vorbei.

Sie betätigte den Hebel. Im Nu glitt die Pforte zu, und die leise Belüftung sprang an. Sofort spürte sie ein sonderbares Losgelöstsein von der Welt, wurden ihre Sinne geschärft. Jetzt, da sie isoliert und allein war. Tief in ihrem Inneren spürte sie auf einmal eine unheimliche Resonanz. Am liebsten hätte sie die Tür wieder aufgerissen und wäre davongerannt, aber das war nicht der Sinn dieser Übung. Er lag vielmehr in der Überwindung ihrer Angst. Catherine wollte Klarheit. Sie wollte sehen. Also musste sie ihre Furcht überwinden. Sie betete um Ruhe und Kraft und tauchte schließlich in die emotionale Dunkelheit der Pinnwandelemente ein. Jetzt zählten nur noch Cibans Reminiszenzen. Vor allem jene an Zanolla. Und die ließen nicht lange auf sich warten.

Plötzlich befand sie sich im Apostolischen Palast, genauer in einem der weitläufigen Vorräume zu Papst Leos Audienzsaal. Sie nahm die komplette Sequenz durch Cibans Augen wahr. Auf dem Weg zu einer von Papst Leos wöchentlichen Privataudienzen führten Leo und Ciban ein Gespräch, das in Leos Arbeitszimmer begonnen hatte.

»Der Zölibat ist ein Fehler«, sagte Leo gerade so laut, dass nur Ciban es hören konnte. »Ebenso wie Pauls Pillen-Enzyklika. Ich wünschte, er hätte seine Chance genutzt und sich von der Logik der Kurie nicht so unter Druck setzen lassen.«

Mit Paul war Papst Paul VI. gemeint, dessen Enzyklika *Humanae Vitae* 1968 einem Pillenverbot für alle katholischen Paare gleichkam. Empfängnisverhütung als Todsünde, selbst für jene Frauen, deren Gesundheit oder gar Leben nach einer Empfängnis oder Geburt auf dem Spiel stand. Ebenso für jene Länder, deren Populationen regelrecht explodierten.

»Diese Gesetze sind von Männern gemacht, die nichts von den Problemen und Nöten des Familienlebens und der Welt dort draußen wissen. Wir müssen das ändern, Marc. Das ist gegen jede Vernunft.«

Ciban deutete lediglich ein Nicken an, aber in diesem schlichten Nicken spürte Catherine so viel Entschlossenheit, dass es selbst sie überraschte.

»Apropos Empfängnisverhütung«, sagte Leo. »Ich werde gleich mit einem Vertreter der Gegenfraktion zusammentreffen. Sie wissen schon, es geht um künstliche Befruchtung. Ein Segen für Paare, die ohne diese Hilfe keine Kinder bekommen können.«

Jetzt seufzte Ciban und sagte ebenso leise: »Bei allem Respekt und aller Sympathie für Ihre Arbeit, Heiligkeit, gehen Sie die Sache vorsichtig an. Vermeiden Sie allzu großherzige Signale in der Öffentlichkeit. Und gönnen Sie sich auch mal ein bisschen Ruhe!«

»Ruhe? Was ist das?«, gab Leo mit einem ironischen Lächeln zurück. Dann berührte er den Kardinal freundschaftlich am Arm. »Kommen Sie. Begleiten Sie mich heute zur Audienz. Ausnahmsweise. Ich kann jeden Beistand brauchen. Selbst den Ihren.«

Ciban schluckte seinen zweiten Seufzer hinunter, denn in diesem Moment wurde auch schon die Tür zum großen Audienzsaal vor ihnen geöffnet und gab den Blick auf die anwesenden Gäste frei. Tardini wird sich schon um seine Termine kümmern, dachte er beim Eintreten.

Der Papst ging mit offenen Armen auf eine Gruppe von gut gekleideten Männern und Frauen zu. Die privaten Audienzen beschränkten sich in der Regel auf Staatsoberhäupter, Botschafter, Bischöfe, Kardinäle oder so genannte Prominente. Bis zum Eintreffen des Papstes betreuten mehrere Priester aus dem Stab von Leos Privatsekretär die Besucher.

Leo begrüßte jeden einzeln und führte mit jedem ein kurzes und dennoch persönliches Gespräch, während Ciban sich wie ein aufmerksamer, aber diskreter Leibwächter zwei Schritte abseits vom Papst hielt.

Was dann geschah, traf Catherine wie ein Paukenschlag. Ciban blieb plötzlich wie versteinert stehen. Seine Augen hafteten an dem überraschten Blick eines kleinen, dicklichen Mannes, der dem Papst gerade noch die Hand geschüttelt hatte. Was der Kardinal in diesem Moment sah, waren weniger die sich wie ertappt fühlenden Augen des Fremden als vielmehr eine Serie dahinter vor Schreck aufflackernder Erinnerungsbilder an seine Schwester. Die ganze Szenerie hatte nicht einmal zwei Sekunden gedauert, doch Zanolla stand von jenem Moment an im Fokus von Ciban.

Catherine stand wie betäubt vor der Pinnwand und starrte auf das Foto von Doktor Zanolla. Nun war es sicher! Der Doktor kannte nicht nur den Jungen, er hatte auch Sarah Ciban gekannt. Sie schob das Memoboard wie selbstverständlich beiseite, denn sie wusste dank der fremden Reminiszenzen, dass sich dahinter ein kleiner Aktenschrank verbarg. Mit einem Griff hatte sie den Ordner über Zanolla in der Hand.

Vor vier Wochen hatte Ciban die Akte angelegt, was vermuten ließ, dass die unerwartete Begegnung etwa so lange zurücklag. Seither hatte Ciban den Mediziner im Visier und etliche Daten über ihn angesammelt. Allerdings gaben die Unterlagen nicht so viel her wie erhofft, da Ciban nichts von Scrimgeours Ehe mit Sarah gewusst hatte. Wie es aussah, hatte sich Zanolla seit dieser Begegnung kaum mehr aus der Klinik gewagt, und falls doch, dann nur in Begleitung von Bodyguards.

Catherine ließ die Akte sinken und starrte wieder auf die Pinnwand. Immerhin war nun klar, dass Zanolla gelogen hatte. Außerdem hielt er den Jungen irgendwo versteckt. Sarahs Kind. Und der Junge besaß ausgerechnet Cibans väterliche DNA. Weswegen der Professor den Kardinal in der Kirche hatte umbringen wollen. Nur wie war Zanolla an Cibans DNA gelangt? Und wie hing das alles nun wirklich mit dem Anschlag in der Santa Maria dell' Orazione e Morte zusammen? Welche Rolle spielte der Arzt dabei?

Catherine musste zurück in ihr Appartement. Sie brauchte noch einmal Scrimgeours Brief. Hastig stellte sie die Akte in den Schrank zurück, verschloss den Sicherheitsraum und Cibans Wohnung und machte sich auf den Weg.

Keine fünf Minuten später breitete sie den Brief auf ihrem Schreibtisch aus und las, bis sie die gesuchte Stelle fand. Wie Scrimgeour schrieb, war er bei seinen Nachforschungen auf einen ehemaligen Kollegen von Scelpa gestoßen und hatte mit diesem telefoniert. Catherine ging jede Wette ein, dass dieser Kollege Dr. Zanolla war! Zanolla hatte Scrimgeour den Privatermittler und damit vermutlich seinen eigenen Auftragskiller empfohlen!

Plötzlich fiel Catherine auf, dass Scrimgeours Kontaktaufnahme mit Zanolla gar nicht so lange vor Cibans Begegnung mit Zanolla stattgefunden hatte. Wenn dem so war, musste Zanolla sich erheblich unter Druck gesetzt gefühlt haben. Auf der einen Seite war da Sarahs Ehemann, der anfing, Fragen zu stellen, auf der anderen Ciban, der Zanollas Leben und Umfeld auszuspionieren begann. Hatte der Mediziner seine beiden Verfolger womöglich gegeneinander ausgespielt?

Catherine musste unbedingt mit Coelho reden. Sie griff gerade nach ihrem Handy, um Cibans kleine, treue Truppe zusammenzutrommeln und diesem Zanolla endgültig das Handwerk zu legen, als das Festnetztelefon klingelte.

Sie starrte Richtung Flur auf den altmodischen Apparat, als hätte sie noch nie ein Telefon gehört oder gesehen. Wer konnte das sein? Rinaldo, der sie von Lazarus hatte abholen wollen? Unsinn. Der Pater würde ihre Handynummer wählen. Giada? Cibans Hauswirtschafterin platzte ganz sicher schon vor Neugierde. Aber so, wie Catherine sie inzwischen kannte, würde sie eher vor der Tür stehen und dort klingeln. Coelho? Coelho war garantiert noch am Tatort, würde aber ganz sicher noch heute mit ihr reden wollen. Demnach musste es Coelho sein!

Sie legte den Brief ab, ging zum Telefon und hob den schwarzen Hörer mit dem Kabel ab. Normalerweise nannte sie allein aus Höflichkeit ihren Namen. Diesmal verzichtete sie jedoch instinktiv darauf.

»Ja?«

»Signora Sciutto?«

Ihr Herz machte einen schmerzhaften Sprung. Sie erkannte die hohe, etwas heiser klingende Männerstimme sofort, auch wenn sie sie noch nie am Telefon gehört hatte.

»Oder soll ich lieber Schwester Catherine Bell sagen?«

»Das liegt ganz bei Ihnen«, antwortete Catherine in einem Anfall von Tollkühnheit. Was hatte sie schon zu verlieren. »Was wollen Sie?«

»Ihr Schweigen«, kam Zanolla gleich zur Sache. »Und den Brief!«

Der Brief! Natürlich, das war es. Zanolla hatte den Killer zu Lazarus geschickt, weil der Brief die Ermittler zu seiner Klinik und somit zu ihm führen konnte. Das bedeutete, Zanolla wusste um den Inhalt und war über Scrimgeours Rachefeldzug im Bilde. Auch war ihm sicher klar, dass Catherine den Brief inzwischen gelesen hatte!

»Unter einer Bedingung.« Es gelang ihr, das Beben in ihrer Stimme zu unterdrücken.

»Und die wäre?«

Catherine pokerte hoch. »Sie bekommen den Brief, wenn ich dafür den Jungen bekomme!« Sie war sich absolut sicher, dass Zanolla den Jungen hatte. Sarahs und Cibans Sohn!

Am anderen Ende der Telefonleitung folgte Stille. Kurz darauf: »Der Junge bleibt bei mir, Schwester.«

»Dann tut es mir leid. In dem Fall kann ich Ihnen den Brief nicht aushändigen. Nicht nach allem, was Sie dem Jungen und den Scrimgeours angetan haben. Es muss ein ziemlicher Schock für Sie gewesen sein, als Sie den Professor eines Tages am Telefon hatten, oder? Aber wie ich sehe, sind Sie flexibel. Sie haben Scrimgeour einfach gegen Kardinal Ciban aufgehetzt. Ihre Rechnung wäre sogar fast aufgegangen. Hören Sie, Doktor Zanolla, ich gebe Ihnen den Brief, und ich werde schweigen, doch im Gegenzug will ich den Jungen.«

»Ich habe keine Ahnung, wovon Sie reden, aber ich mache Ihnen ein besseres Angebot, Schwester.«

Catherine spürte, wie ihre Knie weich wurden. Was konnte das schon für ein Angebot sein? Vermutlich erklärte er ihr nun, dass er sie am Leben ließ, wenn sie tat, was er verlangte.

»Sie geben mir den Brief, und ich gebe Ihnen im Gegenzug Ihren geschätzten Kardinal Ciban.«

Catherine drückte den Hörer so fest ans Ohr, dass es schmerzte. »Sie bluffen!«

»Wollen Sie es darauf ankommen lassen?«

Plötzlich hörte sie über den Telefonhörer das gleichmäßige Piepen diverser medizinischer Geräte, und Zanolla gab ihr Einzelheiten durch, die er nur wissen konnte, wenn er direkt neben Cibans Bett stand und das Krankenblatt vor sich hatte.

»Ich warne Sie, Schwester. Nur ein Wort zu Ihren Kollegen oder wem auch immer, und ich stelle Ihrem Freund hier mehr als bloß die Pumpe ab.«

Mehrere Sekunden lang Stille.

»Sind Sie noch in der Leitung, Schwester?«

»Zum Teufel mit Ihnen, ja!«

»Dann wissen Sie ja nun, wo Sie mich finden. Die Hauptverkehrszeit in Rom ist gerade vorbei. Ich gebe Ihnen zehn Minuten. Genau zehn Minuten. Keine einzige Minute mehr. Spielen Sie also keine Spielchen.«

»Warten Sie!«

Es machte Klick. Die Verbindung war unterbrochen.

Zehn Minuten! War das ein Witz? Wie sollte sie das schaffen? Selbst wenn sie gut durchkam, brauchte sie für die Strecke wesentlich länger. Catherine griff nach dem Brief und versteckte ihn unter ihrer Jacke, zusammen mit dem kleinen digitalen Diktiergerät, das sie fast immer bei sich trug. Als sie die Wohnung schon verlassen wollte, kehrte sie einem Geistesblitz folgend noch einmal zu ihrer Tasche im Wohnzimmer zurück und holte den Taser heraus, den Ciban ihr besorgt hatte. Der Elektroschocker war klein und handlich und gut zu verbergen. Vielleicht war das Gerät ja zu etwas nütze. Kurz darauf startete sie ihren kleinen Fiat 500, mit dem sie wie eine Vespa-Fahrerin beinahe durch jede Lücke kam.

83.

Coelho schaltete sein Telefon aus. Weder über ihr Handy noch übers Festnetz war Schwester Catherine zu erreichen. Bei ihrem Festnetzanschluss hatte er kurz das Besetztzeichen gehört. Doch als er es nach einer Minute wieder versucht hatte, war Catherine nicht ans Telefon gegangen.

»Sie haben sie ganz sicher zu ihrer Wohnung gefahren?«, fragte Rinaldo, der neben Coelho und Bariello stand und vom Anblick des brennenden Hauses völlig schockiert war.

Bariello seufzte. »Hören Sie, Pater, Ihre Kollegin ist ein erwachsener Mensch. Sie wollte nach Hause, also habe ich sie nach Hause chauffiert. Ist das so schwer zu verstehen?«

Coelho bedachte den Polizisten mit einem mahnenden Blick. Auch wenn die Lage angespannt war, Unhöflichkeit war ganz gewiss keine Lösung. »Sie und Viktor bleiben hier und behalten die Lage im Auge«, sagte er und fügte an Rinaldo gewandt hinzu: »Kommen Sie, Pater, wir beide werden unserer Schwester in Christo einen Besuch abstatten.«

Sie eilten zur Limousine, die Rinaldo wegen des Menschenauflaufs und der Feuerwehr- und Krankenwagen in einer Seitenstraße um die Ecke geparkt hatte.

»Ich hätte Schwester Catherine nicht allein lassen dürfen«, erklärte Rinaldo mitgenommen.

»Sie haben sie nicht allein gelassen, Pater. Sie kannten Doktor Martinis Sturheit mindestens ebenso gut wie ich.

Sie hatten gar keine andere Wahl. Außerdem war Viktor in Schwester Catherines Nähe und hat auf sie aufgepasst.«

Rational stimmte Rinaldo dem Generalinspektor zu, aber emotional … »Ich kann noch immer nicht glauben, dass Doktor Martini tot ist. Alles nur wegen seines Wissens um die Triaden.«

»Wir wissen bisher nicht, ob das der wahre Grund für seine Ermordung ist, Pater. Martini hatte etliche gefährliche Eisen im Feuer.«

Rinaldo öffnete die Zentralverriegelung des Wagens. Sie stiegen ein, und er startete den Motor, während er sagte: »Dennoch kann das alles kein Zufall sein. Erst der Professor, dann Seine Eminenz, dann Doktor Martini und jetzt …« Er brach ab.

»Beruhigen Sie sich, Pater. Schwester Catherine geht es ganz sicher gut. Vermutlich wird sie uns für unser Auftauchen sogar gleich den Kopf abreißen.«

»Ach, wissen Sie«, sagte Rinaldo, »damit könnte ich leben, solange es ihr gut geht.«

84.

Zanolla hatte das Handy längst wieder weggesteckt, als eine Krankenschwester Cibans Zimmer betrat, um auf ihrem Rundgang nach dem Rechten zu sehen.

Wie einfach die Welt doch gestrickt war, wenn es um Vertrauen ging. Dr. Asensi selbst hatte ihm die Besuchserlaubnis erteilt und entsprechend Anweisung gegeben. Warum sollte Asensi auch daran zweifeln, dass er ein alter Freund der Cibans war.

»Sie brauchen sich keine Sorgen zu machen«, sagte die Krankenschwester. »Ihr Freund sieht zwar etwas blass aus, ist bei Doktor Asensi aber in den besten Händen.«

Zanolla warf einen Blick auf die medizinischen Geräte. In der Tat ging es Ciban viel zu gut. Er lächelte. Das dumme Ding hatte ja keine Ahnung.

»Danke, Schwester. Wenn Sie gestatten, bleibe ich noch ein wenig hier. Eine Freundin wollte noch kurz vorbeischauen. Sicher kennen Sie sie. Es ist Schwester Catherine.«

Schon hatte er die nächsten Vertrauenspunkte gewonnen.

»Aber ja doch, Doktor Zanolla. Schwester Catherine war schon einige Male hier, seit der Kardinal auf unsere Station eingeliefert worden ist. Ihre Besuche scheinen ihm gutzutun.«

Dann hatte Ciban also tatsächlich das Herz dieser Nonne eingefangen. Wer hätte das gedacht? Wer hätte dieser Brut so viel Menschlichkeit zugetraut? Nun gut, die weibliche Linie erlag selten dem Größenwahn und beherrschte ihre Gabe, die männliche Linie hingegen … Es war mehr als erstaunlich, dass Ciban nicht längst Papst war. Egal, dass der Kardinal und die Nonne einander zugetan waren, das passte ausgezeichnet zu Zanollas Plänen, zumal er gezwungen war zu improvisieren. Zwei Fliegen mit einer Klappe! Was wollte man mehr? Danach würde er mit der Hilfe von Re-Source erst einmal in Südamerika untertauchen.

»Das freut mich zu hören«, sagte er aufrichtig.

Die Krankenschwester ging nach ihrer Inspektion Richtung Tür. »Wenn Sie noch etwas brauchen sollten …«, begann sie.

Zanolla winkte freundlich ab. »Nicht nötig, Schwester. Setzen Sie Ihre Runde in Ruhe fort. Lassen Sie sich Zeit. Sollte etwas sein, werde ich Sie selbstverständlich sofort informieren.« Mit den gleichen Worten hatte Zanolla auch den übermüdeten Wachmann zum Essen und Kaffeetrinken in die Kantine geschickt.

Das dumme Ding lächelte kokett und eilte hinaus auf den Flur, nicht ahnend, dass die medizinischen Signale der Apparate in diesem Raum längst durch eine unauffällige Endlosschleife ersetzt worden waren und manipuliert in die Überwachungszentrale geleitet wurden. Nicht das geringste Piepen würde für unnötige Aufregung sorgen. Selbst der Notfallknopf war nur noch eine Attrappe.

Zanolla warf einen Blick auf seine Raumfahreruhr. Die Nonne war nun seit gut fünfzehn Minuten unterwegs. Natürlich konnte sie die Strecke in der vorgegebenen Zeit nicht schaffen, aber das hielt sie immerhin davon ab, auf andere Gedanken zu kommen, als schnurstracks hierherzufahren. Diese Catherine Bell war doch glatt so unverschämt gewesen, die Herausgabe des Jungen von ihm zu verlangen! Wie war sie überhaupt darauf gekommen, dass er das Kind festhielt? Gehörte sie etwa auch zu dieser Brut?

Verdammt! Alles, was er damals von Sarah Ciban hatte haben wollen, war das Kind gewesen. Immerhin war der Junge letztendlich *seine* genetische Schöpfung. Warum hatte sich Scrimgeours Frau nach der fehlgeschlagenen Entbindung nur so vehement an die Gewissheit geklammert, dass ihr Kind noch lebte? Warum hatte sie angefangen nachzuforschen? Warum hatte sie dann auch noch ausgerechnet nach Rom zurückkehren müssen?

Zanollas Gedanken sprangen für einen Moment weit in die Vergangenheit. Sarah Scrimgeour hatte ihm einen Monat nach der Entbindung in der Klinik eine unglaubliche Szene gemacht, und nicht einmal ihr vertrottelter Ehemann hatte sie beruhigen können.

Diese Frau mit den außergewöhnlichen Genen und der außergewöhnlichen Bindung zu ihrem Kind hatte gespürt, dass der Junge bei der verfrühten Notfallgeburt nicht ums Leben gekommen war, sondern noch immer lebte.

»Was zur Hölle haben Sie getan?«, hatte sie damals in der Londoner Klinik geschrien.

»Es tut mir leid, aber ich weiß nicht, wovon Sie sprechen.«

»Das wissen Sie ganz genau! Wo ist mein Kind?«

»Beruhige dich, Sarah«, hatte ihr Mann sie zu beschwichtigen versucht.

Zanolla hatte Scrimgeour mit Unschuldsmiene erklärt: »Sie hat ihre Medikamente abgesetzt.«

»Zum Teufel mit Ihnen!« Sarah war ihm fast an die

Kehle gesprungen und hatte ihrem Mann zugeschrien: »Merkst du denn nicht, was hier läuft?« Dann wieder zu Zanolla: »Wo ist mein Kind? Wo ist DAVID?«

Natürlich hatte dieser trottelige Engelsforscher nichts kapiert, im Gegensatz zu seiner Frau. Genau das hatte Zanolla den Rücken gestärkt.

Er hatte Verständnis geheuchelt und zunächst alles auf eine depressive Verstimmung geschoben, die sich nicht selten nach einer Entbindung und erst recht nach dem Verlust eines Kindes einstellte. Doch als Sarah Scrimgeour auch nach Monaten keine Ruhe gab, hatte Zanolla erkennen müssen, dass die genetische Mutter-Kind-Bindung zwischen ihr und seinem Testobjekt in ihrer Wechselwirkung so stark war, dass sie sein gesamtes Forschungsprojekt in Frage stellen konnte. Diese Frau würde niemals aufhören, nach ihrem Kind zu suchen.

Also hatte er weitere Maßnahmen ergriffen und neben den üblichen Symptomen wie Hoffnungslosigkeit oder Schuldgefühlen die Diagnose psychotische Depression hinzugefügt. Er hatte von Zwangsgedanken und Zwangsimpulsen gesprochen bis hin zu Verfolgungswahn und Halluzinationen. Da Sarah Scrimgeour seiner Diagnose nach zudem stark suizidgefährdet war, wollte er sie in eine Spezialklinik einweisen lassen, aber dann hatte sie irgendwie die Kurve bekommen, ihren Mann beruhigt und war nach Rom entwischt, wo sie mit ihrem Bruder hatte reden wollen.

In letzter Sekunde hatte Zanolla mit Kublickis Hilfe diese Katastrophe verhindern können. Dummerweise hatte Kublickis Eingreifen ihm jedoch nur einen Zeitgewinn von wenigen Jahren verschafft, da ausgerechnet einer seiner Kollegen sich für seine außerordentliche Forschungsarbeit zu interessieren begonnen hatte. Zanolla hatte daraufhin noch härter durchgegriffen. Die Brenda-Thornton-Klinik existierte nicht mehr, und er hatte sich in Italien eine neue Identität samt Existenz aufgebaut.

Der Fluch nahm allerdings kein Ende. Sarahs Mann hatte zwar nichts begriffen, doch dann war wie aus dem Nichts diese Zeichnung seiner Frau aufgetaucht, und er hatte angefangen, Fragen zu stellen. Sogar den Scotch hatte er für eine Weile beiseitegestellt. Schließlich hatte der versoffene Angelologe Zanolla vor ein paar Wochen in Rom ausfindig gemacht und telefonisch kontaktiert.

Er hatte dem verwirrten Professor mitfühlend zugehört und ihm für die weitere Ermittlung zu einem Privatermittler geraten, einem renommierten Unternehmen, das es in Wahrheit gar nicht gab.

Zanolla hatte Kublicki engagiert und ihn dann Scrimgeour empfohlen.

Dabei war Scrimgeour noch das kleinere von zwei Übeln gewesen, denn parallel zu dem Professor hatte ausgerechnet Sarah Cibans Bruder nach dieser päpstlichen Privataudienz angefangen, ihm auf die Pelle zu rücken. Das hätte nun wirklich ungut ausgehen können. Zanolla hatte überlegt, wie sich der Kardinal am besten ausschalten ließe, und die beiden Fälle am Ende miteinander kombiniert.

Zanolla hatte Kublicki einmal mehr engagiert. Nun gut, die Angelegenheit in der Kirche war nicht ganz reibungslos verlaufen, doch ganz gleich was von nun an geschah, Ciban würde die Klinik auf gar keinen Fall lebend verlassen. Und diese Miss Marple spielende Nonne erst recht nicht. Auf ihn selbst wartete ohnehin eine neue Identität.

Zanolla blickte auf die Uhr. Nicht ganz sechzig Sekunden waren vergangen. Er gab der Nonne noch genau fünf Minuten. In der Zwischenzeit überprüfte er noch einmal Cibans Zustand und die manipulierten Geräte.

85.

Catherine hatte das Wunder vollbracht, ohne Strafzettel auf das Klinikgelände zu gelangen. Sie parkte ihren Fiat so nahe wie möglich vor dem Gebäudekomplex, in dem Ciban untergebracht war, und eilte auf den Haupteingang zu. Fünf Minuten Verspätung! Sie verdrängte den Gedanken, was in diesen fünf Minuten schon alles geschehen sein konnte.

Mit flotten Schritten betrat sie den Eingangsbereich, wo ihr die Empfangsdame freundlich zunickte. Mit etwas gemäßigtem Tempo steuerte Catherine auf die Aufzüge zu. Sie durfte jetzt nicht durch zu große Eile und Hektik auffallen.

Die Fahrt in den obersten Stock kam ihr wie eine Ewigkeit vor, zumal der Lift mehrmals anhielt, um Passagiere ein- oder aussteigen zu lassen. Am liebsten hätte Catherine die Leute einfach hinausgejagt, aber dann hätte man sie vermutlich umgehend in den psychiatrischen Flügel eingeliefert, und das konnte sie nun wirklich nicht gebrauchen. Sie holte tief Luft, als die Tür zum oberen Stockwerk endlich aufging. Es war Abend, daher war der Gang so gut wie leer. Keine Patienten, kein Arzt, nur zwei der unermüdlichen Krankenschwestern waren in Sicht. Da kam jene Schwester, der Catherine auch die letzten Male schon begegnet war, aus einem der Zimmer im hinteren Flurbereich heraus und grüßte sie.

»Doktor Asensi ist noch im OP, falls Sie ihn sprechen wollen. Aber gehen Sie ruhig schon in Kardinal Cibans

Zimmer. Doktor Zanolla ist bereits dort und wartet auf Sie.«

Dr. Zanolla *wartete* auf sie? Was hatte dieser Mistkerl Asensi und der Krankenschwester da bloß für eine Lüge aufgetischt? Dass er ein guter Bekannter von ihnen sei?

»Danke.« Catherine rang sich ein Lächeln ab. »Ich wollte sowieso nur kurz nach Seiner Eminenz sehen.«

»Es geht ihm schon viel besser«, sagte die Krankenschwester fröhlich und war auch schon wieder im nächsten Patientenzimmer verschwunden.

Catherine wandte sich in die andere Richtung des Flures. Es kam ihr vor, als bewege sie sich unter Wasser, wie in Zeitlupe. Wie leicht es für Zanolla gewesen war, über Dr. Asensi zu Ciban vorzudringen.

Im Laufen registrierte sie, dass der vatikanische Wachposten verschwunden war. Zanolla hatte offenbar an alles gedacht. Endlich stand sie vor der schweren Krankenzimmertür. Ihr Herz raste. Irgendwie zwang sie sich zur Ruhe und schaltete das kleine Diktiergerät in der Brusttasche ein. Dann packte sie den Türgriff und drückte ihn entschlossen nach unten.

86.

Zanolla stand direkt neben Cibans Bett, kein bisschen ungehalten über Catherines Verspätung. Selbst das hatte er also bereits in sein Vorhaben eingeplant, wie sie sofort begriff. Sie hätte sich ohrfeigen können, denn ihr erster Blick ging wie von selbst zu Ciban, ohne dass sie es hätte unterdrücken können. Er schlief, war blass und schien kaum zu atmen, doch die Maschinen liefen wie gewohnt und zeigten wohl auch normale Werte an. Trotzdem stimmte irgendetwas nicht.

»Schön, dass Sie so schnell vorbeikommen konnten, Schwester. Auf mich wartet nämlich noch eine Menge Arbeit.« Zanolla grinste breit und machte einen Schritt von Ciban weg auf sie zu. Dann stutzte er. »Wollten Sie mir nicht etwas mitbringen?«

»Nicht so schnell, Herr Doktor. Erst will ich sehen, wie es Seiner Eminenz geht.«

Erneut wanderte ihr Blick zu Ciban. Auch wenn sie dieses Geheimnis für sich behalten hatte, seit dem Energietransfer spürte sie neben den Reminiszenzen auch Cibans Aura, wenn er in der Nähe war. Sie nahm also in ihrem Innern einen Hauch seiner Präsenz wahr, wenn auch nur schwach. In diesem Moment spürte sie allerdings so gut wie gar nichts. Sie machte einen Schritt auf das Bett zu, aber Zanolla versperrte ihr den Weg.

»Erst den Brief, Schwester.«

»Zuerst will ich sehen, wie es ihm geht.«

Zanolla deutete mit gönnerhafter Geste auf die Apparaturen. »Es geht ihm gut. Das sehen Sie doch.«

Catherine blickte von den Geräten zu Zanolla zurück. Irgendetwas beunruhigte sie kolossal. Wenn ihr eines klar war, dann die Tatsache, dass das Spiel aus war, sobald Zanolla den Brief in Händen hielt. Dann würde er sich aus dem Staub machen. Davon abgesehen würde er weder Ciban noch sie lebend davonkommen lassen. In dem Fall gäbe es keinerlei Beweise mehr gegen diesen Mann. Sie musste daher auf Zeit spielen.

»Was ist eigentlich dran an Alan Scrimgeours Anschuldigungen?«

Zanolla starrte sie mit seinen tiefliegenden Augen an. »Sie haben offenbar wirklich keine Ahnung, Schwester?«

Es durchlief Catherine eiskalt. Zanollas Stimme troff plötzlich von Durchtriebenheit.

»Mir ist klar, dass Sie Alan Scrimgeour und Robert Martini auf dem Gewissen haben. Ebenso, dass alles anfing, als Sarah Ciban die Patientin von Doktor Scelpa wurde. Vermutlich haben Sie also auch Ihren Kollegen umgebracht.«

Zanolla schüttelte den Kopf und verzog leicht das Gesicht. »Den springenden Punkt erkennen Sie nicht, Schwester. Oder Sie wollen ihn nicht erkennen.«

»Der springende Punkt ist, dass Scrimgeour Sie um Hilfe gebeten hat und Sie seine unselige Trinkerseele daraufhin mit diesem verlogenen Dreck vollgepumpt haben, damit er in Santa Maria dell' Orazione e Morte auf Kardinal Ciban losgeht.«

Zanolla warf einen Blick auf die Uhr. Vermutlich versuchte er abzuschätzen, wann die Krankenschwester das nächste Mal hereinkommen oder Asensi mit der Operation fertig sein würde. Er wirkte jedenfalls entspannt genug, um ihr zu antworten.

»Natürlich gefällt es Ihnen nicht, dass Ihr hochgeschätzter Freund«, er deutete mit dem Blick Richtung Ciban, »gemeinsam mit seiner Schwester ein Kind in die Welt gesetzt hat.«

Catherines Blut rauschte durch die Adern und ließ sie vor Wut knallrot werden. Am liebsten hätte sie dem fiesen kleinen Dickwanst eins mit dem Metallstuhl übergezogen, der neben ihr stand.

Zanolla reagierte amüsiert. »Aber ich kann Sie beruhigen, Schwester. Es ist alles ganz anders und völlig harmlos abgelaufen. Ihr Freund hat seiner Schwester nie auch nur ein Haar gekrümmt. Sein Erbgut ist jedoch Bestandteil einer Stammzellenbank, und Doktor Scelpa hat es sich erlaubt, aus einigen dieser Stammzellen ausgereifte Spermien zu entwickeln. Sozusagen künstliches Sperma aus der Petrischale! Scelpa wusste seine Chance zu nutzen, als er auf die Gene Sarah Cibans oder vielmehr jene des Ciban-Clans stieß!«

Catherine starrte in die kleinen Augen des Wissenschaftlers. Fast klang es, als hätte nicht Scelpa, sondern Zanolla diesen verabscheuungswürdigen Coup gelandet. Er grinste so breit und arrogant, dass sie ihm am liebsten eine runtergehauen hätte. Irgendetwas stimmte nicht an seiner Geschichte.

»Wissen Sie, was das Unglaublichste, ja die größte Ironie an der ganzen Sache ist?«

Was?, dachte Catherine. Dass Ciban Scelpa dafür auf den Scheiterhaufen geworfen hätte, wenn der Mann nicht schon längst tot gewesen wäre? Sie horchte innerlich auf, während ihr Blick zu den Monitoren mit den medizinischen Werten schweifte. Konnte es sein, dass Cibans Präsenz sich trotz der normalen Werte aus ihr zurückzog, dass er sich von ihr entfernte?

»Sie haben es noch immer nicht kapiert, Schwester,

stimmt's? Sie haben keine Ahnung, mit was für einer Brut Sie es hier wirklich zu tun haben, oder?«

Natürlich wusste Catherine inzwischen durch Lazarus über den finsteren Triadenorden und sein Überleben in der Kirche Bescheid. Auch hatte sie die beiden Ringe mit den Ankh-Symbolen gesehen, von denen einer Sarah Ciban gehört hatte und der andere keinem Geringeren als Kardinal Richelieu. Trotzdem schwieg sie und sah Zanolla an, als hätte sie von Tuten und Blasen keine Ahnung. Sollte er sich ruhig um Kopf und Kragen reden. Ihr Aufnahmegerät lief!

»Ist es nicht eine wunderbare Ironie des Schicksals, dass ausgerechnet jener Mann, der seit Jahrzehnten über Engelkunde forschte und zu den ganz Großen auf diesem Gebiet gehörte, nicht erkannte, wer seine Frau wirklich war?«

Zanolla malte ein Zeichen in die Luft, das Catherine sofort erkannte. Es war das Ankh, das Schlaufenkreuz. Ein Teil des Triadensymbols. Woher hatte er von den Triaden erfahren? Von Scrimgeour? Von Scelpa?

»Lassen Sie uns das Unwort ruhig aussprechen, Schwester: die Triaden. Anders gesagt, die Nachfahren der Engel und der Nephilim. Die Legende von der Unzucht der Engel mit den Menschen ist kein mythisch-biblisches Geschwätz. Sarah und Marc Cibans Gene sind mit Gold gar nicht aufzuwiegen.«

Catherine zitterte innerlich vor Wut, hielt ihre Gefühle aber eisern in Schach. Dabei bemerkte sie, dass Zanolla irgendetwas in der linken Hand verbarg. Hatte er etwa vor, sie zu erstechen?

»Was ist denn nun so Besonderes an diesen Engelsgenen? Oder an dem Jungen?«, fragte sie, um noch ein wenig mehr Zeit zu gewinnen.

»Scelpa hat durch die genetische Verbindung der beiden Cibans das genetische Erbe künstlich verstärkt«, erklärte Zanolla, »und damit ein Wesen erschaffen, das aufgrund seiner Geisteskraft in der Lage ist, intimste Geheimnisse auszuspähen. Sie würden staunen, was Ihr Freund Ciban aufgrund dieser Fähigkeit – auch wenn sie weit geringer ist als die des Jungen – so alles über Sie weiß.«

Catherine war klar, dass Zanolla sie bloß verunsichern und in diesem Moment gegen Ciban ausspielen wollte. Nicht Marc, Sarah oder der Junge waren hier die Teufelsbrut, sondern Scelpa und Zanolla.

»Das war vermutlich auch der Grund, weshalb Ihr Doktor Scelpa Sarah ermorden ließ«, sagte sie beherrscht. »Sie wusste, dass ihr Kind lebte und hätte die Suche nie aufgegeben.«

»Natürlich. Scelpa war kein Narr!«

Ein Narr vielleicht nicht, dachte Catherine, aber ganz sicher ein teuflischer Schweinehund.

Erneut glitt ihr Blick zu Ciban hinüber, während sie in sich hineinhorchte. Nun bestand für sie kein Zweifel mehr. Die Präsenz des Kardinals entfernte sich, löste sich allmählich auf. Da war kaum noch ein Hauch seines Bewusstseins, dabei stand sie keine drei Meter von ihm entfernt. Sie musste unbedingt an der fettleibigen Kreatur vorbei, die vor ihr stand und die sich Arzt nannte, egal wie.

»Immerhin hat Sarah Scelpas Spiel durchschaut«, provozierte sie ihr Gegenüber. »Deshalb ist sie nach Rom gereist, um sich ihrem Bruder anzuvertrauen.«

»Dummerweise befand sich Marc Ciban damals gerade auf einer längeren Reise«, reagierte Zanolla gereizt, so als würde er Catherines Schlussfolgerung persönlich nehmen. »Überhaupt hatten sich Bruder und Schwester ein wenig auseinandergelebt. Was für ein Pech aber auch.« Er trat einen Schritt vor. »Und jetzt her mit dem Brief, Schwester.«

Sie wusste, dass dies ihre einzige und letzte Chance war. Behutsam zog sie den Umschlag unter der Jacke hervor. Zanolla konnte sich ein wohlgefälliges Grinsen nicht verkneifen.

»Sie werden verstehen, dass ich erst hineinsehen muss, bevor wir unseren Deal abschließen.«

»Gewiss doch.«

Sie nutzte jene Sekunden, in denen Zanolla nach dem Brief griff und abgelenkt war. Der Umschlag segelte zu Boden, und der darunter verborgen gehaltene Taser kam zum Vorschein. Zanolla taumelte zurück und starrte Catherine völlig perplex an. Dass eine Nonne eine Waffe bei sich tragen und damit auch noch umgehen konnte, war ihm ganz offensichtlich nie in den Sinn gekommen.

Ohne ein Wort zielte Catherine auf seine Brust und drückte ab. Der Taser sah zwar aus wie eine kleine Spielzeugpistole, aber als die beiden Projektile herausschossen, Zanolla trafen und ihn zuckend zu Boden streckten, wurde ihr wieder klar, wie wirkungsvoll diese unscheinbaren fünfzigtausend Volt waren. Zanolla zuckte noch ein paar Mal unter heftigen Schmerzen und Verrenkungen, dann lag er bewusstlos da. Während der spastischen Verrenkungen war aus seiner linken Hand eine nadellose Infusionsspritze geglitten. So hatte er sie also aus dem Weg räumen wollen. Einige Sekunden verharrte Catherine wie im Schockzustand. Dann kickte sie die gefährliche Infusionsspritze unters Bett, ließ diesen verfluchten Dämon von einem Arzt links liegen, drückte den Notfallknopf und eilte zum Krankenbett.

87.

Diverse Kabel und Schläuche führten aus Cibans Körper und Bett und verbanden ihn mit den medizinischen Geräten. Nach wie vor schien alles im grünen Bereich zu sein. Aber dann fiel Catherine auf, dass die Infusionspumpe zwar arbeitete, durch den Infusionsschlauch jedoch kein einziger Tropfen Flüssigkeit floss. Auch sah es nicht nur so aus, als ob Ciban kaum Luft holte, er atmete überhaupt nicht mehr!

Sie rang nach Fassung, ergriff Cibans eiskalte Hand und fühlte seinen Puls. Nichts. Vorsichtig legte sie ihr linkes Ohr auf seine Brust, aber das Herz hatte längst aufgehört zu schlagen. Alles in ihrem Kopf begann sich vor Sorge und Furcht zu drehen. Ciban war intubiert, und da war noch immer die Schussverletzung, weswegen sie es nicht wagte, ihn auf herkömmliche Weise zu reanimieren. Zanolla musste die Apparaturen bereits ausgeschaltet haben, als sie auf dem Weg hierher gewesen war. Dieser Satan in Menschengestalt!

Sie packte Cibans schlaffe, kalte Hand und erstarrte innerlich, mit Tränen in den Augen. Aus einem Impuls heraus strich sie ihm das silbergraue Haar zurück und küsste ihn auf die Stirn. Wo blieben die Ärzte bloß? Es kam ihr so vor, als hätte sie den Notfallknopf schon vor ewigen Zeiten gedrückt. Sie wollte die Hand gerade loslassen, um hinaus auf den Flur zu rennen und um Hilfe zu rufen, da spürte sie es …

Einen winzigen Funken, weniger als ein Hauch, weit weniger als der Schluck Seele, der ihr während der

Vision mit dem Tank von dem abgrundtief Bösen aus ihrem Bewusstsein geraubt worden war. Sie schloss die Augen und betete. Betete, dass es noch nicht zu spät war, dass sie die Kraft besaß, die Pforte des Todes aufzustoßen und diesen winzigen Funken zu erreichen.

Sie sog die Luft ein, hielt Cibans kalte Hand fest umklammert, nahm ihre verbliebene Kraft und all ihren Mut zusammen, atmete tief durch und konzentrierte sich. Schließlich musste sie den Trancezustand erreichen, um in jene Welt einzutauchen, die die geistige Welt mit der materiellen verband. Sie musste die Kluft zwischen Diesseits und Jenseits überbrücken, auch wenn es unmöglich erschien. Darius hatte ihr, als sie noch ein Kind war, einmal erklärt, dass die Schöpfung ein energetisches Netzwerk war, das ein jedes mit jedem verband. Alles, was sich in der materiellen Welt manifestierte, war Abbild und Ausdruck dieser unsichtbaren Welt. Catherine musste die Kraft erreichen, die im Großen wie im Kleinen alles zusammenhielt und an die selbst ein Physiker wie Max Planck fest geglaubt hatte.

Wenn Cibans Seele noch in der Nähe war, konnte sie es vielleicht schaffen und ihn zurückholen. Sie dachte an ihre Einweihung und daran, was Kardinal Benelli sie ein Jahr zuvor gelehrt hatte. Sie dachte daran, dass Jesus Lieblingsjünger Johannes es vollbracht hatte, einen toten Priester ins Leben zurückzuholen. Warum sollte ihr das nach ihrer Einweihung nicht auch gelingen? Immerhin ging es hier nur um Minuten, nicht um Tage.

Schließlich tauchte sie in die Schatten ein, in jenes Ödland, das man das Zwischenreich nannte. Ein schwarzer Wind, mehr eine schwarze, ungehaltene Welle umfing sie und signalisierte, dass sie hier nichts zu suchen hatte. Obwohl Catherine nicht das Geringste sah, schien sie auf einem gewaltigen Berg zu stehen. Es toste, und dennoch herrschte zugleich absolute Stille. So wie die Helligkeit voller Dunkelheit war.

Catherine gab keinen Laut von sich. Sie suchte, doch wie es schien, an einem verlassenen Ort, der so blind, so taub, ja so unendlich leer war, dass sich hier weder Licht noch Finsternis halten konnte. An diesem unsäglichen Ort schien es ihr, als wäre eine Ewigkeit seit Cibans Tod verstrichen. Eine unglaubliche Furcht durchströmte sie, aber eher würde der Berg, auf dem sie stand, zugrunde gehen und einstürzen, als dass sie umkehrte. Jedes einzelne Quäntchen Energie, das sie in dieser Ödnis finden konnte, nahm sie in sich auf. Von irgendwoher ertönte ein Bass wie von einer großen Orgel und erschütterte den ganzen Berg. Wie eine Ankündigung. Wie eine Drohung. Sie hatte hier nichts zu suchen. Das war ihr klar, doch sie würde auch nicht umkehren. Dafür war es längst zu spät.

Plötzlich schwebte etwas über ihr. Sie spürte die Flügel einer mächtigen Aura, als überlegte dieses Etwas, ob es sich auf dem Berg neben ihr niederlassen sollte. Aber es war nicht die Seele Cibans. Es war etwas anderes. Ein Wesen, das sich aus einem unsäglich schrecklichen Ort zu ihr emporgewunden hatte, um zu sehen, wer die Ruhe dieses Ortes störte.

Catherines Herz schlug wie im Wahn. Dieses Wesen hatte hier genauso wenig zu suchen wie sie. Aber ihre Furcht, ihre Hoffnung, ihre intensiven Gefühle hatten dieses Wesen wie einen Magnet angezogen. Nun war es hier.

Das Wesen sah sie an, ohne sie anzublicken. Dabei horchte es, als spräche jemand zu ihm. Tatsächlich spürte Catherine nun eine weitere Präsenz. Darius? Benelli? Oder gar Sarah? Sie hörte nicht einmal den Hauch einer Stimme. Aber dann nickte das Wesen und flüsterte immer wieder dieselbe Litanei, bis die Worte endlich zu Catherines Bewusstsein durchdrangen, wie ein Gebet, wie ein ungeschriebenes Naturgesetz.

»Die Liebe sagt immer die Wahrheit. Die Liebe sagt immer die Wahrheit. Die Liebe sagt immer die Wahrheit …«

In diesem Moment spürte Catherine ein Zucken in ihrer Hand, ein Pulsieren, das ihr auf einen Schlag sämtliche Energie entzog und sie durch die Pforte, durch die sie gekommen war, wie von einem unsichtbaren Band gezogen zurückschleuderte.

Für einen Moment befand sie sich wieder in dem Krankenzimmer an Cibans Bett und verlor jeden Halt unter den Füßen.

Lieber Gott, bitte hilf mir!

Als sie zusammenbrach, streifte ihr Blick den der Krankenschwester, die völlig verblüfft in der Tür stand. Hinter ihr zwei Männer, von denen einer Coelho war. Gleichzeitig spürte sie diesen Schatten, der wie eine schwarze Feuersbrunst über sie hinwegstrich, ohne sie zu verletzen. Wie vom Blitz getroffen lag sie ausgestreckt und völlig unbeweglich auf dem Boden. Ihr Herz hatte aufgehört zu schlagen. Sie atmete nicht mehr.

»Um Gottes willen!«, rief die Krankenschwester, und ihre Stimme verklang so unendlich rasch.

88.

Catherine konnte sich nicht erinnern, jemals das Gefühl gehabt zu haben, aus dem Nichts wieder aufgetaucht zu sein. Aber genau diese Beschreibung traf es am besten. Sie war aus dem Nichts aufgetaucht, aus einem endlosen Nichts ohne jede Erinnerung, seit sie an Cibans Krankenbett zusammengebrochen war. Da war lediglich dieses grundlegende Schuldgefühl des Versagens, das alles in ihr erstickte. Selbst die Träume. Das Gefühl, nicht genug gegeben zu haben, gescheitert zu sein – aus Schwäche. Aus Angst. Aus ... sie wusste nicht was.

Asensi stand neben ihrem Bett im Krankenzimmer, die Krankenschwester einen halben Meter hinter ihm. Trotz der Schuld, die sie in sich trug, blickte er sie kein bisschen vorwurfsvoll an. Seine Miene wirkte vielmehr erleichtert, ja lebensfroh.

»Wie geht es Ihnen?«

Catherine räusperte sich. Ihr Hals war rau, ihr Mund so trocken wie eine Wüste, trotz der Infusion, an der sie hing. Infusion? Schlagartig kehrte die Erinnerung zurück. Ciban. Zanolla. Ciban!

Sie richtete sich auf und hätte dabei fast die Kanüle aus ihrem Arm gerissen. Asensi drückte sie sanft in die Kissen zurück und gab ihr ein wenig zu trinken.

»Beruhigen Sie sich. Er lebt. Und Sie leben auch. Es ist alles gut.«

Ciban lebte?

»Wie ... geht es ihm.«

»Wir haben ihn in ein künstliches Koma versetzt.

Keine Sorge, er wird es schaffen.« Asensi lächelte. »Sein Herz ist einfach nicht kleinzukriegen.«

»Darf ich ihn sehen?«

»Natürlich. Aber jetzt ruhen Sie sich erst einmal aus. Seine Heiligkeit macht sich große Sorgen um Sie. In den letzten zwei Tagen hat er mir keine Ruhe gelassen.«

»Zwei Tage?«

Der Arzt nickte. »Sie haben bis jetzt durchgeschlafen. Gott sei Dank.«

»Bitte, ich muss ihn sehen.«

Asensi seufzte. »Also gut. Aber Sie gehen nicht allein zu ihm. Schwester Ada wird Ihnen helfen und Sie begleiten. Und Sie werden in einem Rollstuhl Platz nehmen. Ist das klar? Gott allein weiß, woher Sie so kurz nach unseren Wiederbelebungsmaßnahmen schon wieder so viel Energie ziehen. Sie hatten mehr als nur ein Burnout. Sie waren klinisch tot, meine Liebe.« Er nickte der Krankenschwester zu. »Dass Sie mir Schwester Catherine ja nicht aus den Augen lassen!« Dann verließ er den Raum.

Kurze Zeit später schob die Krankenschwester Catherine in einem Rollstuhl in Cibans Zimmer, direkt neben sein Bett.

Der Präfekt war an etliche Geräte angeschlossen, doch da war keine Totenblässe mehr. Catherine nahm seine Hand und hielt sie fest. Die Finger waren warm. Unbewusst schien Ciban sogar auf die Berührung zu reagieren.

Die Krankenschwester wartete mucksmäuschenstill neben der Tür, wie unsichtbar. Catherine verschwendete keinen Gedanken daran, was die Frau angesichts dessen, was sie gerade sah, denken könnte. Eine katholische Nonne, die die Hand eines Kardinals hielt. Catherine zog ihre Hand nicht zurück. Sie ließ einfach nur ihr Herz sprechen, denn in Wahrheit wusste sie längst, dass sie Ciban liebte und dass dieser unergründliche Mann kein Teufel war, ganz gleich was ein Monster wie Zanolla auch behaupten mochte.

Nach etwa fünfzehn Minuten betrat Asensi das Krankenzimmer, warf einen prüfenden Blick auf die Geräte und wartete einen Moment.

Catherine fragte: »Wie lange wird er noch im künstlichen Koma liegen müssen?«

»Etwa zwei Wochen. Ich werde Sie rechtzeitig informieren, wenn ich es für richtig halte, ihn aufzuwecken. Die Aufwachphase kann sich nach dem Absetzen des Präparates jedoch über viele Stunden hinziehen.«

»Ich werde da sein, wenn er erwacht.«

Der Arzt nickte, als hätte er von ihr auch nichts anderes erwartet.

Catherine blieb eine halbe Stunde bei Ciban und hielt seine Hand. Seine Aura war durch das Koma getrübt und pulsierte in einem schwachen hellen Blau. Sie dachte über das vergangene Jahr und besonders die letzten Tage nach. Alles erschien ihr wie ein einziger langer und diffuser Traum, wobei die Flashs, die sie gehabt hatte, ebenso real waren wie die erlebte Wirklichkeit. Dann merkte sie, wie sie schwächer wurde, und die geduldige Krankenschwester brachte sie in ihr Zimmer zurück.

Es folgte ein Schlaf ohne Traum und ohne jedes Zeitgefühl. Als sie erwachte, war es beinahe Abend, und eine der anderen Krankenschwestern fragte, ob sie genug Kraft getankt habe, um einen ungeduldigen Besucher zu empfangen.

»Ich denke schon. Schicken Sie den Besucher ruhig herein. Danke.«

Sie dachte an Rinaldo oder Giada, aber zu ihrer Überraschung führte die Krankenschwester Coelho herein. Wie es aussah, hatte die junge Frau ihm einige Instruktionen erteilt, was den Umgang mit ihrer Patientin anging.

Er drückte Catherines Hand und setzte sich dann zu ihr.

»Ich weiß nicht, wie Sie es angestellt haben, Schwester, aber ich weiß, welches Risiko Sie eingegangen sind. Und es hat irgendwie funktioniert. Deshalb werde ich Ihnen jetzt auch nicht den Kopf abreißen.«

Erst in dem Moment fiel Catherine der Brief wieder ein. Dieser unmögliche Brief! Und das Diktiergerät! Sie erzählte Coelho kurz von den Ereignissen in Martinis Haus, die sich förmlich überschlagen hatten.

»Sie haben den Brief gelesen, Herr Generalinspektor oder?«

Coelho nickte. »Ihr Diktiergerät war ebenso aufschlussreich.«

Catherine runzelte die Stirn. »Wie konnten Sie mich überhaupt so schnell in der Klinik finden? Sie waren doch sicher bei Martinis Haus?«

Coelho schüttelte den Kopf. »Rinaldo und ich waren gerade auf dem Weg zu Ihnen und fast schon bei Ihrer Wohnung angelangt, als wir einen Anruf erhielten.«

»Einen Anruf? Von wem?«

»Sie werden es nicht glauben. Von dem Jungen auf dem Porträt. Genauer gesagt von dem Jungen und einem ISA-Agenten, der sich in der Klinik von Zanolla mit dem Jungen verbündet hat. Der Anruf ging ebenso an die International Security Agency.«

Die ISA war Catherine keine unbekannte Größe mehr, seit Schwester Giada ihr berichtet hatte, dass auch Ciban im Rahmen seiner Tätigkeit für den vatikanischen Geheimdienst mit der International Security Agency zusammengearbeitet hatte.

»Die ISA hat Zanolla einkassiert«, fuhr Coelho fort, »und verhört gerade das Klinikpersonal. Aber wir haben den Jungen.«

»Sie haben den Jungen gesehen?«

»Ja.« Coelho nickte zur Bekräftigung, und es war das erste Mal, dass Catherine Unsicherheit in seinen Augen sah.

»Und?« Sie musste an die Prophezeiung in dem Brief denken. Messias oder Antichrist.

Coelho zuckte mit den Achseln. »Ich kann nichts Dunkles in ihm erkennen. Eher im Gegenteil. Aber ich bin auch nur ein gewöhnlicher Mensch.«

»Das Lux Domini darf den Jungen auf gar keinen Fall in die Finger bekommen.« Mit dem Lux Domini meinte Catherine Kardinal Gasperetti, was Coelho sehr wohl verstand.

»Ich habe bereits Maßnahmen ergriffen, damit dies nicht geschieht. Solange Kardinal Ciban nicht im Vollbesitz seiner körperlichen und geistigen Kräfte an seinem Schreibtisch sitzt, bleibt der Junge an einem geheimen Ort. Er heißt übrigens tatsächlich David.«

David! Scelpa hatte wirklich keinerlei Skrupel gehabt. Selbst den Namen, den die Mutter ihrem Sohn hatte geben wollen, hatte er einfach übernommen.

Coelho holte zwei Fotos aus seiner Jacke hervor. »Aber das ist nicht alles, Schwester. Ich habe noch eine Überraschung für Sie.«

Catherine schaute sich die beiden Fotos an. Das eine zeigte Zanolla. Das andere Scelpa.

»Fällt Ihnen etwas auf?«

Catherine betrachtete die Fotos noch einmal intensiver. Sie stutzte. »Die Augen …«

Coelho nickte. »Zanolla *ist* Scelpa! Der Mediziner ist bei dem Klinikbrand nie ums Leben gekommen. Dafür aber Zanolla, also hat Scelpa kurzerhand dessen Identität angenommen. Gefälschte Papiere, ein paar kosmetische Eingriffe und ab nach Italien. Niemand hat Verdacht geschöpft. Kein Hahn hat je wieder nach Scelpa gekräht, geschweige denn nach dem ausgewanderten Zanolla. Man kann heutzutage durch plastische Chirurgie eine Menge kaschieren, aber nie den Ausdruck der Augen.«

Auf einmal war Catherine alles klar. Deshalb war es ihr so erschienen, als ob Zanolla, wenn er von Scelpa sprach, über sich selbst redete. Nicht Zanolla hatte Scelpa ermordet. Es war genau umgekehrt. Höchstwahrscheinlich war Zanolla seinem kriminellen Kollegen auf die Schliche gekommen und hatte Scrimgeour entweder informieren oder Scelpa erpressen wollen. Damit alles wie ein Unfall aussah, hatte die Fruchtbarkeitsklinik mit all ihren Beweisdaten gleich mit daran glauben müssen.

»Ich habe das zweite Foto im Wagen Seiner Eminenz gefunden, im Handschuhfach. Wie es aussieht, war er gerade hinter die wahre Identität Zanollas gekommen«, fügte Coelho nach einer Pause hinzu. »Kein Wunder, dass Zanolla Scrimgeour auf ihn gehetzt hat. Eine irrwitzige und zugleich raffinierte Lösung, zwei Männer, die eigentlich Verbündete sein sollten, gegeneinander auszuspielen.«

»Was geschieht nun mit Zanolla?«, fragte sie.

Coelho wusste, worauf Catherine hinauswollte. Zanolla war ein brillanter, wenn auch skrupelloser Wissenschaftler. Schon nach dem Zweiten Weltkrieg hatten etliche Länder von dem Know-how der skrupellosesten Nazi-Wissenschaftler profitiert. Was passierte, wenn Zanolla aus seiner Forschung und der Geschichte über die Triaden Kapital schlug? Alles war verhandelbar, wenn der Preis stimmte. Zanolla würde vermutlich nicht wieder freikommen, aber als Gefangener in einem Labor konnte er weitaus Schlimmeres anrichten. Weder Coelho noch Catherine war so naiv, einer Organisation wie der ISA rückhaltlos zu vertrauen. Letztendlich ging es immer um Wissen und Macht.

»Das liegt nicht in unserer Hand, Schwester. Aber ich vermute, dass Zanolla nicht ganz auf eigene Rechnung gearbeitet hat. Wer auch immer sein Auftraggeber ist, er wäre gewiss ziemlich sauer, wenn er zu viel ausplauderte. Natürlich wird das nichts daran ändern, dass die ISA versuchen wird, so viel wie möglich aus Zanolla herauszuholen. Und natürlich aus uns.«

Catherine verstand. Der Brief und ihr Diktiergerät waren bei Coelho unter Verschluss. Er würde der ISA nur jene Informationen preisgeben, die für die Überführung Zanollas unbedingt notwendig waren. Kein Wort über die Triaden oder die genetische Verbindung Cibans zu dem Jungen. Auch Catherine würde im Umgang mit der ISA vorsichtig sein. Und der großmäulige Ganzoli würde als Vertreter der italienischen Polizei von allen vermutlich noch in der finstersten Dunkelheit herumtappen.

»Eine Frage hätte ich noch: Wie ist die ISA überhaupt auf Zanolla gekommen?«, fragte sie.

»Über eine illegale Samenbank in Deutschland«, erklärte Coelho. Errötete der Kommandant etwa leicht? »Und jetzt lassen wir das, Schwester. Sie müssen sich erholen.« Er zwinkerte mit einem Auge. »Seine Exzellenz

Bischof Tardini wartet gewiss schon mit einer Menge Arbeit auf Sie.«

»Sehr witzig, Herr Generalinspektor.« Ein Schmunzeln konnte sie sich dennoch nicht verkneifen. Wie es aussah, hatte Tardinis höflicher Marschbefehl an Catherine, die alten Aktenberge im Keller des Inquisitionspalastes nun endlich einmal abzustauben, im kleinen Kreis die Runde gemacht.

Auch Rinaldo und Schwester Giada besuchten sie, stellten jedoch kaum Fragen. Die beiden nahmen einfach nur Rücksicht und schienen sich vor allem darüber zu freuen, Catherine und Ciban lebend wiederzusehen.

Sie blieb noch zwei Tage zur Beobachtung in der Klinik, ließ die eine oder andere Untersuchung über sich ergehen und besuchte Ciban, so oft sie konnte.

In der ersten Nacht, in der sie wieder in ihrem eigenen Bett schlief, fing sie an, sich an ihre Träume zu erinnern. Es waren sehr intensive Bilder. Träume, die im Großen und Ganzen in verschlüsselter Form die Ereignisse der letzten Tage widerspiegelten. Es würde noch eine ganze Weile vergehen, bis sie darüber hinweg war. In einem der Träume tauchte eine Begebenheit auf, die sie schon komplett vergessen hatte: ihre Begegnung mit Gasperetti vor der Villa Borghese. Seine Anspielungen. Sein Angebot. Sein Ultimatum.

Sie traf eine Entscheidung. Nach allem, was sie in den letzten Tagen durchgemacht hatte, fiel ihr dieser Entschluss nicht einmal schwer. Wenn sie genauer darüber nachdachte, hatte sie diese Entscheidung sogar schon seit dem Gespräch mit Ciban in Papst Leos Aufzug getroffen.

Nein, es gab kein Zurück. Sie wollte auch gar kein Zurück mehr. Sie würde joggen gehen. Sie würde ein Treffen mit Gasperetti vereinbaren. Und sie würde dabei klare Grenzen ziehen.

Niemand würde einfach so über ihre Gabe verfügen.

89.

Der Parkplatz vor der Villa Borghese war fast leer, als Catherine dort parkte. Der Wind war so früh am Morgen noch kühl, aber er hatte nicht mehr die scharfe Kälte, die er noch vor über zwei Wochen gehabt hatte. Sie lief die kleine Runde durch den Park, joggte gemütlich am Äskulaptempel und der Piazza Siena vorbei und kehrte schließlich zu ihrem Ausgangspunkt am Piazzale Flaminio zurück.

In der vergangenen Nacht waren Catherines Träume äußerst bizarr gewesen. Der Junge war darin vorgekommen, ebenso Darius, Lazarus, ihr Jugendfreund Ben und Ciban. Es erstaunte sie nach wie vor, dass Darius Dr. Robert Martini alias Lazarus gekannt hatte. Wie klein die Welt bisweilen war. Und wie außergewöhnlich. Als spönne das Schicksal unsichtbare Fäden, die alles miteinander verbanden, ganz gleich wie weit entfernt es schien. Der Gedanke an die Aura des alten Klerikers ließ sie noch immer staunen.

Sie erinnerte sich an ein Buch, das sie sich als Teenager einmal aus der Bibliothek des KIMH geliehen und über das sie dann mit Darius während einer ihrer Wanderungen durch die sommergrünen Laubwälder rund um Chicago gesprochen hatte. Darin ging es um die anthroposophisch-medizinische Schichtenlehre, der zufolge der physische Körper der materiellen Welt angehörte und den Gesetzen der Physik unterlag. Über dem physischen Körper sollte der ätherische Körper liegen, der allem Lebendigen zur imaginären Wahrnehmung verhalf. Auf diesen ätherischen Leib folgte dann angeblich der beseelte Astralleib von Tier und Mensch. Hier begann laut dieser Lehre die Erkenntnisebene der Inspiration. Über all diesen Schichten sollte sich schließlich das Ich erheben, die geistige Einzigartigkeit des Menschen, die übersinnliche Erkenntnis auf der Basis einer übersinnlichen Intuition.

Eigentlich hielt sie das für ziemlichen Unsinn, doch die Aura des alten Mannes hatte sie hellhörig gemacht und wieder an diese Schichtenlehre erinnert. Sein Ich hatte aus unzähligen Entwicklungsschichten bestanden. War das am Ende ein Indiz für eine Reinkarnation? Sie dachte darüber nach, fand aber ansonsten keinerlei Erklärung, da sie ein solches Schichten-Ich noch nie zuvor gesehen hatte. Sie seufzte. Das Ganze würde wohl ein Rätsel bleiben. Erst recht, da Lazarus nun tot war und sein Wissen mit ins Grab genommen hatte. All das nur wegen des Briefs und weil Zanolla den Hals nicht hatte voll bekommen können.

Während sie ihre Runde wiederholte, glitt ihr Blick über ein Liebespaar, das sich im Äskulaptempel niedergelassen hatte und auf den See hinaussah. Der Kreislauf des Lebens. Der Anblick versetzte ihr einen leichten Stich und ließ ihr Herz zugleich warm werden. Liebte sie Ciban? Die Antwort, die ihr Herz gab, war ein unmissverständliches Ja. Sie würde keinen Tag mehr ohne diesen Dickkopf leben wollen. Außerdem hatte sie während der Verbindung auch seine Gefühle gesehen. Die Frage war nun: Stand er dazu? Konnte er dazu stehen? In jedem Fall würde sie Ciban den ersten Schritt überlassen. Sie wollte ihn keinesfalls durch ihre Gefühle in Verlegenheit, geschweige denn in Schwierigkeiten bringen. Dafür liebte sie ihn zu sehr.

Nach einigen gymnastischen Übungen passierte sie den Tempel mit dem jungen Paar ein letztes Mal und kehrte in lockerem Trab zum Parkplatz zurück. Dort durfte sie feststellen, dass ihr Plan aufgegangen war. Gasperettis Wagen parkte bedrohlich nahe neben ihrem kleinen Fiat.

Beim Anblick der dunklen Limousine fiel ihr eine der Lehren von Darius wieder ein und machte ihr Mut: »Vergiss nie, Catherine: Andere haben stets nur so viel Macht über dich, wie du ihnen einräumst.«

Der Fahrer öffnete ihr die Tür, und sie stieg in den Fond des Wagens.

»Es freut mich, dass es Ihnen wieder gut geht, Schwester. Wie ich hörte, liegt Kardinal Ciban weiterhin in der Klinik.«

»Er ist auf dem Weg der Besserung.«

»Wenn das so ist, dann richten Sie ihm doch bitte meine besten Genesungswünsche aus. Möge Gott beschließen, dass er sich wieder vollends regeneriert.«

»Das werde ich gerne tun.«

»Die letzten drei Wochen waren ziemlich… turbulent«, fuhr Gasperetti fort, noch bevor Catherine etwas hätte sagen können. »Erst Kardinal Ciban, danach Sie in der Klinik. Dann stirbt auch noch Doktor Martini. Wie ich erfahren habe, wurde Alan Scrimgeour mit seinem eigenen Revolver ermordet und Kardinal Ciban mit derselben Waffe angeschossen. Ziemlich viel Trubel, den Sie da miterlebt haben. Ich denke, angesichts dieses Chaos sehen Sie nun endlich ein, dass das Lux Domini Sie wirklich braucht. Treten Sie Darius' Erbe an.«

»Es tut mir leid, Sie enttäuschen zu müssen, Eminenz«, kam Catherine ohne Umwege zum Punkt, »aber ich kann und werde Ihr Angebot nicht annehmen.«

Einige Sekunden herrschte Stille, dann sagte der alte Kardinal: »Ich fürchte, Sie denken zu kurzfristig und in zu engen Bahnen, meine Liebe. Ihre persönlichen Bindungen trüben Ihren Blick.«

»Der Ansicht bin ich nicht. Wenn Sie mich nun bitte entschuldigen würden.«

Gasperetti berührte sie am Arm, überraschend schnell, aber ebenso vorsichtig. »Warten Sie bitte einen Augenblick. Ich möchte Ihnen etwas zeigen.«

Er griff in seine Aktentasche, zog ein Foto aus einem der Fächer und reichte es Catherine. Das Bild zeigte Darius, Cibans Eltern, Ciban als kleinen Jungen – und noch einen Mann.

Catherine stutzte.

»Sehen Sie sich die Aufnahme in Ruhe an«, sagte Gasperetti.

Diese Ähnlichkeit … Konnte das sein?

»Wer ist das? Doktor Martinis Großvater?«

Gasperetti reichte ihr als Antwort ein weiteres Foto. Es zeigte denselben Mann kaum älter, seiner Umgebung nach zu urteilen jedoch gut drei Jahrzehnte später. Dann folgte ein drittes: derselbe Mann, vielleicht zehn Jahre jünger, in einer Großstadt des beginnenden zwanzigsten Jahrhunderts.

»Wer ist das?«, fragte sie.

»Wir wissen es nicht. Ich habe diese Aufnahmen vor drei Monaten in einem verstaubten Ordner in den Archiven des Lux Domini gefunden. Ohne jeden Kommentar. Was denken Sie? Sie haben immerhin mit dem Mann gesprochen. Natürlich frage ich mich, weshalb.«

»Es ging um Recherchen für meine Arbeit. Doktor Martini ist … war … einer der Experten auf historischem Gebiet.«

»Sie erwarten, dass ich Ihnen das so einfach abkaufe?«

»Warum nicht? Es entspricht der Wahrheit.« Was stimmte. Sie arbeitete für Ciban, und sie hatte in gewisser Weise für ihn recherchiert.

Gasperetti holte ein letztes Bild hervor. Es zeigte Darius und Martini vor der Abtei Rottach bei München in ein Gespräch vertieft. Das Foto musste kurz vor der Ermordung von Darius aufgenommen worden sein.

Catherine gab dem Kardinal das Bild zurück. »An meiner Antwort ändert diese Aufnahme nichts, Eminenz.«

Gasperetti bewies eine stoische Ruhe. »Nun denn, das wird die Zukunft erweisen. Sie sind nicht nur der Kirche, sondern auch Darius' Vermächtnis gegenüber verantwortlich. Seine Schuld ist Ihre Pflicht.«

»Meine Verpflichtungen gegenüber der Kirche oder gegenüber Darius haben nicht das Geringste mit Ihnen zu tun, Eminenz.«

Sie öffnete die Wagentür, stieg aus und schritt gelassen auf ihren kleinen Fiat zu, während sie hörte, wie Gasperettis Wagen sich in Bewegung setzte und langsam davonfuhr. Dabei hatte sie das Gefühl, dass der Blick des Kardinals sie förmlich durchbohrte. Vermutlich würde er erst Ruhe geben, wenn Ciban mit ihm gesprochen hatte. Und das Gespräch würde ganz sicher eher unfreundlich werden. Die Fotos, die Gasperetti ihr gezeigt hatte, waren jedoch in jedem Fall eine Recherche wert. Ob Ciban davon wusste?

Eine Viertelstunde später war sie in ihr Appartement zurückgekehrt und konnte noch immer nicht fassen, was sie auf den Bildern gesehen hatte. Ein und derselbe Mann in verschiedenen Altersstufen und dann auch noch zu verschiedenen Zeiten. Und wieder bestand diese unsichtbare Verbindung zwischen Darius, Cibans Vater, Ciban und nun Robert Martini. Catherine glaubte inzwischen zu wissen, was für ein Schicksalsfaden die drei Männer miteinander verband: die Triaden! Auch war keiner dieser drei Männer ein Normalsterblicher. Sie würde der Sache auf den Grund gehen müssen. Das war so sicher wie das Amen in der Kirche. Allerdings nicht heute. Jetzt musste sie erst einmal zur Ruhe kommen, also verdrängte sie Gasperetti und sein dreistes Fotospektakel wieder, bevor er zu viel Raum und Macht über ihr Bewusstsein gewann.

Sie duschte, kleidete sich an, frühstückte und wollte sich gerade ins Wohnzimmer an die Arbeit begeben, als das Telefon schrillte. Gasperetti hatte sie noch nie zu Hause angerufen. Doch an diesem Tag rechnete sie mit allem.

Sie nahm ab. »Ja?«

»Doktor Asensi hier, Schwester. Ich wollte Sie wissen lassen, dass ich die für das künstliche Koma notwendige Medikamentenzufuhr heute eingestellt habe. Kardinal Ciban dürfte in einigen Stunden, vermutlich im Laufe des Mittags oder Nachmittags, erwachen.«

Catherine wusste vor Freude gar nicht, was sie sagen sollte. Jeden Tag hatte sie Ciban in der Klinik besucht und jeden Tag auf diesen Augenblick gehofft.

»Das ist einfach wunderbar!«

»Nicht so hastig, Schwester. Ein künstliches Koma ist kein Pappenstiel. Kardinal Ciban wird beim Erwachen recht desorientiert sein und möglicherweise unter starken Verwirrungszuständen leiden. Deshalb wäre es wichtig, dass Sie hier sind, wenn er zu sich kommt, als Ansprechpartnerin und als persönlicher Orientierungspunkt sozusagen.«

»Ich werde da sein, Doktor. Verlassen Sie sich darauf.«

»Gut. Sie werden uns eine große Hilfe sein.«

Eine halbe Stunde später saß Catherine mit ausreichend Lesestoff an Cibans Krankenbett und wich nicht mehr von seiner Seite.

Drei Stunden später zeigte er erste Anzeichen des Erwachens. Die beiden Stunden danach wechselte sich Dämmerschlaf mit kurzen Wachphasen ab. Mehrmals öffnete Ciban die Augen, ohne Catherine jedoch zu erkennen, obwohl sie seine Hand hielt und zu ihm sprach.

Eine der Krankenschwestern schaute zwischendurch immer wieder kurz vorbei. Sie wirkte sehr zufrieden mit der Entwicklung des Aufwachprozesses.

Eine weitere Stunde verging, bis Cibans Augen sich erneut öffneten. Catherine drückte seine Hand und nannte ihn bei seinem Vornamen. Daraufhin blickte er sie an, blinzelte und lächelte leicht. Die Krankenschwester informierte sofort Dr. Asensi, der sich davon überzeugte, dass es dem Patienten auch wirklich gut ging.

»Wie ist Ihr Name?«, fragte der Arzt.

Ciban überlegte und runzelte die Stirn. Erst allmählich schien er zu begreifen, dass er in einer Klinik war.

»Wie ist Ihr Name?«, wiederholte Asensi geduldig. »Können Sie sich daran erinnern?«

Ciban nickte und bewegte die Lippen. Mit schwacher Stimme murmelte er seinen Namen.

»Sein Bewusstsein kehrt zurück«, erklärte Asensi erleichtert.

Catherine drückte Cibans Hand einmal mehr. »Hallo, Marc. Ich hoffe, Sie bleiben nun bei uns.«

Über die Mienen der Krankenschwester und Asensis huschte ein Lächeln. Ciban zeigte eine verzögerte Reaktion, dann lächelte er ebenfalls. Seine tauben Lippen formulierten irgendwelche Worte, und Catherine begriff, dass er sie fragen wollte, ob seit seiner Abwesenheit etwas Entscheidendes passiert sei. Catherine schmunzelte. Das war typisch Ciban. Kaum aus dem Koma erwacht, und schon die Lage sondieren wollen. Aber das alles hatte noch Zeit.

Daher sagte sie in der Gegenwart der Krankenschwester und des Arztes bloß: »Ich habe den Eingangsbereich vor Ihrem Büro etwas umgestaltet.«

Ciban blickte sie stirnrunzelnd an.

»Ihre allseits beliebte Ottaviani-Büste … Sie hat während Ihrer Abwesenheit ein klein wenig gelitten.«

90.

Leicht verstimmt eilte Catherine die abgetretenen Stufen des Palastes der Inquisition hinauf. Sie hatte nach Cibans Erwachen zwei recht harte Wochen mit reichlich Arbeit hinter sich, immer wieder unterbrochen durch die Befragungen der italienischen Polizei und der ISA, die wissen wollten, wie sie in den Fall verstrickt war und was sich in Cibans Krankenzimmer genau zugetragen hatte. Mit Ciban hingegen hatte sie kaum ein Wort wechseln können. Ständig wurde er untersucht, deshalb waren andauernd Pflegepersonal und Ärzte um ihn herum. Nun hatte auch noch Bischof Tardini sie erneut mit einer gepfefferten SMS in sein Büro zitiert. Selbst wenn die Nachricht bis zu einem gewissen Grad witzig war, wollte Catherine sich diesmal für den harschen Tonfall revanchieren.

Als sie, für die mehr oder weniger freundschaftliche Konfrontation gewappnet, den Treppenabsatz zu Tardinis Büro erreichte, hantierten gerade zwei Vatikanangestellte an einem schweren Podest mit einer ebenso schweren Büste herum.

Catherine trat näher und musste erkennen, dass die beiden kräftigen Männer in der Arbeiterkluft unter Tardinis Anleitung tatsächlich eine Nachbildung jener Büste von Alfredo Ottaviani aufstellten, die Catherine bei ihrem Ohnmachtsanfall die Treppe hinuntergefegt hatte. War Tardini nicht froh gewesen, die Büste endlich los zu sein?

»Jetzt sagen Sie mir nicht, Sie haben sich in den letzten Wochen die Mühe gemacht, Alfredo Kardinal Ottaviani wieder zusammenzukleben.«

Einem der Arbeiter entfuhr ein Lachen, das jedoch unter Tardinis gestrengem Blick sofort wieder erstarb. Der alte Bischof wies die beiden Männer an, mit ihrer Arbeit fortzufahren, und geleitete die verblüffte Catherine nicht in sein Büro, sondern geradewegs wieder die Treppe hinunter Richtung Seitenausgang.

»Wissen Sie, Schwester, in vielerlei Hinsicht war diese Büste mir immer ein guter Freund, als positives wie negatives Beispiel. Deshalb will ich nicht auf sie verzichten. Wenn es Ihnen jedoch zu viel wird …« Er setzte sein breites Don-Camillo-Lächeln auf. »Es steht Ihnen jederzeit frei, noch einmal in Ohnmacht zu fallen.«

»Wirklich zu freundlich, Exzellenz.«

Es musste sich bei der Büste um ein preiswertes Exemplar handeln. Catherine wollte gerade auf die rüde SMS zu sprechen kommen und klarstellen, dass sie auch dann schnell in seinem Büro erscheinen würde, wenn er sie höflich darum bat, doch der alte Bischof kam ihr zuvor.

»Ich weiß, ich weiß, Schwester. Sie waren gerade auf dem täglichen Weg zur Klinik«, sagte er. »Leider gibt es jedoch eine kleine Planänderung. Monsignore Rinaldo erwartet Sie bereits auf dem Parkplatz und wird Sie über alles Weitere aufklären. Viel Glück!«

Mit diesen Worten dirigierte er Catherine durch den Seitenausgang zum Parkplatz und winkte ihr jovial hinterher. Rinaldo wartete vor einem eleganten schwarzen Wagen mit getönten Scheiben. Es war jedoch nicht jenes Fahrzeug, mit dem er Catherine vor Dr. Martinis Haus abgesetzt hatte. Wenn sie nicht alles täuschte, handelte es sich um Cibans neuen Audi.

Rinaldo, ganz Gentleman, öffnete ihr die Tür und ließ sie einsteigen. Dann eilte er um den Wagen herum, setzte sich hinters Steuer und schien es kaum abwarten zu können, den Zündschlüssel umzudrehen.

Catherine sah ihn ungeduldig an. »Als Bischof Tardini mich soeben aus dem Palast eskortiert hat, erklärte er mir, Sie würden mich über unsere Mission aufklären, Pater.«

»Ach, hat er das? Was möchten Sie hören, Schwester. Rock, Pop, Jazz oder doch lieber Klassik?« Rinaldo reichte ihr den mobilen Player mit dem aktivierten Display. »Wir haben hier die beste Rundumauswahl, die ich je gesehen habe. Das Beste aus allen Genres.«

Catherine nahm den Player widerwillig an. Dann scrollte sie durch das Auswahlmenü, traf ihre Wahl, und schon erfüllten die ersten Pianoklänge von Carly Comandos Klavierkomposition »Everyday« den Wagen. Die Raumakustik war ein einziger Traum, und während Catherine dem melancholischen und doch so aufbegehrenden Musikstück lauschte, dämmerte ihr, dass diese Fahrt in Cibans Audi nur eins bedeuten konnte.

Sie blickte zu Rinaldo hinüber, und dieser erklärte mit einem Nicken: »Seine Eminenz ist gestern Abend aus dem Krankenhaus entlassen worden. Na ja, man könnte auch sagen, er hat sich selbst entlassen, nachdem Doktor Asensi ihn darauf hinweisen durfte, worauf er unbedingt zu achten habe.«

»Aber … ist das nicht viel zu früh?«

»Natürlich ist es das. Aber Sie glauben doch nicht, dass Seine Eminenz darauf Rücksicht nimmt.«

Während sie der Musik lauschten, ließen sie die Autobahn hinter sich, und Rinaldo bog in jene Straße ein, die zur Ciban-Villa führte. Die Villa tauchte zwischen den hohen und alten Bäumen des Anwesens auf. Rätselhaft, geheimnisvoll, unheimlich, aber irgendwie auch voller Hoffnung, wie aus einem der alten Filmklassiker, die einem einen Schauer nach dem anderen durch die Seele jagten. Catherine erinnerte sich nicht, je etwas Vergleichbares beim Anblick eines anderen Gebäudes wahrgenommen zu haben. Diese Atmosphäre war einmalig. Doch nicht nur deshalb zog die Villa sie magnetisch an.

Rinaldo hielt den Wagen vor der großen Freitreppe an. Bevor er Catherine aussteigen ließ, reichte er ihr noch die ID-Karte, die in Cibans Brief gewesen war.

»Ich denke, es ist besser, wenn die Karte dorthin zurückkehrt, wo sie hingehört.«

»Sind Sie denn gar nicht mehr neugierig, Pater?«

»Oh doch, aber ich weiß auch, dass Seine Eminenz uns einweihen wird, wenn er so weit ist. Bis dahin möchte ich nicht, dass diese Karte in die falschen Hände gerät.«

»Kommen Sie denn nicht mit?«

»Ich parke noch den Wagen. Bis später.«

Sie nickte, nahm die Karte an sich und stieg aus.

91.

Giada erwartete Catherine in der Empfangshalle mit einer herzlichen Umarmung. Über ihnen hing ein gewaltiger kugelförmiger Kronleuchter. Rundherum an den Wänden befanden sich kostbare alte Gemälde sowie Wand- und Deckenfresken mit Szenen aus der klassischen Mythologie, von denen einige, wie Kardinal Benelli Catherine einmal erklärt hatte, von dem Erbauer Baldassare Peruzzi selbst stammen sollten.

Gemeinsam mit Catherine durchquerte Giada die Galerie und zwei weitere prachtvolle Räume, die noch vor der Bibliothek lagen. Es handelte sich um eine der beeindruckendsten Privatbibliotheken, die Catherine je gesehen hatte.

»Wenn Sie mich fragen, platzt er geradezu vor Neugierde.« Mit einem Augenzwinkern fügte Giada hinzu: »Natürlich würde er das niemals offen zugeben. Regen Sie ihn also lieber nicht zu sehr auf.«

»Hat er nicht bereits mit Coelho gesprochen?«, fragte Catherine.

»Das schon. Aber Ihre Version der Geschehnisse …« Giada brach ab und sagte schlicht: »Sie haben bisweilen einen Einblick in die Dinge, der uns verwehrt ist.«

»Ich werde mein Bestes tun, um ihn nicht zu sehr aufzuregen, Schwester, aber so wie der Fall liegt, wird das nicht allzu viel nützen. Sie kennen ihn. Wenn es um Sarah geht, steht man praktisch auf verlorenem Posten.«

Giada holte tief Luft. »Vermutlich haben Sie recht. Es war ein ziemlich großer Schock für ihn, als er damals aus Afghanistan zurückkehrte und vor dem Grab seiner Schwester stand.«

»Wie ich hörte, wurde Sarah hier im Park tot aufgefunden.«

»Das ist die Version, die neben dem Autounfall an die Öffentlichkeit gelangte. Tatsächlich war das Verhältnis zwischen Vater und Tochter nicht mehr das beste, daher hat sich Sarah ein Zimmer in Rom gemietet. Ihre Mutter fand sie dort tot auf, sie hatte eine Überdosis Tabletten genommen. Wie Sie wissen, lehrt die Kirche, dass Selbstmord eine Todsünde ist. Daher hat Sarahs Vater alles arrangiert, damit sie schnellstmöglich eine angemessene Beerdigung in geweihter Erde bekam. Hier auf dem Familiengrund. In den römischen Medien war von einem tragischen Unfall die Rede.«

»Seine Eminenz hat aber nicht geglaubt, dass es Selbstmord war?«

»Nein, dafür gab es seiner Meinung nach keinen Grund. Er wusste von den dunklen Unternehmungen seines Vaters und um die üblen Menschen, mit denen der alte Ciban ständig zu tun hatte. Also recherchierte er, wann immer er Zeit fand, in diese Richtung. Dem Mörder kam er dabei zwar nicht auf die Spur, dafür hat er aber gründlich in den Geschäftskreisen seines Vaters aufgeräumt.« Giada begegnete Catherines fragendem Blick und fügte hinzu: »Beide Elternteile sind inzwischen verstorben. Manchmal denke ich, Marc Cibans Mutter ist einfach nur einem gebrochenen Herzen erlegen.«

Schweigend passierten sie die Bibliothek mit den deckenhohen Fensterfronten und den ebenso hohen Regalwänden voller alter und neuer Bücher. Eine großzügige Galerie mit zwei Wendeltreppen reichte einmal rundherum und teilte den Raum in zwei Ebenen. Über allem schwebte ein gewaltiges Deckenfresko, eine allegorische Darstellung der Wissenschaft und des Glaubens sowie der vier Kardinaltugenden in der Gestalt von Engeln: Klugheit, Gerechtigkeit, Stärke und Mäßigung.

Triadensymbolik, wo man auch hinsah, wenn man diese zu erkennen und zu deuten verstand. Offen und verborgen zugleich. *Umbra Sumus* – Wir sind Schatten.

Giada führte Catherine nun in die privateren Bereiche der Villa, dorthin, wo die wunderschöne Kapelle des Anwesens lag. Nur zu gut erinnerte sich Catherine an die kostbaren Buntglasfenster, die Heiligenskulpturen und den beeindruckenden Altar, den Kardinal Benelli ihr damals gezeigt hatte, als ihre Mission zum Schutz des Papstes begonnen hatte. Ob er um die wahre Symbolik gewusst hatte? Catherine ging davon aus, denn er hatte zu den wenigen gehört, die in das Geheimnis eingeweiht waren, das Leo beinahe das Leben gekostet hätte.

Die Kapelle war von verborgenen Leuchten und einigen Kerzen erhellt. Diesmal fiel Catherine weiter vorne eine offene Tür auf, die vermutlich in den Raum unter der Kapelle führte.

»Die Familiengrabstätte« erklärte Giada leise. »Ich dachte, Seine Eminenz wollte in der Kapelle beten. Nun ist er doch nach unten gegangen, um nach ihr zu sehen. Folgen Sie einfach den Stufen, Catherine. Der Treppengang und die Gruft sind beleuchtet.« Sie deutete zum Kapellenausgang. »Ich will dann mal nach unserem Pater Rinaldo sehen.«

Catherine ging auf den Altarbereich zu, trat durch die Tür und folgte der alten stabilen Steintreppe, die wie eine Wendeltreppe überraschend weit in die Tiefe führte. Ein kalter, feuchter Luftschwall wehte ihr entgegen. Unten angekommen, offenbarte sich ein überraschend großes Gewölbe. Catherine erinnerte sich sogar, diese Gruft in einem ihrer Flashs schon einmal gesehen zu haben, doch aus irgendeinem Grund hatte sie das Bild mit der englischen Kirchenruine in Verbindung gebracht. Hier bestatteten die Cibans also seit Jahrhunderten ihre Toten.

Leise, fast wie auf Zehenspitzen, ging sie tiefer in den Raum hinein. Ihr Blick schweifte über eine Reihe von schlichten steinernen, teils jahrhundertealten Särgen aus Marmor oder Granit, auf denen die Namen und Daten der Verstorbenen standen. Lautlos ging sie an den schweren Grabplatten und abzweigenden Grabkammern vorbei, bis das Gewölbe eine Kurve beschrieb und in einen kleineren Raum mündete.

Ciban stand am Ende des Gewölbes und starrte auf das einzige in Granit gehaltene Grab, das dieser Raum enthielt. Er trug einen schlichten, dunklen Anzug, der erkennen ließ, wie viel Gewicht sein Träger in den letzten Wochen verloren hatte.

Catherine trat näher, bis sie auf die Grabplatte hinabsehen konnte. Sie las die eingemeißelte Schrift, den Namen. Auf dem Grabstein stand in keilförmig eingearbeiteten Buchstaben »Sarah Ciban«. Die Familie hatte tatsächlich nichts von der Eheschließung mit Scrimgeour gewusst. Neben der Inschrift lag die geöffnete Schachtel mit den beiden Eheringen, von denen der eine das Triadensymbol im Innern barg. Die Ringe reflektierten das milde Licht wie zwei einsame, dicht beieinanderliegende Sterne. Ciban musste die Eheringe von Coelho erhalten haben.

»Ich werde den Nachnamen ändern lassen und veranlassen, dass Sarahs Ehemann hier ebenfalls beigesetzt wird«, erklärte Ciban so selbstverständlich, als hätte es die blutige Konfrontation mit Alan Scrimgeour in Santa Maria dell' Orazione e Morte niemals gegeben. Seine Augen blickten müde, dennoch schienen sie unergründlicher als je zuvor. »Sarah hat ihre Wohnung in London bis zuletzt zur Tarnung behalten und regelmäßig dort gewohnt. Ich habe darin nicht einen einzigen Hinweis auf ihre Ehe mit dem Professor gefunden. Hätte sie mir vertraut, so hätte es diese Geheimhaltung mit all ihren Konsequenzen niemals gegeben.«

»Sie hat Ihnen vertraut, Marc. Sonst hätte sie sich gar nicht erst auf den Weg nach Rom gemacht, um Ihnen alles zu erzählen.«

»Warum hat sie dann so lange geschwiegen?«

»Sie wollte Ihnen einfach nicht noch mehr aufbürden, als Sie in all den Jahren ohnehin schon ertragen hatten. Ihre Schwester hat Sie geliebt.«

Ciban erwiderte nichts. Catherine wusste nicht, wieso, aber vor ihrem geistigen Auge stand plötzlich ein Kind. Es war der kleine Junge von vielleicht zehn, elf Jahren, der so viel Grauen von seiner kleinen Schwester ferngehalten und sich dem Vater mutig entgegengestellt hatte. Catherine dachte an die unangenehmen Momente in dem Tank zurück, nur eine der vielen brutalen Erfahrungen, die Sarah erspart geblieben waren. Ciban blinzelte, als hätte er ihre kurze Vision gesehen. Aber dem war nicht so. Oder etwa doch?

»Sie waren unglaublich tapfer«, sagte Ciban. »Und Sie haben sich auf dem Weg durch dieses zwielichtige Labyrinth nicht beirren lassen, obwohl Sie allen Grund gehabt hätten, Ihr Vertrauen in mich zu verlieren.«

Catherine fielen die weisen Worte des Laotse ein: »Geliebt zu werden macht uns stark. Zu lieben macht uns mutig.« Sie sprach die Worte nicht aus, sondern sagte stattdessen: »Um ehrlich zu sein, bin ich mir über die Konsequenzen Ihrer Wiederauferstehung noch lange nicht im Klaren.«

Ein Lächeln huschte über Cibans Gesicht und erreichte für eine Sekunde sogar die stahlgrauen Augen. Dann tat er etwas, womit Catherine in diesem Moment niemals gerechnet hätte. Er nahm ihre Hände ganz sanft in die seinen. Sie setzten sich auf eine kleine Holzbank an der Wand vor dem Grabmal und begannen zu reden. Fast eine Stunde lang. Dabei erfuhr Catherine unter anderem von der ursprünglichen Bedeutung des Briefes, der sie auch zu Zanolla geführt hatte.

Ciban hatte Catherine Schritt für Schritt in das Geheimnis der Existenz der Triaden einweihen wollen. Die Triaden und ihre Gefährlichkeit waren alles andere als ein Hirngespinst. Im Falle seines Todes hätte der Brief Catherine und Rinaldo, der bereits von der Existenz der Triaden erfahren hatte, zu Dr. Martini geführt. Früher oder später hätte Catherines Gabe die drei zu jener Tür geleitet, zu der die ID-Karte gehörte.

Catherine holte die Karte mit dem Magnetstreifen unter ihrer Jacke hervor und reichte sie Ciban.

»Warum hast du den Brief geteilt und die Karte Pater Rinaldo gegeben statt mir?«

»Ich wollte vermeiden, dass du dich allein auf die Suche machst. Diese Kellergewölbe sind voller Tücken. Rinaldo kennt sich hier unten immerhin schon ein wenig aus.«

Sie waren längst beim Du angelangt, als wäre es die natürlichste Sache der Welt.

»Also gut. Wo wir nun schon mal hier sind, ich möchte den Raum sehen, der zu dieser Karte gehört.«

»Jetzt gleich?«

Sie nickte, obwohl sie ein gewisses Unbehagen in seinen Augen bemerkte.

Er nahm ihre Hand und führte sie aus der Krypta hinauf zur Kapelle, um sie von dort zu einer Treppe zu geleiten, die noch tiefer in die Keller der Villa führte. Schließlich betraten sie einen Korridor, der ein Stockwerk tiefer lag. Etliche Kammern, vergittert oder mit Türen versehen, zweigten von dem Korridor ab. Am Ende des Ganges blieben sie vor einer schweren Stahltüre mit einer Sicherheitsvorrichtung stehen. Catherine wusste nicht, wieso, aber diese Tür hatte etwas Diabolisches. Liebend gerne wäre sie umgekehrt, doch es gab kein Zurück.

»Dieser Bereich liegt direkt unter der Bibliothek«, erklärte Ciban, während er einen Zahlencode eingab. Es waren exakt jene Ziffern, die in seinem Brief unter dem Auszug aus den verborgenen Mysterien gestanden hatten. Dann zog er die Sicherheitskarte durch den Leseschlitz, worauf es ein kurzes Zischen gab. Die Tür fuhr automatisch auf, und eine eigentümlich zwielichtige Beleuchtung schaltete sich ein.

Catherine erkannte den Raum sofort, obwohl er renoviert worden war. Ihre Knie wurden butterweich. Sofort fiel ihr der Anfang des fremdartigen Verses wieder ein: »Es gibt einen Ort, den selbst die Engel fürchten. Dieser Ort ist schrecklich. Kein Licht fällt dorthin. Nie hat ein Gedanke diesen Ort berührt. Selbst das Feuer ist schwarz ...«

Der große, schwere Tank. Wie ein Mahnmal, nein, wie eine Drohung stand er mitten im Raum. Ciban ignorierte den Tank, doch Catherine bemerkte, dass er ihre Hand ein wenig fester hielt, und spürte den Kardinalsring. Vor einem riesigen Stahlschrank, ähnlich jenen in den geheimen Archiven, blieb er stehen und vollzog die Prozedur mit der Karte und dem Code noch einmal. Erst dann ging die Stahltür auf.

Der Schrank enthielt etliche Akten und Fotoalben. Vermutlich jene, die teilweise aus Cibans Appartement verschwunden waren. Außerdem eine dicke, umfangreiche Kopie. Es war eine Abschrift von Lazarus' Bibelfragment.

»Nicht alle Triaden sind Unterdrücker und Diener der Finsternis, so wie nicht alle Menschen grundsätzlich böse sind«, erklärte Ciban.

»Ich habe das Symbol in Sarahs Ring gesehen.«

Einen Moment lang herrschte Stille. Ciban zog den Kardinalsring vom rechten Ringfinger und reichte ihn ihr. Selbst ohne Lupe konnte Catherine erkennen, dass dieser Ring nicht einmal die Andeutung eines Triadensymbols enthielt. Wie konnte das sein, wenn Cibans Schwester eine Triadin gewesen war? Ganz zu schweigen von seinen Ahnen.

»Ich mag dieses verfluchte Blut in mir tragen, aber ich werde mich dieser Forderung, dieser Hierarchie niemals unterordnen. Ich bin vielmehr ihr erklärter Feind.«

In diesen Worten lagen so viel Kampfgeist und Widerstandskraft, aber auch so viel Zorn, Schmerz und Verletzlichkeit. Wer immer diese Triaden, diese Nachfahren der Engel, waren, sie hatten die Seele dieses Mannes seit seiner Kindheit tausendfach zerbrochen. Er aber hatte seine Seele tausendfach aus eigener Kraft wieder zusammengesetzt, mit all ihren Rissen, Sprüngen und Narben.

Catherine sagte kein Wort, nahm seine schlanke Hand und steckte den Ring wieder an den Finger. Dann stellte sie sich auf die Zehenspitzen, zog Ciban ein Stück zu sich hinunter und küsste ihn auf die Lippen. Er erwiderte ihren Kuss liebevoll und fest, und sie spürte über die mediale Verbindung seine Liebe. Was Lazarus gesagt hatte, stimmte. Die Gefühlswelt eines Triaden war so viel stärker und fordernder als die eines Menschen. Zärtlich, aber bestimmt legte sie ihm eine Hand auf die Brust, dort wo sein Herz so unmissverständlich schlug, und drängte ihn behutsam zurück.

»Wir sollten jetzt besser nach oben gehen, Eminenz. Rinaldo und Giada warten sicher schon auf uns.«

Er sah sie erstaunt an. Eminenz?

Catherine nahm seine Hand, küsste ihn noch einmal, und er begriff, dass sie ihn nicht plötzlich ablehnte, sondern lediglich in die Gegenwart, in das Hier und Jetzt, zurückholte. Sie hatte recht. Die anderen warteten. Auch hatte sie ihn mit der Nennung seines Titels daran erinnert, jederzeit bereit zu sein, wieder auf Distanz zu gehen, denn sie würden ihre Verbindung nie öffentlich ausleben können… Niemals. Nicht einmal in der Gegenwart ihrer Freunde. Aber das spielte weder für ihn noch für sie eine Rolle. Sie hatten einander gefunden. Sie liebten und vertrauten einander. Weder die Pforten der Hölle noch die Mauern des Vatikans oder die selbstgerechte Bosheit der Triaden würden daran etwas ändern.

Als sie in den oberen Bereich der Villa zurückkehrten und den Speisesaal mit dem Büfett betraten, eilte Rinaldo auf sie zu. Auch Seine Heiligkeit Papst Leo war inzwischen eingetroffen – in ein schlichtes, schwarzes Habit gehüllt – und in ein angeregtes Gespräch mit Giada und der jungen Computerspezialistin Rebekah vertieft.

Catherine fragte sich, ob Leo und Rinaldo etwas bemerkten, ob sie spürten, dass sich etwas in Cibans und ihrer Beziehung verändert hatte. In jedem Fall war es unmöglich, Giada etwas vorzumachen. Ein kurzer Blickkontakt, und alles schien klar. Wobei die alte Nonne ohnehin schon davon ausgegangen war, dass hinter ihrer Verbindung weit mehr stand als reine Kollegialität.

»Ich glaube fest an die Kirche im Kampf gegen das Böse!«, hörte Catherine Rebekah sagen. Sie war noch so jung und so voller Idealismus.

Leo erwiderte etwas, aber Catherine konnte leider nicht verstehen, was. In jedem Fall erdrückte seine Antwort die junge Rebekah nicht, sondern ließ sie lediglich überrascht aufhorchen.

Zum ersten Mal wurde Catherine wirklich bewusst, dass diese Menschen nun ihre Freunde waren. Wobei einer von ihnen gar kein Mensch war. Dieser Umstand bereitete ihr jedoch trotz der Ausführungen von Lazarus keinerlei Angst. Sie vertraute einfach ihrem Gefühl.

Ciban kam vom Büfett zurück und reichte ihr auf seine ruhige und kühle Art ein Glas Wein. Seine Finger streiften dabei die ihren. Es war wie ein Kuss.

Epilog

Fasziniert blickte David auf den Klostergarten. Noch nie in seinem Leben hatte er einen echten Garten gesehen. All die Farben. All die Gerüche. All die Blumen, Beete und Küchenkräuter, die er bisher nur aus Büchern kannte. Ebenso spürte er zum ersten Mal in seinem Leben die wärmenden Strahlen der Sonne, auch wenn es, wie Bruder Bertram ihm versicherte, noch lange nicht die Sommersonne war, die die grünen Hügel und bewaldeten Berge der Abruzzen beschien. David setzte den Spaten, mit dem er ein Loch für einen mannshohen Holzpfosten gegraben hatte, kurz ab und streckte die Glieder. Er war körperliche Arbeit einfach nicht gewohnt, trotzdem machte sie ihm einen Riesenspaß.

Bruder Bertram schenkte ihm ein verständnisvolles Lächeln. Der alte Mönch in dem schwarzen Benediktinerhabit, der den Klostergarten einschließlich des Gewächshauses hegte und pflegte, schien hingegen über unerschöpfliche Kraft und Beweglichkeit zu verfügen. Kurz darauf legte auch Bruder Bertram sein Gartengerät beiseite und schaute zur Seitenpforte hin, denn über den Kreuzgang näherte sich ihnen ein Unbekannter.

David ärgerte sich ein wenig darüber, dass der Mann just in dem Moment aufgetaucht war, als er sich gerade eine kleine Verschnaufpause beim Graben gegönnt und sich ausgiebig gestreckt hatte. Was mochte der Fremde jetzt von ihm denken? Dass er ein schwächlicher Faulpelz war?

Bruder Bertram und der Unbekannte begrüßten sich

herzlich. Der Fremde war etwas größer als der Mönch, vielleicht Anfang dreißig und halbwegs schlank. Sein Gesicht war blass, woraus David schloss, dass er vor allem in geschlossenen Räumen arbeitete. Wie es aussah, kannten sich die beiden Männer schon eine Weile.

»David, das hier ist Pater Rinaldo. Pater, das ist unser Wunderkind.«

Der fremde Mann lächelte, ging vor David in die Hocke, so dass sie auf gleicher Augenhöhe waren, und reichte ihm die Hand. »Hallo, David.«

Pater Rinaldos Händedruck war fest, aber kein bisschen besitzergreifend. David gefiel seine offene Art. Auch die freundlichen Augen.

»Ich habe schon einiges von dir gehört.«

»Ach ja? Alles nur Gerüchte.«

Pater Rinaldo lachte. »Agent Ambrose wird sich freuen, das zu hören.«

»Agent Ambrose? Wo ist er? Wie geht es ihm?«

»Gut. Ich soll dich von ihm grüßen. Er ist zurzeit in Kanada. Enten zählen.«

»Enten zählen?«

Pater Rinaldo zwinkerte ihm verschwörerisch zu. »Eine geheime Mission.« Dann griff er in die Schultertasche auf seiner rechten Seite und zog ein etwas größeres Päckchen heraus. »Ich habe hier ein Präsent für dich, von einem gemeinsamen Freund.«

David verstand sofort. Das war der von Kardinal Ciban versprochene Tablet-Computer. Nur warum schickte der Kardinal einen Boten und war nicht selbst gekommen?

Rinaldo wandte sich an Bruder Bertram, als bemerke er Davids Enttäuschung nicht. »Sag mal, habt ihr hier überhaupt einen Internetanschluss?«

»Natürlich, in der Bibliothek. Mit Kindersicherung, auch gegen kleine Genies!«

Rinaldo zwinkerte David verschwörerisch zu, beugte sich vor und sagte leise: »Sag's nicht weiter. Du wirst den Zugang über die Bibliothek nicht wirklich brauchen. Dieser Tablet-PC ist eine Spezialanfertigung nur für dich. Jetzt komm! Lass uns entdecken, was dieses kleine Wunderwerk so alles kann.«

Auf dem Weg zur Bibliothek sagte David: »Eigentlich hatte ich gehofft, dass er selbst kommt.«

»Weißt du, David, es geht vor allem um deine Sicherheit«, erklärte der Pater ruhig. »Du bist etwas ganz Besonderes. Und das nicht nur für Seine Eminenz. Wer auch immer hinter Doktor Zanollas Unternehmen gestanden hat, wird weiter nach dir suchen. Deshalb bedeutet jeder Besuch von Kardinal Ciban ein großes Risiko für dich.«

Das ergab Sinn. Dennoch spürte David, dass es nicht die ganze Wahrheit war.

Sie betraten die Bibliothek, einen turmähnlichen, hohen Anbau. Der mit Bücherregalen vollgestellte Raum ging über mehrere Etagen. Von der Galerie aus konnte man durch die Fenster sogar über die Wälder sehen. David hatte die Aussicht schon mehrmals genossen.

Rinaldo griff in die Innentasche seiner Soutane und zog eine kleine Schachtel hervor. »Auch das hier ist für dich. Der Kardinal wollte es dir selbst geben, aber … wie gesagt, er traut dem Frieden nicht.«

David nahm die kleine Schatulle und öffnete sie. Ein Zettel lag darin. Außerdem ein goldener Ring, der an einer Kette hing wie ein Amulett. Auf der Innenseite waren ein winziges Symbol und eine Jahreszahl eingraviert.

David faltete den Zettel auseinander und las:

Hallo, David, dieser Ring hat einst deiner Mutter
gehört. Jetzt soll er dir gehören. Bewahre ihn gut auf.
  M. C.

David schluckte. Dann weinte er hemmungslos. Der Pater, den er kaum kannte, versuchte ihn zu trösten.

* * *

Der Korridor, der zu den Leichenkammern der italienischen Polizei führte, war von einem Grau, das selbst Kardinal Gasperetti als abstoßend empfand. Zu allem Überfluss sah der Beamte, der ihn zu den Kammern begleitete, auch noch aus wie eine räudige Maus, der man den Schwanz abgehackt hatte.

Vor einer metallenen Tür hielt der Beamte kurz an, zückte eine von diesen modernen Chipkarten und schloss die Tür auf. Sah man von den drei in großzügigem Abstand aneinandergereihten Leichentischen und dem Forensikgeruch einmal ab, war der Raum dahinter rein und leer. Weiter hinten erblickte Gasperetti allerdings schon die Wand mit den kleinen, engen Leichenkammern, die wie überdimensionale Bankschließfächer neben- und übereinandergereiht waren.

Der Beamte machte vor einem bestimmten Fach halt.

»Da wären wir, Eure Eminenz. Es tut mir leid, dass ein gläubiger Mann wie der Doktor unter derart grausamen Umständen ums Leben kam.«

»Das Leben ist bisweilen hart«, erklärte Gasperetti ruhig, was den Beamten ein klein wenig irritierte. »Bitte öffnen Sie die Kammer.«

Der Mann öffnete das Fach und zog die Bahre mit jenem gebührenden Respekt hervor, den er in Anwesenheit eines Kardinals für angemessen hielt. Dann erstarrte er mitten in der Bewegung. »Was… aber… Das kann doch nicht sein!«

Gasperetti bemühte sich um stoische Ruhe, als er auf die Bahre blickte. »Ist das auch wirklich die richtige Kammer?«

Der Beamte verglich die Kennziffer mit der Liste auf seinem Klemmbrett. »Absolut, Eminenz«, bestätigte er. »Doktor Robert Martinis Leichnam sollte genau hier liegen. Schließlich ist der Fall noch nicht abgeschlossen.«

Gasperetti holte tief Luft und blickte den mausgesichtigen Mann prüfend an. »Sind Sie sicher?«

»Eine Verwechslung ist völlig ausgeschlossen.«

Dennoch war die Kammer leer.

Anmerkungen der Autoren

Die Geschichte in »Engelspakt« ist reine Fiktion. Die Namen, Charaktere, Organisationen und Ereignisse sind entweder ein Phantasieprodukt der Autoren oder wurden aus Recherche-Resultaten heraus fiktional verwendet und erweitert. Es existieren in der Realität weder der Jahrtausende alte Orden der Triaden noch das katholische *Institut für Medial Hochbegabte* (KIMH), der Medo-Konzern *Re-Source*, die *Brenda-Thornton*-Fruchtbarkeitsklinik oder die *International Security Agency* (ISA).

Nicht erfunden ist die kontrovers diskutierte und auf quantenmechanischen Phänomenen basierende »Theorie des Bewusstseins« von Sir Roger Penrose (Physiker) und Professor Stuart Hameroff (Mediziner), nach der Geist und Bewusstsein im Grenzbereich zwischen Physik und Quantenmechanik erzeugt werden.

Ebenso existieren die geheimen Bücher der Bibel, die von der katholischen Kirche als nicht von Gott inspiriert gelten und deshalb nicht in die Heilige Schrift aufgenommen wurden. Wir kennen diese geheimen Bücher unter dem Begriff *Apokryphen*. Das *Buch Henoch* ist eines davon.

Zu Beginn des 20. Jahrhunderts wies der amerikanische Historiker und Archäologe Charles Cutler Torrey von der Yale-Unversität auf Indizien für Schriften hin, die noch älter als das Alte und das Neue Testament oder das

Buch Henoch sind. In *Engelspakt* wurden die wichtigsten dieser noch älteren Schriften unter der Bezeichnung »Triadenbibel« (»Engelsbibel«) zusammengefasst. Die »Triadenbibel« schildert die »Schöpfungsgeschichte« jedoch nicht aus der Sicht der Menschen, sondern aus der Sicht der Engel, einschließlich der Evolutionsgeschichte von Engel und Mensch. Gott schuf die Engel lange vor den Menschen.

In *Engelspakt* recherchiert Schwester Catherine Bell über die Wahrheit und die Irrtümer der Inquisition. Wer sich für das Thema interessiert, findet in *Inquisition und Wahrheit* von Uwe Neumahr ein sehr nachdenkenswertes Werk.

Zum Schluss: Die »Triadenbibel« (»Engelsbibel«) hat nichts mit dem im frühen 13. Jahrhundert in Böhmen geschriebenen *Codex Gigas* (auch unter dem Namen »Teufelsbibel« bekannt) zu tun. Dennoch ist sie in den falschen Händen gefährlicher als jede andere Schrift, denn ihre Macht geht weit über die des gesprochenen oder geschriebenen Wortes hinaus.

Glossar

Agnostiker: Mensch, der erklärt, dass die Frage nach der Existenz eines Gottes grundsätzlich nicht beweisbar ist.

Angelologie: Lehre von den Engeln.

Angelus: Gebet, das der Papst jeden Sonntagmittag von seinem Wohnungsfenster aus als Gedächtnis zur Menschwerdung Christi betet.

Apokalypse: Prophetisch-visionäre Literatur vom Weltuntergang.

Apokryphen: Texte, die unter anderem aus religionspolitischen Gründen nicht in den Kanon der Bibel aufgenommen worden sind.

Apostolische Verfassung/Konstitution: Regelt als Erlass oder Verlautbarung des Papstes bestimmte Sachverhalte meist des Kirchenrechts, jedoch ohne Unfehlbarkeitsanspruch wie zum Beispiel beim Dogma, das für katholische Christen ein verpflichtender Glaubens- und Lehrsatz ist.

Apostolischer Palast: Residenz des Papstes in der Vatikanstadt.

Apsis: Halbkreisförmige oder vieleckige Nische für den Altar in christlichen Kirchen.

Atheist: Mensch, welcher der Überzeugung ist, dass der Mensch Gott erschaffen hat und nicht umgekehrt.

Aura: Energiekörper eines Lebewesens.

Bandenmuster/genetisches Profil/genetischer Fingerabdruck: In der optischen Darstellung einem Barcode ähnlich. Macht den genetischen Code eines Menschen identifizierbar.

Brevier: Liturgisches Buch, das die Texte des Stundengebets der römisch-katholischen Kirche enthält.

Camerlengo (Kardinalkämmerer): Stellt den Tod des Papstes fest und übernimmt, ohne rechtsprechende Gewalt, die Verwaltung der Kirche, solange das Papstamt nicht besetzt ist.

Damoklesschwert: Schwert, das der Tyrann Dionysios während eines Festmahls an einem Rosshaar über dem Höfling Damokles aufhängen ließ, um diesen zu lehren, dass Reichtum und Macht kein Garant für Sicherheit sind.

Diözese (Bistum): Kirchlicher Verwaltungsbezirk; der Amtsbereich eines Bischofs.

Elektroenzephalogramm (EEG): Grafische Darstellung der elektrischen Gehirnaktivität.

Exkommunikation: Ausschluss aus der kirchlichen Gemeinschaft.

Fisch: Laut einer mündlichen und später schriftlich festgehaltenen Überlieferung ein geheimes christliches Erkennungszeichen des Frühchristentums.

Glaubenskongregation: Hat die Aufgabe, die Kirche vor abweichenden Sitten- und Glaubenslehren zu schützen. Einst die von Papst Paul III. im 16. Jahrhundert gegründete »Heilige Römische und Universale Inquisition«.

Großinquisitor: Mittelalterliche Bezeichnung für Inquisitoren, deren Vollmacht über die eines normalen Inquisitors hinausgeht. Der Chef der Glaubenskongregation wird in den Medien gerne Großinquisitor genannt.

Häresie: Irrlehre; Lehre, die von der offiziellen Glaubenslehre einer Großkirche abweicht.

Inquisition (von lat. Inquisito = Untersuchung): Verfolgung religiös oder ideologisch Andersdenkender mit Hilfe von Untersuchungs- und Gerichtsverfahren, die auch vor Folter nicht zurückschreckten.

In-vitro-Fertilisation: Künstliche Befruchtung im Reagenzglas.

Kalvarienberg (Golgatha): Hinrichtungsstätte Jesu Christi vor den Toren Jerusalems.

Kardinalelektoren: Bezeichnet jene Kardinäle aus dem Kardinalskollegium, die an der Papstwahl teilnehmen und das 80. Lebensjahr noch nicht vollendet haben.

Kernspintomografie: Bildgebendes Verfahren, das mit Hilfe von Magnetfeldern und elektromagnetischen Wechselfeldern im Radiofrequenzbereich Schnittbilder des menschlichen Körpers erzeugt.

Kleriker: Geweihter Amtsträger, z. B. Diakon, Priester, Bischof oder Kardinal.

Kongregation(en): Bezeichnung für die nach ihren Aufgabengebieten formierten Behörden der Zentralbehörde in Rom.

Konklave: Bezeichnet die Versammlung der Kardinalelektoren zur Papstwahl, aber auch den abgeschlossenen Raum, in dem die Papstwahl stattfindet.

Konsistorium: Zusammentreffen der Kardinäle unter dem Vorsitz des Papstes.

Konzil: Kirchliche Versammlung zur Klärung von kirchlichen Angelegenheiten.

Krematorium: Feuerbestattungsanlage oder vielmehr Anlage zur Einäscherung Verstorbener.

Krypta: Begehbare Begräbnisstätte unterhalb des Chors (Apsis) oder des Altars.

Kryptografie: Wissenschaft von der Informationsverschlüsselung.

Kurie: Römisch-katholische Zentralbehörde in Rom.

Liturgie: Zusammengehörigkeit der Zeremonien und Riten eines Gottesdienstes.

Lot: Neffe Abrahams, der aufgrund seiner Rechtschaffenheit den Untergang der Sündenstadt Sodom überleben durfte; seine Frau erstarrte zur Salzsäule, als sie sich entgegen dem Verbot der Engel noch einmal zur Stadt umdrehte.

Nekropole (Totenstadt): Größere, außerhalb von Wohnsiedlungen gelegene Begräbnisstätten des Altertums und der vorgeschichtlichen Zeit.

Nephilim: Von Gottessöhnen (gefallenen Engeln) und Menschenfrauen gezeugte Mischwesen, größer und stärker als die Menschen und von extremer Boshaftigkeit.

Orthodoxie: Lehre, die sich stark an die ursprüngliche Auslegung hält.

Pileolus: Käppchen, das als Teil der kirchlichen Kleidung von Klerikern (schwarz), Bischöfen (violett), Kardinälen (scharlachrot) und dem Papst (weiß) getragen wird.

Pontifikat: Amtszeit eines Papstes.

Präfekt (Kardinalpräfekt): Leiter eines bestimmten Amtes der römischen Zentralbehörde, zum Beispiel des Staatsekretariats oder der Glaubenskongregation.

Prälat: Kirchlicher Würdenträger (Abt, Bischof oder Kardinal).

Promulgiertes Gesetz: Ein Gesetz, das mit der ersten öffentlichen Bekanntgabe in Kraft tritt. (promulgieren = öffentlich verkünden).

Quantenuniversum: Welt des Allerkleinsten, erforscht durch die so genannte Quantenphysik, die sich mit den Naturgesetzen subatomarer Teilchen beschäftigt.

Qumran-Funde: Bezeichnet die in den 50er und 60er Jahren des 20. Jahrhunderts entdeckten Schriftrollen vom Toten Meer; darunter die ältesten bekannten Handschriften der Bibel.

Sakrament: Begegnung mit Gott durch eine symbolische Handlung. Es gibt sieben Sakramente: Taufe, Erstkommunion, Firmung, Trauung, Buße, Krankensalbung, Weihe.

Sedisvakanz: Umfasst jenen Zeitraum, in dem das Papstamt nicht besetzt ist.

Subatomar: Kleiner als ein Atom, z. B. Atomkern, Elementarteilchen oder Quanten.

Superposition: In der Raum-Zeit-Geometrie die Fähigkeit eines Teilchens, sich zur selben Zeit an zwei oder mehreren Orten und damit in zwei oder mehreren Zuständen zu befinden.

Tempel des Salomon/Salomo: Im 10. Jahrhundert vor Chr. unter der Regentschaft von König Salomo erbauter erster israelitischer Tempel, in dem die Bundeslade mit den Zehn Geboten, die Moses von Gott erhalten hatte, aufbewahrt wurde.

Vaticanum: Lateinische Bezeichnung für Vatikanisches Konzil.

Zingulum: Gürtel, den Ordensleute um ihr Habit oder Priester um ihre Soutane tragen. Bei einem Kardinal ein breites, edles Stoffband in Scharlachrot.

Danksagung

Auch diesmal möchten wir einigen ganz besonderen Menschen unseren Dank aussprechen. Sie haben uns mit Rat und Tat zur Seite gestanden und *Engelspakt* ans Licht der Welt geholt. Unserer Literaturagentin Lianne Kolf und unserer Erstlektorin Andrea Zimmermann danken wir für ihr Engagement und ihre wertvollen Ratschläge. Eléonore Delair, unsere Lektorin bei Blanvalet, und Angela Troni, unsere Redakteurin, standen uns auch diesmal mit all ihrer Erfahrung zur Seite und haben uns geholfen, *Engelspakt* auf den Weg zu bringen. Ihnen verdanken wir auch die Anregung für die Glossare in *Lux Domini* und *Engelspakt*. Dem Team der Grafikagentur bürosüd° danken wir für das wunderschöne Buchcover, das die Vision hinter *Engelspakt* fühlen lässt. Danke auch für die unermüdliche Arbeit und die Unterstützung des Blanvalet-Teams.

Ganz herzlich bedanken wir uns bei zwei langjährigen Freunden, deren geübter Autoren- und Leserblick uns ansporne, das Beste aus der Geschichte um den *Engelspakt* herauszuholen: Ute C. Meyer und Stefan Schulz.

Renate Roth danken wir für ihre Recherche-Anregungen und Rebekah Wegener ihre moralische Unterstützung. Benjamin Adrian gilt unser Dank erneut fürs geduldige Zuhören.

Last but not least bedanken wir uns ganz herzlich bei unseren Lesern für das tolle Feedback und freuen uns auf weitere Kommentare und Fragen.

Wir sind auf Facebook aktiv. Informationen über uns und unser Schreiben haben wir auf unserer Homepage unter www.alex-thomas.info festgehalten.

»Brad Thor ist so aktuell wie die Schlagzeile von morgen.«

Dan Brown

544 Seiten. ISBN 978-3-442-38391-7

Irgendwie ist der Terrorfahnder Scot Harvath auf die
Schwarze Liste geraten – eine Liste, die so geheim ist,
dass nur der amerikanische Präsident und ein kleiner
Kreis von Beratern von ihr wissen. Wer einmal auf der
Schwarzen Liste steht, ist bereits so gut wie tot. Harvath
versucht verzweifelt, den Killerkommandos zu entkommen.
Dabei muss er herausfinden, wer ihn auf die Liste gesetzt
hat – und warum! Doch während Harvath unfreiwillig
sämtliche Einsatzkräfte in Atem hält, bereiten die Hinter-
männer einen vernichtenden Terrorakt auf die USA vor.

Lesen Sie mehr unter: **www.blanvalet.de**

Ein hochspannender Cocktail aus Abenteuer, Wissenschaft und Action.

576 Seiten. ISBN 978-3-442-37472-4

In einer Höhle in den Rocky Mountains werden mumifizierte Leichen und seltsame goldene Platten entdeckt, die mit unverständlichen Zeichen graviert sind. Bevor die Funde geborgen werden können, erschüttert eine gewaltige Explosion die Grabungsstätte – und eine junge Indianerin verschwindet mit einem wichtigen Beweisstück. Die Söldner der Geheimorganisation Gilde heften sich an ihre Fersen, und es gibt nur einen Menschen, der ihr noch helfen kann: ihr Onkel Painter Crowe, Direktor der SIGMA Force.